हिन्द पॉकेट बुक्स

मानसरोवर
की कहानियाँ

प्रेमचंद हिन्दी और उर्दू के महानतम भारतीय लेखकों में से एक हैं। वे एक संवेदनशील लेखक, सचेत नागरिक, कुशल वक्ता तथा सुधी (विद्वान) संपादक थे। उपन्यास के क्षेत्र में उनके योगदान को देखकर बंगाल के विख्यात उपन्यासकार शरत्‌चंद्र चट्टोपाध्याय ने उन्हें उपन्यास सम्राट कहकर संबोधित किया था। प्रेमचंद ने हिन्दी कहानी और उपन्यास की एक ऐसी परंपरा का विकास किया जिसने पूरी सदी के साहित्य का मार्गदर्शन किया। आगामी एक पूरी पीढ़ी को गहराई तक प्रभावित कर प्रेमचंद ने साहित्य की यथार्थवादी परंपरा की नींव रखी। उनका लेखन हिन्दी साहित्य की एक ऐसी विरासत है जिसके बिना हिन्दी के विकास का अध्ययन अधूरा होगा।

मानसरोवर

की कहानियाँ

प्रेमचंद

हिन्द पॉकेट बुक्स

पेंगुइन रैंडम हाउस इम्प्रिंट

हिन्द पॉकेट बुक्स

यूएसए। कनाडा। यूके। आयरलैंड। ऑस्ट्रेलिया। सिंगापुर
न्यू ज़ीलैंड। भारत। दक्षिण अफ़्रीका। चीन

हिन्द पॉकेट बुक्स, पेंगुइन रैंडम हाउस ग्रुप ऑफ़ कम्पनीज़ का हिस्सा है, जिसका पता global.penguinrandomhouse.com पर मिलेगा

पेंगुइन रैंडम हाउस इंडिया प्रा. लि.,
चौथी मंजिल, कैपिटल टावर -1, एम जी रोड,
गुड़गांव 122 002, हरियाणा, भारत

पेंगुइन
रैंडम हाउस
इंडिया

प्रथम हिन्दी संस्करण हिन्द पॉकेट बुक्स द्वारा 1949 में प्रकाशित
यह हिन्दी संस्करण हिन्द पॉकेट बुक्स में पेंगुइन रैंडम हाउस द्वारा 2022 में प्रकाशित

10 9 8 7 6 5 4 3 2

इस पुस्तक में व्यक्त विचार लेखक के अपने हैं, जिनका यथासंभव तथ्यात्मक सत्यापन किया गया है, और इस संबंध में प्रकाशक एवं सहयोगी प्रकाशक किसी भी रूप में उत्तरदायी नहीं हैं।

ISBN 9789353496609

मुद्रक : मणिपाल टेक्नॉलजीस् लिमिटेड, भारत

www.penguin.co.in

MIX
Paper | Supporting responsible forestry
FSC® C043100
FSC www.fsc.org

This is a legitimate digitally printed version of the book and therefore might not have certain extra finishing on the cover.

कथा-क्रम

प्राक्कथन

एक आलोचक ने लिखा है कि इतिहास में सब-कुछ यथार्थ होते हुए भी वह असत्य है और कथा-साहित्य में सब-कुछ काल्पनिक होते हुए भी वह सत्य है। इस कथन का आशय इसके सिवा और क्या हो सकता है कि इतिहास आदि से अन्त तक हत्या, संग्राम और धोखा का ही प्रदर्शन है, जो असुन्दर है, इसलिए असत्य है। लोभ की क्रूर-से-क्रूर, अहंकार की नीच-से-नीच, ईर्ष्या की अधम-से-अधम घटनाएं आपको वहां मिलेंगी और आप सोचने लगेंगे, मनुष्य इतना अमानुषीय है, थोड़े-से स्वार्थ के लिए भाई, भाई की हत्या कर डालता है; बेटा बाप की हत्या कर डालता है और राजा असंख्य प्रजाओं की हत्या कर डालता है। उसे पढ़कर मन में ग्लानि होती है, आनन्द नहीं; और जो वस्तु आनन्द नहीं प्रदान कर सकती, वह सुन्दर नहीं हो सकती, और जो सुन्दर नहीं हो सकती, वह सत्य भी नहीं हो सकती। जहां आनन्द है, वहीं सत्य है। साहित्य काल्पनिक वस्तु है; पर उसका प्रधान गुण है आनन्द प्रदान करना, और इसलिए वह सत्य है। मनुष्य ने जगत में जो कुछ सत्य और सुन्दर पाया है, और पा रहा है, उसी को साहित्य कहते हैं और गल्प भी साहित्य का एक भाग है।

मनुष्य-जाति के लिए मनुष्य ही सबसे विकट पहेली है। वह खुद अपनी समझ में नहीं आता है। किसी-न-किसी रूप में वह अपनी ही आलोचना किया करता है, अपने ही मनोरहस्य खोला करता है। मानव-संस्कृति का विकास ही इसलिए हुआ है कि मनुष्य अपने को समझे। अध्यात्म और दर्शन की भांति साहित्य भी इसी खोज में लगा हुआ है, अन्तर इतना ही है कि वह इस उद्योग में रस का मिश्रण करके उसे आनन्दप्रद बना देता है; इसलिए अध्यात्म और दर्शन केवल ज्ञानियों के लिए हैं; साहित्य मनुष्य-मात्र के लिए।

जैसा हम ऊपर कह चुके हैं, गल्प या आख्यायिका साहित्य का एक प्रधान अंग है। आज से नहीं, आदिकाल से ही। हां, आजकल की आख्यायिका और प्राचीन काल की आख्यायिका में समय की गति और रुचि के परिवर्तन से बहुत कुछ अन्तर हो गया है। प्राचीन आख्यायिका कुतूहल-प्रधान होती थी या अध्यात्म विषयक। उपनिषद और महाभारत में आध्यात्मिक रहस्यों को समझाने के लिए आख्यायिकाओं का आश्रय लिया गया है। जातक भी आख्यायिका के सिवा और क्या है? बाइबिल में भी दृष्टान्तों और आख्यायिकाओं के द्वारा ही धर्म-तत्त्व समझाए गए हैं? सत्य इस रूप में आकर साकार हो जाता है और तभी जनता उसे समझती है और उसका व्यवहार करती है। वर्तमान आख्यायिका मनोवैज्ञानिक विश्लेषण और जीवन के यथार्थ स्वाभाविक चित्रण को अपना ध्येय समझती है। उसमें कल्पना की मात्रा कम, अनुभूतियों की मात्रा अधिक होती है,

बल्कि अनुभूतियां ही रचनाशील भावना से अनुरंजित होकर कहानी बन जाती हैं; मगर यह समझना भूल होगी कि कहानी जीवन का यथार्थ चित्र है। जीवन का चित्र तो मनुष्य स्वयं हो सकता है, मगर कहानी के पात्रों के सुख-दुःख से हम जितना प्रभावित होते हैं, उतना यथार्थ जीवन से नहीं होते, जब तक वह निजत्व की परिधि में न आ जाए। कहानियों के पात्रों में हमें एक ही दो मिनट के परिचय में निजत्व हो जाता है, और हम उनके साथ हंसने और रोने लगते हैं – उनका हर्ष और विषाद हमारा अपना हर्ष और विषाद हो जाता है; बल्कि कहानी पढ़कर वह लोग भी रोते या हंसते देखे जाते हैं, जिन पर साधारणतः सुख-दुःख का कोई असर नहीं पड़ता, जिनकी आंखें श्मशान में या क़ब्रिस्तान में भी सजल नहीं होतीं, वे लोग भी उपन्यास के मर्मस्पर्शी स्थलों पर पहुंचकर रोने लगते हैं।

शायद इसका यह कारण भी हो कि स्थूल प्राणी सूक्ष्म मन के उतने समीप नहीं पहुंच सकते, जितने कि कथा के सूक्ष्म चरित्र के। कथा के चरित्रों और मन के बीच में जड़ता का वह परदा नहीं होता, जो एक मनुष्य के हृदय को दूसरे मनुष्य के हृदय से दूर रखता है। और अगर हम यथार्थ को हू-ब-हू खींचकर रख दें तो उसमें कला कहां है? कला केवल यथार्थ की नक़ल का नाम नहीं है। कला दीखती तो यथार्थ है; पर यथार्थ होती नहीं। उसकी खूबी यह है कि वह यथार्थ न होते हुए भी यथार्थ मालूम हो। उसका मापदंड भी जीवन के मापदंड से अलग है। जीवन में बहुधा हमारा अन्त उसी समय हो जाता है, जब वह वांछनीय नहीं होता। जीवन किसी का दायी नहीं है। उसके सुख-दुःख, हानि-लाभ, जीवन-मरण में कोई क्रम, कोई सम्बन्ध ज्ञात नहीं होता। कम-से-कम मनुष्य के लिए वह अज्ञेय है, लेकिन कला-साहित्य मनुष्य का रचा हुआ जगत है; और परिमित होने के कारण सम्पूर्णतः हमारे सामने आ जाता है, और जहां वह हमारी मानवी न्याय-बुद्धि या अनुभूति का अतिक्रमण करता हुआ पाया जाता है, हम उसे दंड देने के लिए तैयार हो जाते हैं। कथा में अगर किसी को सुख प्राप्त होता है, तो इसका कारण बताना होगा। दुःख भी मिलता है, तो उसका कारण बताना होगा। यहां कोई चरित्र मर नहीं सकता, जब तक मानव-न्याय-बुद्धि उसकी मौत न मांगे! स्रष्टा को जनता की अदालत में अपनी हर एक कृति के लिए जवाब देना पड़ेगा। कला का रहस्य भ्रान्ति है; पर वह भ्रान्ति जिस पर यथार्थ का आवरण पड़ा हो।

हमें यह स्वीकार कर लेने में संकोच न होना चाहिए कि उपन्यासों ही की तरह आख्यायिका की कला भी हमने पश्चिम से ली है। कम-से-कम इसका आजकल का विकसित रूप तो पश्चिम का ही है। अनेक कारणों से जीवन की अन्य धाराओं की तरह ही साहित्य में भी हमारी प्रगति रुक गई और हमने प्राचीन से जौ-भर इधर-उधर हटना भी निषिद्ध समझ लिया। साहित्य के लिए प्राचीनों ने जो मर्यादाएं बांध दी थीं, उनका उल्लंघन करना वर्जित था; अतएव काव्य, नाटक, कथा – किसी में भी हम आगे क़दम न

बढ़ा सके। कोई वस्तु बहुत सुन्दर होने पर भी अरुचिकर हो जाती है, जब तक उसमें कुछ नवीनता न लाई जाए। एक ही तरह के नाटक, एक ही तरह के काव्य पढ़ते-पढ़ते आदमी ऊब जाता है, और वह कोई नई चीज़ चाहता है, चाहे वह उतनी सुन्दर और उत्कृष्ट न हो। हमारे यहां तो यह इच्छा उठी ही नहीं, या हमने कुचला कि वह जड़ीभूत हो गई। पश्चिम प्रगति करता रहा, उसे नवीनता की भूख थी, मर्यादाओं की बेड़ियों से चिढ़। जीवन के हर एक विभाग में उसकी इस अस्थिरता की, असन्तोष की बेड़ियों से मुक्त हो जाने की छाप लगी हुई है। साहित्य में भी उसने क्रान्ति मचा दी।

शेक्सपियर के नाटक अनुपम हैं, पर आज उन नाटकों का जनता के जीवन से कोई सम्बन्ध नहीं। आज के नाटक का उद्देश्य कुछ और है, आदर्श कुछ और है, विषय कुछ और है, शैली कुछ और है। कथा-साहित्य में भी विकास हुआ और उसके विषय में चाहे उतना बड़ा परिवर्तन न हुआ हो, पर शैली तो बिल्कुल ही बदल गई। अलिफ़लैला उस वक़्त का आदर्श था, जिसमें बहुरूपता थी, वैचित्र्य था, कुतूहल था, रोमांस था; पर उसमें जीवन की समस्याएं न थीं, मनोविज्ञान के रहस्य न थे, अनुभूतियों की इतनी प्रचुरता न थी, जीवन और सत्य रूप में इतना स्पष्ट न था। उसका रूपान्तर हुआ और उपन्यास का उदय हुआ, जो कथा और ड्रामा के बीच की वस्तु है। पुराने दृष्टान्त भी रूपान्तरित होकर गल्प बन गए।

मगर सौ वर्ष पहले यूरोप भी इस कला से अनभिज्ञ था। बड़े-बड़े उच्चकोटि के दार्शनिक तथा ऐतिहासिक या सामाजिक उपन्यास लिखे जाते थे; लेकिन छोटी कहानियों की ओर किसी का ध्यान न जाता था। हां, परियों और भूतों की कहानियां लिखी जाती थीं, किन्तु इसी एक शताब्दी के अन्दर या उससे भी कम समझिए, छोटी कहानियों ने साहित्य के और सभी अंगों पर विजय प्राप्त कर ली है; और यह कहना गलत न होगा कि जैसे किसी ज़माने में कवित्त ही साहित्यिक अभिव्यक्ति का व्यापक रूप था, वैसे ही आज कहानी है। और उसे यह गौरव प्राप्त हुआ है यूरोप के कितने ही महान कलाकारों की प्रतिभा से, जिसमें बालजॉक, मोपासां, चेख़व, टॉल्सटॉय, मैक्सिम गोर्की आदि मुख्य हैं। हिन्दी में पच्चीस-तीस साल पहले तक गल्प का जन्म न हुआ था। आज तो कोई ऐसी पत्रिका नहीं, जिसमें दो-चार कहानियां न हों, यहां तक कि कई पत्रिकाओं में केवल कहानियां ही दी जाती हैं।

कहानियों के इस प्राबल्य का मुख्य कारण आजकल का जीवन-संग्राम और समयाभाव है, अब वह ज़माना नहीं रहा कि हम 'बोस्ताने-ख़याल' लेकर बैठ जाएं और सारे दिन उसी के कुंजों में विचरते रहें। अब तो हम संग्राम में इतने तन्मय हो गए हैं कि हमें मनोरंजन के लिए समय नहीं मिलता, अगर कुछ मनोरंजन स्वास्थ्य के लिए अनिवार्य न होता, और हम विक्षिप्त हुए बिना अठारह घंटे काम कर सकते, तो शायद हम मनोरंजन का नाम भी न लेते; लेकिन प्रकृति ने हमें विवश कर दिया है, इसलिए हम चाहते हैं कि

थोड़े-से-थोड़े समय में अधिक-से-अधिक मनोरंजन हो जाए, इसलिए सिनेमा-गृहों की संख्या दिन-दिन बढ़ती जाती है। जिस उपन्यास के पढ़ने में महीनों लगते, उसका आनन्द हम दो घंटे में उठा लेते हैं। कहानी के लिए पन्द्रह-बीस मिनट ही काफ़ी हैं, अतएव हम कहानी ऐसी चाहते हैं कि वह थोड़े-से-थोड़े शब्दों में कही जाए, उसमें एक वाक्य, एक शब्द भी अनावश्यक न आने पाए, उसका पहला ही वाक्य मन को आकर्षित कर ले और अन्त तक उसे मुग्ध किए रहे, उसमें कुछ चटपटापन हो, कुछ ताज़गी हो, कुछ विकास हो और उसके साथ ही कुछ तत्त्व भी हो। तत्त्वहीन कहानी से चाहे मनोरंजन भले हो जाए, मानसिक तृप्ति नहीं होती। यह सच है कि हम कहानियों में उपदेश नहीं चाहते; लेकिन विचारों को उत्तेजित करने के लिए, मन के सुन्दर भावों को जाग्रत करने के लिए, कुछ-न-कुछ अवश्य चाहते हैं। वही कहानी सफल होती है, जिसमें इन दोनों में से मनोरंजन और मानसिक तृप्ति में से एक अवश्य उपलब्ध हो।

सबसे उत्तम कहानी वह होती है, जिसका आधार किसी मनोवैज्ञानिक सत्य पर हो। साधु पिता का अपने कुव्यसनी पुत्र की दशा से दुःखी होना मनोवैज्ञानिक सत्य है। इस आवेग में पिता के मनोवेगों को चित्रित करना और तदनुकूल उसके व्यवहारों को प्रदर्शित करना, कहानी को आकर्षक बना सकता है। बुरा आदमी भी बिल्कुल बुरा नहीं होता, उसमें कहीं-न-कहीं देवता अवश्य छिपा होता है, यह मनोवैज्ञानिक सत्य है। उस देवता को खोलकर दिखा देना सफल आख्यायिक का काम है। विपत्ति पर विपत्ति पड़ने से मनुष्य कितना दिलेर हो जाता है, यहां तक कि वह बड़े-से-बड़े संकट का सामना करने के लिए ताल ठोंककर तैयार हो जाता है। उसकी सारी दुर्वासना भाग जाती है। उसके हृदय के किसी गुप्त स्थान में छिपे हुए जौहर निकल आते हैं और हमें चकित कर देते हैं, मनोवैज्ञानिक सत्य है। एक ही घटना या दुर्घटना भिन्न-भिन्न प्रकृति के मनुष्यों को भिन्न-भिन्न रूप से प्रभावित करती है। हम कहानी में इसको सफलता के साथ दिखा सकें, तो कहानी अवश्य आकर्षक होगी। किसी समस्या का समावेश कहानी आकर्षक बनाने का सबसे उत्तम साधन है। जीवन में ऐसी समस्याएं नित्य ही उपस्थित होती हैं और उनसे पैदा होने वाला द्वन्द्व आख्यायिका को चमका देता है। सत्यवादी पिता को मालूम होता है कि उसके पुत्र ने हत्या की है। वह उसे न्याय की वेदी पर बलिदान कर दे, या अपने जीवन-सिद्धान्तों की हत्या कर डाले? कितना भीषण द्वन्द्व है! पश्चात्ताप ऐसे द्वन्द्वों का अखंड स्रोत है। एक भाई ने दूसरे भाई की सम्पत्ति छल-कपट से अपहरण कर ली है; उसे भिक्षा मांगते देखकर क्या छली भाई को ज़रा भी पश्चात्ताप न होगा! मगर ऐसा न हो, तो वह मनुष्य नहीं है।

उपन्यासों की भांति कहानियां भी कुछ घटना-प्रधान होती हैं, कुछ चरित्र-प्रधान। चरित्र-प्रधान कहानी का पद ऊंचा समझा जाता है, मगर कहानी में बहुत विस्तृत विश्लेषण की गुंजाइश नहीं होती। यहां हमारा उद्देश्य सम्पूर्ण मनुष्य को चित्रित करना

नहीं, वरन उसके चरित्र का एक अंग दिखाना है। यह परमावश्यक है कि हमारी कहानी से जो परिणाम या तत्त्व निकले, वह सर्वमान्य हो और उसमें कुछ बारीकी हो। यह एक साधारण नियम है कि हमें उसी बात में आनन्द आता है, जिससे हमारा कुछ सम्बन्ध हो। जुआ खेलने वालों को जो उन्माद और उल्लास होता है, वह दर्शक को कदापि नहीं हो सकता। जब हमारे चरित्र इतने सजीव और आकर्षक हैं कि पाठक अपने को उसके स्थान पर समझ लेता है; तभी उसे क़हानी में आनन्द प्राप्त होता है। अगर लेखक ने अपने पात्रों के प्रति पाठक में यह सहानुभूति नहीं उत्पन्न कर दी, तो वह अपने उद्देश्य में असफल है।

पाठकों से यह कहने की ज़रूरत नहीं है कि इन थोड़े ही दिनों में हिन्दी गल्प-कला ने कितनी प्रौढ़ता प्राप्त कर ली है। पहले हमारे सामने केवल बंगला कहानियों का नमूना था। अब हम संसार के सभी प्रमुख गल्प-लेखकों की रचनाएं पढ़ते हैं, उन पर विचार और बहस करते हैं, उनके गुण-दोष निकालते हैं और उनसे प्रभावित हुए बिना नहीं रह सकते। अब हिन्दी गल्प-लेखकों में विषय, दृष्टिकोण और शैली का अलग-अलग विकास होने लगा है, कहानी जीवन के बहुत निकट आ गई है। उसकी ज़मीन अब उतनी लम्बी-चौड़ी नहीं है। उसमें कई रसों, कई चरित्रों और कई घटनाओं के लिए स्थान नहीं रहा। अब वह केवल एक प्रसंग का, आत्मा की एक झलक का सजीव हृदयस्पर्शी चित्रण है। इस एक तथ्यता ने उसमें प्रभाव, आकस्मिकता और तीव्रता भर दी है। अब उसमें व्याख्या का अंश कम, संवेदना का अंश अधिक रहता है। उसकी शैली भी अब प्रवाहमयी हो गई है। लेखक को जो कुछ कहना है, वह कम-से-कम शब्दों में कह डालना चाहता है। वह अपने चरित्रों के मनोभावों की व्याख्या करने नहीं बैठता, केवल उनकी तरफ़ इशारा कर देता है। कभी-कभी तो सम्भाषणों में एक-दो शब्दों से ही काम निकाल लेता है। ऐसे कितने ही अवसर होते हैं, जब पात्र के मुंह से एक शब्द सुनकर हम उसके मनोभावों का पूरा अनुमान कर लेते हैं। पूरे वाक्य की ज़रूरत ही नहीं रहती, अब हम कहानी का मूल्य उसके घटना-विन्यास से नहीं लगाते। हम चाहते हैं, पात्रों की मनोगति स्वयं घटनाओं की सृष्टि करे! घटनाओं का स्वतन्त्र कोई महत्त्व ही न रहा, उसका महत्त्व केवल पात्रों के मनोभावों को व्यक्त करने की दृष्टि से ही है – उसी तरह जैसे शालग्राम स्वतन्त्र रूप से केवल पत्थर का एक गोल टुकड़ा है; लेकिन उपासक की श्रद्धा से प्रतिष्ठित होकर देवता बन जाता है। खुलासा यह कि गल्प का आधार अब घटना नहीं, मनोविज्ञान की अनुभूति है। आज लेखक केवल कोई रोचक दृश्य देखकर कहानी लिखने नहीं बैठ जाता। उसका उद्देश्य स्थूल सौन्दर्य नहीं। वह तो कोई ऐसी प्रेरणा चाहता है, जिसमें सौन्दर्य की झलक हो, और उसके द्वारा वह पाठक की सुन्दर भावनाओं को स्पर्श कर सके।

प्रेमचंद

अलग्योझा

भोला महतो ने पहली स्त्री के मर जाने के बाद दूसरी सगाई की तो उसके लड़के रग्घू के लिए बुरे दिन आ गए। रग्घू की उम्र उस समय केवल दस वर्ष की थी। चैन से गांव में गुल्ली-डंडा खेलता फिरता था। मां के जाते ही चक्की में जुतना पड़ा। पन्ना रूपवती स्त्री थी, और रूप और गर्व में चोली-दामन का नाता है। वह अपने हाथों से कोई मोटा काम न करती। गोबर रग्घू निकालता, बैलों को सानी रग्घू देता। रग्घू ही जूठे बरतन मांजता। भोला की आंखें कुछ ऐसी फिरीं कि उसे अब रग्घू में सब बुराइयां-ही-बुराइयां नज़र आतीं। पन्ना की बातों को वह प्राचीन मर्यादानुसार आंखें बन्द करके मान लेता था। रग्घू की शिकायतों की ज़रा भी परवाह न करता। नतीजा यह हुआ कि रग्घू ने शिकायत करना छोड़ दिया। किसके सामने रोए? बाप ही नहीं, सारा गांव उसका दुश्मन था। बड़ा ज़िद्दी लड़का है, पन्ना को कुछ समझता ही नहीं; बेचारी उसका दुलार करती है, खिलाती-पिलाती है। यह उसी का फल है। दूसरी औरत होती, तो निबाह न होता! वह तो कहो, पन्ना इतनी सीधी-सादी है कि निबाह होता जाता है। सबल की शिकायतें सब सुनते हैं, निर्बल की फ़रियाद भी कोई नहीं सुनता। रग्घू का हृदय मां की ओर से दिन-दिन फटता जाता था। यहां तक कि आठ साल गुज़र गए। और एक दिन भोला के नाम मृत्यु का सन्देश आ पहुंचा।

पन्ना के चार बच्चे थे – तीन बेटे और एक बेटी। इतना बड़ा ख़र्च और कमाने वाला कोई नहीं। रग्घू अब क्यों पूछने लगा! यह मानी हुई बात थी। अपनी स्त्री लाएगा और अलग रहेगा। स्त्री आकर और भी आग लगाएगी। पन्ना के चारों ओर अंधेरा-ही-अंधेरा दिखाई देता था। पर कुछ भी हो, वह रग्घू की आसरैत बनकर घर में न रहेगी। जिस घर में उसने राज किया, उसमें अब लौंडी न बनेगी। जिस लौंडे को अपना गुलाम समझा, उसका मुंह न ताकेगी। वह सुन्दर थी, अवस्था भी कुछ ऐसी ज़्यादा न थी। जवानी अपनी पूरी बहार पर थी। क्या वह कोई दूसरा घर नहीं कर सकती? यही न होगा, लोग हंसेंगे। बला से! उसकी बिरादरी में क्या ऐसा होता नहीं! ब्राह्मण-ठाकुर थोड़े ही थी कि नाक कट जाएगी। यह तो ऊंची जातों में होता है कि घर में चाहे जो कुछ करो, बाहर परदा ढंका रहे। वह तो संसार को दिखाकर दूसरा घर कर सकती है। फिर वह रग्घू की दबैल बनकर क्यों रहे?

भोला को मरे एक महीना गुज़र चुका था। सन्ध्या हो गई थी। पन्ना इसी चिन्ता में पड़ी हुई थी कि सहसा उसे ख़याल आया, लड़के घर में नहीं हैं। यह बैलों के लौटने की

बेला है, कहीं कोई लड़का उनके नीचे न आ जाए। अब द्वार पर कौन है, जो उनकी देखभाल करेगा? घर से बाहर निकली, तो देखा रग्घू अपने झोंपड़े में बैठा ऊख की गंडेरियां बना रहा है, तीनों लड़के उसे घेरे खड़े हैं और छोटी लड़की गरदन में हाथ डाले उसकी पीठ पर सवार होने की चेष्टा कर रही है। पन्ना को अपनी आंखों पर विश्वास न आया। आज तो यह नई बात है! शायद दुनिया को दिखाता है कि मैं अपने भाइयों को कितना चाहता हूं और मन में छुरी रक्खी हुई है। घात मिले तो जान ही ले ले। काला सांप है, काला सांप। कठोर स्वर में बोली – तुम सब-के-सब वहां क्या करते हो? घर में जाओ, सांझ की बेला है, गोरू आते होंगे।

रग्घू ने विनीत नेत्रों से देखकर कहा – मैं तो हूं ही काकी, डर किस बात का है?

बड़ा लड़का केदार बोला – काकी, रग्घू दादा ने हमारे लिए दो गाड़ियां बना दी हैं। यह देख, एक पर हम और खुन्नू बैठेंगे, दूसरी पर लछमन और झुनिया। दादा दोनों गाड़ियां खींचेंगे।

यह कहकर वह कोने से छोटी-छोटी गाड़ियां निकाल लाया, चार-चार पहिए लगे थे, बैठने के लिए तख़्ते और रोक के लिए दोनों तरफ़ बाज़ू थे।

पन्ना ने आश्चर्य से पूछा – यह गाड़ियां किसने बनाईं?

केदार ने चिढ़कर कहा – रग्घू दादा ने बनाई हैं, और किसने। भगत के घर से बसूला और रुखानी मांग लाए और झटपट बना दीं। ख़ूब दौड़ती हैं काकी। बैठ खुन्नू, मैं खींचूं।

खुन्नू गाड़ी में बैठ गया। केदार खींचने लगा। चर-चर का शोर हुआ, मानो गाड़ी भी इस खेल में लड़कों के साथ शरीक है।

लछमन ने दूसरी गाड़ी पर बैठकर कहा – दादा, खींचो।

रग्घू ने झुनिया को भी गाड़ी में बैठा दिया और गाड़ी खींचता हुआ दौड़ा। तीनों लड़के तालियां बजाने लगे। पन्ना चकित नेत्रों से यह दृश्य देख रही थी और सोच रही थी कि यह वही रग्घू है या और!

थोड़ी देर के बाद दोनों गाड़ियां लौटीं; लड़के घर में आकर इस यान-यात्रा के अनुभव बयान करने लगे। कितने खुश थे, मानो हवाई जहाज़ पर बैठ आए हों।

खुन्नू ने कहा – काकी, सच, पेड़ दौड़ रहे थे।

लछमन – और बछिया कैसी भागीं, सब-की-सब दौड़ी।

केदार – काकी, रग्घू दादा दोनों गाड़ियां एक साथ खींच ले जाते हैं।

झुनिया सबसे छोटी थी। उसकी व्यंजना-शक्ति उछल-कूद और नेत्रों तक परिमित थी – तालियां बजा-बजाकर नाच रही थी।

खुन्नू – अब हमारे घर गाय भी आ जाएगी काकी। रग्घू दादा ने गिरधारी से कहा है कि हमें एक गाय ला दो। गिरधारी बोला, कल लाऊंगा।

केदार – तीन सेर दूध देती है काकी। ख़ूब दूध पीएंगे।

इतने में रग्घू भी अन्दर आ गया। पन्ना ने अवहेलना की दृष्टि से देखकर पूछा – क्यों रग्घू, तुमने गिरधारी से कोई गाय मांगी है?

रग्घू ने क्षमा-प्रार्थना के भाव से कहा – हां, मांगी तो है, कल लावेगा।

पन्ना – रुपये किसके घर से आएंगे? यह भी सोचा है?

रग्घू – सब सोच लिया है काकी। मेरी यह मुहर नहीं है! इसके पच्चीस रुपये मिल रहे हैं; पांच रुपये बछिया के मुजरा दे दूंगा। बस, गाय अपनी हो जाएगी।

पन्ना सन्नाटे में आ गई। अब उसका अविश्वासी मन भी रग्घू के प्रेम और सज्जनता को अस्वीकार न कर सका। बोली – मुहर को क्यों बेचे देते हो? गाय की अभी कौन जल्दी है। हाथ में पैसे हो जाएं, तो ले लेना। सूना-सूना गला अच्छा न लगेगा। इतने दिनों गाय नहीं रही; तो क्या लड़के नहीं जिए?

रग्घू दार्शनिक भाव से बोला – बच्चों के खाने-पीने के यही दिन हैं काकी। इस उम्र में न खाया, तो फिर क्या खाएंगे। मुहर पहनना मुझे अच्छा भी नहीं मालूम होता, लोग समझते होंगे कि बाप तो मर गया, इसे मुहर पहनने की सूझी है।

भोला महतो तो गाय की चिन्ता में ही चल बसे, न रुपये आए और न गाय मिली, मजबूर थे। रग्घू ने वह समस्या कितनी सुगमता से हल कर दी। आज जीवन में पहली बार, पन्ना को रग्घू पर विश्वास आया, बोली – जब गहना ही बेचना है, तो अपनी मुहर क्यों बेचोगे? मेरी हंसली ले लेना।

रग्घू – नहीं काकी! वह तुम्हारे गले में बहुत अच्छी लगती है। मर्दों को क्या, मुहर पहने या न पहने।

पन्ना – चल, मैं बूढ़ी हुई। मुझे अब हंसली पहनकर क्या करना है। तू अभी लड़का है, तेरा सूना गला अच्छा न लगेगा।

रग्घू मुस्कुराकर बोला – तुम अभी से कैसी बूढ़ी हो गईं? गांव में, कौन तुम्हारे बराबर है?

रग्घू की सरल आलोचना ने पन्ना को लज्जित कर दिया। उसके रूखे-मुरझाए मुख पर प्रसन्नता की लाली दौड़ गई।

2

पांच साल गुज़र गए। रग्घू का-सा मेहनती, ईमानदार, बात का धनी दूसरा किसान गांव में न था। पन्ना की इच्छा के बिना कोई काम न करता। उसकी उम्र अब 23 साल की हो गई थी। पन्ना बार-बार कहती – भइया, बहू को बिदा करा लाओ। कब तक नैहर में पड़ी रहेगी? सब

लोग मुझी को बदनाम करते हैं कि यही बहू को नहीं आने देती, मगर रग्घू टाल देता था। कहता कि अभी जल्दी क्या है। उसे अपनी स्त्री के रंग-ढंग का कुछ परिचय दूसरों से मिल चुका था। ऐसी औरत को घर में लाकर यह अपनी शान्ति में बाधा नहीं डालना चाहता था।

आख़िर एक दिन पन्ना ने ज़िद करके कहा – तो तुम न लाओगे?

'कह दिया कि अभी कोई जल्दी नहीं है।'

'तुम्हारे लिए जल्दी न होगी, मेरे लिए तो जल्दी है। मैं आज आदमी भेजती हूं।'

'पछताओगी काकी, उसका मिज़ाज अच्छा नहीं है।'

'तुम्हारी बला से। जब मैं उससे बोलूंगी ही नहीं, तो क्या हवा से लड़ेगी? रोटियां तो बना लेगी। मुझसे भीतर-बाहर का सारा काम नहीं होता, मैं आज बुलाए लेती हूं।'

'बुलाना चाहती हो, बुला लो; मगर फिर यह न कहना कि यह मेहरिया को ठीक नहीं करता, उसका गुलाम हो गया।'

'न कहूंगी, जाकर दो साड़ियां और मिठाई ले आ।'

तीसरे दिन मुलिया मैके से आ गई। दरवाज़े पर नगाड़े बजे। शहनाइयों की मधुर ध्वनि आकाश में गूंजने लगी। मुंह-दिखावे की रस्म अदा हुई। वह इस मरुभूमि में निर्मल जल-धारा थी। गेहुंआ रंग था, बड़ी-बड़ी नोकीली पलकें, कपालों पर हल्की सुर्ख़ी, आंखों में प्रबल आकर्षण, रग्घू उसे देखते ही मन्त्र-मुग्ध हो गया।

प्रातःकाल पानी का घड़ा लेकर चलती, तब उसका गेहुंआ रंग प्रभात की सुनहली किरणों से कुन्दन हो जाता, मानो उषा अपनी सारी सुगन्ध, सारा विकास और सारा उन्माद लिये मुस्कुराती चली जाती हो।

3

मुलिया मैके से ही जली-भुनी आई थी, मेरा शौहर छाती फाड़कर काम करे, और पन्ना रानी बनी बैठी रहें, उसके लड़के रईसजादे बने घूमें। मुलिया से यह बरदाश्त न होगा। वह किसी की गुलामी न करेगी। अपने लड़के तो अपने होते ही नहीं, भाई किसके होते हैं। जब तक पर नहीं निकलते हैं, रग्घू को घेरे हुए हैं। ज्यों ही ज़रा सयाने हुए, पर झाड़कर निकल जाएंगे। बात भी न पूछेंगे।

उस दिन उसने रग्घू से कहा – तुम्हें इस तरह गुलामी करनी हो तो करो, मुझसे न होगी।

रग्घू – तो फिर क्या करूं, तू ही बता? लड़के तो अभी घर का काम करने लायक भी नहीं हैं।

मुलिया – लड़के रावत के हैं, कुछ तुम्हारे नहीं हैं। यही पन्ना है, जो तुम्हें दाने-दाने

को तरसाती थीं। सब सुन चुकी हूं। मैं लौंडी बनकर न रहूंगी। रुपये-पैसे का मुझे कुछ हिसाब नहीं मिलता। न जाने तुम क्या लाते हो? और वह क्या करती है। तुम समझते हो रुपये घर ही में तो हैं; मगर देख लेना, तुम्हें जो एक फूटी कौड़ी भी मिले।

रग्घू – रुपये-पैसे तेरे हाथ में देने लगूं, तो दुनिया क्या कहेगी, यह तो सोच।

मुलिया – दुनिया जो चाहे कहे। दुनिया के हाथों बिकी नहीं हूं। देख लेना, भाड़ लीपकर हाथ काला ही रहेगा। फिर तुम अपने भाइयों के लिए मरो, मैं क्यों मरूं?

रग्घू ने जवाब न दिया। उसे जिस बात का भय था, वह इतनी जल्द सिर पर आ पड़ी। अब अगर उसने बहुत तत्थोथम्भी किया, तो साल-छः महीने और काम चलेगा। बस, आगे यह डोंगा चलता नज़र नहीं आता। बकरे की मां कब तक ख़ैर मनाएगी?

एक दिन पन्ना ने महुए का सुखावन डाला। बरसात शुरू हो गई थी। बखार में अनाज गीला हो रहा था। मुलिया से बोली – बहू, ज़रा देखती रहना, मैं तालाब से नहा आऊं।

मुलिया ने लापरवाही से कहा – मुझे नींद आ रही है, तुम बैठकर देखो, एक दिन न नहाओगी तो क्या होगा?

पन्ना ने साड़ी उठाकर रख दी, नहाने न गई। मुलिया का वार ख़ाली गया।

कई दिन के बाद एक शाम को पन्ना धान रोपकर लौटी, अंधेरा हो गया था। दिन-भर की भूखी थी, आशा थी, बहू ने रोटी बना रखी होगी, मगर देखा तो यहां चूल्हा ठंडा पड़ा हुआ था, और बच्चे मारे भूख के तड़प रहे थे। मुलिया से आहिस्ते-से पूछा – आज अभी चूल्हा नहीं जला?

केदार ने कहा – आज दोपहर को भी चूल्हा नहीं जला काकी! भाभी ने कुछ बनाया ही नहीं।

पन्ना – तो तुम लोगों ने खाया क्या?

केदार – कुछ नहीं, रात की रोटियां थीं, खुन्नू और लछमन ने खाईं। मैंने सत्तू खा लिया।

पन्ना – और बहू?

केदार – वह तो पड़ी सो रही है, कुछ नहीं खाया।

पन्ना ने उसी वक़्त चूल्हा जलाया और खाना बनाने बैठ गई। आटा गूंधती थी और रोती थी। क्या नसीब है, दिन-भर खेत में जली, घर आई तो चूल्हे के सामने जलना पड़ा।

केदार का चौदहवां साल था। भाभी के रंग-ढंग देखकर सारी स्थिति समझ रहा था। बोला – काकी, भाभी अब तुम्हारे साथ रहना नहीं चाहती। पन्ना ने चौंककर पूछा – क्या, कुछ कहती थी?

केदार – कहती कुछ नहीं थी; मगर है उसके मन में यही बात। फिर तुम क्यों नहीं छोड़ देतीं? जैसे चाहे रहे; हमारा भी भगवान है।

पन्ना ने दांतों से जीभ दबाकर कहा – चुप, मेरे सामने ऐसी बात भूलकर भी न कहना। रग्घू तुम्हारा भाई नहीं, तुम्हारा बाप है। मुलिया से कभी बोलोगे, तो समझ लेना ज़हर खा लूंगी।

4

दशहरे का त्योहार आया। इस गांव से कोस-भर पर एक पुरवे में मेला लगता था। गांव के सब लड़के मेला देखने चले। पन्ना भी लड़कों के साथ चलने को तैयार हुई; मगर पैसे कहां से आएं? कुंजी तो मुलिया के पास थी।

रग्घू ने आकर मुलिया से कहा – लड़के मेले जा रहे हैं, सबों को दो-दो आने पैसे दे दे।

मुलिया ने त्योरियां चढ़ाकर कहा – पैसे घर में नहीं हैं।

रग्घू – अभी तो तेलहन बिका था, क्या इतनी जल्दी रुपये उठ गए?

मुलिया – हां, उठ गए।

रग्घू – कहां उठ गए?

ज़रा सुनूं, आज त्योहार के दिन लड़के मेला देखने न जाएंगे?

मुलिया – अपनी काकी से कहो, पैसे निकालें, गाड़कर क्या करेंगी।

खूंटी पर कुंजी लटक रही थी। रग्घू ने कुंजी उतारी और चाहा कि सन्दूक खोले कि मुलिया ने उसका हाथ पकड़ लिया और बोली – कुंजी मुझे दे दो, नहीं तो ठीक न होगा। खाने-पहनने को भी चाहिए, कागज़-किताब को भी चाहिए, उस पर मेला देखने को भी चाहिए। हमारी कमाई इसलिए नहीं है कि दूसरे खाएं और मूंछों पर ताव दें।

पन्ना ने रग्घू से कहा – भइया, पैसे क्या होंगे। लड़के मेले देखने न जाएंगे।

रग्घू ने झिड़ककर कहा – मेला देखने क्यों न जाएंगे? सारा गांव जा रहा है। हमारे ही लड़के न जाएंगे?

यह कहकर रग्घू ने अपना हाथ छुड़ा लिया और पैसे निकालकर लड़कों को दे दिए; मगर कुंजी जब मुलिया को देने लगा, तब उसने उसे आंगन में फेंक दिया और मुंह लपेटकर लेट गई। लड़के मेला देखने न गए।

इसके बाद दो दिन गुज़र गए। मुलिया ने कुछ नहीं खाया, और पन्ना भी भूखी रही। रग्घू कभी उसे मनाता, कभी उसे; पर न यह उठती न वह। आख़िर रग्घू ने हैरान होकर मुलिया से पूछा – कुछ मुंह से कह, चाहती क्या है?

मुलिया ने धरती को सम्बोधित करके कहा – मैं कुछ नहीं चाहती, तू मुझे मेरे घर पहुंचा दे।

रग्घू – अच्छा उठ, बना खा। पहुंचा दूंगा।

मुलिया ने रग्घू की ओर आंखें उठाईं। रग्घू उसकी सूरत देखकर डर गया। वह माधुर्य, वह मोहकता, वह लावण्य ग़ायब हो गया था। दांत निकल आए थे, आंखें फट गई थीं और नथुने फड़क रहे थे। अंगारे की-सी लाल आंखों से देखकर बोली – अच्छा, तो काकी ने यह सलाह दी है, यह मन्त्र पढ़ाया है? तो यहां ऐसी कच्ची नहीं हूं। तुम दोनों की छाती पर मूंग दलूंगी। हो किस फेर में!

रग्घू – अच्छा, तो मूंग ही दल लेना। कुछ खा-पी लेगी, तभी तो मूंग दल सकेगी।

मुलिया – अब तो तभी मुंह में पानी डालूंगी, जब घर अलग हो जाएगा। बहुत झेल चुकी, अब नहीं झेला जाता।

रग्घू सन्नाटे में आ गया, एक मिनट तक तो उसके मुंह से आवाज़ ही न निकली। अलग होने की उसने स्वप्न में भी कल्पना न की थी। उसने गांव में दो-चार परिवारों को अलग होते देखा था। वह खूब जानता था, रोटी के साथ लोगों के हृदय भी अलग हो जाते हैं। अपने हमेशा के लिए ग़ैर हो जाते हैं। फिर उनमें वही नाता रह जाता है, जो गांव के और आदमियों में। रग्घू ने मन में ठान लिया था कि इस विपत्ति को घर न आने दूंगा; मगर होनहार के सामने उसकी एक न चली। आह! मेरे मुंह में कालिख लगेगी, दुनिया यही कहेगी कि बाप के मर जाने पर दस साल भी एक में निबाह न हो सका। फिर किससे अलग हो जाऊं? जिनको गोद में खिलाया, जिनको बच्चों की तरह पाला, जिनके लिए तरह-तरह के कष्ट झेले, उन्हीं से अलग हो जाऊं! अपने प्यारों को घर से निकाल बाहर करूं! उसका गला फंस गया। कांपते हुए स्वर में बोला – तू क्या चाहती है कि मैं अपने भाइयों से अलग हो जाऊं? भला सोच तो; कहीं मुंह दिखाने लायक रहूंगा?

मुलिया – तो मेरा इन लोगों के साथ निबाह न होगा।

रग्घू – तो तू अलग हो जा। मुझे अपने साथ क्यों घसीटती है?

मुलिया – तो मुझे क्या तुम्हारे घर में मिठाई मिलती है, मेरे लिए क्या संसार में जगह नहीं है?

रग्घू – तेरी जैसी मरज़ी, जहां चाहे रह। मैं अपने घरवालों से अलग नहीं हो सकता। जिस दिन इस घर में दो चूल्हे जलेंगे, उस दिन मेरे कलेजे के दो टुकड़े हो जाएंगे। मैं यह चोट नहीं सह सकता। तुझे जो तकलीफ़ हो, वह मैं दूर कर सकत हूं। माल-असबाब की मालकिन तू है ही, अनाज-पानी तेरे ही हाथ है, अब रह क्या गया है? अगर कुछ काम-धन्धा करना नहीं चाहती, मत कर। भगवान ने मुझे समाई दी होती, तो तुझे तिनका तक उठाने न देता। तेरे यह सुकुमार हाथ-पांव मेहनत-मजूरी करने के लिए बनाए ही नहीं गए हैं; मगर क्या करूं अपना कुछ बस ही नहीं है। फिर भी तेरा जी कोई काम करने को न चाहे, मत कर; मगर मुझसे अलग होने को न कह, तेरे पैरों पड़ता हूं।

मुलिया ने सिर से आंचल खिसकाया और ज़रा समीप आकर बोली – मैं काम करने से नहीं डरती, न बैठे-बैठे खाना चाहती हूं; मगर मुझसे किसी की धौंस नहीं सही जाती। तुम्हारी ही काकी घर का काम-काज करती हैं, तो अपने लिए करती हैं, अपने बाल-बच्चों के लिए करती हैं। मुझ पर कुछ एहसान नहीं करतीं। फिर मुझ पर धौंस क्यों जमाती हैं? उन्हें अपने बच्चे प्यारे होंगे, मुझे तो तुम्हारा आसरा है। मैं अपनी आंखों से यह नहीं देख सकती कि सारा घर तो चैन करे, ज़रा-ज़रा से बच्चे तो दूध पीएं, और जिसके बल-बूते पर गृहस्थी थमी हुई है, वह मट्ठे को तरसे। कोई उसका पूछने वाला न हो। ज़रा अपना मुंह तो देखो, कैसे सूरत निकल आई है। औरों के तो चार बरस में अपने पट्ठे तैयार हो जाएंगे। तुम तो दस साल में खाट पर पड़ जाओगे। बैठ जाओ, खड़े क्यों हो? क्या मारकर भागोगे! मैं तुम्हें ज़बरदस्ती न बांध लूंगी या ऐसे निर्मोहिये से पाला पड़ेगा, तो इस घर में भूल से न आती। आती भी तो मन न लगाती, मगर अब तो मन तुमसे लग गया। घर भी जाऊं, तो मन यहां ही रहेगा। और तुम जो हो, मेरी बात नहीं पूछते।

मुलिया की ये रसीली बातें रग्घू पर कोई असर न डाल सकीं। वह उसी रुखाई से बोला – मुलिया, मुझसे यह न होगा। अलग होने का ध्यान करते ही मेरा मन न जाने कैसा हो जाता है। यह चोट मुझसे न सही जाएगी।

मुलिया ने परिहास करके कहा – तो चूड़ियां पहनकर अन्दर बैठो न। लाओ मैं मूंछे लगा लूं। मैं तो समझती थी कि तुममें भी कुछ कस-बल है। अब देखती हूं, तो निरे मिट्टी के लोंदे हो।

पन्ना दालान में खड़ी दोनों की बातचीत सुन रही थी। अब उससे न रहा गया। सामने आकर रग्घू से बोली – जब वह अलग होने पर तुली हुई है, फिर तुम क्यों उसे ज़बरदस्ती मिलाए रखना चाहते हो? तुम उसे लेकर रहो, हमारे भगवान मालिक हैं। जब महतो मर गए थे, और कहीं पत्ती की भी छांह न थी, जब उस वक़्त भगवान ने निबाह दिया, तो अब क्या डर? अब तो भगवान की दया से तीनों लड़के सयाने हो गए हैं। अब कोई चिन्ता नहीं।

रग्घू ने आंसू-भरी आंखों से पन्ना को देखकर कहा – काकी, तू भी पागल हो गई है क्या? जानती नहीं, दो रोटियां होते ही दो मन हो जाते हैं।

पन्ना – जब वह मानती ही नहीं, तब तुम क्या करोगे? भगवान की यही मरज़ी होगी, तो कोई क्या करेगा? परालब्ध में जितने दिन एक साथ रहना लिखा था, उतने दिन रहे, अब उसकी यही मरज़ी है, तो यही सही। तुमने मेरे बाल-बच्चों के लिए जो कुछ किया, वह मैं भूल नहीं सकती। तुमने इनके सिर पर हाथ न रक्खा होता तो आज इनकी न जाने क्या गति होती, न जाने किसके द्वार पर ठोकरें खाते होते, न जाने कहां-कहां भीख मांगते फिरते। तुम्हारा जस मरते दम तक गाऊंगी, अगर मेरी खाल तुम्हारे जूते बनाने के काम

आए, तो खुशी से दे दूं। चाहे तुमसे अलग हो जाऊं, पर जिस घड़ी तुम पुकारोगे, कुत्ते की तरह दौड़ी आऊंगी। यह भूलकर भी न सोचना कि तुमसे अलग होकर मैं तुम्हारा बुरा चेतूंगी। जिस दिन तुम्हारा अनभल मेरे मन में आएगा, उसी दिन विष खाकर मर जाऊंगी। भगवान करे, तुम दूधो नहायो, पूतों फलो। मरते दम तक यही असीस मेरे रोएं-रोएं से निकलती रहेगी। और अगर लड़के भी अपने बाप के हैं, तो मरते दम तुम्हारा पोस मानेंगे।

यह कहकर पन्ना रोती हुई वहां से चली गई। रग्घू वहीं मूर्ति की तरह खड़ा रहा। आसमान की ओर टकटकी लगी थी और आंखों से आंसू बह रहे थे।

5

पन्ना की बातें सुनकर मुलिया समझ गई कि अब अपने पौ-बारह हैं। चटपट उठी, घर में झाड़ू लगाया, चूल्हा जलाया और कुएं से पानी लाने चली। उसकी टेक पूरी हो गई थी।

गांव में स्त्रियों के दो दल होते हैं – एक बहुओं का, दूसरा सासों का। बहुएं सलाह और सहानुभूति के लिए अपने दल में जाती हैं, सासें अपने दल में। दोनों की पंचायतें अलग होती हैं। मुलिया को कुएं पर दो-तीन बहुएं मिल गईं। एक ने पूछा – आज तो तुम्हारी बुढ़िया बहुत रो-धो रही थी!

मुलिया ने विजय के गर्व से कहा – इतने दिनों से घर की मालकिन बनी हुई हैं, राज-पाट छोड़ते किसे अच्छा लगता है! बहन, मैं उनका बुरा नहीं चाहती; लेकिन एक आदमी की कमाई में कहां तक बरकत होगी। मेरे भी तो यही खाने-पीने, पहनने-ओढ़ने के दिन हैं। अभी उनके पीछे मरो, फिर बाल-बच्चे हो जाएं, उनके पीछे मरो। सारी ज़िन्दगी रोते ही कट जाए।

एक बहू – बुढ़िया यही चाहती है कि यह बस जन्म-भर लौंडी बनी रहे। मोटा-झोटा खाए और पड़ी रहे।

दूसरी बहू – किस भरोसे पर कोई मरे। अपने लड़के तो बात नहीं पूछते, पराये लड़कों का क्या भरोसा? कल इनके हाथ-पांव हो जाएंगे, फिर कौन पूछता है। अपनी-अपनी मेहरियों का मुंह देखेंगे। पहले से ही फटकार देना अच्छा है। फिर तो कोई कलंक न होगा।

मुलिया पानी लेकर गई, खाना बनाया और रग्घू से बोली – जाओ, नहा आओ, रोटी तैयार है।

रग्घू ने मानो सुना ही नहीं। सिर पर हाथ रखकर द्वार की तरफ़ ताकता रहा।

मुलिया – क्या कहती हूं, कुछ सुनाई देता है? रोटी तैयार है, जाओ नहा आओ॥

रग्घू – सुन तो रहा हूं, क्या बहरा हूं? रोटी तैयार है, तो जाकर खा ले। मुझे भूख नहीं है।

मुलिया ने फिर कुछ नहीं कहा। जाकर चूल्हा बुझा दिया, रोटियां उठाकर छींके पर रख दी और मुंह ढांककर लेट रही।

ज़रा देर में पन्ना आकर बोली – खाना तो तैयार है, नहा-धोकर खा लो! वह भी तो भूखी होगी?

रग्घू ने झुंझलाकर कहा – काकी, तू घर में रहने देगी कि मुंह में कालिख लगाकर कहीं निकल जाऊं? खाना तो खाना ही है, आज न खाऊंगा, कल खाऊंगा; लेकिन अभी मुझसे न खाया जाएगा। केदार क्या अभी मदरसे से नहीं आया?

पन्ना – अभी तो नहीं आया, आता ही होगा।

पन्ना समझ गई कि जब तक वह खाना बनाकर लड़कों को न खिलाएगी और खुद न खाएगी, रग्घू न खाएगा। इतना ही नहीं, उसे रग्घू से लड़ाई करनी पड़ेगी, उसे जली-कटी सुनानी पड़ेगी, उसे यह दिखाना पड़ेगा कि मैं ही उससे अलग होना चाहती हूं, नहीं तो वह इसी चिन्ता में घुल-घुलकर प्राण दे देगा। यह सोचकर उसने अलग चूल्हा जलाया और खाना बनाने लगी। इतने में केदार और खुन्नू मदरसे से आ गए। पन्ना ने कहा – आओ बेटा, खा लो, रोटी तैयार है।

केदार ने पूछा – भइया को बुला लूं न?

पन्ना – तुम आकर खा लो। उनकी रोटी बहू ने अलग बनाई है।

खुन्नू – जाकर भइया से पूछ न आऊं?

पन्ना – जब उनका जी चाहेगा, खाएंगे। तू बैठकर खा, तुझे इन बातों से क्या मतलब? जिसका जी चाहेगा खाएगा, जिसका जी न चाहेगा न खाएगा। जब वह और उसकी बीवी अलग रहने पर तुले हैं, तो कौन मनाए?

केदार – तो क्या अम्मां जी, क्या हम अलग घर में रहेंगे?

पन्ना – उनका जी चाहे एक घर में रहें, जी चाहे आंगन में दीवार डाल लें।

खुन्नू ने दरवाज़े पर आकर झांका, सामने फूस की झोंपड़ी थी, वहीं खाट पर पड़ा रग्घू नारियल पी रहा था।

खुन्नू – भइया तो अभी नारियल लिये बैठे हैं।

पन्ना – जब जी चाहेगा खाएंगे।

केदार – भइया ने भाभी को डांटा नहीं?

मुलिया अपनी कोठरी में पड़ी सुन रही थी। बाहर आकर बोली – भइया ने तो नहीं डांटा, अब तुम आकर डांटो।

केदार के चेहरे का रंग उड़ गया। फिर ज़बान न खोली। तीनों लड़कों ने खाना खाया,

और बाहर निकले। लू चलने लगी थी। आम के बाग में गांव के लड़के-लड़कियां हवा से गिरे हुए आम चुन रहे थे। केदार ने कहा – आज हम भी आम चुनने चलें, खूब आम गिर रहे हैं।

खुन्नू – दादा जो बैठे हैं...

लछमन – मैं न जाऊंगा, दादा घुड़केंगे।

केदार – वह तो अब अलग हो गए।

लछमन – तो अब हमको कोई मारेगा, तब भी दादा न बोलेंगे?

केदार – वाह, तब क्यों न बोलेंगे?

रग्घू ने तीनों लड़कों को दरवाज़े पर खड़े देखा, पर कुछ बोला नहीं! पहले तो वह घर से बाहर निकलते ही उन्हें डांट बैठता था; पर आज वह मूर्ति के समान निश्चल बैठा रहा। अब लड़कों को कुछ साहस हुआ। कुछ दूर और आगे बढ़े, रग्घू अब भी न बोला, कैसे बोले। वह सोच रहा था, काकी ने लड़कों को खिला-पिला दिया, मुझसे पूछा तक नहीं। क्या उसकी आंखों पर भी परदा पड़ गया है; अगर मैंने लड़कों को पुकारा और वह न आए तो? मैं उनको मार-पीट तो सकूंगा। लू में सब-के-सब मारे-मारे फिरेंगे। कहीं बीमार न पड़ जाएं। उसका दिल मसोसकर रह जाता था, लेकिन मुंह से कुछ कह न सकता था। लड़कों ने देखा कि यह बिल्कुल नहीं बोलते, तो निर्भय होकर चल पड़े।

सहसा मुलिया ने आकर कहा – अब तो उठोगे कि अब भी नहीं? जिसके नाम पर फ़ाक़ा कर रहे हो, उन्होंने मज़े से लड़कों को खिलाया और आप खाया, अब आराम से सो रही हैं। 'मोर पिया मोरी बात न पूछे मोर सुहागिन नांव।' एक भी तो मुंह से न फटा कि भइया, खा लो।

रग्घू को इस समय मर्मान्तक पीड़ा हो रही थी। मुलिया के इन कठोर शब्दों ने घाव पर नमक छिड़क दिया। दुखित नेत्रों से देखकर बोला – तेरी जो मरज़ी थी, वही तो हुआ। अब जा ढोल बजा!

मुलिया – नहीं, तुम्हारे लिए थाली परोसे बैठी हैं!

रग्घू – मुझे चिढ़ा मत। तेरे पीछे मैं भी बदनाम हो रहा हूं। जब तू किसी की होकर नहीं रहना चाहती; तो दूसरे को क्या ग़रज़ है, जो तेरी खुशामद करे। जाकर काकी से पूछ, लड़के आम चुनने गए हैं, उन्हें पकड़ लाऊं?

मुलिया अंगूठा दिखाकर बोली – यह जाता है! तुम्हें सौ बार ग़रज़ हो, जाकर पूछो।

इतने में पन्ना भी भीतर से निकल आई। रग्घू ने पूछा – लड़के बगीचे में चले गए काकी, लू चल रही है।

पन्ना – अब उनका कौन पुछत्तर है। बगीचे में जाएं, पेड़ पर चढ़ें, पानी में डूबें। मैं अकेली क्या-क्या करूं?

रग्घू – जाकर पकड़ लाऊं?

पन्ना – जब तुम्हें अपने मन से नहीं जाना है, तो फिर मैं जाने को क्यों कहूं? तुम्हें रोकना होता, तो रोक न देते? तुम्हारे सामने ही तो गए होंगे।

पन्ना की बात पूरी न हुई थी कि रग्घू ने नारियल कोने में रख दिया और बाग़ की तरफ़ चला।

6

रग्घू लड़कों को लेकर बाग़ से लौटा, तो देखा मुलिया अभी तक झोंपड़े में खड़ी है। बोला – तू जाकर खा क्यों नहीं लेती? मुझे तो इस बेला भूख नहीं है।

मुलिया ऐंठकर बोली – हां, भूख क्यों लगेगी? भाइयों ने खाया, वह तुम्हारे पेट में पहुंच ही गया होगा।

रग्घू ने दांत पीसकर कहा – मुझे जला मत मुलिया, नहीं तो अच्छा न होगा। खाना कहीं भागा नहीं जाता। एक बेला न खाऊंगा, तो मर न जाऊंगा। क्या तू समझती है, घर में आज कोई छोटी बात हो गई है? तूने घर में चूल्हा नहीं जलाया, मेरे कलेजे में आग लगाई है। मुझे घमंड था कि और चाहे कुछ हो जाए, पर मेरे घर में फूट का रोग न आने पावेगा, पर तूने मेरा घमंड चूर कर दिया। परालब्ध की बात है।

मुलिया तिनककर बोली – सारा मोह-छोह तुम्हीं को है कि और किसी को भी है? मैं तो किसी को तुम्हारी तरह बिसूरते नहीं देखती।

रग्घू ने ठंडी सांस खींचकर कहा – मुलिया, घाव पर नोन न छिड़क। तेरे ही कारन मेरी पीठ में धूल लग रही है। मुझे इस गृहस्थी का मोह न होगा, तो किसे होगा? मैंने ही तो इसे मर-मर जोड़ा। जिनको गोद में खेलाया, वही अब मेरे पट्टीदार होंगे। जिन बच्चों को मैं डांटता था, उन्हें आज कड़ी आंखों से भी नहीं देख सकता। मैं उनके भले के लिए भी कोई बात करूं, तो दुनिया यही कहेगी कि यह अपने भाइयों को लूटे लेता है। जा, मुझे छोड़ दे, अभी मुझसे कुछ न खाया जाएगा।

मुलिया – मैं क़सम रखा दूंगी, नहीं चुपके से चले चलो।

रग्घू – देख, अब भी कुछ नहीं बिगड़ा है। अपनी हठ छोड़ दे।

मुलिया – हमारा ही लहू पिए, जो खाने न उठे।

रग्घू ने कानों पर हाथ रखकर कहा – यह तूने क्या किया मुलिया? मैं तो उठ ही रहा था। चल खा लूं। नहाने-धोने कौन जाए, लेकिन इतना कहे देता हूं कि चाहे चार की जगह छः रोटियां खा जाऊं, चाहे तू मुझे घी के मटके में ही डुबो दे; पर यह दाग मेरे दिल से न मिटेगा।

मुलिया – दाग़-साग़ सब मिट जाएगा। पहले सबको ऐसा ही लगता है। देखते नहीं हो, उधर कैसे चैन की बंसी बज रही है। वह तो मना ही रही थी किसी तरह यह सब अलग हो जाएं। अब वह पहले की-सी चांदी तो नहीं है कि जो कुछ घर में आवे, सब ग़ायब! अब क्यों हमारे साथ रहने लगीं।

रग्घू ने आहत स्वर में कहा – इसी बात का तो मुझे ग़ुम है। काकी से ऐसी आशा न थी।

रग्घू खाने बैठा, तो कौर विष के घूंट-सा लगता था। जान पड़ता था, रोटियां भूसी की हैं। दाल पानी-सी लगती थी। पानी भी कंठ के नीचे न उतरता था। दूध की तरफ़ देखा तक नहीं। दो-चार ग्रास खाकर उठ आया, जैसे किसी प्रियजन के श्राद्ध का भोजन हो।

रात का भोजन भी उसने इसी तरह किया। भोजन क्या किया, कसम पूरी की। रात-भर उसका चित्त उद्विग्न रहा। एक अज्ञात शंका उसके मन पर छाई हुई थी, जैसे भोला महतो द्वार पर बैठा रो रहा हो। वह कई बार चौंककर उठा। ऐसा जान पड़ा, भोला उसकी ओर तिरस्कार की आंखों से देख रहा है।

वह दोनों जून का भोजन करता था; पर जैसे शत्रु के घर। भोला की शोकमग्न मूर्ति आंखों से न उतरती थी। रात को उसे नींद न आती। वह गांव में निकलता, तो इस तरह मुंह चुराए, सिर झुकाए, मानो गोहत्या की हो।

7

पांच साल गुज़र गए। रग्घू अब दो लड़कों का बाप था। आंगन में दीवार खिंच गई थी, खेतों में मेंड़ें डाल दी गई थीं, और बैल-बधिये बांट लिए गए थे। केदार की उम्र अब सोलह साल की हो गई थी। उसने पढ़ना छोड़ दिया था और खेती का काम करता था। खुन्नू गाय चराता था। केवल लछमन अब तक मदरसे जाता था। पन्ना और मुलिया दोनों एक-दूसरे की सूरत से जलती थीं। मुलिया के दोनों लड़के बहुधा पन्ना के पास ही रहते। वही उन्हें उबटन मलती, वही काजल लगाती, वही गोद में लिये फिरती; मगर मुलिया के मुंह से अनुग्रह का एक शब्द भी न निकलता। न पन्ना ही इसकी इच्छुक थी। वह जो कुछ करती निर्व्याज भाव से करती थी। उसके दो-दो लड़के कमाऊ हो गए थे। लड़की खाना पका लेती थी। वह खुद ऊपर का काम-काज कर लेती। इसके विरुद्ध रग्घू अपने घर का अकेला था, वह भी दुर्बल, अशक्त और जवानी में बूढ़ा। अभी आयु तीस वर्ष से अधिक न थी, लेकिन बाल खिचड़ी हो गए, कमर भी झुक चली थी। खांसी ने जीर्ण कर रक्खा था। देखकर दया आती थी। और खेती पसीने की वस्तु है। खेतों की जैसी सेवा होनी चाहिए, वह उससे न हो पाती। फिर अच्छी फ़सल कहां से आती! कुछ ऋण भी हो

गया था। वह चिन्ता और भी मारे डालती थी। चाहिए तो यह था कि अब उसे कुछ आराम मिलता। इतने दिनों के निरन्तर परिश्रम के बाद सिर का बोझ कुछ हल्का होता; किन्तु मुलिया की स्वार्थपरता और अदूरदर्शिता ने लहराती हुई खेती उजाड़ दी; अगर सब एक साथ रहते, तो वह अब तक पेंशन पा जाता, मज़े से द्वार पर बैठा हुआ नारियल पीता। भाई काम करता, वह सलाह देता। महतो बना फिरता। कहीं किसी के झगड़े चुकाता। कहीं साधु-सन्तों की सेवा करता; पर वह अवसर हाथ से निकल गया। अब तो चिन्ता-भार दिन-दिन बढ़ता जाता था।

आख़िर उसे धीमा-धीमा ज्वर रहने लगा। हृदय-शूल, चिन्ता, कड़े परिश्रम और अभाव का यही पुरस्कार है। पहले कुछ परवाह न की। समझा आप ही अच्छा हो जाएगा; मगर कमज़ोरी बढ़ने लगी, तो दवा की फ़िक्र हुई। जिसने जो बता दिया, खा लिया। डॉक्टरों और वैद्यों के पास जाने की सामर्थ्य कहां? और सामर्थ्य भी होती, तो रुपये ख़र्च कर देने के सिवा और नतीजा ही क्या था? जीर्ण स्वर की औषधि आराम है और पुष्टिकारक भोजन। न वह बसन्त-मालती का सेवन कर सकता था और न आराम से बैठकर बलवर्धक भोजन कर सकता था, कमज़ोरी बढ़ती ही गई।

पन्ना को अवसर मिलता तो वह आकर उसे तसल्ली देती; लेकिन उसके लड़के अब रग्घू से बात भी न करते थे। दवा-दारू तो क्या करते, उसका और मज़ाक़ उड़ाते। भैया समझते थे कि हम लोगों से अलग होकर सोने की ईंट रख लेंगे। भाभी भी समझती थीं, सोने से लद जाऊंगी। अब देखें, कौन पूछता है। सिसक-सिसककर न मरें, तो कह देना। बहुत 'हाय! हाय!' भी अच्छी नहीं होती। आदमी उतना काम करे, जितना हो सके। यह नहीं कि रुपये के लिए जान ही दे दे।

पन्ना कहती – रग्घू बेचारे का कौन दोष है?

केदार कहता – चल, मैं ख़ूब समझता हूं। भैया की जगह मैं होता तो डंडे से बात करता। मजाल थी कि औरत यों ज़िद करती। यह सब भैया की चाल थी। सब सधी-बदी बात थी।

आख़िर एक दिन रग्घू का टिमटिमाता हुआ जीवन-दीपक बुझ गया। मौत ने सारी चिन्ताओं का अन्त कर दिया।

अन्त समय उसने केदार को बुलाया था, पर केदार को ऊख में पानी देना था। डरा, कहीं दवा के लिए न भेज दें। बहाना बता दिया।

8

मुलिया का जीवन अन्धकारमय हो गया। जिस भूमि पर उसने मंसूबों की दीवार खड़ी की

थी, अब नीचे से खिसक गई थी। जिस खूटे के बल पर वह उछल रही थी, वह उखड़ गया था। गांव वालों ने कहना शुरू किया, ईश्वर ने कैसा तत्काल दंड दिया। बेचारी मारे लाज के अपने बच्चों को लिये रोया करती। गांव में किसी को मुंह दिखाने का साहस न होता। प्रत्येक प्राणी उससे यह कहता हुआ मालूम होता था – 'मारे घमंड के धरती पर पांव न रखती थी, आख़िर सज़ा मिल गई कि नहीं।' अब इस घर में कैसे निबाह होगा? वह किसके सहारे रहेगी? किसके बल पर खेती होगी? बेचारा रग्घू बीमार था, दुर्बल था; पर जब तक जीता रहा, अपना काम करता रहा। मारे कमज़ोरी के कभी-कभी सिर पकड़कर बैठ जाता, और ज़रा दम लेकर फिर हाथ चलाने लगता था। सारी खेती तहस-नहस हो रही थी, उसे कौन संभालेगा? अनाज की डांटें खलिहान में पड़ी थीं, ऊख अलग सूख रही थी। वह अकेली क्या-क्या करेगी? फिर सिंचाई अकेले आदमी का तो काम नहीं। तीन-तीन मजूरों को कहां से लाए? गांव में मजूर थे ही कितने? आदमियों के लिए खींचातानी हो रही थी। क्या करे, क्या न करे?

इस तरह तेरह दिन बीत गए। क्रिया-कर्म से छुट्टी मिली। दूसरे ही दिन सवेरे मुलिया ने दोनों बालकों को गोद में उठाया और अनाज मांडने चली। खलिहान में पहुंचकर उसने एक को तो पेड़ के नीचे घास के नर्म बिस्तर पर सुला दिया और दूसरे को वहीं बैठाकर अनाज मांड़ने लगी। बैलों को हांकती थी और रोती थी। क्या इसीलिए भगवान ने उसको जन्म दिया था? देखते-देखते क्या-से-क्या हो गया? इन्हीं दिनों पिछले साल भी अनाज मांडा गया था, वह रग्घू के लिए लोटे में शरबत और मटर की धुंधनी लेकर आई थी। आज कोई उसके न आगे है, न पीछे! लेकिन किसी की लौंडी तो नहीं हूं? उसे अलग होने का अब भी पछतावा न था।

एकाएक छोटे बच्चे का रोना सुनकर उसने उधर ताका, तो बड़ा लड़का उसे चुमकारकर कह रहा था – बैया, तुप रहो, तुप रहो। धीरे-धीरे उसके मुंह पर हाथ फेरता था और चुप करने के लिए विकल था। जब बच्चा किसी तरह न चुप हुआ, तो वह खुद उसके पास लेट गया और उसे छाती से लगाकर प्यार करने लगा; मगर जब यह प्रयत्न भी सफल न हुआ, तो वह रोने लगा।

उसी समय पन्ना दौड़ी आई और छोटे बालक को गोद में उठाकर प्यार करती हुई बोली – लड़कों को मुझे क्यों न दे आई बहू? हाय! हाय! अभी बेचारा धरती पर पड़ा लोट रहा है। जब मैं मर जाऊं, तो जो चाहे करना, अभी तो जीती हूं। अलग हो जाने से बच्चे तो नहीं अलग हो गए!

मुलिया ने कहा – तुम्हें भी तो छुट्टी नहीं थी अम्मां, क्या करती!

पन्ना – तो तुझे यहां आने की ऐसी क्या जल्दी थी। डांठ मांड न जाती तीन-तीन लड़के तो हैं, और किस दिन काम आएंगे। केदार तो कल ही मांड़ने को कह रहा था; पर

मैंने कहा – पहले ऊख में पानी दे लो; फिर अनाज मांडना। मंडाई तो दस दिन बाद भी हो सकती है, ऊख की सिंचाई न हुई तो सूख जाएगी। कल से पानी चढ़ा हुआ है, परसों तक खेत पुर जाएगा। तब मंडाई हो जाएगी। तुझे विश्वास न आवेगा, जब से भैया मरे हैं, केदार को बड़ी चिन्ता हो गई है। दिन में सौ-सौ बार पूछता है, भाभी बहुत रोती तो नहीं हैं? देख, लड़के भूखे तो नहीं हैं? कोई लड़का रोता है, तो दौड़ा आता है देख अम्मां क्या हुआ, बच्चा क्यों रोता है? कल रोकर बोला – अम्मां, मैं जानता कि भैया इतनी जल्दी चले जाएंगे, तो उनकी सेवा कर लेता। कहां जगाए-जगाए उठता था, अब देखती हो; पहर रात से उठकर काम में लग जाता है। खुन्नू कल ज़रा-सा बोला – पहले हम अपनी ऊख में पानी दे लेंगे, तब भैया की ऊख में देंगे। उस पर केदार ने ऐसा डांटा कि खुन्नू के मुंह से फिर बात न निकली। बोला – कैसी तुम्हारी और कैसी हमारी ऊख। भैया ने जिला न लिया होता, तो आज या तो मर गए होते या कहीं भीख मांगते। आज तुम बड़े ऊख वाले बने हो! यह उन्हीं का पुन-परताप है कि आज भले आदमी बने बैठे हो। परसों रोटी खाने को बुलाने गई; तो मडैया में बैठा रो रहा था। पूछा – क्यों रोता है? तो बोला – अम्मां, भैया इसी 'अलग्योझे' के दुःख से मर गए, नहीं अभी उनकी उमिर ही क्या थी। यह उस बखत न सूझा; नहीं उनसे क्यों बिगाड़ करते?

यह कहकर पन्ना ने मुलिया की ओर संकेतपूर्ण दृष्टि से देखकर कहा – तुम्हें वह अलग न रहने देगा बहू; कहता है, भैया हमारे लिए मर गए तो हम भी उनके बाल-बच्चों के लिए मर जाएंगे।

मुलिया की आंखों से आंसू जारी थे, पन्ना की बातों में आज सच्ची वेदना, सच्ची सान्त्वना, सच्ची सद्‌चिन्ता भरी हुई थी। मुलिया का मन कभी उसकी ओर इतना आकर्षित न हुआ था। जिनसे उसे व्यंग्य और प्रतिकार का भय था, वे इतने दयालु, इतने शुभेच्छु हो गए थे।

आज पहली बार उसे अपनी स्वार्थपरता पर लज्जा आई, पहली बार आत्मा ने अलग्योझे पर धिक्कारा!

9

इस घटना को हुए पांच साल गुज़र गए। पन्ना आज बूढ़ी हो गई है। केदार घर का मालिक है। मुलिया घर की मालकिन है। खुन्नू और लछमन के विवाह हो चुके हैं; मगर केदार अभी तक क्वांरा है। कहता है – मैं विवाह न करूंगा। कई जगहों से बातचीत हुई, कई सगाइयां आईं; पर उसने हामी न भरी। पन्ना ने कम्पे लगाए, जाल फैलाए; पर वह न फंसा। कहता – औरतों से कौन सुख। मेहरिया घर में आई और आदमी का मिज़ाज

बदला। फिर जो कुछ है, वह मेहरिया है। मां-बाप, भाई-बन्धु सब पराये हैं। जब भैया जैसे आदमी का मिज़ाज बदल गया, तो फिर दूसरों की क्या गिनती! दो लड़के भगवान के दिए हैं, और क्या चाहिए। बिना ब्याह किए दो बेटे मिल गए, इससे बढ़कर और क्या होगा? जिसे अपना समझो, वह अपना है, जिसे ग़ैर समझो, वह ग़ैर है।

एक दिन पन्ना ने कहा – तेरा वंश कैसे चलेगा?

केदार – मेरा वंश तो चल रहा है। दोनों लड़कों को अपना ही समझता हूं।

पन्ना – समझने ही पर है, तो तू मुलिया को भी अपनी मेहरिया समझता होगा!

केदार ने झेंपते हुए कहा – तुम तो गाली देती हो अम्मां!

पन्ना – गाली कैसी, तेरी भाभी ही तो है।

केदार – मेरे जैसे लट्ठ-गंवार को वह क्या पूछने लगी!

पन्ना – तू करने को कह, तो मैं उससे पूछू ।

केदार – नहीं मेरी अम्मां, कहीं रोने-गाने न लगे।

पन्ना – तेरा मन हो, तो मैं बातों-बातों में उसके मन की थाह लूं?

केदार – मैं नहीं जानता, जो चाहे कर।

पन्ना केदार के मन की बात समझ गई। लड़के का दिल मुलिया पर आया हुआ है; पर संकोच और भय के मारे कुछ नहीं कहता।

उसी दिन उसने मुलिया से कहा – 'क्या करूं बहू, मन की लालसा मन में ही रही जाती है। केदार का घर भी बस जाता; तो मैं निश्चिन्त हो जाती।

मुलिया – वह तो करने ही नहीं कहते।

पन्ना – कहता है, ऐसी औरत मिले, जो घर में मेल से रहे, तो कर लूं।

मुलिया – ऐसी औरत कहां मिलेगी? कहीं ढूंढ़ो।

पन्ना – मैंने तो ढूंढ़ लिया है। मुलिया – सच! किस गांव की है?

पन्ना – अभी न बताऊंगी, मुदा यह जानती हूं कि उससे केदार की सगाई हो जाए, तो घर बस जाए और केदार की ज़िन्दगी भी सफल हो जाए। न जाने लड़की मानेगी कि नहीं!

मुलिया – मानेगी क्यों नहीं अम्मां; ऐसा सुन्दर, कंमाऊ, सुशील वर और कहां मिला जाता है। उस जनम का कोई साधु-महात्मा है, नहीं तो लड़ाई-झगड़े के डर से कौन बिन ब्याहा रहता है? कहां रहती है, मैं जाकर उसे मना लाऊं।

पन्ना – तू चाहे, तो मना ले। तेरे ही ऊपर है।

मुलिया – मैं आज ही चली जाऊंगी अम्मां! उसके पैरों पड़कर मना लाऊंगी।

पन्ना – बता दूं! वह तू ही है!

मुलिया लजाकर बोली – तुम तो अम्मां जी, गाली देती हो।

पन्ना – गाली कैसी, देवर ही तो है।

मुलिया – मुझ जैसी बुढ़िया को वह क्यों पूछेंगे?

पन्ना – वह तुझी पर दांत लगाए बैठा है। तेरे सिवा कोई और उसे भाती ही नहीं। डर के मारे कहता नहीं; पर उसके मन की बात मैं जानती हूं।

वैधव्य के शोक से मुरझाया हुआ मुलिया का पीत बदन कमल की भांति अरुण हो उठा। दस वर्षों में जो कुछ खोया था, उसी एक क्षण में मानो ब्याज के साथ मिल गया। वही लावण्य, वही विकास, वही आकर्षण, वही लोच!

ईदगाह

रमज़ान के पूरे तीस रोज़ों के बाद आज ईद आई है। कितना मनोहर, कितना सुहावना प्रभात है। वृक्षों पर कुछ अजीब हरियाली है, खेतों में कुछ अजीब रौनक है, आसमान पर कुछ अजीब लालिमा है। आज का सूर्य देखो, कितना प्यारा, कितना शीतल है, मानो संसार को ईद की बधाई दे रहा है। गांव में कितनी हलचल है। ईदगाह जाने की तैयारियां हो रही हैं। किसी के कुरते में बटन नहीं है। पड़ोस के घर से सुई-धागा लेने दौड़ा जा रहा है। किसी के जूते कड़े हो गए हैं। उनमें तेल डालने के लिए तेली के घर भागा जाता है। जल्दी-जल्दी बैलों को सानी-पानी दे दें। ईदगाह से लौटते-लौटते दोपहर हो जाएगी। तीन कोस का पैदल रास्ता, फिर सैकड़ों आदमियों से मिलना-भेंटना। दोपहर के पहले लौटना असम्भव है। लड़के सबसे ज़्यादा प्रसन्न हैं। किसी ने एक रोज़ा रखा है, वह भी दोपहर तक, किसी ने वह भी नहीं; लेकिन ईदगाह जाने की खुशी उनके हिस्से की चीज़ है। रोज़े बड़े-बूढ़ों के लिए होंगे। उनके लिए तो ईद है। रोज़ ईद का नाम रटते थे। आज वह आ गई। अब जल्दी पड़ी है कि लोग ईदगाह क्यों नहीं चलते? इन्हें गृहस्थी की चिन्ताओं से क्या प्रयोजन! सेवैयों के लिए दूध और शक्कर घर में हैं या नहीं, इनकी बला से; ये तो सेवैयां खाएंगे। वह क्या जाने कि अब्बाजान क्यों बदहवास चौधरी कायमअली के घर दौड़े जा रहे हैं। उन्हें क्या ख़बर कि चौधरी आज आंखें बदल लें, तो यह सारी ईद मुहर्रम हो जाए। उनकी अपनी जेबों में तो कुबेर का धन भरा हुआ है। बार-बार जेब से अपना खज़ाना निकालकर गिनते हैं और खुश होकर फिर रख लेते हैं। महमूद गिनता है, एक-दो, दस-बारह। उसके पास बारह पैसे हैं। मोहसिन के पास एक, दो, तीन, आठ, नौ, पन्द्रह पैसे हैं। इन्हीं अनगिनती पैसों में अनगिनती चीजें लाएंगे – खिलौने, मिठाइयां, बिगुल, गेंद और न जाने क्या-क्या। और सबसे ज़्यादा प्रसन्न है हामिद। वह चार-पांच साल का गरीब-सूर., दुबला-पतला लड़का, जिसका बाप गत वर्ष हैज़े की भेंट हो गया और मां न जाने क्यों पीली होती-होती एक दिन मर गई। किसी को पता न चला, क्या बीमारी है। कहती भी तो कौन सुनने वाला था! दिल पर जो कुछ बीतती थी, वह दिल में ही सहती थी और जब न सहा गया तो संसार से बिदा हो गई। अब हामिद अपनी बूढ़ी दादी अमीना की गोद में सोता है और उतना ही प्रसन्न है। उसके अब्बाजान रुपये कमाने गए हैं। बहुत-सी थैलियां लेकर आएंगे। अम्मीजान अल्लाह मियां के घर से उसके लिए बड़ी अच्छी-अच्छी चीजें लाने गई हैं; इसलिए हामिद प्रसन्न है। आशा तो बड़ी चीज़ है, और फिर बच्चों की आशा! उनकी कल्पना तो राई का पर्वत बना लेती है। हामिद के पांव में जूते नहीं हैं, सिर पर एक पुरानी-धुरानी टोपी है, जिसका गोट काला

पड़ गया है, फिर भी वह प्रसन्न है। जब उसके अब्बाजान थैलियां और अम्मीजान नियामतें लेकर आएंगी, तो वह दिल के अरमान निकाल लेगा। तब देखेगा महमूद, मोहसिन, नूरे और सम्मी कहां से उतने पैसे निकालेंगे। अभागिन अमीना अपनी कोठरी में बैठी रो रही है। आज ईद का दिन और उसके घर में दाना नहीं! आज आबिद होता तो क्या इसी तरह ईद आती और चली जाती! इसी अन्धकार और निराशा में वह डूबी जा रही थी। किसने बुलाया था इस निगोड़ी ईद को। इस घर में उसका काम नहीं है, लेकिन हामिद! उसे किसी के मरने-जीने से क्या मतलब? उसके अन्दर प्रकाश है, बाहर आशा। विपत्ति अपना सारा दल-बल लेकर आए, हामिद की आनन्द-भरी चितवन उसका विध्वंस कर देगी।

हामिद भीतर जाकर दादी से कहता है – तुम डरना नहीं अम्मां, मैं सबसे पहले आऊंगा। बिल्कुल न डरना!

अमीना का दिल कचोट रहा है। गांव के बच्चे अपने-अपने बाप के साथ जा रहे हैं। हामिद के बाप अमीना के सिवा और कौन है? उसे कैसे अकेले मेले जाने दे? उस भीड़-भाड़ में बच्चा कहीं खो जाए तो क्या हो! नहीं; अमीना उसे यों न जाने देगी। नन्ही-सी जान! तीन कोस चलेगा कैसे! पैर में छाले पड़ जाएंगे। जूते भी तो नहीं हैं। वह थोड़ी-थोड़ी दूर पर उसे गोद ले लेगी; लेकिन यहां सेवैयां कौन पकाएगा? पैसे होते तो लौटते-लौटते सब सामग्री जमा करके चटपट बना लेती। यहां तो घंटों चीजें जमा करते लगेंगे। मांगे ही का तो भरोसा ठहरा। उस दिन फहीमन के कपड़े सिये थे। आठ आने पैसे मिले थे। उस अठन्नी को ईमान की तरह बचाती चली आती थी इसी ईद के लिए, लेकिन कल ग्वालन सिर पर सवार हो गई तो क्या करती! हामिद के लिए कुछ नहीं है, तो दो पैसे का दूध तो चाहिए ही। अब तो कुल दो आने पैसे बच रहे हैं। तीन पैसे हामिद की जेब में, पांच अमीना के बटवे में। यही तो बिसात है और ईद का त्योहार! अल्लाह ही बेड़ा पार लगावे। धोबन और नाइन और मेहतरानी और चूड़िहारिन सभी तो आएंगी। सभी को सेवैयां चाहिए और थोड़ा किसी की आंखों नहीं लगता। किस-किस से मुंह चुराएगी। और मुंह क्या चुराए? साल-भर का त्योहार है। ज़िन्दगी ख़ैरियत से रहे, उनकी तक़दीर भी तो उसी के साथ है। बच्चे को खुदा सलामत रखे, ये दिन भी कट जाएंगे।

गांव से मेला चला। और बच्चों के साथ हामिद भी जा रहा था। कभी सब-के-सब दौड़कर आगे निकल जाते। फिर किसी पेड़ के नीचे खड़े होकर साथ वालों का इन्तज़ार करते। ये लोग क्यों इतना धीरे-धीरे चल रहे हैं। हामिद के पैरों में तो जैसे पर लग गए हैं। वह कभी थक सकता है! शहर का दामन आ गया। सड़क के दोनों ओर अमीरों के बगीचे हैं। पक्की चारदीवारी बनी हुई है। पेड़ों में आम और लीचियां लगी हुई हैं। कभी-कभी कोई लड़का कंकड़ी उठाकर आम पर निशाना लगाता है। माली अन्दर से गाली देता हुआ निकलता है। लड़के वहां से एक फर्लांग पर हैं। ख़ूब हंस रहे हैं। माली को कैसे उल्लू बनाया है।

बड़ी-बड़ी इमारतें आने लगीं; यह अदालत है, यह कॉलेज है, यह क्लब-घर है। इतने बड़े कॉलेज में कितने लड़के पढ़ते होंगे? सब लड़के नहीं हैं जी! बड़े-बड़े आदमी हैं, सच उनकी बड़ी-बड़ी मूंछे हैं। इतने बड़े हो गए, अभी तक पढ़ने जाते हैं। न जाने कब तक पढ़ेंगे और क्या करेंगे इतना पढ़कर। हामिद के मदरसे में दो-तीन बड़े-बड़े लड़के हैं, बिल्कुल तीन कौड़ी के, रोज़ मार खाते हैं, काम से जी चुराने वाले। इस जगह भी उसी तरह के लोग होंगे और क्या। क्लब-घर में जादू होता है। सुना है, यहां मुरदे की खोपड़ियां दौड़ती हैं। और बड़े-बड़े तमाशे होते हैं, पर किसी को अन्दर नहीं जाने देते। और यहां शाम को साहब लोग खेलते हैं। बड़े-बड़े आदमी खेलते हैं, मूंछों-दाढ़ी वाले और मेमें खेलती हैं, सच! हमारी अम्मां को वह दे दो, क्या नाम है, बैट, तो उसे पकड़ ही न सकें। घुमाते ही लुढ़क न जाएं।

महमूद ने कहा – हमारी अम्मीजान का तो हाथ कांपने लगे, अल्ला क़सम।

मोहसिन बोला – अम्मी मनों आटा पीस डालती हैं। ज़रा-सा बैट पकड़ लेंगी, तो हाथ कांपने लगे। सैकड़ों घड़े पानी रोज़ निकालती हैं। पांच घड़े तो मेरी भैंस पी जाती है। किसी मेम को एक घड़ा पानी भरना पड़े, तो आंखों तले अंधेरा आ जाए।

महमूद – लेकिन दौड़ती तो नहीं, उछल-कूद तो नहीं सकतीं।

मोहसिन – हां, उछल-कूद नहीं सकतीं; लेकिन उस दिन मेरी गाय खुल गई थी और चौधरी के खेत में जा पड़ी थी, तो अम्मां इतनी तेज़ दौड़ी कि मैं उन्हें न पा सका, सच?

आगे चले। हलवाइयों की दुकानें शुरू हुईं। आज ख़ूब सजी हुई थीं। इतनी मिठाइयां कौन खाता है। देखो न, एक-एक दुकान पर मनों होंगी। सुना है, रात को जिन्नात आकर ख़रीद ले जाते हैं। अब्बा कहते थे कि आधी रात को एक आदमी हर दुकान पर जाता है और जितना माल बचा होता है, वह तुलवा लेता है और सचमुच के रुपये देता है, बिल्कुल ऐसे ही रुपये।

हामिद को यक़ीन न आया – ऐसे रुपये जिन्नात को कहां से मिल जाएंगे?

मोहसिन ने कहा – जिन्नात को रुपये की क्या कमी? जिस ख़ज़ाने में चाहें, चले जाएं। लोहे के दरवाज़े तक उन्हें नहीं रोक सकते जनाब, आप हैं किस फेर में। हीरे-जवाहरात तक उनके पास रहते हैं, जिससे ख़ुश हो गए, उसे टोकरों जवाहरात दे दिए। अभी यहीं बैठे हैं, पांच मिनट में कहो कलकत्ता पहुंच जाएं।

हामिद ने फिर पूछा – जिन्नात बहुत बड़े-बड़े होते होंगे?

मोहसिन – एक-एक आसमान के बराबर होता है जी। ज़मीन पर खड़ा हो जाए तो उसका सिर आसमान से जा लगे, मगर चाहें तो एक लोटे में घुस जाएं।

हामिद – लोग उन्हें ख़ुश करते होंगे? कोई मुझे वह मन्तर बता दे, तो एक जिन्न को ख़ुश कर लूं।

मोहसिन – अब यह तो मैं नहीं जानता, लेकिन चौधरी साहब के क़ाबू में बहुत-से जिन्नात हैं। कोई चीज़ चोरी जाए, चौधरी साहब उसका पता लगा देंगे और चोर का नाम भी बता देंगे। जुमराती का बछवा उस दिन खो गया था। तीस दिन हैरान हुए, कहीं न मिला। तब झख मारकर चौधरी के पास गए। चौधरी ने तुरन्त बता दिया कि मवेशीख़ाने में है, और वहीं मिला। जिन्नात आकर उन्हें सारे जहान की ख़बरें दे जाते हैं।

अब उसकी समझ में आ गया कि चौधरी के पास क्यों इतना धन है, और क्यों उनका इतना सम्मान है।

आगे चले! यह पुलिस लाइन है। यहीं सब कानिसटिबल कवायद करते हैं। रैटन! फाय फो! रात को बेचारे घूम-घूमकर पहरा देते हैं, नहीं चोरियां हो जाएं। मोहसिन ने प्रतिवाद किया – यह कानिसटिबल पहरा देते हैं? तभी तुम बहुत जानते हो। अजी हजरत, यही चोरी कराते हैं। शहर के जितने चोर-डाकू हैं, सब इनसे मिले रहते हैं। रात को ये लोग चोरों से तो कहते हैं, चोरी करो और आप दूसरे मुहल्ले में जाकर 'जागते रहो! जागते रहो!' पुकारते हैं। जभी इन लोगों के पास इतने रुपये आते हैं। मेरे मामू एक थाने में कानिसटिबल हैं। बीस रुपया महीना पाते हैं; लेकिन पचास रुपये घर भेजते हैं। अल्ला क़सम! मैंने एक बार पूछा था कि मामू, आप इतने रुपये कहां से पाते हैं? हंसकर कहने लगे – बेटा, अल्लाह देता है। फिर आप ही बोले – हम लोग चाहें तो एक दिन में लाखों मार लाएं। हम तो इतना ही लेते हैं, जिसमें अपनी बदनामी न हो और नौकरी न चली जाए।

हामिद ने पूछा – यह लोग चोरी करवाते हैं, तो कोई इन्हें पकड़ता नहीं?

मोहसिन उसकी नादानी पर दया दिखाकर बोला – अरे पागल, इन्हें कौन पकड़ेगा? पकड़ने वाले तो यह खुद हैं; लेकिन अल्लाह इन्हें सज़ा भी ख़ूब देता है। हराम का माल हराम में जाता है। थोड़े ही दिन हुए, मामू के घर में आग लग गई। सारी लेई-पूंजी जल गई। एक बरतन तक न बचा। कई दिन पेड़ के नीचे सोए, अल्ला क़सम, पेड़ के नीचे। फिर न जाने कहां से एक सौ क़र्ज़ लाए, तो बरतन-भाड़े आए।

हामिद – एक सौ तो पचास से ज़्यादा होते हैं?

'कहां पचास कहां एक सौ! पचास एक थैली-भर होता है। सौ तो दो थैलियों में भी न आवें।

अब बस्ती घनी होने लगी थी। ईदगाह जाने वालों की टोलियां नज़र आने लगीं। एक-से-एक भड़कीले वस्त्र पहने हुए। कोई इक्के-तांगे पर सवार, कोई मोटर पर, सभी इत्र में बसे; सभी के दिलों में उमंग। ग्रामीणों का यह छोटा-सा दल अपनी विपन्नता से बेख़बर, सन्तोष और धैर्य में मगन चला जा रहा था। बच्चों के लिए नगर की सभी चीज़ें अनोखी थीं। जिस चीज़ की ओर ताकते, ताकते ही रह जाते। और पीछे से बार-बार हार्न की आवाज़ होने पर भी न चेतते। हामिद तो मोटर के नीचे जाते-जाते बचा।

सहसा ईदगाह नज़र आया। ऊपर इमली के घने वृक्षों की छाया। नीचे पक्का फ़र्श है, जिस पर जाजिम बिछा हुआ है। और रोज़ेदारों की पंक्तियां एक के पीछे एक न जाने कहां तक चली गई हैं, पक्के जगत के नीचे तक, जहां जाजिम भी नहीं है। नए आने वाले आकर पीछे की कतार में खड़े हो जाते हैं। आगे जगह नहीं है। यहां कोई धन और पद नहीं देखता। इस्लाम की निगाह में सब बराबर हैं। इन ग्रामीणों ने भी वजू किया और पिछली पंक्ति में खड़े हो गए। कितना सुन्दर संचालन है, कितनी सुन्दर व्यवस्था! लाखों सिर एक साथ सिजदे में झुक जाते हैं, फिर सब-के-सब एक साथ खड़े हो जाते हैं, एक साथ झुकते हैं और एक साथ घुटनों के बल बैठ जाते हैं। कई बार यही क्रिया होती है, जैसे बिजली की लाखों बत्तियां एक साथ प्रदीप्त हों और एक साथ बुझ जाएं, और यही क्रम चलता रहा। कितना अपूर्व दृश्य था, जिसकी सामूहिक क्रियाएं, विस्तार और अनन्तता हृदय को श्रद्धा, गर्व और आत्मानन्द से भर देती थीं, मानों भ्रातृत्व का एक सूत्र इन समस्त आत्माओं को एक लड़ी में पिरोए हुए है।

2

नमाज़ ख़त्म हो गई है। लोग आपस में गले मिल रहे हैं। तब मिठाई और खिलौने की दुकानों पर धावा होता है। ग्रामीणों का यह दल इस विषय में बालकों से कम उत्साही नहीं है। यह देखो, हिंडोला है। एक पैसा देकर चढ़ जाओ। कभी आसमान पर जाते हुए मालूम होंगे, कभी ज़मीन पर गिरते हुए। यह चर्ख़ी है, लकड़ी के हाथी, घोड़े, ऊंट छड़ों से लटके हुए हैं। एक पैसा देकर बैठ जाओ और पच्चीस चक्करों का मज़ा लो। महमूद और मोहसिन और नूरे और सम्मी इन घोड़ों और ऊंटों पर बैठते हैं। हामिद दूर खड़ा है। तीन ही पैसे तो उसके पास हैं। अपने कोष का तिहाई ज़रा-सा चक्कर खाने के लिए नहीं दे सकता।

सब चर्खियों से उतरते हैं। अब खिलौने लेंगे। इधर दुकानों की कतार लगी हुई है। तरह-तरह के खिलौने हैं – सिपाही और गुजरिया, राजा और वकील, भिश्ती और धोबिन और साधु। वाह! कितने सुन्दर खिलौने हैं। अब बोला ही चाहते हैं। महमूद सिपाही लेता है, खाकी वर्दी और लाल पगड़ी वाला, कन्धे पर बन्दूक रखे हुए। मालूम होता है, अभी क़वायद किए चला आ रहा है। मोहसिन को भिश्ती पसन्द आया। कमर झुकी है, ऊपर मशक रखे हुए है। मशक का मुंह एक हाथ से पकड़े हुए है। कितना प्रसन्न है! शायद कोई गीत गा रहा है। बस, मशक से पानी उंडेला ही चाहता है। नूरे को वकील से प्रेम है। कैसी विद्वत्ता है उसके मुख पर! काला चोगा, नीचे सफ़ेद अचकन, अचकन के सामने की जेब में घड़ी, सुनहरी ज़ंजीर, एक हाथ में क़ानून का पोथा लिये हुए। मालूम होता है, अभी किसी अदालत से जिरह या बहस किए चले आ रहे हैं। यह सब दो-दो पैसे के खिलौने हैं।

हामिद के पास कुल तीन पैसे हैं; इतने महंगे खिलौने वह कैसे ले? खिलौना कहीं हाथ से छूट पड़े, तो चूर-चूर हो जाए। ज़रा पानी पड़े तो सारा रंग धुल जाए। ऐसे खिलौने लेकर वह क्या करेगा; किस काम के!

मोहसिन – मेरा भिश्ती रोज़ पानी दे जाएगा; सांझ-सबेरे।

महमूद – और मेरा सिपाही घर का पहरा देगा। कोई चोर आवेगा, तो फौरन बन्दूक से फैर कर देगा!

नूरे – और मेरा वकील खूब मुक़दमा लड़ेगा।

सम्मी – और मेरी धोबिन रोज़ कपड़े धोएगी।

हामिद खिलौने की निन्दा करता ह – मिट्टी ही के तो हैं, गिरें तो चकनाचूर हो जाएं, लेकिन ललचाई हुई आंखों से खिलौनों को देख रहा है और चाहता है कि ज़रा देर के लिए उन्हें हाथ में ले सकता। उसके हाथ अनायास ही लपकते हैं : लेकिन लड़के इतने त्यागी नहीं होते, विशेषकर जब अभी नया शौक़ है। हामिद ललचाता रह जाता है।

खिलौने के बाद मिठाइयां आती हैं। किसी ने रेवड़ियां ली हैं, किसी ने गुलाबजामुन, किसी ने सोहनहलुआ। मज़े से खा रहे हैं। हामिद उनकी बिरादरी से पृथक है। अभागे के पास तीन पैसे हैं। क्यों नहीं कुछ लेकर खाता? ललचाई आंखों से सबकी ओर देखता है।

मोहसिन कहता है – हामिद, रेवड़ी ले जा, कितनी खुशबूदार है!

हामिद को सन्देह हुआ, यह केवल क्रूर विनोद है, मोहसिन इतना उदार नहीं है; लेकिन यह जानकर भी वह उसके पास जाता है। मोहसिन दोने से एक रेवड़ी निकालकर हामिद की ओर बढ़ाता है। हामिद हाथ फैलाता है। मोहसिन रेवड़ी अपने मुंह में रख लेता है। महमूद, नूरे और सम्मी ख़ूब तालियां बजा-बजाकर हंसते हैं। हामिद खिसिया जाता है।

मोहसिन – अच्छा, अबकी ज़रूर देंगे हामिद, अल्ला क़सम, ले जाव।

हामिद – रखे रहो। क्या मेरें पास पैसे नहीं हैं?

सम्मी – तीन ही पैसे तो हैं। तीन पैसे में क्या-क्या लोगे?

महमूद – हमसे गुलाबजामुन ले जाव हामिद। मोहसिन बदमाश है।

हामिद – मिठाई कौन बड़ी नेमत है! किताब में इसकी कितनी बुराइयां लिखी हैं।

मोहसिन – लेकिन दिल में कह रहे होंगे कि मिले तो खा लें। अपने पैसे क्यों नहीं निकालते?

महमूद – हम समझते हैं इसकी चालाकी। जब हमारे सारे पैसे ख़र्च हो जाएंगे, तो हमें ललचा-ललचाकर खाएगा।

मिठाइयों के बाद कुछ दुकानें लोहे की चीज़ों की हैं। कुछ गिलट और कुछ नक़ली गहनों की। लड़कों के लिए यहां कोई आकर्षण न था। वह सब आगे बढ़ जाते हैं। हामिद लोहे की दुकान पर रुक जाता है। कई चिमटे रखे हुए थे। उसे ख़याल आया, दादी के

पास चिमटा नहीं है। तवे से रोटियां उतारती हैं, तो हाथ जल जाता है; अगर वह चिमटा ले जाकर दादी को दे दे, तो वह कितनी प्रसन्न होंगी? फिर उनकी उंगलियां कभी न जलेंगी। घर में एक काम की चीज़ हो जाएगी। खिलौने से क्या फायदा! व्यर्थ में पैसे खराब होते हैं। ज़रा देर ही तो खुशी होती है। फिर तो खिलौनों को कोई आंख उठाकर नहीं देखता। या तो घर पहुंचते-पहुंचते टूट-फूट बराबर हो जाएंगे, या छोटे बच्चे जो मेले में नहीं आए हैं, ज़िद करके ले लेंगे और तोड़ डालेंगे। चिमटा कितने काम की चीज़ है। रोटियां तवे से उतार लो, चूल्हे में सेंक लो। कोई आग मांगने आवे तो चटपट चूल्हे से आग निकालकर उसे दे दो। अम्मां बेचारी को कहां फुरसत है कि बाज़ार आएं, और इतने पैसे ही कहां मिलते हैं। रोज़ हाथ जला लेती हैं। हामिद के साथी आगे बढ़ गए हैं। सबील पर सब-के-सब शरबत पी रहे हैं। देखो, सब कितने लालची हैं। इतनी मिठाइयां लीं, मुझे किसी ने एक भी न दी। उस पर कहते हैं, मेरे साथ खेलो। मेरा यह काम करो। अब अगर किसी ने कोई काम करने को कहा, तो पूछंगा। खाएं मिठाइयां, आप मुंह सड़ेगा, फोड़े-फुंसियां निकलेंगी, आप ही ज़बान चटोरी हो जाएगी। तब घर के पैसे चुराएंगे और मार खाएंगे। किताब में झूठी बातें थोड़े ही लिखी हैं। मेरी ज़बान क्यों ख़राब होगी? अम्मां चिमटा देखते ही दौड़कर मेरे हाथ से ले लेंगी और कहेंगी – मेरा बच्चा अम्मां के लिए चिमटा लाया है! हज़ारों दुआएं देंगी। फिर पड़ोस की औरतों को दिखाएंगी। सारे गांव में चर्चा होने लगेगी, हामिद चिमटा लाया है। कितना अच्छा लड़का है! इन लोगों के खिलौनों पर कौन इन्हें दुआएं देगा! बड़ों की दुआएं सीधे अल्लाह के दरबार में पहुंचती हैं, और तुरन्त सुनी जाती हैं। मेरे पास पैसे नहीं हैं। तभी तो मोहसिन और महमूद यों मिज़ाज दिखाते हैं। मैं भी इनसे मिज़ाज दिखाऊंगा। खेलें खिलौने और खाएं मिठाइयां। मैं नहीं खेलता खिलौने, किसी का मिज़ाज क्यों सहूं? मैं गरीब सही, किसी से कुछ मांगने तो नहीं जाता? आख़िर अब्बाजान कभी-न-कभी आएंगे। अम्मां भी आएंगी ही। फिर इन लोगों से पूछंगा कितने खिलौने लोगे? एक-एक को टोकरियों खिलौने दूं और दिखा दूं कि दोस्तों के साथ इस तरह सलूक किया जाता है। यह नहीं कि एक पैसे की रेवड़ियां लीं, तो चिढ़ा-चिढ़ाकर खाने लगे। सब-के-सब ख़ूब हंसेंगे कि हामिद ने चिमटा लिया है। हंसें। मेरी बला से। उसने दुकानदार से पूछा – यह चिमटा कितने का है?

दुकानदार ने उसकी ओर देखा और कोई आदमी साथ न देखकर कहा – यह तुम्हारे काम का नहीं है जी!

'बिकाऊ क्यों नहीं है? और यहां क्यों लाद लाए हैं?'

'बिकाऊ है, क्यों नहीं?'

'तो बताते क्यों नहीं, के पैसे का है?'

'छः पैसे लगेंगे।'

हामिद का दिल बैठ गया।

'ठीक-ठीक पांच पैसे लगेंगे, लेना हो लो, नहीं चलते बनो।'

हामिद ने कलेजा मज़बूत करके कहा – तीन पैसे लोगे?

यह कहता हुआ वह आगे बढ़ गया कि दुकानदार की घुड़कियां न सुने। लेकिन दुकानदार ने घुड़कियां नहीं दीं। बुलाकर चिमटा दे दिया। हामिद ने उसे इस तरह कन्धे पर रखा, मानो बन्दुक़ है और शान से अकड़ता हुआ संगियों के पास आया। ज़रा सुनें, सब-के-सब क्या-क्या आलोचनाएं करते हैं।

मोहसिन ने हंसकर कहा – यह चिमटा क्यों लाया पगले; इसे क्या करेगा? हामिद ने चिमटे को जमीन पर पटककर कहा – ज़रा अपना भिश्ती ज़मीन पर गिरा दो। सारी पसलियां चूर-चूर हो जाएं बच्चू की।

महमूद बोला – तो यह चिमटा कोई खिलौना है?

हामिद – खिलौना क्यों नहीं? अभी कन्धे पर रखा, बन्दुक़ हो गई। हाथ में लिया, फ़क़ीरों का चिमटा हो गया। चाहूं तो इससे मजीरे का काम ले सकता हूं। एक चिमटा जमा दूं, तो तुम लोगों के सारे खिलौनों की जान निकल जाए। तुम्हारे खिलौने कितना ही ज़ोर लगावें, वे मेरे चिमटे का बाल भी बांका नहीं कर सकते। मेरा बहादुर शेर है – चिमटा।

सम्मी ने खंजरी ली थी। प्रभावित होकर बोला – मेरी खंजरी से बदलोगे? दो आने की है।

हामिद ने खंजरी की ओर उपेक्षा से देखा – मेरा चिमटा चाहे तो तुम्हारी खंजरी का पेट फाड़ डाले। बस, एक चमड़े की झिल्ली लगा दी, ढब-ढब बोलने लगी। ज़रा-सा पानी लग जाए, तो ख़तम हो जाए। मेरा बहादुर चिमटा आग में, पानी में, तूफान में बराबर डटा खड़ा रहेगा।

चिमटे ने सभी को मोहित कर लिया, लेकिन अब पैसे किसके पास धरे हैं! फिर मेले से दूर निकल आए हैं, नौ कब के बज गए, धूप तेज़ हो रही है। घर पहुंचने की जल्दी हो रही है। बाप से ज़िद भी करें, तो चिमटा नहीं मिल सकता है। हामिद है बड़ा चालाक। इसीलिए बदमाश ने अपने पैसे बचा रखे थे!

अब बालकों के दो दल हो गए हैं। मोहसिन, महमूद, सम्मी और नूरे एक तरफ़ हैं, हामिद अकेला दूसरी तरफ़। शास्त्रार्थ हो रहा है। सम्मी तो विधर्मी हो गया। दूसरे पक्ष से जा मिला; लेकिन मोहसिन, महमूद और नूरे भी, हामिद से एक-एक, दो-दो साल बड़े होने पर भी हामिद के आघातों से आतंकित हो उठे हैं। उसके पास न्याय का बल है और नीति की शक्ति। एक ओर मिट्टी है, दूसरी ओर लोहा, जो इस वक़्त अपने को फ़ौलाद कह रहा है। वह अजेय है, घातक है। अगर कोई शेर आ जाए, तो मियां भिश्ती के छक्के छूट जाएं, मियां सिपाही मिट्टी की बन्दूक छोड़कर भागें, वकील साहब की नानी मर जाएं

चुगे में मुंह छिपाकर ज़मीन पर लेट जाएं। मगर यह चिमटा, यह बहादुर, यह रुस्तमे-हिन्द लपककर शेर की गरदन पर सवार हो जाएगा और उसकी आंखें निकाल लेगा।

मोहसिन ने एड़ी-चोटी का ज़ोर लगाकर कहा – अच्छा, पानी तो नहीं भर सकता।

हामिद ने चिमटे को सीधा खड़ा करके कहा – भिश्ती को एक डांट बताएगा, तो दौड़ा हुआ पानी लाकर उसके द्वार पर छिड़कने लगेगा।

मोहसिन परास्त हो गया; पर महमूद ने कुमक पहुंचाई – अगर बचा पकड़ा जाए, तो अदालत में बंधे-बंधे फिरेंगे। तब तो वकील साहब के ही पैरों पड़ेंगे।

हामिद इस प्रबल तर्क का जवाब न दे सका। उसने पूछा – हमें पकड़ने कौन आएगा?

नूरे ने अकड़कर कहा – यह सिपाही बन्दूक वाला।

हामिद ने मुंह चिढ़ाकर कहा – यह बेचारे हम बहादुर रुस्तमे-हिन्द को पकड़ेंगे! अच्छा लाओ, अभी ज़रा कुश्ती हो जाए। इसकी सूरत देखकर दूर से भागेंगे। पकड़ेंगे क्या बेचारे!

मोहसिन को एक नई चोट सूझ गई – तुम्हारे चिमटे का मुंह रोज़ आग में जलेगा।

उसने समझा था कि हामिद लाजवाब हो जाएगा; लेकिन यह बात न हुई। हामिद ने तुरन्त जवाब दिया – आग में बहादुर ही कूदते हैं जनाब, तुम्हारे यह वकील, सिपाही और भिश्ती लौंडियों की तरह घर में घुस जाएंगे। आग में कूदना वह काम है, जो रुस्तम-हिन्द ही कर सकता है।

महमूद ने एक ज़ोर लगाया – वकील साहब कुर्सी-मेज़ पर बैठेंगे, तुम्हारा चिमटा तो बावरचीख़ाने में ज़मीन पर पड़ा रहेगा।

इस तर्क ने सम्मी और नूरे को भी सजीव कर दिया। कितने ठिकाने की बात कही है पट्ठे ने। चिमटा बावरचीख़ाने में पड़े रहने के सिवा और क्या कर सकता है?

हामिद को कोई फड़कता हुआ जवाब न सूझा, तो उसने धांधली शुरू की – मेरा चिमटा बावरचीख़ाने में नहीं रहेगा। वकील साहब कुर्सी पर बैठेंगे, तो जाकर उन्हें ज़मीन पर पटक देगा और उसका कानून उनके पेट में डाल देगा।

बात कुछ बनी नहीं। खासी गाली-गलौच थी; क़ानून को पेट में डालने वाली बात छा गई। ऐसी छा गई थी कि तीनों सूरमा मुंह ताकते रह गए, मानो कोई धेलचा कनकौआ किसी गंडे वाले कनकौए को काट गया हो। क़ानून मुंह से बाहर निकलने वाली चीज़ है। उसको पेट के अन्दर डाल दिया जावे, बेतुकी-सी बात होने पर भी कुछ नयापन रखती है। हामिद ने मैदान मार लिया। उसका चिमटा रुस्तमे-हिन्द है। अब इसमें मोहसिन, महमूद, नूरे, सम्मी किसी को भी आपत्ति नहीं हो सकती।

विजेता को हारने वालों से जो सत्कार मिलना स्वाभाविक है, वह हामिद को भी

मिला। औरों ने तीन-तीन, चार-चार आने पैसे ख़र्च किए; पर कोई काम की चीज़ न ले सके। हामिद ने तीन पैसे में रंग जमा लिया। सच ही तो है, खिलौनों का क्या भरोसा? टूट-फूट जाएंगे। हामिद का चिमटा बना रहेगा बरसों।

सन्धि की शर्त तय होने लगी। मोहसिन ने कहा – ज़रा अपना चिमटा दो, हम भी देखें, तुम हमारा भिश्ती लेकर देखो।

महमूद और नूरे ने भी अपने-अपने खिलौने पेश किए।

हामिद को इन शर्तों के मानने में कोई आपत्ति न थी। चिमटा बारी-बारी से सबके हाथ में गया; और उनके खिलौने बारी-बारी से हामिद के हाथ में आए। कितने ख़ूबसूरत खिलौने हैं।

हामिद ने हारने वाले के आंसू पोंछे – मैं तुम्हें चिढ़ा रहा था, सच। यह लोहे का चिमटा भला इन खिलौनों की क्या बराबरी करेगा; मालूम होता है, अब बोले, अब बोले।

लेकिन मोहसिन की पार्टी को इस दिलासे से सन्तोष नहीं होता। चिमटे का सिक्का ख़ूब बैठ गया है। चिपका हुआ टिकट अब पानी से नहीं छूट रहा है।

मोहसिन – लेकिन इन खिलौनों के लिए कोई हमें दुआ तो न देगा।

महमूद – दुआ को लिए फिरते हो। उलटे मार न पड़े। अम्मां ज़रूर कहेंगी कि मेले में मिट्टी के खिलौने ही तुम्हें मिले?

हामिद को स्वीकार करना पड़ा कि खिलौनों को देखकर किसी की मां इतनी खुश न होंगी, जितनी दादी चिमटे को देखकर होंगी। तीन पैसों ही में तो सब-कुछ करना था, और उन पैसों के इस उपयोग पर पछतावे की बिल्कुल ज़रूरत न थी। फिर अब तो चिमटा रुस्तमे-हिन्द है और सभी खिलौनों का बादशाह।

रास्ते में महमूद को भूख लगी। उसके बाप ने केले खाने को दिए। महमूद ने केवल हामिद को साझी बनाया। उसके अन्य मित्र मुंह ताकते रह गए। यह उस चिमटे का प्रसाद था।

3

ग्यारह बजे सारे गांव में हलचल मच गई। मेले वाले आ गए। मोहसिन की छोटी बहन ने दौड़कर भिश्ती उसके हाथ से छीन लिया और मारे खुशी के जो उछली, तो मियां भिश्ती नीचे आ रहे और सुरलोक सिधारे। इस पर भाई-बहन में मार-पीट हुई। दोनों ख़ूब रोए। उनकी अम्मां यह शोर सुनकर बिगड़ीं और दोनों को ऊपर से दो-दो चांटे और लगाए।

मियां नूरे के वकील का अन्त उसकी प्रतिष्ठानुकूल इससे ज़्यादा गौरवमय हुआ। वकील ज़मीन पर या ताक पर तो नहीं बैठ सकता। उसकी मर्यादा का विचार तो रखना

ही होगा। दीवार में दो खूंटियां गाड़ी गईं, उन पर लकड़ी का एक पटरा रखा गया। पटरे पर काग़ज़ का कालीन बिछाया गया। वकील साहब राजा भोज की भांति सिंहासन पर विराजे। नूरे ने उन्हें पंखा झलना शुरू किया। अदालतों में खस की टट्टियां और बिजली के पंखे रहते हैं। क्या यहां मामूली पंखा भी न हो। क़ानून की गर्मी दिमाग़ पर चढ़ जाएगी कि नहीं। बांस का पंखा आया और नरे हवा करने लगे। मालूम नहीं, पंखे की हवा से या पंखे की चोट से वकील साहब स्वर्गलोक से मृत्युलोक में आ रहे और उनका माटी का चोला माटी में मिल गया। फिर बड़े ज़ोर-ज़ोर से मातम हुआ और वकील साहब की अस्थि घूरे पर डाल दी गई।

अब रहा महमूद का सिपाही। उसे चटपट गांव का पहरा देने का चार्ज मिल गया; लेकिन पुलिस का सिपाही कोई साधारण व्यक्ति तो था नहीं; जो अपने पैरों चले। वह पालकी पर चलेगा। एक टोकरी आई, उसमें कुछ लाल रंग के फटे-पुराने चिथड़े बिछाए गए, जिसमें सिपाही साहब आराम से लेटें। नूरे ने यह टोकरी उठाई और अपने द्वार का चक्कर लगाने लगे। उनके दोनों छोटे भाई सिपाही की तरफ़ से 'छोने वाले, जागते लहो' पुकारते चलते हैं। मगर रात तो अंधेरी ही होनी चाहिए। महमूद को ठोकर लग जाती है। टोकरी उसके हाथ से छूटकर गिर पड़ती है और मियां सिपाही अपनी बन्दुक़ लिये ज़मीन पर आ जाते हैं और उनकी एक टांग में विकार आ जाता है। महमूद को आज ज्ञात हुआ कि वह अच्छा डॉक्टर है। उसको ऐसा मरहम मिल गया है, जिससे वह टूटी टांग को आनन-फानन जोड़ सकते हैं। केवल गूलर का दूध चाहिए। गूलर का दूध आता है। टांग जोड़ दी जाती है; लेकिन सिपाही को ज्यों ही खड़ा किया जाता है, टांग जवाब दे जाती है। शल्यक्रिया असफल हुई, तब उसकी दूसरी टांग भी तोड़ दी जाती है। अब कम-से-कम एक जगह आराम से बैठ तो सकता है। एक टांग से तो न चल सकता था, न बैठ सकता था। अब वह सिपाही संन्यासी हो गया है। अपनी जगह पर बैठा-बैठा पहरा देता है। कभी-कभी देवता भी बन जाता है। उसके सिर का झालरदार साफ़ा खुरच दिया गया है। अब उसका जितना रूपान्तर चाहो, कर सकते हो। कभी-कभी तो उससे बाट का काम भी लिया जाता है।

अब मियां हामिद का हाल सुनिए। अमीना उसकी आवाज़ सुनते ही दौड़ी और उसे गोद में उठाकर प्यार करने लगी। सहसा उसके हाथ में चिमटा देखकर वह चौंकी।

'यह चिमटा कहां था?

'मैंने मोल लिया है।'

'के पैसे में?'

'तीन पैसे दिए।

अमीना ने छाती पीट ली। यह कैसा बेसमझ लड़का है कि दोपहर हुई, कुछ खाया

न पिया। लाया क्या यह चिमटा! सारे मेले में तुझे और कोई चीज़ न मिली, जो यह लोहे का चिमटा उठा लाया!

हामिद ने अपराधी भाव से कहा – तुम्हारी उंगलियां तवे से जल जाती थी, इसलिए मैंने इसे ले लिया।

बुढ़िया का क्रोध तुरन्त स्नेह में बदल गया, और स्नेह भी वह नहीं, जो प्रगल्भ होता है और अपनी सारी कसक शब्दों में बिखेर देता है। यह मूक स्नेह था, ख़ूब ठोस, रस और स्वाद से भरा हुआ। बच्चे में कितना त्याग, कितना सद्भाव और कितना विवेक है! दूसरों को खिलौने लेते और मिठाई खाते देखकर उसका मन कितना ललचाया होगा! इतना जब्त इससे हुआ कैसे? वहां भी उसे अपनी बुढ़िया दादी की याद बनी रही। अमीना का मन गद्‌गद् हो गया।

और अब एक बड़ी विचित्र बात हुई। हामिद के इस चिमटे से भी विचित्र। बच्चे हामिद ने बूढ़े हामिद का पार्ट खेला था। बुढ़िया अमीना बालिका अमीना बन गई। वह रोने लगी। दामन फैलाकर हामिद को दुआएं देती जाती थी और आंसू की बड़ी-बड़ी बूंदें गिराती जाती थी। हामिद इसका रहस्य क्या समझता!

मां

आज बन्दी छूटकर घर आ रहा है। करुणा ने एक दिन पहले ही घर लीप-पोत रक्खा था, इन तीन वर्षों में उसने कठिन तपस्या करके, जो दस-पांच रुपये जमा कर रखे थे, वह सब पति के सत्कार और स्वागत की तैयारियों में ख़र्च कर दिए। पति के लिए धोतियों का जोड़ा लाई थी, नए कुरते बनवाए थे, बच्चे के लिए नए कोट और टोपी की आयोजन की थी। बार-बार बच्चे को गले लगाती और प्रसन्न होती। अगर इस बच्चे ने सूर्य की भांति उदय होकर उसके अंधेरे जीवन को प्रदीप्त न कर दिया होता, तो कदाचित ठोकरों ने उसके जीवन का अन्त कर दिया होता। पति के कारावास दंड के तीन ही महीने बाद इस बालक का जन्म हुआ। उसी का मुंह देख-देखकर करुणा ने यह तीन साल काट दिए थे। वह सोचती – जब मैं बालक को उनके सामने ले जाऊंगी, तो वह कितने प्रसन्न होंगे। उसे देखकर पहले तो चकित हो जाएंगे, फिर गोद में उठा लेंगे, और कहेंगे – करुणा, तुमने यह रत्न देकर मुझे निहाल कर दिया। कैद के सारे कष्ट बालक की तोतली बातों में भूल जाएंगे, उसकी एक सरल, पवित्र, मोहक दृष्टि हृदय की सारी व्यथाओं को धो डालेगी। इस कल्पना का आनन्द लेकर वह फूली न समाती थी। वह सोच रही थी – आदित्य के साथ बहुत-से आदमी होंगे। जिस समय वह द्वार पर पहुंचेंगे, 'जय-जय शंकर' की ध्वनि से आकाश गूंज उठेगा। वह कितना स्वर्गीय दृश्य होगा! उन आदमियों के बैठने के लिए करुणा ने एक फटा-सा टाट बिछा दिया था, कुछ पान बना लिये थे और बार-बार आशामय नेत्रों से द्वार की ओर ताकती थी। पति की वह सुदृढ़, उदार, तेजपूर्ण मुद्रा बार-बार आंखों में फिर जाती थी, उनकी वे बातें बार-बार याद आती थीं, जो चलते समय उनके मुख से निकली थीं, उनका वह धैर्य, वह आत्मबल, जो पुलिस के प्रहारों के सामने भी अटल रहा था, वह मुस्कुराहट जो उस समय भी उनके अधरों पर खेल रही थी; वह आत्माभिमान जो उस समय भी उनके मुख से टपक रहा था, क्या करुणा के हृदय से कभी विस्मृत हो सकता था? उनका स्मरण आते ही करुणा के निस्तेज मुख पर आत्मगौरव की लालिमा छा गई। यही वह आलम्बन था, जिसने इन तीन वर्षों की घोर यातनाओं में भी उसके हृदय को आश्वासन दिया था। कितनी ही रातें फाकों से गुज़री, बहुधा घर में दीपक जलने की नौबत भी न आती थी, पर दीनता के आंसू कभी उसकी आंखों से न गिरे। आज उन सारी विपत्तियों का अन्त हो जाएगा। पति के प्रगाढ़ आलिंगन में वह सब-कुछ हंसकर झेल लेगी। वह अनन्त निधि पाकर फिर उसे कोई अभिलाषा न रहेगी।

गगन-पथ का चिरगामी पथिक लपका हुआ विश्राम की ओर चला जाता था, जहां

सन्ध्या ने सुनहरी फ़र्श सजाया था और उज्ज्वल पुष्पों की सेज बिछा रखी थी। उसी समय करुणा को एक आदमी लाठी टेकता आता दिखाई दिया, मानो किसी जीर्ण मनुष्य की वेदना-ध्वनि हो। पग-पग पर रुककर खांसने लगता था। उसका सिर झुका हुआ था; करुणा उसका चेहरा न देख सकती थी; लेकिन चाल-ढाल से कोई बूढ़ा आदमी मालूम होता था, पर एक क्षण में जब वह समीप आ गया, तो करुणा उसे पहचान गई। वह उसका प्यारा पति ही था; किन्तु शोक! उसकी सूरत कितनी बदल गई थी! वह जवानी, वह तेज, वह चपलता, वह सुगठन सब प्रस्थान कर चुका था। केवल हड्डियों का एक ढांचा रह गया था। न कोई संगी, न साथी, न यार, न दोस्त। करुणा उसे पहचानते ही बाहर निकल आई, पर आलिंगन की कामना हृदय में दबकर ही रह गई। सारे मंसूबे धूल में मिल गए। सारा मनोल्लास आंसुओं के प्रवाह में बह गया, विलीन हो गया।

आदित्य ने घर में कदम रखते ही मुस्कुराकर करुणा को देखा। पर उस मुस्कान में वेदना का एक संसार भरा हुआ था। करुणा ऐसी शिथिल हो गई, मानो हृदय का स्पन्दन रुक गया हो। वह फटी हुई आंखों में स्वामी की ओर टकटकी बांधे खड़ी थी, मानो उसे अपनी आंखों पर अब भी विश्वास न आता हो। स्वागत या दुःख का एक शब्द भी उसके मुंह से न निकला। बालक भी उसकी गोद में बैठा हुआ सहमी आंखों से इस कंकाल को देख रहा था और माता की गोद में चिपटा जाता था।

आख़िर उसने कातर स्वर में कहा – यह तुम्हारी क्या दशा है? बिल्कुल पहचाने नहीं जाते!

आदित्य ने उसकी चिन्ता को शान्त करने के लिए मुस्कुराने की चेष्टा करके कहा – कुछ नहीं, ज़रा दुबला हो गया हूं। तुम्हारे हाथों का भोजन पाकर फिर स्वस्थ हो जाऊंगा।

करुणा – छी! सूखकर कांटा हो गए। क्या वहां भरपेट भोजन भी नहीं मिलता! तुम कहते थे, राजनैतिक आदमियों के साथ बड़ा अच्छा व्यवहार किया जाता है, और वह तुम्हारे साथी क्या हो गए, जो तुम्हें आठों पहर घेरे रहते थे और तुम्हारे पसीने की जगह खून बहाने को तैयार रहते थे?

आदित्य की त्यौरियों पर बल पड़ गए। बोले – यह बड़ा ही कटु अनुभव है करुणा। मुझे न मालूम था कि मेरे कैद होते ही लोग मेरी ओर से यों आंखें फेर लेंगे, कोई बात भी न पूछेगा। राष्ट्र के नाम पर मिटने वालों का यही पुरस्कार है, यह मुझे न मालूम था। जनता अपने सेवकों को बहुत जल्द भूल जाती है, यह तो मैं जानता था; लेकिन अपने सहयोगी और सहायक इतने बेवफ़ा होते हैं, इसका मुझे यह पहला ही अनुभव हुआ; लेकिन मुझे किसी से शिकायत नहीं। सेवा स्वयं अपना पुरस्कार है। मेरी भूल थी कि मैं इसके लिए यश और नाम चाहता था।

करुणा – तो क्या वहां भोजन भी न मिलता था?

आदित्य – यह न पूछो करुणा, बड़ी करुण-कथा है। बस, यही गनीमत समझो कि जीता लौट आया। तुम्हारे दर्शन बदे थे; नहीं कष्ट तो ऐसे-ऐसे उठाए कि अब तक मुझे प्रस्थान कर जाना चाहिए था। मैं ज़रा लेटूंगा। खड़ा नहीं रहा जाता। दिन-भर में इतनी दूर आया हूं।

करुणा – चलकर कुछ खा लो; आराम से लेटो। (बालक को गोद में उठाकर) बाबू जी हैं बेटा, तुम्हारे बाबू जी। इनकी गोद में जाओ, तुम्हें प्यार करेंगे।

आदित्य ने आंसू-भरी आंखों से बालक को देखा और उनका एक-एक रोम उनका तिरस्कार करने लगा। अपनी जीर्ण दशा पर उन्हें कभी इतना दुःख न हुआ था। ईश्वर की असीम दया से यदि उनकी दशा संभल जाती, तो वह फिर कभी राष्ट्रीय आन्दोलनों के समीप न जाते। इस फूल-से बच्चे को यों संसार में लाकर दरिद्रता और दीनता की आग में झोंकने का उन्हें क्या अधिकार था? वह अब लक्ष्मी की उपासना करेंगे; और अपना क्षुद्र जीवन बच्चे के लालन-पालन के लिए अर्पित कर देंगे। उन्हें उस समय ऐसा ज्ञात हुआ कि बालक उन्हें उपेक्षा की दृष्टि से देख रहा है; मानो कह रहा है – 'मेरे साथ आपने अपना कौन-सा कर्तव्य पालन किया?' उनकी सारी कामना, सारा प्यार बालक को हृदय से लगा लेने के लिए अधीर हो उठा; पर हाथ फैला न सके। हाथों में शक्ति ही न थी।

करुणा बालक को लिये हुए उठी, और थाली में कुछ भोजन निकालकर लाई। आदित्य ने क्षुधापूर्ण नेत्रों से थाली की ओर देखा, मानो आज बहुत दिनों के बाद कोई खाने की चीज़ सामने आई है। जानता था कि कई दिनों के उपवास के बाद और आरोग्य की इस गई गुज़री दशा में उसे ज़बान को काबू में रखना चाहिए; पर सब्र न कर सका; थाली पर टूट पड़ा और देखते-देखते थाली साफ़ कर दी। करुणा सशंक हो गई। उसने दोबारा किसी चीज़ के लिए न पूछा। थाली उठाकर चली गई, पर उसका दिल कह रहा था – इतना तो यह कभी न खाते थे।

करुणा बच्चे को कुछ खिला रही थी कि एकाएक कानों में आवाज़ आई – करुणा!

करुणा ने आकर पूछा – क्या तुमने मुझे पुकारा है?

आदित्य का चेहरा पीला पड़ गया था, और सांस ज़ोर-ज़ोर से चल रही थी। हाथों के सहारे वहीं टाट पर लेट गए थे। करुणा उनकी यह हालत देखकर घबरा गई। बोली – जाकर किसी वैद को बुला लाऊं? .

आदित्य ने हाथ के इशारे से उसे मना करके कहा – व्यर्थ है करुणा! अब तुमसे छिपाना व्यर्थ है, मुझे सिल हो गया है। कई बार मरते-मरते बच गया हूं। तुम लोगों के दर्शन बदे थे। इसलिए प्राण न निकलते थे। देखो प्रिये, रोओ मत।

करुणा ने सिसकियों को दबाते हुए कहा – मैं वैद जी को लेकर अभी आती हूं।

आदित्य ने फिर सिर हिलाया – नहीं करुणा, केवल मेरे पास बैठी रहो। अब किसी से कोई आशा नहीं है। डॉक्टरों ने जवाब दे दिया है। मुझे तो यही आश्चर्य है कि यहां पहुंच

कैसे गया? न जाने कौन-सी दैवी शक्ति मुझे वहां से खींच लाई? कदाचित यह इस बुझते हुए दीपक की अन्तिम झलक थी। आह! मैंने तुम्हारे साथ बड़ा अन्याय किया। इसका मुझे हमेशा दुख रहेगा। मैं तुम्हें कोई आराम न दे सका। तुम्हारे लिए कुछ न कर सका। केवल सोहाग का दाग़ लगाकर और एक बालक के पालन का भार छोड़कर चला जा रहा हूं। आह!

करुणा ने हृदय को दृढ़ करके कहा – तुम्हें कहीं दर्द तो नहीं हो रहा है? आग बना लाऊं। कुछ बताते क्यों नहीं?

आदित्य ने करवट बदलकर कहा – कुछ करने की ज़रूरत नहीं प्रिये। कहीं दर्द नहीं। बस, ऐसा मालूम हो रहा है कि दिल बैठा जाता है, जैसे पानी में डूबा जाता हूं। जीवन की लीला समाप्त हो रही है। दीपक को बुझते हुए देख रहा हूं। कह नहीं सकता, कब आवाज़ बन्द हो जाए। जो कुछ कहना है, वह कह डालना चाहता हूं। क्यों वह लालसा ले जाऊं? मेरे एक प्रश्न का जवाब दोगी, पूछूं?

करुणा के मन की सारी दुर्बलता, सारा शोक, सारी वेदना मानो लुप्त हो गई, और उनकी जगह उस आत्म-बल का उदय हुआ, जो मृत्यु पर हंसता है, और विपत्ति के सांपों से खेलता है। रत्न-जड़ित, मखमली म्यान में जैसे तलवार छिपी रहती है, जल के कोमल प्रवाह में जैसे असीम शक्ति छिपी रहती है, वैसे ही रमणी का कोमल हृदय साहस और धैर्य को अपनी गोद में छिपाए रहता है। क्रोध जैसे तलवार को बाहर खींच लेता है, विज्ञान जैसे जल-शक्ति का उद्घाटन कर लेता है, वैसे ही प्रेम रमणी के साहस और धैर्य को प्रदीप्त कर देता है।

करुणा ने पति के सिर पर हाथ रखते हुए कहा – पूछते क्यों नहीं प्यारे!

आदित्य ने करुणा के हाथों के कोमल स्पर्श का अनुभव करते हुए कहा – तुम्हारे विचार में मेरा जीवन कैसा था। बधाई के योग्य? देखो, तुमने मुझसे कभी परदा नहीं रखा। इस समय भी स्पष्ट ही कहना। तुम्हारे विचार में मुझे अपने जीवन पर हंसना चाहिए या रोना चाहिए।

करुणा ने उल्लास के साथ कहा – यह प्रश्न क्यों करते हो प्रियतम? क्या मैंने तुम्हारी कभी उपेक्षा की है? तुम्हारा जीवन देवताओं का-सा जीवन था, निःस्वार्थ, निर्लिप्त और आदर्श! विघ्न-बाधाओं से तंग आकर मैंने तुम्हें कितनी ही बार संसार की ओर खींचने की चेष्टा की है; पर उस समय भी मैं मन में जानती थी कि मैं तुम्हें ऊंचे आसन से गिरा रही हूं। अगर तुम माया-मोह में फंसे होते, कदाचित मेरे मन को अधिक सन्तोष होता; लेकिन मेरी आत्मा को वह गर्व और उल्लास न होता, जो इस समय हो रहा है। मैं अगर किसी को बड़े-से-बड़ा आशीर्वाद दे सकती हूं, तो वह यही होगा कि उसका जीवन तुम्हारे जैसा हो।

यह कहते-कहते करुणा का आभाहीन मुखमंडल ज्योतिर्मय हो गया, मानो उसकी आत्मा दिव्य हो गई हो। आदित्य ने सगर्व नेत्रों से करुणा को देखकर कहा – बस, अब

मुझे सन्तोष हो गया करुणा, इस बच्चे की ओर से मुझे कोई शंका नहीं है। मैं उसे इससे अधिक कुशल हाथों में नहीं छोड़ सकता। मुझे विश्वास है कि जीवन का यह ऊंचा और पवित्र आदर्श सदैव तुम्हारे सामने रहेगा। अब मैं मरने को तैयार हूं।

2

सात वर्ष बीत गए।

बालक प्रकाश अब दस साल का रूपवान, बलिष्ठ, प्रसन्नमुख कुमार था, बला का तेज़, साहसी और मनस्वी। भय तो उसे छू भी नहीं गया था। करुणा का सन्तप्त हृदय उसे देखकर शीतल हो जाता। संसार करुणा को अभागिनी और दीन समझे। वह कभी भाग्य का रोना नहीं रोती। उसने उन आभूषणों को बेच डाला, जो पति के जीवन में उसे प्राणों से भी प्रिय थे, और उस धन से कुछ गायें और भैंसें मोल लीं। वह कृषक की बेटी थी, और गो-पालन उसके लिए कोई नया व्यवसाय न था। इसी को उसने अपनी जीविका का साधन बनाया। विशुद्ध दूध कहां मयस्सर होता है? सब दूध हाथों-हाथ बिक जाता। करुणा को पहर दिन से पहर रात तक काम में लगा रहना पड़ता; पर वह प्रसन्न थी। उसके मुख पर निराशा या दीनता की छाया नहीं, संकल्प और साहस का तेज है। उसके एक-एक अंग से आत्म-गौरव की ज्योति-सी निकल रही है; आंखों में एक दिव्य प्रकाश है – गम्भीर, अथाह और असीम। सारी वेदनाएं – वैधव्य का शोक और विधि का निर्दय प्रहार – सब उस प्रकाश की गहराई में विलीन हो गया है। प्रकाश पर वह जान देती है। उसका आनन्द, उसकी अभिलाषा, उसका संसार, उसका स्वर्ग, सब प्रकाश पर न्योछावर है; पर यह मजाल नहीं कि प्रकाश कोई शरारत करे और करुणा आंखें बन्द कर ले। नहीं, वह उसके चरित्र की बड़ी कठोरता से देखभाल करती है। वह प्रकाश की मां ही नहीं, मां-बाप दोनों है। उसके पुत्र-स्नेह में माता की ममता के साथ पिता की कठोरता भी मिली हुई है। पति के अन्तिम शब्द अभी तक उसके कानों में गूंज रहे हैं। वह आत्मोल्लास, जो उनके चेहरे पर झलकने लगा था, वह गर्वमयी लाली जो उनकी आंखों में छा गई थी, अभी तक उसकी आंखों में फिर रही है। निरन्तर पति-चिन्तन ने आदित्य को उसकी आंखों में प्रत्यक्ष कर दिया है। वह सदैव उनकी उपस्थिति का अनुभव किया करती है। उसे ऐसा जान पड़ता है कि आदित्य की आत्मा सदैव उसकी रक्षा करती रहती है। उसकी यही हार्दिक अभिलाषा है कि प्रकाश जवान होकर पिता का पदगामी हो।

सन्ध्या हो गई थी। एक भिखारिन द्वार पर आकर भीख मांगने लगी। करुणा उस समय गऊओं को सानी दे रही थी। प्रकाश बाहर खेल रहा था। बालक ही तो था। शरारत सूझी! घर में गया, और कटोरे में थोड़ा-सा भूसा लेकर बाहर निकला। भिखारिन ने

अपनी झोली फैला दी। प्रकाश ने भूसा उसकी झोली में डाल दिया और ज़ोर-ज़ोर से तालियां बजाता हुआ भागा।

भिखारिन ने अग्निमय नेत्रों से देखकर कहा – वाह रे लाड़ले! मुझसे हंसी करने चला है! यही मां-बाप ने सिखाया है! तब तो ख़ूब कुल का नाम जगाओगे।

करुणा उसकी बोल सुनकर बाहर निकल आई, और पूछा – क्या है माता? किसे कह रही हो?

भिखारिन ने प्रकाश की तरफ़ इशारा करके कहा – वह तुम्हारा लड़का है न। देखा, कटोरे में भूसा भरकर मेरी झोली में डाल गया है। चुटकी-भर आटा था, वह भी मिट्टी में मिल गया। कोई इस तरह दुखियों को सताता है? सबके दिन एक से नहीं रहते। आदमी को घमंड न करना चाहिए।

करुणा ने कठोर स्वर में पुकारा – प्रकाश!

प्रकाश लज्जित न हुआ। अभिमान से सिर उठाए हुए आया और बोला – यह हमारे घर भीख मांगने क्यों आई है? कुछ काम क्यों नहीं करती?

करुणा ने उसे समझाने की चेष्टा करके कहा – शर्म तो नहीं आती, उलटे और आंखें दिखाते हो।

प्रकाश – शर्म क्यों आए? यह क्यों रोज़ भीख मांगने आती है? हमारे यहां क्या कोई चीज़ मुफ़्त आती है?

करुणा – तुम्हें कुछ न देना था, तो सीधे-से कह देते, जाओ। तुमने यह शरारत क्यों की?

प्रकाश – उसकी आदत कैसे छूटती?

करुणा ने बिगड़कर कहा – तुम अब पिटोगे, मेरे हाथों।

प्रकाश – पिटुंगा क्यों, आप ज़बरदस्ती पीटेंगी? दूसरे मुल्कों में अगर कोई भीख मांगे, तो कैद कर लिया जाए। यह नहीं कि उलटे भिखमंगों को और शह दिया जाए।

करुणा – जो अपंग है, वह कैसे काम करे?”

प्रकाश – तो जाकर डूब मरे, ज़िन्दा क्यों रहती है?

करुणा निरुत्तर हो गई। बुढ़िया को तो उसने आटा-दाल देकर विदा किया; किन्तु प्रकाश का कुतर्क उसके हृदय में फोड़े के समान टीसता रहा। इसने यह धृष्टता, यह अविनय कहां सीखा? रात को भी उसे बार-बार यही ख़याल सताता रहा।

आधी रात के समीप एकाएक प्रकाश की नींद टूटी, तो देखा। लालटेन जल रही है और करुणा बैठी रो रही है। उठ बैठा और बोला – अम्मां, अभी तुम सोईं नहीं?

करुणा ने मुंह फेरकर कहा – नींद नहीं आई। तुम कैसे जाग गए? प्यास तो नहीं लगी है?

प्रकाश – नहीं अम्मां, न जाने क्यों आंख खुल गई। मुझसे आज बड़ा अपराध हुआ अम्मां।

करुणा ने उसके मुख की ओर स्नेह के नेत्रों से देखा।

प्रकाश – मैंने आज बुढ़िया के साथ बड़ी नटखटी की। मुझे क्षमा करो। फिर कभी ऐसी शरारत न करूंगा।

यह कहकर वह रोने लगा। करुणा ने स्नेहार्द्र होकर उसे गले लगा लिया और उसके कपोलों का चुम्बन करके बोली – बेटा, मुझे ख़ुश करने के लिए यह कह रहे हो; या तुम्हारे मन में सचमुच पछतावा हो रहा है?

प्रकाश ने सिसकते हुए कहा – नहीं अम्मां, मुझे दिल से अफ़सोस हो रहा है। अबकी वह बुढ़िया आएगी, तो मैं उसे बहुत-से पैसे दूंगा।

करुणा का हृदय मतवाला हो गया। ऐसा जान पड़ा, आदित्य सामने खड़े बच्चे को आशीर्वाद दे रहे थे और कह रहे हैं, करुणा, क्षोभ मत कर! प्रकाश अपने पिता का नाम रौशन करेगा। तेरी सम्पूर्ण कामनाएं पूरी हो जाएंगी।

3

लेकिन प्रकाश के कर्म और वचन में मेल न था, और दिनों के साथ उसके चरित्र का यह अंग प्रत्यक्ष होता जाता था। जहीन था ही, विश्वविद्यालय से उसे वज़ीफ़े मिलते थे, करुणा भी उसकी यथेष्ट सहायता करती रहती थी, फिर भी उसका ख़र्च पूरा न पड़ता था। वह मितव्ययिता और सरल जीवन पर विद्वत्ता से भरे हुए व्याख्यान दे सकता था; पर उसका रहन-सहन फ़ैशन के अन्धभक्तों से जौ-भर भी घट कर न था। प्रदर्शन की धुन हमेशा सवार रहती थी। उसके मन और बुद्धि में निरन्तर द्वन्द्व होता रहता था। मन जाति की ओर था, बुद्धि, अपनी ओर। बुद्धि मन को दबाए रखती थी। उसके सामने मन की एक न चलती थी। जाति-सेवा ऊसर की खेती है, वहां बड़े-से-बड़ा उपहार जो मिल सकता है, वह है गौरव और यश; पर वह भी स्थायी नहीं, इतना अस्थिर कि एक क्षण में जीवन-भर की कमाई पर पानी फिर सकता है। अतएव उसका अन्तःकरण अनिवार्य वेग के साथ विलासमय जीवन की ओर झुकता था। यहां तक कि धीरे-धीरे उसे त्याग और निग्रह से घृणा होने लगी। वह दुरवस्था और दरिद्रता को हेय समझता था। उसके हृदय न था, भाव न थे, केवल मस्तिष्क था। मस्तिष्क में दर्द कहां, दया कहां! वहां तो तर्क है, हौसला है, मंसूबे हैं।

सिन्ध में बाढ़ आई। हज़ारों आदमी तबाह हो गए। विद्यालय ने वहां एक सेवा समिति भेजी। प्रकाश के मन में द्वन्द्व होने लगा – जाऊं या न जाऊं। इतने दिनों अगर वह परीक्षा की तैयारी करे, तो प्रथम श्रेणी में पास हो। चलते समय उसने बीमारी का बहाना

कर दिया। करुणा ने लिखा, तुम सिन्ध न गए, इसका मुझे खेद है। तुम बीमार रहते हुए भी वहां जा सकते थे। समिति में चिकित्सक भी तो थे! प्रकाश ने पत्र का उत्तर न दिया।

उड़ीसा में अकाल पड़ा। प्रजा मक्खियों की तरह मरने लगी। कांग्रेस ने पीड़ितों के लिए मिशन तैयार किया। उन्हीं दिनों विद्यालय ने इतिहास के छात्रों को ऐतिहासिक खोज के लिए लंका भेजने का निश्चय किया। करुणा ने प्रकाश को लिखा – तुम उड़ीसा जाओ, किन्तु प्रकाश लंका जाने को लालायित था। वह कई दिन इसी दुविधा में रहा। अन्त को सीलोन ने उड़ीसा पर विजय पाई। करुणा ने अबकी उसे कुछ न लिखा। चुपचाप रोती रहती।

सीलोन से लौटकर प्रकाश छुट्टियों में घर गया। करुणा उससे खिंची-खिंची रही। प्रकाश मन में लज्जित हुआ और संकल्प किया कि अबकी कोई अवसर आया, तो अम्मां को अवश्य प्रसन्न करूंगा। यह निश्चय करके वह विद्यालय लौटा। लेकिन यहां आते ही फिर परीक्षा की फ़िक्र सवार हो गई। यहां तक कि परीक्षा के दिन आ गए; मगर इम्तहान से फुरसत पाकर भी प्रकाश घर न गया। विद्यालय के एक अध्यापक कश्मीर सैर करने जा रहे थे। प्रकाश उन्हीं के साथ कश्मीर चल खड़ा हुआ। जब परीक्षाफल निकले और प्रकाश प्रथम आया, तब उसे घर की याद आई। उसने तुरन्त करुणा को पत्र लिखा, और अपने आने की सूचना दी। माता को प्रसन्न करने के लिए उसने दो-चार शब्द जाति-सेवा के विषय में भी लिखे – अब मैं आपकी आज्ञा का पालन करने को तैयार हूं। मैंने शिक्षा-सम्बन्धी कार्य करने का निश्चय किया है। इसी विचार से मैंने यह विशिष्ट स्थान प्राप्त किया है। हमारे नेता भी तो विद्यालयों के आचार्यों ही का सम्मान करते हैं – अभी तक इन उपाधियों के मोह से मुक्त नहीं हुए हैं। यह उपाधि लेकर वास्तव में मैंने अपने सेवा-मार्ग से एक बाधा हटा दी है। हमारे नेता भी योग्यता, सदुत्साह, लगन का जितना सम्मान नहीं करते, जितना उपाधियों का! अब सब मेरी इज़्ज़त करेंगे, और ज़िम्मेदारी का काम सौंपेंगे, जो पहले मांगे भी न मिलता।

करुणा की आस फिर बंधी।

4

विद्यालय खुलते ही प्रकाश के नाम रजिस्ट्री का पत्र पहूंचा। उन्होंने प्रकाश को इंगलैंड जाकर विद्याभ्यास करने के लिए सरकार से वज़ीफ़े की मंजूरी की सूचना दी थी। प्रकाश पत्र हाथ में लिये हर्ष के उन्माद में जाकर मां से बोला – अम्मां, इंगलैंड जाकर पढ़ने के लिए सरकारी वज़ीफ़ा मिल गया।

करुणा ने उदासीन भाव से पूछा – तो तुम्हारा क्या इरादा है?

प्रकाश – मेरा इरादा? ऐसा अवसर पाकर भला कौन छोड़ता है!

करुणा – तुम तो स्वयंसेवकों में भरती होने जा रहे थे?

प्रकाश – तो आप क्या समझती हैं, स्वयंसेवक बन जाना ही जाति-सेवा है? मैं इंगलैंड से आकर भी तो सेवा-कार्य कर सकता हूं, और अम्मां सच पूछो, तो एक मैजिस्ट्रेट अपने देश का जितना उपकार कर सकता है, उतना एक हज़ार स्वयंसेवक मिलकर भी नहीं कर सकते। मैं तो सिविल सर्विस की परीक्षा में बैठूंगा, और मुझे विश्वास है कि सफल हो जाऊंगा।

करुणा ने चकित होकर पूछा – तो क्या तुम मजिस्ट्रेट हो जाओगे?

प्रकाश – सेवा-भाव रखने वाला एक मैजिस्ट्रेट कांग्रेस के एक हज़ार सभापतियों से ज़्यादा उपकार कर सकता है। अख़बारों में उसकी लम्बी-लम्बी तारीफ़े न छपेंगी, उसकी वक्तृताओं पर तालियां न बजेंगी, जनता उसके जुलूस की गाड़ी न खींचेगी, और न विद्यालयों के छात्र उसको अभिनन्दन-पत्र देंगे; पर सच्ची सेवा मैजिस्ट्रेट ही कर सकता है।

करुणा ने आपत्ति के भाव से कहा – लेकिन यही मैजिस्ट्रेट जो जाति के सेवकों को सजाएं देते हैं, उन पर गोलियां चलाते हैं?

प्रकाश – अगर मैजिस्ट्रेट के हृदय में परोपकार का भाव है, तो वह नरमी से वही काम कर सकता है, जो दूसरे गोलियां चलाकर भी नहीं कर सकते।

करुणा – मैं यह न मानूंगी। सरकार अपने नौकरों को इतनी स्वाधीनता नहीं देती। वह एक नीति बना देती है, और हर एक सरकारी नौकर को उसका पालन करना पड़ता है। सरकार की पहली नीति यह है कि वह दिन-दिन अधिक संगठित और दृढ़ हो। इसके लिए स्वाधीनता के भावों का दमन करना ज़रूरी है, अगर कोई मैजिस्ट्रेट इस नीति के विरुद्ध काम करता है, तो वह मैजिस्ट्रेट न रहेगा। वह हिन्दुस्तानी मैजिस्ट्रेट था, जिसने तुम्हारे बाबू जी को ज़रा-सी बात पर तीन साल की सज़ा दे दी। इस सज़ा ने उनके प्राण लिये। बेटा, मेरी इतनी बात मानो। सरकारी पदों पर न गिरो। मुझे यह मंजूर है कि तुम मोटा खाकर और मोटा पहनकर अपने देश की कुछ सेवा करो और इसके बदले कि तुम हाकिम बन जाओ; और शान से जीवन बिताओ। यह समझ लो कि जिस दिन तुम हाकिम की कुर्सी पर बैठोगे, उस दिन से तुम्हारा दिमाग़ हाकिमों का-सा हो जाएगा। तुम यही चाहोगे कि अफ़सरों में तुम्हारी नेकनामी और तरक्की हो। एक गंवारू मिसाल लो। लड़की जब तक मैके में क्वांरी रहती है, वह अपने को उसी घर का समझती है; लेकिन जिस दिन ससुराल चली जाती है, वह अपने घर को दूसरों का घर समझने लगती है। मां-बाप, भाई-बन्द सब वही रहते हैं; लेकिन वह घर अपना नहीं रहता। यही दुनिया का दस्तूर है।

प्रकाश ने खीझकर कहा – तो क्या आप यही चाहती हैं कि मैं ज़िन्दगी-भर चारों तरफ़ ठोकरें खाता फिरूं?

करुणा कठोर नेत्रों से देखकर बोली – अगर ठोकर खाकर आत्मा स्वाधीन रह

सकती है, तो मैं कहूंगी, ठोकर खाना अच्छा है!

प्रकाश ने निश्चयात्मक भाव से पूछा – तो आपकी यही इच्छा है?

करुणा ने उसी स्वर में उत्तर दिया – हां, मेरी यही इच्छा है।

प्रकाश ने कुछ जवाब न दिया। उठकर बाहर चला गया, और तुरन्त रजिस्ट्रार को इनकारी-पत्र लिख भेजा, मगर उसी क्षण से मानो उसके सिर पर विपत्ति ने आसन जमा लिया। विरक्त और विमन अपने कमरे में पड़ा रहता, न कहीं घूमने जाता, न किसी से मिलता। मुंह लटकाए भीतर आता; दो-चार कौर खाता और फिर बाहर चला जाता, यहां तक कि एक महीना गुज़र गया। न चेहरे पर वह लाली रही, न वह ओज; आंखें अनाथों के मुख की भांति याचना से भरी हुईं, ओठ हंसना भूल गए, मानो इस इनकारी-पत्र के साथ उसकी सारी सजीवता, सारी चपलता, सारी सरसता बिदा हो गई। करुणा उसके मनोभाव समझती थी, और उसके शोक को भुलाने की चेष्टा करती थी; पर रूठे देवता प्रसन्न न होते थे।

आख़िर एक दिन उसने प्रकाश से कहा – बेटा, अगर तुमने विलायत जाने की ठान ली है, तो चले जाओ। मैं मना न करूंगी। मुझे खेद है कि मैंने तुम्हें रोका। अगर मैं जानती कि तुम्हें इतना आघात पहुंचेगा, तो कभी न रोकती। मैंने तो केवल एक विचार से रोका था कि तुम्हें जाति-सेवा में मग्न देखकर तुम्हारे बाबू जी की आत्मा प्रसन्न होगी। उन्होंने चलते समय यह वसीयत की थी।

प्रकाश ने रुखाई से जवाब दिया – अब क्या जाऊंगा। इनकारी-ख़त लिख चुका। मेरे लिए कोई अब तक बैठा थोड़े ही होगा! कोई दूसरा लड़का चुन लिया गया होगा। और फिर करना ही क्या है। जब आपकी मरज़ी है कि गांव-गांव की खाक छानता फिरूं, तो वही सही।

करुणा का गर्व चूर-चूर हो गया। इस अनुमति से उसने बाधा का काम लेना चाहा था; पर सफल न हुई। बोली – अभी न चुना गया होगा। लिख दो, मैं जाने को तैयार हूं।

प्रकाश ने झुंझलाकर कहा – अब कुछ नहीं हो सकता। लोग हंसी उड़ाएंगे। मैंने तय कर लिया है कि जीवन को आपकी इच्छा के अनुकूल बनाऊंगा!

करुणा – तुमने अगर शुद्ध मन से यह इरादा किया होता, तो यों न रहते। तुम मुझसे सत्याग्रह कर रहे हो; अगर मन को दबाकर, मुझे अपनी राह का कांटा समझकर, तुमने मेरी इच्छा पूरी भी की, तो क्या। मैं तो जब जानती कि तुम्हारे मन में आप-ही-आप सेवा का भाव उत्पन्न होता। तुम आज ही रजिस्ट्रार साहब को पत्र लिख दो।

प्रकाश – अब नहीं लिख सकता। 'तो इसी शोक में तने बैठे रहोगे?'

'लाचारी है।'

करुणा ने कुछ और न कहा। ज़रा देर में प्रकाश ने देखा कि वह कहीं जा रही है;

मगर वह कुछ बोला नहीं। करुणा के लिए बाहर आना-जाना कोई असाधारण बात न थी; लेकिन जब सन्ध्या हो गई और करुणा न आई, तो प्रकाश को चिन्ता होने लगी। अम्मां कहां गईं? यह प्रश्न बार-बार उसके मन में उठने लगा।

प्रकाश सारी रात द्वार पर बैठा रहा। भांति-भांति की शंकाएं मन में उठने लगीं। उसे अब याद आया, चलते समय करुणा कितनी उदास थी, उसकी आंखें कितनी लाल थीं। यह बातें प्रकाश को उस समय क्यों न नज़र आईं? वह क्या स्वार्थ में अन्धा हो गया था?

हां, जब प्रकाश को याद आया – माता ने साफ़-सुथरे कपड़े पहने थे। उसके हाथ में छतरी भी थी, तो क्या वह कहीं बहुत दुर गई हैं? किससे पूछे ? अनिष्ट के भय से प्रकाश रोने लगा।

श्रावण की अंधेरी, भयानक रात थी। आकाश में श्याम मेघमालाएं भीषण स्वप्न की भांति छाई हुई थीं। प्रकाश रह-रहकर आकाश की ओर देखता था, मानो करुणा उन्हीं मेघमालाओं में छिपी बैठी है। उसने निश्चय किया, सबेरा होते ही मां को खोजने चलूंगा और अगर...

किसी ने द्वार खटखटाया। प्रकाश ने दौड़कर खोला, तो देखा, करुणा खड़ी है! उसका मुख-मंडल इतना खोया हुआ, इतना करुण था, जैसे आज ही उसका सोहाग उठ गया है, जैसे अब संसार में उसके लिए कुछ नहीं रहा, जैसे वह नदी के किनारे खड़ी अपनी लदी हुई नाव को डूबती देख रही है और कुछ कर नहीं सकती।

प्रकाश ने अधीर होकर पूछा – अम्मां, कहां चली गई थीं? बहुत देर लगाई?

करुणा ने भूमि की ओर ताकते हुए जवाब दिया – एक काम से गई थी, देर हो गई।

यह कहते हुए उसने प्रकाश के सामने एक बन्द लिफ़ाफ़ा फेंक दिया। प्रकाश ने उत्सुक होकर लिफ़ाफ़ा उठा लिया। ऊपर ही विद्यालय की मुहर थी। तुरन्त ही लिफ़ाफ़ा खोलकर पढ़ा। हल्की-सी लालिमा चेहरे पर दौड़ गई। पूछा – यह तुम्हें कहां मिल गया अम्मां?

करुणा – तुम्हारे रजिस्ट्रार के पास से लाई हूं।

'क्या तुम वहां चली गई थीं?'

'और क्या करती?'

'कल तो गाड़ी का समय न था?'

'मोटर ले ली थी!

प्रकाश एक क्षण तक मौन खड़ा रहा। फिर कुंठित स्वर में बोला – जब तुम्हारी इच्छा नहीं है, तो क्यों मुझे भेज रही हो?

करुणा ने विरक्त भाव से कहा – इसलिए कि तुम्हारी जाने की इच्छा है। तुम्हारा यह मलिन वेश नहीं देखा जाता। अपने जीवन के बीस वर्ष तुम्हारी हित-कामना पर अर्पित कर दिए; अब तुम्हारी महत्त्वाकांक्षा की हत्या नहीं कर सकती। तुम्हारी यात्रा सफल हो, यह मेरी हार्दिक अभिलाषा है।

करुणा का कंठ रुंध गया और कुछ न कह सकी।

5

प्रकाश उसी दिन से यात्रा की तैयारियां करने लगा। करुणा के पास जो कुछ था, वह सब ख़र्च हो गया। कुछ ऋण भी लेना पड़ा। नए सूट बने, सूटकेस लिये गए। प्रकाश अपनी धुन में मस्त था। कभी किसी चीज़ की फ़रमाइश लेकर आता, कभी किसी चीज़ की।

करुणा इस एक सप्ताह में कितनी दुर्बल हो गई है, उसके बालों पर कितनी सफ़ेदी आ गई है, चेहरे पर कितनी झुर्रियां पड़ गई हैं, यह उसे कुछ न नज़र आता। उसकी आंखों में इंगलैंड के दृश्य समाए हुए थे। महत्त्वाकांक्षा आंखों पर परदा डाल देती है।

प्रस्थान का दिन आया। आज कई दिन के बाद धूप निकली थी। करुणा स्वामी के पुराने कपड़ों को बाहर निकाल रही थी। उनकी गाढ़े की चादरें, खद्दर के कुरते, पाजामे और लिहाफ़ अभी तक सन्दूक में संचित थे। प्रतिवर्ष वे धूप में सुखाए जाते और झाड़-पोंछकर रख दिए जाते थे। करुणा ने आज फिर उन कपड़ों को निकाला, मगर सुखाकर रखने के लिए नहीं, गरीबों को बांट देने के लिए। वह आज पति से नाराज़ है। वह लुटिया, डोर और घड़ी जो आदित्य की चिरसंगिनी थीं और जिनकी आज बीस वर्ष से करुणा ने उपासना की थी, आज निकालकर आंगन में फेंक दी गईं; वह झोली, जो बरसों आदित्य के कन्धों पर आरूढ़ रह चुकी थी, आज कूड़े में डाल दी गई; वह चित्र जिसके सामने आज बीस वर्ष से करुणा सिर झुकाती थी, आज बड़ी निर्दयता से भूमि पर डाल दिया गया। पति का कोई स्मृति-चिह्न वह अब अपने घर में नहीं रखना चाहती। उसका अन्तःकरण शोक और निराशा से विदीर्ण हो गया है, और पति के सिवा वह किस पर क्रोध उतारे? कौन उसका अपना है? वह किससे अपनी व्यथा कहे? किसे अपनी छाती चीरकर दिखाए? वह होते तो क्या आज प्रकाश दासता की जंजीर गले में डालकर फूला न समाता! उसे कौन समझाए कि आदित्य भी इस अवसर पर पछताने के सिवा और कुछ न कर सकते।

प्रकाश के मित्रों ने आज उसे विदाई का भोज दिया था। वहां से वह सन्ध्या समय कई मित्रों के साथ मोटर पर लौटा। सफ़र का सामान मोटर पर रख दिया गया। तब वह अन्दर जाकर मां से बोला – अम्मां, जाता हूं। मुम्बई पहुंचकर पत्र लिखूंगा। तुम्हें मेरी क़सम, रोना मत, और मेरे ख़तों का जवाब बराबर देना।

जैसे किसी लाश को बाहर निकालते समय सम्बन्धियों का धैर्य छूट जाता है, रुके हुए आंसू निकल पड़ते हैं और शोक की तरंगें उठने लगती हैं, वही दशा करुणा की हुई। कलेजे में एक हाहाकार हुआ, जिसने उसकी दुर्बल आत्मा के एक-एक अणु को कंपा दिया। मालूम हुआ, पांव पानी में फिसल गया है, और मैं लहरों में बही जा रही हूं। उसके मुख से शोक या आशीर्वाद का एक शब्द भी न निकला। प्रकाश ने उसके चरण छुए, अश्रुजल से माता के चरणों को पंखारा, फिर बाहर चला गया। करुणा पाषाण-मूर्ति की भांति खड़ी थी।

सहसा ग्वाले ने आकर कहा – बहूजी, भइया चले गए! बहुत रोते थे।

तब करुणा की समाधि टूटी। देखा, सामने कोई नहीं है। घर में मृत्यु का-सा सन्नाटा छाया हुआ है, और मानो हृदय की गति बन्द हो गई है।

सहसा करुणा की दृष्टि ऊपर उठ गई। उसने देखा कि आदित्य अपनी गोद में प्रकाश की निर्जीव देह लिये खड़े रो रहे हैं। करुणा पछाड़ खाकर गिर पड़ी।

6

करुणा जीवित थी; पर संसार से उसका कोई नाता न था। उसका छोटा-सा संसार जिसे उसने अपनी कल्पनाओं के हृदय में रचा था, स्वप्न की भांति अनन्त में विलीन हो गया था। जिस प्रकाश को सामने देखकर वह जीवन की अंधेरी रात में भी हृदय में आशाओं की सम्पत्ति लिये जी रही थी, वह बुझ गया और सम्पत्ति लुट गई। अब न कोई आश्रय था, और न उसकी ज़रूरत। जिन गउओं को वह दोनों वक़्त अपने हाथों से दाना-चारा देती और सहलाती थी, अब खूटे पर बंधी निराश नेत्रों से द्वार की ओर ताकती रहती थीं। बछड़ों को गले लगाकर चुमकारने वाला अब कोई न था। किसके लिए दूध दुहे, मस्का निकाले? खाने वाला कौन था? करुणा ने अपने छोटे-से संसार को अपने ही अन्दर समेट लिया था।

किन्तु एक सप्ताह में करुणा के जीवन ने फिर रंग बदला। उसका छोटा-सा संसार फैलते-फैलते विश्वव्यापी हो गया। जिस लंगर ने नौका को तट से एक केन्द्र पर बांध रखा था, वह उखड़ गया। अब नौका सागर के अशेष विस्तार में भ्रमण करेगी, चाहे वह उद्दाम तरंगों के वक्ष में ही क्यों न विलीन हो जाए।

करुणा द्वार पर जा बैठती, और मुहल्ले-भर के लड़कों को जमा करके दूध पिलाती। दोपहर तक मक्खन निकालती, और वह मक्खन मुहल्ले के लड़के खाते। फिर भांति-भांति के पकवान बनाती और कुत्तों को खिलाती। अब यही उसका नित्य का नियम हो गया। चिड़ियां, कुत्ते, बिल्लियां, चींटे-चींटियां सब अपने हो गए। प्रेम का वह द्वार अब किसी के लिए बन्द न था। उस अंगुल-भर जगह में, जो प्रकाश के लिए भी काफ़ी न थी, अब समस्त संसार समा गया।

एक दिन प्रकाश का पत्र आया। करुणा ने उसे उठाकर फेंक दिया। फिर थोड़ी देर के बाद उसे उठाकर फाड़ डाला, और चिड़ियों को दाना चुगाने लगी; मगर जब निशा-योगिनी ने अपनी धूनी जलाई, और वेदनाएं उससे वरदान मांगने के लिए विकल हो-होकर चलीं, तो करुणा की मनोवेदना भी सजग हो उठी – प्रकाश का पत्र पढ़ने के लिए उसका मन व्याकुल हो उठा। उसने सोचा प्रकाश मेरा कौन है? मेरा उससे क्या प्रयोजन? हां, प्रकाश मेरा कौन है? हृदय ने उत्तर दिया, प्रकाश तेरा सर्वस्व है, वह तेरे उस अमर प्रेम की निशानी

है, जिससे तू सदैव के लिए वंचित हो गई। वह तेरे प्राणों का प्राण है, जीवन-दीपक का प्रकाश, तेरी संचित कामनाओं का माधुर्य, तेरे अश्रुजल में विहार करने वाला हास। करुणा उस पत्र के टुकड़ों को जमा करने लगी, मानो उसके प्राण बिखर गए हों। एक-एक टुकड़ा उसे अपने खोए हुए प्रेम का एक-एक पदचिह्न मालूम होता था। जब सारे पुरजे जमा हो गए, तो करुणा दीपक के सामने बैठकर उन्हें जोड़ने लगी, जैसे कोई वियोगी हृदय प्रेम के टूटे हुए तारों को जोड़ रहा हो। हाय री ममता! वह अभागिनी सारी रात उन पुरजों को जोड़ने में लगी रही। पत्र दोनों ओर लिखा हुआ था, इसलिए पुरजों को ठीक स्थान पर रखना और भी कठिन था। कोई शब्द, कोई वाक्य बीच में गायब हो जाता। उस एक टुकड़े को वह फिर खोजने लगती। सारी रात बीत गई; पर, पत्र अभी अपूर्ण था।

दिन चढ़ आया, मुहल्ले के लौंडे मक्खन और दूध की चाट में एकत्र हो गए, कुत्तों और बिल्लियों का आगमन हुआ, चिड़ियां आ-आकर आंगन में फुदकने लगीं, कोई ओखली पर बैठी, कोई तुलसी के चौतरे पर; पर करुणा को सिर उठाने की फुरसत नहीं।

दोपहर हुई। करुणा ने सिर न उठाया। न भूख थी, न प्यास थी। फिर सन्ध्या हो गई; पर वह पत्र अभी तक अधूरा था। पत्र का आशय समझ में आ रहा था – प्रकाश का जहाज़ कहीं-से-कहीं जा रहा है। उसके हृदय में कुछ उठा हुआ है। क्या उठा हुआ है? पर करुणा पुत्र की लेखनी से निकले हुए एक-एक शब्द को पढ़ना और उसे अपने हृदय पर अंकित कर लेना चाहती थी।

इस भांति तीन दिन गुज़र गए। सन्ध्या हो गई थी। तीन दिन की जगी आंखें ज़रा झपक गईं। करुणा ने देखा, एक लम्बा-चौड़ा कमरा है; उसमें मेजें और कुर्सियां लगी हुई हैं, बीच में एक ऊंचे मंच पर कोई आदमी बैठा हुआ है। करुणा ने ध्यान से देखा, वह प्रकाश था।

एक क्षण में एक कैदी उसके सामने लाया गया, उसके हाथ-पांव में ज़ंजीर थी, कमर झुकी हुई, यह आदित्य थे।

करुणा की आंखें खुल गईं। आंसू बहने लगे। पत्र के टुकड़ों को फिर समेट लिया और उसे जलाकर राख कर डाला। राख की एक चुटकी के सिवा वहां कुछ न रहा। यही उस ममता की चिता थी, जो उसके हृदय को विदीर्ण किए डालती थी। इसी एक चुटकी राख में उसका गुड़ियों वाला बचपन, उसका सन्तप्त यौवन और उसका तृष्णामय वैधव्य सब समा गया।

प्रातःकाल लोगों ने देखा, तो पक्षी पिंजड़े से उड़ चुका था। आदित्य का चित्र अब भी उसके शून्य हृदय से चिपका हुआ था। वह भग्न हृदय पति की स्नेह-स्मृति में विश्राम कर रहा था और प्रकाश का जहाज़ योरप चला जा रहा था!

बेटों वाली विधवा

पंडित अयोध्यानाथ का देहान्त हुआ तो सबने कहा, ईश्वर आदमी को ऐसी ही मौत दे। चार जवान बेटे थे, एक लड़की। चारों लड़कों के विवाह हो चुके थे, केवल लड़की क्वांरी थी। सम्पत्ति भी काफ़ी छोड़ी। एक पक्का मकान, दो बगीचे, कई हज़ार के गहने और बीस हज़ार नक़द। विधवा फूलमती को वह शोक तो हुआ और कई दिन तक वह बेहाल रही; लेकिन जवान बेटों को सामने देखकर उसे ढाढ़स हुआ। चारों लड़के एक-से-एक सुशील, चारों बहुएं एक-से-एक बढ़कर आज्ञाकारिणी। जब वह रात को लेटती तो चारों बारी-बारी से उसके पांव दबातीं। वह स्नान करके उठती, तो साड़ी छांटतीं। सारा घर उसके इशारे पर चलता था। बड़ा लड़का कामता एक दफ़्तर में 50 पर नौकर था, छोटा उमानाथ डॉक्टरी पास कर चुका था, और कहीं औषधालय खोलने की फिक्र में था, तीसरा दयानाथ बी. ए. में फेल हो गया था और पत्रिकाओं में लेख लिखकर कुछ-न-कुछ कमा लेता था, चौथा सीतानाथ चारों में सबसे कुशाग्र और होनहार था और अबकी साल बी. ए. प्रथम श्रेणी में पास करके एम. ए. की तैयारी में लगा हुआ था। किसी लड़के में वह दुर्व्यसन, वह छैलापन, वह लुटाऊपन न था, जो माता-पिता को जलाता और कुलमर्यादा को डुबाता है। फूलमती घर की मालकिन थी। गोकि कुंजियां बड़ी बहू के पास रहती थीं। बुढ़िया में वह अधिकार-प्रेम न था, जो वृद्धजनों को कटु और कलहशील बना दिया करता है; किन्तु उसकी इच्छा के बिना कोई बालक मिठाई तक न मंगा सकता था।

सन्ध्या हो गई थी। पंडित को मरे आज बारहवां दिन था। कल तेरही है। ब्रह्मभोज होगा। बिरादरी के लोग निमन्त्रित होंगे। उसी की तैयारियां हो रही थीं। फूलमती अपनी कोठरी में बैठी देख रही थी कि पल्लेदार बोरे में आटा लाकर रख रहे हैं। घी के टिन आ रहे हैं। शाक-भाजी के टोकरे, शक्कर की बोरियां, दही के मटके चले आ रहे हैं। महापात्र के लिए दान की चीजें लाई गईं – बरतन, कपड़े, पलंग, बिछावन, छाते, जूते, छड़ियां, लालटेनें आदि; किन्तु फूलमती को कोई चीज़ नहीं दिखाई गई। नियमानुसार ये सब सामान उसके पास आने चाहिए थे। वह प्रत्येक वस्तु को देखती, उसे पसन्द करती, उसकी मात्रा में कमी-बेशी का फ़ैसला करती, तब इन चीजों को भंडारे में रखा जाता। क्यों उसे दिखाने और उसकी राय लेने की ज़रूरत नहीं समझी गई? अच्छा! वह आटा तीन ही बोरा क्यों आया? उसने तो पांच बोरों के लिए कहा था। घी भी पांच ही कनस्तर है। उसने तो दस कनस्तर मंगवाये थे। इसी तरह शाक-भाजी, शक्कर, दही आदि में भी कमी की गई होगी। किसने उसके हुक्म में हस्तक्षेप किया है? जब उसने एक बात तय कर दी, तब किसे उसको घटाने-बढ़ाने का अधिकार है?

आज चालीस वर्षों से घर के प्रत्येक मामले में फूलमती की बात सर्वमान्य थी। उसने सौ कहा तो सौ खर्च किए गए, एक कहा तो एक! किसी ने मीन-मेख न की। यहां तक कि पं. अयोध्यानाथ भी उसकी इच्छा के विरुद्ध कुछ न करते थे; पर आज उसी की आंखों के सामने प्रत्यक्ष रूप से उसके हुक्म की उपेक्षा की जा रही है! इसे वह क्योंकर स्वीकार कर सकती!

कुछ देर तक तो वह जब्त किए बैठी रही; पर अन्त में न रहा गया। स्वायत्त-शासन उसका स्वभाव हो गया था। वह क्रोध में भरी हुई आई, कामतानाथ से बोली – क्या आटा तीन ही बोरे लाए? मैंने तो पांच बोरे के लिए कहा था और घी भी पांच ही टिन मंगाया। तुम्हें याद है, मैंने दस कनस्तर कहा था? किफ़ायत को मैं बुरा नहीं समझती; लेकिन जिसने यह कुआं खोदा उसी की आत्मा पानी को तरसे, यह कितनी लज्जा की बात है!

कामतानाथ ने क्षमा याचना न की, अपनी भूल स्वीकार न की, लज्जित भी नहीं हुआ। एक मिनट तो विद्रोही भाव से खड़ा रहा, फिर बोला – हम लोगों की सलाह तीन ही बोरों की हुई और तीन बोरे के लिए पांच टिन घी काफ़ी था। इसी हिसाब से और चीजें भी कम कर दी गई हैं।

फूलमती उग्र होकर बोली – किसकी राय से आटा कम किया गया?

‘हम लोगों की राय से।

‘तो मेरी राय कोई चीज़ नहीं है?’

‘है क्यों नहीं; लेकिन अपना हानि-लाभ तो हम भी समझते हैं।’

फूलमती हक्का-बक्का होकर उसका मुंह ताकने लगी। इस वाक्य का आशय उसकी समझ में न आया। अपना हानि-लाभ! अपने घर में हानि-लाभ की ज़िम्मेदार वह आप है। दूसरों को, चाहे वे उसके पेट के जन्मे पुत्र ही क्यों न हों; उसके कामों में हस्तक्षेप करने का क्या अधिकार? यह लौंडा तो इस ढिठाई से जवाब दे रहा है, मानो घर उसी का है, उसी ने मर-मरकर गृहस्थी जोड़ी है, मैं तो ग़ैर हूं! ज़रा इसकी हेकड़ी तो देखो।

उसने तमतमाए हुए मुख से कहा – मेरे हानि-लाभ के ज़िम्मेदार तुम नहीं हो। मुझे अख़्तियार है, जो उचित समझूं वह करूं। अभी जाकर दो बोरे आटा और पांच टिन घी और लाओ और आगे के लिए ख़बरदार, जो किसी ने मेरी बात काटी।

अपने विचार से उसने काफ़ी तम्बीह कर दी थी। शायद इतनी कठोरता अनावश्यक ‘थी। उसे अपनी उग्रता पर खेद हुआ। लड़के ही तो हैं, समझे होंगे, कुछ किफ़ायत करनी चाहिए। मुझसे इसलिए न पूछा होगा कि अम्मां तो खुद हरेक काम में किफ़ायत किया करती हैं। अगर इन्हें मालूम होता, कि इस काम में मैं किफ़ायत पसन्द न करूंगी; तो कभी इन्हें मेरी उपेक्षा करने का साहस न होता। यद्यपि कामतानाथ अब भी उसी जगह खड़ा था और उसकी भावभंगी से ऐसा ज्ञात होता था कि इस आज्ञा का पालन करने के लिए बहुत उत्सुक नहीं है, पर फूलमती निश्चिन्त होकर अपनी कोठरी में चली गई। इतनी तम्बीह पर भी किसी को

उसकी अवज्ञा करने की सामर्थ्य हो सकती है, इसकी सम्भावना का ध्यान भी उसे न आया।

पर ज्यों-ज्यों समय बीतने लगा, उस पर यह हक़ीक़त खुलने लगी कि इस घर में अब उसकी वह हैसियत नहीं रही, जो दस-बारह दिन पहले थी। सम्बन्धियों के यहां से नेवते में शक्कर, मिठाई, दही, अचार आदि आ रहे थे। बड़ी बहू इन वस्तुओं को स्वामिनी-भाव से संभाल-संभालकर रख रही थी। कोई भी उससे पूछने नहीं आता। बिरादरी के लोग भी जो कुछ पूछते हैं, कामतानाथ से, या बड़ी बहू से। कामतानाथ कहां का बड़ा इन्तज़ामकार है, रात-दिन भंग पिए पड़ा रहता है। किसी तरह रो-धोकर दफ़्तर चला जाता है। उसमें भी महीने में पन्द्रह नागों से कम नहीं होते। वह तो कहो, साहब पंडित जी का लिहाज करता है, नहीं अब तक कभी का निकाल देता। और बड़ी बहू जैसी फूहड़ औरत और भला इन बातों को क्या समझेगी? अपने कपड़े-लत्ते तक तो जतन से रख नहीं सकती, चली है गृहस्थी चलाने। भद होगी और क्या! सब मिलकर कुल की नाक कटवाएंगे। वक्त पर कोई-न-कोई चीज़ कम हो जाएगी। इन कामों के लिए बड़ा अनुभव चाहिए! कोई चीज़ तो इतनी ज़्यादा बन जाएगी कि मारी-मारी फिरेगी। कोई चीज़ इतनी कम बनेगी कि किसी पत्तल पर पहुंचेगी, किसी पर नहीं। आख़िर इन सबों को हो क्या गया है! अच्छा, बहू तिजोरी क्यों खोल रही है? वह मेरी आज्ञा के बिना तिजोरी खोलने वाली कौन होती है? कुंजी उसके पास है अवश्य; लेकिन जब तक मैं रुपये न निकलवाऊं, तिजोरी नहीं खोलती; आज तो इस तरह खोल रही है, मानो मैं कुछ हूं ही नहीं। यह मुझसे न बरदाश्त होगा!

वह झमककर उठी और बहू के पास जाकर कठोर स्वर में बोली – तिजोरी क्यों खोलती हो बहू, मैंने तो खोलने को नहीं कहा?

बड़ी बहू ने निस्संकोच भाव से उत्तर दिया – बाज़ार से सामान आया है, तो दाम न दिया जाएगा?

'कौन चीज़ किस भाव से आई है और कितनी आई है, यह मुझे कुछ नहीं मालूम! जब तक हिसाब-किताब न हो जाए, रुपये कैसे दिए जाएं?'

'हिसाब-किताब सब हो गया है।'

'किसने किया?'

'अब मैं क्या जानूं किसने किया? जाकर मर्दों से पूछो। मुझे हुकुम मिला, रुपये लाकर दे दो, रुपये लिये जाती हूं।'

फूलमती ख़ून का घूंट पीकर रह गई। इस वक़्त बिगड़ने का अवसर न था। घर में मेहमान स्त्री-पुरुष भरे हुए थे। अगर इस वक़्त उसने लड़कों को डांटा, तो लोग यही कहेंगे कि इनके घर में पंडित जी के मरते ही फूट पड़ गई। दिल पर पत्थर रखकर फिर अपनी कोठरी में चली आई। जब मेहमान बिदा हो जाएंगे, तब वह एक-एक की ख़बर लेगी। तब देखेगी, कौन उसके सामने आता है और क्या कहता है। इनकी सारी चौकड़ी भुला देगी।

किन्तु कोठरी के एकान्त में भी वह निश्चिन्त न बैठी थी। सारी परिस्थिति को गिद्ध-दृष्टि से देख रही थी। कहां सत्कार का कौन-सा नियम भंग होता है, कहां मर्यादाओं की उपेक्षा की जाती है। भोज आरम्भ हो गया। सारी बिरादरी एक साथ पंगतों में बिठा दी गई। आंगन में मुश्किल से दो सौ आदमी बैठ सकते हैं। ये पांच सौ आदमी इतनी-सी जगह में कैसे बैठ जाएंगे? क्या आदमी के ऊपर आदमी बिठाए जाएंगे? दो पंगतों में लोग बिठाए जाते तो क्या बुराई हो जाती? यही तो होता कि बारह बजे की जगह भोज दो बजे समाप्त होता; मगर यहां तो सबको सोने की जल्दी पड़ी हुई है। किसी तरह यह बला सिर से टले और चैन से सोएं! लोग कितने सटकर बैठे हुए हैं कि किसी को हिलने की भी जगह नहीं। पत्तल एक-पर-एक रखे हुए हैं। पूरियां ठंडी हो गईं, लोग गरम-गरम मांग रहे हैं। मैदे की पूरियां ठंडी होकर चिमड़ी हो जाती हैं। इन्हें कौन खाएगा? रसोइये को कढ़ाव पर से न जाने क्यों उठा दिया गया। यही सब बातें नाक कटाने की हैं।

सहसा शोर मचा, तरकारियों में नमक नहीं। बड़ी बहू जल्दी-जल्दी नमक पीसने लगी। फूलमती क्रोध के मारे ओठ चबा रही थी, पर इस अवसर पर मुंह न खोल सकती थी। बारे नमक पिसा और पत्तलों पर डाला गया। इतने में फिर शोर मचा – पानी गरम है, ठंडा पानी लाओ। ठंडे पानी का कोई प्रबन्ध न था, बर्फ़ भी न मंगाई थी। आदमी बाज़ार दौड़ाया गया, मगर बाज़ार में इतनी रात गए बर्फ कहां! आदमी ख़ाली हाथ लौट आया। मेहमानों को वही नल का गरम पानी पीना पड़ा। फूलमती का बस चलता, तो लड़कों का मुंह नोच लेती। ऐसी छीछालेदर उसके घर में कभी न हुई थी। उस पर सब मालिक बनने के लिए मरते हैं! बर्फ़ जैसी ज़रूरी चीज़ मंगवाने की भी किसी को सुधि न थी! सुधि कहां से रहे। जब किसी को गप लड़ाने से फुरसत मिले! मेहमान अपने दिल में क्या कहेंगे कि चले हैं बिरादरी को भोज देने और घर में बर्फ़ तक नहीं!

अच्छा, फिर यह हलचल क्यों मच गई! अरे, लोग पंगत से उठे जा रहे हैं। क्या मामला है?

फूलमती उदासीन न रह सकी। कोठरी से निकलकर बरामदे में आई और कामतानाथ से पूछा – क्या बात हो गई लल्ला? लोग उठे क्यों जा रहे हैं?

कामता ने कोई जवाब न दिया। वहां से खिसक गया। फूलमती झुंझलाकर रह गई। सहसा कहारिन मिल गई। फूलमती ने उससे भी वही प्रश्न किया। मालूम हुआ, किसी के शोरबे में मरी हुई चुहिया निकल आई। फूलमती चित्रलिखित-सी वहीं खड़ी रह गई। भीतर ऐसा उबाल उठा कि दीवार से सिर टकरा ले। अभागे भोज का प्रबन्ध करने चले थे। इस फूहड़पन की कोई हद है, कितने आदमियों का धर्म सत्यानाश हो गया! फिर पंगत क्यों न उठ जाए? आंखों से देखकर अपना धर्म कौन गंवाएगा? हां! किया-धरा मिट्टी में मिल गया! सैकड़ों रुपये पर पानी फिर गया। बदनामी हुई वह अलग।

मेहमान उठ चुके थे। पत्तलों पर खाना ज्यों-का-त्यों पड़ा हुआ था। चारों लड़के आंगन में लज्जित खड़े थे। एक दूसरे को इलजाम दे रहा था। बड़ी बहू अपनी देवरानियों पर बिगड़ रही थी। देवरानियां सारा दोष कुमुद के सिर डालती थीं। कुमुद खड़ी रो रही थी। उसी वक़्त फूलमती झल्लाई हुई आकर बोली – मुंह में कालिख लगी कि नहीं? या अभी कुछ कसर बाक़ी है? डूब मरो सब-के-सब जाकर चुल्लू-भर पानी में! शहर में कहीं मुंह दिखाने लायक भी नहीं रहे।

किसी लड़के ने जवाब न दिया।

फूलमती और भी प्रचंड होकर बोली – तुम लोगों को क्या। किसी को शर्म-हया तो है नहीं। आत्मा तो उसकी रो रही है, जिन्होंने अपनी ज़िन्दगी घर को मरजाद बनाने में ख़राब कर दी। उनकी पवित्र आत्मा को तुमने यों कलंकित किया। शहर में थुड़ी-थुड़ी हो रही है। अब कोई तुम्हारे द्वार पर पेशाब करने तो आएगा नहीं।

कामतानाथ कुछ देर तक चुपचाप खड़ा सुनता रहा। आख़िर झुंझलाकर बोला – अच्छा, अब चुप रहो अम्मां। भूल हुई, हम सब मानते हैं, बड़ी भयंकर भूल हुई; लेकिन क्या अब उसके लिए घर के प्राणियों को हलाल कर डालोगी? सभी से भूलें होती हैं। आदमी पछताकर रह जाता है। किसी की जान तो नहीं मारी जाती?

बड़ी बहू ने अपनी सफाई दी – हम क्या जानते थे कि बीबी (कुमुद) से इतना-सा काम भी न होगा। इन्हें चाहिए था कि देखकर तरकारी कढ़ाव में डालतीं। टोकरी उठाकर कढ़ाव में डाल दी। इसमें हमारा क्या दोष?

कामतानाथ ने पत्नी को डांटा – इसमें न कुमुद का कसूर है, न तुम्हारा, न मेरा। संयोग की बात है। बदनामी भाग्य में लिखी थी वह हुई। इतने बड़े भोज में एक-एक मुट्ठी तरकारी कढ़ाव में नहीं डाली जाती। टोकरे-के-टोकरे उंडेल दिए जाते हैं। कभी-कभी ऐसी दुर्घटना हो ही जाती है, पर इसमें कैसी जग-हंसाई और कैसी नाक-कटाई। तुम ख़्वाहमख़्वाह जले पर नमक छिड़कती हो।

फूलमती ने दांत पीसकर कहा – शरमाते तो नहीं, उलटे और बेहयाई की बातें करते हो।

कामता ने निःसंकोच होकर कहा – शरमाऊं क्यों, किसी की चोरी की है? चीनी में चींटे और आटे में घुन यह नहीं देखे जाते। पहले हमारी निगाह न पड़ी, बस, यही बात बिगड़ गई। नहीं, चुपके से चुहिया निकालकर फेंक देते। किसी को ख़बर तक न होती। फूलमती ने चकित होकर कहा – क्या कहता है, मरी चुहिया खिलाकर सबका धर्म बिगाड़ देता!

कामता हंसकर बोला – क्या पुराने ज़माने की बातें करती हो अम्मां? इन बातों से धर्म नहीं जाता। यह धर्मात्मा लोग जो पत्तल पर से उठ गए हैं, इनमें ऐसा कौन है, जो भेड़-बकरी का मांस न खाता हो? तालाब के कछुए और घोंचे तक तो किसी से बचते

नहीं। ज़रा-सी चुहिया में क्या रखा था!

फूलमती को ऐसा प्रतीत हुआ कि अब प्रलय आने में बहुत देर नहीं है। जब पढ़े-लिखे आदमियों के मन में ऐसे अधार्मिक भाव आने लगे, तो फिर धर्म की भगवान ही रक्षा करें। अपना-सा मुंह लेकर चली गई।

2

दो महीने गुज़र गए हैं। रात का समय है। चारों भाई दिन के काम से छुट्टी पाकर कमरे में बैठे गप-शप कर रहे हैं। बड़ी बहू भी षड्यन्त्र में शरीक है। कुमुद के विवाह का प्रश्न छिड़ा हुआ है।

कामतानाथ ने मसनद पर टेक लगाते हुए कहा – दादा की बात दादा के साथ गई। मुरारी पंडित विद्वान भी हैं और कुलीन भी होंगे। लेकिन जो आदमी अपनी विद्या और कुलीनता को रुपयों पर बेचे, वह नीच है, ऐसे नीच आदमी के लड़के से हम कुमुद का विवाह सेंत में भी न करेंगे, पांच हज़ार दहेज तो दूर की बात है। उसे बताओ धता और किसी दूसरे वर की तलाश करो। हमारे पास कुल बीस हज़ार ही तो हैं। एक-एक हिस्से में पांच-पांच हज़ार आते हैं। पांच हज़ार दहेज में दे दें, और पांच हज़ार नेग-न्योछावर, बाजे-गाजे में उड़ा दें तो फिर हमारी तो बधिया ही बैठ जाएगी।

उमानाथ बोले – मुझे अपना औषधालय खोलने के लिए कम-से-कम पांच हज़ार की ज़रूरत है। मैं अपने हिस्से में से एक पाई भी नहीं दे सकता। फिर खुलते ही आमदनी तो होगी नहीं। कम-से-कम साल-भर घर से खाना पड़ेगा।

दयानाथ एक समाचार-पत्र देख रहे थे। आंखों से ऐनक उतारते हुए बोले – मेरा विचार भी एक पत्र निकालने का है। प्रेस और पत्र में कम-से-कम दस हज़ार की कैपिटल चाहिए। पांच हज़ार मेरे रहेंगे, तो कोई-न-कोई साझेदार हज़ार का मिल जाएगा। पत्रों में लेख लिखकर मेरा निर्वाह नहीं हो सकता।

कामतानाथ ने सिर हिलाते हुए कहा – अजी, राम भजो, सेंत में कोई लेख छापता नहीं; रुपये कौन दिए देता है।

दयानाथ ने प्रतिवाद किया – नहीं, यह बात तो नहीं है। मैं तो कहीं भी बिना पेशगी पुरस्कार लिये नहीं लिखता।

कामता ने जैसे अपने शब्द वापस लिये – तुम्हारी बात मैं नहीं कहता भाई। तुम तो थोड़ा-बहुत मार लेते हो; लेकिन सबको तो नहीं मिलता।

बड़ी बहू ने श्रद्धा-भाव से कहा – कन्या भाग्यवान हो, तो दरिद्र घर में भी सुखी रह सकती है। अभागी हो, तो राजा के घर में भी रोएगी। यह सब नसीबों का खेल है।

कामतानाथ ने स्त्री की ओर प्रशंसा भाव से देखा – फिर इसी साल हमें सीता का विवाह भी करना है।

सीतानाथ सबसे छोटा था। सिर झुकाए भाइयों की स्वार्थ-भरी बातें सुन-सुनकर कुछ कहने के लिए उतावला हो रहा था। अपना नाम सुनते ही बोला – मेरे विवाह की आप लोग चिन्ता न करें। मैं जब तक किसी धन्धे में न लग जाऊंगा, विवाह का नाम भी न लूंगा, और सच पूछिए तो मैं विवाह करना नहीं चाहता। देश को इस समय बालकों की ज़रूरत नहीं, काम करने वालों की ज़रूरत है। मेरे हिस्से के रुपये आप कुमुद के विवाह में खर्च कर दें। सारी बातें तय हो जाने के बाद यह उचित नहीं कि पंडित मुरारीलाल से सम्बन्ध तोड़ लिया जाए।

उमा ने तीव्र स्वर में कहा – दस हज़ार कहां से आएंगे?

सीता ने डरते हुए कहा – 'मैं तो अपने हिस्से के रुपये देने को कहता हूं।'

'और शेष?'

'मुरारीलाल से कहा जाए कि दहेज में कुछ कमी कर दें। वह इतने स्वार्थान्ध नहीं हैं कि इस अवसर पर कुछ बल खाने को तैयार न हो जाएं; अगर वह तीन हज़ार में सन्तुष्ट हो जाएं, तो पांच हज़ार में विवाह हो सकता है।'

उमा ने कामतानाथ से कहा – सुनते हैं भाई साहब, इनकी बातें?

दयानाथ बोल उठे – तो इसमें आप लोगों का क्या नुक़सान है? यह अपने रुपये दे रहे हैं, ख़र्च कीजिए। मुरारी पंडित से हमारा कोई बैर नहीं है। मुझे तो इस बात से खुशी हो रही है कि भला हममें कोई तो त्याग करने योग्य है। इन्हें तत्काल रुपये की ज़रूरत नहीं है। सरकार से वज़ीफ़ा पाते ही हैं। पास होने पर कहीं-न-कहीं जगह मिल जाएगी। हम लोगों की हालत तो ऐसी नहीं।

कामतानाथ ने दूरदर्शिता का परिचय दिया – नुकसान की एक ही कही। हममें से एक को कष्ट हो, तो क्या और लोग बैठे देखेंगे? यह अभी लड़के हैं, इन्हें क्या मालूम, समय पर एक रुपया एक लाख का काम करता है? कौन जानता है, कल इन्हें विलायत जाकर पढ़ने के लिए सरकारी वज़ीफ़ा मिल जाए, या सिविल सर्विस में आ जाएं। उस वक़्त सफ़र की तैयारियों में चार-पांच हज़ार लग जाएंगे। तब किसके सामने हाथ फैलाते फिरेंगे? मैं यह नहीं चाहता कि दहेज के पीछे इनकी ज़िन्दगी नष्ट हो जाए।

इस तर्क ने सीतानाथ को भी तोड़ लिया। सकुचाता हुआ बोला – हां, यदि ऐसा हुआ तो बेशक मुझे रुपये की ज़रूरत होगी।

'क्या ऐसा होना असम्भव है?'.

'असम्भव तो मैं नहीं समझता, लेकिन कठिन अवश्य है। वज़ीफ़े उन्हें मिलते हैं, जिनके पास सिफ़ारिशें होती हैं, मुझे कौन पूछता है।'

'कभी-कभी सिफ़ारिशें धरी रह जाती हैं और बिना सिफारिश वाले बाज़ी मार ले

जाते हैं।'

'तो आप जैसा उचित समझें। मुझे यहां तक मंजूर है कि चाहे मैं विलायत न जाऊं, पर कुमुद अच्छे घर जाए।

कामतानाथ ने निष्ठा-भाव से कहा – अच्छा घर दहेज देने से नहीं मिलता भैया! जैसा तुम्हारी भाभी ने कहा, यह नसीबों का खेल है। मैं तो चाहता हूं कि मुरारीलाल को जवाब दे दिया जाए और कोई ऐसा वर खोजा जाए, जो थोड़े में राजी हो जाए। इस विवाह में मैं एक हजार से ज़्यादा नहीं ख़र्च कर सकता। पंडित दीनदयाल कैसे हैं?

उमा ने प्रसन्न होकर कहा – बहुत अच्छे। एम. ए., बी. ए. न सही, जजमानी से अच्छी आमदनी है।

दयानाथ ने आपत्ति की – अम्मां से भी तो पूछ लेना चाहिए।

कामतानाथ को इसकी कोई ज़रूरत न मालूम हुई। बोले – उनकी तो जैसे बुद्धि ही भ्रष्ट हो गई है। वही पुराने युग की बातें। मुरारीलाल के नाम पर उधार खाए बैठी हैं। यह नहीं समझतीं कि वह ज़माना नहीं रहा। उनको तो बस कुमुद मुरारी पंडित के घर जाए, चाहे हम लोग तबाह हो जाएं।

उमा ने एक शंका उपस्थित की – अम्मां अपने सब गहने कुमुद को दे देंगी, देख लीजिएगा।

कामतानाथ का स्वार्थ नीति से विद्रोह न कर सका। बोले – गहनों पर उनका पूरा अधिकार है। यह उनका स्त्री-धन है। जिसे चाहें दे सकती हैं।

उमा ने कहा – स्त्री-धन है तो क्या वह उसे लुटा देंगी। आखिर वह भी तो दादा ही की कमाई है।

'किसी की कमाई हो। स्त्री-धन पर उनका पूरा अधिकार है।'

'यह क़ानूनी गोरखधन्धे हैं। बीस हज़ार में तो चार हिस्सेदार हों और दस हज़ार के गहने अम्मां के पास रह जाएं। देख लेना, इन्हीं के बल पर वह कुमुद का विवाह मुरारी पंडित के घर करेंगी।

उमानाथ इतनी बड़ी रक़म को इतनी आसानी से नहीं छोड़ सकता। वह कपट-नीति में कुशल है। कोई कौशल रचकर माता से सारे गहने ले लेगा। उस वक़्त तक कुमुद के विवाह की चर्चा करके फूलमती को भड़काना उचित नहीं। कामतानाथ ने सिर हिलाकर कहा – गहने दस हज़ार से कम के न होंगे।

कामतानाथ अविचलित स्वर में बोले – कितने ही के हों, मैं अनीति में हाथ नहीं डालना चाहता।

'तो आप अलग बैठिए। हां, बीच में बाज़ी न मारिएगा।'

'मैं अलग रहूंगा।'

'और तुम सीता?'

'मैं भी अलग रहूंगा।'

लेकिन जब दयानाथ से यही प्रश्न किया गया; तो वह उमानाथ से सहयोग करने को तैयार हो गया। दस हज़ार में ढाई हज़ार तो उसके होंगे ही। इतनी बड़ी रक़म के लिए यदि कुछ कौशल भी करना पड़े तो क्षम्य है।

3

फूलमती रात का भोजन करके लेटी थीं कि उमा और दया उसके पास जाकर बैठ गए। दोनों ऐसा मुंह बनाए हुए थे, मानो कोई भारी विपत्ति आ पड़ी है। फूलमती ने सशंक होकर पूछा – तुम दोनों घबराए हुए मालूम होते हो।

उमा ने सिर खुजलाते हुए कहा – समाचार-पत्रों में लेख लिखना बड़े जोखिम का काम है अम्मां। कितना ही बचकर लिखो; लेकिन कहीं-न-कहीं पकड़ हो ही जाती है। दयानाथ ने एक लेख लिखा था। उस पर पांच हजार की जमानत मांगी गई है! अगर कल तक ज़मानत न जमा कर दी गई, तो गिरफ़्तार हो जाएंगे और दस साल की सज़ा ठुक जाएगी।

फूलमती ने सिर पीटकर कहा – तो ऐसी बातें क्यों लिखते हो बेटा, जानते नहीं हो आजकल हमारे अदिन आए हुए हैं। जमानत किसी तरह टल नहीं सकती?

दयानाथ ने अपराधी भाव से उत्तर दिया – मैंने तो अम्मां ऐसी कोई बात नहीं लिखी थी, लेकिन किस्मत को क्या करूं? हाकिम ज़िला इतना कड़ा है कि ज़रा भी रियायत नहीं करता। मैंने जितनी दौड़-धूप हो सकती थी, वह सब कर ली।

'तो तुमने कामता से रुपये का प्रबन्ध करने को नहीं कहा?'

उमा ने मुंह बनाया – उनका स्वभाव तो तुम जानती हो अम्मां, उन्हें रुपये प्राणों से प्यारे हैं। उन्हें चाहे कालापानी ही हो जाए, वह एक पाई न देंगे।

दयानाथ ने समर्थन किया – मैंने तो उनसे इसका ज़िक्र ही नहीं किया।

फूलमती ने चारपाई से उठते हुए कहा – चलो, मैं कहती हूं, देगा कैसे नहीं? रुपये इसी दिन के लिए होते हैं कि गाड़कर रखने के लिए?

उमानाथ ने माता को रोककर कहा – नहीं अम्मां, उनसे कुछ न कहो। रुपये तो न देंगे, उलटे और हाय-हाय मचाएंगे। उनको अपनी नौकरी की ख़ैरियत मनानी है, इन्हें घर में रहने भी न देंगे। अफ़सरों में जाकर ख़बर दे दें तो आश्चर्य नहीं।

फूलमती ने लाचार होकर कहा – तो फिर ज़मानत का क्या प्रबन्ध करोगे? मेरे पास तो कुछ नहीं है। हां, मेरे गहने हैं, इन्हें ले जाव, कहीं गिरों रखकर ज़मानत दे दो। और

आज से कान पकड़ो कि किसी पत्र में एक शब्द भी न लिखोगे।

दयानाथ कानों पर हाथ रखकर बोला – यह तो नहीं हो सकता अम्मां, कि तुम्हारे जेवर लेकर मैं अपनी जान बचाऊं। दस-पांच साल की क़ैद ही तो होगी, झेल लूंगा। यहीं बैठा-बैठा क्या कर रहा हूं।

फूलमती छाती पीटते हुए बोली – कैसी बातें मुंह से निकालते हो बेटा, मेरे जीते जी तुम्हें कौन गिरफ़्तार कर सकता है? उसका मुंह झुलस दूंगी। गहने इसी दिन के लिए हैं या और किसी दिन के लिए। जब तुम्हीं न रहोगे, तो गहने लेकर क्या आग में झोंकूंगी?

उसने पिटारी लाकर उसके सामने रख दी।

दया ने उमा की ओर जैसे फ़रियाद की आंखों से देखा, और बोला – आपकी क्या राय है भाई साहब? इसी मारे मैं कहता था, अम्मां को जताने की ज़रूरत नहीं। जेल ही तो हो जाता या और कुछ।

उमा ने जैसे सिफारिश करते हुए कहा – यह कैसे हो सकता था कि इतनी बड़ी वारदात हो जाती और अम्मां को ख़बर न होती? मुझसे यह नहीं हो सकता था कि सुनकर पेट में डाल लेता; मगर अब करना क्या चाहिए; यह मैं खुद निर्णय नहीं कर सकता। न तो यही अच्छा लगता है कि तुम जेल जाओ और न यही अच्छा लगता है कि अम्मां के गहने गिरों रखे जाएं।

फूलमती ने व्यथित कंठ से पूछा – क्या तुम समझते हो मुझे गहने तुमसे ज़्यादा प्यारे हैं? मैं तो अपने प्राण तक तुम्हारे ऊपर न्यौछावर कर दूं, गहनों की बिसात ही क्या है!

दया ने दृढ़ता से कहा – अम्मां, तुम्हारे गहने तो न लूंगा, चाहे मुझ पर कुछ ही क्यों न आ पड़े। जब आज तक तुम्हारी कुछ सेवा न कर सका; तो किस मुंह से तुम्हारे गहने उठा ले जाऊं? मुझ जैसे कपूत को तो तुम्हारी कोख से जन्म ही न लेना चाहिए था। सदा तुम्हें कष्ट देता रहा।

फूलमती ने भी उतनी ही दृढ़ता से कहा – तुम अगर यों न लोगे; तो मैं खुद जाकर इन्हें गिरों रख दूंगी और खुद हाकिम ज़िला के पास जाकर ज़मानत जमा कर आऊंगी; अगर इच्छा हो तो यह परीक्षा भी ले लो। आंखें बन्द हो जाने के बाद क्या होगा, भगवान जानें; लेकिन जब तक जीती हूं, तुम्हारी ओर कोई तिरछी आंखों से देख नहीं सकता।

उमानाथ ने मानो माता पर एहसान रखकर कहा – अब तो हमारे लिए कोई रास्ता नहीं रहा दयानाथ। क्या हरज़ है, ले लो; मगर याद रखो, ज्यों ही हाथ में रुपये आ जाएं गहने छुड़ाने पड़ेंगे। सच कहते हैं, मातृत्व दीर्घ तपस्या है। माता के सिवाय इतना स्नेह कौन कर सकता है? हम बड़े अभागे हैं कि माता के प्रति जितनी श्रद्धा रखनी चाहिए उसका शतांश भी नहीं रखते।

दोनों ने जैसे बड़े धर्म-संकट में पड़कर गहनों की पिटारी संभाली और चलते बने। माता वात्सल्य-भरी आंखों से उनकी ओर देख रही थी, और उसकी सम्पूर्ण आत्मा का आशीर्वाद जैसे उन्हें अपनी गोद में समेट लेने के लिए व्याकुल हो रहा था। आज कई महीने

के बाद उनके भग्न मातृ-हृदय को अपना सर्वस्व अर्पण करके जैसे आनन्द की विभूति मिली। उसकी स्वामिनी-कल्पना इसी त्याग के लिए, इसी आत्म-समर्पण के लिए जैसे कोई मार्ग ढूंढ़ती रहती थी। अधिकार या लोभ या ममता की वहां गन्ध तक न थी। त्याग ही उसका आनन्द और त्याग ही उसका अधिकार है। आज अपना खोया हुआ अधिकार पाकर, अपनी सिरजी हुई प्रतिमा पर अपने प्राणों की भेंट करके वह निहाल हो गई।

4

तीन महीने और गुज़र गए। मां के गहनों पर हाथ साफ़ करके चारों भाई दिलजोई करने लगे थे। अपनी स्त्रियों को भी समझाते रहते थे कि उसका दिल न दुखाएं। अगर थोड़े शिष्टाचार से उसकी आत्मा को शान्ति मिलती है, तो इसमें क्या हानि है। चारों करते अपने मन की, पर माता से सलाह ले लेते। या ऐसा जाल फैलाते कि वह सरला उनकी बातों में आ जाती और हरेक काम में सहमत हो जाती। बाग़ को बेचना उसे बहुत बुरा लगता था; लेकिन चारों ने ऐसी माया रची कि वह उसे बेचने पर राज़ी हो गई; किन्तु कुमुद के विवाह के विषय में मतैक्य न हो सका। मां पं. मुरारीलाल पर जमी हुई थी, लड़के दीनदयाल पर अड़े हुए थे। एक दिन आपस में कलह हो गया।

फूलमती ने कहा – मां-बाप की कमाई में बेटी का हिस्सा भी है। तुम्हें सोलह हज़ार का एक बाग़ मिला, पच्चीस हज़ार का एक मकान। बीस हज़ार नक़द में क्या पांच हज़ार भी कुमुद का हिस्सा नहीं है?

कामता ने नम्रता से कहा – अम्मां, कुमुद आपकी लड़की है, तो हमारी बहिन है। आप दो-चार साल में प्रस्थान कर जाएंगी, पर हमारा और उसका बहुत दिनों तक सम्बन्ध रहेगा। तब यथाशक्ति कोई ऐसी बात न करेंगे, जिससे उसका अमंगल हो, लेकिन हिस्से की बात कहती हो; तो कुमुद का हिस्सा कुछ नहीं। दादा जीवित थे तब और बात थी। वह उसके विवाह में जितना चाहते ख़र्च करते। कोई उनका हाथ न पकड़ सकता था; लेकिन अब तो हमें एक-एक पैसे की किफ़ायत करनी पड़ेगी, जो काम एक हज़ार में हो जाए उसके लिए पांच हज़ार ख़र्च करना कहां की बुद्धिमानी है?

उमानाथ ने सुधारा – पांच हजार क्यों, दस हज़ार कहिए।

कामता ने भवें सिकोड़कर कहा – नहीं, मैं पांच हज़ार ही कहूंगा। एक विवाह में पांच हज़ार खर्च करने की हमारी हैसियत नहीं है।

फूलमती ने ज़िद पकड़कर कहा – विवाह तो मुरारीलाल के पुत्र से ही होगा; चाहे पांच हज़ार ख़र्च हों, चाहे दस हज़ार। मेरे पति की कमाई है। मैंने मर-मरकर जोड़ा है। अपनी इच्छा से ख़र्च करूंगी। तुम्हीं ने मेरी कोख से नहीं जन्म लिया है। कुमुद भी उसी

कोख से आई है। मेरी आंखों में तुम सब बराबर हो। मैं किसी से कुछ मांगती नहीं। तुम बैठे तमाशा देखो, मैं सब-कुछ कर लूंगी, बीस हज़ार में पांच हज़ार कुमुद का है।

कामतानाथ को अब कड़वे सत्य की शरण लेने के सिवा और कोई मार्ग न रहा। बोला – अम्मां, तुम बरबस बात बढ़ाती हो। जिन रुपयों को तुम अपना समझती हो, वह तुम्हारे नहीं हैं, हमारे हैं। तुम हमारी अनुमति के बिना उनमें से कुछ नहीं ख़र्च कर सकतीं।

फूलमती को जैसे सर्प ने डस लिया – क्या कहा? फिर तो कहना! मैं अपने ही संचे रुपये अपनी इच्छा से नहीं ख़र्च कर सकती?

'वह रुपये तुम्हारे नहीं रहे, हमारे हो गए।'

'तुम्हारे होंगे, लेकिन मेरे मरने के पीछे।'

'नहीं, दादा के मरते ही हमारे हो गए।'

उमानाथ ने बेहयाई से कहा – अम्मां क़ानून-कायदा तो जानती नहीं, नाहक उलझती हैं।

फूलमती क्रोध-विह्वल होकर बोली – भाड़ में जाए तुम्हारा कानून। मैं ऐसे कानून को नहीं मानती। तुम्हारे दादा ऐसे कोई बड़े धन्नासेठ न थे। मैंने ही पेट और तन काटकर यह गृहस्थी जोड़ी है, नहीं आज बैठने को छांह न मिलती। मेरे जीते-जी तुम मेरे रुपये नहीं छू सकते। मैंने तीन भाइयों के विवाह में दस-दस हज़ार ख़र्च किए हैं। वही मैं कुमुद के विवाह में भी ख़र्च करूंगी।

कामतानाथ भी गरम पड़ा – आपको कुछ भी ख़र्च करने का अधिकार नहीं है।

उमानाथ ने बड़े भाई को डांटा, आप ख़्वाहमख़्वाह अम्मां के मुंह लगते हैं भाई साहब! मुरारीलाल को पत्र लिख दीजिए कि तुम्हारे यहां कुमुद का विवाह न होगा। बस, छुट्टी हुई। यह क़ायदा-क़ानून तो जानती नहीं, व्यर्थ की बहस करती हैं।

फूलमती ने संयमित स्वर में कहा – अच्छा क्या क़ानून है, ज़रा मैं भी सुनूं!

उमा ने निरीह भाव से कहा – क़ानून यही है कि बाप के मरने के बाद जायदाद बेटों की हो जाती है। मां का हक़ केवल रोटी-कपड़े का है।

फूलमती ने तड़पकर पूछा – किसने यह कानून बनाया है?

उमा शान्त-स्थिर स्वर में बोला – हमारे ऋषियों ने, महाराज मनु ने, और किसने?

फूलमती एक क्षण अवाक रहकर आहत कंठ से बोली – तो इस घर में मैं तुम्हारे टुकड़ों पर पड़ी हुई हूं?

उमानाथ ने न्यायाधीश की निर्ममता से कहा – तुम जैसा समझो।

फूलमती की सम्पूर्ण आत्मा मानो इस वज्रपात से चीत्कार करने लगी। उसके मुख से जलती हुई चिनगारियों की भांति यह शब्द निकल पड़े – मैंने घर बनवाया; मैंने सम्पत्ति जोड़ी, मैंने तुम्हें जन्म दिया, पाला और आज मैं इस घर में ग़ैर हूं? मनु का यही क़ानून है और तुम उसी क़ानून पर चलना चाहते हो? अच्छी बात है। अपना घर-द्वार लो। मुझे तुम्हारी आश्रिता

बनकर रहना स्वीकार नहीं! इससे कहीं अच्छा है कि मर जाऊं। वाह रे अन्धेर! मैंने पेड़ लगाया और मैं ही उसकी छांह में खड़ी नहीं हो सकती; अगर यही क़ानून है, तो इसमें आग लग जाए।

चारों युवकों पर माता के इस क्रोध और आतंक का कोई असर न हुआ। कानून का फ़ौलादी कवच उनकी रक्षा कर रहा था। इन कांटों का उन पर क्या असर हो सकता था?

ज़रा देर में फूलमती उठकर चली गई। आज जीवन में पहली बार उसका वात्सल्य-भग्न मातृत्व अभिशाप बनकर उसे धिक्कारने लगा। जिस मातृत्व को उसने जीवन की विभूति समझा था, जिसके चरणों पर वह सदैव अपनी समस्त अभिलाषाओं और कामनाओं को अर्पित करके अपने को धन्य मानती थी, वही मातृत्व आज उसे अग्निकुंड-सा जान पड़ा, जिसमें उसका जीवन जलकर भस्म हो रहा था।

सन्ध्या हो गई थी। द्वार पर नीम का वृक्ष सिर झुकाए निस्तब्ध खड़ा था, मानो संसार की गति पर क्षुब्ध हो रहा हो। अस्ताचल की ओर प्रकाश और जीवन का देवता फूलमती के मातृत्व की ही भांति अपनी चिता में जल रहा था।

5

फूलमती अपने कमरे में जाकर लेटी, तो उसे मालूम हुआ, उसकी कमर टूट गई है। पति के मरते ही अपने पेट के लड़के उसके शत्रु हो जाएंगे, उसको स्वप्न में भी गुमान न था। जिन लड़कों को उसने अपना हृदय-रक्त पिला-पिलाकर पाला, वही आज उसके हृदय पर यों आघात कर रहे हैं। अब वह घर उसे कांटों की सेज हो रहा था। जहां उसकी कुछ क़द्र नहीं, कुछ गिनती नहीं, वहां अनाथों की भांति पड़ी रोटियां खाए, यह उसकी अभिमानी प्रकृति के लिए असह्य था।

पर उपाय ही क्या था? वह लड़कों से अलग होकर रहे भी तो नाक किसकी कटेगी? संसार उसे थूके तो क्या, और लड़कों को थूके तो क्या, बदनामी तो उसी की है। दुनिया यही तो कहेगी कि चार जवान बेटों के होते बुढ़िया अलग पड़ी हुई मजूरी करके पेट पाल रही है। जिन्हें उसने हमेशा नीच समझा, वही उस पर हंसेंगे। नहीं, वह अपमान इस अनादर से कहीं ज़्यादा हृदयविदारक था। अब अपना और घर का परदा ढका रखने में ही कुशल है। हां, अब उसे अपने को नई परिस्थितियों के अनुकूल बनाना पड़ेगा। समय बदल गया है। अब तक स्वामिनी बनकर रही, अब लौंडी बनकर रहना पड़ेगा। ईश्वर की यही इच्छा है, अपने बेटों की बातें और लातें ग़ैरों की बातों और लातों की अपेक्षा फिर भी गनीमत है।

वह बड़ी देर तक मुंह ढांपे अपनी दशा पर रोती रही। सारी रात इसी आत्मवेदना में कट गई। शरद का प्रभात डरता-डरता ऊषा की गोद से निकला, जैसे कोई क़ैदी छिपकर जेल से भाग आया हो। फूलमती अपने नियम के विरुद्ध आज तड़के ही उठी, रात-भर

में उसका मानसिक परिवर्तन हो चुका था। सारा घर सो रहा था और वह आंगन में झाड़ लगा रही थी। रात ओस में भीगी हुई पक्की ज़मीन उसके नंगे पैरों में कांटों की तरह चुभ रही थी। पंडित जी उसे कभी इतने सबेरे उठने न देते थे। शीत उसके लिए बहुत हानिकर थी। पर अब वह दिन नहीं। प्रकृति को भी समय के साथ बदल देने का प्रयत्न कर रही थी। झाड़ू से फुरसत पाकर उसने आग जलाई और चावल-दाल की कंकड़ियां चुनने लगी। कुछ देर में लड़के जागे। बहुएं उठीं। सभी ने बुढ़िया को सर्दी से सिकुड़े हुए काम करते देखा, पर किसी ने यह न कहा कि अम्मां, क्यों हलकान होती हो? शायद सब-के-सब बुढ़िया के इस मान-मर्दन पर प्रसन्न थे।

आज से फूलमती का यही नियम हो गया कि जी-तोड़कर घर का काम करना, और अन्तरंग नीति से अलग रहना। उसके मुख पर जो एक आत्मगौरव झलकता रहता था, उसकी जगह अब गहरी वेदना छाई हुई नज़र आती थी। जहां बिजली जलती थी, वहां अब तेल का दीया टिमटिमा रहा था, जिसे बुझा देने के लिए हवा का एक हल्का-सा झोंका काफ़ी है।

मुरारीलाल को इनकारी पत्र लिखने की बात पक्की हो चुकी थी। दूसरे दिन पत्र लिख दिया गया। दीनदयाल से कुमुद का विवाह निश्चित हो गया, दीनदयाल की उम्र चालीस से कुछ अधिक थी, मर्यादा में भी कुछ हेठे थे, पर रोटी-दाल से खुश थे। बिना किसी ठहराव के विवाह करने पर राज़ी हो गए। तिथि नियत हुई, बारात आई, विवाह हुआ और कुमुद विदा कर दी गई। फूलमती के दिल पर क्या गुज़र रही थी, इसे कौन जान सकता है! कुमुद के दिल पर क्या गुज़र रही थी, इसे कौन जान सकता है; पर चारों भाई बहुत प्रसन्न थे, मानो उनके हृदय का कांटा निकल गया हो। ऊंचे कुल की कन्या, मुंह कैसे खोलती? भाग्य में सुख भोगना लिखा होगा, सुख भोगेगी, दुःख भोगना लिखा होगा, दुःख झेलेगी। हरि इच्छा बेकसों का अन्तिम अवलम्ब है। घरवालों ने जिससे विवाह कर दिया, उसमें हज़ार ऐब हों, तो भी वह उसका उपास्य, उसका स्वामी है। प्रतिरोध उसकी कल्पना से परे था।

फूलमती ने किसी काम में दख़ल न दिया। कुमुद को क्या दिया गया, मेहमानों का कैसा सत्कार किया गया, किसके यहां से नेवते में क्या आया, किसी बात से भी उसे सरोकार न था। उससे कोई सलाह भी ली गई तो यही कहा – बेटा, तुम लोग जो करते हो, अच्छा ही करते हो, मुझसे क्या पूछते हो?

जब कुमुद के लिए द्वार पर डोली आ गई और कुमुद मां के गले लिपटकर रोने लगी, तो वह बेटी को अपनी कोठरी में ले गई और जो कुछ सौ-पचास रुपये और दो-चार मामूली गहने उसके पास बच रहे थे, बेटी के अंचल में डालकर बोली – बेटी, मेरी तो मन की मन में रह गई; नहीं क्या आज तुम्हारा विवाह इस तरह होता और तुम इस तरह विदा की जातीं?

आज तक फूलमती ने अपने गहनों की बात किसी से न कही थी। लड़कों ने उसके साथ जो कपट-व्यवहार किया था, इसे चाहे वह अब तक न समझी हो, लेकिन इतना जानती थी

कि गहने फिर न मिलेंगे और मनोमालिन्य बढ़ने के सिवा कुछ हाथ न लगेगा; लेकिन इस अवसर पर उसे अपनी सफ़ाई देने की ज़रूरत मालूम हुई। कुमुद यह भाव मन में लेकर जाए कि अम्मां ने अपने गहने बहुओं के लिए रख छोड़े, इसे वह किसी तरह न सह सकती थी, इसीलिए वह अपनी कोठरी में गई थी, लेकिन कुमुद को पहले ही इस कौशल की टोह मिल चुकी थी, उसने गहने और रुपये अंचल से निकालकर माता के चरणों पर रख दिए और बोली – अम्मां, मेरे लिए तुम्हारा आशीर्वाद लाखों रुपयों के बराबर है। तुम इन चीजों को अपने पास रक्खो। न जाने अभी तुम्हें किन विपत्तियों का सामना करना पड़े।

फूलमती कुछ कहना ही चाहती थी कि उमानाथ ने आकर कहा – क्या कर रही है कुमुद? चल, जल्दी कर। साइत टली जाती है। वह लोग हाय-हाय कर रहे हैं, फिर तो दो-चार महीने में आएगी ही, जो कुछ लेना-देना हो, ले लेना॥

फूलमती के घाव पर जैसे मनों निमक पड़ गया। बोली – मेरे पास अब क्या है भैया, जो मैं इसे दूंगी। जाओ बेटी, भगवान तुम्हारा सोहाग अमर करें।

कुमुद विदा हो गई। फूलमती पछाड़ खाकर गिर पड़ी। जीवन की अन्तिम लालसा नष्ट हो गई।

6

एक साल बीत गया।

फूलमती का कमरा घर के सब कमरों में बड़ा और हवादार था। कई महीनों से उसने बड़ी बहू के लिए ख़ाली कर दिया था और खुद एक छोटी-सी कोठरी में रहने लगी थी, जैसे कोई भिखारिन हो। बेटों और बहुओं से अब उसे ज़रा भी स्नेह न था। वह अब घर की लौंडी थी। घर के किसी प्राणी, किसी वस्तु, किसी प्रसंग से उसे प्रयोजन न था। वह केवल इसीलिए जीती थी कि मौत न आती थी। सुख या दुःख का अब उसे लेश-मात्र भी ज्ञान न था। उमानाथ का औषधालय खुला, मित्रों की दावत हुई, नाच-तमाशा हुआ। दयानाथ का प्रेस खुला, फिर जलसा हुआ। सीतानाथ को वज़ीफ़ा मिला और विलायत गया। फिर उत्सव हुआ। कामतानाथ के बड़े लड़के का यज्ञोपवीत-संस्कार हुआ, फिर धूमधाम हुई; लेकिन फूलमती के मुख पर आनन्द की छाया तक न आई। कामतानाथ टाइफाइड में महीने-भर बीमार रहा और मरकर उठा। दयानाथ ने अबकी अपने पत्र का प्रचार बढ़ाने के लिए वास्तव में एक आपत्तिजनक लेख दिया और छः महीने की सज़ा पाई। उमानाथ ने एक फ़ौजदारी के मामले में रिश्वत लेकर ग़लत रिपोर्ट लिखी और उनकी सनद छीन ली गई; पर फूलमती के चेहरे पर रंज की परछाईं तक न पड़ी। उसके जीवन में अब कोई आशा, कोई दिलचस्पी, कोई चिन्ता न थी। बस, पशुओं की तरह काम करना और खाना,

यही उसकी ज़िन्दगी के दो काम थे। जानवर मारने से काम करता है, पर खाता है मन से। फूलमती बेकहे काम करती थी, पर खाती थी विष के कौर की तरह। महीनों सिर में तेल न पड़ता, महीनों कपड़े न धुलते, कुछ परवाह नहीं। वह चेतनाशून्य हो गई थी।

सावन की झड़ी लगी हुई थी, मलेरिया फैल रहा था। आकाश में मटियाले बादल थे, ज़मीन पर मटियाला पानी। आर्द्र वायु शीत-ज्वर और श्वास का वितरण करती फिरती थी। घर की महरी बीमार पड़ गई। फूलमती ने घर के सारे बरतन मांजे, पानी में भीग-भीगकर सारा काम किया। फिर आग जलाई और चूल्हे पर पतीलियां चढ़ा दीं। लड़कों को समय पर भोजन तो मिलना ही चाहिए। सहसा उसे याद आया कामतानाथ नल का पानी नहीं पीते। उसी वर्षा में गंगाजल लाने चली।

कामतानाथ ने पलंग पर लेटे-लेटे कहा – रहने दो अम्मां, मैं पानी भर लाऊंगा, आज महरी ख़ूब बैठ रही।

फूलमती ने मटियाले आकाश की ओर देखकर कहा – तुम भीग जाओगे बेटा, सर्दी हो जाएगी।

कामतानाथ बोल – तुम भी भीग रही हो। कहीं बीमार न पड़ जाओ।

फूलमती निर्मम भाव से बोली – मैं बीमार न पड़ूंगी! मुझे भगवान ने अमर कर दिया है।

उमानाथ भी वहीं बैठा था। उसके औषधालय में कुछ आमदनी न होती थी; इसीलिए बहुत चिन्तित रहता था। भाई-भावज की मुंह-देखी करता रहता था। बोला – जाने भी दो भैया। बहुत दिनों बहुओं पर राज कर चुकी हैं, उसका प्रायश्चित्त तो करने दो।

गंगा बढ़ी हुई थी, जैसे समुद्र हो। क्षितिज सामने के कूल से मिला हुआ था। किनारे के वृक्षों की केवल फुनगियां पानी के ऊपर रह गई थीं। घाट ऊपर तक पानी में डूब गए थे। फूलमती कलसा लिये नीचे उतरी। पानी भरा और ऊपर जा रही थी कि पांव फिसला। संभल न सकी। पानी में गिर पड़ी। पल-भर हाथ-पांव चलाए, फिर लहरें उसे नीचे खींच ले गईं। किनारे पर दो-चार पंडे चिल्लाए – 'अरे दौड़ो, बुढ़िया डूबी जाती है।' दो-चार आदमी दौड़े भी, लेकिन फूलमती लहरों में समा गई थी, उन बल खाती हुई लहरों में, जिन्हें देखकर हृदय कांप उठता था।

एक ने पूछा – यह कौन बुढ़िया थी?

'अरे, वही पंडित अयोध्यानाथ की विधवा है।'

'अयोध्यानाथ तो बड़े आदमी थे।'

'हां, थे तो, पर इसके भाग्य में ठोकर खाना लिखा था।'

'उनके तो कई लड़के बड़े-बड़े हैं और सब कमाते हैं?'

'हां, सब हैं भाई, मगर भाग्य भी तो कोई वस्तु है?'

बड़े भाई साहब

मेरे भाई साहब मुझसे पांच साल बड़े थे; लेकिन केवल तीन दरजे आगे। उन्होंने भी उसी उम्र में पढ़ना शुरू किया था, जब मैंने शुरू किया था, लेकिन तालीम जैसे महत्त्व के मामले में वह जल्दबाज़ी से काम लेना पसन्द न करते थे। इस भावना की बुनियाद ख़ूब मज़बूत डालना चाहते थे, जिस पर आलीशान महल बन सके। एक साल का काम दो साल में करते थे। कभी-कभी तीन साल भी लग जाते थे। बुनियाद ही पुख्ता न हो, तो मकान कैसे पायेदार बने।

मैं छोटा था, वह बड़े थे। मेरी उम्र नौ साल की थी, वह चौदह साल के थे। उन्हें मेरी तम्बीह और निगरानी का पूरा और जन्मसिद्ध अधिकार था। और मेरी शालीनता इसी में थी कि उनके हुक्म को क़ानून समझूं।

वह स्वभाव से बड़े अध्ययनशील थे। हरदम किताब खोले बैठे रहते। और शायद दिमाग को आराम देने के लिए कभी कापी पर, कभी किताब के हशियों पर चिड़ियों, कुत्तों, बिल्लियों की तस्वीरें बनाया करते थे। कभी-कभी एक ही नाम या शब्द या वाक्य दस-बीस बार लिख डालते। कभी एक शेर की बार-बार सुन्दर अक्षरों में नक़ल करते। कभी ऐसी शब्द-रचना करते, जिसमें न कोई अर्थ होता, न कोई सामंजस्य। मसलन एक बार उनकी कापी पर मैंने यह इबारत देखी – स्पेशल, अमीना, भाइयों-भाइयों, दर-असल, भाई-भाई, राध श्याम, श्रीयुत राधेश्याम, एक घंटे तक – इसके बाद एक आदमी का चेहरा बना हुआ था। और उनसे पूछने का साहस न हुआ। वह नवीं जमात में थे, मैं पांचवीं में। उनकी रचनाओं को समझना मेरे लिए छोटा मुंह बड़ी बात थी।

मेरा जी पढ़ने में बिल्कुल न लगता था। एक घंटा भी किताब लेकर बैठना पहाड़ था। मौक़ा पाते ही होस्टल से निकल मैदान में आ जाता और कभी कंकरियां उछालता, कभी काग़ज़ की तितलियां उड़ाता, और कहीं कोई साथी मिल गया, तो पूछना ही क्या। कभी चारदीवारी पर चढ़कर नीचे कूद रहे हैं, कभी फाटक पर सवार, उसे आगे-पीछे चलाते हुए मोटरकार का आनन्द उठा रहे हैं, लेकिन कमरे में आते ही भाई साहब का वह रौद्र-रूप देखकर प्राण सूख जाते! उनका पहला सवाल यह होता – 'कहां थे?' हमेशा यही सवाल, इसी ध्वनि में हमेशा पूछा जाता था और इसका जवाब मेरे पास केवल मौन था। न जाने मेरे मुंह से यह बात क्यों न निकलती कि ज़रा बाहर खेल रहा था। मेरा मौन कह देता था कि मुझे अपना अपराध स्वीकार है और भाई साहब के लिए इसके सिवा और कोई इलाज न था कि स्नेह और रोष से मिले हुए शब्दों में मेरा सत्कार करें।

'इस तरह अंग्रेज़ी पढ़ोगे, तो ज़िन्दगी-भर पढ़ते रहोगे और हर्फ़ न आएगा। अंग्रेज़ी पढ़ना

कोई हंसी-खेल नहीं है कि जो चाहे, पढ़ ले; नहीं ऐरा-ग़ैरा नत्थू-खैरा सभी अंग्रेज़ी के विद्वान हो जाते। यहां रात-दिन आंखें फोड़नी पड़ती हैं और ख़ून जलाना पड़ता है, तब कहीं यह विद्या आती है। और आती क्या है, हां कहने को आ जाती है। बड़े-बड़े विद्वान भी शुद्ध अंग्रेज़ी नहीं लिख सकते, बोलना तो दूर रहा। और मैं कहता हूं, तुम कितने घोंघा हो कि मुझे देखकर भी सबक नहीं लेते। मैं कितनी मेहनत करता हूं, यह तुम अपनी आंखों से देखते हो, अगर नहीं देखते, तो यह तुम्हारी आंखों का क़सूर है, तुम्हारी बुद्धि का क़सूर है। इतने मेले-तमाशे होते हैं, मुझे तुमने कभी देखने जाते देखा है? रोज़ ही क्रिकेट और हॉकी-मैच होते हैं। मैं पास नहीं फटकता। हमेशा पढ़ता रहता हूं। उस पर भी एक-एक दरजे में दो-दो, तीन-तीन साल पड़ा रहता हूं, फिर भी तुम कैसे आशा करते हो कि तुम यों खेल-कूद में वक़्त गंवाकर पास हो जाओगे? मुझे तो दो ही तीन साल लगते हैं, तुम उम्र-भर इसी दरजे में पड़े सड़ते रहोगे! अगर तुम्हें इस तरह उम्र गंवानी है, तो बेहतर है; घर चले जाओ और मज़े से गुल्ली-डंडा खेलो। दादा की गाढ़ी कमाई के रुपये क्यों बरबाद करते हो?'

मैं यह लताड़ सुनकर आंसू बहाने लगता। जवाब ही क्या था! अपराध तो मैंने किया, लताड़ कौन सहे? भाई साहब उपदेश की कला में निपुण थे। ऐसी-ऐसी लगती बातें कहते, ऐसे-ऐसे सूक्ति-बाण चलाते, कि मेरे जिगर के टुकड़े-टुकड़े हो जाते और हिम्मत टूट जाती। इस तरह जान तोड़कर मेहनत करने की शक्ति मैं अपने में न पाता था और उस निराशा में ज़रा देर के लिए मैं सोचने लगता – क्यों न घर चला जाऊं! जो काम मेरे बूते के बाहर है, उसमें हाथ डालकर क्यों अपनी ज़िन्दगी ख़राब करूं? मुझे अपना मूर्ख रहना मंजूर था, लेकिन उतनी मेहनत! मुझे तो चक्कर आ जाता था; लेकिन घंटे-दो घंटे के बाद निराशा के बादल छंट जाते और मैं इरादा करता कि आगे से खूब जी लगाकर पढ़ेगा। चटपट एक टाइम-टेबिल बना डालता। बिना पहले से नक्शा बनाए, कोई स्कीम तैयार किए काम कैसे शुरू करूं। टाइम-टेबिल में खेलकूद की मद बिल्कुल उड़ जाती। प्रातःकाल उठना; छः बजे मुंह-हाथ धो, नाश्ता कर, पढ़ने बैठ जाना। छः से आठ तक अंग्रेज़ी, आठ से नौ तक हिसाब, नौ से साढ़े नौ तक इतिहास, फिर भोजन और स्कूल। साढ़े तीन बजे स्कूल से वापस होकर आध घंटा आराम, चार से पांच तक भूगोल, पांच से छः तक ग्रामर, आध घंटा होस्टल के सामने ही टहलना, साढ़े छः से सात तक अंग्रेज़ी कम्पोजीशन, फिर भोजन करके आठ से नौ तक अनुवाद, नौ से दस तक हिन्दी, दस से ग्यारह तक विविध-विषय, फिर विश्राम।

मगर टाइम-टेबिल बना लेना एक बात है, उस पर अमल करना दूसरी बात। पहले ही दिन उसकी अवहेलना शुरू हो जाती। मैदान की वह सुखद हरियाली, हवा के हल्के-हल्के झोंके, फुटबाल की तरह उछलकूद, कबड्डी के वह दांव-घात, बॉलीबाल की वह तेज़ी और फुरती, मुझे अज्ञात और अनिवार्य रूप से खींच ले जाती और वहां जाते ही मैं सब-कुछ भूल जाता। वह जानलेवा टाइम-टेबिल, आंखफोड़ पुस्तकें, किसी को याद न रहतीं, और भाई साहब को नसीहत और फज़ीहत का अवसर मिल जाता। मैं उनके साये से भागता, उनकी आंखों से दूर रहने की

चेष्टा करता, कमरे में इस तरह दबे पांव आता कि उन्हें खबर न हो। उनकी नज़र मेरी ओर उठी और मेरे प्राण निकले। हमेशा सिर पर नंगी तलवार-सी लटकती मालूम होती। फिर भी जैसे मौत और विपत्ति के बीच भी आदमी मोह और माया के बन्धन में जकड़ा रहता है, मैं फटकार और घुड़कियां खाकर भी खेल-कूद का तिरस्कार न कर सकता।

2

सालाना इम्तहान हुआ। भाई साहब फेल हो गए, मैं पास हो गया और दरजे में प्रथम आया। मेरे और उनके बीच में केवल दो साल का अन्तर रह गया। जी में आया, भाई साहब को आड़े हाथों लूं – आपकी वह घोर तपस्या कहां गई? मुझे देखिए, मज़े से खेलता भी रहा और दरजे में अव्वल भी हूं। लेकिन वह इतने दुःखी और उदास थे कि मुझे उनसे दिली हमदर्दी हुई और उनके घाव पर नमक छिड़कने का विचार ही लज्जास्पद जान पड़ा। हां, अब मुझे अपने ऊपर कुछ अभिमान हुआ और आत्मसम्मान भी बढ़ा। भाई साहब का वह रौब मुझ पर न रहा। आज़ादी से खेल-कूद में शरीक होने लगा। दिल मजबूत था। अगर उन्होंने फिर फ़ज़ीहत की, तो साफ़ कर दूंगा – आपने अपना ख़ून जलाकर कौन-सा तीर मार लिया? मैं तो खेलते-कूदते दरजे में अव्वल आ गया। ज़बान से यह हेकड़ी जताने का साहस न होने पर भी मेरे रंग-ढंग से साफ़ ज़ाहिर होता था कि भाई साहब का वह आतंक मुझ पर नहीं था। भाई साहब ने इसे भांप लिया – उनकी सहज-बुद्धि बड़ी तीव्र थी और एक दिन जब मैं भोर का सारा समय गुल्ली-डंडे की भेंट करके ठीक भोजन के समय लौटा, तो भाई साहब ने मानो तलवार खींच ली और मुझ पर टूट पड़े – देखता हूं, इस साल पास हो गए और दरजे में अव्वल आ गए, तो तुम्हें दिमाग हो गया है; मगर भाईजान, घमंड तो बड़े-बड़े का नहीं रहा, तुम्हारी क्या हस्ती है? इतिहास में रावण का हाल तो पढ़ा ही होगा। उसके चरित्र से तुमने कौन-सा उपदेश लिए? या यों ही पढ़ गए? महज इम्तहान पास कर लेना कोई चीज़ नहीं, असल चीज़ है बुद्धि का विकास। जो कुछ पढ़ो, उसका अभिप्राय समझो। रावण भूमंडल का स्वामी था। ऐसे राजाओं को चक्रवर्ती कहते हैं। आजकल अंग्रेज़ी के राज्य का विस्तार बहुत बढ़ा हुआ है; पर इन्हें चक्रवर्ती नहीं कह सकते। संसार में अनेकों राष्ट्र अंग्रेज़ी का आधिपत्य स्वीकार नहीं करते, बिल्कुल स्वाधीन हैं। रावण चक्रवर्ती राजा था, संसार के सभी महीप उसे कर देते थे। बड़े-बड़े देवता उसकी गुलामी करते थे। आग और पानी के देवता भी उसके दास थे; मगर उसका अन्त क्या हुआ? घमंड ने उसका नामो-निशान तक मिटा दिए, कोई उसे एक चुल्लू पानी देने वाला भी न बचा। आदमी और जो कुकर्म चाहे करे; पर अभिमान न करे, इतराये नहीं। अभिमान किया, और दीन-दुनिया दोनों से गया। शैतान का हाल भी पढ़ा ही होगा। उसे यह अभिमान हुआ था कि ईश्वर का उससे बढ़कर सच्चा भक्त कोई है ही नहीं! अन्त में यह हुआ कि स्वर्ग से नरक में ढकेल दिया गया। शाहेरूम ने भी एक बार अहंकार किया था। भीख मांग-मांगकर मर गया। तुमने तो अभी केवल एक

दरजा पास किया है, और अभी से तुम्हारा सिर फिर गया, तब तो तुम आगे पढ़ चुके। यह समझ लो कि तुम अपनी मेहनत से नहीं पास हुए, अन्धे के हाथ बटेर लग गई। मगर बटेर केवल एक बार हाथ लग सकती है, बार-बार नहीं लग सकती।

'कभी-कभी गुल्ली-डंडे में भी अन्धा-चोट निशाना पड़ जाता है। इससे कोई सफल खिलाड़ी नहीं हो जाता। सफल खिलाड़ी वह है, जिसका कोई निशाना ख़ाली न जाए। मेरे फेल होने पर मत जाओ। मेरे दरजे में आओगे, तो दांतों पसीना आ जाएगा, जब अलजबरा और जामेट्री के लोहे के चने चबाने पड़ेंगे, और इंगलिस्तान का इतिहास पढ़ना पड़ेगा। बादशाहों के नाम याद रखना आसान नहीं। आठ-आठ हेनरी हो गुज़रे हैं। कौन-सा कांड किस हेनरी के समय में हुआ, क्या यह याद कर लेना आसान समझते हो? हेनरी सातवें की जगह हेनरी आठवां लिखा और सब नम्बर ग़ायब! सफाचट। सिफ़र भी ना मिलेगा, सिफ़र भी! हो किस ख़याल में। दरजनों तो जेम्स हुए हैं, दरजनों विलियम, कोड़ियों चार्ल्स! दिमाग चक्कर खाने लगता है। आंधी रोग हो जाता है। इन अभागों को नाम भी न जुड़ते थे। एक ही नाम के पीछे दोयम, सोयम, चहारुम, पंजुम लगाते चले गए। मुझसे पूछते, तो दस लाख नाम बता देता और जामेट्री तो बस खुदा की पनाह! अ ब ज की जगह अ ज ब लिख दिया और सारे नम्बर कट गए। कोई इन निर्दयी मुमतहिनों से नहीं पूछता कि आख़िर अ ब ज और अ ज ब में क्या फ़र्क है, और व्यर्थ की बात के लिए क्यों छात्रों का ख़ून करते हो? दाल-भात-रोटी या भात-दाल-रोटी खाई, इसमें क्या रखा है, मगर इन परीक्षकों को क्या परवाह! वह तो वही देखते हैं जो पुस्तक में लिखा है। चाहते हैं कि लड़के अक्षर-अक्षर रट डालें। और इसी रटन्त का नाम शिक्षा रख छोड़ा है। और आख़िर इन बे-सिर-पैर की बातों के पढ़ने से फायदा? 'इस रेखा पर वह लम्ब गिरा दो, तो आधार लम्ब से दुगुना होगा।' पूछिए, इससे प्रयोजन? दुगुना नहीं, चौगुना हो जाए, या आधा ही रहे, मेरी बला से; लेकिन परीक्षा में पास होना है, तो यह सब खुराफ़ात याद करनी पड़ेगी। कह दिया – 'समय की पाबन्दी' पर एक निबन्ध लिखो, जो चार पन्नों से कम न हो। अब आप कापी सामने खोले, क़लम हाथ में लिये उसके नाम को रोइए। 'कौन नहीं जानता कि समय की पाबन्दी बहुत अच्छी बात है, इससे आदमी के जीवन में संयम आ जाता है, दूसरों का उस पर स्नेह होने लगता है और उसके कारोबार में उन्नति होती है'; लेकिन इस ज़रा-सी बात पर चार पन्ने कैसे लिखें? जो बात एक वाक्य में कही जा सके, उसे चार पन्नों में लिखने की ज़रूरत? मैं तो इसे हिमाकत कहता हूं। यह तो समय की किफ़ायत नहीं, बल्कि उसका दुरुपयोग है कि व्यर्थ में किसी बात को ठूंस दिया जाए। हम चाहते हैं, आदमी को जो कुछ कहना हो, चटपट कह दे, अपनी राह ले। मगर नहीं, आपको चार पन्ने रंगने पड़ेंगे; चाहे जैसे लिखिए। और पन्ने भी पूरे फुलस्केप के आकार के। यह छात्रों पर अत्याचार नहीं तो और क्या है? अनर्थ तो यह है कि कहा जाता है, संक्षेप में लिखो। समय की पाबन्दी पर संक्षेप में एक निबन्ध लिखो, जो चार पन्नों से कम न हो। ठीक! संक्षेप में तो चार पन्ने हुए, नहीं शायद सौ-दो सौ पन्ने लिखवाते। तेज़ भी दौड़िए और धीरे-धीरे भी। उलटी बात है या नहीं? बालक भी इतनी-सी बात समझ सकता है; लेकिन इन अध्यापकों को इतनी तमीज़ भी

नहीं। उस पर दावा है कि हम अध्यापक हैं। मेरे दरजे में आओगे लाला, तो ये सारे पापड़ बेलने पड़ेंगे और तब आटे-दाल का भाव मालूम होगा। इस दरजे में अव्वल आ गए हो, तो ज़मीन पर पांव नहीं रखते। इसलिए मेरा कहना मानिए। लाख फेल हो गया हूं, लेकिन तुमसे बड़ा हूं, संसार का मुझे तुमसे कहीं ज़्यादा अनुभव है, जो कुछ कहता हूं, उसे गिरह बांधिए, नहीं पछताइएगा।'

स्कूल का समय निकट था, नहीं ईश्वर जाने यह उपदेश-माला कब समाप्त होती। भोजन आज मुझे निःस्वाद-सा लग रहा था। जब पास होने पर यह तिरस्कार हो रहा है, तो फेल हो जाने पर शायद प्राण ही ले लिये जाएं। भाई साहब ने अपने दरजे की पढ़ाई का जो भयंकर चित्र खींचा था; उसने मुझे भयभीत कर दिया। स्कूल छोड़कर घर नहीं भागा, यही ताज्जुब है; लेकिन इतने तिरस्कार पर भी पुस्तकों में मेरी अरुचि ज्यों-की-त्यों बनी रही। खेल-कूद का कोई अवसर हाथ से न जाने देता। पढ़ता भी; मगर बहुत कम, बस इतना ही रोज़ का टास्क पूरा हो जाए और दरजे में जलील न होना पड़े। अपने ऊपर जो विश्वास पैदा था, वह फिर लुप्त हो गया और फिर चोरों का-सा कटने लगा।

3

फिर सालाना इम्तहान हुआ, और कुछ ऐसा संयोग हुआ कि मैं फिर पास हुआ और भाई साहब फेल हो गए। मैंने बहुत मेहनत नहीं की; पर न जाने कैसे दरजे में अव्वल आ गया। मुझे खुद अचरज हुआ। भाई साहब ने प्राणान्तक परिश्रम किया। कोर्स का एक-एक शब्द चाट गए थे, दस बजे रात तक इधर, चार बजे भोर से उधर, छः से साढ़े नौ तक स्कूल जाने के पहले। मुद्रा कान्ति-हीन हो गई थी; मगर बेचारे फेल हो गए। मुझे उन पर दया आती थी! नतीजा सुनाया गया, तो वह रो पड़े और मैं भी रोने लगा। अपने पास होने की खुशी आधी हो गई! मैं भी फेल हो गया होता, तो भाई साहब को इतना दुःख न होता, लेकिन विधि की बात कौन टाले।

मेरे और भाई साहब के बीच में अब केवल एक दरजे का अन्तर और रह गया। मेरे मन में एक कुटिल भावना उदय हुई कि कहीं भाई साहब एक साल और फेल हो जाएं तो मैं उनके बराबर हो जाऊं, फिर वह किस आधार पर मेरी फ़ज़ीहत कर सकेंगे, लेकिन मैंने इस कमीने विचार को दिल से बलपूर्वक निकाल डाला। आख़िर वह मुझे मेरे हित के विचार से ही तो डांटते हैं। मुझे इस वक़्त अप्रिय लगता है अवश्य, मगर वह शायद उनके उपदेशों का ही असर हो कि मैं दनादन पास हो जाता हूं और इतने अच्छे नम्बरों से।

अब भाई साहब बहुत कुछ नरम पड़ गए थे। कई बार मुझे डांटने का अवसर पाकर भी उन्होंने धीरज से काम लिया। शायद अब वह खुद समझने लगे थे कि मुझे डांटने का अधिकार उन्हें नहीं रहा, या रहा भी, तो बहुत कम। मेरी स्वच्छन्दता भी बढ़ी। मैं उनकी सहिष्णुता का अनुचित लाभ उठाने लगा। मुझे कुछ ऐसी धारणा हुई कि मैं पास हो ही जाऊंगा, पढ़े या न पढ़े,

मेरी तकदीर बलवान है; इसलिए भाई साहब के डर से जो थोड़ा-बहुत पढ़ लिया करता था, वह भी बन्द हुआ। मुझे कनकौए उड़ाने का नया शौक़ पैदा हो गया था और अब सारा समय पतंगबाज़ी की ही भेंट होता था; फिर भी मैं भाई साहब का अदब करता था, और उनकी नज़र बचाकर कनकौए उड़ाता था। मांझा देना, कन्ने बांधना, पतंग टूर्नामेंट की तैयारियां आदि समस्याएं सब गुप्त रूप से हल की जाती थीं। मैं भाई साहब को यह सन्देह न करने देना चाहता था कि उनका सम्मान और लिहाज मेरी नज़रों में कम हो गया है।

एक दिन सन्ध्या समय, होस्टल से दूर मैं एक कनकौआ लूटने बेतहाशा दौड़ा जा रहा था। आंखें आसमान की ओर थीं और मन उस आकाशगामी पथिक की ओर, जो मन्द गति से झूमता पतन की ओर चला आ रहा था, मानो कोई आत्मा स्वर्ग से निकलकर विरक्त मन से नए संस्कार ग्रहण करने आ रही हो। बालकों की पूरी सेना लग्गे और झाड़दार बांस लिये इनका स्वागत करने को दौड़ी आ रही थी। किसी को अपने आगे-पीछे की ख़बर न थी। सभी मानो उस पतंग के साथ ही आकाश में उड़ रहे थे, जहां सब-कुछ समतल है, न मोटरकारें हैं, न ट्राम, न गाड़ियां।

सहसा भाई साहब से मेरी मुठभेड़ हो गई, जो शायद बाज़ार से लौट रहे थे। उन्होंने वहीं हाथ पकड़ लिया और उग्र भाव से बोले – इन बाज़ारी लौंडों के साथ धेले के कनकौए के लिए दौड़ते तुम्हें शर्म नहीं आती? तुम्हें इसका भी कुछ लिहाज नहीं कि अब नीची जमाअत में नहीं हो; बल्कि आठवीं जमाअत में आ गए हो और मुझसे केवल एक दरजा नीचे हो। आख़िर आदमी को कुछ तो अपने पोज़ीशन का ख़याल करना चाहिए। एक ज़माना था कि लोग आठवां दरजा पास करके नायब-तहसीलदार हो जाते थे। मैं कितने ही मिडिलचियों को जानता हूं, जो आज अव्वल दरजे के डिप्टी मैजिस्ट्रेट या सुपरिंटेंडेंट हैं। कितने ही आठवीं जमाअत वाले हमारे लीडर और समाचारपत्रों के सम्पादक हैं। बड़े-बड़े विद्वान उनकी मातहती में काम करते हैं? और तुम उसी आठवें दरजे में आकर बाज़ारू लौंडों के साथ कनकौए के लिए दौड़ रहे हो! मुझे तुम्हारी इस कमअक्ली पर दुःख होता है। तुम ज़हीन हो, इसमें शक नहीं, लेकिन वह ज़ेहन किस काम का, जो हमारे आत्म-गौरव की हत्या कर डाले! तुम अपने दिल में समझते होगे, मैं भाई साहब से महज एक दरजा नीचे हूं, और अब उन्हें मुझको कुछ कहने का हक़ नहीं; लेकिन यह तुम्हारी ग़लती है। तुमसे पांच साल बड़ा हूं और चाहे आज तुम मेरी ही जमाअत में आ जाओ – और परीक्षकों का यही हाल है; तो निस्सन्देह अगले साल तुम मेरे समकक्ष हो जाओगे और शायद एक साल बाद मुझसे आगे भी निकल जाओ – लेकिन मुझमें और तुममें जो पांच साल का अन्तर है; उसे तुम क्या, खुदा भी नहीं मिटा सकता। मैं तुमसे पांच साल बड़ा हूं और हमेशा रहूंगा! मुझे दुनिया का और ज़िन्दगी का जो तजरबा है, तुम उसकी बराबरी नहीं कर सकते, चाहे तुम एम. ए. और डी. लिट्. और डी. फिल. ही क्यों न हो जाओ। समझ किताबें पढ़ने से नहीं आती, दुनिया देखने से आती है। हमारी अम्मां ने कोई दरजा नहीं पास किया, और दादा भी शायद पांचवीं-

छठी जमाअत के आगे नहीं गए; लेकिन हम दोनों चाहे सारी दुनिया की विद्या पढ़ लें, अम्मां और दादा को हमें समझाने और सुधारने का अधिकार हमेशा रहेगा। केवल इसलिए नहीं कि वे हमारे जन्मदाता हैं; बल्कि इसलिए कि उन्हें दुनिया का सबसे ज़्यादा तजरबा है और रहेगा। अमेरिका में किस तरह राज-व्यवस्था है, और आठवें हेनरी ने कितने ब्याह किए और आकाश में कितने नक्षत्र हैं, यह बातें चाहे उन्हें न मालूम हों; लेकिन हज़ारों ऐसी बातें हैं, जिनका ज्ञान उन्हें हमसे और तुमसे ज़्यादा है। दैव न करे, आज मैं बीमार हो जाऊं, तो तुम्हारे हाथ-पांव फूल जाएंगे। दादा को तार देने के सिवा तुम्हें और कुछ न सूझेगा; लेकिन तुम्हारी जगह दादा हों, तो किसी को तार न दें, न घबराएं, न बदहवास हों। पहले खुद मरज पहचानकर इलाज करेंगे, उसमें सफल न हुए, तो किसी डॉक्टर को बुलाएंगे। बीमारी तो ख़ैर बड़ी चीज़ है। हम-तुम तो इतना भी नहीं जानते कि महीने-भर का ख़र्च महीना-भर कैसे चले? जो कुछ दादा भेजते हैं, उसे हम बीस-बाईस तक ख़र्च कर डालते हैं, और फिर पैसे-पैसे को मुहताज हो जाते हैं। नाश्ता बन्द हो जाता है, धोबी और नाई से मुंह चुराने लगते हैं, लेकिन जितना आज हम और तुम ख़र्च कर रहे हैं, उसके आधे में दादा ने अपनी उम्र का बड़ा भाग इज़्ज़त और नेकनामी के साथ निभाया है और कुटुम्ब का पालन किया है, जिसमें सब मिलाकर नौ आदमी थे। अपने हेडमास्टर साहब ही को देखो। एम. ए. हैं कि नहीं; और यहां के एम. ए. नहीं, ऑक्सफोर्ड के! एक हज़ार रुपये पाते हैं; लेकिन उनके घर का इन्तज़ाम कौन करता है? उनकी बूढ़ी मां। हेडमास्टर साहब की डिग्री यहां आकर बेकार हो गई। पहले खुद घर का इन्तज़ाम करते थे। ख़र्च पूरा न पड़ता था। कर्ज़दार रहते थे। जब से उनकी माता जी ने प्रबन्ध अपने हाथ में ले लिया है, जैसे घर में लक्ष्मी आ गई है। तो भाईजान, यह गरूर दिल से निकाल डालो कि तुम मेरे समीप आ गए हो और अब स्वतन्त्र हो। मेरे देखते हुए तुम बेराह न चलने पाओगे। अगर तुम यों न मानोगे तो मैं (थप्पड़ दिखाकर) इसका प्रयोग भी कर सकता हूं। मैं जानता हूं तुम्हें मेरी बातें ज़हर लग रही हैं...

मैं उनकी इस नई युक्ति से नत-मस्तक हो गया। मुझे आज सचमुच अपनी लघुता का अनुभव हुआ और भाई साहब के प्रति मेरे मन में श्रद्धा उत्पन्न हुई मैंने सजल आंखों से कहा – हरगिज़ नहीं। आप जो फ़रमा रहे हैं, वह बिल्कुल सच है और आपको उसको कहने का अधिकार है।

भाई साहब ने मुझे गले से लगा लिया और बोले – मैं कनकौए उड़ाने को मना नहीं करता। मेरा भी जी ललचाता है; लेकिन करूं क्या, खुद बेराह चलूं, तो तुम्हारी रक्षा कैसे करूं? यह कर्तव्य भी तो मेरे सिर है।

संयोग से उसी वक़्त एक कटा हुआ कनकौआ हमारे ऊपर से गुज़रा। उसकी डोर लटक रही थी। लड़कों का एक गोल पीछे-पीछे दौड़ रहा था। भाई साहब लम्बे हैं ही! उछलकर उसकी डोर पकड़ ली और बेतहाशा होस्टल की तरफ़ दौड़े। मैं पीछे-पीछे दौड़ रहा था।

शान्ति

स्वर्गीय देवनाथ मेरे अभिन्न मित्रों में थे। आज भी जब उनकी याद आ जाती है, तो वह रंगरेलियां आंखों में फिर जाती हैं, और कहीं एकान्त में जाकर ज़रा देर रो लेता हूं। हमारे और उनके बीच में दो-ढाई सौ मील का अन्तर था। मैं लखनऊ में था, वह दिल्ली में; लेकिन ऐसा शायद ही कोई महीना जाता हो कि हम आपस में न मिल जाते हों। वह स्वच्छन्द प्रकृति के, विनोदप्रिय, सहृदय, उदार और मित्रों पर प्राण देने वाले आदमी थे; जिन्होंने अपने और पराये में भी भेद नहीं किया। संसार क्या है और यहां लौकिक व्यवहार का कैसे निर्वाह होता है, यह उस व्यक्ति ने कभी न जाना और न जानने की चेष्टा की। उनके जीवन में ऐसे कई अवसर आए, जब उन्हें आगे के लिए होशियार हो जाना चाहिए था, मित्रों ने उनकी निष्कपटता से अनुचित लाभ उठाया, और कई बार उन्हें लज्जित भी होना पड़ा, लेकिन उस आदमी ने जीवन से कोई सबक न लेने की कसम खा ली थी। उनके व्यवहार ज्यों-के-त्यों रहे—जैसे भोलानाथ जिए, वैसे ही भोलानाथ मरे। जिस दुनिया में वह रहते थे वह निराली दुनिया थी, जिसमें सन्देह, चालाकी और कपट के लिए स्थान न था – सब अपने थे, कोई ग़ैर न था। मैंने बार-बार उन्हें सचेत करना चाहा, पर इसका परिणाम आशा के विरुद्ध हुआ। जीवन के स्वप्नों को भंग करता, उन्हें हार्दिक वेदना होती थी। मुझे कभी-कभी चिन्ता होती थी कि उन्होंने हाथ बन्द न किया, तो नतीजा क्या होगा? लेकिन विडम्बना यह थी कि उनकी स्त्री गोपा भी कुछ उसी सांचे में ढली हुई थी। हमारी देवियों में जो एक चातुरी होती है, जो सदैव ऐसे उड़ाऊ पुरुषों की असावधानियों पर 'ब्रेक' का काम करती है, उससे वह वंचित थी। यहां तक कि वस्त्राभूषण में भी उसे विशेष रुचि न थी। अतएव जब मुझे देवनाथ के स्वर्गारोहण का समाचार मिला, और मैं भागा हुआ दिल्ली गया, तो घर में बरतन-भाड़े और मकान के सिवा और कोई सम्पत्ति न थी। और अभी उनकी उम्र ही क्या थी, जो संचय चिन्ता करते। चालीस भी तो पूरे न हुए थे। यों तो लड़कपन उनके स्वभाव में ही था; लेकिन इस उम्र में प्रायः सभी लोग कुछ बेफ़िक्र रहते हैं। पहले एक लड़की हुई थी। इसके बाद दो लड़के हुए। दोनों लड़के तो बचपन में ही दगा दे गए थे। लड़की बच रही थी, और यही इस नाटक का सबसे करुण दृश्य था। जिस तरह का इनका जीवन था, उसके देखते इस छोटे-से परिवार के लिए दो सौ रुपये महीने की ज़रूरत थी। दो-तीन साल में लड़की का विवाह भी करना होगा। कैसे क्या होगा, मेरी बुद्धि कुछ काम न करती थी।

इस अवसर पर मुझे यह बहुमूल्य अनुभव हुआ कि जो लोग सेवा-भाव रखते हैं और जो स्वार्थ सिद्धि को जीवन का लक्ष्य नहीं बनाते, उनके परिवार को आड़ देने वालों की

कमी नहीं रहती। यह कोई नियम नहीं है, क्योंकि मैंने ऐसे लोगों को भी देखा है, जिन्होंने जीवन में बहुतों के साथ सलूक किए; पर उनके पीछे उनके बाल-बच्चों की किसी ने बात तक न पूछी; लेकिन चाहे कुछ हो, देवनाथ के मित्रों ने प्रशंसनीय औदार्य से काम लिया और गोपा के निर्वाह के लिए स्थायी धन जमा करने का प्रस्ताव किया। दो-एक सज्जन जो रंडुवे थे, उससे विवाह करने को तैयार थे; किन्तु गोपा ने भी उसी स्वाभिमान का परिचय दिया; जो हमारी देवियों का जौहर है और इस प्रस्ताव को अस्वीकार कर दिया। मकान बहुत बड़ा था। उसका एक भाग किराये पर उठा दिया। इस तरह उसको 50 रुपये माहवार मिलने लगे। वह इतने में ही अपना निर्वाह कर लेगी। जो कुछ ख़र्च था, वह सुन्नी की जात से था। गोपा के लिए तो जीवन में अब कोई अनुराग ही न था।

2

इसके एक ही महीने बाद मुझे कारोबार के सिलसिले में विदेश जाना पड़ा और वहां अनुमान से कहीं अधिक – दो साल लग गए। गोपा के पत्र बराबर जाते रहे थे, जिससे मालूम होता था – वे आराम से हैं, कोई चिन्ता की बात नहीं है। मुझे पीछे ज्ञात हुआ कि गोपा ने मुझे भी ग़ैर समझा और वास्तविक स्थिति छिपाती रही।

विदेश से लौटकर मैं सीधा दिल्ली पहुंचा। द्वार पर पहुंचते ही मुझे रोना आ गया। मृत्यु की प्रतिध्वनि-सी छाई हुई थी। जिस कमरे में मित्रों के जमघट रहते थे, उसके द्वार बन्द थे, मकड़ियों ने चारों ओर जाले तान रखे थे। देवनाथ के साथ वह श्री भी लुप्त हो गई थी। पहली नज़र में तो मुझे ऐसा भ्रम हुआ कि देवनाथ द्वार पर खड़े मेरी ओर देखकर मुस्कुरा रहे हैं। मैं मिथ्यावादी नहीं हूं और आत्मा की दैहिकता में मुझे सन्देह है; लेकिन उस वक़्त एक बार मैं चौंक ज़रूर पड़ा। हृदय में एक कम्पन-सा उठा, लेकिन दूसरी नज़र में प्रतिमा मिट चुकी थी। द्वार खुला। गोपा के सिवा खोलने वाला ही कौन था? मैंने उसे देखकर दिल थाम लिया। उसे मेरे आने की सूचना थी और मेरे स्वागत की प्रतीक्षा में उसने नई साड़ी ली थी और शायद बाल भी गुंथा लिये थे; पर इन दो वर्षों ने उस पर जो आघात किए थे, उन्हें क्या कहती? नारियों के जीवन में यह वह अवस्था है; जब रूप-लावण्य अपने पूरे विकास पर होता है, जब उसमें अल्हड़पन, चंचलता और अभिमान की जगह आकर्षण, माधुर्य और रसिकता आ जाती है; लेकिन गोपा का यौवन बीत चुका था। उसके मुख पर झुर्रियां और विषाद की रेखाएं अंकित थीं, जिन्हें उसकी प्रयत्नशील प्रसन्नता भी न मिटा सकती थी। केशों पर सफ़ेदी दौड़ चली थी और एक-एक अंग बूढ़ा हो रहा था!

मैंने करुण स्वर में पूछा – क्या तुम बीमार थीं, गोपा?

गोपा ने आंसू पीकर कहा – नहीं तो, मुझे तो कभी सिर दर्द भी नहीं हुआ।

'तो तुम्हारी यह क्या दशा है? बिल्कुल बूढ़ी हो गई हो।'

'तो अब जवानी लेकर करना ही क्या है? मेरी उम्र भी तो पैंतीस के ऊपर हो गई?'

'पैंतीस की उम्र तो बहुत नहीं होती।'

'हां, उनके लिए, जो बहुत दिन जीना चाहते हैं। मैं तो चाहती हूं, जितनी जल्दी हो सके, जीवन का अन्त हो जाए। बस, सुन्नी के ब्याह की चिन्ता है। इससे छुट्टी पा जाऊं; फिर मुझे ज़िन्दगी की परवाह न रहेगी।'

अब मालूम हुआ कि जो सज्जन इस मकान में किरायेदार हुए थे, वह थोड़े दिन के बाद तब्दील होकर चले गए और तब से कोई दूसरा किरायेदार न आया। मेरे हृदय में बरछी-सी चुभ गई। इतने दिन इन बेचारों का निर्वाह कैसे हुआ, यह कल्पना ही दुःखद थी।

मैंने विरक्त मन से कहा – लेकिन तुमने सूचना क्यों न दी? क्या मैं बिल्कुल ग़ैर हूं?

गोपा ने लज्जित होकर कहा – नहीं-नहीं, यह बात नहीं है। तुम्हें ग़ैर समझूंगी तो अपना किसे समझूंगी? मैंने समझा, परदेस में तुम खुद अपने झमेले में पड़े होगे, तुम्हें क्यों सताऊं? किसी-न-किसी तरह दिन कट ही गए। घर में और कुछ न था, तो थोड़े-से गहने तो थे ही। अब सुनीता के विवाह की चिन्ता है। पहले, मैंने सोचा था, इस मकान को निकाल दूंगी, बीस-बाईस हज़ार मिल जाएंगे। विवाह भी हो जाएगा और कुछ मेरे लिए भी बच रहेगा; लेकिन बाद को मालूम हुआ कि मकान पहले ही रेहन हो चुका है और सूद मिलाकर उस पर बीस हज़ार हो गए हैं। महाजन ने इतनी दया ही क्या कम की कि मुझे घर से निकाल न दिया। इधर से तो अब कोई आशा नहीं है। बहुत हाथ-पांव जोड़ने पर, सम्भव है, महाजन से दो-ढाई हज़ार मिल जाएं। इतने में क्या होगा? इसी फ़िक्र में घुली जा रही हूं। लेकिन, मैं भी कितनी मतलबी हूं, न तुम्हें हाथ-मुंह धोने को पानी दिया, न कुछ जलपान लाई और अपना दुखड़ा ले बैठी। अब आप कपड़े उतारिए और आराम से बैठिए। कुछ खाने को लाऊं, खा लीजिए, तब बातें हों। घर पर तो सब कुशल है?

मैंने कहा – मैं तो सीधा मुम्बई से यहां आ रहा हूं। घर कहां गया?

गोपा ने मुझे तिरस्कार-भरी आंखों से देखा; पर उस तिरस्कार की आड़ में घनिष्ठ आत्मीयता बैठी झांक रही थी। मुझे ऐसा जान पड़ा, उसके मुख की झुर्रियां मिट गई हैं। पीछे मुख पर हल्की-सी लाली दौड़ गई। उसने कहा – इसका फल यह होगा कि तुम्हारी देवी जी तुम्हें कभी यहां न आने देंगी।

'मैं किसी का गुलाम नहीं हूं।'

'किसी को अपना गुलाम बनाने के लिए पहले खुद ही उसका गुलाम बनना पड़ता है।'

शीतकाल की सन्ध्या देखते-देखते दीपक जलाने लगी। सुन्नी लालटेन लेकर कमरे में आई। दो साल पहले की अबोध और कृशतनु बालिका रूपवती युवती हो गई थी, जिसकी हर एक चितवन, हर एक बात, उसकी गौरवशाली प्रकृति का पता दे रही थी। जिसे मैं

गोद में उठाकर प्यार करता था, उसकी तरफ़ आंखें न उठा सका, और वह जो मेरे गले से लिपटकर प्रसन्न होती थी, आज मेरे सामने खड़ी भी न हो सकी। जैसे मुझसे कोई वस्तु छिपाना चाहती है, और जैसे मैं उसे उस वस्तु के छिपाने का अवसर दे रहा हूं।

मैंने पूछा – अब तुम किस दरजे में पहुंची सुन्नी?

उसने सिर झुकाए हुए जवाब दिया – दसवें में हूं।

'घर का भी कुछ काम-काज करती हो?'

'अम्मा जब करने भी दें।'

गोपा बोली – मैं नहीं करने देती या तू खुद किसी काम के नगीच नहीं जाती?

सुन्नी मुंह फेरकर हंसती हुई चली गई। मां की दुलारी लड़की थी। जिस दिन वह गृहस्थी का काम करती, उस दिन शायद गोपा रो-रोकर आंखें फोड़ लेती। वह ख़ुद लड़की को कोई काम न करने देती थी; मगर सबसे शिकायत करती थी कि वह कोई काम नहीं करती। यह शिकायत भी उसके प्यार का ही एक करिश्मा था। हमारी 'मर्यादा' हमारे बाद भी जीवित रहती है।

मैं भोजन करके लेटा, तो गोपा ने फिर सुन्नी के विवाह की तैयारियों की चर्चा छेड़ दी। इसके सिवा उसके पास बात ही क्या थी? लड़के तो बहुत मिलते हैं, लेकिन कुछ हैसियत भी तो हो। लड़की को यह सोचने का अवसर क्यों मिले कि दादा होते, तो शायद मेरे लिए इससे अच्छा घर-वर ढूंढ़ते। फिर गोपा ने डरते-डरते लाला मदारीलाल के लड़के का ज़िक्र किया।

मैंने चकित होकर उसकी ओर देखा। लाला मदारीलाल पहले इंजीनियर थे। अब पेंशन पाते थे, लाखों रुपये जमा कर लिये थे; पर अब तक उनके लोभ की प्यास न बुझी थी। गोपा ने घर भी वह छांटा, जहां उसकी रसाई कठिन थी।

मैंने आपत्ति की – मदारीलाल तो बड़ा ही दुर्जन मनुष्य है।

गोपा ने दांतों-तले जीभ दबाकर कहा – अरे नहीं भैया, हमने उन्हें पहचाना न होगा, मेरे ऊपर बड़े दयालु हैं। कभी-कभी आकर कुशल-समाचार पूछ जाते हैं। लड़का ऐसा होनहार है, मैं तुमसे क्या कहूं। फिर उनके यहां कमी किस बात की है? यह ठीक है कि वह ख़ूब रिश्वत लेते थे; लेकिन यहां धर्मात्मा कौन है? कौन अवसर पाकर जाने देता है? मदारीलाल ने तो यहां तक कह दिया कि वह मुझसे दहेज नहीं चाहते, केवल कन्या चाहते हैं। सुन्नी उनके मन में बैठ गई है।

मुझे गोपा की सरलता पर दया आई; लेकिन मैंने सोचा; क्यों इसके मन में किसी के प्रति अविश्वास उत्पन्न करूं? सम्भव है, मदारीलाल वह न रहे हों। चित्त की भावनाएं बदलती भी रहती हैं।

मैंने अर्द्ध सहमत होकर कहा – मगर यह तो सोचो; उनमें और तुममें कितना अन्तर

है। तुम शायद अपना सर्वस्व अर्पण करके भी उनका मुंह सीधा न कर सको।

लेकिन गोपा के मन में बात जम गई थी। सुन्नी को वह ऐसे घर में ब्याहना चाहती थी, जहां वह रानी बनकर रहे!

दूसरे दिन प्रातःकाल मैं मदारीलाल के पास गया और उनसे मेरी जो बातचीत हुई, उसने मुझे मुग्ध कर लिया। किसी समय वह लोभी रहे होंगे। इस समय तो मैंने उन्हें बहुत ही सहृदय, उदार और विनयशील पाया। बोले – भाई साहब, मैं देवनाथ जी से परिचित हूं। आदमियों में रत्न थे। उनकी लड़की मेरे घर में आए, यह मेरा सौभाग्य है। आप उनकी मां से कह दें; मदारीलाल उनसे किसी चीज़ की इच्छा नहीं रखता। ईश्वर का दिया हुआ मेरे घर में सब-कुछ है, मैं उन्हें जेरबार नहीं करना चाहता।

मेरे दिल का बोझ उतर गया। हम सुनी-सुनाई बातों से दूसरों के सम्बन्ध में कैसी मिथ्या धारणा कर लिया करते हैं, इसका बड़ा शुभ अनुभव हुआ। मैंने आकर गोपा को बधाई दी। यह निश्चय हुआ कि गर्मियों में विवाह कर दिया जाए।

3

वे चार महीने गोपा ने विवाह की तैयारियां में काटे। मैं महीने में एक बार अवश्य उससे मिल आता था, पर हर बार खिन्न होकर लौटता। गोपा ने अपनी कुल-मर्यादा का न जाने कितना महान आदर्श अपने सामने रख लिया था। पगली इस भ्रम में पड़ी हुई थी कि उसका । यह उत्साह नगर में अपनी यादगार छोड़ जाएगा। यह न जानती थी कि यहां ऐसे तमाशे रोज़ होते हैं और आए दिन भुला दिए जाते हैं। शायद वह संसार से यह श्रेय लेना चाहती थी कि इस गई-बीती दशा में भी, लेटा हुआ हाथी नौ लाख का है। पग-पग पर उसे देवनाथ की याद आती। वह होते तो यह काम यों न होता, यों होता और तब रोती। मदारीलाल सज्जन हैं, यह सत्य है; लेकिन गोपा का अपनी कन्या के प्रति भी तो कुछ धर्म है। कौन उसके दस-पांच लड़कियां बैठी हुई हैं। वह तो दिल खोलकर अरमान निकालेगी। सुन्नी के लिए उसने जितने गहने और जोड़े बनवाए थे, उन्हें देखकर मुझे आश्चर्य होता था। जब देखो कुछ-न-कुछ सी रही है, कभी सुनारों की दुकान पर बैठी हुई है, कभी मेहमानों के आदर-सत्कार का आयोजन कर रही है, मुहल्ले में ऐसा बिरला ही कोई सम्पन्न मनुष्य होगा, जिससे उसने कुछ क़र्ज़ न लिया हो। वह इसे क़र्ज़ समझती थी, देने वाले दान समझकर देते थे। सारा मुहल्ला उसका सहायक था। सुन्नी अब मुहल्ले की लड़की थी। गोपा की इज़्ज़त सबकी इज़्ज़त है और गोपा के लिए तो नींद और आराम हराम था। दर्द से सिर फटा जा रहा है; आधी रात हो गई; मगर वह बैठी कुछ-न-कुछ सी रही है, या 'इस कोठी का धान उस कोठी' कर रही है। कितनी वात्सल्य से भरी आकांक्षा थी कि जो देखने वालों में श्रद्धा उत्पन्न कर देती थी।

अकेली औरत और वह भी आधी जान की। क्या-क्या करे? जो काम दूसरों पर छोड़ देती है, उसी में कुछ-न-कुछ कसर रह जाती है; पर उसकी हिम्मत है कि किसी तरह हार नहीं मानती।

पिछली बार उसकी दशा देखकर मुझसे न रहा गया। बोला – गोपा देवी, अगर मरना ही चाहती हो, तो विवाह हो जाने के बाद मरो; मुझे भय है कि तुम उसके पहले ही न चल दो।

गोपा का मुरझाया हुआ मुख प्रमुदित हो उठा। बोली – इसकी चिन्ता न करो भैया, विधवा की आयु बहुत लम्बी होती है। तुमने सुना नहीं, 'न रांड़ मरे, न खंडहर ढहे।' लेकिन मेरी यही कामना है कि सुन्नी का ठिकाना लगाकर मैं भी चल दूं। अब और जीकर क्या करूंगी, सोचो! क्या करूं, अगर किसी तरह का विघ्न पड़ गया तो किसकी बदनामी होगी! इन चार महीनों में मुश्किल से घंटा-भर सोती हूंगी। नींद नहीं आती, पर मेरा चित्त प्रसन्न है। मैं मरूं या जीऊं, मुझे यह सन्तोष तो होगा कि सुन्नी के लिए उसका बाप जो कर सकता था, वह मैंने कर दिया। मदारीलाल ने अपनी सज्जनता दिखाई, तो मुझे भी अपनी नाक रखनी है।

एक देवी ने आकर कहा – बहन, ज़रा चलकर देख लो, चाशनी ठीक हो गई है या नहीं। गोपा उसके साथ चाशनी की परीक्षा करने गई और एक क्षण के बाद आकर बोली – जी चाहता है सिर पीट लूं। तुमसे ज़रा बात करने लगी, उधर चाशनी इतनी कड़ी हो गई कि लड्डू दांतों से लड़ेंगे। किससे क्या कहूं!

मैंने चिढ़कर कहा – तुम व्यर्थ का झंझट कर रही हो। क्यों नहीं किसी हलवाई को बुलाकर मिठाइयों का ठीका दे देतीं? फिर तुम्हारे यहां मेहमान ही कितने आवेंगे, जिनके लिए यह तूमार बांध रही हो। दस-पांच की मिठाई उनके लिए बहुत होगी।

गोपा ने व्यथित नेत्रों से मेरी ओर देखा। मेरी यह आलोचना उसे बुरी लगी। इन दिनों उसे बात-बात पर क्रोध आ जाता था। बोली – भैया, तुम यह बातें न समझोगे। तुम्हें न मां बनने का अवसर मिला, न पत्नी बनने का! सुन्नी के पिता का कितना नाम था, कितने आदमी उनके दम से जीते थे, क्या यह तुम नहीं जानते? वह पगड़ी मेरे ही सिर तो बंधी है! तुम्हें विश्वास न आएगा, नास्तिक जो ठहरे; पर मैं तो उन्हें सदैव अपने अन्दर बैठा हुआ पाती हूं, जो कुछ कर रहे हैं, वह कर रहे हैं, मैं मन्द-बुद्धि स्त्री भला अकेली क्या कर लेती? वही मेरे सहायक हैं, वही मेरे प्रकाश हैं! यह समझ लो कि यह देह मेरी है, पर इसके अन्दर जो आत्मा है, वह उनकी है। जो कुछ हो रहा है, उनके पुण्य आदेश से हो रहा है। तुम उनके मित्र हो। तुमने अपने सैकड़ों रुपये ख़र्च किए और इतना हैरान हो रहे हो। मैं तो उनकी सहगामिनी हूं, लोक में परलोक में भी।

मैं अपना-सा मुंह लेकर रह गया।

4

जून में विवाह हो गया। गोपा ने बहुत कुछ दिया और अपनी हैसियत से बहुत ज़्यादा दिया; लेकिन फिर भी, उसे सन्तोष न था। आज सुन्नी के पिता होते, तो जाने क्या करते! बराबर रोती रही।

जाड़ों में फिर दिल्ली गया। मैंने समझा था, अब गोपा सुखी होगी। लड़की का घर और वर दोनों आदर्श हैं। गोपा को इसके सिवा और क्या चाहिए, लेकिन सुख उसके भाग्य में ही न था।

मैं अभी कपड़े भी न उतारने पाया था कि उसने अपना दुखड़ा शुरू कर दिया – भैया, घर-द्वार सब अच्छा है, सास-ससुर भी अच्छे हैं; लेकिन जमाई निकम्मा निकला। सुन्नी बेचारी रो-रोकर दिन काट रही है। तुम उसे देखो, तो पहचान न सको। उसकी परछाईं-मात्र रह गई है। अभी कई दिन हुए, आई हुई थी, उसकी दशा देखकर छाती फटती थी! जैसे जीवन में अपने पथ खो बैठी हो। न तन-बदन की सुध है, न कपड़े-लत्ते की। मेरी सुन्नी की दुर्गति होगी, यह तो स्वप्न में भी न सोचा था। बिल्कुल गुमसुम हो गई है। कितना पूछा – बेटी, तुमसे वह क्यों नहीं बोलता, किस बात पर नाराज़ है, लेकिन कुछ जवाब नहीं देती। बस, आंखों से आंसू बहते रहते हैं। मेरी सुन्नी कुएं में गिर गई।

मैंने कहा – तुमने उनके घरवालों से पता नहीं लगाया?

'लगाया क्यों नहीं भैया, सब हाल मालूम हो गया। लौंडा चाहता है, मैं चाहे जिस राह जाऊं, सुन्नी मेरी पूजा करती रहे। सुन्नी भला इसे क्यों सहने लगी! उसे तो तुम जानते हो, कितनी अभिमानिनी है? वह उन स्त्रियों में नहीं है, जो पति को देवता समझती हैं और उसका दुर्व्यवहार सहती रहती हैं। उसने सदैव दुलार और प्यार पाया है। बाप भी उस पर जान देता था। मैं भी आंख की पुतली समझती थी। पति मिला छैला, जो आधी-आधी रात तक मारा-मारा फिरता है। दोनों में क्या बात हुई, यह कौन जान सकता है; लेकिन दोनों में कोई गांठ पड़ गई है। न वह सुन्नी की परवाह करता है, न सुन्नी उसकी परवाह करती है; मगर वह तो अपने रंग में मस्त है, सुन्नी प्राण दिए देती है। उसके लिए सुन्नी की जगह मुन्नी है, सुन्नी के लिए उसकी उपेक्षा है और रुदन है।'

मैंने कहा – लेकिन तुमने सुन्नी को समझाया नहीं? उस लौंडे का क्या बिगड़ेगा। इसकी तो ज़िन्दगी ख़राब हो जाएगी।

गोपा की आंखों में आंसू भर आए। बोली – भैया, किस दिल से समझाऊं? सुन्नी को देखकर तो मेरी छाती फटने लगती है। बस, यही जी चाहता है कि इसे अपने कलेजे में रख लूं, कि इसे कोई कड़ी आंख से देख भी न सके। सुन्नी फूहड़ होती, कटु-भाषिणी होती, आरामतलब होती तो समझाती भी। क्या यह समझाऊं कि तेरा पति गली-गली

मुंह काला करता फिरे, फिर भी तू उसकी पूजा किया कर? मैं तो खुद यह अपमान न सह सकती। स्त्री-पुरुष में विवाह की पहली शर्त यह है कि दोनों सोलहों आने एक-दूसरे के हो जाएं। ऐसे पुरुष तो कम हैं; जो स्त्री को जौ-भर विचलित होते देखकर शान्त रह सकें पर ऐसी स्त्रियां बहुत हैं, जो पति को स्वच्छन्द समझती हैं। सुन्नी उन स्त्रियों में नहीं है, वह अगर आत्म-समर्पण करती है, तो आत्म-समर्पण चाहती भी है, और यदि पति में यह बात न हुई, तो वह उससे कोई सम्पर्क न रखेगी, चाहे उसका सारा जीवन रोते कट जाए।

यह कहकर गोपा भीतर गई और एक सिंगारदान लाकर उसके अन्दर के आभूषण दिखाती हुई बोली – सुन्नी इसे अबकी यहीं छोड़ गई। इसीलिए आई ही थी। ये वे गहने हैं, जो मैंने न जाने कितने कष्ट सहकर बनवाए थे। उनके पीछे महीनों मारी-मारी फिरी थी। यों कहो कि भीख मांगकर जमा किए थे। सुन्नी अब इनकी ओर आंख उठाकर भी नहीं देखती। पहने तो किसके लिए? सिंगार करे तो किस पर? पांच सन्दूक कपड़ों के दिए थे। कपड़े सीते-सीते मेरी आंखें फूट गईं। यह सब कपड़े उठाती लाई। इन चीजों से जैसे उसे घृणा हो गई है। बस, कलाई में दो कांच की चूड़ियां और एक उजली साड़ी, यही उसका सिंगार है।

मैंने गोपा को सान्त्वना दी – मैं जाकर ज़रा केदारनाथ से मिलूंगा। देखूं तो, वह किस रंग-ढंग का आदमी है।

गोपा ने हाथ जोड़कर कहा – नहीं, भूलकर भी न जाना; सुन्नी सुनेगी तो प्राण ही दे देगी। अभिमान की पुतली ही समझो, उसे रस्सी समझ लो, जिसके जल जाने पर भी बल नहीं जाते। जिन पैरों ने उसे ठुकरा दिया है, उन्हें वह कभी न सहलाएगी। उसे अपना बनाकर कोई चाहे यों लौंडी बना ले; लेकिन शासन तो उसने मेरा न सहा, दूसरों का क्या सहेगी!

मैंने गोपा से उस वक्त कुछ न कहा; लेकिन अवसर पाते ही लाला मदारीलाल से मिला। मैं रहस्य का पता लगाना चाहता था। संयोग से पिता और पुत्र, दोनों एक ही जगह मिल गए। मुझे देखते ही केदार ने इस तरह झुककर मेरे चरण छुए कि मैं उसकी शालीनता पर मुग्ध हो गया। तुरन्त भीतर गया और चाय, मुरब्बा और मिठाइयां लाया। इतना सौम्य, इतना सुशील, इतना विनम्र युवक मैंने न देखा था। वह भावना ही न हो सकती थी कि इसके भीतर और बाहर में कोई अन्तर हो सकता है। जब तक रहा, सिर झुकाए बैठा रहा। उच्छृंखलता तो उसे छू भी नहीं गई थी।

जब केदार टेनिस खेलने चला गया, तो मैंने मदारीलाल से कहा – केदार बाबू तो बहुत सच्चरित्र जान पड़ते हैं, फिर स्त्री-पुरुष में इतना मनोमालिन्य क्यों हो गया है?

मदारीलाल ने एक क्षण विचार करके कहा – इसका कारण इसके सिवा और क्या बताऊं कि दोनों अपने मां-बाप के लाड़ले हैं, और प्यार लड़कों को अपने मन का बना देता है। मेरा सारा जीवन संघर्ष में कटा। अब जाकर ज़रा शान्ति मिली है। भोग-विलास

का कभी अवसर ही न मिला। दिन-भर परिश्रम करता था, सन्ध्या को पड़कर सो रहता था। स्वास्थ्य भी अच्छा न था; इसलिए बार-बार यह चिन्ता सवार रहती थी कि कुछ संचय कर लूं। ऐसा न हो कि मेरे पीछे बाल-बच्चे भीख मांगते फिरें। नतीजा यह हुआ कि इन महाशय को मुफ्त का धन मिला। सनक सवार हो गई। शराब उड़ने लगी। फिर ड्रामा खेलने का शौक़ हुआ। धन की कमी थी ही नहीं, उस पर मां-बाप के अकेले बेटे। इसकी प्रसन्नता ही हमारे जीवन का स्वर्ग थी। पढ़ना-लिखना तो दूर रहा, विलास की इच्छा बढ़ती गई। रंग और गहरा हुआ, अपने जीवन का ड्रामा खेलने लगे। मैंने यह रंग देखा तो मुझे चिन्ता हुई। सोचा ब्याह कर दूं, ठीक हो जाएगा। गोपा देवी का पैगाम आया, तो मैंने तुरन्त स्वीकार कर लिया। मैं सुन्नी को देख चुका था। सोचा, ऐसी रूपवती स्त्री पाकर इसका मन स्थिर हो जाएगा, पर वह भी लाड़ली लड़की थी – हठीली, अबोध, आदर्शवादिनी। सहिष्णुता तो उसने सीखी ही न थी। समझौते का जीवन में क्या मूल्य है, इसकी उसे ख़बर ही नहीं। लोहा लोहे से लड़ गया। वह अभिमान से इसे पराजित करना चाहती है, यह उपेक्षा से। यही रहस्य है। और साहब, मैं तो बहू को ही अधिक दोषी समझता हूं। लड़के तो प्रायः मनचले होते ही हैं। लड़कियां स्वभाव से ही सुशीला होती हैं और अपनी ज़िम्मेदारी समझती हैं। इनकी सेवा, त्याग और प्रेम ही उनका अस्त्र है, जिससे वे पुरुष पर विजय पाती हैं। उसमें ये पूर्ण ही नहीं। डोंगा कैसे पार होगा, ईश्वर ही जाने।

सहसा सुन्नी अन्दर से आ गई। बिल्कुल अपने चित्र की रेखा-सी, मानो मनोहर संगीत की प्रतिध्वनि हो। कुन्दन तपकर भस्म हो गया था। मिटी हुई आशाओं का इससे अच्छा मित्र नहीं हो सकता। उलाहना देती हुई बोली – आप न जाने कब से बैठे हुए हैं, मुझे ख़बर तक नहीं और शायद आप बाहर-ही-बाहर चले भी जाते।

मैंने आंसुओं के वेग को रोकते हुए कहा – नहीं सुन्नी, यह कैसे हो सकता था। तुम्हारे पास आ ही रहा था कि तुम स्वयं आ गईं।

मदारीलाल कमरे से बाहर अपनी 'कार' की सफ़ाई कराने लगे। शायद मुझे सुन्नी से बातचीत करने का अवसर देना चाहते थे।

सुन्नी ने पूछा – अम्मां तो अच्छी तरह से हैं?

'हां, अच्छी हैं। तुमने अपनी यह क्या गत बना रखी है?'

'मैं तो बहुत अच्छी तरह से हूं।'

'यह बात क्या है? तुम लोगों में यह क्या अनबन है? गोपा देवी प्राण दिए डालती हैं! तुम खुद मरने की तैयारी कर रही हो। कुछ तो विचार से काम लो।'

सुन्नी के माथे पर बल पड़ गए – आपने नाहक यह विषय छेड़ दिया चाचा जी! मैंने तो यह सोचकर अपने मन को समझा लिया कि मैं अभागिन हूं। बस, इसका निवारण मेरे बूते से बाहर है। मैं उस जीवन से मृत्यु को कहीं अच्छा समझती हूं, जहां अपनी क़दर न हो। मैं व्रत

के बदले में व्रत चाहती हूं। जीवन का कोई दूसरा रूप मेरी समझ में नहीं आता। इस विषय में किसी तरह का समझौता करना मेरे लिए असम्भव है। नतीजे की मैं परवाह नहीं करती।

'लेकिन...'

'नहीं चाचा जी, इस विषय में अब कुछ न कहिए, नहीं तो मैं चली जाऊंगी।'

'आखिर सोचो तो...'

'मैं सब सोच चुकी और तय कर चुकी। पशु को मनुष्य बनाना मेरी शक्ति के बाहर है।'

इसके बाद मेरे लिए अपना मुंह बन्द कर लेने के सिवा और क्या रह गया था।

5

मई का महीना था। मैं मंसूरी गया हुआ था कि गोपा का तार पहुंचा— 'तुरन्त आओ, ज़रूरी काम है।' मैं घबरा तो गया; लेकिन इतना निश्चित था कि कोई दुर्घटना नहीं हुई। दूसरे ही दिन दिल्ली जा पहुंचा। गोपा मेरे सामने आकर खड़ी हो गई, निस्पन्द, मूक, निष्प्राण, जैसे तपेदिक का रोगी हो।

मैंने पूछा – कुशल तो है, मैं तो घबरा उठा।

उसने बुझी हुई आंखों से देखा और बोली – सच!

'सुन्नी तो कुशल है?'

'हां, अच्छी तरह है।'

'और केदारनाथ?'

'वह भी अच्छी तरह है।'

'तो फिर माज़रा क्या है? तुमने तार दिया और कहती हो – कुछ तो नहीं?'

'दिल घबरा रहा था, इससे तुम्हें बुला लिया। सुन्नी को किसी तरह समझाकर यहां लाना है। मैं तो सब-कुछ करके हार गई।'

'क्या इधर कोई नई बात हो गई?'

'नई तो नहीं है; लेकिन एक तरह से नई ही समझो। केदार एक ऐक्ट्रेस के साथ कहीं भाग गया। एक सप्ताह से उसका कहीं पता नहीं है। सुन्नी से कह गया है – जब तक तुम रहोगी, घर नहीं आऊंगा। सारा घर सुन्नी का शत्रु हो रहा है; लेकिन वह वहां से टलने का नाम नहीं लेती। सुना है, केदार अपने बाप के दस्तख़त बनाकर कई हज़ार रुपये बैंक से ले गया है।

'तुम सुन्नी से मिली थीं?'

'हां, तीन दिन से बराबर जा रही हूं।'

'वह नहीं आना चाहती, तो रहने क्यों नहीं देतीं?'

'वहां वह घुट-घुटकर मर जाएगी।'

मैं उन्हीं पैरों लाला मदारीलाल के घर चला। हालांकि मैं जानता था कि सुन्नी किसी तरह न आएगी; मगर वहां पहुंचा, तो देखा – कुहराम मचा हुआ है। मेरा कलेजा धक से रह गया। वहां तो अर्थी सज रही थी। मुहल्ले के सैकड़ों आदमी जमा थे। घर में 'हाय! हाय!' की क्रन्दन-ध्वनि आ रही थी। यह सुन्नी का शव था।

मदारीलाल मुझे देखते ही मुझसे उन्मत्त की भांति लिपट गए और बोले – भाई साहब! मैं तो लुट गया। लड़का भी गया, बहू भी गई, ज़िन्दगी ही गारत हो गई।

मालूम हुआ कि जब से केदार गायब हो गया था, सुन्नी और ज़्यादा – उदास रहने लगी थी। उसने उसी दिन अपनी चूड़ियां तोड़ डाली थीं और मांग का सिन्दूर पोंछ डाला था। सास ने जब आपत्ति की, तो उनको अपशब्द कहे। मदारीलाल ने समझाना चाहा; तो उन्हें भी जली-कटी सुनाई। ऐसा अनुमान होता था – उन्माद हो गया है। लोगों ने उससे बोलना छोड़ दिया था। आज प्रातःकाल यमुना-स्नान करने गई। अंधेरा था, सारा घर सो रहा था। किसी को नहीं जगाया। जब दिन चढ़ गया और बहू घर में न मिली तो उसकी तलाश होने लगी। दोपहर को पता लगा कि यमुना गई है। लोग उधर भागे वहां उसकी लाश मिली! पुलिस आई, शव की परीक्षा हुई। अब जाकर शव मिला है। मैं कलेजा थामकर बैठ गया। हाय, अभी थोड़े दिन पहले जो सुन्दरी पालकी पर सवार होकर आई थी, आज वह चार के कन्धे पर जा रही है।

मैं अर्थी के साथ हो लिया और वहां से लौटा तो रात के दस बज गए थे। मेरे पांव कांप रहे थे। मालूम नहीं, यह ख़बर पाकर गोपा की क्या दशा होगी। प्राणान्त न हो जाए, मुझे यही भय हो रहा था। सुन्नी उसकी प्राण थी। उसके जीवन का केन्द्र थी। उस दुखिया के उद्यान में यही एक पौधा बच रहा था। उसे वह हृदय-रक्त से सींचकर पाल रही थी। उसके वसन्त का सुनहरा स्वप्न ही उसका जीवन था – उसमें कोपलें निकलेंगी, फूल खिलेंगे, फल लगेंगे, चिड़ियां उसकी डालियों पर बैठकर अपने सुहाने राग गावेंगी; किन्तु आज निष्ठुर नियति ने उस जीवन-सूत्र को उखाड़कर फेंक दिया। और अब उसके जीवन का कोई आधार न था! वह बिन्दु ही मिट गया था, जिस पर जीवन की सारी रेखाएं आकर एकत्र हो जाती थीं।

दिल को दोनों हाथों से थामे, मैंने ज़ंजीर खटखटाई। गोपा एक लालटेन लिये निकली। मैंने गोपा के मुख पर एक नए आनन्द की झलक देखी।

मेरी शोक-मुद्रा देखकर उसने मातृवत प्रेम से मेरा हाथ पकड़ लिया और बोली – आज तो तुम्हें सारे दिन रोते ही कटा। अर्थी के साथ बहुत-से आदमी रहे होंगे? मेरे जी में भी आया कि चलकर सुन्नी का अन्तिम दर्शन कर लूं। लेकिन, मैंने सोचा – आज सुन्नी ही न रही, तो उसकी लाश में क्या रखा है! न गई।

मैं विस्मय से गोपा का मुंह देखने लगा, तो इसे यह शोक-समाचार मिल चुका है।

फिर भी यह शान्ति! और यह अविचल धैर्य? बोला – अच्छा किया न गई, रोना ही तो था।

'हां और क्या! रोती यहां भी, लेकिन तुमसे सच कहती हूं, दिल से नहीं रोई। न जाने कैसे आंसू निकल आए। मुझे तो सुन्नी की मौत से प्रसन्नता हुई। दुखिया अपनी मान-मर्यादा लिये संसार से विदा हो गई, नहीं तो न जाने क्या-क्या देखना पड़ता? इसलिए और भी प्रसन्न हूं कि उसने अपनी आन निभा दी। स्त्री को जीवन में प्यार न मिले, तो उसका अन्त हो जाना ही अच्छा। तुमने सुन्नी की मुद्रा देखी थी, लोग कहते हैं, ऐसा जान पड़ता था – मुस्कुरा रही है। मेरी सुन्नी सचमुच देवी थी। भैया, आदमी इसलिए थोड़े ही जीना चाहता है कि रोता रहे। जब मालूम हुआ कि जीवन में दुख के सिवा और कुछ नहीं है, तो आदमी जीकर क्या करे? किसलिए जिए? खाने और सोने और मर जाने के लिए? यह मैं नहीं कहती कि मुझे सुन्नी की याद न आएगी और मैं उसे याद करके रोऊंगी नहीं; लेकिन वह शोक के आंसू न होंगे, हर्ष के आंसू होंगे। बहादुर बेटे की मां उसकी वीरगति पर प्रसन्न होती है। सुन्नी की मौत में क्या कुछ कम गौरव है, उसकी आत्मा से यह आनन्द भी छीन लूं? लेकिन अब रात ज़्यादा हो गई है। ऊपर जाकर सो रहो! मैंने तुम्हारी चारपाई बिछा दी है; मगर देखो, अकेले पड़े-पड़े रोना नहीं। सुन्नी ने वही किया, जो उसे करना चाहिए था। उसके पिता होते तो आज सुन्नी की प्रतिमा बनाकर पूजते।'

मैं ऊपर जाकर लेटा तो मेरे दिल का बोझा बहुत हल्का हो गया था; किन्तु रह-रहकर यह सन्देह हो जाता था कि गोपा की यह शान्ति उसकी अपार व्यथा का ही रूप तो नहीं है।

नशा

ईश्वरी एक बड़े ज़मींदार का लड़का था और मैं एक गरीब क्लर्क था, जिसके पास मेहनत-मजूरी के सिवा और कोई जायदाद न थी। हम दोनों में परस्पर बहसें होती रहती थीं। मैं ज़मींदारी की बुराई करता, उन्हें हिंसक पशु और ख़ून चूसने वाली जोंक और वृक्षों की चोटी पर फूलने वाला बंझा कहता। वह ज़मींदारों का पक्ष लेता; पर स्वभावतः उसका पहलू कुछ कमज़ोर होता था, क्योंकि उसके पास ज़मींदारों के अनुकूल कोई दलील न थी। यह कहना कि सभी मनुष्य बराबर नहीं होते, छोटे-बड़े हमेशा होते रहते हैं और होते रहेंगे, लचर दलील थी। किसी मानुषीय या नैतिक नियम से इस व्यवस्था का औचित्य सिद्ध करना कठिन था। मैं इस वाद-विवाद की गरमा-गरमी में अक्सर तेज़ हो जाता और लगने वाली बातें कह जाता; लेकिन ईश्वरी हारकर भी मुस्कुराता रहता था। मैंने उसे कभी गरम होते नहीं देखा। शायद इसका कारण यह था कि वह अपने पक्ष की कमजोरी समझता था। नौकरों से वह सीधे मुंह बात न करता था। अमीरों में जो एक बेदर्दी और उदंडता होती है, उसका उसे भी प्रचुर भाग मिला था। नौकर ने बिस्तर लगाने में ज़रा भी देर की, दूध ज़रूरत से ज़्यादा गरम या ठंडा हुआ; साइकिल अच्छी तरह साफ़ नहीं हुई, तो वह आपे से बाहर हो जाता। सुस्ती बदतमीज़ी उसे ज़रा भी बरदाश्त न थी, पर दोस्तों से और विशेषकर मुझसे उसका व्यवहार सौहार्द और नम्रता से भरा होता था। शायद उसकी जगह मैं होता, तो मुझमें भी वही कठोरताएं पैदा हो जातीं; जो उसमें थीं; क्योंकि मेरा लोक-प्रेम सिद्धान्तों पर नहीं, निजी दशाओं पर टिका हुआ था; लेकिन वह मेरी जगह होकर भी शायद अमीर ही रहता, क्योंकि वह प्रकृति से ही विलासी और ऐश्वर्य-प्रिय था।

अबकी दशहरे की छुट्टियों में मैंने निश्चय किया कि घर न जाऊंगा। मेरे पास किराये के लिए रुपये न थे और न मैं घरवालों को तकलीफ़ देना चाहता था। मैं जानता हूं वे मुझे जो कुछ देते हैं वह उनकी हैसियत से बहुत ज़्यादा है। इसके साथ ही परीक्षा का भी ख़याल था। अभी बहुत-कुछ पढ़ना बाक़ी था और घर जाकर कौन पढ़ता है। बोर्डिंग हाउस में भूत की तरह अकेले पड़े रहने को भी जी न चाहता था। लेकिन जब ईश्वरी ने मुझे अपने घर चलने का नेवता दिया, तो मैं बिना आग्रह के राज़ी हो गया। ईश्वरी के साथ परीक्षा की तैयारी ख़ूब हो जाएगी। वह अमीर होकर भी मेहनती और ज़हीन है।

उसने इसके साथ ही कहा – लेकिन भाई, एक बात का ख़याल रखना। वहां अगर ज़मींदारों की निन्दा की तो मुआमिला बिगड़ जाएगा और मेरे घरवालों को बुरा लगेगा। वह लोग तो असामियों पर इसी दावे से शासन करते हैं कि ईश्वर ने असामियों को उनकी

सेवा के लिए पैदा किया है। असामी भी यही समझता है। अगर उसे सुझा दिया जाए कि ज़मींदार और असामी में कोई मौलिक भेद नहीं है, तो ज़मींदारी का कहीं पता न लगे।

मैंने कहा – तो क्या तुम समझते हो कि मैं वहां जाकर कुछ और हो जाऊंगा?

'हां, मैं तो यही समझता हूं।'

'तो तुम ग़लत समझते हो।'

ईश्वरी ने इसका कोई जवाब न दिया। कदाचित उसने इस मुआमले को मेरे विवेक पर छोड़ दिया और बहुत अच्छा किया। अगर वह अपनी बात पर अड़ता, तो मैं भी ज़िद पकड़ लेता।

2

सेकेंड क्लास तो क्या मैंने कभी इंटर क्लास में भी सफ़र न किया था। अबकी सेकेंड क्लास में सफ़र करने का सौभाग्य प्राप्त हुआ। गाड़ी तो नौ बजे रात को आती थी, पर यात्रा के हर्ष में हम शाम को ही स्टेशन जा पहुंचे। कुछ देर इधर-उधर सैर करने के बाद रिफ्रेशमेंट रूम में जाकर हम लोगों ने भोजन किया। मेरी वेश-भूषा और रंग-ढंग से पारखी खानसामों को यह पहचानने में देर न लगी कि मालिक कौन है और पिछलग्गू कौन; लेकिन न जाने मुझे उनकी गुस्ताख़ी बुरी लग रही थी। पैसे ईश्वरी की जेब से गए। शायद मेरे पिता को जो वेतन मिलता है, उससे ज़्यादा इन खानसामों को इनाम-इकराम में मिल जाता हो। एक अठन्नी तो चलते समय ईश्वरी ही ने दी। फिर भी मैं उन सबों से उसी तत्परता और विनय की प्रतीक्षा करता था, जिससे वे ईश्वरी की सेवा कर रहे थे! ईश्वरी के हुक्म पर सब-के-सब क्यों दौड़ते हैं, लेकिन मैं कोई चीज़ मांगता हूं, तो इतना उत्साह नहीं दिखाते? मुझे भोजन में कुछ स्वाद न मिला। वह भेद मेरे ध्यान को सम्पूर्ण रूप से अपनी ओर खींचे हुए था।

गाड़ी आई, हम दोनों सवार हुए। खानसामों ने ईश्वरी को सलाम किया। मेरी ओर देखा भी नहीं।

ईश्वरी ने कहा – कितने तमीज़दार हैं ये सब। एक हमारे नौकर हैं कि कोई काम करने का ढंग नहीं।

मैंने खट्टे मन से कहा – इसी तरह अगर तुम अपने नौकरों को भी आठ आने रोज़ इनाम दिया करो, तो शायद इससे ज़्यादा तमीज़दार हो जाएं।

'तो क्या तुम समझते हो, यह सब केवल इनाम के लालच से इतना अदब करते हैं?'

'जी नहीं, कदापि नहीं। तमीज़ और अदब तो इनके रक्त में मिल गया है।'

गाड़ी चली। डाक थी। प्रयाग से चली तो प्रतापगढ़ जाकर रुकी। एक आदमी ने हमारा कमरा खोला। मैं तुरन्त चिल्ला उठा दूसरा दरजा है – सेकेंड क्लास है।

उस मुसाफ़िर ने डिब्बे के अन्दर आकर मेरी ओर एक विचित्र उपेक्षा की दृष्टि से देखकर कहा – जी हां, सेवक भी इतना समझता है, और बीच वाले बर्थ पर बैठ गया। मुझे कितनी लज्जा आई, कह नहीं सकता।

भोर होते-होते हम लोग मुरादाबाद पहुंचे। स्टेशन पर कई आदमी हमारा स्वागत करने के लिए खड़े थे। दो भद्र पुरुष थे। पांच बेगार। बेगारों ने हमारा लगेज उठाया। दोनों भद्र पुरुष पीछे-पीछे चले। एक मुसलमान था, रियासत अली; दूसरा ब्राह्मण था, रामहरख। दोनों ने मेरी ओर अपरिचित नेत्रों से देखा, मानो कह रहे हैं, तुम कौवे होकर हंस के साथ कैसे?

रियासत अली ने ईश्वरी से पूछा – यह बाबू साहब क्या आपके साथ पढ़ते हैं?

ईश्वरी ने जवाब दिया – हां, साथ पढ़ते भी हैं, और साथ रहते भी हैं! यों कहिए कि आप ही की बदौलत मैं इलाहाबाद पड़ा हुआ हूं, नहीं कब का लखनऊ चला आया होता। अबकी मैं उन्हें घसीट लाया। इनके घर से कई तार आ चुके थे; मगर मैंने इनकारी जवाब दिलवा दिए। आखिरी तार तो अर्जेंट था, जिसकी फीस चार आने प्रति शब्द है; पर यहां से भी उसका जवाब इनकारी ही गया।

दोनों सज्जनों ने मेरी ओर चकित नेत्रों से देखा। आतंकित हो जाने की चेष्टा करते हुए जान पड़े।

रियासत अली ने अर्द्ध शंका के स्वर में कहा – लेकिन आप बड़े सादे लिबास में रहते हैं!

ईश्वरी ने शंका निवारण की – महात्मा गांधी के भक्त हैं साहब! खद्दर के सिवा कुछ पहनते ही नहीं। पुराने सारे कपड़े जला डाले! यों कहो कि राजा हैं। ढाई लाख सालाना की रियासत है; पर आपकी मूरत देखो तो मालूम होता है, अभी अनाथालय से पकड़कर आए हैं।

रामहरख बोले – अमीरों का ऐसा स्वभाव बहुत कम देखने में आता है। कोई भांप ही नहीं सकता।

रियासत अली ने समर्थन किया – आपने महाराज चांगली को देखा होता, तो दांतों तले उंगली दबाते। एक गाढ़े की मिर्ज़ई और चमरौधे जूते पहने बाज़ारों में घूमा करते थे। सुनते हैं, एक बार बेगार में पकड़े गए थे और उन्हीं ने दस लाख से कॉलेज खोल दिया।

मैं मन में कटा जा रहा था; पर न जाने क्या बात थी कि यह सफ़ेद झूठ उस वक़्त मुझे हास्यास्पद न जान पड़ा। उसके प्रत्येक वाक्य के साथ मानो मैं उस कल्पित वैभव के समीपतर आता जाता था।

मैं शहसवार नहीं हूं। हां, लड़कपन में कई बार लद्दू घोड़ों पर सवार हुआ हूं। यहां देखा तो दो कलां-रास घोड़े हमारे लिए तैयार खड़े थे। मेरी तो जान ही निकल गई। सवार तो हुआ; पर बोटियां कांप रही थीं। मैंने चेहरे पर शिकन न पड़ने दिया। घोड़े को ईश्वरी के पीछे डाल दिया। ख़ैरियत यह हुई कि ईश्वरी ने घोड़े को तेज़ न किया, वरना शायद मैं

हाथ-पांव तुड़वाकर लौटता। सम्भव है, ईश्वरी ने समझ लिया हो कि वह कितने पानी में है।

3

ईश्वरी का घर क्या था, किला था। इमामबाड़े का-सा फाटक, द्वार पर पहरेदार टहलता हुआ, नौकरों का कोई हिसाब नहीं, एक हाथी बंधा हुआ। ईश्वरी ने अपने पिता, चाचा, ताऊ आदि सबसे मेरा परिचय कराया, और उसी अतिशयोक्ति के साथ। ऐसी हवा बांधी कि कुछ न पूछिए। नौकर-चाकर ही नहीं, घर के लोग भी मेरा सम्मान करने लगे। देहात के ज़मींदार, लाखों का मुनाफ़ा, मगर पुलिस कांसटेबिल को भी अफ़सर समझने वाले। कई महाशय तो मुझे हुज़ूर-हुज़ूर कहने लगे।

जब ज़रा एकान्त हुआ, तो मैंने ईश्वरी से कहा – तुम बड़े शैतान हो यार, मेरी मिट्टी क्यों पलीद कर रहे हो?

ईश्वरी ने सुदृढ़ मुस्कान के साथ कहा – इन गधों के सामने यही चाल ज़रूरी थी; वरना सीधे मुंह बोलते भी नहीं।

ज़रा देर बाद एक नाई हमारे पांव दबाने आया। कुंवर लोग स्टेशन से आए हैं, थक गए होंगे। ईश्वरी ने मेरी ओर इशारा करके कहा – पहले कुंवर साहब के पांव दबा।

मैं चारपाई पर लेटा हुआ था। मेरे जीवन में ऐसा शायद ही कभी हुआ हो कि किसी ने मेरे पांव दबाए हों। मैं इसे अमीरों के चोंचले, रईसों का गधापन और बड़े आदमियों की मुटमरदी और जाने क्या-क्या कहकर ईश्वरी का परिहास किया करता और आज मैं पोतड़ों का रईस बनने का स्वांग भर रहा था!

इतने में दस बज गए। पुरानी सभ्यता के लोग थे। नई रोशनी अभी केवल पहाड़ की चोटी तक पहुंच पाई थी। अन्दर से भोजन का बुलावा आया। हम स्नान करने चले। मैं हमेशा अपनी धोती खुद छांट लिया करता हूं; मगर यहां मैंने ईश्वरी की ही भांति अपनी धोती भी छोड़ दी। अपने हाथों अपनी धोती छांटते शर्म आ रही थी। अन्दर भोजन करने चले। होटल में जूते पहने मेज़ पर डटते थे। यहां पांव धोना आवश्यक था। कहार पानी लिये खड़ा था। ईश्वरी ने पांव बढ़ा दिए। कहार ने उसके पांव धोए। मैंने भी पांव बढ़ा दिए। कहार ने मेरे भी धोए। मेरा वह विचार न जाने कहां चला गया था।

4

सोचा था, वहां देहात में एकाग्र होकर खूब पढ़ेंगे; पर वहां सारा दिन सैर-सपाटे में कट जाता था। कहीं नदी में बजरे पर सैर कर रहे हैं; कहीं मछलियों या चिड़ियों का शिकार खेल रहे हैं,

कहीं पहलवानों की कुश्ती देख रहे हैं, कहीं शतरंज पर जमे हैं। ईश्वरी खूब अंडे मंगवाता और कमरे में 'स्टोव' पर आमलेट बनते। नौकरों का एक जत्था हमेशा घेरे रहता। अपने हाथ-पांव को हिलाने की कोई ज़रूरत नहीं। केवल एक ज़बान हिला देना काफ़ी है। नहाने बैठे तो आदमी नहलाने को हाज़िर, लेटे तो आदमी पंखा झलने को खड़े। मैं महात्मा गांधी का कुंअर चेला मशहूर था। भीतर से बाहर तक मेरी धाक थी। नाश्ते में ज़रा भी देर न होने पाए, कहीं कुंअर साहब नाराज़ न हो जाएं, बिछावन ठीक समय पर लग जाए, कुंअर साहब के सोने का समय आ गया। मैं ईश्वरी से भी ज़्यादा नाजुक दिमाग़ बन गया था, या बनने पर मजबूर किया गया था। ईश्वरी अपने हाथ से बिस्तर बिछा ले; लेकिन कुंअर मेहमान अपने हाथों से कैसे अपना बिछावन बिछा सकते हैं! उनकी महानता में बट्टा लग जाएगा।

एक दिन सचमुच यही बात हो गई। ईश्वरी घर में थे। शायद अपनी माता से कुछ बातचीत करने में देर हो गई। यहां दस बज गए। मेरी आंखें नींद से झपक रही थीं; मगर बिस्तर कैसे लगाऊं? कुंअर जो ठहरा। कोई साढ़े ग्यारह बजे महरा आया। बड़ा मुंहलगा नौकर था। घर के धन्धों में मेरा बिस्तर लगाने की उसे सुधि ही न रही। अब जो याद आई, तो भागा हुआ आया। मैंने ऐसी डांट बताई कि उसने भी याद किया होगा।

ईश्वरी मेरी डांट सुनकर बाहर निकल आया और बोला – तुमने बहुत अच्छा किया। यह सब हरामख़ोर इसी व्यवहार के योग्य हैं।

इसी तरह ईश्वरी एक दिन एक जगह दावत में गया था। शाम हो गई; पर लैम्प न जला। लैम्प मेज़ पर रखा हुआ था। दियासलाई भी वहीं थी, लेकिन ईश्वरी खुद कभी लैम्प नहीं जलाता। फिर कुंवर साहब कैसे जलाएं? मैं झुंझला रहा था। समाचार-पत्र आया रखा हुआ था। जी उधर लगा हुआ था; पर लैम्प नदारत। दैवयोग उसी वक़्त मुंशी रियासत अली आ निकले। मैं उन्हीं पर उबल पड़ा। ऐसी फटकार बताई कि बेचारा उल्लू हो गया – तुम लोगों को इतनी फ़िक्र भी नहीं कि लैम्प जलवा दो! मालूम नहीं, ऐसे कामचोर आदमियों का यहां कैसे गुज़र होता है। मेरे यहां घंटे-भर निर्वाह न हो। रियासत अली ने कांपते हुए हाथों से लैम्प जला दिया।

वहां एक ठाकुर अक्सर आया करता था। कुछ मनचला आदमी था, महात्मा गांधी का परम भक्त। मुझे महात्मा जी का चेला समझकर मेरा लिहाज करता था; पर मुझसे कुछ पूछते संकोच करता था। एक दिन मुझे अकेला देखकर आया और हाथ बांधकर बोला – सरकार तो गांधी बाबा के चेले हैं न? लोग कहते हैं कि यहां सुराज हो जाएगा तो ज़मींदार न रहेंगे।

मैंने शान जमाई – ज़मींदारों के रहने की ज़रूरत ही क्या है? यह लोग गरीबों का खून चूसने के सिवा और क्या करते हैं?

ठाकुर ने फिर पूछा – तो क्या सरकार, सब ज़मींदारों की ज़मीन छीन ली जाएगी?

मैंने कहा – बहुत-से लोग ख़ुशी से दे देंगे। जो लोग ख़ुशी से न देंगे उनकी ज़मीन छीननी ही पड़ेगी। हम लोग तो तैयार बैठे हुए हैं। ज्यों ही स्वराज्य हुआ, अपने सारे इलाके असामियों के नाम हिब्बा कर देंगे।

मैं कुर्सी पर पांव लटकाए बैठा था। ठाकुर मेरे पांव दबाने लगा। फिर बोला – आजकल जमींदार लोग बड़ा जुलुम करते हैं सरकार! हमें भी हुज़ूर अपने इलाक़े में थोड़ी-सी जमीन दे दें; तो चलकर वहीं आपकी सेवा में रहें।

मैंने कहा – अभी तो मेरा कोई अख़्तियार नहीं है भाई, लेकिन ज्यों ही अख़्तियार मिला, मैं सबसे पहले तुम्हें बुलाऊंगा। तुम्हें मोटर-ड्राइवरी सिखाकर अपना ड्राइवर बना लूंगा।

सुना, उस दिन ठाकुर ने खूंब भंग पी और अपनी स्त्री को खूंब पीटा और गांव के महाजन से लड़ने पर तैयार हो गया।

5

छुट्टी इस तरह तमाम हुई और हम फिर प्रयाग चले। गांव के बहुत-से लोग हम लोगों को पहुंचाने आए। ठाकुर तो हमारे साथ स्टेशन तक आया। मैंने भी अपना पार्ट खूंब सफ़ाई से खेला और अपनी कुबेरोचित विनय और देवत्व की मुहर हरेक हृदय पर लगा दी। जी तो चाहता था, हरेक को अच्छा इनाम दूं, लेकिन यह सामर्थ्य कहां थी? वापसी टिकट था ही, केवल गाड़ी में बैठना था; पर गाड़ी आई तो ठसाठस भरी हुई। दुर्गा-पूजा की छुट्टियां भोगकर सभी लोग लौट रहे थे। सेकेंड क्लास में तिल रखने की जगह नहीं। इंटर क्लास की हालत उससे भी बदतर। यह आख़िरी गाड़ी थी। किसी तरह रुक न सकते थे। बड़ी मुश्किल से तीसरे दर्जे में जगह मिली। हमारे ऐश्वर्य ने वहां अपना रंग जमा लिया; मगर मुझे उसमें बैठना बुरा लग रहा था। आए थे आराम से लेटे-लेटे, जा रहे थे सिकुड़े हुए। पहलू बदलने की भी जगह न थी।

कई आदमी पढ़े-लिखे भी थे। आपस में अंग्रेजी राज्य की तारीफ़ करते जा रहे थे। एक महाशय बोले – ऐसा न्याय तो किसी राज्य में नहीं देखा। छोटे-बड़े सब बराबर। राजा भी किसी पर अन्याय करे, तो अदालत उसकी भी गरदन दबा देती है।

दूसरे सज्जन ने समर्थन किया – अरे साहब, आप खुद बादशाह पर दावा कर सकते हैं! अदालत में बादशाह पर डिग्री हो जाती है।

एक आदमी, जिसकी पीठ पर बड़ा-सा गट्ठर बंधा था, कोलकाता जा रहा था। कहीं गठरी रखने की जगह न मिलती थी। पीठ पर बांधे हुए था। इससे बेचैन होकर बार-बार द्वार पर खड़ा हो जाता। मैं द्वार के पास ही बैठा हुआ था। उसका बार-बार आकर मेरे मुंह को अपनी गठरी से रगड़ना मुझे बहुत बुरा लग रहा था। एक तो हवा यों ही कम थी, दूसरे

उस गंवार का आकर मेरे मुंह पर खड़ा हो जाना मानो मेरा गला दबाना था। मैं कुछ देर जब्त किए बैठा रहा। एकाएक मुझे क्रोध आ गया। मैंने उसे पकड़कर ढकेल दिया और दो तमाचे ज़ोर-ज़ोर से लगाए।

उसने आंखें निकालकर कहा – क्यों मारते हो बाबू जी, हमने भी किराया दिया है।

मैंने उठकर दो-तीन तमाचे और जड़ दिए।

गाड़ी में तूफ़ान आ गया। चारों ओर से मुझ पर बौछार पड़ने लगी।

'अगर इतने नाजुक मिज़ाज हो, तो अव्वल दर्जे में क्यों नहीं बैठे?'

'कोई बड़ा आदमी होगा तो अपने घर का होगा। मुझे इस तरह मारते, तो दिखा देता।'

'क्या क़सूर किया था बेचारे ने? गाड़ी में सांस लेने की जगह नहीं, खिड़की पर ज़रा सांस लेने खड़ा हो गया तो उस पर इतना क्रोध! अमीर होकर क्या आदमी अपनी इंसानियत बिल्कुल खो देता है?'

'यह भी अंग्रेज़ी राज है, जिसका आप बखान कर रहे थे!'

एक ग्रामीण बोला – दफ़्तरन मां घुसन तो पावत नहीं, उस पर इत्ता मिज़ाज!

ईश्वरी ने अंग्रेज़ी में कहा – व्हाट एन इडियट यू आर बिर!

और मेरा नशा कुछ-कुछ उतरता हुआ मालूम होता था।

स्वामिनी

शिवदास ने भंडारे की कुंजी अपनी बहू रामप्यारी के सामने फेंककर अपनी बूढ़ी आंखों में आंसू भरकर कहा – बहू, आज से गिरस्ती की देखभाल तुम्हारे ऊपर है। मेरा सुख भगवान से नहीं देखा गया, नहीं तो क्या जवान बेटे को यों ही छीन लेते। उसका काम करने वाला तो कोई चाहिए। एक हल तोड़ दूं तो गुज़ारा न होगा। मेरे ही कुकर्म से भगवान का यह कोप आया है, और मैं ही अपने माथे पर उसे लूंगा। बिरजू का हल अब मैं ही संभालूंगा। अब घर की देख-रेख करने वाला, धरने-उठाने वाला तुम्हारे सिवा दूसरा कौन है? रोओ मत बेटा, भगवान की जो इच्छा थी, वह हुआ; और जो इच्छा होगी, वह होगा। हमारा-तुम्हारा क्या बस है? मेरे जीते-जी तुम्हें कोई टेढ़ी आंख से देख भी न सकेगा। तुम किसी बात की सोच मत करो। बिरजू गया, तो मैं तो अभी बैठा ही हुआ हूं।

रामप्यारी और रामदुलारी दो सगी बहनें थीं। दोनों का विवाह – मथुरा और बिरजू – दो सगे भाइयों से हुआ। दोनों बहनें नैहर की तरह ससुराल में भी प्रेम और आनन्द से रहने लगीं। शिवदास को पेंशन मिली। दिन-भर द्वार पर बैठे गप-शप करते। भरा-पूरा परिवार देख-देखकर प्रसन्न होते और अधिकतर धर्म-चर्चा में लगे रहते थे। लेकिन दैवगति से बड़ा लड़का बिरजू बीमार पड़ा और आज उसे मरे हुए पन्द्रह दिन बीत गए। आज क्रिया-कर्म से फ़ुरसत मिली और शिवदास ने सच्चे कर्मवीर की भांति फिर जीवन-संग्राम के लिए कमर कस ली। मन में उसे चाहे कितना ही दुःख हुआ हो, उसे किसी ने रोते नहीं देखा। आज अपनी बहू को देखकर एक क्षण के लिए उसकी आंखें सजल हो गईं; लेकिन उसने मन को संभाला और रुद्ध-कंठ से उसे दिलासा देने लगा। कदाचित उसने सोचा था, घर की स्वामिनी बनकर विधवा के आंसू पुंछ जाएंगे, कम-से-कम उसे इतना परिश्रम न करना पड़ेगा; इसलिए उसने भंडारे की कुंजी बहू के सामने फेंकी थी। वैधव्य की व्यथा को स्वामित्व के गर्व से दबा देना चाहता था।

रामप्यारी ने पुलकित कंठ से कहा – यह कैसे हो सकता है दादा, कि तुम मेहनत-मजूरी करो और मैं मालकिन बनकर बैठूं? काम-धन्धे में लगी रहूंगी, तो मन बहलता रहेगा, बैठे-बैठे तो रोने के सिवा और कुछ न होगा।

शिवदास ने समझाया – बेटा, दैवगति से तो किसी का बस नहीं। रोने-धोने से हलाकानी के सिवा और क्या हाथ आएगा? घर में भी तो बीसों काम हैं। कोई साधु-सन्त आ जाएं, कोई पाहुना ही आ पहुंचे, उनके सेवा-सत्कार के लिए किसी को तो घर पर रहना ही पड़ेगा।

बहू ने बहुत-से हीले किए, पर शिवदास ने एक न सुनी।

2

शिवदास के बाहर चले जाने पर रामप्यारी ने कुंजी उठाई, तो उसे मन में अपूर्व गौरव और उत्तरदायित्व का अनुभव हुआ। ज़रा देर के लिए पति-वियोग का दुःख उसे भूल गया। उसकी छोटी बहन और देवर दोनों काम करने गए हुए थे। शिवदास बाहर था। घर बिल्कुल खाली था। इस वक़्त वह निश्चिन्त होकर भंडारे को खोल सकती है! उसमें क्या-क्या सामान है, क्या-क्या विभूति है, यह देखने के लिए उसका मन लालायित हो उठा। इस घर में वह कभी न आई थी। जब कभी किसी को कुछ देना या किसी से कुछ लेना होता था, तभी शिवदास आकर इस कोठरी को खोला करता था। फिर उसे बन्द कर वह ताली अपनी कमर में रख लेता था। रामप्यारी कभी-कभी द्वार की दराजों से भीतर झांकती थी, पर अंधेरे में कुछ न दिखाई देता था। सारे घर के लिए वह कोठरी कोई तिलस्म या रहस्य था, जिसके विषय में भांति-भांति की कल्पनाएं होती रहती थीं। आज रामप्यारी को वह रहस्य खोलकर देखने का अवसर मिल गया। उसने बाहर का द्वार बन्द कर दिया कि कोई उसे भंडारा खोलते न देख ले, नहीं सोचेगा, बेज़रूरत इसने क्यों खोला? तब आकर कांपते हुए हाथों से ताला खोला। उसकी छाती धड़क रही थी कि कोई द्वार न खटखटाने लगे। अन्दर पांव रखा तो उसे कुछ उसी प्रकार का, लेकिन उससे कहीं तीव्र आनन्द हुआ जो उसे अपने गहने-कपड़े की पिटारी खोलने में होता था। मटकों में गुड़, शक्कर, गेहूं, जौ आदि चीजें रखी हुई थीं। एक किनारे बड़े-बड़े बरतन भरे थे, जो शादी-ब्याह के अवसर पर निकाले जाते थे, या मांगे दिए जाते थे। एक आले पर मालगुज़ारी की रसीदें और लेन-देन के पुरजे बंधे हुए रखे थे। कोठरी में एक विभूति-सी छाई थी। मानो लक्ष्मी अज्ञात रूप से यहां विराज रही हों। उस विभूति की छाया में रामप्यारी आधे घंटे तक बैठी अपनी आत्मा को तृप्त करती रही। प्रतिक्षण उसके हृदय पर ममत्व का नशा-सा छाया जा रहा था। जब वह उस कोठरी से निकली, तो उसके मन के संस्कार बदल गए थे, मानो किसी ने उस पर मन्त्र डाल दिया हो।

उसी समय द्वार पर किसी ने आवाज़ दी। उसने तुरन्त भंडारे का द्वार बन्द किया और जाकर सदर दरवाज़ा खोल दिया। देखा तो पड़ोसिन झुनिया खड़ी है और एक रुपया मांग रही है।

रामप्यारी ने रुखाई से कहा – अभी तो एक पैसा घर में नहीं है जीजी, क्रिया-कर्म में सब ख़र्च हो गया।

झुनिया चकरा गई। चौधरी के घर में इस समय एक रुपया भी नहीं है, यह विश्वास करने की बात न थी। जिसके यहां सैकड़ों का लेन-देन है, वह सब-कुछ क्रिया-कर्म में

नहीं ख़र्च कर सकता। अगर शिवदास ने यह बहाना किया होता, तो उसे आश्चर्य न होता। रामप्यारी तो अपने सरल स्वभाव के लिए गांव में मशहूर थी। अक्सर शिवदास की आंखें बचाकर पड़ोसियों को इच्छित वस्तुएं दे दिया करती थी। अभी कल ही उसने जानकी को सेर-भर दूध दे दिया था। यहां तक कि अपने गहने तक मांगे दे देती थी। कृपण शिवदास के घर में ऐसी सखरज बहू का आना गांव वाले अपने सौभाग्य की बात समझते थे। झुनिया ने चकित होकर कहा – ऐसा न कहो जीजी, बड़े गाढ़े में पड़कर आई हूं, नहीं तुम जानती हो, मेरी आदत ऐसी नहीं है। बाक़ी का एक रुपया देना है। प्यादा द्वार पर खड़ा बक-झक रहा है। रुपया दे दो, तो किसी तरह यह विपत्ति टले। मैं आज के आठवें दिन आकर दे जाऊंगी। गांव में और कौन घर है, जहां मांगने जाऊं?

प्यारी टस से मस न हुई।

उसके जाते ही प्यारी सांझ के लिए रसोई-पानी का इन्तज़ाम करने लगी। पहले चावल-दाल बिनना अपाढ़ लगता था और रसोई में जाना तो सूली पर चढ़ने से कम न था। कुछ देर दोनों बहनों में झांव-झांव होती, तब शिवदास आकर कहते, क्या आज रसोई न बनेगी, तो दो में से एक उठती और मोटे-मोटे टिक्कड़ लगाकर रख देती, मानो बैलों का रातिब हो। आज प्यारी तन-मन से रसोई के प्रबन्ध में लगी हुई है। अब वह घर की स्वामिनी है।

तब उसने बाहर निकलकर देखा, कितना कूड़ा-करकट पड़ा हुआ है। बुढ़ऊ दिन-भर मक्खी मारा करते हैं, इतना भी नहीं होता कि ज़रा झाड़ू ही लगा दें। अब क्या इनसे इतना भी न होगा? द्वार ऐसा चिकना चाहिए कि देखकर आदमी का मन प्रसन्न हो जाए। यह नहीं कि उबकाई आने लगे। अभी कह दूं, तो तिनक उठेंगे। अच्छा, यह मुन्नी नांद से अलग क्यों खड़ी है?

उसने मुन्नी के पास जाकर नांद में झांका। दुर्गन्ध आ रही थी। ठीक! मालूम होता है, महीनों से पानी ही नहीं बदला गया। इस तरह तो गाय रह चुकी। अपना पेट भर लिया, छुट्टी हुई, और किसी से क्या मतलब? हां, दूध सबको अच्छा लगता है। दादा द्वार पर बैठे चिलम पी रहे हैं, मगर इतना नहीं होता कि चार घड़ा पानी नांद में डाल दें। मजूर रखा है, वह भी तीन कौड़ी का। खाने को डेढ़ सेर; काम करते नानी मरती है। आज आते हैं तो पूछती हूं, नांद में पानी क्यों नहीं बदला। रहना हो रहे या जाए। आदमी बहुत मिलेंगे। चारों ओर तो लोग मारे-मारे फिर रहे हैं।

आख़िर उससे न रहा गया। घड़ा उठाकर पानी लाने चली।

शिवदास ने पुकारा – पानी क्या होगा बहू? इसमें पानी भरा हुआ है।

प्यारी ने कहा – नांद का पानी सड़ गया है। मुन्नी भूसे में मुंह नहीं डालती। देखते नहीं हो, कोस-भर पर खड़ी है।

शिवदास मार्मिक भाव से मुस्कुराए और आकर बहू के हाथ से घड़ा ले लिया।

3

कई महीने बीत गए। प्यारी के अधिकार में आते ही उस घर में जैसे बसन्त आ गया। भीतर-बाहर जहां देखिए, किसी निपुण प्रबन्धक के हस्त-कौशल, सुविचार और सुरुचि के चिह्न दीखते थे। प्यारी ने गृहमन्त्र की ऐसी चाबी कस दी थी कि सभी पुरजे ठीक-ठीक चलने लगे थे। भोजन पहले से अच्छा मिलता, समय पर मिलता है। दूध ज़्यादा होता है, घी ज़्यादा होता है, और काम ज़्यादा होता है। प्यारी न ख़ुद विश्राम लेती है, न दूसरों को विश्राम लेने देती है। घर में कुछ ऐसी बरकत आ गई है कि जो चीज़ मांगो, घर ही में निकल आती है। आदमी से लेकर जानवर तक सभी स्वस्थ दिखाई देते हैं। अब वह पहले की-सी दशा नहीं है कि कोई चीथड़े लपेटे घूम रहा है, किसी को गहने की धुन सवार है। हां, अगर कोई रुग्ण और चिन्तित तथा मलिन वेश में है, तो वह प्यारी है; फिर भी सारा घर उससे जलता है। यहां तक कि बूढ़े शिवदास भी कभी-कभी उसकी बदगोई करते हैं। किसी को पहर रात रहे उठना अच्छा नहीं लगता। मेहनत से सभी जी चुराते हैं। फिर भी यह सब मानते हैं कि प्यारी न हो तो घर का काम न चले। और-तो-और, दोनों बहनों में भी उतना अपनापन नहीं है।

प्रातःकाल का समय था। दुलारी ने हाथों के कड़े लाकर प्यारी के सामने पटक दिए और घुन्नाई हुई बोली – लेकर इसे भी भंडारे में बन्द कर दे।

प्यारी ने कड़े उठा लिये और कोमल स्वर में कहा – कह तो दिया, हाथ में रुपये आने दे, बनवा दूंगी। अभी ऐसा घिस नहीं गया है कि आज ही उतारकर फेंक दिया जाए।

दुलारी लड़ने को तैयार होकर आई थी। बोली – तेरे हाथ में काहे को कभी रुपये आएंगे और काहे को कड़े बनेंगे। जोड़-जोड़ रखने में मज़ा आता है न?

प्यारी ने हंसकर कहा- जोड़-जोड़ रखती हूं, तो तेरे ही लिए कि मेरा कोई और बैठा हुआ है, कि मैं सबसे ज़्यादा खा-पहन लेती हूं, मेरा अनन्त कब का टूटा पड़ा है।

दुलारी – तुम न खाओ-पहनो, जस तो पाती हो, यहां खाने-पहनने के सिवा और क्या है? तुम्हारा हिसाब-किताब नहीं जानती, मेरे कड़े आज बनने को भेज दो।

प्यारी ने सरल विनोद के भाव से पूछा – रुपये न हों, तो कहां से लाऊं?

दुलारी ने उदंडता के साथ कहा- मुझे इससे कोई मतलब नहीं। मैं तो कड़े चाहती हूं।

इसी तरह घर के सब आदमी अपने-अपने अवसर पर प्यारी को दो-चार खोटी-खरी सुना जाते थे। और वह ग़रीब सबकी धौंस हंसकर सहती थी। स्वामिनी का तो यह धर्म ही है कि सबकी धौंस सुन ले और करे वही, जिसमें घर का कल्याण हो। स्वामित्व के कवच पर धौंस, ताने, धमकी—किसी का असर न होता। उसकी स्वामिनी-कल्पना इन आघातों में और भी स्वस्थ होती थी। वह गृहस्थी की संचालिका है। सभी अपने-अपने दुःख उसी के सामने रोते हैं, पर जो कुछ वह कहती है, वही होता है। इतना उसे प्रसन्न करने के लिए काफ़ी था।

गांव में प्यारी की सराहना होती थी। अभी उम्र ही क्या है, लेकिन सारे घर को संभाले हुए है। चाहती तो सगाई करके चैन से रहती। इस घर के पीछे अपने को मिटाए देती है। कभी किसी से हंसती-बोलती भी नहीं। जैसे कायापलट हो गई।

कई दिन बाद दुलारी के कड़े बनकर आ गए। प्यारी खुद सुनार के घर दौड़-दौड़ गई।

सन्ध्या हो गई थी। दुलारी और मथुरा हार से लौटे। प्यारी ने नए कड़े दुलारी को दिए। दुलारी निहाल हो गई। चटपट कड़े पहने और दौड़ी हुई बरौठे में जाकर मथुरा को दिखाने लगी। प्यारी बरौठे के द्वार पर छिपी खड़ी यह दृश्य देखने लगी। उसकी आंखें सजल हो गईं। दुलारी उससे कुल तीन ही साल तो छोटी है! पर दोनों में कितना अन्तर है! उसकी आंखें मानो उस दृश्य पर जम गईं, दम्पति का वह सरल आनन्द, उसका प्रेमालिंगन, उसकी मुग्ध मुद्रा – प्यारी की टकटकी-सी बंध गई, यहां तक कि दीपक के धुंधले प्रकाश में वे दोनों उसकी नज़रों से गायब हो गए और अपने ही अतीत जीवन की एक लीला आंखों के सामने बार-बार नए-नए रूप में आने लगी।

सहसा शिवदास ने पुकारा – बड़ी बहू, एक पैसा दो। तमाखू मंगवाऊं। प्यारी की समाधि टूट गई। आंसू पोंछती हुई भंडारे में पैसा लेने चली गई।

4

एक-एक करके प्यारी के गहने उसके हाथ से निकलते जाते थे। वह चाहती थी, मेरा घर गांव में सबसे सम्पन्न समझा जावे, और इस महत्त्वाकांक्षा का मूल्य देना पड़ता था। कभी घर की मरम्मत के लिए, कभी बैलों की नई गोई ख़रीदने के लिए, कभी नातेदारों के व्यवहारों के लिए, कभी बीमारों की दवा-दारू के लिए रुपये की ज़रूरत पड़ती रहती थी, और जब बहुत कतर-ब्योंत करने पर भी काम न चलता, तो वह अपनी कोई-न-कोई चीज़ निकाल देती। और चीज़ एक बार हाथ से निकलकर फिर न लौटती थी। वह चाहती, तो इनमें से कितने ही ख़र्चों को टाल जाती; पर जहां इज़्ज़त की बात आ पड़ती थी, वह दिल खोलकर ख़र्च करती। अगर गांव में हेठी हो गई, तो क्या बात रही। लोग उसी का नाम तो धरेंगे। दुलारी के पास भी गहने थे। दो-एक चीजें, मथुरा के पास भी थीं, लेकिन प्यारी उसकी चीजें न छूती। उनके खाने-पहनने के दिन हैं, वे इस जंजाल में क्यों फंसें।

दुलारी को लड़का हुआ, तो प्यारी ने धूम से जन्मोत्सव मनाने का प्रस्ताव किया।

शिवदास ने विरोध किया—क्या फायदा? जब भगवान की दया से सगाई-ब्याह के दिन आएंगे, तो धूमधाम कर लेना।

प्यारी का हौसला से भरा दिल भला क्यों मानता? बोली—कैसी बात कहते हो दादा? पहलौंठी लड़के के लिए भी धूमधाम न हुआ तो कब होगा? मन तो नहीं मानता।

फिर दुनिया क्या कहेगी, नाम बड़े दर्शन थोड़े। मैं तुमसे कुछ नहीं मांगती। अपना सारा सरैजाम कर लूंगी।

गहनों के माथे जाएगी, और क्या – शिवदास ने चिन्तित होकर कहा – इस तरह एक दिन धागा भी न बचेगा। कितना समझाया बेटा, भाई-भौजाई किसी के नहीं होते। अपने पास दो चीजें रहेंगी, तो सब मुंह जोहेंगे, नहीं कोई सीधी बात भी न करेगा।

प्यारी ने ऐसा मुंह बनाया, मानो वह ऐसी बूढ़ी बातें बहुत सुन चुकी है, और बोली— जो अपने हैं, वे भी न पूछे, तो भी अपने ही रहते हैं। मेरा धरम मेरे साथ है, उनका धरम उनके साथ है। मर जाऊंगी, तो क्या छाती पर लाद ले जाऊंगी?

धूमधाम से जन्मोत्सव मनाया गया। बरही के दिन सारी बिरादरी का भोज हुआ। लोग खा-पीकर चले गए, तो प्यारी दिन-भर की थकी-मांदी आंगन में एक टाट का टुकड़ा बिछाकर कमर सीधी करने लगी। आंखें झपक गईं। मथुरा उसी वक़्त घर में आया। नवजात पुत्र को देखने के लिए उसका चित्त व्याकुल हो रहा था। दुलारी सौर-गृह से निकल चुकी थी। गर्भावस्था में उसकी देह क्षीण हो गई थी, मुंह भी उतर गया था; पर आज स्वस्थता की लालिमा मुख पर छाई हुई थी। मातृत्व के गर्व और आनन्द ने अंगों में संजीवनी-सी भर रखी थी। सौर के संयम और पौष्टिक भोजन ने देह को चिकना कर दिया था। मथुरा उसे आंगन में देखते ही समीप आ गया और एक बार प्यारी की ओर ताककर उसके निद्रामग्न होने का निश्चय करके उसने शिशु को गोद में ले लिया और उसका मुंह चूमने लगा।

आहट पाकर प्यारी की आंखें खुल गईं; पर उसने नींद का बहाना किया और अधखुली आंखों से यह आनन्द-क्रीड़ा देखने लगी। माता और पिता दोनों बारी-बारी से बालक को चूमते, गले लगाते और उसके मुंह को निहारते थे। कितना स्वर्गीय आनन्द था! प्यारी की तृषित लालसा एक क्षण के लिए स्वामिनी को भूल गई। जैसे लगाम से मुखबद्ध, बोझा से लदा हुआ, हांकने वाले की चाबुक से पीड़ित दौड़ते-दौड़ते बेदम तुरंग हिनहिनाने की आवाज़ सुनकर कनौतियां खड़ी कर लेता है और परिस्थिति को भूलकर एक दबी हुई हिनहिनाहट से उसका जवाब देता है, कुछ वही दशा प्यारी की हुई। उसका मातृत्व जो पिंजरे में बन्द मूक निश्चेष्ट पड़ा हुआ था, समीप से आने वाली मातृत्व की चहकार सुनकर जैसे जाग पड़ा और चिन्ताओं के उस पिंजरे से निकलने के लिए पंख फड़फड़ाने लगा।

मथुरा ने कहा – यह मेरा लड़का है।

दुलारी ने बालक को गोद में चिमटाकर कहा – हां, है क्यों नहीं। तुम्हीं ने तो नौ महीने पेट में रखा है। सांसत तो मेरी हुई, बाप कहलाने के लिए तुम कूद पड़े।

मथुरा – मेरा लड़का न होता, तो मेरी सूरत का क्यों होता! चेहरा-मोहरा, रंग-रूप सब मेरा ही-सा है कि नहीं?

दुलारी- इससे क्या होता है। बीज बनिए के घर से आता है। खेत किसान का होता

है। उपज बनिए की नहीं होती, किसान की होती है।

मथुरा – बातों से तुमसे कोई न जीतेगा। मेरा लड़का बड़ा हो जाएगा, तो मैं द्वार पर बैठकर मज़े से हुक्का पिया करूंगा।

दुलारी – मेरा लड़का पढ़े-लिखेगा, कोई बड़ा हुद्दा पाएगा। तुम्हारी तरह दिन-भर बैल के पीछे न चलेगा। मालकिन से कहना है, कल एक पालना बनवा दें।

मथुरा – अब बहुत सबेरे न उठा करना और छाती फाड़कर काम भी न करना।

दुलारी – यह महारानी जीने देंगी?

मथुरा- मुझे तो बेचारी पर दया आती है। उसके कौन बैठा हुआ है। हमीं लोगों के लिए तो मरती है। भैया होते, तो अब तक दो-तीन बच्चों की मां हो गई होती।

प्यारी के कंठ से आंसुओं का ऐसा वेग उठा कि उसे रोकने में सारी देह कांप उठी। अपना वंचित जीवन उसे मरुस्थल-सा लगा, जिसकी सूखी रेत पर वह हरा-भरा बाग़ लगाने की निष्फल चेष्टा कर रही थी।

सहसा शिवदास ने भीतर आकर कहा- बड़ी बहू; क्या सो गई? बाजे वालों को अभी परोसा नहीं मिला। क्या कह दूं?

5

कुछ दिनों के बाद शिवदास भी मर गया। उधर दुलारी के दो बच्चे और हुए। वह भी अधिकतर बच्चों के लालन-पालन में व्यस्त रहने लगी। खेती का काम मजूरों पर आ पड़ा। मथुरा मज़दूर तो अच्छा था, संचालक अच्छा न था। उसे स्वतन्त्र रूप से काम लेने का कभी अवसर न मिला था। ख़ुद पहले भाई की निगरानी में काम करता रहा। बाद को बाप की निगरानी में करने लगा। खेती का तार भी न जानता था। वही मजूर उसके यहां टिकते थे, जो मेहनती नहीं, ख़ुशामद करने में कुशल होते थे; इसीलिए प्यारी को अब दिन में दो-चार चक्कर हार का भी लगाना पड़ता। कहने को तो अब मालकिन थी; पर वास्तव में घर-भर की सेविका थी। मजूर भी उससे त्योरियां बदलते, जमींदार का प्यादा भी उसी पर धौंस जमाता। भोजन में भी किफ़ायत करनी पड़ती। लड़कों को तो जितनी बार मांगे उतनी बार कुछ-न-कुछ चाहिए। दुलारी तो लड़कोरी थी; उसे भी भरपूर भोजन चाहिए, मथुरा घर का सरदार था, उसके इस अधिकार को कौन छीन सकता था? मजूर भला क्यों रिआयत करने लगे थे? सारी कसर बेचारी प्यारी पर निकलती थी। वह एक फालतू चीज़ थी; अगर आधा पेट खाए, तो किसी को कोई हानि न हो सकती थी। तीस वर्ष की अवस्था में उसके बाल पक गए, कमर झुक गई, आंखों की जोत कम हो गई; मगर वह प्रसन्न थी। स्वामित्व का गौरव इन सारे जख्मों पर मरहम का काम करता था।

एक दिन मथुरा ने कहा – भाभी, अब तो कहीं परदेश जाने का जी होता है। यहां कमाई में कोई बरक़्क़त नहीं। किसी तरह पेट की रोटियां चल जाती हैं, वह भी रो-धोकर। कई आदमी पूरब से आए हैं, वे कहते हैं, वहां दो-तीन रुपये रोज़ की मजूरी हो जाती है। चार-पांच साल भी रह गया, तो मालोमाल हो जाऊंगा। अब आगे लड़के-बाले हुए। इनके लिए तो कुछ तो करना ही चाहिए।

दुलारी ने समर्थन किया—हाथ में चार पैसे होंगे, लड़कों को पढ़ाएंगे-लिखाएंगे। हमारी तो किसी तरह कट गई, लड़कों को तो आदमी बनाना है।

प्यारी यह प्रस्ताव सुनकर अवाक रह गई। उनका मुंह ताकने लगी। इसके पहले इस तरह की बातचीत कभी न हुई थी। यह धुन कैसे सवार हो गई? उसे सन्देह हुआ, शायद मेरे कारण यह भावना उत्पन्न हुई है। बोली – मैं तो जाने को न कहूंगी; आगे जैसी तुम्हारी इच्छा हो। लड़कों को पढ़ाने-लिखाने के लिए यहां भी तो मदरसा है। फिर क्या नित्य यही दिन बने रहेंगे? दो-तीन साल भी खेती बन गई तो, सब-कुछ हो जाएगा।

मथुरा – इतने दिन खेती करते हो गए, अब तक न बनी, तो अब क्या बन जाएगी। इसी तरह एक दिन चल देंगे, मन की मन में रह जाएगी। फिर अब पौरुख भी तो थक रहा है। यह खेती कौन संभालेगा? लड़कों को मैं इसी चक्की में जोतकर उनकी ज़िन्दगी नहीं ख़राब करना चाहता।

प्यारी ने आंखों में आंसू लाकर कहा – भैया, घर पर जब तक आधी मिले; सारी के लिए न धावना चाहिए; अगर मेरी ओर से कोई बात हो तो अपना घरबार अपने हाथ में करो, मुझे एक टुकड़ा दे देना, पड़ी रहूंगी।

मथुरा आर्द्र-कंठ होकर बोला – भाभी, यह तुम क्या कहती हो, तुम्हारे ही संभाले यह घर अब तक चला है, नहीं रसातल को चला गया होता। इस गिरस्ती के पीछे तुमने अपने को मिट्टी में मिला दिया, अपनी देह घुला डाली। मैं अन्धा नहीं हूं। सब-कुछ समझता हूं। हम लोगों को जाने दो। भगवान ने चाहा, तो फिर घर संभल जाएगा। तुम्हारे लिए हम बराबर ख़र्च-वर्च भेजते रहेंगे।

प्यारी ने कहा – जो ऐसा ही है तो तुम चले जाव, बाल-बच्चों को कहां-कहां बांधे फिरोगे?

दुलारी बोली – यह कैसे हो सकता है बहन, यहां देहात में लड़के क्या पढ़े-लिखेंगे? बच्चों के बिना इनका जी वहां न लगेगा। दौड़-दौड़ घर आएंगे और सारी कमाई रेल खा जाएगी। परदेश में अकेले जितना ख़र्च होगा, उतने में सारा घर आराम से रहेगा।

प्यारी बोली- तो मैं यहां रहकर क्या करूंगी? मुझे भी लेते चलो।

दुलारी उसे साथ ले चलने को तैयार न थी। कुछ दिन जीवन का आनन्द उठाना चाहती थी; अगर परदेश में भी यह बन्धन रहा, तो आने से फ़ायदा ही क्या? बोली- बहन, तुम चलती तो क्या बात थी, लेकिन फिर यहां का सारा कारोबार तो चौपट हो जाएगा।

तुम तो कुछ-न-कुछ देखभाल करती ही रहोगी।

प्रस्थान की तिथि के एक दिन पहले ही रामप्यारी ने रात-भर जागकर हलुआ और पूरियां पकाईं। जब से इस घर में आई, कभी एक दिन के लिए भी अकेले रहने का अवसर नहीं आया। दोनों बहनें सदैव साथ रहीं। आज उस भयंकर अवसर को सामने आते देखकर प्यारी का दिल बैठा जाता था। वह देखती थी, मथुरा प्रसन्न है, बाल-वृन्द यात्रा के आनन्द में खाना-पीना तक भूले हुए हैं, तो उसके जी में आता, वह भी इस भांति निर्द्वन्द्व रहे? मोह और ममता को पैरों से कुचल डाले; किन्तु वह ममता जिस खाद्य को खा-खाकर पली थी, उसे अपने सामने से हटाए जाते देखकर क्षुब्ध होने से न रुकती थी। दुलारी तो इस तरह निश्चिन्त होकर बैठी थी, मानो कोई मेला देखने जा रही है। नई-नई चीज़ों को देखने, नई दुनिया में विचरने की उत्सुकता ने उसे क्रियाशून्य-सा कर दिया था। प्यारी के सिर सारे प्रबन्ध का भार था। धोबी के घर से सब कपड़े आए हैं या नहीं, कौन-कौन से बरतन साथ जाएंगे, सफ़र ख़र्च के लिए कितने रुपये की ज़रूरत होगी, एक बच्चे को खांसी आ रही थी। दूसरे को कई दिन से दस्त आ रहे थे, उन दोनों की औषधियों को पीसना-कूटना आदि सैकड़ों ही काम व्यस्त किए हुए थे। लड़कोरी न होकर भी वह बच्चों के लालन-पालन में दुलारी से कुशल थी। देखो, बच्चों को बहुत मारना-पीटना मत, मारने से बच्चे ज़िद्दी और बेहया जाते हैं। बच्चों के साथ आदमी को बच्चा बन जाना पड़ता है, कभी उनके साथ खेलना पड़ता है, कभी हंसना पड़ता है। जो तुम चाहो कि हम आराम से पड़े रहें और बच्चे चुपचाप बैठ रहें, हाथ-पैर न हिलाएं, तो यह नहीं हो सकता। बच्चे तो स्वभाव के चंचल होते हैं। उन्हें किसी-न-किसी काम में फंसाए रखो। धेले का एक खिलौना हज़ार घुड़कियों से बढ़कर होता है। दुलारी उपदेशों को इस तरह बेमन होकर सुनती थी, मानो कोई सनककर बक रहा हो।

बिदाई का दिन प्यारी के लिए परीक्षा का दिन था। उसके जी में आता था, कहीं चली जाए, जिससे वह दृश्य देखना न पड़े। हा! घड़ी-भर में यह घर सूना हो जाएगा! वह दिन-भर घर में अकेली पड़ी रहेगी! किससे हंसेगी-बोलेगी? यह सोचकर उसका हृदय कांप जाता था। ज्यों-ज्यों समय निकट आता था, उसकी वृत्तियां शिथिल होती जाती थीं। वह कोई काम करते-करते जैसे खो जाती थी और अपलक नेत्रों से किसी बिन्दु की ओर ताकने लगती थी। कभी अवसर पाकर एकान्त में जाकर थोड़ा रो आती थी। मन को समझा रही थी, यह लोग अपने होते तो क्या इस तरह चले जाते? यह तो मानने का नाता है; किसी पर कोई ज़बरदस्ती है? दूसरों के लिए कितना ही मरो, तो भी अपने नहीं होते। पानी तेल में कितना ही मिले; फिर भी अलग ही रहेगा। बच्चे नए-नए कुरते पहने नवाब बने घूम रहे थे। प्यारी उन्हें प्यार करने के लिए गोद में लेना चाहती, तो रोने का-सा मुंह बनाकर छुड़ाकर भाग जाते। वह क्या जानती थी कि ऐसे अवसर पर बहुधा अपने बच्चे भी ऐसे निठुर हो जाते हैं।

दस बजते-बजते द्वार पर बैलगाड़ी आ गई। लड़के पहले ही से उस पर जा बैठे। गांव

के कितने स्त्री-पुरुष मिलने आए। प्यारी को इस समय उनका आना बुरा लग रहा था। वह दुलारी से थोड़ी देर एकान्त में गले मिलकर रोना चाहती थी, मथुरा से हाथ जोड़कर कहना चाहती थी, मेरी खोज-ख़बर लेते रहना, तुम्हारे सिवा मेरा संसार में कौन है; लेकिन इस भड़भड़ में उसको इन बातों का मौक़ा न मिला। मथुरा और दुलारी दोनों गाड़ी में जा बैठे। प्यारी द्वार पर रोती खड़ी रह गई। वह इतनी विह्वल थी कि गांव के बाहर तक पहुंचाने की भी उसे सुधि न रही।

6

कई दिन तक प्यारी मूर्च्छित-सी पड़ी रही। न घर से निकली, न चूल्हा जलाया, न हाथ-मुंह धोया। उसका हलवाहा जोखू बार-बार आकर कहता – 'मालकिन, उठो मुंह-हाथ धोओ, कुछ खाओ-पियो। कब तक इसी तरह पड़ी रहेगी?' इस तरह की तसल्ली गांव की और स्त्रियां भी देती थीं; पर उनकी तसल्ली में एक प्रकार की ईर्ष्या का भाव छिपा हुआ जान पड़ता था। जोखू के स्वर से सच्ची सहानुभूति झलकती थी। जोखू कामचोर, बातूनी और नशेबाज़ था। प्यारी उसे बार-बार डांटती रहती थी। दो-एक बार उसे निकाल भी चुकी थी, पर मथुरा के आग्रह से फिर रख लिया था। आज भी जोखू की सहानुभूति-भरी बातें सुनकर प्यारी झुंझलाती, यह काम करने क्यों नहीं जाता, यहां मेरे पीछे क्यों पड़ा हुआ है; मगर उसे झिड़क देने को जी न चाहता था। उसे इस समय सहानुभूति की भूख थी। फल कांटेदार वृक्ष से भी मिलें, तो क्या उन्हें छोड़ दिया जाता है?

धीरे-धीरे क्षोभ का वेग कम हुआ। जीवन के व्यापार होने लगे। अब खेती का सारा भार प्यारी पर था। लोगों ने सलाह दी, एक हल तोड़ दो और खेतों को उठा दो; पर प्यारी का गर्व यों ढोल बजाकर अपनी पराजय स्वीकार न कर सकता था। सारे काम पूर्ववत चलने लगे। उधर मथुरा के चिट्ठी-पत्री न भेजने से उसके अभिमान को और भी उत्तेजना मिली। वह समझता है, मैं उसके आसरे बैठी हूं। यहां उसको भी खिलाने का दावा रखती हूं। उसके चिट्ठी भेजने से मुझे कोई निधि न मिल जाती। उसे अगर मेरी चिन्ता नहीं है, तो मैं कब उसकी परवाह करती हूं?

घर में तो अब विशेष कोई काम रहा नहीं, प्यारी सारे दिन खेतीबारी के काम में लगी रहती। ख़रबूजे बोए थे। वह ख़ूब फले और ख़ूब बिके। पहले सारा दूध घर में ख़र्च हो जाता था, अब बिकने लगा। प्यारी की मनोवृत्तियों में भी एक विचित्र परिवर्तन आ गया। वह अब साफ़-सुथरे कपड़े पहनती, मांग-चोटी की ओर से भी उतनी उदासीन न थी। आभूषणों में भी रुचि हुई। रुपये हाथ में आते ही उसने अपने गिरवी गहने छुड़ाए और भोजन भी संयम से करने लगी। सागर पहले खेतों को सींचकर खुद ख़ाली हो जाता था।

अब निकासी की नालियां बन्द हो गई थीं। सागर में पानी जमा होने लगा और अब उसमें हल्की-हल्की लहरें भी थीं, खिले हुए कमल भी थे।

एक दिन जोखू हार से लौटा, तो अंधेरा हो गया था। प्यारी ने पूछा – अब तक वहां क्या करता रहा?

जोखू ने कहा – चार क्यारियां बच रही थीं। मैंने सोचा, दस मोट और खींच दूं। कल की झंझट कौन रखे!

जोखू अब कुछ दिनों से काम में मन लगाने लगा था। जब तक मालिक उसके सिर पर सवार रहते थे, वह हीले-बहाने करता था। अब सब-कुछ उसके हाथ में था। प्यारी सारे दिन हार में थोड़े ही रह सकती थी; इसलिए अब इसमें ज़िम्मेदारी आ गई थी।

प्यारी ने लोटे का पानी रखते हुए कहा – अच्छा, हाथ-मुंह धो डालो। आदमी जान रखकर काम करता है, हाय-हाय करने से कुछ नहीं होता। खेत आज न होते, कल होते, क्या जल्दी थी!

जोखू ने समझा प्यारी बिगड़ रही है, उसने तो अपनी समझ में कारगुज़ारी की थी और समझा था, तारीफ़ होगी। यहां आलोचना हुई। चिढ़कर बोला – मालकिन, तुम दाएं-बाएं दोनों ओर चलती हो। जो बात नहीं समझती हो, उसमें क्यों कूदती हो? कल के लिए तो उंचवा के खेत पड़े सूख रहे हैं। आज बड़ी मुश्किल से कुआं ख़ाली हुआ है।

'सबेरे मैं न पहुंचता, तो कोई और आकर न छेक लेता? फिर अठवारे तक राह देखनी पड़ती। तब तक तो सारी ऊख बिदा हो जाती।'

प्यारी उसकी सरलता पर हंसकर बोली – अरे, तो मैं तुझे कुछ कह थोड़ी रही हूं, पागल! मैं तो यह कहती हूं कि जान रखकर काम कर। कहीं बीमार पड़ गया, तो लेने के देने पड़ जाएंगे।

जोखू—कौन बीमार पड़ जाएगा, मैं? बीस साल में कभी सिर तक तो दुखा नहीं, आगे की नहीं जानता। कहो रात-भर काम करता रहूं।

प्यारी- मैं क्या जानूं, तुम्ही अंतरे दिन बैठे रहते थे, और पूछा जाता था, तो कहते थे – जुर आ गया था, पेट में दरद था।

जोखू झेंपता हुआ बोला- वह बातें तब थीं, जब मालिक लोग चाहते थे कि इसे पीस डालें। अब तो जानता हूं, मेरे ही माथे हैं। मैं न करूंगा तो सब चौपट हो जाएगा।

प्यारी – मैं क्या देखभाल नहीं करती?

जोखू – तुम बहुत करोगी, दो बेर चली जावगी। सारे दिन तुम यहां बैठी नहीं रह सकतीं।

प्यारी को उसके निष्कपट व्यवहार ने मुग्ध कर लिया। बोली – तो इतनी रात गए चूल्हा जलाओगे? कोई सगाई क्यों नहीं कर लेते?

जोखू ने मुंह धोते हुए कहा—तुम भी ख़ूब कहती हो मालकिन। अपने पेट-भर को

तो होता नहीं, सगाई कर लूं। सवा सेर खाता हूं एक जून – पूरा सवा सेर। दोनों जून के लिए दो सेर चाहिए।

प्यारी – आज मेरी रसोई में खाओ, देखूं कितना खाते हो?

जोखू ने पुलकित होकर कहा- नहीं मालकिन, तुम बनाते-बनाते थक जावगी। हां, आध-आध सेर की दो रोटी बनाकर खिला दो तो खा लूं। मैं तो यही करता हूं। बस, आटा सानकर दो लिट बनाता हूं और उपले पर सेंक लेता हूं। कभी मठे से, कभी नमक से, कभी प्याज़ से खा लेता हूं और आकर पड़ रहता हूं।

प्यारी – मैं तुम्हें आज फुलके खिलाऊंगी।

जोखू – तब तो सारी रात खाते ही बीत जाएगी।

प्यारी – बको मत, चटपट आकर बैठ जाओ।

जोखू – ज़रा बैलों को पानी देता आऊं तो बैठूं।

7

जोखू और प्यारी में ठनी हुई थी।

प्यारी ने कहा – मैं कहती हूं, धान रोपने को कोई ज़रूरत नहीं। झड़ी लग जाए तो खेत डूब जाए। बर्खा बन्द हो जाए, तो खेत सूख जाए। जुआर, बाज़रा, सन, अरहर सब तो हैं, धान न सही।

जोखू ने अपने विशाल कन्धे पर फावड़ा रखते हुए कहा – जब सबका होगा, तो मेरा भी होगा। सबका डूब जाएगा, तो मेरा भी डूब जाएगा। मैं क्यों किसी से पीछे रहूं? बाबा के ज़माने में पांच बीघे से कम नहीं रोपा जाता था, बिरजू भैया ने उसमें एक-दो बीघे और बढ़ा दिए। मथुरा ने भी थोड़ा-बहुत हर साल रोपा, तो मैं क्या सबसे गया-बीता हूं? मैं पांच बीधे से कम न लगाऊंगा।

'तब घर के दो जवान काम करने वाले थे।'

'मैं अकेला उन दोनों के बराबर खाता हूं। दोनों के बराबर काम क्यों न करूंगा?'

'चल, झूठा कहीं का। कहते थे, दो सेर खाता हूं, चार सेर खाता हूं। आध सेर में रह गए।

'एक दिन तौलो, तब मालूम हो।'

'तौला है। बड़े खाने वाले! मैं कहे देती हूं, धान न रोपो। मजूर मिलेंगे नहीं, अकेले हलकान होना पड़ेगा।

'तुम्हारी बला से। मैं ही हलकान हूंगा न? यह देह किस दिन काम आएगी?'

प्यारी ने उसके कन्धे पर से फावड़ा ले लिया और बोली – तुम पहर दिन से पहर रात

तक ताल में रहोगे, अकेले मेरा जी ऊबेगा!

जोखू को जी ऊबने का अनुभव न था। कोई काम न हो, तो आदमी पड़ कर सो रहे। जी क्यों ऊबे? बोला – जी ऊबे तो सो रहना। मैं घर रहूंगा, तब तो और जी ऊबेगा। मैं ख़ाली बैठता हूं, तो बार-बार खाने की सूझती है। बातों में देर हो रही है और बादल घिरे आते हैं।

प्यारी ने हारकर कहा – अच्छा, कल से जाना, आज बैठो।

जोखू ने मानो बन्धन में पड़कर कहा – अच्छा, बैठ गया, कहो क्या कहती हो?

प्यारी ने विनोद करते हुए कहा – कहना क्या है, मैं तुमसे पूछती हूं अपनी सगाई क्यों नहीं कर लेते? अकेली मरती हूं। तब एक से दो हो जाऊंगी।

जोखू शरमाता हुआ बोला — तुमने फिर वही बेबात की बात छेड़ दी, मालकिन! किससे सगाई कर लूं यहां? मैं ऐसी मेहरिया लेकर क्या करूंगा, जो गहनों के लिए मेरी जान खाती रहे।

प्यारी – यह तो तुमने बड़ी कड़ी शर्त लगाई। ऐसी औरत कहां मिलेगी, जो गहने भी न चाहे।

जोखू – यह मैं थोड़े ही कहता हूं कि वह गहने न चाहे; हां, मेरी जान न खाए। तुमने तो कभी गहनों के लिए हठ न किया; बल्कि अपने सारे गहने दूसरों के ऊपर लगा दिए।

प्यारी के कपोलों पर हल्का-सा रंग आ गया। बोली – अच्छा, और क्या चाहते हो?

जोखू – मैं कहने लगूंगा, तो बिगड़ूंगी जावगी।

प्यारी की आंखों में लज्जा की एक रेखा नज़र आई, बोली – बिगड़ने की बात कहोगे, तो ज़रूर बिगडंगी।

जोखू – तो मैं न कहूंगा।

प्यारी ने उसे पीछे की ओर ढकेलते हुए कहा – कहोगे कैसे नहीं, मैं कहला के छोड़ूंगी।

जोखू – मैं चाहता हूं कि वह तुम्हारी तरह हो; ऐसी ही गम्भीर हो, ऐसी ही बातचीत में चतुर हो, ऐसा ही अच्छा खाना पकाती हो, ऐसी ही किफ़ायती हो, ऐसी ही हंसमुख हो। बस, ऐसी औरत मिलेगी, तो करूंगा, नहीं इसी तरह पड़ा रहूंगा।

प्यारी का मुख लज्जा से आरक्त हो गया। उसने पीछे हटकर कहा – तुम बड़े नटखट हो! हंसी-हंसी में सब-कुछ कह गए।

ठाकुर का कुआं

जोखू ने लोटा मुंह से लगाया तो पानी में सख्त बदबू आई। गंगी से बोला – यह कैसा पानी है? मारे बास के पिया नहीं जाता। गला सूखा जा रहा है और तू सड़ा हुआ पानी पिलाए देती है!

गंगी प्रतिदिन शाम को पानी भर लिया करती थी। कुआं दूर था; बार-बार जाना मुश्किल था। कल वह पानी लाई, तो उसमें बू बिल्कुल न थी; आज पानी में बदबू कैसी? लोटा नाक से लगाया, तो सचमुच बदबू थी। ज़रूर कोई जानवर कुएं में गिरकर मर गया होगा, मगर दूसरा पानी आवे कहां से?

ठाकुर के कुएं पर कौन चढ़ने देगा! दूर से लोग डांट बताएंगे। साहू का कुआं गांव के उस सिरे पर है; परन्तु वहां भी कौन पानी भरने देगा? चौथा कुआं गांव में है नहीं।

जोखू कई दिन से बीमार है। कुछ देर तक तो प्यास रोके चुप पड़ा रहा, फिर बोलाअब तो मारे प्यास के रहा नहीं जाता। ला, थोड़ा पानी नाक बन्द करके पी लूं।

गंगी ने पानी न दिया। ख़राब पानी पीने से बीमारी बढ़ जाएगी – इतना जानती थी; परन्तु यह न जानती थी कि पानी को उबाल देने से उसकी खराबी जाती रहती है। बोली – यह पानी कैसे पियोगे? न जाने कौन जानवर मरा है। कुएं से मैं दूसरा पानी लाए देती हूं।

जोखू ने आश्चर्य से उसकी ओर देखा – दूसरा पानी कहां से लाएगी?

'ठाकुर और साहू के दो कुएं तो हैं। क्या एक लोटा पानी न भरने देंगे?'

'हाथ-पांव तुड़वा आएगी और कुछ न होगा। बैठ चुपके से। ब्रह्म-देवता आशीर्वाद देंगे, ठाकुर लाठी मारेंगे, साहू जी एक के पांच लेंगे। ग़रीबों का दर्द कौन समझता है! हम तो मर भी जाते हैं, तो कोई दुआर पर झांकने नहीं आता, कन्धा देना तो बड़ी बात है। ऐसे लोग कुएं से पानी भरने देंगे?'

इन शब्दों में कड़वा सत्य था। गंगी क्या जवाब देती; किन्तु उसने वह बदबूदार पानी पीने को न दिया।

2

रात के नौ बजे थे। थके-मांदे मज़दूर तो सो चुके थे, ठाकुर के दरवाज़े पर दस-पांच बेफ़िक्रे जमा थे। मैदानी बहादुरी का तो अब न ज़माना रहा है, न मौक़ा। क़ानूनी बहादुरी की बातें हो रही थीं; कितनी होशियारी से ठाकुर ने थानेदार को एक ख़ास मुकदमे में रिश्वत

दे दी और साफ़ निकल गए। कितनी अक़्लमन्दी से एक मार्के के मुक़दमे की नक़ल ले आए। नाजिर और मोहतमिम, सभी कहते थे, नक़ल नहीं मिल सकती। कोई पचास मांगता; कोई सौ। यहां बेपैसे-कौड़ी नक़ल उड़ा दी। काम करने का ढंग चाहिए।

इसी समय गंगी कुएं से पानी लेने पहुंची।

कुप्पी की धुंधली रोशनी कुएं पर आ रही थी। गंगी जगत की आड़ में बैठी मौके का इन्तज़ार करने लगी। इस कुएं का पानी सारा गांव पीता है। किसी के लिए रोक नहीं; सिर्फ़ ये बदनसीब नहीं भर सकते।

गंगी का विद्रोही दिल रिवाजी पाबन्दियों और मजबूरियों पर चोटें करने लगा— हम क्यों नीच हैं और ये लोग क्यों ऊंच हैं? इसलिए कि ये लोग गले में तागा डाल लेते हैं? यहां तो जितने हैं, एक-से-एक छंटे हैं? चोरी ये करें, जाल-फरेब ये करें, झूठे मुक़दमे ये करें। अभी इस ठाकुर ने तो उस दिन बेचारे गड़रिये की एक भेड़ चुरा ली थी और बाद में मारकर खा गया। इन्हीं पंडित जी के घर में बारहों मासा जुआ होता है। यही साहू जी तो घी में तेल मिलाकर बेचते हैं। काम करा लेते हैं, मजूरी देते नानी मरती है। किस बात में हैं हमसे ऊंचे? हां, मुंह में हमसे ऊंचे हैं। हम गली-गली चिल्लाते नहीं कि हम ऊंचे हैं, हम ऊंचे! कभी गांव में आ जाती हूं, तो रसभरी आंखों से देखने लगते हैं। जैसे सबकी छाती पर सांप लोटने लगता है, परन्तु घमंड यह कि हम ऊंचे हैं।

कुएं पर किसी के आने की आहट हुई। गंगी की छाती धक-धक करने लगी। कहीं देख ले, तो ग़ज़ब हो जाए ।

एक लात भी तो नीचे न पड़े। उसने घड़ा और रस्सी उठा ली और झुककर चलती हुई एक वृक्ष के अंधेरे साये में जा खड़ी हुई। कब इन लोगों को दया आती है किसी पर। बेचारे महंगू को इतना मारा कि महीनों लहू थूकता रहा। इसलिए तो उसने बेगार न दी थी! उस पर ये लोग ऊंचे बनते हैं।

कुएं पर दो स्त्रियां पानी भरने आई थीं। इनमें बातें हो रही थीं। 'खाना खाने चले और हुक्म हुआ कि ताज़ा पानी भर लाओ। घड़े के लिए पैसे नहीं

'हम लोगों को आराम से बैठे देखकर जैसे मरदों को जलन होती है।''

'हां, यह तो न हुआ कि कलसिया उठाकर भर लाते। बस, हुकुम चला दिया कि ताज़ा पानी लाओ, जैसे हम लौंडियां ही तो हैं।'

'लौंडिया नहीं तो और क्या हो तुम? रोटी-कपड़ा नहीं पातीं? दस-पांच रुपये छीन-झपटकर ले ही लेती हो, और लौंडियां कैसी होती हैं।'

'मत लजाओ दीदी! छिन-भर आराम करने को जी तरसकर रह जाता है। इतना काम किसी दूसरे के घर कर देती, तो इससे कहीं आराम से रहती। ऊपर से वह एहसान मानता। यहां काम करते-करते मर जाओ; पर किसी का मुंह ही नहीं सीधा होता।'

दोनों पानी भरकर चली गईं, तो गंगी वृक्ष की छाया से निकली और कुएं के जगत के पास आई। बेफ़िक्रे चले गए थे। ठाकुर भी दरवाज़ा बन्द कर अन्दर आंगन में सोने जा रहे थे। गंगी ने क्षणिक सुख की सांस ली। किसी तरह मैदान तो साफ़ हुआ। अमृत चुरा लाने के लिए जो राजकुमार किसी ज़माने में गया था, वह भी शायद इतनी सावधानी के साथ और समझ-बूझकर न गया होगा। गंगी दबे पांव कुएं के जगत पर चढ़ी। विजय का ऐसा अनुभव उसे पहले कभी न हुआ था।

उसने रस्सी का फन्दा घड़े में डाला। दाएं-बाएं चौकन्नी दृष्टि से देखा, जैसे कोई सिपाही रात को शत्रु के क़िले में सुराख कर रहा हो। अगर इस समय वह पकड़ ली गई, तो फिर उसके लिए माफ़ी या रिआयत की रत्ती-भर उम्मीद नहीं। अन्त में देवताओं को याद करके उसने कलेजा मज़बूत किया और घड़ा कुएं में डाल दिया।

घड़े ने पानी में गोता लगाया, बहुत ही आहिस्ता। ज़रा भी आवाज़ न हुई। गंगी ने दो-चार हाथ जल्दी-जल्दी मारे, घड़ा कुएं से मुंह तक आ पहुंचा। कोई बड़ा शहज़ोर पहलवान भी इतनी तेज़ी से उसे न खींच सकता था।

गंगी झुकी कि घड़े को पकड़कर जगत पर रखे, कि एकाएक ठाकुर साहब का दरवाज़ा खुल गया। शेर का मुंह इससे अधिक भयानक न होगा।

गंगी के हाथ से रस्सी छूट गई। रस्सी के साथ घड़ा धड़ाम से पानी में गिरा और कई क्षण तक पानी में हलकोरे की आवाजें सुनाई देती रहीं।

ठाकुर, 'कौन है, कौन है?' पुकारते हुए कुएं की तरफ़ आ रहे थे और गंगी जगत से कूदकर भागी जा रही थी।

घर पहुंचकर देखा कि जोखू लोटा मुंह से लगाए वही मैला-गन्दा पानी पी रहा है!

घरजमाई

हरिधन जेठ की दुपहरी में ऊख में पानी देकर आया और बाहर बैठा रहा। घर में से धुआं उठता नज़र आता था। छन-छन की आवाज़ भी आ रही थी। उसके दोनों साले उसके बाद आए और घर में चले गए। दोनों सालों के लड़के भी आए और उसी तरह अन्दर दाखिल हो गए; पर हरिधन अन्दर न जा सका। इधर एक महीने से उसके साथ यहां जो बरताव हो रहा था और विशेषकर कल उसे जैसी फटकार सुननी पड़ी थी, वह उसके पांव में बेड़ियां-सी डाले हुए था। कल उसकी सास ही ने तो कहा था, मेरा जी तुमसे भर गया, मैं तुम्हारी ज़िन्दगी-भर का ठीका लिये बैठी हूं क्या – और सबसे बढ़कर अपनी स्त्री की निष्ठुरता ने उसके हृदय के टुकड़े-टुकड़े कर दिए थे। वह बैठी यह फटकार सुनती रही; पर एक बार तो उसके मुंह से न निकला, अम्मां, तुम क्यों इनका अपमान कर रही हो! बैठी गट-गट सुनती रही। शायद मेरी दुर्गति पर खुश हो रही थी। इस घर में वह कैसे जाए? क्या फिर वही गालियां खाने, वही फटकार सुनने के लिए? और आज इस घर में जीवन के दस साल गुज़र जाने पर यह हाल हो रहा है। मैं किसी से कम काम करता हूं? दोनों साले मीठी नींद सो रहते हैं और मैं बैलों को सानी-पानी देता हूं; छोटी काटता हूं। वहां सब लोग पल-पल पर चिलम पीते हैं, मैं आंखें बन्द किए अपने काम में लगा रहता हूं। सन्ध्या समय घर वाले गाने-बजाने चले जाते हैं, मैं घड़ी रात तक गायें-भैंसें दुहता रहता हूं। उसका यह पुरस्कार मिल रहा है कि कोई खाने को भी नहीं पूछता। उलटे गालियां मिलती हैं।

उसकी स्त्री घर में से डोल लेकर निकली और बोली – ज़रा इसे कुएं से खींच लो। एक बूंद पानी नहीं है।

हरिधन ने डोल लिया और कुएं से पानी भर लाया। उसे ज़ोर की भूख लगी हुई थी, समझा अब खाने को बुलाने आवेगी; मगर स्त्री डोल लेकर अन्दर गई तो वहीं की हो रही। हरिधन थका-मांदा क्षुधा से व्याकुल पड़ा-पड़ा सो गया।

सहसा उसकी स्त्री गुमानी ने आकर उसे जगाया।

हरिधन ने पड़े-पड़े कहा – क्या है? क्या पड़ा भी न रहने दोगी या और पानी चाहिए।

गुमानी कटु स्वर में बोली – गुर्राते क्या हो, खाने को तो बुलाने आई हूं।

हरिधन ने देखा, उसके दोनों साले और बड़े साले के दोनों लड़के भोजन किए चले आ रहे थे। उसकी देह में आग लग गई। मेरी अब यह नौबत पहुंच गई कि इन लोगों के साथ बैठकर खा भी नहीं सकता। ये लोग मालिक हैं। मैं इनकी जूठी थाली चाटने वाला हूं। मैं इनका कुत्ता हूं, जिसे खाने के बाद एक टुकड़ा रोटी डाल दी जाती है। यही घर

है जहां आज से दस साल पहले उसका कितना आदर-सत्कार होता था। साले गुलाम बने रहते थे। सास मुंह जोहती रहती थी। स्त्री पूजा करती थी। तब उसके पास रुपये थे, जायदाद थी। अब वह दरिद्र है, उसकी सारी जायदाद को इन्हीं लोगों ने कूड़ा कर दिया। अब उसे रोटियों के भी लाले हैं। उसके जी में एक ज्वाला-सी उठी कि इसी वक़्त अन्दर जाकर सास को और सालों को भिगो-भिगोकर लगाए; पर जब्त करके रह गया। पड़े-पड़े बोला – मुझे भूख नहीं है। आज न खाऊंगा।

गुमानी ने कहा – न खाओगे मेरी बला से, हां नहीं तो! खाओगे, तुम्हारे ही पेट में जाएगा, कुछ मेरे पेट में थोड़े ही चला जाएगा।

हरिधन का क्रोध आंसू बन गया। यह मेरी स्त्री है, जिसके लिए मैंने अपना सर्वस्व मिट्टी में मिला दिया। मुझे उल्लू बनाकर यह सब अब निकाल देना चाहते हैं। वह अब कहां जाए! क्या करे!

उसकी सास आकर बोली—चलकर खा क्यों नहीं लेते जी, रूठते किस पर हो? यहां तुम्हारे नखरे सहने का किसी में बूता नहीं है। जो देते हो वह मत देना और क्या करोगे? तुमसे बेटी ब्याही है, कुछ तुम्हारी ज़िन्दगी का ठीका नहीं लिया है।

हरिधन ने मर्माहत होकर कहा – हां अम्मां, मेरी भूल थी कि मैं यही समझ रहा था। अब मेरे पास क्या है कि तुम मेरी ज़िन्दगी का ठीका लोगी। जब मेरे पास भी धन था, तब सब-कुछ आता था। अब दरिद्र हूं, तुम क्यों बात पूछोगी?

बूढ़ी सास भी मुंह फुलाकर भीतर चली गई।

2

बच्चों के लिए बाप एक फ़ालतू-सी चीज़ – एक विलास की वस्तु – है, जैसे घोड़े के लिए चने या बाबुओं के लिए मोहनभोग। मां रोटी-दाल है। मोहनभोग उम्र-भर न मिले तो किसका नुकसान है; मगर एक दिन रोटी-दाल के दर्शन न हों, तो फिर देखिए, क्या हाल होता है। पिता के दर्शन कभी-कभी शाम-सबेरे हो जाते हैं, वह बच्चे को उछालता है, दुलारता है, कभी गोद में लेकर या उंगली पकड़कर सैर कराने ले जाता है और बस, यही उसके कर्तव्य की इति है। वह परदेश चला जाए, बच्चे को परवाह नहीं होती; लेकिन मां तो बच्चे का सर्वस्व है। बालक एक मिनट के लिए भी उसका वियोग नहीं सह सकता। पिता कोई हो, उसे परवाह नहीं, केवल एक उछलने-कूदने वाला आदमी होना चाहिए; लेकिन माता तो अपनी ही होनी चाहिए, सोलहों आने अपनी; वही रूप, वही रंग, वही प्यार, वही सब-कुछ। वह अगर नहीं है, तो बालक के जीवन का स्रोत मानो सूख जाता है, फिर वह शिव का नन्दी है, जिस पर फूल या जल चढ़ाना लाजिमी नहीं, अख्तियारी है। हरिधन की माता का आज

दस साल हुए देहान्त हो गया था; उस वक़्त उसका विवाह हो चुका था। वह सोलह साल का कुमार था। पर मां के मरते ही उसे मालूम हुआ, मैं कितना निस्सहाय हूं। जैसे उस पर कोई अधिकार ही न रहा हो। बहनों के विवाह हो चुके थे। भाई कोई दूसरा न था। बेचारा अकेले घर में जाते ही डरता था। मां के लिए रोता था; पर मां की परछाईं से डरता था। जिस कोठरी में उसने देह-त्याग किया था, उधर वह आंखें तक न उठाता। घर में एक बुआ थी, वह हरिधन का बहुत दुलार करती। हरिधन को अब दूध ज़्यादा मिलता, काम भी कम करना पड़ता। बुआ बार-बार पूछती – बेटा! कुछ खाओगे? बाप भी अब उसे ज़्यादा प्यार करता, उसके लिए अलग एक गाय मंगवा दी, कभी-कभी उसे कुछ पैसे दे देता कि जैसे चाहे ख़र्च करे। पर इन मरहमों से वह घाव न पूरा होता था; जिसने उसकी आत्मा को आहत कर दिया था। यह दुलार और प्यार उसे बार-बार मां की याद दिलाता। मां की घुड़कियों में जो मज़ा था; वह क्या इस दुलार में था? मां से मांगकर, लड़कर, ठुनककर, रूठकर लेने में जो आनन्द था, वह क्या इस भिक्षादान में था? पहले वह स्वस्थ था, मांगकर खाता, लड़-लड़कर खाता, अब वह बीमार था, अच्छे-से-अच्छे पदार्थ उसे दिए जाते थे; पर भूख न थी।

साल-भर तक वह इस दशा में रहा। फिर दुनिया बदल गई। एक नई स्त्री जिसे लोग उसकी माता कहते थे, उसके घर में आई और देखते-देखते एक काली घटा की तरह उसके संकुचित भूमंडल पर छा गई – सारी हरियाली, सारे प्रकाश पर अन्धकार का परदा पड़ गया। हरिधन ने इस नकली मां से बात तक न की, कभी उसके पास गया तक नहीं। एक दिन घर से निकला और ससुराल चला आया।

बाप ने बार-बार बुलाया; पर उनके जीते-जी वह फिर उस घर में न गया। जिस दिन उसके पिता के देहान्त की सूचना मिली, उसे एक प्रकार का ईर्ष्यामय हर्ष हुआ। उसकी आंखों से आंसू की एक बूंद भी न आई।

इस नए संसार में आकर हरिधन को एक बार फिर मातृ-स्नेह का आनन्द मिला। उसकी सास ने ऋषि-वरदान की भांति उसके शून्य जीवन को विभूतियों से परिपूर्ण कर दिया। मरुभूमि में हरियाली उत्पन्न हो गई। सालियों की चुहल में, सास के स्नेह में, सालों के वाक्-विलास में और स्त्री के प्रेम में उसके जीवन की सारी आकांक्षाएं पूरी हो गईं। सास कहती – बेटा, तुम इस घर को अपना ही समझो, तुम्हीं मेरी आंखों के तारे हो। वह उससे अपने लड़कों की, बहुओं की शिकायत करती। वह दिल में समझता था, सास जी मुझे अपने बेटों से भी ज्यादा चाहती हैं। बाप के मरते ही वह घर गया और अपने हिस्से की जायदाद को कूड़ा करके, रुपयों की थैली लिये हुए आ गया। अब उसका दूना आदर-सत्कार होने लगा। उसने अपनी सारी सम्पत्ति सास के चरणों पर अर्पण करके अपने जीवन को सार्थक कर दिया। अब तक उसे कभी-कभी घर की याद आ जाती थी। अब भूलकर भी उसकी याद न आती, मानो वह उसके जीवन का कोई भीषण कांड था, जिसे भूल जाना ही उसके लिए अच्छा था।

वह सबसे पहले उठता, सबसे ज़्यादा काम करता, उसका मनोयोग, उसका परिश्रम देखकर गांव के लोग दांतों तले उंगली दबाते थे। उसके ससुर का भाग बखानते, जिसे ऐसा दामाद मिल गया; लेकिन ज्यों-ज्यों दिन गुज़रते गए, उसका मान-सम्मान घटता गया। पहले देवता, फिर घर का आदमी, अन्त में घर का दास हो गया। रोटियों में भी बाधा पड़ गई। अपमान होने लगा। अगर घर के लोग भूखों मरते और साथ ही उसे भी मरना पड़ता, तो उसे ज़रा भी शिकायत न होती। लेकिन जब देखता – और लोग मूंछों पर ताव दे रहे हैं, केवल मैं ही दूध की मक्खी बना दिया गया हूं, तो उसके अन्तस्तल से एक लम्बी, ठंडी आह निकल आती। अभी उसकी उम्र पच्चीस ही साल की तो थी। इतनी उम्र इस घर में कैसे गुज़रेगी? और तो और, उसकी स्त्री ने भी आंखें फेर ली। यह उस विपत्ति का सबसे क्रूर दृश्य था।

3

हरिधन तो उधर भूखा-प्यासा चिन्ता-दाह में जल रहा था, इधर घर में सास जी और दोनों सालों में बातें हो रही थीं। गुमानी भी हां-में-हां मिलाती जाती थी।

बड़े साले ने कहा- हम लोगों की बराबरी करते हैं। यह नहीं समझते कि किसी ने उनकी ज़िन्दगी-भर का बीड़ा थोड़े ही लिया है। दस साल हो गए। इतने दिनों में क्या दो-तीन हज़ार न हड़प गए होंगे?

छोटे साले बोले – मजूर हो तो आदमी घुड़के भी, डांटे भी, अब इनसे कोई क्या कहे। न जाने इनसे कभी पिंड छूटेगा भी या नहीं। अपने दिल में समझते होंगे, मैंने दो हज़ार रुपये नहीं दिए हैं? यह नहीं समझते कि उनके दो हज़ार कब के उड़ चुके। सवा सेर तो एक जून को चाहिए।

सास ने गम्भीर भाव से कहा – बड़ी भारी खोराक है!

गुमानी माता के सिर से जूं निकाल रही थी। सुलगते हुए हृदय से बोली- निकम्मे आदमी को खाने के सिवा और काम ही क्या रहता है?

बड़े-खाने की कोई बात नहीं है। जिसकी जितनी भूख हो उतना खाए, लेकिन कुछ पैदा भी तो करना चाहिए। यह नहीं समझते कि पहुनई में किसी के दिन कटे हैं!

छोटे-मैं तो एक दिन कह दूंगा, अब अपनी राह लीजिए. आपका कर्जा नहीं खाया है।

गुमानी घर वालों की ऐसी-ऐसी बातें सुनकर अपने पति से द्वेष करने लगी थी। अगर वह बाहर से चार पैसे लाता, तो इस घर में उसका कितना मान-सम्मान होता, वह भी रानी बनकर रहती। न जाने क्यों, कहीं बाहर जाकर कमाते उसकी नानी मरती है। गुमानी की मनोवृत्तियां अभी तक बिल्कुल बालपन की-सी थीं। उसका अपना कोई घर न था। उसी घर का हित-अहित उसके लिए भी प्रधान था। वह भी उन्हीं शब्दों में विचार करती, इस समस्या को उन्हीं

आंखों से देखती जैसे उसके घर वाले देखते थे। सच तो, दो हज़ार रुपये में क्या किसी को मोल ले लेंगे? दस साल में दो हज़ार होते ही क्या हैं। दो सौ ही तो साल-भर के हुए। क्या दो आदमी साल-भर में दो सौ भी न खाएंगे? फिर कपड़े-लत्ते, दूध-घी सभी कुछ तो है। दस साल हो गए, एक पीतल का छल्ला नहीं बना। घर से निकलते तो जैसे इनके प्राण निकलते हैं। जानते हैं जैसे पहले पूजा होती थी वैसे ही जनम-भर होती रहेगी। यह नहीं सोचते कि पहले और बात थी, अब और बात है। बहू तो पहले ससुराल जाती है तो उसका कितना महातम होता है। उसके डोली से उतरते ही बाजे बजते हैं, गांव-मुहल्ले की औरतें उसका मुंह देखने आती हैं और रुपये देती हैं। महीनों उसे घर-भर से अच्छा खाने को मिलता है, अच्छा पहनने को, कोई काम नहीं लिया जाता; लेकिन छः महीनों के बाद कोई उसकी बात भी नहीं पूछता, वह घर-भर की लौंडी हो जाती है। उनके घर में मेरी भी तो वही गति होती। फिर काहे का रोना। जो यह कहो कि मैं तो काम करता हूं, तो तुम्हारी भूल है, मजूर की और बात है। उसे आदमी डांटता भी है, मारता भी है, जब चाहता है, रखता है, जब चाहता है; निकाल देता है। कसकर काम लेता है। यह नहीं कि जब जी में आया, कुछ काम किया, जब जी में आया, पड़कर सो रहे।

4

हरिधन अभी पड़ा अन्दर-ही-अन्दर सुलग रहा था, कि दोनों साले बाहर आए और बड़े साहब बोले – भैया, उठो, तीसरा पहर ढल गया, कब तक सोते रहोगे? सारा खेत पड़ा हुआ है।

हरिधन चट उठ बैठा और तीव्र स्वर में बोला – क्या तुम लोगों ने मुझे उल्लू समझ लिया है?

दोनों साले हक्का-बक्का हो गए। जिस आदमी ने कभी ज़बान नहीं खोली, हमेशा गुलामों की तरह हाथ बांधे हाज़िर रहा, वह आज एकाएक इतना आत्माभिमानी हो जाए, यह उनको चौंका देने के लिए काफ़ी था। कुछ जवाब न सूझा।

हरिधन ने देखा, इन दोनों के कदम उखड़ गए हैं, तो एक धक्का और देने की प्रबल इच्छा को न रोक सका। उसी ढंग से बोला – मेरी भी आंखें हैं। अन्धा नहीं हूं, न बहरा ही हूं। छाती फाड़कर काम करूं और उस पर भी कुत्ता समझा जाऊं ऐसे गधे और कहीं होंगे!

अब बड़े साले भी गरम पड़े – तुम्हें किसी ने यहां बांध तो नहीं रक्खा है।

अबकी हरिधन लाजवाब हुआ। कोई बात न सझी।

बड़े ने फिर उसी ढंग से कहा- अगर तुम यह चाहो कि जन्म-भर पाहुने बने रहो और तुम्हारा वैसा ही आदर-सत्कार होता रहे, तो यह हमारे वश की बात नहीं है।

हरिधन ने आंखें निकालकर कहा – क्या मैं तुम लोगों से कम काम करता हूं?

बड़े – यह कौन कहता है?

हरिधन – तो तुम्हारे घर की नीति है कि जो सबसे ज़्यादा – काम करे वही भूखों मारा जाए?

बड़े – तुम खुद खाने नहीं गए। क्या कोई तुम्हारे मुंह में कौर डाल देता?

हरिधन ने ओठ चबाकर कहा – मैं खुद खाने नहीं गया? कहते तुम्हें लाज नहीं आती? 'नहीं आई थी बहन तुम्हें बुलाने?'

छोटे साले ने कहा – अम्मां भी तो आई थीं। तुमने कह दिया, मुझे भूख नहीं है, तो क्या करती?

सास भीतर से लपकी चली आ रही थी। यह बात सुनकर बोली – कितना कहकर हार गई, कोई उठे न तो मैं क्या करूं?

हरिधन ने विष, खून और आग से भरे हुए स्वर में कहा – मैं तुम्हारे लड़कों का जूठा खाने के लिए हूं? मैं कुत्ता हूं कि तुम लोग खाकर मेरे सामने रूखी रोटी का टुकड़ा फेंक दो?

बुढ़िया ने ऐंठकर कहा – तो क्या तुम लड़कों की बराबरी करोगे?

हरिधन परास्त हो गया। बुढ़िया ने एक ही वाक्-प्रहार में उसका काम तमाम कर दिया। उसकी तनी हुई भवें ढीली पड़ गईं, आंखों की आग बुझ गई, फड़कते हुए नथने शान्त हो गए। किसी आहत मनुष्य की भांति वह ज़मीन पर गिर पड़ा। 'क्या तुम मेरे लड़कों की बराबरी करोगे?' यह वाक्य एक लम्बे भाले की तरह उसके हृदय में चुभता चला जाता था – न हृदय का अन्त था, न उस भाले का!

5

सारे घर ने खाया; पर हरिधन न उठा। सास ने मनाया, सालियों ने मनाया, ससुर ने मनाया, दोनों साले मनाकर थक गए। हरिधन न उठा; वहीं द्वार पर एक टाट पर पड़ा था। उसे उठाकर सबसे अलग कुएं पर ले गया और जगत पर बिछाकर पड़ा रहा।

रात भीग चुकी थी। अनन्त प्रकाश में उज्ज्वल तारे बालकों की भांति क्रीड़ा कर रहे थे। कोई नाचता था, कोई उछलता था, कोई हंसता था, कोई आंखें मींचकर फिर खोल देता था। रह-रहकर कोई साहसी बालक सपाटा भरकर एक पल में उस विस्तृत क्षेत्र को पार कर लेता था और न जाने कहां छिप जाता था। हरिधन को अपना बचपन याद आया, जब वह इसी तरह क्रीड़ा करता था। उसकी बाल-स्मृतियां उन्हीं चमकीले तारों की भांति प्रज्वलित हो गईं। वह अपना छोटा-सा घर, वह आम के बाग जहां वह कोरियां चुना करता था, वह मैदान । जहां वह कबड्डी खेला करता था, सब उसे याद आने लगे। फिर अपनी स्नेहमयी माता की सदय मूर्ति उसके सामने खड़ी हो गई। उन आंखों में कितनी करुणा थी, कितनी दया थी! उसे ऐसा जान पड़ा मानो माता आंखों में आंसू भरे, उसे छाती से लगा लेने के लिए

हाथ फैलाए उसकी ओर चली आ रही है। वह उस मधुर भावना में अपने को भूल गया। ऐसा : जान पड़ा मानो माता ने उसे छाती से लगा लिया है और उसके सिर पर हाथ फेर रही है। वह रोने लगा, फूट-फूटकर रोने लगा। उसी आत्म-सम्मोहित दशा में उसके मुंह से यह शब्द निकला – अम्मा, तुमने मुझे इतना भुला दिया। देखो, तुम्हारे प्यारे लाल की क्या दशा हो रही है? कोई उसे पानी को भी नहीं पूछता। क्या जहां तुम हो, वहां मेरे लिए जगह नहीं है?

सहसा गुमानी ने आकर पुकारा – क्या सो गए तुम, नौज किसी को ऐसी राक्षसी नींद आए। चलकर खा क्यों नहीं लेते? कब तक कोई तुम्हारे लिए बैठा रहे?

हरिधन उस कल्पना जगत से क्रूर प्रत्यक्ष में आ गया। वही कुएं की जगत थी, वही फटा हुआ टाट और गुमानी सामने खड़ी कह रही थी – कब तक कोई तुम्हारे लिए बैठा रहे?

हरिधन उठ बैठा और मानो तलवार म्यान से निकालकर बोला – भला तुम्हें मेरी सुध तो आई। मैंने तो कह दिया था, मुझे भूख नहीं है।

गुमानी – तो कै दिन न खाओगे?

'अब इस घर का पानी भी न पीऊंगा, तुझे मेरे साथ चलना है या नहीं?' दृढ़ संकल्प से भरे हुए इन शब्दों को सुनकर गुमानी सहम उठी। बोली – कहां जा रहे हो?

हरिधन ने मानो नशे में कहा – तुझे इससे क्या मतलब? मेरे साथ चलोगी या नहीं? फिर पीछे से न कहना, मुझसे कहा नहीं।

गुमानी आपत्ति के भाव से बोली – तुम बताते क्यों नहीं, कहां जा रहे हो?

'तू मेरे साथ चलेगी या नहीं?'

'जब तक तुम बता न दोगे, मैं नहीं जाऊंगी।'

'तो मालूम हो गया, तू नहीं जाना चाहती। मुझे इतना ही पूछना था, नहीं अब तक मैं आधी दूर निकल गया होता।

यह कहकर वह उठा और अपने घर की ओर चला। गुमानी पुकारती रही – 'सुन लो' 'सुन लो'; पर उसने पीछे फिरकर भी न देखा।

6

तीस मील की मंज़िल हरिधन ने पांच घंटों में तय की। जब वह अपने गांव की अमराइयों के सामने पहुंचा, तो उसकी मातृ-भावना उषा की सुनहरी गोद में खेल रही थी। उन वृक्षों को देखकर उसका विह्वल हृदय नाचने लगा। मन्दिर का वह सुनहरा कलश देखकर वह इस तरह दौड़ा मानो एक छलांग में उसके ऊपर जा पहुंचेगा। वह वेग में दौड़ा जा रहा था, मानो उसकी माता गोद फैलाए उसे बुला रही हो। जब वह आमों के बाग में पहुंचा, जहां डालियों पर बैठकर वह हाथी की सवारी का आनन्द पाता था, जहां की कच्ची बेरों और

लिसोड़ों में एक स्वर्गीय स्वाद था, तो वह बैठ गया और भूमि पर सिर झुकाकर रोने लगा, मानो अपनी माता को अपनी विपत्ति-कथा सुना रहा हो। वहां की वायु में, वहां के प्रकाश में, मानो उसकी विराटरूपिणी माता व्याप्त हो रही थी, वहां की अंगुल-अंगुल भूमि माता के पद-चिह्नों से पवित्र थी, माता के स्नेह में डूबे हुए शब्द अभी तक मानो आकाश में गूंज रहे थे। इस वायु और इस आकाश में न जाने कौन-सी संजीवनी थी, जिसने उसके शोकार्त्त हृदय को बालोत्साह से भर दिया। वह एक पेड़ पर चढ़ गया और अधर से आम तोड़-तोड़कर खाने लगा। सास के वह कठोर शब्द, स्त्री का वह निष्ठुर आघात, वह सारा अपमान वह भूल गया। उसके पांव फूल गए थे, तलवों में जलन हो रही थी; पर इस आनन्द में उसे किसी बात का ध्यान न था।

सहसा रखवाले ने पुकारा – वह कौन ऊपर चढ़ा हुआ है रे? उतर अभी, नहीं तो ऐसा पत्थर खींचकर मारूंगा कि वहीं ठंडे हो जाओगे।

उसने कई गालियां दीं। इस फटकार और इन गालियों में इस समय हरिधन को अलौकिक आनन्द मिल रहा था। वह डालियों में छिप गया, कई आम काट-काटकर नीचे गिराए और ज़ोर से ठट्ठा मारकर हंसा। ऐसी उल्लास से भरी हुई हंसी उसने बहुत दिन से न हंसी थी।

रखवाले को वह हंसी परिचित-सी मालूम हुई। मगर हरिधन यहां कहां? वह तो ससुराल की रोटियां तोड़ रहा है। कैसा हंसोड़ा था कितना चिबिल्ला। न जाने बेचारे का क्या हाल हुआ? पेड़ की डाल से तालाब में कूद पड़ता था। अब गांव में ऐसा कौन है?

डांटकर बोला – वहां बैठे-बैठे हंसोगे, तो आकर सारी हंसी निकाल दूंगा, नहीं सीधे से उतर आओ।

वह गालियां देने जा रहा था कि एक गुठली आकर उसके सिर पर लगी। सिर सहलाता हुआ बोला – यह कौन शैतान है? नहीं मानता, ठहर तो, मैं आकर तेरी ख़बर लेता हूं।

उसने अपनी लकड़ी नीचे रख दी और बन्दरों की तरह चटपट ऊपर चढ़ गया। देखा तो हरिधन बैठा मुस्कुरा रहा है। चकित होकर बोला – अरे हरिधन! तुम यहां कब आए? इस पेड़ पर कब से बैठे हो?

दोनों बचपन-सखा वहीं गले मिले।

'यहां कब आए? चलो, घर चलो भले आदमी, क्या वहां आम भी मयस्सर न होते थे।'

हरिधन ने मुस्कुराकर कहा – मंगरू, इन आमों में जो स्वाद है, वह और कहीं के आमों में नहीं है। गांव का क्या रंग-ढंग है?

मंगरू – सब चैन चान है भैया! तुमने तो जैसे नाता ही तोड़ लिया। इस तरह कोई अपना गांव-घर छोड़ देता है? जब से तुम्हारे दादा मरे, सारी गिरस्ती चौपट हो गई। दो छोटे-छोटे लड़के हैं, उनके किए क्या होता है?

हरिधन – मुझे अब उस गिरस्ती से क्या वास्ता है भाई? मैं तो अपना ले-दे चुका। मजूरी तो मिलेगी न? तुम्हारी गैया मैं ही चरा दिया करूंगा; मुझे खाने को दे देना।

मंगरू ने अविश्वास के भाव से कहा – अरे भैया, कैसी बात करते हो, तुम्हारे लिए जान तक हाज़िर है। क्या ससुराल में अब न रहोगे? कोई चिन्ता नहीं। पहले तो तुम्हारा घर ही है। उसे संभालो। छोटे-छोटे बच्चे हैं, उनको पालो। तुम नई अम्मां से नाहक डरते थे। बड़ी सीधी है बेचारी। बस, अपनी मां ही समझो, तुम्हें पाकर तो निहाल हो जाएगी। अच्छा, घरवाली को भी तो लाओगे?

हरिधन – उसका अब मुंह न देगा। मेरे लिए वह मर गई।

मंगरू – तो दूसरी सगाई हो जाएगी। अबकी ऐसी मेहरिया ला दूंगा कि उसके पैर धो-धोकर पिओगे; लेकिन कहीं पहली भी आ गई तो?

हरिधन – वह न आएगी।

7

हरिधन अपने घर पहुंचा तो दोनों भाई, "भैया आए! भैया आए!" कहकर भीतर दौड़े और मां को ख़बर दी।

उस घर में कदम रखते ही हरिधन को ऐसी शान्त महिमा का अनुभव हुआ मानो वह अपनी मां की गोद में बैठा हुआ है। इतने दिनों ठोकरें खाने से उसका हृदय कोमल हो गया था। जहां पहले अभिमान था, आग्रह था, हेकड़ी थी, वहां अब निराशा थी, पराजय थी और याचना थी। बीमारी का जोर कम हो चला था; अब उस पर मामूली दवा भी असर कर सकती थी, किले की दीवारें छिद चुकी थीं, अब उसमें घुस जाना असाध्य न था। वही घर जिससे वह एक दिन विरक्त हो गया था, अब गोद फैलाए उसे आश्रय देने को तैयार था। हरिधन का निरवलम्ब मन यह आश्रय पाकर मानो तृप्त हो गया।

शाम को विमाता ने कहा – बेटा, तुम घर आ गए, हमारे धन भाग। अब इन बच्चों को पालो; मां का नाता न सही, बाप का नाता तो है ही। मुझे एक रोटी दे देना, खाकर एक कोने में पड़ी रहूंगी। तुम्हारी अम्मां से मेरा बहन का नाता है। उस नाते से भी तो तुम मेरे लड़के होते हो। – हरिधन की मातृ-विह्वल आंखों को विमाता के रूप में अपनी माता के दर्शन हुए। घर के एक-एक कोने में मातृ-स्मृतियों की छटा चांदनी की भांति छिटकी हुई थी, विमाता का प्रौढ़ मुखमंडल भी उसी छटा से रंजित था।

दूसरे दिन हरिधन फिर कन्धे पर हल रखकर खेत को चला। उसके मुख पर उल्लास था और आंखों में गर्व। वह अब किसी का आश्रित नहीं; आश्रयदाता था; किसी के द्वार का भिक्षुक नहीं, घर का रक्षक था।

एक दिन उसने सुना, गुमानी ने दूसरा घर कर लिया। मां से बोला – तुमने सुना काकी! गुमानी ने घर कर लिया।

काकी से कहा – घर क्या कर लेगी, ठट्टा है? बिरादरी में ऐसा अन्धेर? पंचायत नहीं, अदालत तो है?

हरिधन ने कहा – नहीं काकी, बहुत अच्छा हुआ। ला, महाबीर जी को लड्डू चढ़ा आऊं। मैं तो डर रहा था, कहीं मेरे गले न आ पड़े। भगवान ने मेरी सुन ली। मैं वहां से यही ठानकर चला था, अब उसका मुंह न देखूगा।

पूस की रात

हल्कू ने आकर स्त्री से कहा – सहना आया है, लाओ, जो रुपये रखे हैं, उसे दे दूं, किसी तरह गला तो छूटे।

मुन्नी झाड़ लगा रही थी। पीछे फिरकर बोली – तीन ही तो रुपये हैं; दे दोगे तो कम्मल कहां से आवेगा? माघ-पूस की रात हार में कैसे कटेगी? उससे कह दो, फसल पर रुपये दे देंगे। अभी नहीं।

हल्कू एक क्षण अनिश्चित दशा में खड़ा रहा। पूस सिर पर आ गया, कम्मल के बिना हार में रात को वह किसी तरह नहीं जा सकता। मगर सहना मानेगा नहीं, घुड़कियां जमावेगा, गालियां देगा। बला से जाड़ों मरेंगे, बला सिर से टल जाएगी। यह सोचता हुआ वह अपना भारी-भरकम डील लिये हुए (जो उसके नाम को झूठ सिद्ध करता था) स्त्री के समीप आ गया और खुशामद करके बोला – ला दे दे, गला तो छूटे। कम्मल के लिए कोई दूसरा उपाय सोचूंगा।

मुन्नी उसके पास से दूर हट गई और आंखें तरेरती हुई बोली – कर चुके दूसरा उपाय! ज़रा सुनूं, कौन उपाय करोगे? कोई खैरात दे देगा कम्मल? न जाने कितनी बाकी है, जो किसी तरह चुकने ही नहीं आती। मैं कहती हूं, तुम क्यों नहीं खेती छोड़ देते? मर-मर काम करो, उपज हो तो बाकी दे दो, चलो छुट्टी हुई। बाक़ी चुकाने के लिए ही तो हमारा जनम हुआ है। पेट के लिए मजूरी करो। ऐसी खेती में बाज आए। मैं रुपये न दूंगी- न दूंगी।

हल्कू उदास होकर बोला – तो क्या गाली खाऊं?

मुन्नी ने तड़पकर कहा- गाली क्यों देगा, क्या उसका राज़ है?

मगर यह कहने के साथ उसकी तनी हुई भौंहें ढीली पड़ गईं। हल्कू के उस वाक्य में जो कठोर सत्य था, वह मानो एक भीषण जन्तु की भांति उसे धूर रहा था।

उसने जाकर आले पर से रुपये निकाले और लाकर हल्कू के हाथ पर रख दिए। फिर बोली – तुम छोड़ दो अबकी से खेती। मजूरी में सुख से एक रोटी खाने को तो मिलेगी। किसी की धौंस तो न रहेगी। अच्छी खेती है! मजूरी करके लाओ, वह उसी में झोंक दो, उस पर से धौंस।

हल्कू ने रुपये लिये और इस तरह बाहर चला मानो अपना हृदय निकालकर देने जा रहा हो। उसने मजूरी से एक-एक पैसा काट-कपटकर तीन रुपये कम्मल के लिए जमा किए थे। वह आज निकले जा रहे थे। एक-एक पग के साथ उसका मस्तक अपनी दीनता

के भार से दबा जा रहा था।

2

पूस की अंधेरी रात! आकाश पर तारे ठिठुरते हुए मालूम होते थे। हल्कू अपने खेत के किनारे ऊख के पत्तों की एक छतरी के नीचे बांस के खटोले पर अपनी पुरानी गाढ़े की चादर ओढ़े कांप रहा था। खाट के नीचे उसका संगी कुत्ता जबरा पेट में मुंह डाले सर्दी से कुं-कर रहा था। दो में से एक को भी नींद न आती थी।

हल्कू ने घुटनियों को गरदन में चिपकाते हुए कहा – क्यों जबरा, जाड़ा लगता है? कहता तो था, घर में पुआल पर लेट रह, तो यहां क्या लेने आए थे? अब खाओ ठंड, मैं क्या करूं? जानते थे, मैं यहां हलुवा-पूरी खाने आ रहा हूं, दौड़े-दौड़े आगे-आगे चले जाए। अब रोओ नानी के नाम को।

जबरा ने पड़े-पड़े दुम हिलाई और अपनी कू-डूं को दीर्घ बनाता हुआ एक बार जम्हाई लेकर चुप हो गया। उसकी श्वान-बुद्धि ने शायद ताड़ लिया, स्वामी को मेरी कू-कू से नींद नहीं आ रही है।

हल्कू ने हाथ निकालकर जबरा की ठंडी पीठ सहलाते हुए कहा – कल से मत आना मेरे साथ, नहीं तो ठंडे हो जाओगे। यह रांड पछुआ न जाने कहां से बर्फ लिये आ रही है। उलूं, फिर एक चिलम भरूं। किसी तरह रात तो कटे! आठ चिलम तो पी चुका। यह खेती का मज़ा है! और एक-एक भगवान ऐसे पड़े हैं, जिनके पास जाड़ा जाए तो गर्मी से घबराकर भागे। मोटे-मोटे गद्दे, लिहाफ़-कम्मल। मजाल है कि जाड़े का गुज़र हो जाए। तकदीर की बखूबी है! मजूरी हम करें, मज़ा दूसरे लूटें!

हल्कू उठा और गड्ढे में से ज़रा-सी आग निकालकर चिलम भरी। जबरा भी उठ बैठा।

हल्कू ने चिलम पीते हुए कहा, पिएगा चिलम, जाड़ा तो क्या जाता है; ज़रा मन बहल जाता है।

जबरा ने उसके मुंह की ओर प्रेम से छलकती हुई आंखों से देखा।

हलकू- आज और जाड़ा खा ले। कल से मैं यहां पुआल बिछा दूंगा। उसी में घुसकर बैठना, तब जाड़ा न लगेगा।

जबरा ने अगले पंजे उसकी घुटनियों पर रख दिए और उसके मुंह के पास अपना मुंह ले गया। हल्कू को उसकी गरम सांस लगी।

चिलम पीकर हल्कू फिर लेटा और निश्चय करके लेटा कि चाहे कुछ हो अबकी सो जाऊंगा, पर एक ही क्षण में उसके हृदय में कम्पन होने लगा। कभी इस करवट लेटता, कभी उस करवट; पर जाड़ा किसी पिशाच की भांति उसकी छाती को दबाए हुए था।

जब किसी तरह न रहा गया तो उसने जबरा को धीरे से उठाया और उसके सिर को थपथपाकर उसे अपनी गोद में सुला लिया। कुत्ते की देह से जाने कैसी दुर्गन्ध आ रही थी, पर वह उसे अपनी गोद से चिपटाए हुए ऐसे सुख का अनुभव कर रहा था, जो इधर महीनों से उसे न मिला था। जबरा शायद समझ रहा था कि स्वर्ग यही है; और हल्कू की पवित्र आत्मा में तो उस कुत्ते के प्रति घृणा की गन्ध तक न थी। अपने किसी अभिन्न मित्र या भाई को भी वह इतनी ही तत्परता से गले लगाता। वह अपनी दीनता से आहत न था, जिसने आज उसे इस दशा को पहुंचा दिया। नहीं, इस अनोखी मैत्री ने जैसे उसकी आत्मा के सब द्वार खोल दिए थे और उसका एक-एक अणु प्रकाश से चमक रहा था।

सहसा जबरा ने किसी जानवर की आहट पाई। इस विशेष आत्मीयता ने उसमें एक नई स्फूर्ति पैदा कर दी थी, जो हवा के ठंडे झोंकों को तुच्छ समझती थी। वह झपटकर उठा और छतरी के बाहर आकर भूंकने लगा। हल्कू ने उसे कई बार चुमकारकर बुलाया; पर वह उसके पास न आया। हार में दौड़-दौड़कर भूकता रहा। एक क्षण के लिए आ भी जाता तो तुरन्त ही फिर दौड़ता। कर्तव्य उसके हृदय में अरमान की भांति उछल रहा था।

3

एक घंटा और गुज़र गया। रात ने शीत को हवा से धधकाना शुरू किया। हल्कू उठ बैठा और दोनों घुटनों को छाती से मिलाकर सिर को उसमें छिपा लिया। फिर भी ठंड कम न हुई। ऐसा जान पड़ता था, सारा रक्त जम गया है, धमनियों में रक्त की जगह हिम बह रहा है। उसने झुककर आकाश की ओर देखा, अभी कितनी रात बाकी है। सप्तर्षि अभी आकाश में आधे भी नहीं चढ़े। ऊपर आ जाएंगे तब कहीं सबेरा होगा। अभी पहर-भर से ऊपर रात है।

हल्कू के खेत से कोई एक गोली के टप्पे पर आमों का बाग था। पतझड़ शुरू हो गई थी। बाग में पत्तियों का ढेर लगा हुआ था। हल्कू ने सोचा, चलकर पत्तियां बटोरूं और उन्हें जलाकर खूब तापूं। रात को कोई मुझे पत्तिया बटोरते देखे तो समझे कोई भूत है। कौन जाने कोई जानवर ही छिपा बैठा हो; मगर अब तो बैठे नहीं रहा जाता।

उसने पास के अरहर के खेत में जाकर कई पौधे उखाड़ लिये और उनका एक झाड़ बनाकर हाथ में सुलगता हुआ उपला लिये बगीचे की तरफ़ चला। जबरा ने उसे आते देखा तो पास आया और दुम हिलाने लगा।

हल्कू ने कहा- अब तो नहीं रहा जाता जबरू! चलो, बगीचे में पत्तियां बटोरकर तापें। टांठे हो जाएंगे, तो फिर आकर सोएंगे। अभी तो रात बहुत है।

जबरा ने कूं-कूं करके सहमति प्रकट की और आगे-आगे बगीचे की ओर चला।

बगीचे में खूब अंधेरा छाया हुआ था और अन्धकार में निर्दय पवन पत्तियों को कुचलता हुआ चला जाता था। वृक्षों से ओस की बूंदें टप-टप नीचे टपक रही थीं।

एकाएक एक झोंका मेहंदी के फूलों की खुशबू लिये हुए आया।

हल्कू ने कहा – कैसी अच्छी महक आई जबरू! तुम्हारी नाक में भी सुगन्ध आ रही है?

जबरा को कहीं ज़मीन पर एक हड्डी पड़ी मिल गई थी। उसे चिचोड़ रहा था।

हल्कू ने आग ज़मीन पर रख दी और पत्तियां बटोरने लगा। ज़रा देर में पत्तियों का एक ढेर लग गया। हाथ ठिठुरे जाते थे। नंगे पांव गले जाते थे। और वह पत्तियों का पहाड़ खड़ा कर रहा था। इसी अलाव में वह ठंड को जलाकर भस्म कर देगा।

थोड़ी देर में अलाव जल उठा। उसकी लौ ऊपर वाले वृक्षों की पत्तियों को छू-छूकर भागने लगीं। उस अस्थिर प्रकाश में बगीचे के विशाल वृक्ष ऐसे मालूम होते थे, मानो उस अथाह अन्धकार को अपने सिरों पर संभाले हुए हों। अन्धकार के उस अनन्त सागर में यह प्रकाश एक नौका के समान हिलता, मचलता हुआ जान पड़ता था।

हल्कू अलाव के सामने बैठा आग ताप रहा था। एक क्षण में उसने दोहर उतारकर बगल में दबा ली और दोनों पांव फैला दिए, मानो ठंड को ललकार रहा हो, तेरे जी में जो आए सो कर। ठंड की असीम शक्ति पर विजय पाकर वह विजय-गर्व को हृदय में छिपा न सकता था।

उसने जबरा से कहा – क्यों जब्बर, अब ठंड नहीं लग रही है?

जब्बर ने कू-कू करके मानो कहा – अब क्या ठंड लगती ही रहेगी?

'पहले से यह उपाय न सूझा, नहीं इतनी ठंड क्यों खाते?'

जबरा ने पूंछ हिलाई।

'अच्छा आओ, इस अलाव को कूदकर पार करें। देखें, कौन निकल जाता है! अगर जल गए बचा, तो मैं दवा न करूंगा।'

जबरा ने उस अग्निराशि की ओर कातर नेत्रों से देखा।

'मुन्नी से कल न कह देना नहीं तो लड़ाई करेगी।'

यह कहता हुआ वह उछला और अलाव के ऊपर से साफ़ निकल गया। पैरों में ज़रा लपट लगी; पर वह कोई बात न थी। जबरा आग के गिर्द घूमकर उसके पास आ खड़ा हुआ।

हल्कू ने कहा – चलो-चलो, इसकी सही नहीं। ऊपर से कूदकर जाओ। वह फिर कूदा और अलाव के इस पार आ गया।

4

पत्तियां जल चुकी थीं। बगीचे में फिर अंधेरा छाया था। राख के नीचे कुछ-कुछ आग बाक़ी थी, जो हवा का झोंका आ जाने पर ज़रा जाग उठती थी; पर एक क्षण में फिर आंखें बन्द कर लेती थी।

हल्कू ने फिर चादर ओढ़ ली और गरम राख के पास बैठा हुआ एक गीत गुनगुनाने लगा। उसके बदन में गरमी आ गई थी; पर ज्यों-ज्यों शीत बढ़ती जाती थी, उसे आलस्य दबाए लेता था।

जबरा ज़ोर से मूंककर खेत की ओर भागा। हल्कू को ऐसा मालूम हुआ कि जानवरों का एक झुंड उसके खेत में आया है। शायद नीलगायों का झुंड था। उनके कूदने-दौड़ने की आवाजें साफ़ कान में आ रही थीं। फिर ऐसा मालूम हुआ कि वह खेत में चर रही हैं। उनके चबाने की आवाज़ चर-चर सुनाई देने लगी।

उसने दिल में कहा- नहीं, जबरा के होते कोई जानवर खेत में नहीं जा सकता। नोच ही डाले। मुझे भ्रम हो रहा है। कहां! अब तो कुछ नहीं सुनाई देता। मुझे भी कैसा धोखा हुआ।

उसने ज़ोर से आवाज़ लगाई – जबरा, जबरा!

जबरा भूकता रहा। उसके पास न आया।

फिर खेत के चरे जाने की आहट मिली। अब वह अपने को धोखा न दे सका। उसे अपनी जगह से हिलना ज़हर लग रहा था। कैसा दन्दाया हुआ था। इस जाड़े-पाले में खेत में जाना, जानवरों के पीछे दौड़ना असूझ जान बैठा पड़ा वह अपनी जगह से न हिला।

उसने ज़ोर से आवाज़ लगाई --लिहो-लिहो! लिहो!!

जबरा भूक उठा। जानवर खेत चर रहे थे। फ़सल तैयार है। कैसी अच्छी खेती थी; पर ये दुष्ट जानवर उसका सर्वनाश किए डालते हैं।

हल्कू पक्का इरादा करके उठा और दो-तीन कदम चला; पर एकाएक हवा का ऐसा ठंडा, चुभने वाला, बिच्छू के डंक का-सा झोंका लगा कि वह फिर बुझते हुए अलाव के पास आ बैठा और राख को कुरेदकर अपनी ठंडी देह को गरमाने लगा।

जबरा अपना गला फाड़े डालता था, नीलगायें खेत का सफाया किए डालती थीं। और हल्कू गरम राख के पास शान्त बैठा हुआ था। अकर्मण्यता ने रस्सियों की भांति उसे चारों तरफ़ से जकड़ रखा था।

उसी राख के पास गरम ज़मीन पर वह चादर ओढ़कर सो गया।

सबेरे जब उसकी नींद खुली, तब चारों तरफ़ धूप फैल गई थी। और मुन्नी कह रही थी – क्या आज सोते ही रहोगे? तुम यहां आकर रम गए और उधर सारा खेत चौपट

हो गया।

हल्कू ने उठकर कहा – क्या तू खेत से होकर आ रही है?

मुन्नी बोली – हां, सारे खेत का सत्यानाश हो गया। भला ऐसा ही कोई सोता है। तुम्हारे मड़ैया डालने से क्या हुआ?

हल्कू ने बहाना किया – मैं मरते-मरते बचा, तुझे अपने खेत की पड़ी है। पेट में ऐसा दरद हुआ, कि मैं ही जानता हूं।

दोनों फिर खेत की डांड़ पर आए। देखा, सारा खेत रौंदा पड़ा हुआ है, और जबरा मड़ैया के नीचे चित लेटा है; मानो प्राण ही न हों।

दोनों खेत की दशा देख रहे थे। मुन्नी के मुख पर उदासी छाई थी। पर हल्कू प्रसन्न था।

मुन्नी ने चिन्तित होकर कहा – अब मजूरी करके मालगुज़ारी भरनी पड़ेगी।

हल्कू ने प्रसन्न-मुख से कहा- रात की ठंड में यहां सोना तो न पड़ेगा।

झांकी

कई दिनों से घर में कलह मचा हुआ था। मां अलग मुंह फुलाए बैठी थी, स्त्री अलग। घर की वायु में जैसे विष भरा हुआ था। रात को भोजन नहीं बना, दिन को मैंने स्टोव पर खिचड़ी डाली; पर खाया किसी ने नहीं। बच्चों को भी आज भूख न थी। छोटी लड़की कभी मेरे पास आकर खड़ी हो जाती, कभी माता के पास, कभी दादी के पास; पर कहीं उसके लिए प्यार की बातें न थीं। कोई उसे गोद में न उठाता, मानो उसने भी कोई अपराध किया हो। लड़का शाम को स्कूल से आया। किसी ने उसे कुछ खाने को न दिया, न उससे बोला, न कुछ पूछा। दोनों बरामदे में मन मारे बैठे हुए थे, शायद सोच रहे थे – घर में आज क्यों लोगों के हृदय उनसे इतने फिर गए हैं। भाई-बहन दिन में कितनी ही बार लड़ते हैं, रोना-पीटना भी कई बार हो जाता है; पर ऐसा कभी नहीं होता कि घर में खाना न पके या कोई किसी से बोले नहीं! यह कैसा झगड़ा है कि चौबीस घंटे गुज़र जाने पर भी शान्त नहीं होता, यह शायद उसकी समझ में न आता था।

झगड़े की जड़ कुछ न थी। अम्मां ने मेरी बहन के घर तीज भेजने के लिए जिन सामानों की सूची लिखाई, वह पत्नी जी को घर की स्थिति देखते हुए अधिक मालूम हुई। अम्मां खुद समझदार हैं। उन्होंने थोड़ी-बहुत काट-छांट कर दी थीं, लेकिन पत्नी जी के विचार में और काट-छांट होनी चाहिए थी। पांच साड़ियों की जगह तीन रहें, तो क्या बुराई है। खिलौने इतने क्या होंगे, इतनी मिठाई की क्या ज़रूरत! उनका कहना था – जब रोज़गार में कुछ मिलता नहीं; दैनिक कार्यों में खींचातानी करनी पड़ती है, दूध-घी के बजट में तख़लीफ़ हो गई, तो फिर तीज में क्यों इतनी उदारता की जाए? पहले घर में दिया जलाकर तब मसजिद में जलाते हैं। यह नहीं कि मसजिद में तो दिया जला दें और घर में अंधेरा पड़ा रहे। इसी बात पर सास-बहू में तकरार हो गई, फिर शाखें फूट निकलीं। बात कहां-से-कहां जा पहुंची, गड़े हुए मुरदे उखाड़े गए। अन्योक्तियों की बारी आई, व्यंग्य का दौर शुरू हुआ और मौनालंकार पर समाप्त हो गया।

मैं बड़े संकट में था। अगर अम्मां की तरफ़ से कुछ कहता हूं, तो पत्नी जी रोना-धोना शुरू करती हैं, अपने नसीबों को कोसने लगती हैं; पत्नी की-सी कहता हूं तो जन-मुरीद की उपाधि मिलती है। इसलिए बारी-बारी से दोनों पक्षों का समर्थन करता जाता था; पर स्वार्थवश मेरी सहानुभूति पत्नी के साथ ही थी। मेरे सिनेमा का बजट इधर साल-भर से बिल्कुल गायब हो गया था; पान-पत्ते के ख़र्च में भी कमी करनी पड़ी थी, बाज़ार की सैर बन्द हो गई थी। खुलकर तो अम्मां से कुछ न कह सकता था; पर दिल में समझ रहा था

कि ज़्यादती इन्हीं की है। दुकान का यह हाल है कि कभी-कभी बोहनी भी नहीं होती। असामियों से टका वसूल नहीं होता, तो इन पुरानी लकीरों को पीटकर क्यों अपनी जान संकट में डाली जाए?

बार-बार गृहस्थी के जंजाल में तबीयत झुंझलाती थी। घर में तीन तो प्राणी हैं और उनमें भी प्रेम-भाव नहीं। ऐसी गृहस्थी में आग लगा देनी चाहिए। कभी-कभी ऐसी सनक सवार हो जाती थी कि सबको छोड़-छाड़कर कहीं भाग जाऊं। जब अपने सिर पड़ेगी, तब इनको होश आएगा। तब मालूम होगा कि गृहस्थी कैसी चलती है। क्या जानता था कि वह विपत्ति झेलनी पड़ेगी, नहीं विवाह का नाम ही न लेता। तरह-तरह के कुत्सित भाव मन में आ रहे थे। कोई बात नहीं, अम्मां मुझे परेशान करना चाहती हैं। बहू उनके पांव नहीं दबाती, उनके सिर में तेल नहीं डालती, तो इसमें मेरा क्या दोष? मैंने उसे मना तो नहीं कर दिया। मुझे तो सच्चा आनन्द होगा; यदि सास-बहू में इतना प्रेम हो जाए; लेकिन यह मेरे वश की बात तो नहीं कि दोनों में प्रेम डाल दूं। अगर अम्मां ने अपनी सास की साड़ी धोई है, उनके पांव दबाए हैं, उनकी घुड़कियां खाई हैं, तो आज वह पुराना हिसाब बहू से क्यों चुकाना चाहती हैं? उन्हें क्यों दिखाई नहीं देता कि अब समय बदल गया है। बहुएं अब भयवश सास की गुलामी नहीं करतीं। प्रेम से चाहे उनके सिर के बाल नोच लो; लेकिन जो रोब दिखाकर उन पर शासन करना चाहा, तो वह दिन लद गए।

सारे शहर में जन्माष्टमी का उत्सव हो रहा था। मेरे घर में संग्राम छिड़ा हुआ था। सन्ध्या हो गई थी; पर सारा घर अंधेरा पड़ा था। नहूसत छाई हुई थी। मुझे अपनी पत्नी पर क्रोध आया। लड़ती हो, लड़ो; लेकिन घर में अंधेरा क्यों रखा है? जाकर कहा- क्या आज घर में चिराग न जलेंगे?

पत्नी ने मुंह फुलाकर कहा – जला क्यों नहीं लेते? तुम्हारे हाथ नहीं हैं?

मेरी देह में आग लग गई। बोला – तो क्या जब तुम्हारे चरण नहीं आए थे, तब घर में चिराग न जलते थे?

अम्मां ने आग को हवा दी – नहीं, तब सब लोग अंधेरे ही में पड़े रहते थे।

पत्नी जी को अम्मां की इस टिप्पणी ने जामे से बाहर कर दिया। बोलीं- जलाते होंगे मिट्टी की कुप्पी! लालटेन तो मैंने नहीं देखी। मुझे भी इस घर में आए दस साल हो गए।

मैंने डांटा – अच्छा चुप रहो, बहुत बढ़ो नहीं।

'ओ हो! तुम ऐसा डांट रहे हो, जैसे मुझे मोल लाए हो!'

'मैं कहता हूं, चुप रहो!'

'क्यों चुप रहूं। अगर एक कहोगे, तो दो सुनोगे!'

'इसी का नाम पतिव्रत है।'

'जैसा मुंह होता है, वैसे ही बीड़े मिलते हैं।'

मैं परास्त होकर बाहर चला आया, और अंधेरी कोठरी में बैठा हुआ, उस मनहूस घड़ी को कोसने लगा, जब इस कुलीच्छनी से मेरा विवाह हुआ था। इस अन्धकार में भी दस साल का जीवन सिनेमा-चित्रों की भांति मेरे स्मृति-नेत्रों के सामने दौड़ गया। उसमें कहीं प्रकाश की झलक न थी, कहीं स्नेह की मृदुता न थी।

2

सहसा मेरे मित्र पंडित जयदेव जी ने द्वार पर पुकारा – अरे, आज यह अंधेरा क्यों कर रखा है जी? कुछ सूझता ही नहीं। कहां हो?

मैंने कोई जवाब न दिया। सोचा – यह आज कहां से आकर सिर पर सवार हो गए?

जयदेव ने फिर पुकारा – अरे कहां हो भाई? बोलते क्यों नहीं? कोई घर में है या नहीं?

कहीं से कोई जवाब न मिला।

जयदेव ने द्वार को इतनी ज़ोर से झंझोड़ा कि मुझे भय हुआ, कहीं दरवाज़ा चौखट-बाजू समेत गिर न पड़े। फिर भी मैं बोला नहीं। उनका आना खल रहा था।

जयदेव चले गए। मैंने आराम की सांस ली। बारे शैतान टला, नहीं घंटों सिर खाता है।

मगर पांच ही मिनट में फिर किसी के पैरों की आहट मिली और अबकी टार्च के तीव्र प्रकाश से मेरा सारा कमरा भर उठा। जयदेव ने मुझे बैठे देखकर कुतूहल से पूछा – तुम कहां गए थे जी? घंटों चीख़ा, किसी ने जवाब तक न दिया। यह आज क्या मामला है! चिराग क्यों नहीं जले?

मैंने बहाना किया-क्या जाने, मेरे सिर में दर्द था, दूकान से आकर लेटा, तो नींद आ गई।

'और सोये तो घोड़ा बेचकर, मुर्दों से शर्त लगाकर?'

'हां यार, नींद आ गई।'

'मगर घर में चिराग तो जलाना चाहिए। या उनका Retrenchment कर दिया?'

'आज घर में लोग व्रत से हैं। न हाथ खाली होगा।'

"खैर चलो, कहीं झांकी देखने चलते हो? सेठ घूरेलाल के मन्दिर में ऐसी झांकी बनी है कि देखते ही बनता है। ऐसे शीशे और बिजली के सामान सजाए हैं कि आंखें झपक उठती हैं। अशोक के स्तम्भों में लाल-हरी-नीली बत्तियों की अनोखी बहार है। सिंहासन के ठीक सामने ऐसा फौवारा लगाया है कि उसमें से गुलाबजल की फुहारें निकलती हैं। मेरा तो चोला मस्त हो गया। सीधे तुम्हारे पास दौड़ा आ रहा हूं। बहुत झांकियां देखी होंगी तुमने, लेकिन यह और ही चीज़ है। आलम फटा पड़ता है। सुनते हैं, दिल्ली से कोई चतुर

कारीगर आया है। उसी की यह करामात है।'

मैंने उदासीन भाव से कहा- मेरी तो जाने की इच्छा नहीं है भाई। सिर में ज़ोर का दर्द है।

'तब तो ज़रूर चलो भाई। दर्द भाग न जाए तो कहना।'

'तुम तो यार बहुत दिक करते हो। इसी मारे मैं चुपचाप पड़ा था कि किसी तरह यह बला टले; लेकिन तुम सिर पर सवार हो ही गए। कह दिया – मैं न जाऊंगा।'

'और मैंने कह दिया – मैं ज़रूर ले जाऊंगा।'

मुझ पर विजय पाने का मेरे मित्रों को बहुत आसान नुस्खा याद है। यों हाथापाई, धींगा-मुश्ती, धौल-धप्पा में किसी से पीछे रहने वाला नहीं हूं, लेकिन किसी ने मुझे गुदगुदाया और मैं परास्त हुआ। फिर मेरी कुछ नहीं चलती। मैं हाथ जोड़ने लगता हूं, घिघियाने लगता हूं और कभी-कभी रोने लगता हूं। जयदेव ने वही नुस्खा आज़माया और उसकी जीत हो गई। सन्धि की यह शर्त ठहरी कि मैं चुपके से झांकी देखने चला चलूं।

3

सेठ घूरेलाल उन आदमियों में हैं, जिनका प्रातः को नाम ले लो, तो दिन-भर भोजन न मिले। उनके मक्खीचूसपने की सैकड़ों ही दन्तकथाएं नगर में प्रचलित हैं। कहते हैं कि एक बार मारवाड़ का एक भिखारी उनके द्वार पर डट गया कि भिक्षा लेकर ही जाऊंगा। सेठ जी भी अड़ गए थे कि भिक्षा न दूंगा, चाहे कुछ हो। मारवाड़ी उन्हीं के देश का था। कुछ देर तो उनके पूर्वजों का बखान करता रहा; फिर उनकी निन्दा करने लगा, अन्त में द्वार पर लेट रहा। सेठ जी ने रत्ती-भर परवाह न की। भिक्षुक भी अपनी धुन का पक्का था। सात दिन द्वार पर बे-दाना-पानी पड़ा रहा और अन्त में वहीं पर मर गया। तब सेठ जी पसीजे और उसकी क्रिया इतनी धूमधाम से की कि बहुत कम किसी ने की होगी। एक लाख ब्राह्मणों को भोजन कराया और लाख ही उन्हें दक्षिणा में दिया। भिक्षुक का सत्याग्रह सेठ जी के लिए वरदान हो गया। उनके अन्तःकरण में भक्ति का जैसे स्रोत खुल गया। अपनी सारी सम्पत्ति धर्मार्थ अर्पण कर दी।

हम लोग ठाकुरद्वारे में पहुंचे, तो दर्शकों की भीड़ लगी हुई थी। कन्धे-से-कन्धा छिलता था। आने और जाने के मार्ग अलग थे, फिर भी हमें आध घंटे के बाद भीतर जाने का अवसर मिला। जयदेव सजावट देख-देखकर लोट-पोट हुए जाते थे; पर मुझे ऐसा मालूम होता था कि इस बनावट और सजावट के मेले में कृष्ण की आत्मा कहीं खो गई है। उनकी वह रत्न-जटित, बिजली-सी जगमगाती मूर्ति देखकर मेरे मन में ग्लानि उत्पन्न हुई। इस रूप में भी प्रेम का निवास हो सकता है? हमने तो रत्नों में दर्प और अहंकार ही

भरा देखा है। मुझे उस वक्त वह याद न रहा, कि यह एक करोड़पति सेठ का मन्दिर है और धनी मनुष्य धन में लोटने वाले ईश्वर ही की कल्पना कर सकता है। धनी ईश्वर में ही उनकी श्रद्धा हो सकती है। जिसके पास धन नहीं, वह उनकी दया का पात्र हो सकता है, श्रद्धा का कदापि नहीं।

मन्दिर में जयदेव को सभी जानते हैं। उन्हें तो सभी जगह जानते हैं। मन्दिर के आंगन में संगीत-मंडली बैठी हुई थी। केलकर जी अपने गंधर्व-विद्यालय के कई शिष्यों के साथ तम्बरा लिए बैठे थे। पखावज, सितार, सरोद, वीणा और जाने कौन-कौन से बाजे, जिनके नाम भी मैं नहीं जानता; उनके शिष्यों के पास थे। कोई गीत बजाने की तैयारी हो रही थी। जयदेव को देखते ही केलकर जी ने पुकारा। मैं भी तुफैल में जा बैठा। एक क्षण में गीत शुरू हुआ। समां बंध गया। जहां इतना शोरगुल था कि तोप की आवाज भी न सुनाई देती, वहां जैसे माधुर्य के उस प्रवाह ने सब किसी को अपने में डुबा लिया। जो जहां था, वहीं मन्त्र-मुग्ध-सा खड़ा था। मेरी कल्पना कभी इतनी सचित्र और सजीव न थी। मेरे सामने न वह बिजली की चकाचौंध थी, न वह रत्नों की जगमगाहट, न वह भौतिक विभूतियों का समारोह। मेरे सामने वही यमुना का तट था, गुल्म-लताओं का बूंघट मुंह पर डाले हुए। वही मोहिनी गउएं थीं, वही गोपियों की जल-क्रीड़ा, वही वंशी की मधुर ध्वनि, वही शीतल चांदनी और वही प्यारा नन्द किशोर! जिसकी मुख-छवि में प्रेम और वात्सल्य की ज्योति थी, जिसके दर्शनों ही से हृदय निर्मल हो जाते थे।

4

मैं इसी आनन्द-विस्मृति की दशा में था, कि कंसर्ट बन्द हो गया और आचार्य केलकर के एक किशोर शिष्य ने धुरपद अलापना शुरू किया। कलाकारों की आदत है कि वह शब्दों को कुछ इस तरह तोड़-मरोड़ देते हैं कि अधिकांश सुनने वालों की समझ में नहीं आता, कि क्या गा रहे हैं। इस गीत का एक शब्द भी मेरी समझ में न आया; लेकिन कंठ-स्वर में कुछ ऐसी मादकता भरा लालित्य था कि प्रत्येक स्वर मुझे रोमांचित कर देता था। कंठ-स्वर में इतनी जादू-भरी शक्ति है, इसका मुझे आज कुछ अनुभव हुआ। मन में एक नए संसार की सृष्टि होने लगी, जहां आनन्द-ही-आनन्द, प्रेम-ही-प्रेम, त्याग-ही-त्याग है। ऐसा जान पड़ा, दुःख केवल चित्त की वृति है, सत्य है केवल आनन्द। एक स्वच्छ करुणा-भरी कोमलता, जैसे मन को मसोसने लगी। ऐसी भावना मन में उठी कि वहां जितने सज्जन बैठे हुए थे, सब मेरे अपने हैं, अभिन्न हैं। फिर अतीत के गर्भ में मेरे भाई की स्मृति-मूर्ति निकल आई। मेरा छोटा भाई बहुत दिन हुए, मुझसे लड़कर घर की जमा-जथा लेकर रंगून भाग गया था, और वहीं उसका देहान्त हो गया था। उसके

पाशविक व्यवहारों को याद करके मैं उन्मत्त हो उठता था। उसे जीता पा जाता, तो शायद उसका खून पी जाता; पर इस समय उस स्मृति-मूर्ति को देखकर मेरा मन जैसे मुखरित हो उठा। मैं उसे आलिंगन करने के लिए व्याकुल हो गया। उसने मेरे साथ, मेरी स्त्री के साथ, माता के साथ, मेरे बच्चों के साथ जो-जो कटु, नीच और घृणास्पद व्यवहार किए थे, वह सब मुझे भूल गए। मन में केवल यही भावना थी मेरा भैया कितना दुखी है। मुझे इस भाई के प्रति कभी इतनी ममता न हुई थी, फिर तो मन की वह दशा हो गई, जिसे विह्वला कह सकते हैं। शत्रु-भाव जैसे मन से मिट गया हो। जिन-जिन प्राणियों से मेरा बैर-भाव था, जिनसे गाली-गलौज, मारपीट, मक़दमेबाज़ी सब-कुछ हो चुकी थी, वह सभी जैसे मेरे गले में लिपट-लिपटकर हंस रहे थे! फिर विद्या (पत्नी) की मूर्ति मेरे सामने आ खड़ी हुई वह मूर्ति जिसे दस साल पहले मैंने देखा था उन आंखों में वही विकल कम्पन था, वही सन्दिग्ध विश्वास, कपोलों पर वही लज्जा-लालिमा, जैसे प्रेम के सरोवर से निकला हुआ कोई कमल-पुष्प हो। वही अनुराग, वही आवेश, वही उन्माद, वही याचना-भरी उत्सुकता; जिससे मैंने उसे न भूलने वाली रात को उसका स्वागत किया था, एक बार फिर मेरे हृदय में जाग उठी। मधुर स्मृतियों का जैसे स्रोत-सा खुल गया। जी ऐसा तड़पा कि इसी समय जाकर विद्या के चरणों पर सिर रगड़कर रोऊं और रोते-रोते बेसुध । हो जाऊं। मेरी आंखें सजल हो गईं। मेरे मुंह से जो कटु शब्द निकले थे, वह सब जैसे मेरे ही हृदय में गड़ने लगे! इसी दशा में, जैसी ममतामयी माता ने आकर मुझे गोद में उठा लिया। बालपन में जिस वात्सल्य का आनन्द उठाने की मुझमें शक्ति न थी, वह आनन्द आज मैंने उठाया।

गाना बन्द हो गया। सब लोग उठ-उठकर जाने लगे। मैं कल्पना-सागर में ही डूबा बैठा रहा।

सहसा जयदेव ने पुकारा – चलते हो, या बैठे ही रहोगे?

गुल्ली-डंडा

हमारे अंग्रेज़ीदां दोस्त माने या न मानें, मैं तो यही कहूंगा कि गुल्ली-डंडा सब खेलों का राजा है! अब भी कभी लड़कों को गुल्ली-डंडा खेलते देखता हूं, तो जी लोट-पोट हो जाता है कि इनके साथ जाकर खेलने लगूं। न लॉन की ज़रूरत, न कोर्ट की, न नेट की, न थापी की। मज़े से किसी पेड़ की एक टहनी काट ली, गुल्ली बना ली और दो आदमी भी आ गए, तो खेल शुरू हो गया। विलायती खेलों में सबसे बड़ा ऐब है कि उनके सामान महंगे होते हैं। जब तक कम-से-कम एक सैकड़ा न ख़र्च कीजिए, खिलाड़ियों में शुमार ही नहीं हो सकता। यह गुल्ली-डंडा है कि बिना हर्र-फिटकरी के चोखा रंग देता है; पर हम अंग्रेज़ी चीज़ों के पीछे ऐसे दीवाने हो रहे हैं कि अपनी सभी चीजों से अरुचि हो गई है। हमारे स्कूलों में हरेक लड़के से तीन-चार रुपये सालाना केवल खेलने की फीस ली जाती है। किसी को यह नहीं सूझता कि भारतीय खेल खेलाएं; जो बिना दाम-कौड़ी के खेले जाते हैं। अंग्रेज़ी खेल उनके लिए हैं, जिनके पास धन है। गरीब लड़कों के लिए क्यों यह व्यसन मढ़ते हो? ठीक है, गुल्ली से आंख फूट जाने का भय रहता है। तो क्या क्रिकेट से सिर फूट जाने, तिल्ली फट जाने, टांग टूट जाने का भय नहीं रहता? अगर हमारे माथे में गुल्ली का दाग़ आज तक बना हुआ है, तो हमारे कई दोस्त ऐसे भी हैं, जो थापी को बैसाखी से बदल बैठे। खैर, यह अपनी-अपनी रुचि है। मुझे गुल्ली ही सब खेलों में अच्छी लगती है और बचपन की मीठी स्मृतियों में गुल्ली ही सबसे मीठी है। वह प्रातःकाल घर से निकल जाना, वह पेड़ पर चढ़कर टहनियां काटना और गुल्ली-डंडे बनाना, वह उत्साह, वह लगन, वह खिलाड़ियों के जमघटे, वह पदना और पदाना; वह लड़ाई-झगड़े, वह सरल स्वभाव, जिसमें छूत-अछूत, अमीर-गरीब का बिल्कुल भेद न रहता था, जिसमें अमीराना चोचलों की, प्रदर्शन की, अभिमान की गुंजाइश ही न थी, यह उसी वक़्त भूलेगा जब... घरवाले बिगड़ रहे हैं, पिता जी चौके पर बैठे वेग से रोटियों पर अपना क्रोध उतार रहे हैं, अम्मां की दौड़ केवल द्वार तक है, लेकिन उनकी विचारधारा में मेरा अन्धकारमय भविष्य टूटी हुई नौका की तरह डगमगा रहा है, और मैं हूं कि पदाने में मस्त हूं, न नहाने की सुधि है, न खाने की। गुल्ली है तो ज़रा-सी; पर उसमें दुनिया-भर की मिठाइयों की मिठास और तमाशों का आनन्द भरा हुआ है।

मेरे हमजोलियों में एक लड़का गया नाम का था। मुझसे दो-तीन साल बड़ा होगा। दुबला, लम्बा, बन्दरों की-सी लम्बी-लम्बी पतली-पतली उंगलियां, बन्दरों की-सी ही चपलता, वही झल्लाहट। गुल्ली कैसी हो, उस पर इस तरह लपकता था; जैसे छिपकली

कीड़ों पर लपकती है। मालूम नहीं उसके मां-बाप थे या नहीं, कहां रहता था, क्या खाता था; पर था हमारे गुल्ली-क्लब का चैम्पियन। जिसकी तरफ़ वह आ जाए, उसकी जीत निश्चित थी! हम सब उसे दूर से आते देख, उसका दौड़कर स्वागत करते थे और उसे अपना गोइयां बना लेते थे।

एक दिन हम और गया दो ही खेल रहे थे। वह पदा रहा था, मैं पद रहा था; मगर कुछ विचित्र बात है कि पदाने में हम दिन-भर मस्त रह सकते हैं, पदना एक मिनट का भी अखरता है। मैंने गला छुड़ाने के लिए सब चालें चलीं, जो ऐसे अवसर पर शास्त्र-विहित न होने पर भी क्षम्य हैं, लेकिन गया अपना दांव लिये बगैर मेरा पिंड न छोड़ता था।

अनुनय-विनय का कोई असर न हुआ। मैं घर की ओर भागा।

गया ने मुझे दौड़कर पकड़ लिया और डंडा तानकर बोला – मेरा दांव देकर जाओ। पदाया तो बड़े बहादुर बनके, पदने की बेर क्यों भागे जाते हो?

'तुम दिन-भर पदाओ तो मैं दिन-भर पदता रहूं?'

'हां, तुम्हें दिन-भर पदना पड़ेगा।'

'न खाने जाऊं न पीने जाऊं?'

'हां, मेरा दांव दिए बिना कहीं नहीं जा सकते।'

'मैं तुम्हारा गुलाम हूं?'

'हां, मेरे गुलाम हो।'

'मैं घर जाता हूं, देखू मेरा क्या कर लेते हो?'

'घर कैसे जाओगे, कोई दिल्लगी है। दांव दिया, दांव लेंगे।'

'अच्छा, कल मैंने तुम्हें अमरूद खिलाया था। वह लौटा दो।'

'वह तो पेट में चला गया।'

'निकालो पेट से। तुमने क्यों खाया मेरा अमरूद?'

'अमरूद तुमने दिया, तब मैंने खाया। तुमसे मांगने न गया था।'

'जब तक मेरा अमरूद न दोगे, मैं दांव न दूंगा।'

मैं समझता था, न्याय मेरी ओर है। आखिर मैंने किसी स्वार्थ से ही उसे अमरूद खिलाया होगा। कौन निःस्वार्थ किसी के साथ सलूक करता है। भिक्षा तक तो स्वार्थ के लिए ही देते हैं। जब गया ने अमरूद खाया, तो फिर उसे मुझसे दांव लेने का क्या अधिकार है? रिश्वत देकर तो लोग खून पचा जाते हैं। यह मेरा अमरूद यों ही हजम कर जाएगा? अमरूद पैसे के पांच वाले थे, जो गया के बाप को भी नसीब न होंगे। यह सरासर अन्याय था।

गया ने मुझे अपनी ओर खींचते हुए कहा – मेरा दांव देकर जाओ, अमरूद-समरूद मैं नहीं जानता।

मुझे न्याय का बल था। वह अन्याय पर डटा हुआ था। मैं हाथ छुड़ाकर भागना चाहता था। वह मुझे जाने न देता था! मैंने गाली दी; उसने उससे कड़ी गाली दी, और गाली नहीं, दो-एक चांटा जमा दिया। मैंने उसे दांत काट लिया। उसने मेरी पीठ पर डंडा जमा दिया। मैं रोने लगा। गया मेरे इस अस्त्र का मुकाबला न कर सका। भागा। मैंने तुरन्त आंसू पोंछ डाले, डंडे की चोट भूल गया और हंसता हुआ घर में जा पहुंचा! मैं थानेदार का लड़का एक नीच जात के लौंडे के हाथों पिट गया, यह मुझे उस समय भी अपमानजनक मालूम हुआ; लेकिन घर में किसी से शिकायत न की।

2

उन्हीं दिनों पिता जी का वहां से तबादला हो गया। नई दुनिया देखने की खुशी में ऐसा फूला कि अपने हमजोलियों से बिछुड़ जाने का बिल्कुल दुःख न हुआ। पिता जी दुःखी थे। यह बड़ी आमदनी की जगह थी। अम्मां जी-भर दुःखी थीं, यहां सब चीजें सस्ती थीं, और मुहल्ले की स्त्रियों से घेराव-सा हो गया था, लेकिन मैं मारे खुशी के फूला न समाता था। लड़कों से जीट उड़ा रहा था, वहां ऐसे घर थोड़े ही होते हैं। ऐसे-ऐसे ऊंचे घर हैं कि आसमान से बातें करते हैं। वहां के अंग्रेज़ी स्कूल में कोई मास्टर लड़कों को पीटे, तो उसे जेहल हो जाए। मेरे मित्रों की फैली हुई आंखें और चकित मुद्रा बतला रही थीं कि मैं उनकी निगाह में कितना ऊंचा उठ गया हूं। बच्चों में मिथ्या को सत्य बना लेने की वह शक्ति है, जिसे हम, जो सत्य को मिथ्या बना लेते हैं, क्या समझेंगे। उन बेचारों को मुझसे कितनी स्पर्धा हो रही थी। मानो कह रहे थे- तुम भाग्यवान हो भाई, जाओ हमें तो इस ऊजड़ ग्राम में जीना भी है और मरना भी।

बीस साल गुज़र गए। मैंने इंजीनियरी पास की और उसी जिले का दौरा करता हुआ, उसी कस्बे में पहुंचा और डाकबंगले में ठहरा। उस स्थान को देखते ही इतनी मधुर बाल-स्मृतियां हृदय में जाग उठीं कि मैंने छड़ी उठाई और कस्बे की सैर करने निकला। आंखें किसी प्यासे पथिक की भांति बचपन के उन क्रीडा-स्थलों को देखने के लिए व्याकुल हो रही थीं; पर उस परिचित नाम के सिवा वहां और कुछ परिचित न था। जहां खंडहर था, पक्के मकान खड़े थे। जहां बरगद का पुराना पेड़ था; वहां अब एक सुन्दर बगीचा था। स्थान की काया-पलट हो गई थी। अगर उसके नाम और स्थिति का ज्ञान न होता, तो मैं इसे पहचान भी न सकता। बचपन की संचित और अमर स्मृतियां बांहें खोले अपने उन पुराने मित्रों से गले मिलने को अधीर हो रही थीं; मगर वह दुनिया बदल गई थी। ऐसा जी होता था कि उस धरती से लिपटकर रोऊं और कहूं, तुम मुझे भूल गईं। मैं तो अब भी तुम्हारा वही रूप देखना चाहता हूं।

सहसा एक खुली हुई जगह में मैंने दो-तीन लड़कों को गुल्ली-डंडा खेलते देखा। एक क्षण के लिए मैं अपने को बिल्कुल भूल गया। भूल गया कि मैं एक ऊंचा अफ़सर हूं, साहबी ठाठ में, रौब और अधिकार के आवरण में।

जाकर एक लड़के से पूछा- क्यों बेटे, यहां कोई गया नाम का आदमी रहता है?

एक लड़के ने गुल्ली-डंडा समेटकर सहमे हुए स्वर में कहा – कौन गया? गया चमार?

मैंने यों ही कहा – हां-हां वही। गया नाम का कोई आदमी है तो। शायद वही हो।

हां, है तो।

'जरा उसे बुला ला सकते हो?'

लड़का दौड़ा हुआ गया और एक क्षण में एक पांच हाथ के काले देव को साथ लिये आता दिखाई दिया। मैं दूर से पहचान गया। उसकी ओर लपकना चाहता था कि उसके गले लिपट जाऊं; पर कुछ सोचकर रह गया। बोला – कहो गया, मुझे पहचानते हो?

गया ने झुककर सलाम किया- हां, मालिक, भला पहचानूंगा क्यों नहीं? आप मजे में रहे?

'बहुत मज़े में। तुम अपनी कहो?'

'डिप्टी साहब का साईस हूं।'

'मतई, मोहन, दुर्गा यह सब कहां हैं? कुछ ख़बर है?'

'मतई तो मर गया, दुर्गा और मोहन दोनों डाकिए हो गए हैं, आप?'

'मैं तो जिले का इंजीनियर हूं?'

'सरकार तो पहले ही बड़े जहीन थे।'

'अब कभी गुल्ली-डंडा खेलते हो?'

गया ने मेरी ओर प्रश्न की आंखों से देखा – अब गुल्ली-डंडा क्या खेलूंगा सरकार, अब तो पेट के धन्धे से छुट्टी नहीं मिलती।

'आओ, आज हम-तुम खेलें। तुम पदाना, हम पदेंगे। तुम्हारा एक दांव हमारे ऊपर है। वह आज ले लो।'

गया बड़ी मुश्किल से राजी हुआ। वह ठहरा टके का मज़दूर, मैं एक बड़ा अफ़सर। हमारा और उसका क्या जोड़? बेचारा झेंप रहा था, लेकिन मुझे भी कुछ कम झेंप न थी; इसलिए नहीं कि मैं गया के साथ खेलने जा रहा था; बल्कि इसलिए कि लोग इस खेल को अजूबा समझकर इसका तमाशा बना लेंगे और अच्छी-खासी भीड़ लग जाएगी। उस भीड़ में वह आनन्द कहां रहेगा; पर खेले बगैर तो रहा नहीं जाता था। आख़िर निश्चय हुआ कि दोनों जने बस्ती से दूर जाकर एकान्त में खेलें। वहां कौन कोई देखने वाला बैठा होगा? मज़े से खेलेंगे और बचपन की उस मिठाई को खूब रस ले-लेकर खाएंगे। मैं गया

को लेकर डाकबंगले पर आया और मोटर में बैठकर दोनों मैदान की ओर चले। साथ में एक कुल्हाड़ी ले ली। मैं गम्भीर भाव धारण किए हुए था, लेकिन गया इसे अभी तक मज़ाक ही समझ रहा था। फिर भी उसके मुख पर उत्सुकता या आनन्द का कोई चिह्न था। शायद वह हम दोनों में जो अन्तर हो गया था, वह सोचने में मगन था।

मैंने पूछा – तुम्हें कभी हमारी याद आई थी गया? सच कहना।

गया झेंपता हुआ बोला – मैं आपको क्या याद करता हुजूर, किस लायक हूं। भाग में आपके साथ कुछ दिन खेलना बदा था, नहीं मेरी क्या गिनती!

मैंने कुछ उदास होकर कहा – लेकिन मुझे तो बराबर तुम्हारी याद आती थी। तुम्हारा वह डंडा, जो तुमने तानकर जमाया था, याद है न?

गया ने पछताते हुए कहा- वह लड़कपन था सरकार, उसकी याद न दिलाओ।

'वाह! वह मेरे बाल-जीवन की सबसे रसीली याद है। तुम्हारे उस डंडे में जो रस था, वह तो अब न आदर-सम्मान में पाता हूं, न धन में। कुछ ऐसी मिठास थी उसमें कि आज तक उससे मन मीठा होता रहता है।'

इतनी देर में हम बस्ती से कोई तीन मील निकल आए हैं। चारों तरफ सन्नाटा है। पश्चिम की ओर कोसों तक भीमताल फैला हुआ है, जहां आकर हम किसी समय कमल के पुष्प तोड़ ले जाते थे और उसके झुमके बनाकर कानों में डाल लेते थे। जेठ की सन्ध्या केसर में डूबी चली आ रही है। मैं लपककर एक पेड़ पर चढ़ गया और एक टहनी काट लाया। चटपट गुल्ली-डंडा बन गया।

खेल शुरू हो गया। मैंने गुच्ची में गुल्ली रखकर उछाली। गुल्ली गया के सामने से निकल गई। उसने हाथ लपकाया जैसे मछली पकड़ रहा हो। गुल्ली उसके पीछे जाकर गिरी। यह वही गया है, जिसके हाथों में गुल्ली जैसे आप-ही-आप जाकर बैठ जाती थी। वह दाएं-बाएं कहीं हो, गुल्ली उसकी हथेलियों में ही पहुंचती थी। जैसे गुल्लियों पर वशीकरण डाल देता हो। नई गुल्ली, पुरानी गुल्ली, छोटी गुल्ली, बड़ी गुल्ली, नोकदार गुल्ली, सपाट गुल्ली – सभी उसे मिल जाती थी। जैसे उसके हाथों में कोई चुम्बक हो, जो गुल्लियों को खींच लेता हो, लेकिन आज गुल्ली को उससे प्रेम नहीं रहा। फिर तो मैंने पदाना शुरू किया। मैं तरह-तरह की धांधलियां कर रहा था। अभ्यास की कसर बेईमानी से पूरी कर रहा था। हुच जाने पर भी डंडा खेले जाता था; हालांकि शास्त्र के अनुसार गया की बारी आनी चाहिए थी। गुल्ली पर जब ओछी चोट पड़ती और वह ज़रा दूर पर गिर पड़ती, तो मैं झटपट उसे खुद उठा लेता और दोबारा टांड़ लगाता। गया यह सारी बे-कायदगियां देख रहा था, पर कुछ न बोलता था, जैसे उसे वह सब कायदे-कानून भूल गए। उसका निशाना कितना अचूक था। गुल्ली उसके हाथ से निकलकर टन-से डंडे में आकर लगती थी। उसके हाथ से छूटकर उसका काम था डंडे से टकरा जाना; लेकिन आज वह

गुल्ली डंडे में लगती ही नहीं। कभी दाएं जाती है, कभी बाएं, कभी आगे, कभी पीछे।

आध घंटे पदाने के बाद एक बार गुल्ली डंडे में आ लगी। मैंने धांधली की, गुल्ली डंडे में नहीं लगी, बिल्कुल पास से गई; लेकिन लगी नहीं।

गया ने किसी प्रकार का असन्तोष न प्रकट किया।

'न लगी होगी।'

'डंडे में लगती तो क्या मैं बेईमानी करता?'

'नहीं भैया, तुम भला बेईमानी करोगे?'

बचपन में मजाल था, कि मैं ऐसा घपला करके जीता बचता। यही गया गरदन पर चढ़ बैठता; लेकिन आज मैं उसे कितनी आसानी से धोखा दिए चला जाता था। गधा है! सारी बातें भूल गया।

सहसा गुल्ली फिर डंडे में लगी और इतने ज़ोर से लगी जैसे बन्दूक छूटी हो। इस प्रमाण के सामने अब किसी तरह की धांधली करने का साहस मुझे इस वक्त भी न हो सका; लेकिन क्यों न एक बार सच को झूठ बनाने की चेष्टा करूं? मेरा हरज ही क्या है। मान गया, तो वाह-वाह नहीं तो दो-चार हाथ पदना ही तो पड़ेगा। अंधेरे का बहाना करके जल्दी से गला छुड़ा लूंगा। फिर कौन दांव देने आता है!

गया ने विजय के उल्लास में कहा – लग गई, लग गई! टन से बोली।

मैंने अनजान बनने की चेष्टा करके कहा – तुमने लगते देखा? मैंने तो नहीं देखा।

'टन से बोली है सरकार!'

'और जो किसी ईंट में लग गई हो?'

मेरे मुख से यह वाक्य उस समय कैसे निकला, इसका मुझे खुद आश्चर्य है। इस सत्य को झुठलाना वैसे ही था जैसे दिन को रात बताना। हम दोनों ने गुल्ली को डंडे में ज़ोर से लगते देखा था; लेकिन गया ने मेरा कथन स्वीकार कर लिया।

'हां, किसी ईंट में ही लगी होगी। डंडे में लगती, तो इतनी आवाज़ न आती।'

मैंने फिर पदाना शुरू कर दिया, लेकिन इतनी प्रत्यक्ष धांधली कर लेने के बाद, गया की सरलता पर मुझे दया आने लगी, इसलिए जब तीसरी बार गुल्ली डंडे में लगी, तो मैंने बड़ी उदारता से दांव देना तय कर दिया।

गया ने कहा – अब तो अंधेरा हो गया भैया, कल पर रखो।

मैंने सोचा, कल बहुत-सा समय होगा, यह न जाने कितनी देर पदाए, इसलिए इसी वक्त मुआमला साफ़ कर लेना अच्छा होगा।

'नहीं नहीं, अभी बहुत उजाला है। तुम अपना दांव ले लो।'

'गुल्ली सूझेगी नहीं।'

'कुछ परवाह नहीं।'

गया ने पदाना शुरू किया, पर उसे अब बिल्कुल अभ्यास न था। उसने दो बार टांड़ लगाने का इरादा किया; पर दोनों ही बार हुच गया। एक मिनट से कम में वह दांव पूरा कर चुका। बेचारा घंटा-भर पदा; पर एक मिनट ही में अपना दांव खो बैठा। मैंने अपने हृदय की विशालता का परिचय दिया।

'एक दांव और खेल लो। तुम पहले ही हाथ में हुच गए।'

'नहीं भैया, अब अंधेरा हो गया।'

'तुम्हारा अभ्यास छूट गया। क्या कभी खेलते नहीं?'

'खेलने का समय कहां मिलता है भैया!'

हम दोनों मोटर पर जा बैठे और चिराग जलते-जलते पड़ाव पर पहुंच गए। गया चलते-चलते बोला – कल यहां गुल्ली-डंडा होगा। सभी पुराने खिलाड़ी खेलेंगे। आप भी आओगे? जब आपको फुरसत हो, तभी खिलाड़ियों को बुलाऊं।

मैंने शाम का समय दिया और दूसरे दिन मैच देखने आया। कोई दस-दस आदमियों की मंडली थी। कई मेरे लड़कपन के साथी निकले। अधिकांश युवक थे, जिन्हें मैं पहचान न सका। खेल शुरू हुआ। मैं मोटर पर बैठा-बैठा तमाशा देखने लगा। आज गया का खेल, उसका वह नैपुण्य देखकर मैं चकित हो गया। टांड़ लगाता, तो गुल्ली आसमान से बातें करती। कल की-सी वह झिझक, वह हिचकिचाहट, वह बेदिली आज न थी। लड़कपन में जो बात थी, आज उसने प्रौढ़ता प्राप्त कर ली थी। कहीं कल इसने मुझे इस तरह पदाया होता, तो मैं ज़रूर रोने लगता। उसके डंडे की चोट खाकर गुल्ली दो सौ गज की ख़बर लाती थी।

पदने वालों में एक युवक ने धांधली की! उसने अपने विचार में गुल्ली लोक ली थी। गया का कहना था – गुल्ली ज़मीन में लगकर उछली थी। इस पर दोनों में ताल ठोंकने की नौबत आई। युवक दब गया। गया का तमतमाया हुआ चेहरा देखकर डर गया। अगर वह दब न जाता, तो ज़रूर मारपीट हो जाती। मैं खेल में न था; पर दूसरों के इस खेल में मुझे वही लड़कपन का आनन्द आ रहा था, जब हम सब-कुछ भूलकर खेल में मस्त हो जाते थे। अब मुझे मालूम हुआ कि कल गया ने मेरे साथ खेला नहीं, केवल खेलने का बहाना किया। उसने मुझे दया का पात्र समझा। मैंने धांधली की, बेईमानियां कीं; पर उसे ज़रा भी क्रोध न आया। इसलिए कि वह खेल न रहा था, मुझे खेला रहा था, मेरा मान रख रहा था। वह मुझे पदाकर मेरा कचूमर नहीं निकालना चाहता था। मैं अब अफ़सर हूं। यह अफ़सरी मेरे और उसके बीच में दीवार बन गई है। अब मैं उसका लिहाज पा सकता हूं, अदब पा सकता हूं, साहचर्य नहीं पा सकता। लड़कपन था, तब मैं उसका समकक्ष था। हममें कोई भेद न था। यह पद पाकर अब मैं केवल उसकी दया के योग्य हूं। वह मुझे अपना जोड़ नहीं समझता। वह बड़ा हो गया है, मैं छोटा हो गया हूं।

ज्योति

विधवा हो जाने के बाद बूटी का स्वभाव बहुत कटु हो गया था। जब बहुत जी जलता तो अपने मृत पति को कोसती- आप तो सिधार गए, मेरे लिए यह सारा जंजाल छोड़ गए! जब इतनी जल्दी जाना था, तो ब्याह न जाने किसलिए किया। घर भूनी भांग नहीं, चले थे ब्याह करने। वह चाहती तो दूसरी सगाई कर लेती। अहीरों में इसका रिवाज है। देखने-सुनने में भी बुरी न थी। दो आदमी तैयार भी थे; लेकिन बूटी पतिव्रता कहलाने के मोह को न छोड़ सकी। और यह सारा क्रोध उतरता था, बड़े लड़के मोहन पर! जो अब सोलह साल का था। सोहन अभी छोटा था और मैना लड़की थी। ये दोनों अभी किसी लायक न थे। अगर ये तीनों न होते, तो बूटी को क्यों इतना कष्ट होता? जिसका थोड़ा-सा काम कर देती; वह रोटी-कपड़ा दे देता। जब चाहती किसी के सिर बैठ जाती। अब अगर कहीं बैठ जाए, तो लोग यही कहेंगे तीन-तीन लड़कों के होते इसे क्या सूझी। मोहन भरसक उसका भार हल्का करने की चेष्टा करता। गायों, भैंसों की सानी-पानी, दुहना-मथना यह सब कर लेता, लेकिन बूटी का मुंह सीधा न होता था। वह रोज़ एक-न-एक खुचड़ निकालती रहती और मोहन ने भी उसकी घुड़कियों की परवाह करना छोड़ दिया था। पति उसके सिर गृहस्थी का यह भार पटककर क्यों चला गया? उसे यही गिला थी। बेचारी का सर्वनाश ही कर दिया! न खाने का सुख मिला, न पहनने-ओढ़ने का, न और किसी बात का। इस घर में क्या आई, मानो भट्ठी में पड़ गई! उसकी वैधव्य साधना और अतृप्त भोग-लालसा में सदैव द्वन्द्व-सा मचा रहता था और उसकी जलन में उसके हृदय की सारी मृदुता जलकर भस्म हो गई थी। पति के पीछे और कुछ नहीं तो बूटी के पास चार-पांच सौ के गहने थे, लेकिन एक-एक करके सब उसके हाथ से निकल गए। उसी मुहल्ले में, उसकी बिरादरी में, कितनी औरतें थीं, जो उससे जेठ होने पर भी गहने झमकाकर, आंखों में काजल लगाकर, मांग में सेंदुर की मोटीसी रेखा डालकर मानो उसे जलाया करती थीं; इसलिए जब उनमें से कोई विधवा हो जाती, तो बूटी को खुशी होती और यह सारी जलन वह लड़कों पर निकालती, विशेषकर मोहन पर। वह शायद सारे संसार की स्त्रियों को अपने ही रूप में देखना चाहती थी। कुत्सा में उसे विशेष आनन्द मिलता था। उसकी वंचित लालसा जल न पाकर ओस चाट लेने में ही सन्तुष्ट होती थी; फिर यह कैसे सम्भव था कि वह मोहन के विषय में कुछ सुने और पेट में डाल ले। ज्यों ही मोहन सन्ध्या समय दुध बेचकर घर आया, बूटी ने कहा- देखती हूं, तू अब सांड़ बनने पर उतारू हो गया है।

मोहन ने प्रश्न के भाव से देखा – कैसा सांड़! क्या बात है?

'तू रुपिया से छिप-छिपकर नहीं हंसता-बोलता? उस पर कहता है कैसा सांड? तुझे लाज नहीं आती! घर में पैसे-पैसे की तंगी है और वहां उसके लिए पान लाए जाते हैं, कपड़े रंगाए जाते हैं।

मोहन ने विद्रोह का भाव धारण किया- अगर उसने मुझसे चार पैसे के पान मांगे तो क्या करता? कहता कि पैसे दो तो लाऊंगा। अपनी धोती रंगने को दी, तो उससे रंगाई मांगता?

'टोले में एक तू ही बड़ा धन्ना सेठ है? और किसी से उसने क्यों न कहा?'

'यह वह जाने, मैं क्या बताऊं।'

'तुझे अब छैला बनने की सूझती है! घर में भी कभी एक पैसे का पान लाया?'

'यहां पान किसके लिए लाता?'

'क्या तेरे लेखे घर में सब मर गए?'

'मैं न जानता था, तुम पान खाना चाहती हो।'

'संसार में एक रुपिया ही पान खाने जोग है?'

'शौक-सिंगार की भी तो उमिर होती है।'

बूटी जल उठी। उसे बुढ़िया कह देना उसकी सारी साधना पर पानी फेर देना था। बुढ़ापे में उन साधनाओं का महत्त्व ही क्या। जिस त्याग-कल्पना के बल पर वह सब स्त्रियों के सामने सिर उठाकर चलती थी, उस पर इतना कठोराघात! इन्हीं लड़कों के पीछे उसने अपनी जवानी धूल में मिला दी। उसके आदमी को मरे आज पांच साल हुए। तब उसकी चढ़ती जवानी थी। तीन लड़के भगवान ने उसके गले मढ़ दिए, नहीं अभी वह है कै दिन की। चाहती तो आज वह भी ओठ लाल किए, पांव में महावर लगाए, अनवट-बिछुए पहने मटकती फिरती। वह सब-कुछ उसने इन लड़कों के कारन त्याग दिया और आज मोहन उसे बुढ़िया कहता है? रुपिया उसके सामने खड़ी कर दी जाए, तो चुहिया-सी लगे। फिर भी वह जवान है, और बूटी बुढ़िया है।

बोली – हां, और क्या! मेरे लिए तो अब फटे-चिथड़े पहनने के दिन हैं। जब तेरा बाप मरा तो मैं रुपिया से दो ही चार साल बड़ी थी। उस वक़्त कोई घर कर लेती, तो तुम लोगों का कहीं पता न चलता। गली-गली भीख मांगते फिरते। लेकिन मैं कहे देती हूं, अगर तू फिर उससे बोला तो या तो तू ही घर में रहेगा या मैं ही रहूंगी।

मोहन ने डरते-डरते कहा – मैं उसे बात दे चुका हूं अम्मां।

'कैसी बात?'

'सगाई की।

'अगर रुपिया मेरे घर में आई तो झाड़ मारकर निकाल दूंगी। यह सब उसकी मां

की माया है। वह कुटनी मेरे लड़के को मुझसे छीने लेती है। रांड़ से इतना भी नहीं देखा जाता। चाहती है कि उसे सौत बनाकर छाती पर बैठा दे।

मोहन ने व्यथित कंठ से कहा – अम्मां, ईश्वर के लिए चुप रहो। क्यों अपना पानी आप खो रही हो। मैंने तो समझा था, चार दिन में मैना अपने घर चली जाएगी; तुम अकेली पड़ जाओगी, इसलिए उसे लाने की बात सोच रहा था। अगर तुम्हें बुरा लगता है तो जाने दो।

'तू आज से यहीं आंगन में सोया कर।'

'और गायें-भैंसें बाहर पड़ी रहेंगी?'

'पड़ी रहने दे, कोई डाका नहीं पड़ा जाता।'

'मुझ पर तुझे इतना सन्देह है?'

'हां!

'तो मैं यहां न सोऊंगा।'

'तो निकल जा मेरे घर से।'

'हां, तेरी यही इच्छा है तो निकल जाऊंगा।'

मैना ने भोजन पकाया। मोहन ने कहा, मुझे भूख नहीं है। बूटी उसे मनाने न आई। मोहन का युवक हृदय माता के इस कठोर शासन को किसी तरह स्वीकार नहीं कर सकता। उसका घर है, ले ले। अपने लिए वह कोई दूसरा ठिकाना ढूंढ़ निकालेगा। रुपिया ने उसके रूखे जीवन में एक स्निग्धता भर दी थी; जब वह एक अव्यक्त कामना से चंचल हो रहा था, जीवन कुछ सूना-सूना लगता था, रुपिया ने नव-वसन्त की भांति आकर उसे पल्लवित कर दिया। मोहन को जीवन में एक मीठा स्वाद मिलने लगा। कोई काम करता होता; पर ध्यान रुपिया की ओर लगा रहता। सोचता; उसे क्या दे दे कि वह प्रसन्न हो जाए! अब वह कौन मुंह लेकर उसके पास जाए? क्या उससे कहे कि अम्मां ने मुझे तुझसे मिलने को मना किया है? अभी कल ही तो बरगद के नीचे दोनों में कैसी-कैसी बातें हुई थीं। मोहन ने कहा था – रूपा, तुम इतनी सुन्दर हो; तुम्हारे सौ गाहक निकल आएंगे। मेरे घर में तुम्हारे लिए क्या रक्खा है? इस पर रुपिया ने जो जवाब दिया था, वह तो संगीत की तरह अब भी उसके प्राणों में बसा हुआ था – मैं तो तुमको चाहती हूं मोहन, अकेले तुमको। परगने के चौधरी हो जाव, तब भी मोहन हो; मजूरी करने लगो, तब भी मोहन हो। उसी रुपिया से आज वह जाकर कहे – मुझे अब तुमसे कोई सरोकार नहीं है!

नहीं, यह नहीं हो सकता। उसे घर की परवाह नहीं है। वह रुपिया के साथ मां से अलग रहेगा। इस जगह न सही, किसी दूसरे मोहल्ले में सही। इस वक़्त भी रुपिया उसकी राह देख रही होगी। कैसे अच्छे बीड़े लगाती है। कहीं अम्मां सुन पावें कि वह

रात को रुपिया के द्वार पर गया था, तो परान ही दे दें। दे दें परान! अपने भाग तो नहीं बखानती कि ऐसी देवी बहू मिली जाती है। न जाने क्यों रुपिया से इतनी चिढ़ती है। वह ज़रा पान खा लेती है, ज़रा साड़ी रंगकर पहनती है। बस यही तो।

चूड़ियों की झनकार सुनाई दी। रुपिया आ रही है। हां, वही है।

रुपिया उसके सिरहाने आकर बोली – सो गए क्या मोहन? घड़ी-भर से तुम्हारी राह देख रही हूं। आए क्यों नहीं?

मोहन नींद का मक्कर किए पड़ा रहा।

रुपिया ने उसका सिर हिलाकर फिर कहा – क्या सो गए मोहन?

उन कोमल उंगलियों के स्पर्श में क्या सिद्धि थी, कौन जाने। मोहन की सारी आत्मा उन्मत्त हो उठी। उसके प्राण बाहर निकलकर रुपिया के चरणों में समर्पित हो जाने के लिए उछल पड़े। देवी वरदान के लिए सामने खड़ी है। सारा विश्व जैसे नाच रहा है। उसे मालूम हुआ, जैसे उसका शरीर लुप्त हो गया है, केवल वह एक मधुर स्वर की भांति विश्व की गोद से चिमटा हुआ उसके साथ नृत्य कर रहा है।

रुपिया ने फिर कहा – अभी से सो गए क्या जी?

मोहन बोला- हां, ज़रा नींद आ गई थी रूपा। तुम इस वक्त क्या करने आईं? कहीं अम्मां देख लें, तो तुझे मार ही डालें।

'तुम आज आए क्यों नहीं?'

'आज अम्मां से लड़ाई हो गई।'

'क्या कहती थीं?'

'कहती थीं, रुपिया से बोलेगा तो परान दे दूंगी।'

'तुमने पूछा नहीं रुपिया से क्यों चिढ़ती हो?'

'अब उनकी बात क्या कहूं रूपा। वह किसी का खाना-पहनना नहीं देख सकतीं। अब मुझे तुमसे दूर रहना पड़ेगा।'

'मेरा जी तो न मानेगा।'

'ऐसी बात करोगी, तो मैं तुम्हें लेकर भाग जाऊंगा।'

'तुम मेरे पास एक बार रोज़ आ जाया करो। बस, और मैं कुछ नहीं चाहती।'

'और अम्मां जो बिगड़ेंगी?'

'तो मैं समझ गई। तुम मुझे प्यार नहीं करते।'

'मेरा बस होता तो तुमको अपने परान में रख लेता।'

इसी समय घर के किवाड़ खटके। रुपिया भाग गई।

2

मोहन दूसरे दिन सोकर उठा, तो उसके हृदय में आनन्द का सागर-सा भरा हुआ था। वह सोहन को बराबर डांटता रहता था। सोहन आलसी था। घर के काम-धन्धे में जी न लगाता था। आज भी वह आंगन में बैठा अपनी धोती में साबुन छिपाकर भाग जाने का अवसर खोजने लगा।

मोहन ने मुस्कुराकर कहा – क्या धोती बहुत मैली हो गई है सोहन? धोबी को क्यों नहीं देते?

सोहन को इन शब्दों में स्नेह की गन्ध आई।

'धोबिन पैसे मांगती है।'

'तो पैसे अम्मां से क्यों नहीं मांग लेते?'

'अम्मां कौन पैसे दिए देती है।'

'तो मुझसे ले लो!'

यह कह उसने एक इकन्नी उसकी ओर फेंक दी। सोहन प्रसन्न हो गया। भाई और माता दोनों ही उसे धिक्कारते थे। बहुत दिनों के बाद आज उसे स्नेह की मधुरता का स्वाद मिला। इकन्नी उठा ली और धोती को वहीं छोड़कर गाय को खोलकर ले चला।

मोहन ने कहा – तुम रहने दो, मैं इसे लिये जाता हूं।

सोहन ने पगहिया भाई को देकर फिर पूछा – तुम्हारे लिए चिलम रख लाऊं?

जीवन में आज पहली बार सोहन ने भाई के प्रति ऐसा सद्भाव प्रकट किया। इसमें क्या रहस्य है; यह मोहन की समझ में न आया। बोला – आग हो तो रख लाओ।

मैना सिर के बाल खोले आंगन में घरौंदा बना रही थी। मोहन को देखते ही उसने घरौंदा बिगाड़ दिया और अंचल से बाल छिपाकर रसोईघर में बरतन उठाने चली।

मोहन ने पूछा- क्या खेल रही थी मैना?

मैना डरी हुई बोली – कुछ तो नहीं।

'तू तो बहुत अच्छे घरौंदे बनाती है। ज़रा बना, देखू।'

मैना का रुंआसा चेहरा खिल उठा। प्रेम के शब्द में कितना जादू है। मुंह से निकलते ही जैसे सुगन्ध फैल गई। जिसने सुना उसका हृदय खिल उठा। जहां भय था, वहां विश्वास चमक उठा। जहां कटुता थी, वहां अपनापा छलक पड़ा। चारों ओर चेतनता छोड़ गई। कहीं आलस्य नहीं, कहीं खिन्नता नहीं। मोहन का हृदय आज प्रेम से भरा हुआ है। उसमें सुगन्ध का विकर्षण हो रहा है।

मैना घरौंदा बनाने बैठ गई।

मोहन ने उसके उलझे हुए बालों को सुलझाते हुए कहा – तेरी गुड़िया का ब्याह कब होगा मैना, नेवता दे, कुछ मिठाई खाने को मिले।

मैना का मन आकाश में उड़ने लगा। अब भैया पानी मांगे, तो वह लोटे को राख से खूब चमाचम करके पानी ले जाएगी।

'अम्मां पैसे नहीं देती। गुड्डा तो ठीक हो गया है। टीका कैसे भेजूं?'

'कितने पैसे लेगी?'

'एक पैसे के बतासे लूंगी और एक पैसे का रंग। जोड़े तो रंगे जाएंगे कि नहीं?'

'तो दो पैसे में तेरा काम चल जाएगा?'

'जो दो पैसे दे दो भैया, तो मेरी गुड़िया का ब्याह धूमधाम से हो जाए।'

मोहन ने पैसे हाथ में लेकर मैना को दिखाए। मैना लपकी, मोहन ने हाथ ऊपर उठाया, मैना ने हाथ पकड़कर नीचे खींचना शुरू किया। मोहन ने उसे गोद में उठा लिया। मैना ने पैसे ले लिये और नीचे उतरकर नाचने लगी। फिर अपनी सहेलियों को विवाह का नेवता देने के लिए भागी।

उसी वक़्त बूटी गोबर का झौवा लिये आ पहुंची। मोहन को खड़े देखकर कठोर स्वर में बोली – अभी तक मटरगस्ती ही हो रही है। भैंस कब दुही जाएगी?

आज बूटी को मोहन ने विद्रोह-भरा जवाब न दिया। जैसे उसके मन में माधुर्य का कोई सोता-सा खुल गया हो। माता को गोबर का बोझ लिये देखकर उसने झौवा उसके सिर से उतार दिया। बूटी ने कहा – रहने दे, रहने दे, जाकर भैंस दुह, मैं तो गोबर लिये जाती हूं।

'तुम इतना भारी बोझ क्यों उठा लेती हो, मुझे क्यों नहीं बुला लेती?'

माता का हृदय वात्सल्य से गद्‌गद्‌ हो उठा।

'तू जा अपना काम देख। मेरे पीछे क्यों पड़ता है?'

'गोबर निकालने का काम मेरा है।'

'और दूध कौन दुहेगा?'

'वह भी मैं करूंगा।'

'तू इतना बड़ा जोधा है कि सारे काम कर लेगा?'

'जितना कहता हूं, उतना कर लूंगा।'

'तो मैं क्या करूंगी?'

'तुम लड़कों से काम लो; जो तुम्हारा धर्म है।'

'मेरी सुनता है कोई?'

3

आज मोहन बाज़ार से दूध पहुंचाकर लौटा, तो पान, कत्था, सुपारी, एक छोटा-सा पानदान और थोड़ी-सी मिठाई लाया। बूटी बिगड़कर बोली – आज पैसे कहीं फालतू मिल गए थे क्या? इस तरह उड़ावेगा तो कै दिन निबाह होगा?

'मैंने तो एक पैसा भी नहीं उड़ाया अम्मां। पहले मैं समझता था, तुम पान खाती ही नहीं।

'तो अब मैं पान खाऊंगी!'

'हां और क्या। जिसके दो-दो जवान बेटे हों, क्या वह इतना शौक़ भी न करे?'

बूटी के सूखे कठोर हृदय में कहीं से कुछ हरियाली निकल गई, एक नन्ही-सी कोंपल थी, लेकिन उसके अन्दर कितना जीवन, कितना रस था। उसने मैना और सोहन को एक-एक मिठाई दे दी और मोहन को देने लगी।

'मिठाई तो लड़कों के लिए लाया था अम्मां।'

'और तू तो बूढ़ा हो गया, क्यों?'

'इन लड़कों के सामने तो बूढ़ा ही हूं।'

'लेकिन मेरे सामने तो लड़का ही है।'

मोहन ने मिठाई ले ली। मैना ने मिठाई पाते ही गप से मुंह में डाल ली थी। वह केवल मिठास का स्वाद जीभ पर छोड़कर कब की गायब हो चुकी थी। मोहन की मिठाई को ललचाई आंखों से देखने लगी। मोहन ने आधा लड्डू तोड़कर मैना को दे दिया। एक मिठाई दोने में और बची थी। बूटी ने उसे मोहन की तरफ बढ़ाकर कहा – लाया भी तो इतनी-सी मिठाई। यह ले ले।

मोहन ने आधी मिठाई मुंह में डालकर कहा – यह तुम्हारा हिस्सा है, अम्मां।

'तुम्हें खाते देखकर मुझे जो आनन्द मिलता है, उसमें मिठास से ज़्यादा स्वाद है।'

उसने आधी मिठाई सोहन को और आधी मोहन को दे दी; फिर पानदान खोलकर देखने लगी। आज जीवन में पहली बार उसे यह सौभाग्य प्राप्त हुआ। धन्य भाग कि पति के राज में जिस विभूति के लिए तरसती रही, वह लड़के के राज में मिली। पानदान में नई कुल्हियां हैं। और देखो, दो छोटी-छोटी चिमचियां भी हैं, ऊपर कड़ा लगा हुआ है। जहां चाहो लटकाकर ले जाव। ऊपर की तश्तरी में पान रखे जाएंगे। ज्यों ही मोहन बाहर चला गया, उसने पानदान को मांज-धोकर उसमें चूना-कत्था भरा, सुपारी काटी, पान को भिगोकर तश्तरी में रखा। तब एक बीड़ा लगाकर खाया। उस बीड़े के रस ने जैसे उसके वैधव्य की कटुता को स्निग्ध कर दिया। मन की प्रसन्नता व्यवहार में उदारता बन जाती है। अब वह घर में नहीं बैठ सकती। उसका मन इतना गहरा नहीं है कि इतनी

बड़ी विभूति उसमें जाकर गुम हो जाए। एक पुराना आईना पड़ा हुआ है। उसने उसमें अपना मुंह देखा। ओठों पर लाली तो नहीं है। मुंह लाल करने के लिए उसने थोड़े ही पान खाया है।

धनिया ने आकर कहा – काकी, तनिक रस्सी दे दो, मेरी रस्सी टूट गई है।

कल बूटी ने साफ़ कह दिया होता, मेरी रस्सी गांव-भर के लिए नहीं है। रस्सी टूट गई है तो बनवा लो। आज उसने धनिया को रस्सी निकालकर प्रसन्न मुख से दे दी और सद्भाव से पूछा – लड़के के दस्त बन्द हुए कि नहीं धनिया?

धनिया ने उदास मन से कहा- नहीं काकी, आज तो दिन-भर दस्त आए। जाने दांत आ रहे हैं।

'पानी भर ले तो चल ज़रा देखू, दांत ही हैं कि और कुछ फसाद है। किसी की नज़र-वजर तो नहीं लगी?'

'अब क्या जाने काकी, कौन जाने किसी की आंख फूटी हो।'

'चंचल लड़कों को नज़र का बड़ा डर रहता है।'

'जाते चुमकारकर बुलाया, झट उसकी गोद में चला जाता है। ऐसा हंसता है कि तुमसे क्या कहूं।

'कभी-कभी मां की नज़र भी लग जाया करती है।'

'ऐ नौज काकी, भला कोई अपने लड़के को नज़र लगाएगा?'

'यही तो तू समझती नहीं। नज़र आप-ही-आप लग जाती है।' धनिया पानी लेकर आई तो बूटी उसके साथ बच्चे को देखने चली।

'नहीं अम्मां, रुपिया आ जाती है, घर का कुछ काम कर देती है, नहीं अकेले तो मेरी मरन हो जाती।

बूटी को आश्चर्य हुआ। रुपिया को उसने केवल तितली समझ रखा था।

'रुपिया!

'हां काकी, बेचारी बड़ी सीधी है। झ देती है, चौका-बरतन कर देती है, लड़के को संभालती है। गाढ़े समय कौन किसी की बात पूछता है काकी!'

'उसे तो अपने मिस्सी-काजल से छुट्टी नहीं मिलती होगी!'

'यह तो अपनी-अपनी रुचि है काकी। मुझे तो इस मिस्सी-काजल वाली ने जितना सहारा दिया, उतना किसी भक्तिन ने न दिया। बेचारी रात-भर जागती रही। मैंने कुछ दे तो नहीं दिया। हां, जब तक जीऊंगी उसका जस गाऊंगी।'

'तू उसके गुन अभी नहीं जानती धनिया। पान के लिए पैसे कहां से आते हैं? किनारदार साड़ियां कहां से आती हैं?'

'मैं इन बातों में नहीं पड़ती काकी। फिर शौक़-सिंगार करने को किसका जी नहीं

चाहता? खाने-पहनने की यही तो उमिर है।'

धनिया का घर आ गया। आंगन में रुपिया बच्चे को गोद में लिये थपक रही थी। बच्चा सो गया था।

धनिया ने बच्चे को खटोले पर सुला दिया। बूटी ने बच्चे के सिर पर हाथ रखा, पेट में धीरे-धीरे उंगली गड़ाकर देखा। नाभि पर हींग का लेप करने को कहा। रुपिया बेनिया लाकर उसे झलने लगी।

बूटी ने कहा – ला बेनिया मुझे दे दो।

'मैं डुला दूंगी तो क्या छोटी हो जाऊंगी?'

'त दिन-भर यहां काम-धन्धा करती रही है। थक गई होगी।'

'तुम इतनी भलीमानस हो, और यहां लोग कहते थे कि वह बिना गाली के बात नहीं करती। मारे डर के तुम्हारे पास न आई।'

बूटी मुस्कुराई।

'लोग झूठ तो नहीं कहते।'

'मैं आंखों की देखी मानूं कि कानों की सुनी?'

आज भी रुपिया आंखों में काजल लगाए, पान खाए, रंगीन साड़ी पहने हुए थी; किन्तु आज बूटी को मालूम हुआ, इस फूल में केवल रंग नहीं है, सुगन्ध भी है। उसके मन में रुपिया से जो घृणा हो गई थी, वह किसी दैवी-मन्त्र में धुल-सी गई। कितनी सुशील लड़की है, कितनी लज्जातुर। बोली कितनी मीठी है। आजकल की लड़कियां अपने बच्चों की तो परवाह नहीं करतीं, दूसरों के लिए कौन मरता है! सारी रात धनिया के लड़के को लिये जागती रही! मोहन ने कल की बातें इससे कह तो दी होंगी। दूसरी लड़की होती तो मेरी ओर से मुंह फेर लेती, मुझे जलाती, मुझसे ऐंठती! इसे तो जैसे कुछ मालूम ही न हो। हो सकता है कि मोहन ने इससे कुछ कहा ही न हो। हां, यही बात है।

आज रुपिया बूटी को बड़ी सुन्दर लगी। ठीक तो है, अभी शौक़-सिंगार न करेगी तो कब करेगी,? शौक़-सिंगार इसलिए बुरा लगता है कि ऐसे आदमी अपने भोग-विलास में मस्त रहते हैं। किसी के घर में आग लग जाए, उनसे मतलब नहीं। उनका काम तो ख़ाली दूसरों को रिझाना है। जैसे अपने रूप की दुकान सजाए, राह-चलतों को बुलाते हों कि ज़रा इस दुकान की सैर भी करते जाइए। ऐसे उपकारी प्राणियों का सिंगार बुरा नहीं लगता। नहीं, बल्कि और अच्छा लगता है। इससे मालूम होता है कि इसका रूप जितना सुन्दर है, उतना ही मन भी सुन्दर है; फिर कौन नहीं चाहता कि लोग उसके रूप का बखान करें। किसे दूसरों की आंखों में खुब जाने की लालसा नहीं होती? बूटी का यौवन कब का विदा हो चुका; फिर भी यह लालसा उसे बनी हुई है। कोई उसे रस-भरी आंखों से देख

लेता है, तो उसका मन कितना प्रसन्न हो जाता है। ज़मीन पर पांव नहीं पड़ते; फिर रूपा तो अभी जवान है।

उस दिन से रूपा प्रायः दो-एक बार नित्य बूटी के घर आती। बूटी ने मोहन से आग्रह करके उसके लिए एक अच्छी-सी साड़ी मंगवा दी। अगर रूपा कभी बिना काजल लगाए या बेरंगी साड़ी पहने आ जाती, तो बूटी कहती- बहू-बेटियों का यह जोगिया भेस अच्छा नहीं लगता है। यह भेस तो हम-जैसी बुढ़ियों के लिए है।

रूपा ने एक दिन कहा – तुम बूढ़ी काहे को हो गईं अम्मां। लोगों को इशारा मिल जाए, तो भौरों की तरह तुम्हारे ऊपर मंडराने लगें। मेरे दादा तो तुम्हारे द्वार पर धरना देने लगें।

बूटी ने मीठे तिरस्कार से कहा – चल, मैं तेरी मां की सौत बनकर जाऊंगी?

'अम्मां तो बूढ़ी हो गईं!'

'तो क्या तेरे दादा अभी जवान बैठे हैं।'

'हां ऐया, बड़ी अच्छी मिट्टी है उनकी।'

बूटी ने उसकी ओर रस-भरी आंखों से देखकर पूछा- अच्छा बता, मोहन से तेरा ब्याह कर दूं?

रूपा लजा गई। मुख पर गुलाब की आभा दौड़ गई!

आज मोहन दूध बेचकर लौटा तो बूटी ने कहा – कुछ रुपये-पैसे जुटा, मैं रूपा से तेरी बातचीत कर रही हूं।

दिल की रानी

जिन वीर तुर्कों के प्रखर प्रताप से ईसाई-दुनिया कांप रही थी, उन्हीं का रक्त आज कुस्तुन्तुनिया की गलियों में बह रहा है। वही कुस्तुन्तुनिया, जो सौ साल पहले तुर्कों के आतंक से आहत हो रहा था, आज उनके गरम रक्त से अपना कलेजा ठंडा कर रहा है। सत्तर हज़ार तुर्क योद्धाओं की लाशें बास-फरस की लहरों पर तैर रही हैं और तुर्की सेनापति एक लाख सिपाहियों के साथ तैमूरी तेज के सामने अपनी किस्मत का फैसला सुनने के लिए खड़ा है।

तैमूर ने विजय से भरी आंखें उठाईं और सेनापति यज़दानी की ओर देखकर सिंह के समान गरजा – क्या चाहते हो, ज़िन्दगी या मौत?

यज़दानी ने गर्व से सिर उठाकर कहा – इज़्ज़त की ज़िन्दगी मिले तो ज़िन्दगी, वरना मौत।

तैमूर का क्रोध प्रचंड हो उठा। उसने बड़े-बड़े अभिमानियों का सिर नीचा कर दिया था। यह जवाब इस अवसर पर सुनने की उसे ताब न थी। इन एक लाख आदमियों की जान उसकी मुट्ठी में है। उन्हें वह एक क्षण में मसल सकता है। उस पर भी इतना अभिमान! इज्जत की ज़िन्दगी! इसका यही तो अर्थ है कि गरीबों का जीवन अमीरों के भोग-विलास पर बलिदान किया जाए, वही शराब की मजलिसें हमें, वही अरमीनिया और काफ़ की परियां... नहीं, तैमूर ने ख़लीफ़ा बायज़ीद का घमंड इसलिए नहीं तोड़ा है कि तुर्को को फिर उस मदान्ध स्वाधीनता में इस्लाम का नाम डुबाने को छोड़ दे। तब उसे इतना रक्त बहाने की ज़रूरत थी। मानव-रक्त का प्रवाह संगीत का प्रवाह नहीं, रस का प्रवाह नहींएक वीभत्स दृश्य है, जिसे देखकर आंखें मुंह फेर लेती हैं, हृदय सिर झुका लेता है। तैमूर कोई हिंसक पशु नहीं है, जो यह दृश्य देखने के लिए अपने जीवन की बाज़ी लगा दे।

वह अपने शब्दों में धिक्कार भरकर बोला -जिसे तुम इज़्ज़त की ज़िन्दगी कहते हो, वह गुनाह और जहन्नुम की ज़िन्दगी है।

यज़दानी को तैमूर से दया या क्षमा की आशा न थी। उसकी या उसके योद्धाओं की जान किसी तरह नहीं बच सकती। फिर क्यों दबे और क्यों न जान पर खेलकर तैमूर के प्रति उसके मन में जो घृणा है, उसे प्रकट कर दे। उसने एक बार कातर नेत्रों से उस रूपवान युवक की ओर देखा, जो उसके पीछे खड़ा जैसे अपनी जवानी का लगाम खींच रहा था। सान पर चढ़े हुए, इस्पात के समान अंग-अंग से अतुल क्रोध की चिनगारियां निकल रही थीं। यज़दानी ने उसकी सूरत देखी और जैसे अपनी खींची हुई तलवार म्यान में कर ली

और खून के घूंट पीकर बोला – जहांपनाह इस वक्त फ़तहमन्द हैं, लेकिन अपराध क्षमा हो तो कह दूं कि अपने जीवन के विषय में तुर्कों को तातारियों से उपदेश लेने की ज़रूरत नहीं पड़ी। दुनिया से अलग, तातार के ऊसर मैदानों में न त्याग और न व्रत की उपासना की जा सकती है और न मयस्सर होने वाले पदार्थों का बहिष्कार किया जा सकता है; पर जहां खुदा ने नेमतों की वर्षा की हो, वहां उन नेमतों को भोग न करना नाशुक्री है; अगर तलवार की सभ्यता की सनद होती है, तो गाल क़ौम रोमनों से कहीं ज़्यादा सभ्य होती।

तैमूर ज़ोर से हंसा और उसके सिपाहियों ने तलवारों पर हाथ रख लिये। तैमूर का ठहाका मौत का ठहाका था, या गिरने वाले वज्र का तड़ाका।

'तातार वाले पशु हैं, क्यों?'

'मैं यह नहीं कहता।

'तुम कहते हो, खुदा ने तुम्हें ऐश करने के लिए पैदा किया है। मैं कहता हूं, वह कुफ्र है। खुदा ने इंसान को बन्दगी के लिए पैदा किया है और इसके खिलाफ़ जो कोई कुछ करता है, वह काफ़िर है, जहन्नुमी है। रसूलेपाक हमारी ज़िन्दगी को पाक करने के लिए आए थे, हमें सच्चा इंसान बनाने के लिए आए थे; हमें हराम की तालीम देने नहीं। तैमूर दुनिया को इस कुफ्र से पाक कर देने का बीड़ा उठा चुका है। रसूलेपाक के क़दमों की क़सम; मैं बेरहम नहीं हूं, ज़ालिम नहीं, खूख्वार नहीं हूं, लेकिन कुफ्र की सज़ा मेरे ईमान में मौत के सिवा कुछ नहीं है।'

उसने तातारी सिपहसालार की तरफ़ कातिल नज़रों से देखा और तत्क्षण एक देव-सा आदमी तलवार सौंतकर यज़दानी के सिर पर आ पहुंचा। तातारी सेना भी तलवारें खींच-खींचकर तुर्की सेना पर टूट पड़ी और दम-के-दम में कितनी ही लाशें ज़मीन पर फड़कने लगीं।

2

सहसा वही रूपवान युवक, जो यज़दानी के पीछे खड़ा था, आगे बढ़कर तैमूर के सामने आया और जैसे मौत को अपनी बंधी हुई मुट्ठियों में मसलता हुआ बोला – ऐ अपने को मुसलमान कहने वाला बादशाह! क्या यही वह इस्लाम है, जिसकी तबलीग़ का तूने बीड़ा उठाया है? इस्लाम की यही तालीम है कि तू उन बहादुरों का इस बेदर्दी से खून बहाए, जिन्होंने इसके सिवा कोई गुनाह नहीं किया कि अपने ख़लीफ़ा और अपने मुल्क की हिमायत की।

चारों तरफ़ सन्नाटा छा गया। एक युवक, जिसकी अभी मसें न भीगी थीं, तैमूर जैसे तेजस्वी बादशाह का इतने खुले हुए शब्दों में तिरस्कार करे और उसकी ज़बान तालू से

न खिंचवा ली जाए! सभी स्तम्भित हो रहे थे और तैमूर सम्मोहित-सा बैठा उस युवक की ओर ताक रहा था।

युवक ने तातारी सिपाहियों की तरफ़, जिनके चेहरों पर कुतूहलमय प्रोत्साहन झलक रहा था, देखा और बोला – तू इन मुसलमानों को काफ़िर कहता है और समझता है कि तू इन्हें क़त्ल करके खुदा और इस्लाम की ख़िदमत कर रहा है? मैं तुझसे पूछता हूं, अगर वह लोग जो खुदा के सिवा और के सामने सिजदा नहीं करते, जो रसूलेपाक़ को अपना रहबर समझते हैं, मुसलमान नहीं हैं, तो कौन मुसलमान हैं? मैं कहता हूं, हम काफ़िर सही, लेकिन तेरे कैदी तो हैं? क्या इस्लाम जंजीर में बंधे हुए कैदियों के क़त्ल की इजाज़त देता है? खुदा ने अगर तुझे ताक़त दी है, अख्तियार दिया है, तो क्या इसलिए कि तू खुदा के बन्दों का खून बहाए? क्या गुनहगारों को क़त्ल करके उन्हें सीधे रास्ते पर ले जाएगा? तूने कितनी बेरहमी से सत्तर हज़ार बहादुर तुर्कों को धोखा देकर सुरंग से उड़वा दिया; और उनके मासूम बच्चों और निरपराध स्त्रियों को अनाथ कर दिया, तुझे कुछ अनुमान है? क्या यही कारनामे हैं, जिन पर तू अपने को मुसलमान होने का गर्व करता है? क्या इसी क़त्ल, खून और जुल्म की सियाही से तू दुनिया में अपना नाम रोशन करेगा? तूने तुर्कों के खून बहते दरिया में अपने घोड़ों के सुम नहीं भिगाए हैं, बल्कि इस्लाम को जड़ से खोदकर फेंक दिया है। यह वीर तुर्कों का ही आत्मोत्सर्ग है, जिसने योरप में इस्लाम की तौहीद फैलाई। आज सोफ़िया के गिरजे में तुझे अल्लाहो अकबर की सदा सुनाई दे रही है, सारा योरप इस्लाम का स्वागत करने को तैयार है। क्या ये कारनामे इसी लायक हैं कि उनका यह इनाम मिले? इस ख़याल को दिल से निकाल दे कि तू खूरेज़ी से इस्लाम की ख़िदमत कर रहा है। एक दिन तुझे भी परवरदिगार के सामने अपने कर्मों का जवाब देना पड़ेगा और तेरा कोई उज्र न सुना जाएगा, क्योंकि अगर तुझमें अब भी नेक और बद की तमीज़ बाकी है, तो अपने दिल से पूछ। तूने यह जिहाद खुदा की राह में किया या अपनी हविस के लिए, और मैं जानता हूं तुझे जो जवाब मिलेगा, वह तेरी गरदन शर्म से झुका देगा।

खलीफा अभी सिर झुकाए ही था कि यज़दानी ने कांपते हुए शब्दों में अर्ज की – जहांपनाह, यह गुलाम का लड़का है। इसके दिमाग में कुछ फितूर है। हुजूर इसकी गुस्ताखियों को मुआफ करें। मैं उसकी सज़ा झेलने को तैयार हूं।

तैमूर उस युवक के चेहरे की तरफ़ स्थिर नेत्रों से देख रहा था। आज जीवन में पहली बार उसे ऐसे निर्भीक शब्दों को सुनने का अवसर मिला। उसके सामने बड़े-बड़े सेनापतियों, मन्त्रियों और बादशाहों की ज़बान न खुलती थी। वह जो कुछ करता या कहता था, वही कानून था, किसी को उसमें चूं करने की ताक़त न थी। उनकी खुशामदों ने उसकी अहम्मन्यता को आसमान पर चढ़ा दिया था। उसे विश्वास हो गया था कि खुदा ने इस्लाम को जगाने और सुधारने के लिए ही उसे दुनिया में भेजा है। उसने पैगम्बरी का दावा तो आज तक नहीं किया

था; पर उसके मन में यह भावना दृढ़ हो गई थी। इसलिए जब युवक ने प्राणों का मोह छोड़ उसकी कीर्ति का परदा खोल दिया, तो उसकी चेतना जैसे जाग उठी। उसके मन में क्रोध और हिंसा की जगह श्रद्धा का उदय हुआ। उसकी आंखों का एक इशारा इस युवक की ज़िन्दगी का चिराग गुल कर सकता था। उसकी संसार-विजयिनी शक्ति के सामने यह दुधमुंहा बालक मानो अपने नन्हे-नन्हे हाथों से समुद्र के प्रवाह को रोकने के लिए खड़ा हो। कितना हास्यास्पद साहस था; पर उसके साथ ही कितना आत्मविश्वास से भरा हुआ। तैमूर को ऐसा जान पड़ा कि इस निहत्थे बालक के सामने वह कितना निर्बल है। मनुष्य में ऐसे साहस का एक ही स्रोत हो सकता है और वह है सत्य पर अटल विश्वास । उनकी आत्मा दौड़कर उस युवक के दामन में चिमट जाने के लिए अधीर हो गई; वह दार्शनिक न था, जो सत्य में शंका करता है। वह सरल सैनिक था, जो असत्य को भी अपने विश्वास से सत्य बना देता है।

यज़दानी ने उसी स्वर में कहा – जहांपनाह, इसकी बदज़बानी का खयाल न फरमावें।

तैमूर ने तुरन्त तख़्त से उठकर यज़दानी को गले लगा लिया और बोला- काश, ऐसी गुस्तानियों और बदज़बानियों को सुनने का पहले इत्तफ़ाक़ होता, तो आज इतने बेगुनाहों का खून मेरी गरदन पर न होता। मुझे इस ज़बान में किसी फ़रिश्ते की रूह का जलवा नज़र आता है, जो मुझ जैसे गुमराहों को सच्चा रास्ता दिखाने के लिए भेजी गई है। मेरे दोस्त, तुम खुशनसीब हो कि ऐसे फ़रिश्ता-सिफत बेटे के बाप हो। क्या मैं उसका नाम पूछ सकता हूं।

यज़दानी पहले आतशपरस्त था, पीछे मुसलमान हो गया था, पर अभी तक कभी-कभी उसके मन में शंकाएं उठती रहती थीं कि उसने क्यों इस्लाम कबूल किया? जो कैदी फांसी के तख्ते पर खड़ा सूखा जा रहा था कि एक क्षण में रस्सी उसकी गरदन में पड़ेगी और वह लटकता रह जाएगा; उसे जैसे किसी फ़रिश्ते ने गोद में ले लिया। वह गद्गद कंठ से बोला – उसे हबीब कहते हैं।

तैमूर ने युवक के सामने जाकर उसका हाथ पकड़ लिया और उसे आंखों से लगाता हुआ बोला – मेरे जवान दोस्त, तुम सचमुच खुदा के हबीब हो। मैं वह गुनहगार हूं, जिसने अपनी ज़हालत में हमेशा अपने गुनाहों को सबाब समझा, इसलिए कि मुझसे कहा जाता था, तेरी जात बेऐब है। आज मुझे मालूम हुआ कि मेरे हाथों इस्लाम को कितना नुकसान पहुंचा। आज से मैं तुम्हारा ही दामन पकड़ता हूं। तुम्हीं मेरे ख़िज्र, तुम्हीं मेरे रहनुमा हो। मुझे यकीन हो गया कि तुम्हारे ही वसीले से मैं खुदा के दरगाह तक पहुंच सकता हूं।

यह कहते हुए उसने युवक के चेहरे पर नज़र डाली, तो उस पर शर्म की लाली छाई हुई थी। उस कठोरता की जगह मधुर संकोच झलक रहा था। '

युवक ने सिर झुकाकर कहा – यह हुज़ूर की क़दरदानी है, वरना मेरी क्या हस्ती है।

तैमूर ने उसे खींचकर अपनी बगल में तख्त पर बैठा दिया और अपने सेनापति को हुक्म दिया, सारे तुर्क कैदी छोड़ दिए जाएं, उनके हथियार वापस कर दिए जाएं और जो

माल लूटा गया है, वह सिपाहियों में बराबर बांट दिया जाए।

वज़ीर तो इधर इस हुक्म की तामील करने लगा, उधर तैमूर हबीब का हाथ पकड़े हुए अपने ख़ेमे में गया और दोनों मेहमानों की दावत का प्रबन्ध करने लगा। और जब भोजन समाप्त हो गया, तो उसने अपने जीवन की सारी कथा रो-रोकर सुनाई, जो आदि से अन्त तक मिश्रित पशुता और बर्बरता के कृत्यों से भरी हुई थी। और उसने यह सब-कुछ इस भ्रम में किया कि वह ईश्वरीय आदेश का पालन कर रहा है। वह खुदा को कौन मुंह दिखाएगा? रोते-रोते उसकी हिचकियां बंध गईं।

अन्त में उसने हबीब से कहा – मेरे जवान दोस्त, अब मेरा बेड़ा आप ही पार लगा सकते हैं। आपने मुझे राह दिखाई है, तो मंजिल पर पहंचाइए। मेरी बादशाहत को अब आप ही संभाल सकते हैं। मुझे अब मालूम हो गया कि मैं उसे तबाही के रास्ते पर लिये जाता था। मेरी आप से यही इल्तमास (प्रार्थना) है कि आप उसकी वजारत क़बूल करें। देखिए, खुदा के लिए इनकार न कीजिएगा, वरना मैं कहीं का न रहूंगा।

यज़दानी ने अरज़ की – हुजूर, इतनी कदरदानी फरमाते हैं, यह आपकी इनायत है, लेकिन अभी इस लड़के की उम्र ही क्या है। वज़ारत की ख़िदमत यह क्या अंजाम दे सकेगा? अभी तो इसकी तालीम के दिन हैं।

इधर से इनकार होता रहा और उधर तैमूर आग्रह करता रहा। यज़दानी इनकार तो कर रहे थे; पर छाती फूली जाती थी। मूसा आग लेने गए थे, पैगम्बरी मिल गई। कहां मौत के मुंह में जा रहे थे, वज़ारत मिल गई, लेकिन यह शंका भी थी कि ऐसे अस्थिर-चित्त आदमी का क्या ठिकाना? आज खुदा हुए, वज़ारत देने को तैयार हैं, कल नाराज़ हो गए, तो जान की खैरियत नहीं। उन्हें हबीब की लियाकत पर भरोसा तो था, फिर भी जी डरता था कि बिराने देश में न जाने कैसी पड़े, कैसी न पड़े? दरबार वालों में षड्यन्त्र होते ही रहते हैं। हबीब नेक है, समझदार है, अवसर पहचानता है, लेकिन वह तजुर्बा कहां से लाएगा, जो उम्र ही से आता है।

उन्होंने इस प्रश्न पर विचार करने के लिए एक दिन की मुहलत मांगी और रुख्सत हुए।

3

हबीब यज़दानी का लड़का नहीं, लड़की थी। उसका नाम उम्मतुल हबीब था। जिस वक़्त यज़दानी और उसकी पत्नी मुसलमान हुए, तो लड़की की उम्र कुल बारह साल की थी; पर प्रकृति ने उसे बुद्धि और प्रतिभा के साथ विचार-स्वातन्त्र्य भी प्रदान किया था। वह जब तक सत्यासत्य की परीक्षा न कर लेती, कोई बात स्वीकार न करती। मां-बाप के धर्म-परिवर्तन से उसे अशान्ति तो हुई; पर जब तक इस्लाम का अच्छी तरह अध्ययन न कर ले, वह केवल

मां-बाप को खुश करने के लिए इस्लाम की दीक्षा नहीं ले सकती थी। मां-बाप भी उस पर किसी तरह का दबाव न डालना चाहते थे। जैसे उन्हें अपने धर्म को बदल देने का अधिकार है, वैसे ही उसे अपने धर्म पर आरूढ़ रहने का भी अधिकार है। लड़की को सन्तोष हुआ; लेकिन उसने इस्लाम और जरतुश्त धर्म – दोनों ही का तुलनात्मक अध्ययन आरम्भ किया, और पूरे दो साल के अन्वेषण और परीक्षण के बाद उसने भी इस्लाम की दीक्षा ले ली। माता-पिता फूले न समाए। लड़की उनके दबाव से मुसलमान नहीं हुई है, बल्कि अपनी स्वेच्छा से, स्वाध्याय से और ईमान से। दो साल तक उन्हें जो चिन्ता घेरे रहती थी, वह मिट गई।

यज़दानी के कोई पुत्र न था और उस युग में, जब कि आदमी की तलवार ही सबसे बड़ी अदालत थी, पुत्र का न रहना संसार का सबसे बड़ा दुर्भाग्य था। यज़दानी बेटे का अरमान बेटी से पूरा करने लगा। लड़कों की ही भांति उसकी शिक्षा-दीक्षा होने लगी। बालकों के-से कपड़े पहनती, घोड़े पर सवार होती, शस्त्र-विद्या सीखती और अपने बाप के साथ अक्सर ख़लीफ़ा बायज़ीद के महलों में जाती और राजकुमारों के साथ शिकार खेलने जाती। इसके साथ ही वह दर्शन, काव्य, विज्ञान और अध्यात्म का भी अभ्यास करती थी। यहां तक कि सोलहवें वर्ष में वह फौजी विद्यालय में दाखिल हो गई और दो साल के अन्दर वहां की सबसे ऊंची परीक्षा पास करके फ़ौज में नौकर हो गई। शस्त्र-विद्या और सेना-संचालन-कला में वह इतनी निपुण थी और ख़लीफ़ा बायज़ीद उसके चरित्र से इतना प्रसन्न था कि पहले ही पहल उसे एकहज़ारी मनसब मिल गया। ऐसी युवती के चाहने वालों की क्या कमी? उसके साथ के कितने ही अफ़सर; राज-परिवार के कितने ही युवक उस पर प्राण देते थे; पर कोई उसकी नज़रों में न जंचता था। नित्य ही निकाह के पैगाम आते रहते थे; पर वह हमेशा इनकार कर देती थी। वैवाहिक जीवन ही से उसे अरुचि थी। उसकी स्वाधीन प्रकृति इस बन्धन में न पड़ना चाहती थी। फिर नित्य ही वह देखती थी कि युवतियां कितने अरमानों से ब्याहकर लाई जाती हैं और फिर कितने निरादर से महलों में बन्द कर दी जाती हैं। उनका भाग्य पुरुषों की दया के अधीन है। अक्सर ऊंचे घराने की महिलाओं से उसको मिलने-जुलने का अवसर मिलता था। उनके मुख से उनकी करुण-कथा सुन-सुनकर वह वैवाहिक पराधीनता से और भी घृणा करने लगती थी। और यज़दानी उसकी स्वाधीनता में बिल्कुल बाधा न देता था। लड़की स्वाधीन है। उसकी इच्छा हो विवाह करे या क्वांरी रहे, वह अपनी आप मुख़्तार है। उसके पास पैगाम आते, तो वह साफ़ जवाब दे देता – मैं इस बारे में कुछ नहीं जानता। इसका फैसला वही करेगी। यद्यपि एक युवती का पुरुष-वेष में रहना, युवकों से मिलना-जुलना समाज में आलोचना का विषय था; पर यज़दानी और उसकी स्त्री दोनों ही को उसके सतीत्व पर विश्वास था। हबीब के व्यवहार और आचार में उन्हें कोई ऐसी बात नज़र न आती थी, जिससे उन्हें किसी तरह की शंका होती। यौवन की आंधी और लालसाओं के तूफान में भी वह चौबीस वर्ष की वीरबाला अपने हृदय की

सम्पत्ति लिये अटल और अजेय खड़ी थी, मानो सभी युवक उसके सगे भाई हैं।

4

कुस्तुन्तुनिया में कितनी खुशियां मनाई गईं, हबीब का कितना सम्मान और स्वागत हुआ, तो कितनी बधाइयां मिलीं; यह सब लिखने की बात नहीं। शहर तबाह हुआ जाता था। सम्भव था, आज उसके महलों और बाज़ारों से आग की लपटें निकलती होतीं। राज्य और नगर को उस कल्पनातीत विपत्ति से बचाने वाला आदमी कितने आदर, प्रेम, श्रद्धा और उल्लास का पात्र होगा; इसकी तो कल्पना भी नहीं की जा सकती। उस पर कितने फूलों और कितने लाल और जवाहर की वर्षा हुई, इसका अनुमान तो कोई कवि ही कर सकता है। और नगर की महिलाएं हृदय के अक्षय भंडार से असीसें निकाल-निकालकर उस पर लुटाती थीं और गर्व से फूली हुई उसका मुख निहारकर अपने को धन्य मानती थीं। उसने देवियों का मस्तक ऊंचा कर दिया था।

रात को तैमूर के प्रस्ताव पर विचार होने लगा। सामने गद्देदार कुर्सी पर यज़दानी था – सौम्य, विशाल, तेजस्वी। उसकी दाहिनी तरफ़ उसकी पत्नी थी, ईरानी लिबास में, आंखों में दया और विश्वास की ज्योति भरे हुए। बाईं तरफ़ उम्मतुल हबीब थी, जो इस समय रमणी-वेष में मोहिनी बनी हुई थी, ब्रह्मचर्य के तेज से दीप्त।

यज़दानी ने प्रस्ताव का विरोध करते हुए कहा – मैं अपनी तरफ़ से कुछ नहीं कहना चाहता; लेकिन यदि मुझे सलाह देने का अधिकार है, तो मैं स्पष्ट कहता हूं कि तुम्हें इस प्रस्ताव को कभी स्वीकार न करना चाहिए। तैमूर से यह बात बहुत दिन तक छिपी नहीं रह सकती कि तुम क्या हो। उस वक्त क्या परिस्थिति होगी, मैं नहीं कह सकता। और यहां इस विषय में जो कुछ टीकाएं होंगी, वह तुम मुझसे ज़्यादा जानती हो। यहां मैं मौजूद था और कुत्सा को मुंह न खोलने देता था; पर वहां पर तुम अकेली रहोगी और कुत्सा को मनमाने आरोप करने का अवसर मिलता रहेगा। (उसकी पत्नी स्वेच्छा को इतना महत्त्व न देना चाहती थी। बोली – मैंने सुना है, तैमूर निगाहों का अच्छा आदमी नहीं है। मैं किसी तरह तुझे न जाने दूंगी। कोई बात हो जाए तो सारी दुनिया हंसे। यों ही हंसने वाले क्या कम हैं?

इसी तरह स्त्री-पुरुष बड़ी देर तक ऊंच-नीच सुझाते और तरह-तरह की शंकाएं करते रहे; लेकिन हबीब मौन साधे बैठी हुई थी। यज़दानी ने समझा, हबीब भी उनसे सहमत है। इनकार की सूचना देने के लिए ही था कि हबीब ने पूछा – आप तैमूर से क्या कहेंगे?

'यही, जो यहां तय हुआ है।'

'मैंने तो अभी कुछ नहीं कहा।'

'मैंने तो समझा, तुम भी हमसे सहमत हो।'

'जी नहीं, आप उनसे जाकर कह दें, मैं स्वीकार करती हूं।'

माता ने छाती पर हाथ रखकर कहा – यह क्या गज़ब करती है बेटी, सोच तो दुनिया क्या कहेगी?

यज़दानी भी सिर थामकर बैठ गए, मानो हृदय में गोली लग गई हो। मुंह से एक शब्द भी न निकला।

हबीब त्योरियों पर बल डालकर बोली – अम्मीजान, मैं आपके हुक्म से जौ-भर भी मुंह नहीं फेरना चाहती। आपको पूरा अख्तियार है, मुझे जाने दें या न जाने दें, लेकिन मुल्क की खिदमत का ऐसा मौका शायद मुझे ज़िन्दगी में फिर न मिले। इस मौके को हाथ से खो देने का अफ़सोस मुझे उम्र-भर रहेगा। मुझे यकीन है कि अमीर तैमूर को मैं अपनी दियानत, बेगरज़ी और सच्ची वफ़ादारी से इंसान बना सकती हूं और शायद उसके हाथों खुदा के बन्दों का खून इतनी कसरत से न बहे। वह दिलेर है; मगर बेरहम नहीं। कोई दिलेर आदमी बेरहम नहीं हो सकता। उसने अब तक जो कुछ किया है, मजहब के अंधे जोश में किया है। आज खुदा ने मुझे यह मौक़ा दिया है कि मैं उसे दिखा दूं कि मजहब ख़िदमत का नाम है, लूट और क़त्ल का नहीं। अपने बारे में मुझे मुतलब अन्देशा नहीं है। मैं अपनी हिफ़ाज़त आप कर सकती हूं। मुझे दावा है कि अपने फ़र्ज़ को नेकनीयती से अदा करके मैं दुश्मनों की ज़बान भी बन्द कर सकती हूं और मान लीजिए मुझे नाकामी भी हो, तो क्या सच्चाई और हक़ के लिए कुर्बान हो जाना ज़िन्दगी की सबसे शानदार फतह नहीं है? अब तक मैंने जिस उसूल पर ज़िन्दगी बसर की है, उसने मुझे धोखा नहीं दिया और उसी के फैज़ से आज मुझे यह दर्जा हासिल हुआ है, जो बड़ों-बड़ों के लिए ज़िन्दगी का ख्वाब है। ऐसे आज़माए हुए दोस्त मुझे कभी धोखा नहीं दे सकते। तैमूर पर मेरी हक़ीक़त खुल भी जाए, तो क्या ख़ौफ़? अगर मुझे कोई ऐसा आदमी मिलेगा, जिसे मेरी रूह क़बूल करती हो, जिसकी जात अपनी हस्ती को खोकर मैं अपनी रूह को ऊंचा उठा सकूँ, तो मैं उसके क़दमों पर गिरकर अपने को उसकी नज़र कर दूंगी।

यज़दानी ने खुश होकर बेटी को गले लगा लिया। उसकी स्त्री इतनी जल्द आश्वस्त न हो सकी। वह किसी तरह बेटी को अकेली न छोड़ेगी। उसके साथ वह भी जाएगी।

5

कई महीने गुज़र गए। युवक हबीब तैमूर का वज़ीर है, लेकिन वास्तव में वही बादशाह है। तैमूर उसी की आंखों से देखता है, उसी के कानों से सुनता है और उसी की अक्ल से सोचता है। वह चाहता है, हबीब आठों पहर उसके पास रहे। उसके सामीप्य में, उसे स्वर्ग का-सा सुख मिलता है। समरकन्द में एक प्राणी भी ऐसा नहीं, जो उससे जलता

हो। उसके बरताव ने सभी को मुग्ध कर लिया है, क्योंकि वह इंसाफ़ से जौ-भर भी क़दम नहीं हटाता। जो लोग उसके हाथों चलती हुई न्याय की चक्की में पिस जाते हैं; वे भी उससे सद्भाव ही रखते हैं, क्योंकि वह न्याय को ज़रूरत से ज़्यादा कटु नहीं होने देता।

सन्ध्या हो गई थी। राज्य कर्मचारी जा चुके थे। शमादान में मोम की बत्तियां जल रही थीं। अगर की सुगन्ध से सारा दीवान महक रहा था। हबीब भी उठने ही को था कि चोबदार ने खबर दी – हुजूर, जहांपनाह तशरीफ़ ला रहे हैं।

हबीब इस ख़बर से कुछ प्रसन्न नहीं हुआ। अन्य मन्त्रियों की भांति वह तैमूर की सोहबत का भूखा नहीं है। वह हमेशा तैमूर से दूर रहने की चेष्टा करता है। ऐसा शायद ही कभी हुआ हो, उसने शाही दस्तरख़ान पर भोजन किया हो। तैमूर की मजलिसों में भी वह कभी शरीक नहीं होता। उसे जब शान्ति मिलती है, तब एकान्त में अपनी माता के पास बैठकर दिन-भर का माज़रा उससे कहता है और वह उस पर अपनी पसन्द की मुहर लगा देती है।

उसने द्वार पर जाकर तैमूर का स्वागत किया। तैमूर ने मसनद पर बैठते हुए कहामुझे ताज्जुब होता है कि तुम इस जवानी में जाहिदों की-सी ज़िन्दगी कैसे बसर करते हो हबीब! खुदा ने तुम्हें वह हुस्न दिया है कि हसीन-से-हसीन नाज़नीन भी तुम्हारी माशूक बनकर अपने को खुशनसीब समझेंगी। मालूम नहीं तुम्हें ख़बर है या नहीं, जब तुम अपने मुश्की घोड़े पर सवार होकर निकलते हो, तो समरकन्द की खिड़कियों पर हज़ारों आंखें तुम्हारी एक झलक देखने के लिए मुन्तज़िर बैठी रहती हैं, पर तुम्हें किसी ने किसी तरह आंखें उठाते नहीं देखा। मेरा खुदा गवाह है, मैं जितना चाहता हूं कि तुम्हारे क़दमों के नक्शा पर चलूं, पर दुनिया मेरी गरदन नहीं छोड़ती। क्यों अपनी पाक ज़िन्दगी का जादू मुझ पर नहीं डालते? मैं चाहता हूं जैसे तुम दुनिया में रहकर भी दुनिया से अलग रहते हो, वैसे मैं भी रहूं; लेकिन मेरे पास न वह दिल है, न वह दिमाग। मैं हमेशा अपने-आप पर, सारी दुनिया पर दांत पीसता रहता हूं। जैसे मुझे हरदम खून की प्यास लगी रहती है, जिसे तुम बुझने नहीं देते, और यह जानते हुए भी कि तुम जो कुछ करते हो, इससे बेहतर कोई दूसरा नहीं कर सकता। मैं अपने गुस्से को काबू में नहीं कर सकता। तुम जिधर से निकलते हो, मुहब्बत और रोशनी फैला देते हो। जिसको तुम्हारा दुश्मन होना चाहिए, वह भी तुम्हारा दोस्त है। मैं जिधर से निकलता हूं, नफ़रत और शुबहा फैलाता हुआ निकलता हूं। जिसे मेरा दोस्त होना चाहिए, वह भी मेरा दुश्मन है। दुनिया में बस यही एक जगह है, जहां मुझे आफ़ियत मिलती है। अगर तुम समझते हो, यह ताज और तख़्त मेरे रास्ते के रोड़े हैं, तो खुदा की क़सम मैं आज इन पर लात मार दूं। मैं आज तुम्हारे पास यही दरख्वास्त लेकर आया हूं कि तुम मुझे वह रास्ता दिखाओ, जिससे मैं सच्ची खुशी पा सकूँ। मैं चाहता हूं, तुम इसी महल में रहो ताकि मैं तुमसे सच्ची ज़िन्दगी का सबक सीखू।

हबीब का हृदय धक-से हो उठा। कहीं अमीर पर उसके नारीत्व का रहस्य खुल तो

नहीं गया? उसकी समझ में न आया कि उसे क्या जवाब दे। उसका कोमल हृदय तैमूर की इस करुण आत्मग्लानि पर द्रवित हो गया। जिसके नाम से दुनिया कांपती है, वह उसके सामने एक दयनीय प्रार्थी बना हुआ उससे प्रकाश की भिक्षा मांग रहा है। तैमूर की उस कठोर, विकृत, शुष्क, हिंसात्मक मुद्रा में उसे एक स्निग्ध मधुर ज्योति दिखाई दी, मानो उसका जाग्रत विवेक भीतर से झांक रहा हो। उसे अपना स्थिर जीवन, जिसमें ऊपर उठने की स्मृति ही न रही थी, इस विफल उद्योग के सामने तुच्छ जान पड़ा।

उसने मुग्ध कंठ से कहा – हुजूर, इस गुलाम की इतनी कद्र करते हैं, यह मेरी खुशनसीबी है। लेकिन मेरा शाही महल में रहना मुनासिब नहीं।

तैमूर ने कहा – क्यों?

'इसलिए कि जहां दौलत ज़्यादा होती है, वहां डाके पड़ते हैं और जहां क़द्र ज़्यादा होती है, वहां दुश्मन भी ज़्यादा होते हैं।'

'तुम्हारा दुश्मन भी कोई हो सकता है?'

'मैं खुद अपना दुश्मन हो जाऊंगा। आदमी का सबसे बड़ा दुश्मन ग़रूर है।'

तैमूर को जैसे कोई रत्न मिल गया। उसे अपनी मनःतुष्टि का आभास हुआ। 'आदमी का सबसे बड़ा दुश्मन ग़रूर है' इस वाक्य को मन-ही-मन दोहराकर उसने कहा – तुम मेरे काबू में कभी न आओगे हबीब। तुम वह परन्द हो, जो आसमान में ही उड़ सकता है। उसे सोने के पिंजरे में भी रखना चाहो, तो फड़फड़ाता रहेगा। खैर, खुदा हाफ़िज़!

वह तुरन्त अपने महल की ओर चला, मानो उस रत्न को सुरक्षित स्थान में रख देना चाहता हो। यह वाक्य आज पहली बार उसने न सुना था, पर आज इसमें जो ज्ञान, जो आदेश, जो सत्प्रेरणा उसे मिली, वह कभी न मिली थी।

6

इस्तखर के इलाके से बगावत की खबर आई है। हबीब को शंका है कि तैमूर वहां पहुंचकर कहीं कत्लेआम न कर दे। वह शान्तिमय उपायों से इस विद्रोह को ठंडा करके तैमूर को दिखाना चाहता है कि सद्भावना में कितनी शक्ति है। तैमूर उसे इस मुहिम पर नहीं भेजना चाहता; लेकिन हबीब के आग्रह के सामने बेबस है। हबीब को जब और कोई युक्ति न सूझी, तो उसने कहा – गुलाम के रहते हुए हुजूर अपनी जान खतरे में डालें, यह नहीं हो सकता।

तैमूर मुस्कुराया – मेरी जान की तुम्हारी जान के मुकाबले में कोई हक़ीक़त नहीं है हबीब। फिर मैंने तो कभी जान की परवाह न की। मैंने दुनिया में कत्ल और लूट के सिवा और क्या यादगार छोड़ी? मेरे मर जाने पर दुनिया मेरे नाम को रोएगी नहीं, यक़ीन मानो। मेरे जैसे लुटेरे हमेशा पैदा होंगे; लेकिन खुदा न करे, तुम्हारे दुश्मनों को कुछ हो गया, तो

यह सल्तनत ख़ाक़ में मिल जाएगी, और तब मुझे भी सीने में खंजर चुभा लेने के सिवा और कोई रास्ता नहीं रहेगा। मैं नहीं कह सकता हबीब, तुमसे मैंने कितना पाया। काश, दस-पांच साल पहले तुम मुझे मिल जाते, तो तैमूर तारीख में इतना रूसियाह न होता। आज अगर ज़रूरत पड़े, तो अपने जैसे सौ तैमूरों को तुम्हारे ऊपर निसार कर दूं। यही समझ लो कि तुम मेरी रूह को अपने साथ लिये जा रहे हो। आज मैं तुमसे कहता हूं हबीब कि मुझे तुमसे इश्क है, वह इश्क़ जो मुझे आज तक किसी हसीना से नहीं हुआ। इश्क़ क्या चीज़ है? इसे मैं अब जान पाया हूं। मगर इसमें क्या बुराई है कि मैं भी तुम्हारे साथ चलूं?

हबीब ने धड़कते हुए हृदय से कहा – अगर मैं आपकी ज़रूरत समझूंगा तो इत्तला दूंगा।

तैमूर ने दाढ़ी पर हाथ रखकर कहा – जैसी तुम्हारी मरज़ी, लेकिन रोज़ाना क़ासिद भेजते रहना, वरना शायद मैं बेचैन होकर चला आऊं।

तैमूर ने कितनी मुहब्बत से हबीब के सफ़र की तैयारियां कीं। तरह-तरह के आराम और तकल्लुफ़ की चीजें उसके लिए जमा कीं। उस कोहिस्तान में यह चीजें कहां मिलेंगी। वह ऐसा संलग्न था, मानो माता अपनी लड़की को ससुराल भेज रही हो।

जिस वक्त हबीब फ़ौज के साथ चला; तो सारा समरकन्द उसके साथ था और तैमूर आंखों पर रूमाल रक्खे, अपने तख्त पर ऐसा सिर झुकाए बैठा था, मानो कोई पक्षी आहत हो गया हो।

7

इस्तख़र अरमनी ईसाइयों का इलाका था। मुसलमानों ने उन्हें परास्त करके वहां अपना अधिकार जमा लिया था और ऐसे नियम बना दिए थे, जिनसे ईसाइयों को पग-पग पर अपनी पराधीनता का स्मरण होता रहता था। पहला नियम जज़िए का था, जो हरेक को देना पड़ता था, जिससे मुसलमान मुक्त थे। दूसरा नियम था कि गिरजों में घंटा न बजे। तीसरा नियम मदिरा का था, जिसे मुसलमान हराम समझते थे। ईसाइयों ने इन नियमों का क्रियात्मक विरोध किया और मुसलमान अधिकारियों ने शस्त्र-बल से काम लेना चाहा, तो ईसाइयों ने बगावत कर दी, मुसलमान सूबेदार को कैद कर लिया और किले पर सलीबी झंडा उड़ने लगा।

हबीब को यहां आज दूसरा दिन है; पर इस समस्या को कैसे हल करे? उसका उदार हृदय कहता था, ईसाइयों पर इन बन्धनों का कोई अर्थ नहीं, हरेक धर्म का समान रूप से आदर होना चाहिए। लेकिन मुसलमान इन कैदों को उठा देने पर कभी राज़ी न होंगे। और यह लोग मान भी जाएं, तो तैमूर क्यों मानने लगा? उसके धार्मिक विचारों में कुछ

उदारता आई है, फिर भी वह इन कैदों को उठाना कभी मंजूर न करेगा। लेकिन क्या वह इसलिए ईसाइयों को सज़ा दे कि वे अपनी धार्मिक स्वाधीनता के लिए लड़ रहे हैं? जिसे वह सत्य समझता है, उसकी हत्या कैसे करे? नहीं, उसे सत्य का पालन करना होगा, चाहे इसका नतीजा कुछ भी हो। अमीर समझेंगे, मैं ज़रूरत से ज़्यादा बढ़ा जा रहा हूं। कोई मुजाय का नहीं।

दूसरे दिन हबीब ने प्रातःकाल डंके की चोट ऐलान कराया – जज़िया माफ़ किया गया, शराब और घंटों पर कोई भेद नहीं है।

मुसलमानों में तहलका पड़ गया। यह कुफ्र है, हरामपरस्ती है। अमीर तैमूर ने जिस इस्लाम को अपने खून से सींचा, उसकी जड़ उन्हीं के वज़ीर हबीब पाशा के हाथों खुद रही है। पांसा पलट गया। शाही फौजें मुसलमानों से जा मिलीं। हबीब ने इस्तख़र के किले में पनाह ली। मुसलमानों की ताक़त शाही फौज से मिल जाने से बहुत बढ़ गई थी। उन्होंने किला घेर लिया और यह समझकर कि हबीब ने तैमूर से बगावत की है, तैमूर के पास इसकी सूचना देने और परिस्थिति समझाने के लिए क़ासिद भेजा।

8

आधी रात गुज़र चुकी थी। तैमूर को दो दिनों से इस्तख़र की कोई ख़बर न मिली थी। तरह-तरह की शंकाएं हो रही थीं। मन में पछतावा हो रहा था कि उसने क्यों हबीब को अकेला जाने दिया? माना कि वह बड़ा नीतिकुशल है; पर बगावत कहीं ज़ोर पकड़ गई, तो मुट्ठी-भर आदमियों से वह क्या कर सकेगा? और बग़ावत यक़ीनन जोर पकड़ेगी। वहां के ईसाई बला के सरकश हैं। जब उन्हें मालूम होगा कि तैमूर की तलवार में जंग लग गया और उसे अब महलों की ज़िन्दगी ज्यादा पसन्द है, तो उनकी हिम्मतें दूनी हो जाएंगी। हबीब कहीं दुश्मनों में घिर गया, तो बड़ा गज़ब हो जाएगा।

उसने अपने जानू पर हाथ मारा और पहलू बदलकर अपने ऊपर झुंझलाया। वह इतना पस्त-हिम्मत क्यों हो गया? क्या उसका तेज और शौर्य उससे विदा हो गया? जिसका नाम सुनकर दुश्मनों में कम्पन पड़ जाता था, वह आज अपना मुंह छिपाकर महलों में बैठा हुआ है। दुनिया की आंखों में इसका एक ही अर्थ हो सकता है कि तैमूर – अब मैदान का शेर नहीं, कालीन का शेर हो गया। हबीब फ़रिश्ता है, इंसान की बुराइयों से वाकिफ नहीं। जो रहम और साफ़दिल और बेगरज़ी का देवता है, वह क्या जाने इंसान कितना शैतान हो सकता है। अमन के दिनों में तो ये बातें कौम और मुल्क को तरक्क़ी के रास्ते पर ले जाती हैं, पर जंग में, जब कि शैतानी जोश का तूफान उठता है, खूबियों की गुंजाइश नहीं। उस वक़्त तो उसी की जीत होती है, जो इंसानी खून का रंग खेल, खेतों-

खलिहानों की होली जलाए, जंगलों को बसाए और बस्तियों को वीरान करे! अमन का कानून जंग के कानून से बिल्कुल जुदा है।

सहसा चोबदार ने इस्तख़र से एक क़ासिद के आने की खबर दी। क़ासिद ने ज़मीन चूमी और एक किनारे अदब से खड़ा हो गया। तैमूर का रौब ऐसा छा गया कि जो कुछ कहने आया था, वह सब भूल गया।

तैमूर ने त्योरियां चढ़ाकर पूछा – क्या ख़बर लाया है? तीन दिन के बाद आया भी तो इतनी रात गए?

क़ासिद ने फिर ज़मीन चूमी और बोला – खुदाबन्द, वज़ीर साहब ने जज़िया मुआफ़ कर दिया।

तैमूर गरज उठा – क्या कहता है; जज़िया माफ़ कर दिया?

'हां, खुदाबन्द।'

'किसने?'

'वजीर साहब ने।'

'किसके हुक्म से?'

'अपने हुक्म से हुजूर।'

'हूं!'

'और हुजूर, शराब का भी हुक्म दे दिया।'

'हूं!'

'गिरजों में घंटे बजाने का भी हुक्म हो गया है।'

'और खुदाबन्द, ईसाइयों से मिलकर मुसलमानों पर हमला कर दिया!'

'तो मैं क्या करूं?'

'हुजूर हमारे मालिक हैं। अगर हमारी कुछ मदद न हुई, तो वहां एक मुसलमान भी ज़िन्दा न बचेगा।

'हबीब पाशा इस वक़्त कहां है?'

'इस्तख़र के किले में हुजूर।'

'और मुसलमान क्या कर रहे हैं?'

'हमने ईसाइयों को किले में घेर लिया है।'

'उन्हीं के साथ हबीब को भी?'

'हां, हुजूर, वह हुजूर से बागी हो गए।

'और इसलिए मेरे वफ़ादार इस्लाम के ख़ादिमों ने उन्हें कैद कर रक्खा है। मुमकिन है मेरे पहुंचते-पहुंचते उन्हें क़त्ल भी कर दें। बदजात, दूर हो जा मेरे सामने से। मुसलमान समझते हैं, हबीब मेरा नौकर है और मैं उसका आका हूं। यह गलत है, झूठ है। बस

सल्तनत का मालिक हबीब है, तैमूर उसका अदना गुलाम है। उसके फैसले में तैमूर दस्तन्दाजी नहीं कर सकता। बेशक जज़िया मुआफ़ होना चाहिए। मुझे कोई मजाज़ नहीं कि दूसरे मज़हब वालों से उनके ईमान का तावान लूं। कोई मजाज़ नहीं है; अगर मस्जिद में अजान होती है, तो कलीसा में घंटा क्यों न बजे? घंटे की आवाज़ में कुफ्र नहीं है। सुमता है बदजात। घंटे की आवाज़ में कुफ्र नही है। काफ़िर वह है, जो दूसरों का हक़ छीन ले, जो ग़रीबों को सताए, दगाबाज़ हो, खुदगरज़ हो। काफ़िर वह नहीं, जो मिट्टी या पत्थर के टुकड़े में खुदा का नूर देखता है; जो नदियों और पहाड़ों में; दरख्तों पर, झाड़ियों में खुदा का जलवा पाता हो। वह हमसे और तुमसे ज़्यादा खुदापरस्त है, जो मस्जिद में खुदा को बन्द समझते हैं। तू समझता है, मैं कुफ्र बक रहा हूं? किसी को काफ़िर समझना ही कुफ्र है। हम सब खुदा के बन्दे हैं, सब। बस जा और उन बागी मुसलमानों से कह दे, अगर फौरन मुहासरा न उठा लिया गया, तो तैमूर क़यामत की तरह आ पहुंचेगा।

क़ासिद हतबुद्धि-सा खड़ा ही था कि बाहर ख़तरे का बिगुल बज उठा और फ़ौजें किसी समर-यात्रा की तैयारी करने लगीं।

तीसरे दिन तैमूर इस्तखर पहुंचा, तो किले का मुहासरा उठ चुका था। किले की तोपों ने उसका स्वागत किया। हबीब ने समझा तैमूर ईसाइयों को सज़ा देने आ रहा है। ईसाइयों के हाथ-पांव फूले हुए थे, मगर हबीब मुकाबले के लिए तैयार था। ईसाइयों के स्वत्व की रक्षा में यदि उसकी जान भी जाए; तो कोई गम नहीं। इस मुआमले पर किसी तरह का समझौता नहीं हो सकता। तैमूर अगर तलवार से काम लेना चाहता है, तो उसका जवाब तलवार से दिया जाएगा।

मगर यह क्या बात है! शाही फौज सफेद झंडा दिखा रही है। तैमूर लड़ने नहीं सुलह करने आया है। उसका स्वागत दूसरी तरह का होगा। ईसाई सरदारों को साथ लिये हबीब किले के बाहर निकला। तैमूर अकेला घोड़े पर सवार चला आ रहा था। हबीब घोड़े से उतरकर आदाब बजा लाया। तैमूर भी घोड़े से उतर पड़ा और हबीब का माथा चूम लिया और बोला – मैं सब-कुछ सुन चुका हूं हबीब! तुमने बहुत अच्छा किया और वही किया जो तुम्हारे सिवा दूसरा नहीं कर सकता था। मुझे जज़िया लेने का या ईसाइयों के मज़हबी हक़ छीनने का कोई मजाज़ न था। मैं आज दरबार करके इन बातों की तसदीक़ कर दूंगा और तब मैं एक ऐसी तजबीज़ करूंगा, जो कई दिन से मेरे जेहन में आ रही है, और मुझे उम्मीद है कि तुम उसे मंजूर कर लोगे। मंजूर करना पड़ेगा।

हबीब के चेहरे का रंग उड़ रहा था। कहीं हक़ीक़त खुल तो नहीं गई? वह क्या तजबीज़ है; उसके मन में खलबली पड़ गई।

तैमूर ने मुस्कुराकर पूछा – तुम मुझसे लड़ने को तैयार थे?

हबीब ने शरमाते हुए कहा – हक़ के सामने अमीर तैमूर की भी कोई हक़ीक़त नहीं।

'बेशक, बेशक! तुममें फ़रिश्तों का दिल है, तो शेरों की हिम्मत भी है, लेकिन अफ़सोस यही है कि तुमने गुभान ही क्यों किया कि तैमूर तुम्हारे फैसले को मंसूख कर सकता है? यह तुम्हारी जात है, जिसने मुझे बतलाया है कि सल्तनत किसी आदमी की जायदाद नहीं बल्कि एक ऐसा दरख्त है, जिसकी हरेक शाख और पत्ती एक-सी खुराक़ पाती है।'

दोनों किले में दाखिल हुए। सूरज डूब चुका था। आन-की-आन में दरबार लग गया और उसमें तैमूर ने ईसाइयों के धार्मिक अधिकारों को स्वीकार किया।

चारों तरफ़ से आवाज़ आई – खुदा हमारे शाहंशाह की उम्र दराज़ करे।

तैमूर ने उसी सिलसिले में कहा- दोस्तो, मैं इस दुआ का हक़दार नहीं हूं। जो चीज़ मैंने आपसे जबरन छीन ली थी, उसे आपको वापस देकर मैं दुआ का काम नहीं कर रहा हूं। इससे कहीं ज़्यादा मुनासिब यह है कि आप मुझे लानत दें कि मैंने इतने दिनों तक आपके हकों से आपको महरूम रखा।

चारों तरफ से आवाज़ आई – मरहबा! मरहबा!!

'दोस्तो, उन हकों के साथ-साथ मैं आपकी सल्तनत भी आपको वापस करता हूं; क्योंकि खुदा की निगाह में सभी इंसान बराबर हैं और किसी क़ौम या शख्स को दूसरी क़ौम पर हुकूमत करने का अख्तियार नहीं है। आज से आप अपने बादशाह हैं। मुझे उम्मीद है कि आप भी मुस्लिम आबादी को उसके जायज़ हकों से मरहूम न करेंगे। अगर कभी ऐसा मौक़ा आए कि कोई जाबिर क़ौम आपकी आज़ादी छीनने की कोशिश करे, तो तैमूर आपकी मदद करने को हमेशा तैयार रहेगा।'

किले में जश्न ख़त्म हो चुका है। उमरा और हुक्काम रुख़सत हो चुके हैं। दीवाने-खास में सिर्फ तैमूर और हबीब रह गए हैं। हबीब के मुख पर आज स्मित हास्य की वह छटा है, जो सदैव गम्भीरता के नीचे दबी रहती थी। आज उसके कपोलों पर जो लाली, आंखों में जो नशा, अंगों में जो चंचलता है, वह तो और कभी नज़र न आई थी। वह कई बार तैमूर से शोखियां कर चुका है, कई बार हंसी कर चुका है, उसकी युवती चेतना, पद और अधिकार को भूलकर चहकती फिरती है।

सहसा तैमूर ने कहा – हबीब, मैंने आज तक तुम्हारी हरेक बात मानी है। अब मैं तुमसे यह तजबीज़ करता हूं, जिसका मैंने ज़िक्र किया, उसे तुम्हें क़बूल करना पड़ेगा।

हबीब ने धड़कते हुए हृदय से सिर झुकाकर कहा – फ़रमाइए!

'पहले वादा करो कि तुम कबूल करोगे।'

'मैं तो आपका गुलाम हूं!'

'नहीं, तुम मेरे मालिक हो, मेरी ज़िन्दगी की रोशनी हो। तुमसे मैंने कितना फैज़ पाया है, उसका अन्दाज़ नहीं कर सकता। मैंने अब तक सल्तनत को अपनी ज़िन्दगी की सबसे प्यारी चीज़ समझा था। इसके लिए मैंने सब-कुछ किया, गैरों के खून से भी। मेरा काम

अब ख़त्म हो चुका। मैंने बुनियाद जमा दी, इस पर महल बनाना तुम्हारा काम है। मेरी यही इल्तजा है कि आज से तुम इस बादशाहत के अमीन हो जाओ, मेरी ज़िन्दगी में भी और मेरे मरने के बाद भी।

हबीब ने आकाश में उड़ते हुए कहा – इतना बड़ा बोझ! मेरे कन्धे इतने मज़बूत नहीं हैं।

तैमूर ने दीन आग्रह के स्वर में कहा – नहीं, मेरे प्यारे दोस्त, मेरी यह इल्तजा तुम्हें माननी पड़ेगी।

हबीब की आंखों में हंसी थी, अधरों पर संकोच। उसने आहिस्ता से कहा – मंजूर है। तैमूर ने प्रफुल्लित स्वर में कहा – खुदा तुम्हें सलामत रखे।

'लेकिन अगर आपको मालूम हो जाए कि हबीब एक कच्ची अक्ल की क्वांरी बालिका है तो?'

'तो वह मेरी बादशाहत के साथ मेरे दिल की भी रानी हो जाएगी।'

'आपको बिल्कुल ताज्जुब नहीं हुआ?'

'मैं जानता था।'

'कब से?'

'जब तुमने पहली बार अपनी जालिम आंखों से मुझे देखा।'

'मगर आपने छिपाया खूब!'

'तुम्हों ने तो सिखाया। शायद मेरे सिवा यहां किसी को यह बात मालूम नहीं।'

'आपने कैसे पहचान लिया!'

तैमूर ने मतवाली आंखों से देखकर कहा – यह न बताऊंगा।

यही हबीब तैमूर की 'बेगम हमीदा' के नाम से मशहूर है।

धिक्कार

अनाथ और विधवा मानी के लिए जीवन में अब रोने के सिवा दूसरा अवलम्ब न था। वह पांच ही वर्ष की थी, जब पिता का देहान्त हो गया। माता ने किसी तरह उसका पालन किया। सोलह वर्ष की अवस्था में मुहल्ले वालों की मदद से उसका विवाह भी हो गया, पर साल के अन्दर ही माता और पति दोनों विदा हो गए। इस विपत्ति में उसे अपने चचा वंशीधर के सिवा और कोई ऐसा नज़र न आया जो उसे आश्रय देता। वंशीधर ने अब तक जो व्यवहार किया था, उससे यह आशा न हो सकती थी कि वहां वह शान्ति के साथ रह सकेगी। पर, वह सब-कुछ सहने और सब करने को तैयार थी। वह गाली, झिड़की, मार-पीट सब सह लेगी, कोई उस पर सन्देह तो न करेगा, उस पर मिथ्या लांछन तो न लगेगा, शोहदों और लुच्चों से उसकी रक्षा होगी। वंशीधर को कुल-मर्यादा की कुछ चिन्ता हुई। मानी की याचना को अस्वीकार न कर सके।

लेकिन दो-चार महीनों में ही मानी को मालूम हो गया कि इस घर में बहुत दिनों तक उसका निबाह न होगा। वह घर का सारा काम करती, इशारों पर नाचती, सबको खुश रखने की कोशिश करती; पर न जाने क्यों चचा और चची दोनों उससे जलते रहते। उसके आते ही महरी अलग कर दी गई। नहलाने-धुलाने के लिए एक लौंडा था, उसे भी जवाब दिया गया। पर मानी से इतना उबार होने पर भी चचा और चची न जाने क्यों उससे मुंह फुलाए रहते। चचा घुड़कियां जमाते; कभी चची कोसतीं, यहां तक कि उसकी चचेरी बहन ललिता भी बात-बात पर उसे गालियां देती। घर-भर में केवल उसके चचेरे भाई गोकुल को ही उससे सहानुभूति थी। उसी की बातों में कुछ आत्मीयता, कुछ स्नेह का परिचय मिलता था। वह अपनी माता का स्वभाव जानता था। अगर वह उसे समझाने की चेष्टा करता, या खुल्लम-खुल्ला मानी का पक्ष लेता, तो मानी को एक घड़ी घर में रहना कठिन हो जाता। इसलिए उसकी सहानुभूति मानी ही को दिलासा देने तक रह जाती थी। वह कहता – बहन, मुझे कहीं नौकरी हो जाने दो, फिर तुम्हारे कष्टों का अन्त हो जाएगा। तब देखूगा कौन तुम्हें तिरछी आंखों से देखता है! जब तक पढ़ता हूं तभी तक तुम्हारे बुरे दिन हैं। मानी ये स्नेह में डूबी बातें सुनकर पुलकित हो जाती और उसका रो-रोआं गोकुल को आशीर्वाद देने लगता।

आज ललिता का विवाह है। सबेरे से ही मेहमानों का आना शुरू हो गया है। गहनों की झनकार से घर गूंज रहा है। मानी भी मेहमानों को देख-देखकर खुश हो रही है। उसकी देह पर कोई आभूषण नहीं है और न उसे सुन्दर कपड़े ही दिए गए हैं, फिर भी उसका मुख प्रसन्न है।

आधी रात हो गई थी। विवाह का मुहूर्त निकट आ गया। जनवासे से चढ़ावे की चीजें आईं। सभी औरतें उत्सुक हो-होकर उन चीज़ों को देखने लगीं। ललिता को आभूषण पहनाए

जाने लगे। मानी के हृदय में बड़ी इच्छा हुई कि जाकर वधू को देखे। अभी कल जो बालिका थी, उसे आज वधू-वेश में देखने की इच्छा न रोक सकी। वह मुस्कुराती हुई कमरे में घुसी। सहसा उसकी चाची ने झिड़ककर कहा – तुझे यहां किसने बुलाया था, निकल जा यहां से!

मानी ने बड़ी-बड़ी यातनाएं सही थीं; पर आज की वह झिड़की उसके हृदय में बाण की तरह चुभ गई। उसका मन उसे धिक्कारने लगा। 'तेरे छिछोरेपन का यही पुरस्कार है, यहां सुहागियों के बीच में तेरे आने की क्या ज़रूरत थी?' वह खिसियाई हुई कमरे से निकली और एकान्त में बैठकर रोने के लिए ऊपर जाने लगी। सहसा जीने पर उसकी इन्द्रनाथ से मुठभेड़ हो गई। इन्द्रनाथ गोकुल का सहपाठी और परम मित्र था। वह भी न्यौते में आया हुआ था। इस वक्त गोकुल को खोजने के लिए ऊपर आया था। मानी को वह दो-एक बार देख चुका था और यह भी जानता था कि यहां उसके साथ बड़ा दुर्व्यवहार किया जाता है। चाची की बातों की भनक उसके कान में पड़ गई थी। मानी को ऊपर जाते देखकर वह उसके चित्त का भाव समझ गया और उसे सान्त्वना देने के लिए ऊपर आया; मगर दरवाज़ा भीतर से बन्द था। उसने किवाड़ की दरार से भीतर झांका। मानी मेज़ के पास खड़ी रो रही थी।

उसने धीर-से कहा – मानी, द्वार खोल दो!

मानी उसकी आवाज़ सुनकर कोने में छिप गई और गम्भीर स्वर में बोली – क्या है?

इन्द्रनाथ ने गद्‌गद् स्वर में कहा – तुम्हारे पैरों पड़ता हूं मानी खोल दो।

यह स्नेह में डूबा हुआ विनय मानी के लिए अभूतपूर्व था। इस निर्दय संसार में कोई उससे ऐसी विनती भी कर सकता है, इसकी उसने स्वप्न में भी कल्पना न की थी। मानी ने कांपते हुए हाथों से द्वार खोल दिया। इन्द्रनाथ झपटकर कमरे में घुसा, देखा कि छत के पंखे के कड़े से एक रस्सी लटक रही है। उसका हृदय कांप उठा। उसने तुरन्त जेब से चाकू निकालकर रस्सी काट दी और बोला, क्या करने जा रही थी मानी? जानती हो, इस अपराध का क्या दंड है?

मानी ने गरदन झुकाकर कहा – इस दंड से कोई और दंड कठोर हो सकता है? जिसकी सूरत से लोगों को घृणा हो, उसे मरने पर भी अगर कठोर दंड दिया जाए, तो मैं यही कहूंगी कि ईश्वर के दरबार में न्याय का नाम भी नहीं है। तुम मेरी दशा का अनुभव नहीं कर सकते।

इन्द्रनाथ की आंखें सजल हो गईं! मानी की बातों में कितना कठोर सत्य भरा हुआ था। बोला – सदा ये दिन नहीं रहेंगे मानी। अगर तुम यह समझ रही हो कि संसार में तुम्हारा कोई नहीं, तो यह तुम्हारा भ्रम है। संसार में कम-से-कम एक मनुष्य ऐसा है जिसे तुम्हारे प्राण अपने प्राणों से भी प्यारे हैं!

सहसा गोकुल आता हुआ दिखाई दिया। मानी कमरे से निकल गई। इन्द्रनाथ के शब्दों ने उसके मन में एक तूफान-सा उठा दिया था। उसका क्या आशय है, यह उसकी

समझ में न आया। फिर भी आज उसे अपना जीवन सार्थक मालूम हो रहा था। उसके अन्धकारमय जीवन में एक प्रकाश का उदय हो गया।

3

इन्द्रनाथ को वहां बैठे और मानी को कमरे से जाते देखकर गोकुल को खटक गया। उसकी त्योरियां बदल गईं। कठोर स्वर में बोला – तुम यहां कब आए?

इन्द्रनाथ ने अविचलित भाव से कहा – तुम्हीं को खोजता हुआ यहां आया था। तुम यहां न मिले, तो नीचे लौटा जा रहा था। अगर मैं चला गया होता, तो इस वक्त तुम्हें यह कमरा बन्द मिलता और पंखे के कड़े में एक लाश लटकती हुई नज़र आती।

गोकुल ने समझा, यह अपने अपराध को छिपाने के लिए कोई बहाना निकाल रहा है। तीव्र कंठ से बोला – तुम यह विश्वासघात करोगे, मुझे ऐसी आशा न थी।

इन्द्रनाथ का चेहरा लाल हो गया। वह आवेश में खड़ा हो गया और बोला – न मुझे यह आशा थी कि तुम मुझ पर इतना बड़ा लांछन रख दोगे। मुझे न मालूम था कि तुम मुझे इतना नीच और कुटिल समझते हो। मानी तुम्हारे लिए तिरस्कार की वस्तु हो, मेरे लिए वह श्रद्धा की वस्तु है और रहेगी। मुझे तुम्हारे सामने अपनी सफाई देने की ज़रूरत नहीं है; लेकिन मानी मेरे लिए उससे कहीं पवित्र है, जितनी तुम समझते हो। मैं नहीं चाहता था कि इस वक़्त तुमसे ये बातें कहूं। इसके लिए और अनुकूल परिस्थितियों की राह देख रहा था; लेकिन मुआमला आ पड़ने पर कहना ही पड़ रहा है। मैं यह तो जानता था कि मानी का तुम्हारे घर में कोई आदर नहीं; लेकिन तुम लोग उसे इतना नीच और त्याज्य समझते हो, यह आज तुम्हारी माता जी की बातें सुनकर मालूम हुआ। केवल इतनी-सी बात के लिए कि वह चढ़ावे के गहने देखने चली गई थी, तुम्हारी माता ने उसे इस बुरी तरह झिड़का, जैसे कोई कुत्ते को भी न झिड़केगा। तुम कहोगे इसमें मैं क्या करूं, मैं कर ही क्या सकता हूं, जिस घर में एक अनाथ स्त्री पर इतना अत्याचार हो, उस घर का पानी पीना भी हराम है। अगर तुमने अपनी माता को पहले ही दिन समझा दिया होता, तो आज यह नौबत न आती। तुम इस इल्जाम से नहीं बच सकते। तुम्हारे घर में आज विवाह का उत्सव है, मैं तुम्हारे माता-पिता से कुछ बातचीत नहीं कर सकता; लेकिन तुमसे कहने में कोई संकोच नहीं है कि मैं मानी को अपनी जीवन-सहचरी बनाकर अपने को धन्य समझंगा। मैंने समझा था, अपना कोई ठिकाना करके तब यह प्रस्ताव करूंगा, पर मुझे भय है कि और विलम्ब करने में शायद मानी से हाथ धोना पड़े; इसलिए तुम्हें और तुम्हारे घर वालों को चिन्ता से मुक्त करने के लिए मैं आज ही यह प्रस्ताव किए देता हूं।

गोकुल के हृदय में इन्द्रनाथ के प्रति ऐसी श्रद्धा कभी न हुई थी। उस पर ऐसा सन्देह करके वह बहुत ही लज्जित हुआ। उसने यह अनुभव भी किया कि माता के भय से मैं

मानी के विषय में तटस्थ रहकर कायरता का दोषी हुआ हूं। यह केवल कायरता थी और कुछ नहीं। कुछ झेंपता हुआ बोला – अगर अम्मां ने मानी को इस बात पर झिड़का तो यह उनकी मूर्खता है, मैं उनसे अवसर मिलते ही पूछंगा।

इन्द्रनाथ – अब पूछने-पाछने का समय निकल गया। मैं चाहता हूं कि तुम मानी से इस विषय में सलाह करके मुझे बतला दो! मैं नहीं चाहता कि अब वह यहां क्षण-भर भी रहे। मुझे आज मालूम हुआ कि वह गर्विणी प्रकृति की स्त्री है और सच पूछो तो मैं उसके स्वभाव पर मुग्ध हो गया हूं। ऐसी स्त्री अत्याचार नहीं सह सकती!

गोकुल ने डरते-डरते कहा – लेकिन तुम्हें मालूम है – वह विधवा है?

जब हम किसी के हाथों अपना असाधारण हित होते देखते हैं तो वह अपनी बुराइयां उसके सामने खोलकर रख देते हैं। हम उसे दिखाना चाहते हैं कि हम आपकी इस कृपा के सर्वथा अयोग्य नहीं हैं।

इन्द्रनाथ ने मुस्कुराकर कहा – जानता हूं, सुन चुका हूं और इसीलिए तुम्हारे बाबू जी से कुछ कहने का मुझे अब तक साहस नहीं हुआ, लेकिन न जानता तो भी इसका मेरे निश्चय पर कोई असर न पड़ता। मानी विधवा ही नहीं, अछूत हो, उससे भी गई-बीती अगर कुछ हो सकती है, वह भी हो; फिर भी मेरे लिए वह रमणी-रत्न है। हम छोटे-मोटे कामों के लिए तजर्बेकार आदमी खोजते हैं; मगर जिसके साथ हमें जीवन-यात्रा करनी है, उसमें तजर्वे का होना ऐब समझते हैं। मैं न्याय का गला घोटने वालों में नहीं हूं। विपत्ति से बढ़कर तजर्बा सिखाने वाला कोई विद्यालय आज तक नहीं खुला। जिसने इस विद्यालय में डिग्री ले ली, उसके हाथों में हम निश्चिन्त होकर जीवन की बागडोर दे सकते हैं। किसी रमणी का विधवा होना मेरी आखों में दोष नहीं, गुण है।

गोकुल ने प्रसन्न होकर कहा – लेकिन तुम्हारे घर के लोग?

इन्द्रनाथ ने दृढ़ता से कहा – मैं अपने घर वालों को इतना मूर्ख नहीं समझता कि इस विषय में आपत्ति करें; लेकिन वे आपत्ति करें, तो मैं अपनी किस्मत अपने हाथ में ही रखना पसन्द करता हूं। मेरे बड़ों को मुझ पर अनेकों अधिकार हैं। बहुत-सी बातों में मैं उनकी इच्छा को कानून समझता हूं; लेकिन जिस बात को मैं अपनी आत्मा के विकास के लिए शुभ समझता हूं; उसमें मैं किसी से दबना नहीं चाहता; मैं इस गर्व का आनन्द उठाना चाहता हूं कि मैं स्वयं अपने जीवन का निर्माता हूं!

गोकुल ने कुछ शंकित होकर कहा – और अगर मानी न मंजूर करे?

इन्द्रनाथ को यह शंका बिल्कुल निर्मूल जान पड़ी। बोले – तुम इस समय बच्चों की-सी बातें कर रहे हो गोकुल। यह मानी हुई बात है कि मानी आसानी से मंजूर न करेगी। वह इस घर में ठोकरें खाएगी, झिड़कियां सहेगी, गालियां सुनेगी, पर इसी घर में रहेगी। युगों के संस्कारों को मिटा देना आसान नहीं है; लेकिन हमें उसको राजी करना

पड़ेगा। उसके मन में संचित संस्कारों को निकालना पड़ेगा। मैं विधवाओं के पुनर्विवाह के पक्ष में नहीं हूं। मेरा खयाल है कि पतिव्रत का अलौकिक आदर्श संसार का अमूल्य रत्न है और हमें बहुत सोच-समझकर उस पर आघात करना चाहिए; लेकिन मानी के विषय में यह बात ही नहीं उठती। प्रेम और भक्ति नाम से नहीं, व्यक्ति से होती है। जिस पुरुष की उसने सूरत भी नहीं देखी, उससे उसे प्रेम नहीं हो सकता। केवल रस्म की बात है। इस आडम्बर की, इस दिखावे की हमें परवाह न करनी चाहिए। देखो, शायद कोई तुम्हें बुला रहा है। दो-तीन दिन में फिर मिलूंगा; मगर ऐसा न हो कि तुम संकोच में पड़कर सोचते-विचारते रह जाओ और दिन निकलते चले जाएं।

गोकुल ने उसके गले में हाथ डालकर कहा – मैं परसों खुद ही आऊंगा।

4

बारात बिदा हो गई थी। मेहमान भी रुखसत हो गए थे। रात के नौ बज गए थे। विवाह के बाद की नींद मशहूर है। घर के सभी लोग सरेशाम से सो रहे थे। कोई चारपाई पर, कोई तख़्त पर, कोई ज़मीन पर, जिसे जहां जगह मिल गई, वहीं सो रहा था। केवल मानी घर की देखभाल कर रही थी, और ऊपर गोकुल अपने कमरे में बैठा हुआ समाचार-पत्र पढ़ रहा था।

सहसा गोकुल ने पुकारा – मानी, एक ग्लास ठंडा पानी तो लाना, बड़ी प्यास लगी है।

मानी पानी लेकर ऊपर गई और मेज़ पर पानी रखकर लौटना ही चाहती थी कि गोकुल ने कहा – ज़रा मानी, तुमसे कुछ कहना है।

मानी ने कहा- अभी फुरसत नहीं है भाई, सारा घर सो रहा है। कहीं कोई घुस आए तो लोटा-थाली भी न बचे!

गोकुल ने कहा – घुस आने दो, मैं तुम्हारी जगह होता, तो चोरों से मिलकर चोरी करवा देता। मुझे इसी वक्त इन्द्रनाथ से मिलना है। मैंने उससे आज मिलने का वचन दिया है – देखो संकोच मत करना, मैं जो बात पूछ रहा हूं उसका जल्द उत्तर देना। देर होगी तो वह घबराएगा। इन्द्रनाथ को तुमसे प्रेम है, यह तुम जानती हो न?

मानी ने मुंह फेरकर कहा – यही बात कहने के लिए मुझे बुलाया था? मैं कुछ नहीं जानती।

गोकुल – खैर, यह वह जाने और तुम जानो। वह तुमसे विवाह करना चाहता है। वैदिक रीति से विवाह होगा। तुम्हें स्वीकार है?

मानी की गरदन शर्म से झुक गई। वह कुछ जवाब न दे सकी।

गोकुल ने फिर कहा- दादा और अम्मां से यह बात नहीं कही गई, इसका कारण तुम जानती ही हो। वह तुम्हें घुड़कियां दे—देकर, जला-जलाकर चाहे मार डालें, पर विवाह

करने की सम्मति कभी न देंगे। इससे उनकी नाक कट जाएगी। इसलिए अब इसका निर्णय तुम्हारे ही ऊपर है। मैं तो समझता हूं, तुम्हें स्वीकार कर लेना चाहिए। इन्द्रनाथ तुमसे प्रेम करता है ही; यों भी निष्कलंक चरित्र का आदमी है और बला का दिलेर। भय तो उसे छू भी नहीं गया। मुझे तुम्हें सुखी देखकर सच्चा आनन्द होगा!

मानी के हृदय में एक वेग उठ रहा था, मगर मुंह से आवाज़ न निकली।

गोकुल ने अबकी खीझकर कहा – देखो मानी, यह चुप रहने का समय नहीं है, सोचती क्या हो?

मानी ने कांपते हुए स्वर में कहा – हां!

गोकुल के हृदय का बोझ हल्का हो गया। मुस्कुराने लगा। मानी शर्म के मारे वहां से भाग गई।

5

शाम को गोकुल ने अपनी मां से कहा – अम्मां, इन्द्रनाथ के घर आज कोई उत्सव है। उसकी माता अकेली घबड़ा रही थीं कि कैसे काम होगा? मैंने कहा, मानी को भेज दूंगा, तुम्हारी आज्ञा हो तो मानी को पहुंचा दूं। कल-परसों तक चली आएगी।

मानी उसी वक़्त वहां आ गई। गोकुल ने उसकी ओर कनखियों से ताका। मानी लज्जा से गड़ गई। भागने का रास्ता न मिला।

मां ने कहा – मुझसे क्या पूछते हो, वह जाए तो ले जाओ!

गोकुल ने कहा – कपड़े पहनकर तैयार हो जाओ, तुम्हें इन्द्रनाथ के घर चलना है।

मानी ने आपत्ति की – मेरा जी अच्छा नहीं है, मैं न जाऊंगी।

गोकुल की मां ने कहा – चली क्यों नहीं जाती, क्या वहां कोई पहाड़ खोदना है?

मानी एक सफ़ेद साड़ी पहनकर तांगे पर बैठी, तो उसका हृदय कांप रहा था और बार-बार आंखों में आंसू भर आते थे, उसका हृदय बैठा जाता था, मानो नदी में डूबने जा रही हो।

तांगा कुछ दूर निकल गया, तो उसने गोकुल से कहा- भैया, मेरा जी न जाने कैसा हो रहा है, लौट चलो, तुम्हारे पैर पड़ती हूं।

गोकुल ने कहा – तू पागल है। वहां सब लोग तेरी राह देख रहे हैं और तू कहती है लौट चलो।

मानी – मेरा मन कहता है कि कोई अनिष्ट होने वाला है।

गोकुल – और मेरा मन कहता है, तू रानी बनने जा रही है।

मानी – दस-पांच दिन ठहर क्यों नहीं जाते? कह देना मानी बीमार है।

गोकुल – पागलों की-सी बातें न करो।

मानी – लोग कितना हंसेंगे?

गोकुल – मैं शुभ कार्य में किसी की परवाह नहीं करता।

मानी – अम्मां तुम्हें घर में घुसने न देंगी। मेरे कारण तुम्हें भी झिड़कियां मिलेंगी।

गोकुल – इसकी कोई परवाह नहीं है। उनकी तो यह आदत ही है।

तांगा पहुंच गया। इन्द्रनाथ की माता विचारशील महिला थीं। उन्होंने आकर वधू को उतारा और भीतर ले गईं।

6

गोकुल यहां से घर चला तो ग्यारह बज रहे थे। एक ओर तो शुभ कार्य के पूरा करने का आनन्द था, दूसरी ओर भय था कि कल मानी न जाएगी, तो लोगों को क्या जवाब दूंगा? उसने निश्चय किया चलकर सब साफ़-साफ़ कह दूं। छिपाना व्यर्थ है। आज नहीं कल, कल नहीं परसों तो सब-कुछ कहना ही पड़ेगा। आज ही क्यों न कह दूं?

यह निश्चय करके वह घर में दाखिल हुआ।

माता ने किवाड़ खोलते हुए कहा – इतनी रात तक क्या करने लगे? उसे भी क्यों न लेते आए, कल सबेरे चौका-बरतन कौन करेगा?

गोकुल ने सिर झुकाकर कहा- वह तो अब शायद लौटकर न आवे अम्मां। उसके वहीं रहने का प्रबन्ध हो गया है।

माता ने आंख फाड़कर कहा – क्या बकता है, भला वह वहां कैसे रहेगी?

गोकुल – इन्द्रनाथ से उसका विवाह हो गया है।

माता मानो आकाश से गिर पड़ी। उन्हें कुछ सुध न रही कि मेरे मुंह से निकल रहा है कुलांगार, भड़वा, हरामज़ादा और न जाने क्या-क्या कहा। यहां तक कि गोकुल का धैर्य चरम सीमा का उल्लंघन कर गया। उसका मुंह लाल हो गया, त्योरियां चढ़ गईं। बोला – अम्मां, बस करो! अब मुझमें इससे ज़्यादा सुनने की सामर्थ्य नहीं है। अगर मैंने कोई अनुचित कर्म किया होता, तो आपकी जूतियां खाकर भी सिर न उठाता, मगर मैंने कोई अनुचित कर्म नहीं किया। मैंने वही किया जो ऐसी दशा में मेरा कर्तव्य था। और जो हर एक भले आदमी को करना चाहिए। तुम मूर्ख हो, तुम्हें कुछ नहीं मालूम कि समय की क्या प्रगति है। इसलिए अब तक मैंने धैर्य के साथ तुम्हारी गालियां सुनीं। तुमने, और मुझे दुःख के साथ कहना पड़ता है कि पिता जी ने भी, मानी के जीवन को नारकीय बना रखा था। तुमने उसे ऐसी-ऐसी ताड़नाएं दी, जो कोई अपने शत्रु को भी न देगा। इसीलिए न कि वह तुम्हारी आश्रित थी? इसीलिए न कि वह अनाथिनी थी? अब वह तुम्हारी गालियां खाने न आवेगी। जिस दिन तुम्हारे घर का विवाह-उत्सव हो रहा था, तुम्हारे ही एक कठोर

वाक्य से आहत होकर वह आत्महत्या करने जा रही थी। इन्द्रनाथ उस समय ऊपर न पहुंच जाते, तो आज हम, तुम और सारा घर हवालात में बैठे होते।

माता ने आंखें मटकाकर कहा – आहा! कितने सपूत बेटे हो तुम कि सारे घर को संकट से बचा लिया। क्यों न हो! अभी बहन की बारी है। तुम दिन में मुझे ले जाकर किसी के गले बांध आना। फिर तुम्हारी चांदी हो जाएगी। यह रोज़गार सबसे अच्छा है। पढ़-लिखकर क्या करोगे?

गोकुल मर्म-वेदना से तिलमिला उठा। व्यथित कंठ से बोला – ईश्वर न करे कि कोई बालक तुम जैसी माता के गर्भ से जन्म ले। तुम्हारा मुंह देखना भी पाप है।

यह कहता हुआ वह घर से निकल पड़ा और उन्मत्तों की तरह एक तरफ़ चल खड़ा हुआ। ज़ोर के झोंके चल रहे थे; पर उसे ऐसा मालूम हो रहा था कि सांस लेने के लिए हवा नहीं है।

7

एक सप्ताह बीत गया; पर गोकुल का कहीं पता नहीं। इन्द्रनाथ को मुम्बई में एक जगह मिल गई। वह वहां चला गया था। वहां रहने का प्रबन्ध करके वह अपनी माता को तार देगा और तब सास और बहू वहां चली जाएंगी। वंशीधर को पहले सन्देह हुआ कि गोकुल इन्द्रनाथ के घर छिपा होगा; पर जब वहां पता न चला, तो उन्होंने सारे शहर में खोज-पूछ शुरू की। जितने मिलने वाले, स्नेही, सम्बन्धी थे, सभी के घर गए; पर सब जगह से साफ़ जवाब पाया। दिन-भर दौड़-धूप कर शाम को घर आते तो स्त्री को आड़े हाथों लेते – और कोसो लड़के को, पानी पी-पीकर कोसो। न जाने तुम्हें कभी बुद्धि आएगी भी या नहीं। गई थी चुडैल, जाने देती। एक बोझ सिर से टला। एक महरी रख लो, काम चल जाएगा। जब वह न थी, तो घर क्या भूखों मरता था? विधवाओं के पुनर्विवाह चारों ओर तो हो रहे हैं, यह कोई अनहोनी बात नहीं है। हमारे वश की बात होती, तो इस विधवा-विवाह के पक्षपातियों को देश से निकाल देते, शाप देकर जला देते; लेकिन यह हमारे वश की बात नहीं। फिर तुमसे इतना भी न हो सका कि मुझसे तो पूछ लेतीं। मैं जो उचित समझता, करता। क्या तुमने यह समझा था, मैं दफ्तर से लौटकर आऊंगा ही नहीं, वहीं मेरी अन्त्येष्टि हो जाएगी? बस लड़के पर टूट पड़ीं। अब रोओ, खूब दिल खोलकर।

सन्ध्या हो गई थी। वंशीधर स्त्री को फटकारें सुनाकर द्वार पर उद्वेग की दशा में टहल रहे थे। रह-रहकर मानी पर क्रोध आता था। इसी राक्षसी के कारण मेरे घर का सर्वनाश हुआ। न जाने किस बुरी साइत में आई कि घर को मिटाकर छोड़ा! वह न आई होती, तो आज क्यों यह बुरे दिन देखने पड़ते? कितना होनहार, कितना प्रतिभाशाली लड़का था। न जाने कहां गया!

एकाएक एक बुढ़िया उनके समीप आई और बोली – बाबू साहब, यह ख़त लाई हूं। ले लीजिए।

वंशीधर ने लपककर बुढ़िया के हाथ से पत्र ले लिया, उनकी छाती आशा स धक्-धक् करने लगी। गोकुल ने शायद यह पत्र लिखा होगा। अंधेरे में कुछ न सूझा, पूछा – कहां से लाई है?

बुढ़िया ने कहा – वही जो बाबू हुसेनगंज में रहते हैं; जो मुम्बई में नौकर हैं, उन्हीं की बहू ने भेजा है।

वंशीधर ने कमरे में जाकर लैम्प जलाया और पत्र पढ़ने लगे। मानी का ख़त था। लिखा था –

पूज्य चाचा जी, अभागिनी मानी का प्रणाम स्वीकार कीजिए।

मुझे यह सुनकर अत्यन्त दुःख हुआ कि गोकुल भैया कहीं चले गए और अब तक उनका पता नहीं है। मैं ही इसका कारण हूं। यह कलंक मेरे ही मुख पर लगना था, वह भी लग गया। मेरे कारण आपको इतना शोक हुआ इसका मुझे बहुत दुःख है; मगर भैया आवेंगे अवश्य, इसका मुझे विश्वास है। मैं इसी नौ बजे वाली गाड़ी से मुम्बई जा रही हूं। मुझसे जो कुछ अपराध हुए हैं, उन्हें क्षमा कीजिएगा और चाची से मेरा प्रणाम कहिएगा। मेरी ईश्वर से यही प्रार्थना है कि गोकुल भैया सकुशल घर लौट आयें। ईश्वर की इच्छा हुई तो भैया के विवाह में आपके चरणों के दर्शन करूंगी।

वंशीधर ने पत्र फाड़कर पुर्जे-पुर्जे कर डाला। घड़ी में देखा तो आठ बज रहे थे। तुरन्त कपड़े पहने, सड़क पर आकर एक्का किया और स्टेशन चले।

8

मुम्बई मेल प्लेटफार्म पर खड़ी थी। मुसाफिरों में भगदड़ मची हुई थी। खोंचे वालों की चीख-पुकार से कान में पड़ी आवाज़ न सुनाई देती थी। गाड़ी छूटने में थोड़ी ही देर थी। मानी और उसकी सास एक जनाने कमरे में बैठी हुई थीं। मानी सजल नेत्रों से सामने ताक रही थी। अतीत चाहे दुखद ही क्यों न हो, उसकी स्मृतियां मधुर होती हैं। मानी आज उन बुरे दिनों का स्मरण करके सुखी हो रही थी। गोकुल से अब न जाने कब भेंट होगी। चाचा जी आ जाते उनके दर्शन कर लेती। कभी-कभी बिगड़ते थे तो क्या, उसके भले ही के लिए डांटते थे। वह आगे नहीं। अब तो गाड़ी छूटने में थोड़ी ही देर है। कैसे आवें, समाज में हलचल न मच जाएगी। भगवान की इच्छा होगी तो अब कि जब यहां आऊंगी तो ज़रूर उनके दर्शन करूंगी।

एकाएक उसने लाला वंशीधर को आते देखा। वह गाड़ी से निकलकर बाहर खड़ी

हो गई और चाचा जी की ओर बढ़ी। उनके चरणों पर गिरना चाहती थी कि वह पीछे हट गए और आंखें निकाल बोले – मुझे मत छू; दूर रह, अभागिनी कहीं की! मुंह में कालिख लगाकर मुझे पत्र लिखती है। तुझे मौत भी नहीं आती! तूने मेरे कुल का सर्वनाश कर दिया। आज तक गोकुल का पता नहीं है। तेरे ही कारण वह घर से निकला और तू अभी मेरी छाती पर मूंग दलने को बैठी है। तेरे लिए क्या गंगा में पानी नहीं है? मैं तुझे ऐसी कुलटा, ऐसी हरजाई समझता, तो पहले दिन ही तेरा गला घोंट देता। अब मुझे अपनी भक्ति दिखलाने चली है! तुझ जैसी पापिष्ठाओं का मरना ही अच्छा है, पृथ्वी का बोझ कम हो जाएगा।

प्लेटफार्म पर सैकड़ों आदमियों की भीड़ लग गई थी, और वंशीधर निर्लज्ज भाव से गालियों की बौछार कर रहे थे। किसी की समझ में न आता था, क्या माज़रा है; पर मन में सब लाला को धिक्कार रहे थे।

मानी पाषाण-मूर्ति के समान खड़ी थी। मानो वहीं जम गई हो। उसका सारा अभिमान चूर-चूर हो गया। ऐसा जी चाहता था, धरती फट जाए और मैं समा जाऊं, कोई वज्र गिराकर उसके जीवन – अधम जीवन – का अन्त कर दे। इतने आदमियों के सामने उसका पानी उतर गया। उसकी आंखों से आंसू की एक बूंद भी न निकली, हृदय में आंसू न थे। उसकी जगह एक दावानल-सा दहक रहा था, जो मानो वेग से मस्तिष्क की ओर बढ़ता जाता था। संसार में कौन जीवन इतना अधम होगा!

सास ने पुकारा – बहू, अन्दर आ जाओ।

9

गाड़ी चली तो माता ने कहा – ऐसा बेशर्म आदमी मैंने नहीं देखा। मुझे तो ऐसा क्रोध आ रहा था कि उसका मुंह नोच लूं।

मानी ने सिर ऊपर न उठाया।

माता फिर बोली – न जाने इन सड़ियलों को कब बुद्धि आएगी, अब तो मरने के दिन भी आ गए। पूछो, तेरा लड़का भाग गया तो हम क्या करें; अगर ऐसे पापी न होते यह वज्र ही क्यों गिरता?

मानी ने फिर मुंह न खोला। शायद उसे कुछ सुनाई न देता था। शायद उसे अपने अस्तित्व का ज्ञान भी न था। वह टकटकी लगाए खिड़की की ओर ताक रही थी। उस अन्धकार में उसे न जाने क्या सूझ रहा था।

कानपुर आया। माता ने पूछा — बेटी, कुछ खाएगी? थोड़ी-सी मिठाई लो; दस कब के बज गए।

मानी ने कहा — अभी तो भूख नहीं है अम्मां, फिर खा लूंगी।

माता सोई। मानी भी लेटी; पर चचा की वह सूरत आंखों के सामने खड़ी थी और उनकी बातें कानों में गूंज रही थीं- आह! मैं इतनी नीच हूं, ऐसी पतित कि मेरे मर जाने से पृथ्वी का भार हल्का हो जाएग! क्या कहा था, तू अपने मां-बाप की बेटी है तो फिर मुंह मत दिखाना। न दिखाऊंगी। जिस मुंह पर कालिमा लगी हुई हो तो उसे किसी को दिखाने की इच्छा भी नहीं है।

गाड़ी अन्धकार को चीरती हुई चली जा रही थी। मानी ने अपना ट्रंक खोला, अपने आभूषण निकालकर उसमें रख दिए। फिर इन्द्रनाथ का चित्र निकालकर उसे देर तक देखती रही। उसकी आंखों में गर्व की एक झलक-सी दिखाई दी। उसने तस्वीर रख दी और आप-ही-आप -नहीं-नहीं, मैं तुम्हारे जीवन को कलंकित नहीं कर सकती। तुम देवतुल्य हो, तुमने मुझ पर दया की है! मैं अपने पूर्व-संस्कारों का प्रायश्चित्त कर रही थी। तुमने मुझे उठाकर हृदय से लगा लिया, लेकिन मैं तुम्हें कलंकित न करूंगी। तुम्हें मुझसे प्रेम है। तुम मेरे लिए अनादर, निन्दा सब सह लोगे; पर मैं तुम्हारे जीवन का भार न बनूंगी।

गाड़ी अन्धकार को चीरती चली जा रही थी। मानी आकाश की ओर इतनी देर तक देखती रही कि सारे तारे अदृश्य हो गए और अन्धकार में उसे अपनी माता का स्वरूप दिखाई दिया – ऐसा उज्ज्वल, ऐसा प्रत्यक्ष कि उसने चौंककर आंखें बन्द कर लीं। फिर कमरे के अन्दर देखा तो माता जी सो रही थीं।

10

न जाने कितनी रात गुज़र चुकी थी। दरवाज़ा खुलने की आहट से माता जी की आंख खुल गई। गाड़ी तेज़ी से चली जा रही थी; मगर बहू का पता न था। वह आंखें मलकर उठ बैठी और पुकारा – बहू! बहू; कोई जवाब न मिला।

उनका हृदय धक्-धक् करने लगा। ऊपर के बर्थ पर नज़र डाली, पेशाबख़ाने में देखा, बेंचों के नीचे देखा, बहू कहीं न थी। तब वह द्वार पर आकर खड़ी हो गई। शंका हुई, यह द्वार किसने खोला? कोई गाड़ी में तो नहीं आया! उनकी। जी घबड़ाने लगा। उन्होंने किवाड़ बन्द कर दिए और ज़ोर-ज़ोर से रोने लगीं। किससे पूछे? डाक गाड़ी अब न जाने कितनी देर में रुकेगी। कहती थी, बहू मर्दानी गाड़ी में बैठो। पर मेरा कहना न माना। कहने लगी, अम्मा जी, आपको सोने की तकलीफ़ होगी। यही आराम दे गई?

सहसा उसे खतरे की जंजीर याद आई। उसने ज़ोर-ज़ोर से कई बार ज़ंजीर खींची। कई मिनट के बाद गाड़ी रुकी। गार्ड आया। पड़ोस के कमरे से दो-चार आदमी और भी आए। फिर लोगों ने सारा कमरा तलाश किया। नीचे तख्ते को ध्यान से देखा। रक्त का कोई चिह्न न था। असबाब की जांच की। बिस्तर, सन्दूक, सन्दूकची, बरतन सब मौजूद थे। ताले भी सबके बन्द थे। कोई चीज़ गायब न थी। अगर बाहर से कोई आदमी आता

तो चलती गाड़ी से जाता कहां? एक स्त्री को लेकर गाड़ी से कूद जाना असम्भव था। सब लोग इन लक्षणों से इस नतीजे पर पहुंचे कि मानी द्वार खोलकर बाहर झांकने लगी होगी और मुठिया हाथ से छूट जाने के कारण गिर पड़ी होगी। गार्ड भला आदमी था। उसने नीचे उतरकर एक मील तक सड़क के दोनों तरफ़ तलाश किया। मानी का कोई निशान न मिला। रात को उससे ज़्यादा और क्या किया जा सकता था। माता जी को कुछ लोग आग्रहपूर्वक एक मर्दाने डिब्बे में ले गए। यह निश्चय हुआ कि माता जी अगले स्टेशन पर उतर पड़ें और सबेरे इधर-उधर दूर तक देख-भाल की जाए। विपत्ति में हम परमुखापेक्षी हो जाते हैं। माता जी कभी इसका मुंह देखतीं, कभी उसका। उसकी याचना से भरी हुई आंखें मानो सबसे कह रही थी – कोई मेरी बच्ची को खोज क्यों नहीं लाता? हाय! अभी तो बेचारी की चूंदरी भी नहीं मैली हुई, कैसे-कैसे साधों और अरमानों से भरी पति के पास जा रही थी! कोई उस दुष्ट वंशीधर से जाकर कहता क्यों नहीं- ले तेरी मनोभिलाषा पूरी हो गई – जो तू चाहता था, वह पूरा हो गया। क्या अब भी तेरी छाती नहीं जुड़ाती!

वृद्धा बैठी रो रही थी और गाड़ी अन्धकार को चीरती चली गई।

11

रविवार का दिन था। सन्ध्या समय इन्द्रनाथ दो-तीन मित्रों के साथ अपने घर की छत पर बैठा हुआ था। आपस में हास-परिहास हो रहा था। मानी का आगमन इस परिहास का विषय था।

एक मित्र बोले- क्यों इन्द्र, तुमने तो वैवाहिक जीवन का कुछ अनुभव किया है, हमें क्या सलाह देते हो? बनाएं कहीं घोंसला, या यों ही डालियों पर बैठे-बैठे दिन काटें। पत्र-पत्रिकाओं को देखकर तो यही मालूम होता है कि वैवाहिक जीवन और नरक में बहुत थोड़ा ही-सा अन्तर है।

इन्द्रनाथ ने मुस्कुराकर कहा – यह तो तकदीर का खेल है भाई, सोलहों आना तकदीर का। अगर एक दशा में वैवाहिक जीवन नरक-तुल्य है, तो दूसरी दशा में स्वर्ग से कम नहीं।

दुसरे मित्र बोले – इतनी आजादी तो भला क्या रहेगी?

इन्द्रनाथ – इतनी क्या, इसका शतांश भी न रहेगी। अगर तुम रोज़ सिनेमा देखकर बारह बजे घर लौटना चाहते हो, नौ बजे सोकर उठना चाहते हो और दफ्तर से चार बजे लौटकर ताश खेलना चाहते हो, तो तुम्हें विवाह करने से कोई सुख न मिलेगा। और जो हर महीने सूट बनवाते हो, तब शायद साल-भर में भी न बनवा सको।

'श्रीमती जी तो आज रात की गाड़ी से आ रही हैं?'

'हां मेल से। मेरे साथ चलकर उन्हें रिसीव करोगे न?'

'यह भी पूछने की बात है! अब घर कौन जाता है, मगर कल दावत खिलानी पड़ेगी।'

सहसा तार के चपरासी ने आकर इन्द्रनाथ के हाथ में तार का लिफाफा रख दिया।

इन्द्रनाथ का चेहरा खिल उठा। झट तार खोलकर पढ़ने लगा। एक बार पढ़ते ही उसका हृदय धक-से हो गया, सांस रुक गई, सिर धूमने लगा। आंखों की रोशनी लुप्त हो गई, जैसे विश्व पर काला परदा पड़ गया हो। उसने तार को मित्रों के सामने फेंक दिया और दोनों हाथों से मुंह ढांपकर फूट-फूटकर रोने लगा। दोनों मित्रों ने घबड़ाकर तार उठा लिया और उसे पढ़ते ही हतबुद्धि से ही दीवार की ओर ताकने लगे। क्या सोच रहे थे और क्या हो गया!

तार में लिखा था – मानी गाड़ी से कूद पड़ी। उसकी लाश लालपुर से तीन मील पर पाई गई है। मैं लालपुर में हूं। तुरन्त आओ।

एक मित्र ने कहा – किसी शत्रु ने झूठी ख़बर न भेज दी हो।

दूसरे मित्र ने कहा – हां, कभी-कभी लोग ऐसी शरारतें करते हैं।

इन्द्रनाथ ने शून्य नेत्रों से उनकी ओर देखा; पर मुंह से कुछ बोले नहीं!

कई मिनट तीनों आदमी निर्वाक् निस्पन्द बैठे रहे। एकाएक इन्द्रनाथ खड़े हो गए और बोले – मैं इस गाड़ी से जाऊंगा।

मुम्बई से नौ बजे रात को गाड़ी छूटती थी। दोनों मित्रों ने चटपट बिस्तर आदि बांधकर तैयार कर दिया। एक ने बिस्तर उठाया, दूसरे ने ट्रंक। इन्द्रनाथ ने चटपट कपड़े पहने और स्टेशन चले। निराशा आगे थी; आशा रोती हुई पीछे।

12

एक सप्ताह गुज़र गया था। लाला वंशीधर दफ्तर से आकर द्वार पर बैठे ही थे कि इन्द्रनाथ ने आकर प्रणाम किया। वंशीधर उसे देखकर चौंक पड़े, उसके अनपेक्षित आगमन पर नहीं, उसकी विकृत दशा पर; मानो वीतराग शोक सामने खड़ा हो, मानो कोई हृदय से निकली हुई आह मूर्तिमान हो गई हो।

वंशीधर ने पूछा — तुम मुम्बई चले गए थे न?

इन्द्रनाथ ने जवाब दिया – जी हां, आज ही आया हूं।

वंशीधर ने तीखे स्वर में कहा – गोकुल को तो तुम ले बीते!

इन्द्रनाथ ने अपनी अंगूठी की ओर ताकते हुए कहा – वह मेरे घर पर हैं।

वंशीधर के उदास मुख पर हर्ष का प्रकाश दौड़ गया। बोले – तो यहां क्यों नहीं आए? तुमसे कहां उसकी भेंट हुई? क्या मुम्बई चला गया था?

'जी नहीं, कल मैं गाड़ी से उतरा तो स्टेशन पर मिल गए।

'तो जाकर लिवा लाओ न, जो किया अच्छा किया।'

यह कहते हुए वह घर में दौड़े। एक क्षण में गोकुल की माता ने उसे अन्दर बुलाया।

वह अन्दर गया, तो माता ने उसे सिर से पांव तक देखा – तुम बीमार थे क्या भैया? चेहरा क्यों इतना उतरा है?

गोकुल की माता ने पानी का लोटा रखकर कहा – हाथ-मुंह धो डालो बेटा, गोकुल है तो अच्छी तरह? कहां रहा इतने दिन! तब से सैकड़ों मन्नतें मान डालीं। आया क्यों नहीं?

इन्द्रनाथ ने हाथ-मुंह धोते हुए कहा – मैंने तो कहा था चलो, लेकिन डर के मारे नहीं आते।

'और था कहां इतने दिन?'

'कहते थे, देहातों में घूमता रहा।'

'तो क्या तुम अकेले मुम्बई से आए हो?'

'जी नहीं, अम्मां भी आई हैं।'

गोकुल की माता ने सकुचाकर पूछा — मानी तो अच्छी जगह है?

इन्द्रनाथ ने हंसकर कहा – जी हां, अब वह बड़े सुख से हैं। संसार के बन्धनों से छूट गई।

माता ने अविश्वास करके कहा – चल नटखट कहीं का। बेचारी को कोस रहा है, मगर इतनी जल्दी मुम्बई से लौट क्यों आए?

इन्द्रनाथ ने मुस्कुराते हुए कहा – क्या करता! माता जी का तार मुम्बई में मिला कि मानी ने गाड़ी से कूदकर प्राण दे दिए! वह लालपुर में पड़ी हुई थीं, दौड़ा हुआ आया। वहीं दाह-क्रिया की। आज घर चला आया। अब मेरा अपराध क्षमा कीजिए।

वह और कुछ न कह सका! आंसुओं के वेग ने गला बन्द कर दिया। जेब से एक पत्र निकालकर माता के सामने रखता हुआ बोला — उनके सन्दूक में यही पत्र मिला है।

गोकुल की माता कई मिनट तक मर्माहत-सी बैठी जमीन की ओर ताकती रहीं। शोक और उससे अधिक पश्चात्ताप ने सिर को दबा रखा था। फिर पत्र उठाकर पढ़ने लगीं।

'स्वामी!'

जब यह पत्र आपके हाथों में पहुंचेगा। तब तक मैं इस संसार से विदा हो जाऊंगी! मैं बड़ी अभागिनी हूं। मेरे लिए इस संसार में स्थान नहीं है। आपको भी मेरे कारण क्लेश और निन्दा-ही-निन्दा मिलेगी। मैंने सोचकर देखा और यही निश्चय किया कि मेरा मरना ही अच्छा है। मुझ पर आपने जो दया की थी, उसके लिए आपको क्या प्रतिदान करूं? जीवन में मैंने कभी किसी वस्तु की इच्छा नहीं की; परन्तु मुझे दुःख है कि आपके चरणों पर सिर रखकर न मर सकी। मेरी अन्तिम याचना है कि मेरे लिए आप शोक न कीजिएगा। 'ईश्वर आपको सदा सुखी रखे।

माता जी ने पत्र रख दिया और आंखों से आंसू बहने लगे। बरामदे में वंशीधर निस्पन्द खड़े थे और जैसे मानी लज्जावनत उनके सामने खड़ी थी।

कायर

युवक का नाम केशव था, युवती का प्रेमा। दोनों एक ही कॉलेज के और एक ही क्लास के विद्यार्थी थे। केशव नए विचारों का युवक था, जात-पात के बन्धनों का विरोधी। प्रेमा पुराने संस्कारों की कायल थी, पुरानी मर्यादाओं और प्रथाओं में पूरा विश्वास रखने वाली; लेकिन फिर भी दोनों में गाढ़ा प्रेम हो गया था। और यह बात सारे कॉलेज में मशहूर थी। केशव ब्राह्मण होकर भी वैश्य-कन्या प्रेमा से विवाह करके अपना जीवन सार्थक करना चाहता था। उसे अपने माता-पिता की परवाह न थी। कुल-मर्यादा का विचार भी उसे स्वांग-सा लगता था। उसके लिए सत्य कोई वस्तु थी, तो प्रेम थी; किन्तु प्रेमा के लिए माता-पिता और कुल-परिवार के आदेश के विरुद्ध एक क़दम बढ़ाना भी असम्भव था।

सन्ध्या का समय है। विक्टोरिया-पार्क के एक निर्जन स्थान में दोनों आमने-सामने हरियाली पर बैठे हुए हैं। सैर करने वाले एक-एक करके विदा हो गए; किन्तु ये दोनों अभी वहीं बैठे हुए हैं। उनमें एक ऐसा प्रसंग छिड़ा हुआ है, जो किसी तरह समाप्त नहीं होता।

केशव ने झुंझलाकर कहा – इसका यह अर्थ है कि तुम्हें मेरी परवाह नहीं है?

प्रेमा ने उसको शान्त करने की चेष्टा करके कहा – तुम मेरे साथ अन्याय कर रहे हो, केशव! लेकिन मैं इस विषय को माता-पिता के सामने कैसे छेड़, यह मेरी समझ में नहीं आता। वे लोग पुरानी रूढ़ियों के भक्त हैं। मेरी तरफ से कोई ऐसी बात सुनकर मन में जो-जो शंकाएं होंगी, उनकी तुम कल्पना कर सकते हो।

केशव ने उग्र भाव से कहा – तो तुम भी उन्हीं पुरानी रूढ़ियों की गुलाम हो?

प्रेमा ने अपनी बड़ी-बड़ी आंखों में मृदु-स्नेह भरकर कहा- नहीं, मैं उनकी गुलाम नहीं हूं, लेकिन माता-पिता की इच्छा मेरे लिए और सब चीज़ों से अधिक मान्य है।

'तुम्हारा व्यक्तित्व कुछ नहीं है?'

'ऐसा ही समझ लो।'

'मैं तो समझता था कि ये ढकोसले मूरों के लिए ही हैं; लेकिन अब मालूम हुआ कि तुम जैसी विदुषियां भी उनकी पूजा करती हैं। जब मैं तुम्हारे लिए संसार को छोड़ने पर तैयार हूं, तो तुमसे भी यही आशा करता हूं।'

प्रेमा ने मन में सोचा, मेरा अपनी देह पर क्या अधिकार है। जिन माता-पिता ने अपने रक्त से मेरी सृष्टि की है, और अपने स्नेह से उसे पाला है, उनकी मरज़ी के ख़िलाफ़ कोई काम करने का उसे कोई हक़ नहीं।

उसने दीनता के साथ केशव से कहा- क्या प्रेम स्त्री और पुरुष के रूप ही में रह

सकता है, मैत्री के रूप में नहीं? मैं तो आत्मा का बन्धन समझती हूं।

केशव ने कठोर भाव से कहा- इन दार्शनिक विचारों से तुम मुझे पागल कर दोगी, प्रेमा! बस, इतना समझ लो मैं निराश होकर ज़िन्दा नहीं रह सकता। मैं प्रत्यक्षवादी हूं, और कल्पनाओं के संसार में प्रत्यक्ष का आनन्द उठाना मेरे लिए असम्भव है।

यह कहकर उसने प्रेमा का हाथ पकड़कर अपनी ओर खींचने की चेष्टा की। प्रेमा ने झटके से हाथ छुड़ा लिया और बोली- नहीं केशव, मैं कह चुकी हूं कि मैं स्वतन्त्र नहीं हूं। तुम मुझसे वह चीज़ न मांगो, जिस पर मेरा कोई अधिकार नहीं है।

केशव को अगर प्रेमा ने कठोर शब्द कहे होते, तो भी उसे इतना दुःख न हुआ होता। एक क्षण तक वह मन मारे बैठा रहा, फिर उठकर निराशा भरे स्वर में बोला – 'जैसी तुम्हारी इच्छा!' आहिस्ता-आहिस्ता क़दम-सा उठाता हुआ वहां से चला गया। प्रेमा अब भी वहीं बैठी आंसू बहाती रही।

2

रात को भोजन करके प्रेमा जब अपनी मां के साथ लेटी, तो उसकी आंखों में नींद न थी। केशव ने उसे एक ऐसी बात कह दी थी, जो चंचल पानी में पड़ने वाली छाया की तरह उसके दिल पर छाई हुई थी। प्रतिक्षण उसका रूप बदलता था। वह उसे स्थिर न कर सकती थी। माता से इस विषय में कुछ कहे तो कैसे? लज्जा मुंह बन्द कर देती थी। उसने सोचा, अगर केशव के साथ मेरा विवाह न हुआ, तो उस समय मेरा क्या कर्त्तव्य होगा? अगर केशव ने कुछ उदंडता कर डाली, तो मेरे लिए संसार में फिर क्या रह जाएगा; लेकिन मेरा बस ही क्या है? इन भांति-भांति के विचारों में एक बात जो उसके मन में निश्चित हुई, वह यह थी कि केशव के सिवा वह और किसी से विवाह न करेगी।

उसकी माता ने पूछा- क्या तुझे अब तक नींद न आई? मैंने तुझसे कितनी बार कहा कि थोड़ा-बहुत घर का काम-काज किया कर; लेकिन तुझे किताबों से ही फुरसत नहीं मिलती। चार दिन में तू पराए घर जाएगी, कौन जाने कैसा घर मिले। अगर कुछ काम करने की आदत न रही, तो कैसे निबाह होगा?

प्रेमा ने भोलेपन से कहा – मैं पराये घर जाऊंगी ही क्यों?

माता ने मुस्कुराकर कहा – लड़कियों के लिए यही तो सबसे बड़ी विपत्ति है, बेटी? मां-बाप की गोद में पलकर ज्यों ही सयानी हुई, दूसरों की हो जाती है। अगर अच्छे प्राणी मिले, तो जीवन आराम से कट गया, नहीं रो-रोकर दिन काटना पड़ा। सब-कुछ भाग्य के अधीन है। अपनी बिरादरी में तो मुझे कोई घर नहीं भाता। कहीं लड़कियों का आदर नहीं लेकिन करना तो बिरादरी में ही पड़ेगा। न जाने यह जात-पांत का बन्धन कब टूटेगा?

प्रेमा डरते-डरते बोली – कहीं-कहीं तो बिरादरी के बाहर भी विवाह होने लगे हैं!

उसने कहने को कह दिया; लेकिन उसका हृदय कांप रहा था कि माता जी कुछ भांप न जाएं।

माता ने विस्मय से पूछा- क्या हिन्दुओं में ऐसा हुआ है?

फिर उसने आप-ही-आप उस प्रश्न का जवाब भी दिया – और दो-चार जगह ऐसा हो भी गया, तो उससे क्या होता है?

प्रेमा ने इसका कुछ जवाब न दिया, भय हुआ कि माता कहीं उसका आशय समझ न जाएं। उसका भविष्य एक अंधेरी खाई की तरह उसके सामने मुंह खोले खड़ा था, मानो उसे निगल जाएगा।

उसे न जाने कब नींद आ गई।

3

प्रातःकाल प्रेमा सोकर उठी, तो उसके मन में एक विचित्र साहस का उदय हो गया था। सभी महत्त्वपूर्ण फैसले हम आकस्मिक रूप से लिया करते हैं, मानो कोई दैवी-शक्ति हमें उनकी ओर खींच ले जाती है; वही हालत प्रेमा की थी। कल तक वह माता-पिता के निर्णय को मान्य समझती थी, पर संकट को सामने देखकर उसमें उस वायु की हिम्मत पैदा हो गई थी, जिसके सामने कोई पर्वत आ गया हो। वही मन्द वायु प्रबल वेग से पर्वत के मस्तक पर चढ़ जाती है और उसे कुचलती हुई दुसरी तरफ जा पहुंचती है। प्रेमा मन में सोच रही थी – मानो, यह देह माता-पिता की है, किन्तु आत्मा तो मेरी है। मेरी आत्मा को जो कुछ भुगतना पड़ेगा, वह इसी देह से तो भुगतना पड़ेगा। अब वह इस विषय में संकोच करना अनुचित ही नहीं, घातक समझ रही थी। अपने जीवन को क्यों एक झूठे सम्मान पर बलिदान करे? उसने सोचा – विवाह का आधार अगर प्रेम न हो, तो वह देह का विक्रय है। आत्म-समर्पण तो बिना प्रेम के भी हो सकता है? इस कल्पना ही से कि न जाने किस अपरिचित युवक से उसका विवाह हो जाएगा, उसका हृदय विद्रोह कर उठा।

वह अभी नाश्ता करके कुछ पढ़ने जा रही थी कि उसके पिता ने प्यार से पुकारा – मैं कल तुम्हारे प्रिंसिपल के पास गया था, वे तुम्हारी बड़ी तारीफ़ कर रहे थे।

प्रेमा ने सरल भाव से कहा – आप तो यों ही कहा करते हैं।

'नहीं, सच।'

यह कहते हुए उन्होंने अपनी मेज़ की दराज़ खोली, और मखमली चौखटों में जड़ी हुई एक तस्वीर निकालकर उसे दिखाते हुए बोले – यह लड़का आई. सी. एस. के इम्तहान में प्रथम आया है। इसका नाम तो तुमने सुना होगा?

बूढ़े पिता ने ऐसी भूमिका बांध दी थी कि मां उनका आशय न समझ सकी लेकिन प्रेमा भांप गई! उसका मन तीर की भांति लक्ष्य पर जा पहुंचा। उसने बिना तस्वीर की ओर देखे ही कहा – नहीं, मैंने तो उसका नाम नहीं सुना।

पिता ने बनावटी आश्चर्य से कहा- क्या! तुमने उसका नाम ही नहीं सुना? आज के दैनिक पत्र में उसका चित्र और जीवन-वृत्तान्त छपा है।

प्रेमा ने रुखाई से जवाब दिया – होगा, मगर मैं तो उस परीक्षा का कोई महत्त्व नहीं समझती। मैं तो समझती हूं, जो लोग इस परीक्षा में बैठते हैं, वे पल्ले सिरे के स्वार्थी होते हैं। आखिर उनका उद्देश्य इसके सिवा और क्या होता है कि अपने ग़रीब, निर्धन, दलित भाइयों पर शासन करें और खूब धन संचय करें। यह तो जीवन का कोई ऊंचा उद्देश्य नहीं

इस आपत्ति में जलन थी, अन्याय था, निर्दयता थी। पिता जी ने समझा था, प्रेमा यह बखान सुनकर लट्टू हो जाएगी। यह जवाब सुनकर तीखे स्वर में बोले – तू तो ऐसी बातें कर रही है जैसे तेरे लिए धन और अधिकार का कोई मूल्य ही नहीं।

प्रेमा ने ढिठाई से कहा- हां, मैं तो इसका मूल्य नहीं समझती। मैं तो आदमी में त्याग देखती हूं। मैं ऐसे युवकों को जानती हूं, जिन्हें यह पद ज़बरदस्ती भी दिया जाए, तो स्वीकार न करेंगे।

पिता ने उपहास के ढंग से कहा – यह तो आज मैंने नई बात सुनी। मैं तो देखता हूं कि छोटी-छोटी नौकरियों के लिए लोग मारे-मारे फिरते हैं। मैं ज़रा उस लड़के की सूरत देखना चाहता हूं, जिसमें इतना त्याग हो। मैं तो उसकी पूजा करूंगा!

शायद किसी दूसरे अवसर पर ये शब्द सुनकर प्रेमा लज्जा से सिर झुका लेती; पर इस समय उसकी दशा उस सिपाही की-सी थी, जिसके नीचे गहरी खाई हो। आगे बढ़ने के सिवा उसके लिए और कोई मार्ग न था। अपने आवेश को संयम से दबाती हुई, आंखों में विद्रोह भरे, वह अपने कमरे में गई और केशव के कई चित्रों में से वह एक चित्र चुनकर लाई, जो उसकी निगाह में सबसे ख़राब था और पिता के सामने रख दिया। बूढ़े पिता ने चित्र को उपेक्षा के भाव से देखना चाहा; लेकिन पहली दृष्टि ही में उसने उन्हें आकर्षित कर लिया। ऊंचा कद था, और दुर्बल स्वास्थ्य और संयम का परिचय दे रहा था। मुख पर प्रतिभा का तेज न था; पर विचारशीलता का कुछ ऐसा प्रतिबिम्ब था, जो उसके मन में विश्वास पैदा करता था।

उन्होंने उस चित्र की ओर देखते हुए पूछा – यह किसका चित्र है?

प्रेमा ने संकोच से सिर झुकाकर कहा – यह मेरी ही क्लास में पढ़ते हैं।

'अपनी ही बिरादरी का है?'

प्रेमा की मुखमुद्रा धूमिल हो गई। इसी प्रश्न के उत्तर पर उसकी किस्मत का फैसला हो जाएगा। उसके मन में पछतावा हुआ कि व्यर्थ मैं इस चित्र को यहां लाई। उसमें एक

क्षण के लिए जो दृढ़ता आई थी, वह इस पैने प्रश्न के सामने कातर हो उठी। दबी हुई आवाज़ में बोली – 'जी नहीं, वह ब्राह्मण हैं।' और यह कहने के साथ ही क्षुब्ध होकर कमरे से निकल गई, मानो यहां की वायु में उसका गला घुटा जा रहा हो और दीवार की आड़ में होकर रोने लगी।

लाला जी को तो पहले ऐसा क्रोध आया कि प्रेमा को बुलाकर साफ़-साफ़ कह दें कि यह असम्भव है। वे उसी गुस्से में दरवाज़े पर आए, लेकिन प्रेमा को रोते देखकर नम्र हो गए। इस युवक के प्रति प्रेमा के मन में क्या भाव थे, यह उनसे छिपा न रहा। वे स्त्री-शिक्षा के पूरे समर्थक थे; लेकिन इसके साथ ही कुल-मर्यादा की रक्षा भी करना चाहते थे। अपनी ही जाति के सुयोग्य वर के लिए अपना सर्वस्व अर्पण कर सकते थे; लेकिन उस क्षेत्र के बाहर कुलीन-से-कुलीन और योग्य-से-योग्य वर की कल्पना भी उनके लिए असह्य थी। इससे बड़ा अपमान वे सोच ही न सकते थे।

उन्होंने कठोर स्वर में कहा – आज से कॉलेज जाना बन्द कर दो, अगर शिक्षा कुल-मर्यादा को डुबोना ही सिखाती है, तो कु-शिक्षा है।

प्रेमा ने कातर कंठ से कहा – परीक्षा तो समीप आ गई है!

लाला जी ने दृढ़ता से कहा – आने दो।

और फिर अपने कमरे में जाकर विचारों में डूब गए।

4

छः महीने गुज़र गए।

लाला जी ने घर में आकर पत्नी को एकान्त में बुलाया और बोले – जहां तक मुझे मालूम हुआ है, केशव बहुत ही सुशील और प्रतिभाशाली युवक है। मैं तो समझता हूं, प्रेमा इस शोक में घुल-घुलकर प्राण दे देगी। तुमने भी समझाया, मैंने भी समझाया, दूसरों ने भी समझाया; पर उस पर कोई असर ही नहीं होता। ऐसी दशा में हमारे लिए क्या उपाय है?

उनकी पत्नी ने चिन्तित भाव से कहा – कर तो दोगे; लेकिन रहोगे कहां? न जाने कहां से यह कुलच्छनी मेरी कोख में आई?

लाला जी ने भवें सिकोड़कर तिरस्कार के साथ कहा- यह तो हज़ार दफ़ा सुन चुका; लेकिन कुल-मर्यादा के नाम को कहां तक रोएं। चिड़िया का पर खोलकर यह आशा करना कि वह तुम्हारे आंगन में ही फुदकती रहेगी, भ्रम है। मैंने इस प्रश्न पर ठंडे दिल से विचार किया है और इस नतीजे पर पहुंचा हूं कि हमें इस आपद्धर्म को स्वीकार कर लेना ही चाहिए। कुल-मर्यादा के नाम पर मैं प्रेमा की हत्या नहीं कर सकता। दुनिया हंसती हो, हंसे; मगर वह ज़माना बहुत जल्द आने वाला है, जब ये सभी बन्धन टूट जाएंगे। आज

भी सैकड़ों विवाह जात-पात के बन्धनों को तोड़कर हो चुके हैं। अगर विवाह का उद्देश्य स्त्री और पुरुष का सुखमय जीवन है, तो हम प्रेमा की उपेक्षा नहीं कर सकते हैं।

वृद्धा ने क्षुब्ध होकर कहा- जब तुम्हारी यही इच्छा है, तो मुझसे क्या पूछते हैं? लेकिन मैं कहे देती हूं, कि मैं इस विवाह के नज़दीक न जाऊंगी, न कभी इस छोकरी का मुंह देखूगी, समझ लूंगी, जैसे और सब लड़के मर गए वैसे यह भी मर गई।

'तो फिर आख़िर तुम क्या करने को कहती हो?'

'क्यों नहीं उस लड़के से विवाह कर देते, उसमें क्या बुराई है? वह दो साल में सिविल सर्विस पास करके आ जाएगा। केशव के पास क्या रखा है, बहुत होगा किसी दफ़्तर में क्लर्क हो जाएगा।

'और अगर प्रेमा प्राण-हत्या कर ले, तो?'

'तो कर ले, तुम तो उसे और शह देते हो? जब उसे हमारी परवाह नहीं है, तो हम उसके लिए अपने नाम को क्यों कलंकित करें? प्राण-हत्या करना कोई खेल नहीं है। यह सब धमकी है। मन घोड़ा है, जब तक उसे लगाम न दो, पट्टे पर हाथ भी न रखने देगा। जब उसके मन का यह हाल है, तो कौन कहे, केशव के साथ ही ज़िन्दगी-भर निबाह करेगी। जिस तरह आज उससे प्रेम है, उसी तरह कल दूसरे से हो सकता है। तो क्या पत्ते पर अपना मांस बिकवाना चाहते हो?'

लाला जी ने स्त्री को प्रश्न–सूचक दृष्टि से देखकर कहा – और अगर वह कल खुद जाकर केशव से विवाह कर ले, तो तुम क्या कर लोगी? फिर तुम्हारी कितनी इज़्ज़त रह जाएगी? वह चाहे संकोचवश, या हम दोनों के लिहाज से यों ही बैठी रहे; पर यदि ज़िद पर कमर बांध ले, हम-तुम कुछ नहीं कर सकते।

इस समस्या का ऐसा भीषण अन्त भी हो सकता है, यह इस वृद्धा के ध्यान में भी न आया था। यह प्रश्न बम के गोले की तरह उसके मस्तक पर गिरा। एक क्षण तक वह अवाक बैठी रह गई, मानो इस आघात ने उसकी बुद्धि की धज्जियां उड़ा दी हों। फिर पराभूत होकर बोली- तुम्हें अनोखी कल्पनाएं सूझती हैं। मैंने तो आज तक कभी भी नहीं सुना कि किसी कुलीन कन्या ने अपनी इच्छा से विवाह किया है।

'तुमने न सुना हो; लेकिन मैंने सुना है, और देखा है और ऐसा होना बहुत सम्भव है।'

'जिस दिन ऐसा होगा; उस दिन तुम मुझे जीती न देखोगे।'

'मैं यह नहीं कहता कि ऐसा होगा ही, लेकिन होना सम्भव है।'

'तो जब ऐसा होना है, तो इससे तो यही अच्छा है कि हमीं इसका प्रबन्ध करें। जब नाक ही कट रही है, तो तेज़ छुरी से क्यों न कटे। कल केशव को बुलाकर देखो, क्या कहता है।

5

केशव के पिता सरकारी पेंशनर थे, मिज़ाज के चिड़चिड़े और कृपण। धर्म के आडम्बरों में ही उनके चित्त को शान्ति मिलती थी। कल्पना-शक्ति का अभाव था। किसी के मनोभावों का सम्मान न कर सकते थे। वे अब भी उस संसार में रहते थे, जिसमें उन्होंने अपने बचपन और जवानी के दिन काटे थे। नवयुग की बढ़ती हुई लहर को वे सर्वनाश कहते थे, और कम-से-कम अपने घर को दोनों हाथों और दोनों पैरों का ज़ोर लगाकर उसे बचाए रखना चाहते थे; इसलिए जब एक दिन प्रेमा के पिता उसके पास पहुंचे और केशव से प्रेमा के विवाह का प्रस्ताव किया, तो बूढ़े पंडित जी अपने-आप में न रह सके। धुंधली आंखें फाड़कर बोले – आप भंग तो नहीं खा गए हैं? इस तरह का सम्बन्ध और चाहे जो कुछ हो, विवाह नहीं है। मालूम होता है, आपको भी नए ज़माने की हवा लग गई।

बूढ़े बाबू जी ने नम्रता से कहा – मैं खुद ऐसा सम्बन्ध नहीं पसन्द करता। इस विषय में मेरे भी वही विचार हैं, जो आपके; पर बात ऐसी आ पड़ी है कि मुझे विवश होकर आपकी सेवा में आना पड़ा। आजकल के लड़के और लड़कियां कितने स्वेच्छाचारी हो गए हैं, यह तो आप जानते ही हैं। हम बूढ़े लोगों के लिए अब अपने सिद्धान्तों की रक्षा करना कठिन हो गया है। मुझे भय है कि कहीं ये दोनों निराश होकर अपनी जान पर न खेल जाएं।

बूढ़े पंडित जी ज़मीन पर पांव पटकते हुए गरज उठे – आप क्या कहते हैं, साहब! आपको शर्म नहीं आती? हम ब्राह्मण हैं और ब्राह्मणों में भी कुलीन। ब्राह्मण कितने ही पतित हो गए हों, इतने मर्यादा-शून्य नहीं हुए हैं कि बनिये-बक्कालों की लड़की से विवाह करते फिरें! जिस दिन कुलीन ब्राह्मणों में लड़कियां न रहेंगी, उस दिन यह समस्या उपस्थित हो सकती है। मैं कहता हूं, आपको मुझसे यह बात कहने का साहस कैसे हुआ?

बूढ़े बाबू जी जितना ही दबते थे, उतना ही पंडित जी बिगड़ते थे। यहां तक कि लाला जी अपना अपमान ज़्यादा न सह सके और अपनी तकदीर को कोसते हुए चले गए।

उसी वक़्त केशव कॉलेज से आया। पंडित जी ने तुरन्त उसे बुलाकर कठोर कंठ से कहा – मैंने सुना है, तुमने किसी बनिये की लड़की से अपना विवाह कर लिया है? यह खबर कहां तक सही है?

केशव ने अनजान बनकर पूछा- आपसे किसने कहा?

'किसी ने कहा। मैं पूछता हूं, यह बात ठीक है, या नहीं? अगर ठीक है, और तुमने अपनी मर्यादा को डुबाने का निश्चय कर लिया है, तो तुम्हारे लिए हमारे घर में कोई स्थान नहीं। तुम्हें मेरी कमाई पर एक धेला भी नहीं मिलता। मेरे पास जो कुछ है, वह मेरी अपनी कमाई है, मुझे अख्तियार है कि मैं उसे जिसे चाहूं, दे दूं। तुम यह अनीति करके मेरे घर में क़दम नहीं रख सकते।

केशव पिता के स्वभाव से परिचित था। प्रेमा से उसे प्रेम था। वह गुप्त रूप से प्रेमा से विवाह कर लेना चाहता था! बाप हमेशा तो बैठे न रहेंगे! माता के स्नेह पर उसे विश्वास था। उस प्रेम की तरंग में वह सारे कष्टों को झेलने के लिए तैयार मालूम होता था; लेकिन जैसे कोई कायर सिपाही बन्दूक के सामने जाकर हिम्मत खो बैठता है और क़दम पीछे हटा लेता है, यही दशा केशव की हुई। वह साधारण युवकों की तरह सिद्धान्तों के लिए बड़े-बड़े तर्क कर सकता था, ज़बान से उनमें अपनी भक्ति की दोहाई दे सकता था; लेकिन उसके लिए यातनाएं झेलने की सामर्थ्य उसमें न थी। अगर वह अपनी ज़िद पर अड़ा और पिता ने भी अपनी टेक रखी, तो उसका कहां ठिकाना लगेगा? उसका जीवन ही नष्ट हो जाएगा।

उसने दबी जबान से कहा -जिसने आपसे यह कहा है, बिल्कुल झूठ कहा है।

पंडित जी ने तीव्र नेत्रों से देखकर कहा – तो यह खबर बिल्कुल गलत है?

'जी हां, बिल्कुल गलत।'

'तो तुम आज ही इसी वक्त उस बनिये को ख़त लिख दो और याद रखो कि अगर इस तरह की चर्चा फिर कभी उठी, तो तुम्हारा सबसे बड़ा शत्रु होऊंगा। बस, जाओ।

केशव और कुछ न कह सका। वह यहां से चला, तो ऐसा मालूम होता था कि पैरों में दम नहीं है।

4

दूसरे दिन प्रेमा ने केशव के नाम यह पत्र लिखा –

'प्रिय केशव!

तुम्हारे पूज्य पिता जी ने लाला जी के साथ जो अशिष्ट और अपमानजनक व्यवहार किया है, उसका हाल सुनकर मेरे मन में बड़ी शंका उत्पन्न हो रही है। शायद उन्होंने तुम्हें भी डांट-फटकार बताई होगी, ऐसी दशा में मैं तुम्हारा निश्चय सुनने के लिए विकल हो रही हूं। तुम्हारे साथ हर तरह का कष्ट झेलने को तैयार हूं। मुझे तुम्हारे पिता जी की सम्पत्ति का मोह नहीं है, मैं तो केवल तुम्हारा प्रेम चाहती हूं और उसी में प्रसन्न हूं। आज शाम को यहीं आकर भोजन करो। दादा और मां दोनों तुमसे मिलने के लिए बहुत इच्छुक हैं। मैं वह स्वप्न देखने में मग्न हूं, जब हम दोनों उस सूत्र में बंध जाएंगे, जो टूटना नहीं जानता। जो बड़ी-से-बड़ी आपत्ति में भी अटूट रहता है।

तुम्हारी

प्रेमा!'

सन्ध्या हो गई और इस पत्र का कोई जवाब न आया। उसकी माता बार-बार पूछती थी – केशव आए नहीं? बूढ़े लाला भी द्वार की ओर आंख लगाए बैठे थे। यहां तक कि रात

के नौ बज गए, पर न तो केशव ही आए, न उनका पत्र।

प्रेमा के मन में भांति-भांति के संकल्प-विकल्प उठ रहे थे, कदाचित उन्हें पत्र लिखने का अवकाश न मिला होगा, या आज आने की फुरसत न मिली होगी, कल अवश्य आ जाएंगे। केशव ने पहले जो प्रेम-पत्र लिखे थे, उन सबको उसने फिर पढ़ा। उनके एक-एक शब्द से कितना अनुराग टपक रहा था, उनमें कितना कम्पन था, कितनी विकलता, कितनी तीव्र आकांक्षा! फिर उसे केशव के वे वाक्य याद आए; जो उसने सैकड़ों ही बार कहे थे। कितनी बार वह उसके सामने रोया था। इतने प्रमाणों के होते हुए निराशा के लिए कहां स्थान था, मगर फिर भी सारी रात उसका मन जैसे सूली पर टंगा रहा।

प्रातःकाल केशव का जवाब आया। प्रेमा ने कांपते हुए हाथों से पत्र लेकर पढ़ा। पत्र हाथ से गिर गया। ऐसा जान पड़ा, मानो उसकी देह का रक्त स्थिर हो गया हो। लिखा था

मैं बड़े संकट में हूं, कि तुम्हें क्या जवाब दूं! मैंने इधर इस समस्या पर खूब ठंडे दिल से विचार किया है और इस नतीजे पर पहुंचा हूं कि वर्तमान दशाओं में मेरे लिए पिता की आज्ञा की उपेक्षा करना दुःसह है। मुझे कायर न समझना। मैं स्वार्थी भी नहीं हूं, लेकिन मेरे सामने जो बाधाएं हैं, उन पर विजय पाने की शक्ति मुझमें नहीं है। पुरानी बातों को भूल जाओ। उस समय मैंने इन बाधाओं की कल्पना न की थी!'

प्रेमा ने एक लम्बी, गहरी, जलती हुई सांस खींची और उस ख़त को फाड़कर फेंक दिया। उसकी आंखों से अश्रुधारा बहने लगी। जिस केशव को उसने अपने अन्तःकरण से वर लिया था, वह इतना निष्ठुर हो जाएगा, इसकी उसको रत्ती-भर भी आशा न थी।

ऐसा मालूम पड़ा मानो, अब तक वह कोई सुनहला स्वप्न देख रही थी; पर आंख खुलने पर वह सब-कुछ अदृश्य हो गया। जीवन में जब आशा ही लुप्त हो गई, तो अब अन्धकार के सिवा और क्या रहा! अपने हृदय की सारी सम्पत्ति लगाकर उसने एक नाव लदवाई थी, वह नाव जलमग्न हो गई। अब दूसरी नाव कौन कहां से लदवाए, अगर वह नाव टूटी है तो उसके साथ वह भी डूब जाएगी।

माता ने पूछा – क्या केशव का पत्र है?

प्रेमा ने भूमि की ओर ताकते हुए कहा – हां, उनकी तबीयत अच्छी नहीं है – इसके सिवा वह और क्या कहे? केशव की निष्ठुरता और बेवफ़ाई का समाचार कहकर लज्जित होने का साहस उसमें न था।

दिन-भर वह घर के काम-धन्धों में लगी रही, मानो उसे कोई चिन्ता ही नहीं है। रात को उसने सबको भोजन कराया, खुद भी भोजन किया और बड़ी देर तक हारमोनियम पर गाती रही।

मगर सबेरा हुआ, तो उसके कमरे में उसकी लाश पड़ी हुई थी। प्रभात की सुनहरी किरणें उसके पीले मुख को जीवन की आभा प्रदान कर रही थीं।

शिकार

फटे वस्त्रों वाली मुनिया ने रानी वसुधा के चांद से मुखड़े की ओर सम्मान भरी आंखों से देखकर राजकुमार को गोद में उठाते हुए कहा – हम गरीबों का इस तरह कैसे निबाह हो सकता है महारानी! मेरी तो अपने आदमी से एक दिन न पटे। मैं उसे घर में बैठने न दूं। ऐसी-ऐसी गालियां सुनाऊं कि छठी का दूध याद आ जाए।

रानी वसुधा ने गम्भीर विनोद के भाव से कहा – क्यों, वह कहेगा नहीं, तू मेरे बीच में बोलने वाली कौन है? मेरी जो इच्छा होगी वह करूंगा। तू अपना रोटी-कपड़ा मुझसे लिया कर। तुझे मेरी दूसरी बातों से क्या मतलब है? मैं तेरा गुलाम नहीं हूं।

मुनिया तीन ही दिन से यहां लड़कों को खेलाने के लिए नौकर हुई थी। पहले दो-चार घरों में चौका-बरतन कर चुकी थी; पर रानियों से अदब के साथ बातें करना अभी न सीख पाई थी। उसका सूखा हुआ सांवला चेहरा उत्तेजित हो उठा। कर्कश स्वर में बोली – जिस दिन ऐसी बातें मुंह से निकालेगा, मूंछे उखाड़ लूंगी सरकार! वह मेरा गुलाम नहीं है, तो क्या मैं उसकी लौंडी हूं? अगर वह मेरा गुलाम है, तो मैं उसकी लौंडी हूं। मैं आप नहीं खाती, उसे खिला देती हूं; क्योंकि वह मर्द-बच्चा है। पल्लेदारी में उसे बहुत कसाला करना पड़ता है। आप चाहे फटे पहनूं पर उसे फटे-पुराने नहीं पहनने देती। जब मैं उसके लिए इतना करती हूं, तो मजाल है, कि वह मुझे आंख दिखाए। अपने घर को आदमी इसलिए तो छाता-छोपता है कि उससे बर्खा-बूंदी में बचाव हो। अगर यह डर लगा रहे, कि घर न जाने कब गिर पड़ेगा, तो ऐसे घर में कौन रहेगा? उससे तो ऊंख की छांह ही कहीं अच्छी। कल न जाने कहां बैठा गाता-बजाता रहा। दस बजे रात को घर आया। मैं रात-भर उससे बोली ही नहीं। लगा पैरों पड़ने, घिघियाने, तब मुझे दया आ गई! यही मुझमें एक बुराई है। मुझसे उसकी रोनी सूरत नहीं देखी जाती। इसी से वह कभी-कभी बहक जाता है; पर अब मैं पक्की हो गई हूं। फिर किसी दिन झगड़ा किया, तो या वही रहेगा, या मैं ही रहूंगी। क्यों किसी की धौंस सहूं सरकार? जो बैठकर खाए, वह धौंस सहे! यहां तो बराबर की कमाई करती हूं।

वसुधा ने उसी गम्भीर भाव से फिर पूछा- अगर वह तुझे बैठाकर खिलाता तब उसकी धौंस सहती?

मुनिया जैसे लड़ने पर उतारू हो गई! बोली – बैठाकर कोई क्या खिलाएगा सरकार? मर्द बाहर काम करता है, तो हम भी घर में काम करती हैं कि घर के काम में कुछ लगता ही नहीं? बाहर के काम से तो रात को छुट्टी मिल जाती है। घर के काम से तो रात को

भी छुट्टी नहीं मिलती। पुरुष यह चाहे कि मुझे घर में बिठाकर आप सैर-सपाटा करे, तो मुझसे तो न सहा जाए – यह कहती हुई मुनिया राजकुमार को लिये हुए बाहर चली गई।

वसुधा ने थकी हुई, रुआंसी आंखों से खिड़की की ओर देखा। बाहर हरा-भरा बाग था, जिसके रंग-बिरंगे फूल यहां से नज़र आ रहे थे। और पीछे एक विशाल मन्दिर आकाश में अपना सुनहला मस्तक उठाए, सूर्य से आंखें मिला रहा था। स्त्रियां रंग-बिरंगे वस्त्राभूषण पहने पूजन करने आ रही थीं। मन्दिर की दाहिनी तरफ़ तालाब में कमल प्रभात के सुनहले आनन्द से मुस्कुरा रहे थे और कार्तिक की शीत रवि-छवि जीवन-ज्योति लुटाती फिरती थी; पर प्रकृति की यह सुरम्य शोभा वसुधा को कोई हर्ष न प्रदान कर सकी। उसे जान पड़ा – प्रकृति उसकी दशा पर व्यंग्य से मुस्कुरा रही है। उसी सरोवर के तट पर केवट का एक टूटा-फूटा झोंपड़ा किसी अभागिनी वृद्धा की भांति रो रहा था। वसुधा की आंखें सजल हो गईं। पुष्प और उद्यान के मध्य में खड़ा वह सूना झोंपड़ा उसके विलास और ऐश्वर्य से घिरे हुए मन का सजीव मित्र था। उसके जी में आया, जाकर झोंपड़े के गले लिपट जाऊं! और खूब रोऊं!

वसुधा को इस घर में आए पांच वर्ष हो गए। पहले उसने अपने भाग्य को सराहा था। माता-पिता के छोटे-से कच्चे आनन्दहीन घर को छोड़कर, वह एक विशाल भवन में आई थी, जहां सम्पत्ति उसके पैरों को चूमती हुई जान पड़ती थी। उस समय सम्पत्ति ही उसकी आंखों में सब-कुछ थी। पति-प्रेम गौण-सी वस्तु थी; पर उसका लोभी मन सम्पत्ति पर सन्तुष्ट न रह सका, पति-प्रेम के लिए हाथ फैलाने लगा। कुछ दिनों में उसे मालूम हुआ, मुझे परम-रत्न भी मिल गया; पर थोड़े ही दिनों में वह भ्रम जाता रहा। कुंवर गजराजसिंह रूपवान थे, उदार थे, बलवान थे, शिक्षित थे, विनोदप्रिय थे और प्रेम का अभिनय भी करना जानते थे; उनके जीवन में प्रेम से कम्पित होने वाला तार न था। वसुधा का खिला हुआ यौवन और देवताओं को भी लुभाने वाला रूप-रंग केवल विनोद का सामान था। घुड़दौड़ और शिकार, सट्टे और मकार जैसे सनसनी पैदा करने वाले मनोरंजन में प्रेम दबकर पीला और निर्जीव हो गया था। और प्रेम से वंचित होकर वसुधा की प्रेम-तृष्णा अब अपने भाग्य को रोया करती थी। दो पुत्र-रत्न पाकर भी वह सुखी न थी। कुंवर साहब एक महीने से ज़्यादा हुआ, शिकार खेलने गए और अभी तक लौटकर नहीं आए। और यह ऐसा, पहला ही अवसर न था। हां, अब उनकी अवधि बढ़ गई थी। पहले वह एक सप्ताह में लौट आते थे; फिर दो सप्ताह का नम्बर चला और अब कई बार से एक-एक महीने की ख़बर लेने लगे। साल में तीन-तीन महीने शिकार की भेंट हो जाते थे। शिकार से लौटते, तो घुड़दौड़ का राग छिड़ता। कभी मेरठ, कभी पूना, कभी बम्बई, कभी कलकत्ता। घर पर ही रहते, तो अधिकतर लम्पट रईसजादों के साथ गप्पें उड़ाया करते। पति के यह रंग-ढंग देखकर वसुधा मन-ही-मन कुढ़ती और घुलती जाती थी। कुछ दिनों से हल्का-हल्का ज्वर भी रहने लगा था।

वसुधा बड़ी देर तक बैठी उदास आंखों से यह दृश्य देखती रही। फिर टेलीफोन पर आकर उसने रियासत के मैनेजर से पूछा – कुंवर साहब का कोई पत्र आया?

फोन ने जवाब दिया- जी हां, अभी ख़त आया है। कुंवर साहब ने एक बहुत बड़े शेर को मारा है।

वसुधा ने जलकर कहा – मैं यह नहीं पूछती! आने को कब लिखा है?

'आने के बारे में तो कुछ नहीं लिखा।'

'यहां से उनका पड़ाव कितनी दूर है?'

'यहां से! दो सौ मील से कम न होगा। पीलीभीत के जंगलों में शिकार हो रहा है।'

'मेरे लिए दो मोटरों का इन्तज़ाम कर दीजिए। मैं आज वहां जाना चाहती हूं।'

फोन ने कई मिनट बाद जवाब दिया – एक मोटर तो वह साथ ले गए हैं। एक हाकिम जिला के बंगले पर भेज दी गई, तीसरी बैंक के मैनेजर की सवारी में, चौथी की मरम्मत हो रही है।

वसुधा का चेहरा क्रोध से तमतमा उठा। बोली- किसके हुक्म से बैंक के मैनेजर और हाकिम जिला को मोटरें भेजी गईं? आप दोनों मंगवा लीजिए। मैं आज ज़रूर जाऊंगी।

'उन दोनों साहबों के पास हमेशा मोटरें भेजी जाती रही हैं। इसलिए मैंने भेज दी। अब आप हुक्म दे रही हैं, तो मंगवा लूंगा!'

वसुधा ने फोन से आकर सफ़र का सामान ठीक करना शुरू किया। उसने उसी आवेश में आकर अपने भाग्य-निर्णय करने का निश्चय कर लिया था। परित्यक्ता की भांति पड़ी रहकर जीवन को समाप्त न करना चाहती थी। वह जाकर कुंवर साहब से कहेगी – अगर आप समझते हैं कि मैं आपकी सम्पत्ति की लौंडी बनकर रहूं, तो यह मुझसे न होगा। आपकी सम्पत्ति आपको मुबारक हो। मेरा अधिकार सम्पत्ति पर नहीं, आपके ऊपर है। अगर आप मुझसे जौ-भर हटना चाहते हैं, तो मैं आपसे हाथ-भर हट जाऊंगी! इस तरह की और कितनी ही विराग-भरी बातें उसके मन में बगूलों की भांति उठ रही थीं।

डॉक्टर साहब ने द्वार पर आकर पुकारा – मैं अन्दर आऊं?

वसुधा ने नम्रता से कहा – आज क्षमा कीजिए, मैं ज़रा पीलीभीत जा रही हूं।

डॉक्टर ने आश्चर्य से कहा – आप पीलीभीत जा रही हैं! आपका ज्वर चढ़ जाएगा। इस दशा में मैं आपको जाने की सलाह न दूंगा।

वसुधा ने विरक्त स्वर में कहा – बढ़ जाएगा, बढ़ जाए; मुझे इसकी चिन्ता नहीं है!

वृद्ध डाक्टर परदा उठाकर आ गया और वसुधा के चेहरे की ओर ताकता हुआ बोला – लाइए मैं टेम्परेचर ले लूं। अगर टेम्परेचर बढ़ा होगा, तो मैं आपको हरगिज़ न जाने दूंगा।

'टेम्परेचर लेने की ज़रूरत नहीं। मेरा इरादा पक्का हो गया है।'

'स्वास्थ्य पर ध्यान रखना आपका पहला कर्तव्य है।'

वसुधा ने मुस्कुराकर कहा – आप निश्चिन्त रहिए, मैं इतनी जल्दी मरी नहीं जा रही हूं! फिर अगर किसी बीमारी की दवा मौत ही हो, तो आप क्या करेंगे?

डाक्टर ने दो-एक बार आग्रह किया। फिर विस्मय से सिर हिलाता चला गया!

2

रेलगाड़ी से जाने में आखिरी स्टेशन से दस कोस तक जंगली सुनसान रास्ता तय करना पड़ता था, इसलिए कुंवर साहब बराबर मोटर ही पर जाते थे। वसुधा ने उसी से जाने का निश्चय किया। दस बजते-बजते दोनों मोटरें आईं। वसुधा ने ड्राइवरों पर गुस्सा उतारा – अब मेरे हुक्म के बगैर कहीं मोटर ले गए, तो मोटर का किराया तुम्हारी तलब से काट लूंगी। अच्छी दिल्लगी है! घर को रोएं, बन की गाएं! हमने अपने आराम के लिए मोटरें रखी हैं, किसी की खुशामद करने के लिए नहीं। जिसे मोटर पर सवार होने का शौक हो, मोटर ख़रीदे। यह नहीं कि हलवाई की दुकान देखी और दादे का फ़ातिहा पढ़ने बैठ गए!

वह चली, तो दोनों बच्चे कुनमुनाए, मगर जब मालूम हुआ, कि अम्मां बड़ी दूर हौआ को मारने जा रही हैं, तो उनका यात्रा-प्रेम ठंडा पड़ा। वसुधा ने आज सुबह से उन्हें प्यार न किया था। उसने जलन में सोचा – मैं ही क्यों इन्हें प्यार करूं? मैंने ही इनका ठेका लिया है! वह तो वहां जाकर चैन करें और मैं यहां इन्हें छाती से लगाए बैठी रहूं। लेकिन चलते समय माता का हृदय पुलक उठा। दोनों को बारी-बारी से गोद में लिया, चूमा, प्यार किया और घंटे-भर में लौट आने का वचन देकर वह सजल नेत्रों के साथ घर से निकली। मार्ग में भी उसे बच्चों की याद बार-बार आती रही। रास्ते में कोई गांव आ जाता और छोटे-छोटे बालक मोटर की दौड़ देखने के लिए घरों से निकल आते, और सड़क पर खड़े होकर तालियां बजाते हुए मोटर का स्वागत करते, तो वसुधा का जी चाहता, इन्हें गोद में उठाकर प्यार कर लूं! मोटर जितने वेग से आगे जा रही थी, उतने ही वेग से उसका मन सामने के वृक्ष-समूहों के पीछे की ओर उड़ा जा रहा था। कई बार इच्छा हुई, घर लौट चलूं। जब उन्हें मेरी रत्ती-भर परवाह नहीं है, तो मैं ही क्यों उनकी फ़िक्र में प्राण दूं? जी चाहे आवें या न आवें; लेकिन एक बार पति से मिलकर उनसे खरी-खरी बात करने के प्रलोभन को वह न रोक सकी। सारी देह थककर चूर-चूर हो रही थी, ज्वर भी हो आया था, सिर पीड़ा से फटा पड़ता था; पर वह संकल्प से सारी बाधाओं को दबाए आगे बढ़ती जाती थी। यहां तक कि जब वह दस बजे रात को जंगल के उस डाक-बंगले में पहुंची, तो उसे तन-बदन की सुधि न थी। ज़ोर का ज्वर चढ़ा हुआ था।

3

शोफ़र की आवाज़ सुनते ही कुंवर साहब निकल आए और पूछा – तुम यहां कैसे

आए जी? कुशल तो है?

शोफ़र ने समीप आकर कहा – रानी साहब आई हैं हुजूर! रास्ते में बुखार हो आया। बेहोश पड़ी हुई हैं।

कुंवर साहब ने वहीं खड़े कठोर स्वर में पूछा – तो तुम उन्हें वापस क्यों न ले गए? क्या तुम्हें मालूम नहीं था, यहां कोई वैद्य-हकीम नहीं है?

शोफर ने सिटपिटाकर जवाब दिया – हुजूर, वह किसी तरह मानती ही न थीं, तो मैं क्या करता?

कुंवर साहब ने डांटा --चुप रहो जी, बातें न बनाओ। तुमने समझा होगा, शिकार की बहार देखेंगे और पड़े-पड़े सोएंगे। तुमने वापस चलने को कहा ही न होगा।

शोफर – वह मुझे डांटती थीं हुजूर!

'तुमने कहा था?'

'मैंने कहा तो नहीं हुजूर!

'बस तो चुप रहो! मैं तुमको भी पहचानता हूं। तुम्हें मोटर लेकर इसी वक्त लौटना पड़ेगा। और कौन-कौन साथ हैं?'

शोफर ने दबी हुई आवाज़ में कहा – एक मोटर पर बिस्तर और कपड़े हैं, एक पर खुद रानी साहब हैं।

'यानी और कोई साथ नहीं है?'

'हुजूर! मैं तो हुक्म का ताबेदार हूं।'

'बस, चुप रहो!'

यों झल्लाते हुए कुंवर साहब वसुधा के पास गए और आहिस्ता-से पुकारा। जब कोई जवाब न मिला तो उन्होंने धीरे-से उनके माथे पर हाथ रखा। सिर गर्म तवा हो रहा था। उस ताप ने मानो उनकी सारी क्रोध-ज्वाला को खींच लिया। लपककर बंगले में आए, सोए हुए आदमियों को जगाया, पलंग बिछवाया, अचेत वसुधा को गोद में उठाकर कमरे में लाए और पलंग पर लिटा दिया। फिर उसके सिरहाने खड़े होकर उसे व्यथित नेत्रों से देखने लगे। उस धूल से भरे मुखमंडल और बिखरे हुए रज-रंजित केशों में आज उन्होंने आग्रहमय प्रेम की झलक देखी। अब तक उन्होंने वसुधा को विलासिनी के रूप में देखा था, जिसे उनके प्रेम की परवाह न थी, जो अपने बनाव-सिंगार ही में मगन थी, आज धूल के पौडर और पोमेड में वह उसके नारीत्व का दर्शन कर रहे थे। उसमें कितना आग्रह था, कितनी लालसा थी! अपनी उड़ान के आनन्द में डूबी हुई; अब वह पिंजरे के द्वार पर आकर पंख फड़फड़ा रही थी। पिंजरे का द्वार खुलकर क्या उसका स्वागत न करेगा?

रसोइये ने पूछा – क्या, सरकार अकेले आई हैं?

कुंवर साहब ने कोमल कंठ से कहा – हां जी, और क्या। इतने आदमी हैं, किसी को

साथ न लिया। आराम से रेलगाड़ी से आ सकती थीं। यहां से मोटर भेज दी जाती। मन ही तो है। कितने ज़ोर का बुखार है कि हाथ नहीं रखा जाता। ज़रा-सा पानी गर्म करो और देखो, कुछ खाने को बना लो।

रसोइये ने ठकुर-सोहाती की – सौ कोस की दौड़ बहुत होती है सरकार! सारा दिन बैठे-बैठे बीत गया।

कुंवर साहब ने वसुधा के सिर के नीचे तकिया सीधा करके कहा – कचूमर तो हम लोगों का निकल जाता है। दो दिन तक कमर नहीं सीधी होती, फिर इनकी क्या बात है। ऐसी बेहूदा सड़क दुनिया में न होगी।

यह कहते हुए उन्होंने एक शीशी से तेल निकाला और वसुधा के सिर में मलने लगे।

4

वसुधा का ज्वर इक्कीस दिन तक न उतरा। घर के डाक्टर आए। दोनों बालक, मुनिया, नौकर-चाकर, सभी आ गए। जंगल में मंगल हो गया।

वसुधा खाट पर पड़ी-पड़ी कुंवर साहब की शुश्रूषाओं में अलौकिक आनन्द और सन्तोष का अनुभव किया करती। वह दोपहर दिन चढ़े तक सोने के आदी थे, कितने सबेरे उठते, उसके पथ्य और आराम की ज़रा-ज़रा-सी बातों का कितना ख़याल रखते। ज़रा देर के लिए स्नान और भोजन करने जाते, फिर आकर बैठ जाते। एक तपस्या-सी कर रहे थे। उनका स्वास्थ्य बिगड़ता जाता था, चेहरे पर स्वास्थ्य की लाली न थी। कुछ व्यस्त से रहते थे।

एक दिन वसुधा ने कहा- तुम आजकल शिकार खेलने क्यों नहीं जाते? मैं तो शिकार खेलने ही आई थी, मगर न जाने किस बुरी साइत में चली कि तुम्हें इतनी तपस्या करनी पड़ गई। अब मैं बिल्कुल अच्छी हूं। ज़रा आईने में अपनी सूरत तो देखो।

कंवर साहब को इतने दिनों शिकार का कभी ध्यान ही न आया था। इसकी चर्चा ही न होती थी। शिकारियों का आना-जाना, मिलना-जुलना बन्द था। एक बार साथ के एक शिकारी ने किसी शेर का ज़िक्र किया था। कुंवर साहब ने उसकी ओर कुछ ऐसी कड़वी

आंखों से देखा कि वह सूख-सा गया। वसुधा के पास बैठने, उससे कुछ बातें करके उसका मन बहलाने, दवा और पथ्य बनाने में ही उन्हें आनन्द मिलता था। उनका भोग-विलास जीवन के इस कठोर व्रत में जैसे बुझ गया। वसुधा की एक हथेली पर अंगुलियों से रेखा खींचने में मगन थे। शिकारी बात किसी और के मुंह से सुनी होती, तो फिर उसी आग्नेय नेत्रों से देखते। वसुधा के मुंह से यह चर्चा सुनकर उन्हें दुःख हुआ। वह उन्हें इतना शिकार का आसक्त समझती है! अमर्ष भरे स्वर में बोले – हां, शिकार खेलने का इससे अच्छा और कौन अवसर मिलेगा?

वसुधा ने आग्रह किया – मैं तो अब अच्छी हूं, सच! देखो (आईने की ओर दिखाकर) मेरे चेहरे पर वह पीलापन नहीं रहा। तुम बलबता बीमार से हो जाते हो। ज़रा मन बहल जाएगा। बीमार के पास बैठने से आदमी सचमुच बीमार हो जाता है।

वसुधा ने साधारण-सी बात कही थी; पर कुंवर साहब के हृदय पर वह चिनगारी के समान लगी। इधर वह अपने शिकार के ख़ब्त पर कई बार पछता चुके थे। अगर वह शिकार के पीछे यों न पड़ते, तो वसुधा यहां क्यों आती और क्यों बीमार पड़ती? उन्हें मन-ही-मन इसका बड़ा दुःख था। इस वक्त कुछ न बोले। शायद कुछ बोला ही न गया। फिर वसुधा की हथेली पर रेखाएं बनाने लगे।

वसुधा ने उसी सरल भाव से कहा – अबकी तुमने क्या-क्या तोहफे जमा किए, ज़रा मंगाओ, देखें। उनमें से जो सबसे अच्छा होगा, उसे मैं ले लूंगी। अबकी मैं भी तुम्हारे साथ शिकार खेलने चलूंगी। बोले, मुझे ले चलोगे न? मैं मानूंगी नहीं। बहाने मत करने लगना।

अपने शिकारी तोहफे दिखाने का कुंवर साहब को मरज था। सैकड़ों ही खालें जमा कर रखी थीं। उनके कई कमरों में फर्श, गद्दे, कोच, कुर्सियां, मोढ़े सब खालों ही के थे। ओढ़ना और बिछौना भी खालों ही का था! बाधम्बरों के कई सूट बनवा रखे थे। शिकार में वही सूट पहनते थे। अबकी भी बहुत से सींग, सिर, पंजे, खालें जमा कर रखी थीं। वसुधा का इन चीज़ों से अवश्य मनोरंजन होगा। यह न समझे कि वसुधा ने सिंह-द्वार से प्रवेश न पाकर चोर दरवाजे से घुसने का प्रयत्न किया है। जाकर वह चीजें उठवा लाए; लेकिन आदमियों को पर्दे की आड़ में खड़ा करके पहले अकेले ही उसके पास गए! डरते थे; कहीं मेरी उत्सुकता वसुधा को बुरी न लगे।

वसुधा ने उत्सुक होकर पूछा – चीजें नहीं लाए?

'लाया हूं, मगर कहीं डाक्टर साहब न हों।'

'डाक्टर ने पढ़ने-लिखने को मना किया था।'

तोहफे लाए गए। कुंवर साहब एक-एक चीज़ निकालकर दिखाने लगे। वसुधा के चेहरे पर हर्ष की ऐसी लाली हफ्तों से न दिखी थी, जैसे कोई बालक तमाशा देखकर मगन हो रहा हो। बीमारी के बाद हम बच्चों की तरह ज़िद्दी; उतने ही आतुर, उतने ही सरल हो जाते हैं। जिन किताबों में भी मन न लगा हो, वह बीमारी के बाद पढ़ी जाती हैं। वसुधा जैसे उल्लास की गोद में खेलने लगी। चीतों की खालें थीं, बाघों की, मृगों की, शेरों की। वसुधा हरेक खाल नई उमंग से देखती, जैसे बायस्कोप के एक चित्र के बाद दूसरा चित्र आ रहा हो। कुंवर साहब एक-एक तोहफ़े का इतिहास सुनाने लगे। यह जानवर कैसे मारा गया, उसके मारने में क्या-क्या बाधाएं पड़ी, क्या-क्या उपाय करने पड़े, पहले कहां गोली लगी आदि। वसुधा हरेक की कथा आंखें फाड़कर सुन रही थी। इतना सजीव, स्फूर्तिमय आनन्द उसे आज तक किसी कविता, संगीत या आमोद में भी न मिला था। सबसे सुन्दर

एक सिंह की खाल थी। वही उसने छांटी।

कुंवर साहब की यह सबसे बहुमूल्य वस्तु थी। उसे अपने कमरे में लटकाने को रखे हुए थे। बोल – तुम बाघम्बरों में से कोई ले लो। यह तो कोई अच्छी चीज़ नहीं।

वसुधा ने खाल को अपनी ओर खींचकर कहा- रहने दीजिए अपनी सलाह। मैं ख़राब ही लूंगी।

कुंवर साहब ने जैसे अपनी आंखों से आंसू पोंछकर कहा – तुम वही ले लो, मैं तो तुम्हारे ख़याल से कह रहा था। मैं फिर वैसा ही मार लूंगा।

'तो तुम मुझे चकमा क्यों देते थे?'

'चकमा कौन देता था?'

'अच्छा खाओ मेरे सिर की क़सम कि यह सबसे सुन्दर खाल नहीं है?' कुंवर साहब ने हार की हंसी हंसकर कहा – क़सम क्यों खाएं, इस एक खाल के लिए? ऐसी-ऐसी एक लाख खालें हों, तो तुम्हारे ऊपर न्योछावर कर दूं।

जब शिकारी सब खालें लेकर चला गया, तो कुंवर साहब ने कहा – मैं इस खाल पर काले ऊन से अपना समर्पण लिखुंगा।

वसुधा ने थकान से पलंग पर लेटते हुए कहा – अब मैं भी शिकार खेलने चलूंगी।

फिर वह सोचने लगी, वह भी कोई शेर मारेगी और उसकी खाल पतिदेव को भेंट | करेगी। उस पर लाल ऊन से लिखा जाएगा – प्रियतम!

जिस ज्योति के मन्द पड़ जाने से हरेक व्यापार, हरेक व्यंजन पर अन्धकार छा गया था, वह ज्योति अब प्रदीप्त होने लगी थी।

5

शिकारों का वृत्तान्त सुनने की वसुधा को चाट-सी पड़ गई। कुंवर साहब को कई-कई बार अपने अनुभव सुनाने पड़े। उसका सुनने से जी ही न भरता था। अब तक कुंवर साहब का संसार अलग था, जिसके दुःख-सुख, हानि-लाभ, आशा-निराशा से वसुधा को कोई सरोकार न था। वसुधा को इस संसार के व्यापार से कोई रुचि न थी, बल्कि अरुचि थी। कुंवर साहब इस पृथक संसार की बातें उससे छिपाते थे; पर अब वसुधा उनके इस संसार में एक उज्ज्वल प्रकाश, एक वरदानों वाली देवी के समान अवतरित हो गई थी।

एक दिन वसुधा ने आग्रह किया – मुझे बन्दूक चलाना सिखा दो।

डाक्टर साहब की अनमति मिलने में विलम्ब न हआ। वसधा स्वस्थ हो गई थी। कंवर साहब ने शुभ मुहूर्त में उसे दीक्षा दी। उस दिन से जब देखो, वृक्षों की छांह में खड़ी निशाने का अभ्यास कर रही है, और कुंवर साहब खड़े उसकी परीक्षा ले रहे हैं।

जिस दिन उसने पहली चिड़िया मारी, कुंवर साहब हर्ष से उछल पड़े। नौकरों को इनाम दिए; ब्राह्मणों को दान दिया गया। इस आनन्द की शुभ-स्मृति में उस पक्षी की ममी बनाकर रखी गई।

वसुधा के जीवन में अब एक नया उत्साह, एक नया उल्लास, एक नई आशा थी। पहले की भांति उसका वंचित हृदय अशुभ कल्पनाओं से त्रस्त न था। अब उसमें विश्वास था, बल था, अनुराग था।

6

कई दिनों के बाद वसुधा की साध पूरी हुई। कुंवर साहब उसे साथ लेकर शिकार खेलने पर राजी हुए और शिकार था शेर का और शेर भी वह जिसने इधर एक महीने से आसपास के गांवों में तहलका मचा दिया था।

चारों तरफ़ अन्धकार था, ऐसा सघन कि पृथ्वी उसके भार से कराहती हुई जान पड़ती। कुंवर साहब और वसुधा एक ऊंचे मचान पर बन्दूक लिये दम साधे बैठे हुए थे। बहुत भयंकर जन्तु था। अभी पिछली रात को वह एक सोते हुए आदमी को खेत की मचान पर से खींचकर ले भागा था। उसकी चालाकी पर लोग दांतों तले अंगुली दबाए थे। मचान इतना ऊंचा था कि चीता उछलकर न पहुंच सकता था। हां, उसने यह देख लिया कि वह आदमी मचान पर बाहर की तरफ़ सिर किए सो रहा था। दुष्ट को एक चाल सूझी। वह पास के गांव में गया और वहां से एक लम्बा बांस उठा लाया। बांस के एक सिरे को उसने दांतों से कुचला और जब उसकी कूची-सी बन गई, तो उसे न जाने अगले पंजों या दांतों से उठाकर सोने वाले आदमी के बालों में फिराने लगा। वह जानता था, बाल बांस के रेशों में फंस जाएंगे। एक झटके में वह अभागा आदमी नीचे आ रहा। इसी मानस-भक्षी चीते की घात में दोनों शिकारी बैठे हुए थे। नीचे कुछ दूर पर भैंसा बांध दिया गया था और शेर के आने की राह देखी जा रही थी। कुंवर साहब शान्त थे; पर वसुधा की छाती धड़क रही थी। ज़रा भी पत्ता खड़कता, तो वह चौंक पड़ती और बन्दूक सीधी करने के बदले में चौंककर कुंवर साहब से चिपक जाती। कुंवर साहब बीच-बीच में उसकी हिम्मत बंधाते जाते थे।

'ज्यों ही भैंसे पर आया, मैं उसका काम तमाम कर दूंगा। तुम्हारी गोली की नौबत ही न आने पावेगी।

वसुधा ने सिहरकर कहा – और जो कहीं निशाना चूक गया तो उछलेगा?

'तो फिर दूसरी गोली चलेगी। तीनों बन्दूकें तो भरी तैयार रखी हैं। तुम्हारा जी घबड़ाता तो नहीं?'

'बिल्कुल नहीं। मैं तो चाहती हूं, पहला मेरा निशाना होता।

पत्ते खड़खड़ा उठे। वसुधा चौंककर पति के कन्धों से लिपट गई। कुंवर साहब ने उसकी गरदन में हाथ डालकर कहा – दिल मजबूत करो प्रिये। वसुधा ने लज्जित होकर कहा – नहीं-नहीं, मैं डरती नहीं, ज़रा चौंक पड़ी थी।

सहसा भैंसे के पास दो चिनगारियां-सी चमक उठीं। कुंवर साहब ने धीरे से वसुधा का हाथ दबाकर शेर के आने की सूचना दी और सतर्क हो गए। जब शेर भैंसे पर आ गया, तो उन्होंने निशाना मारा। ख़ाली गया। दूसरा फैर किया। चीता जख्मी तो हुआ; पर गिरा नहीं। क्रोध से पागल होकर इतनी जोर से गरजा कि वसुधा का कलेजा दहल उठा। कुंवर साहब तीसरा फैर करने जा रहे थे कि चीते ने मचान पर जस्त मारी। उसके अगले पंजों के धक्के से मचान ऐसा हिला कि कुंवर साहब हाथ में बन्दूक लिये झोंके से नीचे गिर पड़े। कितना भीषण अवसर था! अगर एक पल का भी विलम्ब होता, तो कुंवर साहब की खैरियत न थी। शेर की जलती हुई आंखें वसुधा के सामने चमक रही थीं। उसकी दुर्गन्धमय सांस देह में लग रही थी। हाथ-पांव फूले हुए थे। आंखें भीतर को सिकुड़ी जा रही थीं; पर इस ख़तरे ने जैसे उसकी नाड़ियों में बिजली भर दी। उसने अपनी बन्दूक संभाली! शेर के और उसके बीच में दो हाथ से ज़्यादा अन्तर न था। वह उचककर आना ही चाहता था कि वसुधा ने बन्दूक की नली उसकी आंखों में डालकर बन्दूक छोड़ी- धायं! शेर के पंजे ढीले पड़े। नीचे गिर पड़ा! अब समस्या भीषण थी। शेर से तीन-चार क़दम पर ही कुंवर साहब गिरे पड़े थे। शायद चोट ज़्यादा आई हो। शेर में अगर अभी दम है, तो वह उन पर ज़रूर वार करेगा! वसुधा के प्राण आंखों में थे और बल कलाइयों में। इस वक्त कोई उसकी देह में भाला भी चुभा देता, तो उसे ख़बर न होती! वह अपने होश में न थी। उसकी मूर्छा ही चेतना का काम कर रही थी। उसने बिजली की बत्ती जलाई। देखा शेर उठने की चेष्टा कर रहा है। दूसरी गोली सिर पर मारी और उसके साथ ही रिवाल्वर लिये नीचे कूदी। शेर ज़ोर से गुर्राया। वसुधा ने उसके मुंह के सामने रिवाल्वर खाली कर दिया। कुंवर साहब संभलकर खड़े हो गए। दौड़कर उसे छाती से चिपटा लिया। अरे! यह क्या। वसुधा बेहोश थी। भय उसके प्राणों को मुट्ठी में लिये उसकी आत्म-रक्षा कर रहा था। भय के शान्त होते ही मूर्छा आ गई।

7

तीन घंटों के बाद वसुधा की मूर्च्छा टूटी। उसकी चेतना अब भी उन्हीं भयप्रद परिस्थितियों में विचर रही थी। उसने धीरे-से डरते-डरते आंखें खोलीं। कुंवर साहब ने पूछा- कैसा जी है प्रिये?

वसुधा ने उनकी रक्षा के लिए दोनों हाथों का घेरा बनाते हुए कहा – वहां से हट जाओ! ऐसा न हो, झपट पड़े।

कुंवर साहब ने हंसकर कहा – शेर कब का ठंडा हो गया। वह बरामदे में पड़ा है। ऐसे डील-डौल का और इतना भयंकर सिंह मैंने नहीं देखा।

वसुधा – तुम्हें चोट तो नहीं आई?

कुंवर – बिल्कुल नहीं। तुम कूद क्यों पड़ीं? पैरों में बड़ी चोट आई होगी। तुम जीती कैसे बचीं, यह आश्चर्य है! मैं तो इतनी ऊंचाई से कभी न कूद सकता।

वसुधा ने चकित होकर कहा – मैं! मैं कहां कूदी? शेर मचान पर आया, इतना याद है। उसके बाद क्या हुआ, मुझे कुछ याद नहीं।

कुंवर को भी विस्मय हुआ – वाह! तुमने उस पर दो गोलियां चलाईं जब वह नीचे गिरा, तो तुम भी कूद पड़ी और उसके मुंह में रिवाल्वर की नली ठूंस दी। बस वहीं ठंडा हो गया। बड़ा बेहया जानवर था। अगर तुम चूक जातीं, तो वह नीचे आते ही मुझ पर ज़रूर चोट करता। मेरे पास तो छुरी भी न थी। बन्दूक हाथ से छूटकर दूसरी तरफ़ गिर गई थी। अंधेरे में कुछ सुझाई न देता था। तुम्हारे ही प्रभाव से इस वक्त मैं यहां खड़ा हूं, तुमने मुझे प्राण-दान दिया।

दूसरे दिन प्रातःकाल यहां से कूच हुआ।

जो घर वसुधा को फाड़े खाता था, उसमें आज जाकर ऐसा आनन्द आया, जैसे किसी बिछुड़े मित्र से मिली हो। हरेक वस्तु उसका स्वागत करती हुई मालूम होती थी। जिन नौकरों और लौंडियों से वह महीनों से सीधे मुंह न बोली थी, उनसे वह आज हंस-हंसकर कुशल पूछती और गले मिलती थी, जैसे अपनी पिछली रुखाइयों की पटौती कर रही हो।

सन्ध्या का सूर्य, आकाश के स्वर्ण सागर में अपनी नौका खेता हुआ चला जा रहा था। वसुधा खिड़की के सामने कुर्सी पर बैठकर सामने का दृश्य देखने लगी। उस दृश्य में आज जीवन था, विकास था, उन्माद था। केवट का वह सूना झोंपड़ा भी आज कितना सुहावना लग रहा था। प्रकृति में मोहिनी भरी हुई थी।

मन्दिर के सामने मुनिया राजकुमारों को खिला रही थी। वसुधा के मन में आज कुलदेव के प्रति श्रद्धा जाग्रत हुई, जो बरसों से पड़ी सो रही थी। उसने पूजा के सामान मंगवाए और पूजा करने चली। आनन्द से भरे भंडार से अब वह कुछ दान भी कर सकती थी। जलते हुए हृदय से ज्वाला के सिवा और क्या निकलती।

उसी वक्त कुंवर साहब आकर बोले – अच्छा, पूजा करने जा रही हो। मैं भी वहीं जा रहा था। मैंने एक मनौती रक्खी है।

वसुधा ने मुस्कुराती हुई आंखों से पूछा – कैसी मनौती है?

कुंवर साहब ने हंसकर कहा – यह न बताऊंगा।

सुभागी

और लोगों के यहां चाहे जो होता हो, तुलसी महतो अपनी लड़की सुभागी को लड़के रामू से जौ-भर भी कम प्यार न करते थे। रामू जवान होकर भी काठ का उल्लू था। सुभागी ग्यारह साल की बालिका होकर भी घर के काम में इतनी चतुर, और खेती-बारी के काम में इतनी निपुण थी कि उसकी मां लक्ष्मी दिल में डरती रहती कि कहीं लड़की पर देवताओं की आंख न पड़ जाए। अच्छे बालकों से भगवान को भी तो प्रेम है। कोई सुभागी का बखान न करे, इसलिए वह अनायास ही उसे डांटती रहती थी। बखान से लड़के बिगड़ जाते हैं, यह भय तो न था, भय था – नज़र का! वही सुभागी आज ग्यारह साल की उम्र में विधवा हो गई।

घर में कुहराम मचा हुआ था। लक्ष्मी पछाड़ें खाती थी। तुलसी सिर पीटते थे। उन्हें रोते देखकर सुभागी भी रोती थी। बार-बार मां से पूछती – क्यों रोती हो अम्मां, मैं तुम्हें छोड़कर कहीं न जाऊंगी, तुम क्यों रोती हो? उसकी भोली बातें सुनकर माता का दिल और भी फटा जाता था। वह सोचती थी – ईश्वर, तुम्हारी यही लीला है! जो खेल खेलते हो, वह दूसरों को दुःख देकर। ऐसा तो पागल करते हैं। आदमी पागलपन करे तो उसे पागलखाने भेजते हैं; मगर तुम जो पागलपन करते हो, उसका कोई दंड नहीं। ऐसा खेल किस काम का कि दूसरे रोएं और तुम हंसो। तुम्हें तो लोग दयालु कहते हैं। यही तुम्हारी दया है!

और सुभागी क्या सोच रही थी? उसके पास कोठरी-भर रुपए होते, तो वह उन्हें छिपाकर रख देती। फिर एक दिन चुपके से बाज़ार चली जाती और अम्मां के लिए अच्छे-अच्छे कपड़े लाती, दादा जब बाकी मांगने आते, तो चट रुपए निकालकर दे देती, अम्मां-दादा कितने खुश होते!

2

जब सुभागी जवान हुई तो लोग तुलसी महतो पर दबाव डालने लगे कि लड़की का घर कहीं कर दो। जवान लड़की का यों फिरना ठीक नहीं। जब हमारी बिरादरी में इसकी कोई निन्दा नहीं है, तो क्यों सोच-विचार करते हो?

तुलसी ने कहा – भाई, मैं तो तैयार हूं; लेकिन जब सुभागी भी माने। वह किसी तरह राजी नहीं होती।

हरिहर ने सुभागी को समझाकर कहा – बेटी, हम तेरे ही भले को कहते हैं। मां-बाप अब बूढ़े हुए, उनका क्या भरोसा? तुम इस तरह कब तक बैठी रहोगी?

सुभागी ने सिर झुकाकर कहा – चाचा, मैं तुम्हारी बात समझ रही हूं लेकिन मेरा मन घर करने को नहीं कहता। मुझे आराम की चिन्ता नहीं है। मैं सब-कुछ झेलने को तैयार हूं। और जो काम तुम कहो, वह सिर-आंखों के बल करूंगी; मगर घर बसाने को मुझसे न कहो। जब मेरा चाल-कुचाल देखना तो मेरा सिर काट लेना। अगर मैं सच्चे बाप की बेटी हूंगी, तो बात की भी पक्की हूंगी। फिर लज्जा रखने वाले तो भगवान हैं, मेरी क्या हस्ती है कि अभी कुछ कहूं।

उजड्ड रामू बोला- तुम अगर सोचती हो कि भैया कमावेंगे और मैं बैठी मौज़ करूंगी, तो इस भरोसे न रहो। यहां किसी ने जनम-भर का ठीका नहीं लिया है।

रामू की दुल्हन रामू से भी दो अंगुल ऊंची थी। मटककर बोली- हमने किसी का कर्ज थोड़े ही खाया कि जनम-भर बैठे भरा करें। यहां तो खाने को भी महीन चाहिए, पहनने को भी महीन चाहिए, यह हमारे बूते की बात नहीं। सुभागी ने गर्व से भरे हुए स्वर में कहा–भाभी, मैंने तुम्हारा आसरा कभी नहीं किया और भगवान ने चाहा तो कभी करूंगी भी नहीं। तुम अपनी देखो, मेरी चिन्ता न करो।

रामू की दुल्हन को जब मालूम हो गया कि सुभागी घर न करेगी, तो और भी उसके सिर हो गई। हमेशा एक-न-एक खुचड़ लगाए रहती। उसे रुलाने में जैसे उसको मज़ा आता था। वह बेचारी पहर रात से उठकर कूटने-पीसने में लग जाती, चौका-बरतन करती, गोबर पाथती। फिर खेत में काम करने चली जाती। दोपहर को आकर जल्दी-जल्दी खाना पकाकर सबको खिलाती। रात को कभी मां के सिर में तेल डालती, कभी उसकी देह दबाती। तुलसी चिलम के भक्त थे। उन्हें बार-बार चिलम पिलाती। जहां तक अपना बस चलता, मां-बाए को कोई काम न करने देती। हां, भाई को न रोकती। सोचती, यह तो जवान आदमी हैं, यह काम न करेंगे तो गृहस्थी कैसे चलेगी?

मगर रामू को यह बुरा लगता। अम्मा और दादा को तिनका तक नहीं उठाने देती और मुझे पीसना चाहती है। यहां तक कि एक दिन वह जामे से बाहर हो गया। सुभागी से बोला – अगर उन लोगों का बड़ा मोह है, तो क्यों नहीं अलग लेकर रहती हो? तब सेवा करो तो मालूम हो कि सेवा कड़वी लगती है कि मीठी। दूसरों के बल पर वाहवाही लेना आसान है। बहादुर वह है, जो अपने बल पर काम करे।

सुभागी ने तो कुछ जवाब न दिया। बात बढ़ जाने का भय था। मगर उसके मां-बाप बैठे सुन रहे थे। महतो से न रहा गया। बोले- क्या है रामू, उस गरीबिन से क्यों लड़ते हो?

रामू पास आकर बोला – तुम क्यों बीच में कूद पड़े, मैं तो उसको कहता था।

तुलसी – जब तक मैं जीता हूं, तुम उसे कुछ नहीं कह सकते। मेरे पीछे जो चाहे करना। बेचारी का घर में रहना मुश्किल कर दिया।

रामू – आपको बेटी बहुत प्यारी है, तो उसे गले बांधकर रखिए। मुझसे तो नहीं

सहा जाता।

तुलसी – अच्छी बात है। अगर तुम्हारी यह मरज़ी है, तो यही होगा। मैं कल गांव के आदमियों को बुलाकर बंटवारा कर दूंगा। तुम चाहे छूट जाव, सुभागी नहीं छूट सकती।

रात को तुलसी लेटे तो वह पुरानी बात याद आई, जब रामू के जन्मोत्सव में उन्होंने रुपये क़र्ज़ लेकर जलसा किया था, और सुभागी पैदा हुई, तो घर में रुपये रहते हुए भी उन्होंने एक कौड़ी न खर्च की। पुत्र को रत्न समझा था, पुत्री को पूर्व-जनम के पापों का दंड। वह रत्न कितना कठोर निकला और यह दंड कितना मंगलमय।

3

दूसरे दिन महतो ने गांव के आदमियों को जमा करके कहा – पंचो, अब रामू का और मेरा एक में निबाह नहीं होता। मैं चाहता हूं कि तुम लोग इंसाफ़ से जो कुछ मुझे दे दो, वह लेकर अलग हो जाऊं। रात-दिन की किच-किच अच्छी नहीं।

गांव के मुख्तार बाबू सजनसिंह बड़े सज्जन पुरुष थे। उन्होंने रामू को बुलाकर पूछा – क्यों जी, तुम अपने बाप से अलग रहना चाहते हो? तुम्हें शर्म नहीं आती कि औरत के कहने से मां-बाप को अलग किए देते हो? राम! राम!

रामू ने ढिठाई के साथ कहा- जब एक में गुज़र न हो, तो अलग हो जाना ही अच्छा है।

सजनसिंह – तुमको एक में क्या कष्ट होता है?

रामू – एक बात हो तो बताऊं।

सजनसिंह – कुछ तो बतलाओ।

रामू – साहब, एक में मेरा इनके साथ निबाह न होगा। बस, मैं और कुछ नहीं जानता।

यह कहता हुआ रामू वहां से चलता बना।

तुलसी – देख लिया आप लोगों ने इसका मिज़ाज! आप चाहे चार हिस्सों में तीन हिस्से उसे दे दें, पर अब मैं इस दुष्ट के साथ न रहूंगा। भगवान ने बेटी को दुःख दे दिया, नहीं मुझे खेती-बारी लेकर क्या करना था? जहां रहता वहीं कमाता खाता! भगवान ऐसा बेटा सातवें बैरी को भी न दें। 'लड़के से लड़की भली, जो कुलवन्ती होय।'

सहसा सुभागी आकर बोली – दादा, यह सब बांट-बखरा मेरे ही कारन तो हो रहा है, मुझे क्यों नहीं अलग कर देते? मैं मेहनत-मजूरी करके अपना पेट पाल लूंगी। अपने से जो कुछ बन पड़ेगा, तुम्हारी सेवा करती रहूंगी; पर रहूंगी अलग। यों घर का बारा-बांट होते मुझसे नहीं देखा जाता। मैं अपने माथे यह कलंक नहीं लेना चाहती।

तुलसी ने कहा – बेटी, हम तुझे न छोड़ेंगे चाहे संसार छूट जाए! रामू का मैं मुंह नहीं देखना चाहता, उसके साथ रहना तो दूर रहा।

रामू की दुल्हन बोली- तुम किसी का मुंह नहीं देखना चाहते, तो हम भी तुम्हारी पूजा करने को व्याकुल नहीं हैं।

महतो दांत पीसते हुए उठे कि बहू को मारें, मगर लोगों ने पकड़ लिया।

4

बंटवारा होते ही महतो और लक्ष्मी को मानो पेंशन मिल गई। पहले तो दोनों सारे दिन, सुभागी के मना करने पर भी कुछ-न-कुछ करते ही रहते थे; पर अब उन्हें पूरा विश्राम था। पहले दोनों दूध-धी को तरसते थे। सुभागी ने कुछ रुपये बचाकर एक भैंस ले ली। बूढ़े आदमियों की जान तो उनका भोजन है। अच्छा भोजन न मिले तो वे किस आधार पर रहें? चौधरी ने बहुत विरोध किया। कहने लगे, घर का काम यों ही क्या कम है कि तू यह नया झंझट पाल रही है। सुभागी उन्हें बहलाने के लिए कहती – दादा, दूध के बिना मुझे खाना नहीं अच्छा लगता।

लक्ष्मी ने हंसकर कहा – बेटी, तू झूठ कब से बोलने लगी? कभी दूध हाथ से तो छूती नहीं, खाने की कौन कहे? सारा दूध हम लोगों के पेट में लूंस देती है।

गांव में जहां देखो सबके मुंह से सुभागी की तारीफ़। लड़की नहीं देवी है। दो मरदों का काम भी करती है, उस पर मां-बाप की सेवा भी किए जाती है। सजनसिंह तो कहते, यह उस जनम की देवी है।

मगर शायद महतो को यह सुख बहुत दिन तक भोगना न लिखा था।

सात-आठ दिन से महतो को ज़ोर का ज्वर चढ़ा हुआ था। देह पर कपड़े का तार भी नहीं रहने देते। लक्ष्मी पास बैठी रो रही थी। सुभागी पानी लिये खड़ी है। अभी एक क्षण पहले महतो ने पानी मांगा था; पर जब तक वह पानी लावे, उनका जी डूब गया और हाथ-पांव ठंडे हो गए। सुभागी उनकी यह दशा देखते ही रामू के घर गई और बोली- भैया, चलो देखो आज दादा न जाने कैसे हुए जाते हैं। सात दिन से ज्वर नहीं उतरा॥

रामू ने चारपाई पर लेटे-लेटे कहा- तो क्या मैं डाक्टर-हकीम हूं कि देखने चलूं? जब तक अच्छे थे, तब तक तो तुम उनके गले का हार बनी हुई थीं। अब जब मरने लगे तो मुझे बुलाने आई हो!

उसी वक्त उसकी दुल्हन अन्दर से निकल आई और सुभागी से पूछा – दादा को क्या हुआ है दीदी?

सुभागी के पहले रामू बोल उठा – हुआ क्या है, अभी कोई मरे थोड़े ही जाते हैं।

सुभागी ने फिर उससे कुछ न कहा, सीधे सजनसिंह के पास गई। उसके जाने के बाद रामू हंसकर स्त्री से बोला – त्रियाचरित्र इसी को कहते हैं।

स्त्री- इसमें त्रियाचरित्र की कौन बात है? चले क्यों नहीं जाते?

रामू – मैं नहीं जाने का। जैसे उसे लेकर अलग हुए थे, वैसे उसे लेकर रहें। मर भी जाएं तो न जाऊं।

स्त्री – (हंसकर) मर जाएंगे तो आग देने तो जाओगे, तब कहां भागोगे?

रामू – कभी नहीं। सब-कुछ उनकी प्यारी सुभागी कर लेगी।

स्त्री – तुम्हारे रहते वह क्यों करने लगी?

रामू – जैसे मेरे रहते उसे लेकर अलग हुए और कैसे!

स्त्री- नहीं जी, यह अच्छी बात नहीं है। चलो देख आवें। कुछ भी हो, बाप ही तो हैं। फिर गांव में कौन मुंह दिखाओगे?

रामू – चुप रहो, मुझे उपदेश मत दो।

उधर बाबू साहब ने ज्यों ही महतो की हालत सुनी, तुरन्त सुभागी के साथ भागे चले आए। यहां पहुंचे तो महतो की दशा और ख़राब हो चुकी थी। नाड़ी देखी तो बहुत धीमी थी। समझ गए कि ज़िन्दगी के दिन पूरे हो गए। मौत का आतंक छाया हुआ था। सजल नेत्र होकर बोले – महतो भाई, कैसा जी है?

महतो जैसे नींद से जागकर बोले – बहुत अच्छा है भैया! अब तो चलने की बेला है। सुभागी के पिता अब तुम्हीं हो। उसे तुम्हीं को सौंपे जाता हूं।

सजनसिंह ने रोते हुए कहा – भैया महतो, घबड़ाओ मत, भगवान ने चाहा तो तुम अच्छे हो जाओगे। सुभागी को तो मैंने हमेशा अपनी बेटी समझा है और जब तक जिऊंगा ऐसा ही समझता रहूंगा। तुम निश्चिन्त रहो। मेरे रहते सुभागी या लक्ष्मी को कोई तिरछी आंख से न देख सकेगा। और कुछ इच्छा हो तो वह भी कह दो॥

महतो ने विनीत नेत्रों से देखकर कहा – और कुछ नहीं कहूंगा भैया। भगवान तुम्हें सदा सुखी रखे।

सजनसिंह – रामू को बुलाकर लाता हूं। उससे जो भूल-चूक हो क्षमा कर दो।

महतो- नहीं भैया। उस पापी हत्यारे का मुंह मैं नहीं देखना चाहता।

इसके बाद गोदान की तैयारी होने लगी।

5

रामू को गांव-भर ने समझाया; पर वह अन्त्येष्टि करने पर राज़ी न हुआ। कहा, जिस पिता ने मरते समय मेरा मुंह देखना स्वीकार न किया, वह मेरा न पिता है, न मैं उसका पुत्र हूं।

लक्ष्मी ने दाह-क्रिया की। इन थोड़े से दिनों में सुभागी ने न जाने कैसे रुपये जमा कर लिये थे कि जब तेरही का सामान आने लगा, तो गांव वालों की आंखें खुल गईं। बरतन,

कपड़े, घी, शक्कर – सभी सामान इफ़रात से जमा हो गए। रामू देख-देख जलता था और सुभागी उसे जलाने के लिए सबको यह सामान दिखाती थी।

लक्ष्मी ने कहा – बेटी, घर देखकर ख़र्च करो। अब कोई कमाने वाला नहीं बैठा है, आप ही कुआं खोदना और पानी पीना है।

सुभागी बोली – बाबू जी का काम तो धूमधाम से ही होगा अम्मां, चाहे घर रहे या जाए। बाबू जी फिर थोड़े ही आवेंगे। मैं भैया को दिखा देना चाहती हूं कि अबला क्या कर सकती है। वह समझते होंगे इन दोनों के किए कुछ न होगा। उनका यह घमंड तोड़ दूंगी।

लक्ष्मी चुप हो रही। तेरही के दिन आठ गांव के ब्राह्मणों का भोज हुआ। चारों तरफ़ वाह-वाही मच गई।

पिछले पहर का समय था; लोग भोजन करके चले गए थे। लक्ष्मी थककर सो गई थी। केवल सुभागी बची हुई चीजें उठा-उठाकर रख रही थी कि ठाकुर सजनसिंह ने आकर कहा – अब तुम भी आराम करो बेटी! सबेरे यह सब काम कर लेना।

सुभागी ने कहा – अभी थकी नहीं हूं दादा। आपने जोड़ लिया कुल कितने रुपये उठे?

सजनसिंह – वह पूछकर क्या करोगी बेटी?

'कुछ नहीं यों ही पूछती थी।'

'कोई तीन सौ रुपये उठे होंगे।'

सुभागी ने सकुचाते हुए कहा – मैं इन रुपयों की देनदार हूं।

'तुमसे तो मैं मांगता नहीं। महतो मेरे मित्र और भाई थे। उनके साथ कुछ मेरा भी तो धर्म है।

'आपकी यही दया क्या कम है कि मेरे ऊपर इतना विश्वास किया, मुझे कौन 300 रुपये देता?'

सजनसिंह सोचने लगे। इस अबला की धर्म-बुद्धि का कहीं वारपार भी है या नहीं।

6

लक्ष्मी उन स्त्रियों में थी, जिनके लिए पति-वियोग जीवन-स्रोत का बन्द हो जाना है। पचास वर्ष के चिर-सहवास के बाद अब यह एकान्त जीवन उसके लिए पहाड़ हो गया। उसे अब ज्ञात हुआ कि मेरी बुद्धि, मेरा बल, मेरी सुमति मानो सबसे मैं वंचित हो गई।

उसने कितनी बार ईश्वर से विनती की थी, मुझे स्वामी के सामने उठा लेना; मगर उसने यह विनती स्वीकार न की। मौत पर अपना काबू नहीं, तो क्या जीवन पर भी काबू नहीं है?

वह लक्ष्मी जो गांव में अपनी बुद्धि के लिए मशहूर थी, जो दूसरे को सीख दिया करती

थी, अब बौरही हो गई है। सीधी-सी बात करते नहीं बनती।

लक्ष्मी का दाना-पानी उसी दिन से छूट गया। सुभागी के आग्रह पर चौके में जाती; मगर कौर कंठ के नीचे न उतरता। पचास वर्ष हुए एक दिन भी ऐसा न हुआ कि पति के बिना खाए खुद खाया हो। अब उस नियम को कैसे तोड़े?

आख़िर उसे खांसी आने लगी। दुर्बलता ने जल्द ही खाट पर डाल दिया। सुभागी अब क्या करे! ठाकुर साहब के रुपये चुकाने के लिए दिलोजान से काम करने की ज़रूरत थी। यहां मां बीमार पड़ गई। अगर बाहर जाए तो मां अकेली रहती है। उनके पास बैठे तो बाहर का काम कौन करे? मां की दशा देखकर सुभागी समझ गई कि इनका परवाना भी आ पहुंचा। महतो को भी तो यही ज्वर था।

गांव में और किसे फुरसत थी कि दौड़-धूप करता? सजनसिंह दोनों वक्त आते, लक्ष्मी को देखते, दवा पिलाते, सुभागी को समझाते और चले जाते; मगर लक्ष्मी की दशा बिगड़ती जाती थी। यहां तक कि पन्द्रहवें दिन वह भी संसार से सिधार गई। अन्तिम समय रामू आया और उसके पैर छूना चाहता था, पर लक्ष्मी ने उसे ऐसी झिड़की दी कि वह उसके समीप न जा सका। सुभागी को उसने आशीर्वाद दिया – तुम्हारी जैसी बेटी पाकर तर गई। मेरा क्रिया-कर्म तुम्हीं करना। मेरी भगवान से यही अरजी है कि उस जन्म में भी तुम मेरी कोख पवित्र करो।

माता के देहान्त के बाद सुभागी के जीवन का केवल एक लक्ष्य रह गया – सजनसिंह के रुपये चुकाना। 300 रुपये पिता के क्रिया-कर्म में लगे थे। लगभग 200 रुपये माता के काम में लगे। 500 रुपये का ऋण था और उसकी अकेली जान! मगर वह हिम्मत न हारती थी। तीन साल तक सुभागी ने रात को रात और दिन को दिन न समझा। उसकी कार्य-शक्ति और पौरुष देखकर लोग दांतों उंगली दबाते थे। दिन-भर खेती-बारी का काम करने के बाद वह रात को चार-चार पसेरी आटा पीस डालती। तीसवें दिन 15 रुपये लेकर वह सजनसिंह के पास पहुंच जाती। इसमें कभी नागा न पड़ता। यह मानो प्रकृति का अटल नियम था।

अब चारों ओर से उसकी सगाई के पैगाम आने लगे। सभी उसके लिए मुंह फैलाए हुए थे। जिसके घर सुभागी जाएगी, उसके भाग्य फिर जाएंगे। सुभागी यही जवाब देती – अभी वह दिन नहीं आया।

जिस दिन सुभागी ने आख़िर किस्त चुकाई, उस दिन उसकी खुशी का ठिकाना न था। आज उसके जीवन का कठोर व्रत पूरा हो गया।

वह चलने लगी तो सजनसिंह ने कहा – बेटी, तुमसे मेरी एक प्रार्थना है। कहो कहूं, कहो न कहूं, मगर वचन दो कि मानोगी।

सुभागी ने कृतज्ञ भाव से देखकर कहा – दादा, आपकी बात न मानूंगी तो किसकी

बात मानूंगी? मेरा तो रोयां-रोयां आपका गुलाम है।

सजनसिंह – अगर तुम्हारे मन में यह भाव है, तो मैं न कहूंगा। मैंने अब तक तुमसे इसलिए नहीं कहा कि तुम अपने को मेरा देनदार समझ रही थीं। अब रुपये चुक गए। मेरा तुम्हारे ऊपर कोई एहसान नहीं है, रत्ती-भर भी नहीं। बोलो, कहूं?

सुभागी – आपकी जो आज्ञा हो।

सजनसिंह – देखो इनकार न करना, नहीं मैं फिर तुम्हें अपना मुंह न दिखाऊंगा।

सुभागी – क्या आज्ञा है?

सजनसिंह – मेरी इच्छा है कि तुम मेरी बहू बनकर मेरे घर को पवित्र करो। मैं जात-पांत का कायल हूं, मगर तुमने मेरे सारे बन्धन तोड़ दिए। मेरा लड़का तुम्हारे नाम का पुजारी है। तुमने उसे बारहा देखा है। बोलो, मंजूर करती हो?

सुभागी – दादा, इतना सम्मान पाकर पागल हो जाऊंगी।

सजनसिंह – तुम्हारा सम्मान भगवान कर रहे हैं बेटी! तुम साक्षात भगवती का अवतार हो।

सुभागी – मैं तो आपको अपना पिता समझती हूं। आप जो कुछ करेंगे, मेरे भले ही के लिए करेंगे। आपके हुक्म को कैसे इनकार कर सकती हूं।

सजनसिंह ने उसके माथे पर हाथ रखकर कहा – बेटी, तुम्हारा सोहाग अमर हो। तुमने मेरी बात रख ली। मुझ-सा भाग्यशाली संसार में और कौन होगा?

अनुभव

प्रियतम को एक वर्ष की सज़ा हो गई। और अपराध केवल इतना था, कि तीन दिन पहले जेठ की तपती दोपहरी में उन्होंने राष्ट्र के कई सेवकों का शर्बत-पान से सत्कार किया था। मैं उस वक़्त अदालत में खड़ी थी। कमरे के बाहर सारे नगर की राजनैतिक चेतना किसी बन्दी पशु की भांति खड़ी चीत्कार कर रही थी। मेरे प्राणधन हथकड़ियों से जकड़े हुए लाए गए। चारों ओर सन्नाटा छा गया। मेरे भीतर हाहाकार मचा हुआ था, मानो प्राण पिघला जा रहा हो। आवेश की लहरें-सी उठ-उठकर समस्त शरीर को रोमांचित किए देती थीं। ओह! इतना गर्व मुझे कभी नहीं हुआ था। वह अदालत, कुरसी पर बैठा हुआ अंग्रेज़ अफ़सर, लाल जरीदार पगड़ियां बांधे हुए पुलिस के कर्मचारी सब मेरी आंखों में तुच्छ जान पड़ते थे। बार-बार जी में आता था, दौड़कर जीवन-धन के चरणों में लिपट जाऊं और उसी दशा में प्राण त्याग दूं। कितनी शान्त, अविचलित, तेज और स्वाभिमान से प्रदीप्त मूर्ति थी! ग्लानि, विषाद या शोक की छाया भी न थी। नहीं, उन ओठों पर एक स्फूर्ति से भरी हुई मनोहारिणी, ओजस्वी मुस्कान थी। इस अपराध के लिए एक वर्ष का कठिन कारावास! वाह रे न्याय! तेरी बलिहारी है। मैं ऐसे हज़ार अपराध करने को तैयार थी। प्राणनाथ ने चलते समय एक बार मेरी ओर देखा, कुछ मुस्कुराए, फिर उनकी मुद्रा कठोर हो गई। अदालत से लौटकर मैंने पांच रुपये की मिठाई मंगवाई और स्वयंसेवकों को बुलाकर खिलाया। और सन्ध्या समय मैं पहली बार कांग्रेस के जलसे में शरीक हुई – शरीक ही नहीं हुई, मंच पर जाकर बोली और सत्याग्रह की प्रतिज्ञा ले ली। मेरी आत्मा में इतनी शक्ति कहां से आ गई, नहीं कह सकती। सर्वस्व लुट जाने के बाद फिर किसकी शंका और किसका डर? विधाता का कठोर-से-कठोर आघात भी अब मेरा क्या अहित कर सकता था?

2

दूसरे दिन मैंने दो तार दिए। एक पिता जी को, दूसरा ससुर जी को। ससुर जी पेंशन पाते थे। पिता जी जंगल के महकमे में अच्छे पद पर थे; पर सारा दिन गुज़र गया, तार का जवाब नदारद! दूसरे दिन भी कोई जवाब नहीं। तीसरे दिन दोनों महाशयों के पत्र आए। दोनों जामे से बाहर थे। ससुर जी ने लिखा- आशा थी, तुम लोग बुढ़ापे में मेरा पालन करोगे। तुमने उस आशा पर पानी फेर दिया। क्या अब चाहती हो, मैं भिक्षा मांगू? मैं सरकार से पेंशन पाता हूं। तुम्हें आश्रय देकर मैं अपनी पेंशन से हाथ नहीं धो सकता।

पिता जी के शब्द इतने कठोर न थे, पर भाव लगभग ऐसा ही था। इसी साल उन्हें ग्रेड मिलने वाला था। वह मुझे बुलाएंगे, तो सम्भव है, ग्रेड से वंचित होना पड़े। हां, वह मेरी सहायता मौखिक रूप से करने को तैयार थे। मैंने दोनों पत्र फाड़कर फेंक दिए और उन्हें कोई पत्र न लिखा। हा स्वार्थ! तेरी माया कितनी प्रबल है! अपना ही पिता, केवल स्वार्थ में बाधा पड़ने के भय से, लड़की की तरफ से इतना निर्दय हो जाए! अपना ससुर अपनी बहू की ओर से इतना उदासीन हो जाए! मगर अभी मेरी उम्र ही क्या है। अभी तो सारी दुनिया देखने को पड़ी है।

अब तक मैं अपने विषय में निश्चिन्त थी; लेकिन अब यह नई चिन्ता सवार हुई। इस निर्जन घर में, निराधार, निराश्रय कैसे रहूंगी? मगर जाऊंगी कहां? अगर कोई मर्द होती, तो कांग्रेस के आश्रम में चली जाती, या कोई मजूरी कर लेती। मेरे पैरों में नारीत्व की बेड़ियां पड़ी हुई थीं। अपनी रक्षा की इतनी चिन्ता न थी, जितनी अपने नारीत्व की रक्षा की। अपनी जान की फिक्र न थी; पर नारीत्व की ओर किसी की आंख भी न उठनी चाहिए।

किसी की आहट पाकर मैंने नीचे देखा। दो आदमी खड़े थे। जी में आया, पूछू तुम कौन हो? यहां क्यों खड़े हो? मगर फिर ख़याल आया, मुझे यह पूछने का क्या हक? आम रास्ता है। जिसका जी चाहे खड़ा हो।

पर मुझे खटका हो गया। उस शंका को किसी तरह दिल से न निकाल सकती थी। वह एक चिनगारी की भांति हृदय के अन्दर समा गई थी।

गरमी से देह फुकी जाती थी; पर मैंने कमरे का द्वार भीतर से बन्द कर लिया। घर में एक बड़ा-सा चाकू था। उसे निकालकर सिरहाने रख लिया। वह शंका सामने बैठी घूरती हुई मालूम होती थी।

किसी ने पुकारा। मेरे रोएं खड़े हो गए। मैंने द्वार से कान लगाया। कोई मेरी कुंडी खटखटा रहा था। कलेजा धक्-धक् करने लगा। वही दोनों बदमाश होंगे। क्यों कुंडी खटखटा रहे हैं, मुझसे क्या काम है? मुझे झुंझलाहट आ गई। मैंने द्वार खोला और छज्जे पर खड़ी होकर ज़ोर-से बोली – कौन कुंडी खड़खड़ा रहा है?

आवाज़ सुनकर मेरी शंका शान्त हो गई। कितना ढाढ़स हो गया! यह बाबू ज्ञानचन्द थे। मेरे पति के मित्रों में इनसे ज़्यादा सज्जन दूसरा नहीं है। मैंने नीचे जाकर द्वार खोल दिया। देखा तो एक स्त्री भी थी। वह मिसेज़ ज्ञानचन्द थीं। यह मुझसे बड़ी थीं। पहले-पहल मेरे घर आई थीं। मैंने उनके चरण स्पर्श किए। हमारे वहां मित्रता मर्दों ही तक रहती है। औरतों तक नहीं जाने पाती।

दोनों जने ऊपर आए! ज्ञान बाबू एक स्कूल में मास्टर हैं। बड़े ही उदार, विद्वान, निष्कपट, पर आज मुझे मालूम हुआ कि उनकी पथ-प्रदर्शिका उनकी स्त्री हैं। वह दोहरे

बदन की, प्रतिभाशाली महिला थीं। चेहरे पर ऐसा रोब था, मानो कोई रानी हों। सिर से पांव तक गहनों से लदी हुई। मुख सुन्दर न होने पर भी आकर्षक था। शायद मैं उन्हें कहीं और देखती; तो मुंह फेर लेती। गर्व की सजीव प्रतिमा थीं; वह बाहर जितनी कठोर, भीतर उतनी ही दयालु।

'घर कोई पत्र लिखा?' – यह प्रश्न उन्होंने हिचकते हुए किया।

मैंने कहा – हां, लिखा था।

'कोई लेने आ रहा है?'

'जी नहीं। न पिता जी अपने पास रखना चाहते हैं, न ससुर जी।'

'तो फिर?'

'फिर क्या, अभी तो यहीं पड़ी हूं।'

'तो मेरे घर क्यों नहीं चलतीं? अकेले तो इस घर में मैं न रहने दूंगी।'

'खुफ़िया के दो आदमी इस वक्त भी डटे हुए हैं।'

'मैं पहले ही समझ गई थी, दोनों खुफिया के आदमी होंगे।'

ज्ञान बाबू ने पत्नी की ओर देखकर, मानो उसकी आज्ञा से कहा – तो मैं जाकर तांगा लाऊं?

देवी जी ने इस तरह देखा, मानो कह रही हों, क्या अभी तुम यहीं खड़े हो?

मास्टर साहब चुपके से द्वार की ओर चले।

'ठहरो' – देवी जी बोलीं- 'कै तांगे लाओगे?'

'कै!' – मास्टर साहब घबड़ा गए।

'हां कै! एक तांगे पर तीन सवारियां ही बैठेंगी। सन्दूक, बिछावन, बरतन-भाड़े क्या मेरे सिर पर जाएंगे?'

'तो दो लेता आऊंगा' – मास्टर साहब डरते-डरते बोले।

'एक तांगे में कितना सामान भर दोगे?'

'तो तीन लेता आऊं?'

'अरे तो जाओगे भी। ज़रा-सी बात के लिए घंटा-भर लगा दिया।'

मैं कुछ कहने न पाई थी कि ज्ञान बाबू चल दिए। मैंने सकुचाते हुए कहा – बहन, तुम्हें मेरे जाने से कष्ट होगा और...

देवी जी ने तीक्ष्ण स्वर में कहा – हां, होगा तो अवश्य। तुम दोनों जून में दो-तीन पाव-भर आटा खाओगी, कमरे के एक कोने में अड्डा जमा लोगी, सिर में आने का तेल डालोगी। यह क्या थोड़ा कष्ट है! ।

मैंने झेंपते हुए कहा – आप तो बना रही हैं।

देवी जी ने सहृदय भाव से मेरा कन्धा पकड़कर कहा – जब तुम्हारे बाबू जी, लौट

आवें; तो मुझे भी अपने घर मेहमान रख लेना। मेरा घाटा पूरा हो जाएगा। अब तो राज़ी हुई। चलो, असबाब बांधो। खाट-वाट कल मंगवा लेंगे।

3

मैंने ऐसी सहृदय, उदार, मीठी बातें करने वाली स्त्री नहीं देखी। मैं उनकी छोटी बहन होती, तो भी शायद इससे अच्छी तरह न रखतीं। चिन्ता या क्रोध को तो जैसे उन्होंने जीत लिया हो। सदैव उनके मुख पर मधुर विनोद खेला करता था। कोई लड़का-बाला न था, पर मैंने उन्हें कभी दुःखी नहीं देखा। ऊपर के काम के लिए लौंडा रख लिया था। भीतर का सारा काम खुद करतीं। इतना कम खाकर और इतनी मेहनत करके वह कैसे इतनी हृष्ट-पुष्ट थीं, मैं नहीं कह सकती। विश्राम तो जैसे उनके भाग्य में ही नहीं लिखा था। जेठ की दुपहरी में भी न लेटती थीं। हां, मुझे कुछ न करने देतीं, उस पर जब देखो कुछ खिलाने को सिर पर सवार। मुझे यहां बस यही एक तकलीफ़ थी।

मगर आठ ही दिन गुज़रे थे कि एक दिन मैंने उन्हीं दोनों खुफ़ियों को नीचे बैठे देखा। मेरा माथा ठनका। यह अभागे यहां भी मेरे पीछे पड़े हैं। मैंने तुरन्त बहन जी से कहा- वे दोनों बदमाश यहां भी मंडरा रहे हैं।

उन्होंने हिकारत से कहा – कुत्ते हैं। फिरने दो।

मैं चिन्तित होकर बोली – कोई स्वांग न खड़ा करें।

उसी बेपरवाही से बोली – भूकने के सिवा और क्या कर सकते हैं?

मैंने कहा – काट भी तो सकते हैं?

हंसकर बोलीं- इसके डर से कोई भाग तो नहीं जाता न!

मगर मेरी दाल में मक्खी पड़ गई। बार-बार छज्जे पर जाकर उन्हें टहलते देख आती। यह सब मेरे पीछे पड़े हुए हैं! आख़िर मैं नौकरशाही का क्या बिगाड़ सकती हूं? मेरी सामर्थ्य ही क्या है? क्या यह सब इस तरह से मुझे यहां से भगाने पर तुले हैं? इससे उन्हें क्या मिलेगा? यही तो कि मैं मारी-मारी फिरूं! कितनी नीची तबीयत है?

एक हफ्ता और गुज़र गया। खुफ़िया ने पिंड न छोड़ा। मेरे प्राण सूखते जाते थे। ऐसी दशा में यहां रहना मुझे अनुचित मालूम होता था; पर देवी जी से कुछ कह न सकती थी।

एक दिन शाम को ज्ञान बाबू आए, तो घबड़ाए हुए थे। मैं बरामदे में थी। परवल छील रही थी। ज्ञान बाबू ने कमरे में जाकर देवीजी को इशारे से बुलाया।

देवी जी ने बैठे-बैठे कहा – पहले कपड़े-वपड़े उतारो, मुंह-हाथ धोओ, कुछ खाओ, फिर जो कहना हो, कह देना।

ज्ञान बाबू को धैर्य कहां? पेट में बात की गन्ध तक न पचती थी। आग्रह से बुलाया –

तुमसे उठा नहीं जाता। मेरी जान आफत में है।

देवी ने बैठे-बैठे कहा – तो कहते क्यों नहीं, क्या कहना है?

'यहां आओ।'

'क्या यहां कोई और बैठा हुआ है?'

मैं वहां से चली। बहन ने मेरा हाथ पकड़ लिया। मैं ज़ोर करने पर भी न छुड़ा सकी। ज्ञान बाबू मेरे सामने न कहना चाहते थे; पर इतना सब्र भी न था कि ज़रा देर रुक जाते। बोले – प्रिंसिपल से मेरी लड़ाई हो गई।

देवी ने बनावटी गम्भीरता से कहा – सच! तुमने उसे खूब पीटा न?

'तुम्हें दिल्लगी सूझती है! यहां नौकरी जा रही है।'

'जब यह डर था, तो लड़े क्यों?'

'मैं थोड़े ही लड़ा। उसी ने मुझे बुलाकर डांटा।'

'बेकसूर?'

'अब तुमसे क्या कहूं।'

'फिर वही परदा। मैं कह चुकी, यह मेरी बहन है। मैं इससे कोई परदा नहीं रखना चाहती।'

'और जो इन्हीं के बारे में कोई बात हो, तो?'

देवी जी ने जैसे पहेली बूझकर कहा – अच्छा समझ गई। कुछ खुफ़ियों का झगड़ा होगा। पुलिस ने तुम्हारे प्रिंसिपल से शिकायत की होगी।

ज्ञान बाबू ने इतनी आसानी से अपनी पहेली का बूझा जाना स्वीकार न किया।

बोले – पुलिस ने प्रिंसिपल से नहीं, हाकिम ज़िला से कहा। उसने प्रिंसिपल को बुलाकर मुझसे जवाब-तलब करने का हुक्म दिया।

देवी ने अन्दाज़ से कहा – समझ गई। प्रिंसिपल ने तुमसे कहा होगा कि उस स्त्री को घर से निकाल दो।

'हां, यही समझ लो!'

'तो तुमने क्या जवाब दिया?'

'अभी कोई जवाब नहीं दिया। वहां खड़े-खड़े क्या कहता!'

देवी जी ने उन्हें आड़े हाथों लिया – जिस प्रश्न का एक ही जवाब हो, उसमें सोच-विचार कैसा?

ज्ञान बाबू सिटपिटाकर बोले – लेकिन कुछ सोचना तो ज़रूरी था।

देवी जी की त्योरियां बदल गईं। आज मैंने पहली बार उनका यह रूप देखा! बोलीतुम उस प्रिंसिपल से जाकर कह दो, मैं उसे किसी तरह नहीं छोड़ सकता और न माने, इस्तीफ़ा दे दो। अभी जाओ। लौटकर हाथ-मुंह धोना।

मैंने रोकर कहा – बहन मेरे लिए...

देवी ने डांट बताई – तू चुप रह, नहीं कान पकड़ लूंगी। तू क्यों बीच में कूदती है? रहेंगे, तो साथ रहेंगे। मरेंगे, तो साथ मरेंगे। इस मर्दुए को मैं क्या कहूं? आधी उम्र बीत गई और बात करना न आया। (पति से) खड़े सोच क्या रहे हो, तुम्हें डर लगता हो; तो मैं जाकर कह आऊं?

ज्ञान बाबू ने खिसियाकर कहा – तो कल कह दूंगा, इस वक़्त कहां होगा, कौन जाने।

4

रात-भर मुझे नींद नहीं आई। बाप और ससुर जिसका मुंह नहीं देखना चाहते, उसका यह आदर! राह की भिखारिन का यह सम्मान। देवी, तू सचमुच देवी है।

दूसरे दिन ज्ञान बाबू चले तो देवी ने फिर कहा – फैसला करके घर आना। यह न हो कि फिर सोचकर जवाब देने की ज़रूरत पड़े।

ज्ञान बाबू के चले जाने के बाद मैंने कहा- तुम मेरे साथ बड़ा अन्याय कर रही हो बहन जी। मैं यह कभी नहीं देख सकती कि मेरे कारण तुम्हें यह विपत्ति झेलनी पड़े।

देवी ने हास्य-भाव से कहा – कह चुकी या कुछ और कहना है?

'कह चुकी; मगर अभी बहुत कुछ कहूंगी!'

'अच्छा बता तेरे प्रियतम क्यों जेल गए? इसीलिए तो कि स्वयंसेवकों का सत्कार किया था। स्वयंसेवक कौन हैं? यह हमारी सेना के वीर हैं, जो हमारी लड़ाइयां लड़ रहे हैं। स्वयंसेवकों के भी तो बाल-बच्चे होंगे, मां-बाप होंगे, वह भी तो कोई कारोबार करते होंगे; पर देश की लड़ाई लड़ने के लिए उन्होंने सब-कुछ त्याग दिया है। ऐसे वीरों का सत्कार करने के लिए जो आदमी जेल में डाल दिया जाए, उसकी स्त्री के दर्शनों से भी आत्मा पवित्र होती है। मैं तुझ पर एहसान नहीं कर रही हूं, तू मुझ पर एहसान कर रही है।

मैं इस दया-सागर में डुबकियां खाने लगी। बोलती क्या।

शाम को जब ज्ञान बाबू लौटे, तो उनके मुख पर विजय का आनन्द था।

देवी ने पूछा – हार कि जीत?

ज्ञान बाबू ने अकड़कर कहा – जीत! मैंने इस्तीफा दे दिया तो चक्कर में आ गया। उसी वक्त हाकिम ज़िला के पास गया। वहां न जाने मोटर पर बैठकर दोनों में क्या बातें हुईं। लौटकर मुझसे बोला – आप पोलिटिकल जलसों में तो नहीं जाते?

मैंने कहा – कभी भूलकर भी नहीं।

'कांग्रेस के मेम्बर तो नहीं हैं?'

मैंने कहा – मेम्बर क्या, मेम्बर का दोस्त भी नहीं।

'कांग्रेस – फंड में चन्दा तो नहीं देते?'

मैंने कहा – कानी कौड़ी भी कभी नहीं देता।

'तो हमें आपसे कुछ नहीं कहना है। मैं आपका इस्तीफ़ा वापस करता हूं।'

देवी जी ने मुझे गले लगा लिया।

लांछन

अगर संसार में ऐसा प्राणी होता, जिसकी आंखें लोगों के हृदयों के भीतर घुस सकतीं, तो ऐसे बहुत कम स्त्री-पुरुष होंगे, जो उसके सामने सीधी आंखें करके ताक सकते! महिला-आश्रम की जुगनूबाई के विषय में लोगों की धारणा कुछ ऐसी ही हो गई थी। वह बेपढ़ी-लिखी, गरीब, बूढ़ी औरत थी, देखने में बड़ी सरल, बड़ी हंसमुख; लेकिन जैसे किसी चतुर प्रूफरीडर की निगाह गलतियों पर ही जा पड़ती है; उसी तरह उसकी आंखें भी बुराइयों ही पर पहुंच जाती थीं। शहर में ऐसी कोई महिला न थी; जिसके विषय में दो-चार लुकी-छिपी बातें उसे न मालूम हों। उसका ठिगना स्थूल शरीर, सिर के खिचड़ी बाल, गोल मुंह, फूले-फूले गाल, छोटी-छोटी आंखें उसके स्वभाव की प्रखरता और तेज़ी पर परदा-सा डाले रहती थीं; लेकिन जब वह किसी की कुत्सा करने लगती, तो उसकी आकृति कठोर हो जाती, आंखें फैल जाती और कंठ-स्वर कर्कश हो जाता। उसकी चाल में बिल्लियों का-सा संयम था; दबे पांव धीरे-धीरे चलती, पर शिकार की आहट पाते ही, जस्त मारने को तैयार हो जाती थी। उसका काम था, महिला-आश्रम में महिलाओं की सेवा-टहल करना; पर महिलाएं उसकी सूरत से कांपती थीं। उसका आतंक था, कि ज्यों ही वह कमरे में कदम रखती, ओठों पर खेलती हुई हंसी, जैसे रो पड़ती थी। चहकने वाली आवाजें जैसे बुझ जाती थीं, मानो उनके मुख पर लोगों को अपने पिछले रहस्य अंकित नज़र आते हों। पिछले रहस्य! कौन है, जो अपने अतीत को किसी भयंकर जन्तु के समान कठघरों में बन्द करके न रखना चाहता हो? धनियों को चोरों के भय से निद्रा नहीं आती, मानियों को उसी भांति मान की रक्षा करनी पड़ती है। वह जन्तु, जो पहले कीट के समान अल्पाकार रहा होगा, दिनों के साथ दीर्घ और सबल होता जाता है, यहां तक हम उसकी याद ही से कांप उठते हैं; और अपने ही कारनामों की बात होती, तो अधिकांश देवियां जुगनू को दुत्कारती; पर यहां तो मैके और ससुराल, ननियाल, ददियाल, फुफियाल और मौसियाल, चारों ओर की रक्षा करनी थी और जिस किले में इतने द्वार हों, उसकी रक्षा कौन कर सकता है? वहां तो हमला करने वाले के सामने मस्तक झुकाने में ही कुशल है। जुगनू के दिल में हज़ारों मुरदे गड़े पड़े थे और वह ज़रूरत पड़ने पर उन्हें उखाड़ दिया करती थी। जहां किसी महिला ने दून की ली, या शान दिखाई, वहां जुगनू की त्योरियां बदली। उसकी एक कड़ी निगाह अच्छे-अच्छे को दहला देती थी; मगर यह बात न थी कि स्त्रियां उससे घृणा करती हों। नहीं, सभी बड़े चाव से उससे मिलतीं और उसका आदर-सत्कार करतीं। अपने पड़ोसियों की निन्दा सनातन से मनुष्य के लिए मनोरंजन का विषय रही है और जुगनू के पास इसका काफ़ी सामान था।

2

नगर में इन्दुमती महिला-पाठशाला नाम का एक लड़कियों का हाईस्कूल था। हाल में मिस खुरशेद उसकी हेड मिस्ट्रेस होकर आई थीं। शहर में महिलाओं का दूसरा क्लब न था। मिस खुरशेद एक दिन आश्रम में आईं। ऐसी ऊंचे दरजे की शिक्षा पाई हुई आश्रम में कोई देवी न थी। उनकी बड़ी आवभगत हुई। पहले ही दिन मालूम हो गया, मिस खुरशेद के आने से आश्रम में एक नए जीवन का संचार होगा। कुछ इस तरह दिल खोलकर हरेक से मिलीं, कुछ ऐसी दिलचस्प बातें कीं, कि सभी देवियां मुग्ध हो गईं। गाने में चतुर थीं। व्याख्यान भी खूब देती थीं और अभिनय-कला में तो उन्होंने लन्दन में नाम कमा लिया था। ऐसी सर्वगुण-सम्पन्न देवी का आना आश्रम का सौभाग्य था। गुलाबी गोरा रंग, कोमल गाल, मदभरी आंखें, नए फैशन के कटे हुए केश, एक-एक अंग सांचे में ढला हुआ; मादकता की इससे अच्छी प्रतिमा न बन सकती थी।

चलते समय मिस खुरशेद ने मिसेज़ टंडन को, जो आश्रम की प्रधान थीं, एकान्त में बुलाकर पूछा – वह बुढ़िया कौन है?

जुगनू कई बार कमरे में आकर मिस खुरशेद को अन्वेषण की आंखों से देख चुकी थी, मानो कोई शहसवार किसी नई घोड़ी को देख रहा हो।

मिसेज़ टंडन ने मुस्कुराकर कहा – यहां ऊपर का काम करने के लिए नौकर है। कोई काम हो, तो बुलाऊं? मिस खुरशेद ने धन्यवाद देकर कहा – जी नहीं, कोई विशेष काम नहीं है। मुझे चालबाज़ मालूम होती है। यह भी देख रही हूं, कि वह सेविका नहीं स्वामिनी है। मिसेज़ टंडन तो जुगनू से जली बैठी ही थीं, इनके वैधव्य को लांछित करने के लिए, वह उन्हें सदा-सोहागिन कहा करती थी। मिस खुरशेद से उसकी जितनी बुराई हो सकी, वह की और उससे सचेत रहने का आदेश दिया।

मिस खुरशेद ने गम्भीर होकर कहा – तब तो भयंकर स्त्री है। तभी सब देवियां इससे कांपती हैं। आप इसे निकाल क्यों नहीं देतीं? ऐसी चुडैल को एक दिन न रखना चाहिए।

मिसेज़ टंडन ने अपनी मजबूरी बताई – निकाल कैसे दूं; ज़िन्दा रहना मुश्किल हो जाए। हमारा भाग्य उसकी मुट्ठी में है। आपको दो-चार दिन में उसके जौहर खुलेंगे। मैं तो डरती हूं, कहीं आप भी उसके पंजे में न फंस जाएं! उसके सामने भूलकर भी किसी पुरुष से बातें न कीजिएगा। इसके गोयन्दे न जाने कहां-कहां लगे हुए हैं। नौकर से मिलकर भेद यह ले, डाकिये से मिलकर चिट्ठियां यह देखे, लड़कों को फुसलाकर घर का हाल यह पूछे। इस रांड़ को खुफिया पुलिस में जाना चाहिए था। यहां न जाने क्यों आ मरी!

मिस खुरशेद चिन्तित हो गईं, मानो इस समस्या का हल करने की फ़िक्र में हों। एक क्षण बाद बोलीं – अच्छा, मैं इसे ठीक करूंगी; अगर न निकाल दूं, तो कहना।

मिसेज़ टंडन – निकाल देने ही से क्या होगा! उसकी ज़बान तो न बन्द होगी। तब तो वह और भी निडर होकर कीचड़ फेंकेगी।

मिस खुरशेद ने निश्चिन्त स्वर में कहा – मैं उसकी ज़बान भी बन्द कर दूंगी बहन। आप देख लीजिएगा। टके की औरत, यहां बादशाहत कर रही है। मैं यह बरदाश्त नहीं कर सकती।

वह चली गई, तो मिसेज़ टंडन ने जुगनू को बुलाकर कहा- इस नई मिस साहब को देख। यहां प्रिंसिपल हैं।

जुगनू ने द्वेष भरे हुए स्वर में कहा – आप देखें। मैं ऐसी सैकड़ों छोकरियां देख चुकी हूं। आंखों का पानी जैसे मर गया हो।

मिसेज़ टंडन धीरे-से बोलीं- तुम्हें कच्चा ही खा जाएंगी। उनसे डरती रहना। कह गई हैं, मैं इसे ठीक करके छोड़गी। मैंने सोचा, तुम्हें चेता दूं। ऐसा न हो, उसके सामने कुछ ऐसी-वैसी बातें कह बैठो।

जुगनू ने मानो तलवार खींचकर कहा – मुझे चेताने का काम नहीं; उन्हें चेता दीजिएगा। यहां का आना न बन्द कर दूं, तो अपने बाप की नहीं। वह घूमकर दुनिया देख आई हैं, तो यहां घर बैठे दुनिया देख चुकी हूं।

मिसेज़ टंडन ने पीठ ठोंकी – मैंने समझा दिया भाई, आगे तुम जानो, तुम्हारा काम जाने।

जुगनू – आप चुपचाप देखती जाइए। कैसा तिगनी का नाच नचाती हूं। इसने अब तक ब्याह क्यों नहीं किया? उमिर तो तीस के लगभग होगी?

मिसेज़ टंडन ने रद्दा जमाया- कहती हैं, मैं शादी करना ही नहीं चाहती। किसी पुरुष के हाथ क्यों अपनी आज़ादी बेचूं?

जुगनू ने आंखें नचाकर कहा – कोई पूछता ही न होगा। ऐसी बहुत-सी क्वारियां देख चुकी हूं। सत्तर चूहे खाकर, बिल्ली चली हज्ज को!

और कई लौंडियां आ गईं और बात का सिलसिला बन्द हो गया।

3

दूसरे दिन सबेरे जुगनू खुरशेद के बंगले पर पहुंची। मिस खुरशेद हवा खाने गई हुई थीं। खानसामा ने पूछा – कहां से आती हो?

जुगनू – यहीं रहती हूं बेटा। मेम साहब कहां से आई हैं, तुम तो इनके पुराने नौकर होंगे?

खानसामा – नागपुर से आई हैं! मेरा घर भी वहीं है। दस साल से इनके साथ हूं।

जुगनू – किसी ऊंचे खानदान की होंगी? वह तो रंग-ढंग से ही मालूम होता है।

खानसामा – खानदान तो कुछ ऐसा ऊंचा नहीं है, हां, तकदीर की अच्छी हैं। इनकी मां अभी तक मिशन में 30 रुपये पाती हैं। यह पढ़ने में तेज़ थीं, वज़ीफ़ा मिल गया। विलायत चली गईं, बस तकदीर खुल गई। अब तो अपनी मां को बुलाने वाली हैं, लेकिन वह बुढ़िया शायद ही आए। यह गिरजे-विरजे नहीं जातीं, इससे दोनों में पटती नहीं।

जुगनू – मिज़ाज की तेज़ मालूम होती हैं।

खानसामा – नहीं; यों तो बहुत नेक हैं, गिरजे नहीं जातीं। तुम क्या नौकरी की तलाश में हो? करना चाहो, तो कर लो, एक आया रखना चाहती हैं।

जुगनू – नहीं बेटा, मैं अब क्या नौकरी करूंगी? इस बंगले में पहले जो मेम साहब रहती थीं, वह मुझ पर बड़ी निगाह रखती थीं। मैंने समझा, चलूं नई मेम साहब को आसीरबाद दे आऊं।

खानसामा- यह आसीरबाद लेने वाली मेम साहब नहीं हैं। ऐसों से बहुत चिढ़ती हैं। कोई मंगता आया और उसे डांट बताई। कहती हैं, बिना काम किए किसी को ज़िन्दा रहने का हक नहीं है। भला चाहती हो, तो चुपके से राह लो।

जुगनू – तो यह कहो, इनका कोई धरम-करम नहीं। फिर भला गरीबों पर क्यों दया करने लगीं?

जुगनू को अपनी दीवार खड़ी करने के लिए काफ़ी सामान मिल गया – नीच खानदान की है, मां से नहीं पटती; धर्म से विमुख है। पहले धावे में इतनी सफलता कुछ कम न थी। चलते-चलते खानसामा से इतना और पूछा – इनके साहब क्या करते हैं? खानसामा ने मुस्कुराकर कहा – इनकी तो अभी शादी ही नहीं हुई। साहब कहां से होंगे?

जुगनू ने बनावटी आश्चर्य से कहा – अरे, अब तक ब्याह ही नहीं हुआ? हमारे यहां तो दुनिया हंसने लगे।

खानसामा – अपना-अपना रिवाज है। इनके यहां तो कितनी ही औरतें उम्र-भर ब्याह नहीं करतीं।

जुगनू ने धार्मिक-भाव से कहा – ऐसी क्वांरियों को मैं बहुत देख चुकी। हमारी बिरादरी में कोई इस तनो रहे, तो थुड़ी-थुड़ी हो जाए। मुदा इनके यहां जो जी में आवे करो, कोई नहीं पूछता।

इतने में मिस खुरशेद आ पहुंचीं। गुलाबी जाड़ा पड़ने लगा था। मिस साहब साड़ी के ऊपर ओवरकोट पहने हुए थीं। एक हाथ में छतरी थी, दूसरे में छोटे कुत्ते की जंजीर। प्रभात की शीतल वायु में व्यायाम ने कपोलों को ताज़ा और सुर्ख़ कर दिया था। जुगनू ने झुककर सलाम किया, पर उन्होंने उसे देखकर भी न देखा। अन्दर जाते ही खानसामा को बुलाकर पूछा – यह औरत क्या करने आई है?

खानसामा ने जूते का फीता खोलते हुए कहा – भिखारिन है हुजूर! पर औरत

समझदार है। मैंने कहा, यहां नौकरी करेगी, तो राजी नहीं हुई। पूछने लगी, इनके साहब क्या करते हैं? जब मैंने बता दिया, तो इसे बड़ा ताज्जुब हुआ और होना ही चाहे। हिन्दुओं में तो दुधमुंहे बालकों तक का विवाह हो जाता है।

खुरशेद ने जांच की – और क्या कहती थी?

'और तो कोई बात नहीं हुजूर!'

'अच्छा, उसे मेरे पास भेज दो!'

4

जुगनू ने ज्यों ही कमरे में कदम रक्खा, मिस खुरशेद ने कुर्सी से उठकर स्वागत किया – आइए मां जी! मैं ज़रा सैर करने चली गई थी। आपके आश्रम में तो सब कुशल है?

जुगनू एक कुर्सी का तकिया पकड़कर खड़ी-खड़ी बोली – कुशल है मिस साहब! मैंने कहा, आपको आसीरबाद दे आऊं। मैं आपकी चेरी हूं। जब कोई काम पड़े मुझे याद कीजिएगा। यहां अकेले तो हुजूर को अच्छा न लगता होगा।

मिस खुरशेद – मुझे अपने स्कूल की लड़कियों के साथ बड़ा आनन्द मिलता है, वह सब मेरी ही लड़कियां हैं।

जुगनू ने मातृ-भाव से सिर हिलाकर कहा – यह ठीक है मिस साहब, पर अपना, अपना ही है। दूसरा अपना हो जाए, तो अपनों के लिए कोई क्यों रोए!

सहसा एक सुन्दर सजीला युवक रेशमी सूट धारण किए जूते चरमर करता हुआ अन्दर आया। मिस खुरशेद ने इस तरह दौड़कर प्रेम से उनका अभिवादन किया, मानो जामे में फूली न समाती हों। जुगनू उसे देखकर कोने में दुबक गई!

खुरशेद ने युवक से गले मिलकर कहा – प्यारे! मैं कब से तुम्हारी राह देख रही हूं। (जुगनू से) मां जी, आप जाएं फिर कभी आना। यह हमारे परम मित्र विलियम किंग हैं। हम और यह बहुत दिनों तक साथ-साथ पढ़े हैं।

जुगनू चुपके-से निकलकर बाहर आई। खानसामा खड़ा था। पूछा – यह लौंडा कौन है?

खानसामा ने सिर हिलाया- मैंने इसे आज ही देखा है। शायद अब क्वांरपन से जी ऊबा! अच्छा तरहदार जवान है।

जुगनू – दोनों इस तरह टूटकर गले मिले हैं कि मैं तो लाज के मारे गड़ गई। ऐसी चूमा-चाटी तो जोरू-ख़सम में भी नहीं होती। दोनों लिपट गए। लौंडा तो मुझे देखकर कुछ झिझकता था; पर तुम्हारी मिस साहब तो जैसे मतवाली हो गई थीं।

खानसामा ने मानो अमंगल के आभास से कहा – मुझे तो कुछ बेढब मुआमला

नज़र आता है।

जुगनू तो यहां से सीधे मिसेज़ टंडन के घर पहुंची। इधर मिस ख़ुरशेद और युवक में बातें होने लगीं।

मिस ख़ुरशेद ने कहकहा मारकर कहा – तुमने अपना पार्ट खूब खेला लीला, बुढ़िया सचमुच चौंधिया गई!

लीला – मैं तो डर रही थी कि कहीं बुढ़िया भांप न जाए।

मिस ख़ुरशेद – मुझे विश्वास था, वह आज ज़रूर आएगी। मैंने दूर ही से उसे बरामदे में देखा और तुम्हें सूचना दी। आज आश्रम में बड़े मज़े रहेंगे। जी चाहता है, महिलाओं की कनफुसकियां सुनती! देख लेना, सभी उसकी बातों पर विश्वास करेंगी।

लीला – तुम भी तो जान-बूझकर दलदल में पांव रख रही हो।

मिस ख़ुरशेद – मुझे अभिनय में मज़ा आता है। दिल्लगी रहेगी। बुढ़िया ने बड़ा जुल्म कर रखा है। ज़रा उसे सबक देना चाहती हूं। कल तुम इसी वक़्त इसी ठाट से फिर आ जाना। बुढ़िया कल फिर आएगी। उसके पेट में पानी न हजम होगा। नहीं, ऐसा क्यों जिस वक्त वह आएगी, मैं तुम्हें ख़बर दूंगी। बस, तुम छैला बनी हुई पहुंच जाना।

5

आश्रम में उस दिन जुगनू को दम मारने की फुरसत न मिली। उसने सारा वृत्तान्त मिसेज़ टंडन से कहा। मिसेज़ टंडन दौड़ी हुई आश्रम पहुंची और अन्य महिलाओं को ख़बर सुनाई। जुगनू उसकी तसदीक करने के लिए बुलाई गई। जो महिला आती, वह जुगनू के मुंह से यह कथा सुनती। हर एक रिहर्सल में कुछ-कुछ रंग और चढ़ जाता। यहां तक कि दोपहर होते-होते सारे शहर के सभ्य समाज में वह ख़बर गूंज उठी।

एक देवी ने पूछा – यह युवक है कौन? ।

मिसेज़ टंडन – सुना तो, उनके साथ का पढ़ा हुआ है। दोनों में पहले से कुछ बातचीत रही होगी। वही तो मैं कहती थी कि इतनी उम्र हो गई, यह क्वांरी कैसे बैठी है? अब कलई खुली।

जुगनू – और कुछ हो या न हो, जवान तो बांका है।

टंडन – यह हमारी विद्वान बहनों का हाल है।

जुगनू – मैं तो उसकी सूरत देखते ही ताड़ गई थी। धूप में बाल नहीं सफेद किए हैं।

टंडन – कल फिर जाना।

जुगनू – कल नहीं, मैं आज रात ही को जाऊंगी। लेकिन रात को जाने के लिए कोई बहाना ज़रूरी था। मिसेज़ टंडन ने आश्रम के लिए एक किताब मंगवा भेजी। रात को नौ

बजे जुगनू मिस खुरशेद के बंगले पर जा पहुंची। संयोग से लीलावती उस वक्त मौजूद थी; बोली – बुढ़िया तो बेतरह पीछे पड़ गई।

मिस खुरशेद – मैंने तुमसे कहा था, उसके पेट में पानी न पचेगा। तुम जाकर रूप भर जाओ। तब तक मैं बातों में लगाती हूं। शराबियों की तरह अंट-संट बकना शुरू करना। मुझे भगा ले जाने के प्रस्ताव भी करना, बस यों बन जाना जैसे अपने होश में नहीं हो।

लीला मिशन में डॉक्टर थी। उसका बंगला भी पास ही था। वह चली गई, तो मिस खुरशेद ने जुगनू को बुलाया।

जुगनू ने एक पुरजा उसको देकर कहा – मिसेज़ टंडन ने यह किताब मांगी है। मुझे आने में देर हो गई। मैं इस वक्त आपको कष्ट न देती; पर सबेरे ही वह मुझसे मांगेंगी। हज़ारों रुपये महीने की आमदनी है मिस साहब, मन एक-एक कौड़ी दांत से पकड़ती हैं। इनके द्वारे पर भिखारी को भीख तक नहीं मिलती।

मिस खुरशेद ने पुरजा देखकर कहा – इस वक़्त तो यह किताब नहीं मिल सकती, सुबह ले जाना। तुमसे कुछ बातें करनी हैं। बैठो, मैं अभी आती हूं।

वह परदा उठाकर पीछे के कमरे में चली गई और वहां से कोई पन्द्रह मिनट में एक सुन्दर रेशमी साड़ी पहने, इत्र में बसी हुई, मुंह पर पाउडर लगाए निकलीं। जुगनू ने उन्हें आंखें फाड़कर देखा। ओ हो! यह शृंगार! शायद इस समय वह लौंडा आने वाला होगा। तभी यह तैयारियां हैं। नहीं, सोने के समय क्वांरियों को बनाव-संवार की क्या ज़रूरत? जुगनू की नीति में स्त्रियों के शृंगार का केवल एक उद्देश्य था, पति को लुभाना। इसलिए सोहागिनों के सिवा श्रृंगार और सभी के लिए वर्जित था! अभी खुरशेद कुर्सी पर बैठने भी न पाई थीं कि जूतों का चरमर सुनाई दिया और एक क्षण में विलियम किंग ने कमरे में कदम रक्खा। उसकी आंखें चढ़ी हुई मालूम होती थीं और कपड़ों से शराब की गन्ध आ रही थी। उसने बेधड़क मिस खुरशेद को छाती से लगा लिया और बार-बार उसके कपोलों के चुम्बन लेने लगा।

मिस खुरशेद ने अपने को उसके कर-पाश से छुड़ाने की चेष्टा करके कहा – चलो हटो, शराब पीकर आए हो।

किंग ने उसे और चिमटाकर कहा – आज तुम्हें भी पिलाऊंगा प्रिये! तुमको पीना होगा। फिर हम दोनों लिपटकर सोवेंगे। नशे में प्रेम कितना सजीव हो जाता है, इसकी परीक्षा कर लो।

मिस खुरशेद ने इस तरह जुगनू की उपस्थिति का उसे संकेत किया कि जुगनू पर नज़र पड़ जाए। पर किंग नशे में मस्त था, जुगनू की तरफ़ देखा ही नहीं।

मिस खुरशेद ने रोष के साथ अपने को अलग करके कहा – तुम इस वक्त आपे में नहीं हो। इतने उतावले क्यों हुए जाते हो? क्या मैं कहीं भागी जा रही हूं?

किंग – इतने दिनों से चोरों की तरह आया हूं, आज से मैं खुले ख़ज़ाने आऊंगा।

खुरशेद – तुम तो पागल हो रहे हो। देखते नहीं हो, कमरे में कौन बैठा हुआ है?

किंग ने हकबकाकर जुगनू की तरफ़ देखा और झिझककर बोला – यह बुढ़िया यहां कब आई? तू यहां क्यों आई बुड्ढी? शैतान की बच्ची! यहां भेद लेने आती है? हमको बदनाम करना चाहती है? मैं तेरा गला घोंट दूंगा। ठहर, भागती कहां है? मैं तुझे ज़िन्दा न छोड़ेगा!

जुगनू बिल्ली की तरह कमरे से निकली और सिर पर पांव रखकर भागी। उधर कमरे से कहक़हे उठ-उठकर छत को हिलाने लगे।

जुगनू उसी वक़्त मिसेज़ टंडन के घर पहुंची, उसके पेट में बुलबुले उठ रहे थे; पर मिसेज़ टंडन सो गई थीं। वहां से निराश होकर उसने कई दूसरे घरों की कुंडी खटखटाई; पर कोई द्वार न खुला और दुखिया को सारी रात इसी तरह काटनी पड़ी, मानो कोई रोता हुआ बच्चा गोद में हो। प्रातःकाल वह आश्रम में जा कूदी।

कोई आध घंटे में मिसेज़ टंडन भी आईं। उन्हें देखकर उसने मुंह फेर लिया।

मिसेज़ टंडन ने पूछा – रात क्या तुम मेरे घर आई थीं? इस वक्त मुझसे महाराज ने कहा।

जुगनू ने विरक्त भाव से कहा- प्यासा ही तो कुएं के पास जाता है। कुआं थोड़े ही प्यासे के पास आता है। मुझे आग में झोंककर आप दूर हट गईं। भगवान ने मेरी रक्षा की, नहीं कल जान ही गई थी।

मिसेज़ टंडन ने उत्सुकता से कहा – क्या, हुआ क्या, कुछ कहो तो? मुझे तुमने जगा क्यों न लिया? तुम तो जानती हो, मेरी आदत सबेरे सो जाने की है।

'महाराज ने घर में घुसने ही न दिया। जगा कैसे लेती? आपको इतना तो सोचना चाहिए था, कि वह वहां गई है, तो आती होगी? घड़ी-भर बाद ही सोतीं, तो क्या बिगड़ जाता; पर आपको किसी की क्या परवाह!'

'तो क्या हुआ, मिस खुरशेद मारने दौड़ीं?'

'वह नहीं मारने दौड़ी, उनका वह ख़सम है, वह मारने दौड़ा। लाल आंखें निकाले आया और मुझसे कहा – निकल जा। जब तक मैं निकलूं, तब तक हंटर खींचकर दौड़ ही तो पड़ा। मैं सिर पर पांव रखकर न भागती तो चमड़ा उधेड़ डालता। और वह रांड़ बैठी तमाशा देखती रही। दोनों में पहले से सधी-बदी थी। ऐसी कुलटाओं का मुंह देखना पाप है। बेसवा भी इतनी निर्लज्ज न होगी।

ज़रा देर में और देवियां आ पहुंची। यह वृत्तान्त सुनने के लिए सभी उत्सुक हो रही थीं। जुगनू की कैंची अविश्रान्त रूप से चलती रही। महिलाओं को इस वृत्तान्त में इतना आनन्द आ रहा था कि कुछ न पूछो। एक-एक बात को खोद-खोदकर पूछती थीं। घर

के काम-धन्धे भूल गए, खाने-पीने की सुधि भी न रही; और एक बार सुनकर उनकी तृप्ति न होती थी, बार-बार वही कथा नए आनन्द से सुनती थीं।

मिसेज़ टंडन ने अन्त में कहा – हमें आश्रम में ऐसी महिलाओं को लाना अनुचित है। आप लोग इस प्रश्न पर विचार करें।

मिसेज़ पांड्या ने समर्थन किया- हम आश्रम को आदर्श से गिराना नहीं चाहते। मैं तो कहती हूं, ऐसी औरत किसी संस्था की प्रिंसिपल बनने के योग्य नहीं।

मिसेज़ बांगड़ा ने फ़रमाया – जुगनूबाई ने ठीक कहा था, ऐसी औरत का मुंह देखना भी पाप है। उससे साफ़ कह देना चाहिए, आप यहां तशरीफ़ न लावें।

अभी यह खिचड़ी पक रही थी कि आश्रम के सामने एक मोटर आकर रुकी। महिलाओं ने सिर उठा-उठाकर देखा, गाड़ी में मिस खुरशेद और विलियम किंग बैठे हुए थे।

जुगनू ने मुंह फैलाकर हाथ से इशारा किया, वही लौंडा है। महिलाओं का सम्पूर्ण समूह चिक के सामने आने के लिए विकल हो गया।

मिस खुरशेद ने मोटर से उतरकर हुड बन्द कर दिया और आश्रम के द्वार की ओर चलीं। महिलाएं भाग-भागकर अपनी-अपनी जगह आ बैठीं।

मिस खुरशेद ने कमरे में कदम रक्खा। किसी ने स्वागत न किया। मिस खुरशेद ने जुगनू की ओर निःसंकोच आंखों से देखकर मुस्कुराते हुए कहा – कहिए बाई जी, रात आपको चोट तो नहीं आई?

जुगनू ने बहुतेरी दीदा-दिलेर स्त्रियां देखी थीं; पर इस ढिठाई ने उसे चकित कर दिया। चोर हाथ में चोरी का माल लिए, साह को ललकार रहा था।

जुगनू ने ऐंठकर कहा- जी न भरा हो, तो अब पिटवा दो। सामने ही तो है।

खुरशेद – वह इस वक़्त तुमसे अपना अपराध क्षमा कराने आए हैं। रात वह नशे में थे।

जुगनू ने मिसेज़ खुरशेद की ओर देखकर कहा – और आप भी तो कुछ कम नशे में नहीं थीं।

खुरशेद ने व्यंग्य समझकर कहा – मैंने आज तक कभी नहीं पी, मुझ पर झूठा इलजाम मत लगाओ।

जुगनू ने लाठी मारी – शराब से भी बड़ी नशे की चीज़ है कोई; वह उसी का नशा होगा। उन महाशय को परदे में क्यों ढक दिया? देवियां भी तो उनकी सूरत देखतीं।

मिस खुरशेद ने शरारत की – सूरत तो उनकी लाख-दो लाख में एक है।

मिसेज़ टंडन ने आशंकित होकर कहा- नहीं, उन्हें यहां लाने की ज़रूरत नहीं! आश्रम को हम बदनाम नहीं करना चाहते।

मिस खुरशेद ने आग्रह किया – मुआमले को साफ़ करने के लिए उनका आप लोगों के सामने आना ज़रूरी है। एकतरफ़ा फैसला आप क्यों करती हैं?

मिसेज़ टंडन ने टालने के लिए कहा – यहां कोई मुक़दमा थोड़े ही पेश है!

मिस खुरशेद – वाह! मेरी इज़्ज़त में बट्टा लगा जा रहा है, और आप कहती हैं, कोई मुक़दमा नहीं है? मिस्टर किंग आएंगे और आपको उनका बयान सुनना होगा।

मिसेज़ टंडन को छोड़कर और सभी महिलाएं किंग को देखने के लिए उत्सुक थीं। किसी ने विरोध न किया।

खुरशेद ने द्वार पर आकर ऊंची आवाज़ से कहा – तुम ज़रा यहां चले आओ!

हुड खुला और मिस लीलावती रेशमी साड़ी पहने मुस्कुराती हुई निकल आईं।

आश्रम में सन्नाटा छा गया। देवियां विस्मित आंखों से लीलावती को देखने लगीं।

जगन ने आंखें चमकाकर कहा- उन्हें कहां छिपा दिया आपने?

खुरशेद – छूमन्तर से उड़ गए। जाकर गाड़ी देख लो।

जुगनू लपककर गाड़ी के पास गई और खूब देख-भालकर मुंह लटकाए हुए लौटी।

मिस खुरशेद ने पूछा – क्या हुआ, मिला कोई?

जुगनू – मैं यह तिरिया-चरित्तर क्या जानूं। (लीलावती को गौर से देखकर) और मरदों को साड़ी पहनाकर आंखों में धूल झोंक रही हो। यही तो हैं, वह रात वाले साहब!

खुरशेद – खूब पहचानती हो?

जुगनू – हां-हां, क्या अन्धी हूं?

मिसेज़ टंडन – क्या पागलों-सी बातें करती हो जुगनू, यह तो डॉक्टर लीलावती हैं।

जुगनू – (उंगली चमकाकर) चलिए-चलिए, लीलावती हैं। साड़ी पहनकर औरत बनते लाज भी नहीं आती! तुम रात को इनके घर नहीं थे?

लीलावती ने विनोद-भाव से कहा – मैं कब इनकार कर रही हूं। इस वक़्त लीलावती हूं। रात को विलियम किंग बन जाती हूं। इसमें बात ही क्या है!

देवियों को अब यथार्थ की लालिमा दिखाई दी। चारों तरफ़ कहक़हे पड़ने लगे। कोई तालियां बजाती थीं, कोई डॉक्टर लीलावती की गरदन से लिपट जाती थीं; कोई मिस खुरशेद की पीठ पर थपकियां देती थीं। कई मिनट तक हू-हक मचता रहा। जुगनू का मुंह उस लालिमा में बिल्कुल ज़रा-सा निकल आया। ज़बान बन्द हो गई। ऐसा चरका उसने कभी न खाया था। इतनी जलील कभी न हुई थी।

मिसेज़ मेहरा ने डांट बताई – अब बोलो दाई, लगी मुंह में कालिख कि नहीं?

मिसेज़ बांगड़ा – इसी तरह सबको बदनाम करती है!

लीलावती- आप लोग भी तो जो यह कहती है, उस पर विश्वास कर लेती हैं।

इस हरबोंग में जुगनू को किसी ने जाते न देखा। अपने सिर पर यह तुफान उठते

देखकर उसे चुपके से सरक जाने में ही अपनी कुशल मालूम हुई। पीछे के द्वार से निकली और गलियों-गलियों भागी।

मिस खुरशेद ने कहा – ज़रा उससे पूछो; मेरे पीछे क्यों पड़ गई थी? मिसेज़ टंडन ने पुकारा, पर जुगनू कहां! तलाश होने लगी। जुगनू गायब!

उस दिन से शहर में फिर किसी ने जुगनू की सूरत नहीं देखी। आश्रम के इतिहास में यह मुआमला आज भी उल्लेख और मनोरंजन का विषय बना हुआ है।

आख़िरी हीला

यद्यपि मेरी स्मरण-शक्ति पृथ्वी के इतिहास की सारी स्मरणीय तारीखें भूल गई, वह तारीखें जिन्हें रातों को जागकर और मस्तिष्क को खपाकर याद किया था; मगर विवाह की तिथि समतल भूमि में एक स्तम्भ की भांति अटल है। न भूलता हूं, न भूल सकता हूं। उससे पहले और पीछे की सारी घटनाएं दिल में मिट गईं, उनका निशान तक बाकी नहीं। वह सारी अनेकता एक एकता में मिश्रित हो गई है और वह मेरे विवाह की तिथि है। चाहता हूं, उसे भूल जाऊं मगर जिस तिथि को नित्य-प्रति सुमिरन किया जाता हो, वह कैसे भूल जाए; नित्य-प्रति सुमिरन क्यों करता हूं, यह उस विपत्ति-मारे से पूछिए जिसे भगवद-भजन के सिवा जीवन के उद्धार का कोई आधार न रहा हो।

लेकिन क्या मैं वैवाहिक जीवन से इसलिए भागता हूं कि मुझमें रसिकता का अभाव है और मैं कोमल वर्ग की मोहिनी शक्ति से निर्लिप्त हूं और अनासक्ति का पद प्राप्त कर चुका हूं। क्या मैं नहीं चाहता हूं कि जब मैं सैर करने निकलूं, तो हृदयेश्वरी भी मेरे साथ विराजमान हों? विलास-वस्तुओं की दुकानों पर उनके साथ जाकर थोड़ी देर के लिए रसमय आग्रह का आनन्द उठाऊं। मैं उस गर्व और आनन्द और महत्त्व का अनुभव कर सकता हूं, जो मेरे अन्य भाइयों की भांति मेरे हृदय में भी आन्दोलित होगा, लेकिन मेरे भाग्य में वह खुशियां – वह रंगरेलियां नहीं हैं।

क्योंकि चित्र का दूसरा पक्ष भी तो देखता हूं। एक पक्ष जितना ही मोहक और आकर्षक है, दूसरा उतना ही हृदय-विदारक और भयंकर। शाम हुई और आप बदनसीब बच्चे को गोद में लिये तेल या ईंधन की दुकान पर खड़े हैं। अंधेरा हुआ और आप आटे की पोटली बगल में दबाए गलियों में यों क़दम बढ़ाए हुए निकल जाते हैं, मानो चोरी की है। सूर्य निकला और बालकों को गोद में लिए होमियोपैथ डाक्टर की दुकान में टूटी कुर्सी पर आरूढ़ हैं। किसी खोंचे वाले की रसीली आवाज़ सुनकर बालक ने गगन-भेदी विलाप आरम्भ किया और आपके प्राण सूखे। ऐसे बापों को भी देखा है, जो दफ्तर से लौटते हुए पैसे-दो पैसे की मूंगफली या रेवड़ियां लेकर लज्जास्पद शीघ्रता के साथ मुंह में रखते चले जाते हैं कि घर पहुंचते-पहुंचते बालकों के आक्रमण से पहले ही यह पदार्थ समाप्त हो जाए। कितना निराशाजनक होता है यह दृश्य, जब देखता हूं कि मेले में बच्चा किसी खिलौने की दुकान के सामने मचल रहा है और पिता महोदय ऋषियों की-सी विद्वत्ता के साथ उनकी क्षणभंगुरता का राग अलाप रहे हैं।

चित्र का पहला रुख तो मेरे लिए एक मदन-स्वप्न है, दूसरा रुख एक भयंकर सत्य।

इस सत्य के सामने मेरी सारी रसिकता अन्तर्धान हो जाती है। मेरी सारी मौलिकता, सारी रचनाशीलता इसी दाम्पत्य के फन्दों से बचने में प्रयुक्त हुई है। जानता हूं कि जाल के नीचे जाना है, मगर जाल जितना ही रंगीन और गाहक है, दाना उतना ही घातक और विषैला। इस जाल में पक्षियों को तड़पते और फड़फड़ाते देखता हूं और फिर भी जाल पर जा बैठता हूं।

लेकिन इधर कुछ दिनों से श्रीमती जी ने अविश्रान्त रूप से आग्रह करना शुरू किया है कि मुझे बुला लो। पहले जब छुट्टियों में जाता था, तो मेरा केवल 'कहां चलोगी' कह देना उनकी चित्त-शान्ति के लिए काफ़ी होता था, फिर मैंने 'झंझट है' कहकर उन्हें तसल्ली देनी शुरू की। इसके बाद गृहस्थ-जीवन की असुविधाओं से डराया; किन्तु अब कुछ दिनों से उनका अविश्वास बढ़ता जाता है। अब मैंने छुट्टियों में भी उनके आग्रह के भय से घर जाना बन्द कर दिया है कि कहीं वह मेरे साथ न चल खड़ी हों और नाना प्रकार के बहानों से उन्हें आशंकित करता रहता हूं।

मेरा पहला बहाना पत्र-सम्पादकों के जीवन की कहानियों के विषय में था। कभी बारह बजे रात को सोना नसीब होता है, कभी रतजगा करना पड़ जाता है। सारे दिन गली-गली ठोकरें खानी पड़ती हैं। इस पर तुर्रा यह है कि हमेशा सिर पर नंगी तलवार लटकती रहती है। न जाने कब गिरफ्तार हो जाऊं, कब जमानत तलब हो जाए! खुफ़िया पुलिस की एक फ़ौज हमेशा पीछे पड़ी रहती है। कभी बाज़ार में निकल जाता हूं, तो लोग उंगलियां उठाकर कहते हैं – वह जा रहा है अखबार वाला। मानो संसार में जितनी दैविक, आधिदैविक, भौतिक, आधिभौतिक बाधाएं हैं, उनका उत्तरदायी मैं हूं! मानो मेरा मस्तिष्क झूठी ख़बरें गढ़ने का कार्यालय है। सारा दिन अफ़सरों की सलामी और पुलिस की खुशामद में गुज़र जाता है। कान्सटेबिलों को देखा और प्राण-पीड़ा होने लगी। मेरी तो यह हालत है और हुक्काम हैं कि मेरी सूरत से कांपते हैं। एक दिन दुर्भाग्यवश एक अंग्रेज़ के बंगले की तरफ़ जा निकला। साहब ने पूछा – क्या काम करता है? मैंने गर्व के साथ कहा – पत्र का सम्पादक हूं। साहब तुरन्त अन्दर घुस गए और कपाट मुद्रित कर लिए। फिर मैंने मेम साहब और बाबा लोगों को खिड़कियों से झांकते देखा; मानो कोई भयंकर जन्तु है। एक बार रेलगाड़ी में सफर कर रहा था, साथ और भी कई मित्र थे, इसलिए अपने पद का सम्मान निभाने के लिए सेकेंड क्लास का टिकट लेना पड़ा। गाड़ी में बैठा तो एक साहब ने मेरे सूटकेस पर मेरा नाम और पेशा देखते ही तुरन्त अपना सन्दूक खोला और रिवाल्वर निकालकर मेरे सामने गोलियां भरीं, जिससे मुझे मालूम हो जाए कि वह मुझसे सचेत है। मैंने देवी जी से अपनी आर्थिक कठिनाइयों की कभी चर्चा नहीं की, क्योंकि मैं रमणियों के सामने यह ज़िक्र करना अपनी मर्यादा के विरुद्ध समझता हूं। हालांकि मैं वह चर्चा करता, तो देवी जी की दया का अवश्य पात्र बन जाता।

मुझे विश्वास था कि श्रीमती जी फिर यहां आने का नाम न लेंगी। मगर यह मेरा भ्रम

था। उनके आग्रह पूर्ववत होते रहे।

तब मैंने दूसरा बहाना सोचा। शहर बीमारियों के अड्डे हैं। हर एक खाने-पीने की चीज़ में विष की शंका। दूध में विष, घी में विष, फलों में विष, शाक-भाजी में विष, हवा में विष, पानी में विष। यह मनुष्य का जीवन पानी की लकीर है! जिसे आज देखो वह कल गायब। अच्छे-खासे बैठे हैं, हृदय की गति बन्द हो गई। घर से सैर को निकले, मोटर से टकराकर सुरपुर की राह ली। अगर कोई शाम को सांगोपांग घर आ जाए, तो उसे भाग्यवान समझो। मच्छर की आवाज़ कान में आई, दिल बैठा, मक्खी नज़र आई और हाथ-पांव फूले। चूहा बिल से निकला और जान निकल गई। जिधर देखिए यमराज की अमलदारी है। अगर मोटर और ट्राम से बचकर आ गए। तब मच्छर और मक्खी के शिकार हुए। बस यही समझ लो कि मौत हरदम सिर पर खेलती रहती है। रात-भर मच्छरों से लड़ता हूं, दिन-भर मक्खियों से। नन्ही-सी जान को किन-किन दुश्मनों से बचाऊं? सांस भी मुश्किल से लेता हूं कि कहीं क्षय के कीटाणु फेफड़े में न पहुंच जाएं।

देवी जी को फिर भी मुझ पर विश्वास न आया। दूसरे पत्र में भी वही आरजू थी। लिखा था, तुम्हारे पत्र ने एक और चिन्ता बढ़ा दी अब। अब प्रतिदिन पत्र लिखा करना, मैं एक न सुनूंगी और सीधे चली आऊंगी। मैंने दिल से कहा – चलो, सस्ते छूटे।

मगर यह खटका लगा हुआ था कि न जाने कब उन्हें शहर आने की सनक सवार हो जाए। इसलिए मैंने तीसरा बहाना सोच निकाला। यहां मित्रों के मारे नाकोदम रहता है, आकर बैठ जाते हैं तो उठने का नाम भी नहीं लेते, मानो अपना घर बेच आए हैं। अगर घर से टल जाओ, तो आकर बेधड़क कमरे में बैठ जाते हैं और नौकर से जो चीज़ चाहते हैं, उधार मंगवा लेते हैं। देना मुझे पड़ता है। कुछ लोग तो हफ़्तों पड़े रहते हैं, टलने का नाम ही नहीं लेते। रोज़ उनकी सेवा-सत्कार करो, रात को थिएटर या सिनेमा दिखाओ। फिर सबेरे तक ताश या शतरंज खेलो। अधिकांश तो ऐसे हैं, जो शराब के बगैर जिन्दा ही नहीं रह सकते। अक्सर तो बीमार होकर आते हैं। बल्कि अधिकतर बीमार ही आते हैं। अब रोज़ डाक्टर को बुलाओ, सेवा-शुश्रूषा करो, रात-भर सिरहाने बैठे पंखा झलते रहो, उस पर यह शिकायत भी सुनते रहो कि यहां कोई हमारी बात भी नहीं पूछता। मेरी घड़ी महीनों से मेरी कलाई पर नहीं आई। दोस्तों के साथ जलसों में शरीक हो रही है। अचकन है, वह एक साहब के पास है, कोट और दूसरे साहब ले गए। जूते और एक बाबू ले उड़े। मैं वही रद्दी कोट और वह चमरौधा जूता पहनकर दफ्तर जाता हूं। मित्रवृन्द ताड़ते रहते हैं कि कौन-सी नई वस्तु लाया। कोई चीज़ लाता हूं, तो मारे डर के सन्दूक में बन्द कर देता हूं। किसी की निगाह पड़ जाए, तो कहीं-न-कहीं न्योता खाने की धुन सवार हो जाए। पहली तारीख़ को वेतन मिलता है, तो चोरों की तरह दबे पांव घर आता हूं कि कहीं कोई महाशय रुपयों की प्रतीक्षा में द्वार पर धरना जमाए न बैठे हों! मालूम नहीं, उनकी सारी

आवश्यकताएं पहली ही तारीख की बाट क्यों जोहती रहती हैं। एक दिन वेतन लेकर बारह बजे रात को लौटा; मगर देखा तो आधे दर्जन मित्र उस वक्त भी डटे हुए थे। माथा ठोंक लिया। कितने ही बहाने करूं, उनके सामने एक नहीं चलती। मैं कहता हूं, घर से पत्र आया है, माता जी बहुत बीमार हैं। जवाब देते हैं, अजी बूढ़े इतनी जल्द नहीं मरते। मरना ही होता, तो इतने दिन जीवित क्यों रहतीं? देख लेना दो-चार दिन में अच्छी हो जाएंगी, और अगर मर भी जाएं, तो वृद्धजनों की मृत्यु का शोक ही क्या, वह तो और खुशी की बात है। कहता हूं, लगान का बड़ा तकाजा हो रहा है! जवाब मिलता है, आजकल लगान तो बन्द हो ही रहा है। लगान देने की ज़रूरत ही नहीं रही। अगर किसी संस्कार का बहाना करता हूं, तो फ़रमाते हैं, तुम भी विचित्र जीव हो। इन कुप्रथाओं की लकीर पीटना तुम्हारी शान के ख़िलाफ़ है। अगर तुम उनका मूलोच्छेदन करोगे, तो वह लोग क्या आकाश से आवेंगे? ग़रज़ यह, किसी तरह प्राण नहीं बचते।

मैंने समझा था कि हमारा यह बहाना निशाने पर बैठेगा। ऐसे घर में कौन रमणी रहना पसन्द करेगी; जो मित्रों पर ही अर्पित हो गया हो! किन्तु मुझे फिर भ्रम हुआ। उत्तर में फिर वही आग्रह था।

तब मैंने चौथा हीला सोचा। यहां के मकान हैं कि चिड़ियों के पिंजरे, न हवा, न रोशनी। वह दुर्गन्ध उड़ती है कि खोपड़ी भन्ना जाती है। कितने ही के तो इसी दुर्गन्ध के कारण विशूचिका, टाइफाइड, यक्ष्मा आदि रोग हो जाते हैं। वर्षा हुई और मकान टपकने लगा। पानी चाहे घंटे-भर बरसे, मकान रात-भर बरसता रहता है। ऐसे बहुत कम घर होंगे, जिनमें प्रेत-बाधाएं न हों, लोगों को डरावने स्वप्न दिखाई देते हैं। कितनों ही को उन्माद रोग हो जाता है। आज नए घर में आए, कल ही उसे बदलने की चिन्ता सवार हो गई। कोई ठेला असबाब से लदा हुआ जा रहा है, कोई आ रहा है। जिधर देखिए ठेले-ही-ठेले नज़र आते हैं। चोरियां तो इस कसरत से होती हैं कि अगर कोई रात कुशल से बीत जाए, तो देवताओं की मनौती की जाती है। आधी रात हुई और चोर-चोर! लेना-लेना! की आवाजें आने लगीं। लोग दरवाज़ों पर मोटे-मोटे लकड़ी के फट्टे या जूते या चिमटे लिये खड़े रहते हैं; फिर भी चोर इतने कुशल हैं कि आंख बचाकर अन्दर पहुंच ही जाते हैं। एक मेरे बेतकल्लुफ़ दोस्त हैं, स्नेहवश मेरे पास बहुत देर तक बैठे रहते हैं। रात अंधेरे में बरतन खड़के, तो मैंने बिजली की बत्ती जलाई! देखा, तो वही महाशय बरतन समेट रहे हैं। मेरी आवाज़ सुनकर ज़ोर से कहक़हा मारा और बोले, मैं तुम्हें चकमा देना चाहता था। मैंने दिल में समझ लिया, अगर निकल जाते, तो बरतन आपके थे, जब जाग पड़ा तो चकमा हो गया। घर में आए कैसे थे, यह रहस्य है। कदाचित रात को ताश खेलकर चले, तो बाहर जाने के बदले नीचे अंधेरी कोठरी में छिप गए। एक दिन एक महाशय मुझसे पत्र लिखाने आए, कमरे में कलम-दवात न थी। ऊपर के कमरे से लाने गया। लौटकर

आया तो देखा आप गायब हैं और उनके साथ फाउंटेन पेन भी गायब है। सारांश यह कि नगर-जीवन नरक-जीवन से कम दुखदायी नहीं है।

मगर पत्नी जी पर नागरिक जीवन का ऐसा जादू चढ़ा हुआ है कि मेरा कोई बहाना उन पर असर नहीं करता। इस पत्र के जवाब में उन्होंने लिखा – मुझसे बहाना करते हो, मैं हरगिज़ न मानूंगी, तुम आकर मुझे ले जाओ।

आख़िर मुझे पांचवां बहाना करना पड़ा। यह खोंचे वालों के विषय में था।

अभी बिस्तर से उठने की नौबत नहीं आई कि कानों में विचित्र आवाजें आने लगीं। बाबुल के मीनार के निर्माण के साथ ऐसी निरर्थक आवाजें न आई होंगी। वह खोंचे वालों की शब्द-क्रीड़ा है। उचित तो यह था, यह खोंचे वाले ढोल-मंजीरे के साथ लोगों को अपनी चीज़ों की ओर आकर्षित करते; मगर इन औंधी अक्ल वालों को यह कहां सूझती है। ऐसे पैशाचिक स्वर निकालते हैं कि सुनने वालों के रोएं खड़े हो जाते हैं। बच्चे मां की गोद में चिमट जाते हैं। मैं भी रात को अक्सर चौंक पड़ता हूं। एक दिन तो मेरे पड़ोस में एक दुर्घटना हो गई। ग्यारह बजे थे। कोई महिला बच्चे को दूध पिलाने उठी थी। एकाएक जो किसी खोंचे वाले की भयंकर ध्वनि कानों में आई, तो चीख मारकर चिल्ला उठी और फिर बेहोश हो गई। महीनों की दवा-दारू के बाद अच्छी हुई। और अब रात को कानों में रुई डालकर सोती है। ऐसे कृत्य नगरों में नित्य होते रहते हैं। मेरे ही मित्रों में कई ऐसे हैं, जो अपनी स्त्रियों को घर से लाए; मगर बेचारियां दूसरे ही दिन इन आवाजों से भयभीत होकर लौट गईं।

श्रीमती जी ने इसके जवाब में लिखा तुम समझते हो, मैं खोंचे वालों की आवाज़ों से डर जाऊंगी। यहां गीदड़ों का हौवाना और उल्लुओं का चीखना सुनकर तो डरती नहीं, खोंचे वालों से क्या डरूंगी!

अन्त में मुझे एक ऐसा बहाना सूझा, जिसकी सफलता का मुझे पूरा विश्वास था। यद्यपि इसमें कुछ बदनामी थी, लेकिन बदनामी से मैं इतना नहीं डरता, जितना उस विपत्ति से।

फिर मैंने लिखा – शहर शरीफ़ज़ादियों के रहने की जगह नहीं। यहां की महरियां इतनी कटुभाषिणी हैं कि बातों का जवाब गालियों से देती हैं, और उनके बनाव-संवार का क्या पूछना। भले घर की स्त्रियां तो उनके ठाठ देखकर ही शर्म से पानी-पानी हो जाती हैं। सिर से पांव तक सोने से लदी हुई, सामने से निकल जाती है, तो ऐसा मालूम होता है कि सुगन्धि की लपट निकल गई। गृहिणियां ये ठाठ कहां से लाएं? उन्हें तो और भी सैकड़ों चिन्ताएं हैं। इन महरियों को तो बनाव-सिंगार के सिवा दूसरा काम ही नहीं। नित्य नई सज-धज, नित्य नई अदा और चंचल तो इस गज़ब की है; मानो अंगों में रक्त की जगह पारा भर दिया हो। उनका चमकना और मटकना और मुस्कुराना देखकर गृहिणियां

लज्जित हो जाती हैं और ऐसी दीदा-दिलेर हैं कि ज़बरदस्ती घरों में घुस पड़ती हैं। जिधर देखो इनका मेला-सा लगा हुआ है। इनके मारे भले आदमियों का घर में बैठना मुश्किल है! कोई ख़त लिखाने के बहाने से आ जाती है; कोई ख़त पढ़ाने के बहाने से। असली बात तो यह है कि गृहदेवियों का रंग फीका करने में इन्हें आनन्द आता है। इसलिए शरीफ़ज़ादियां बहुत कम शहरों में आती हैं।

मालूम नहीं इस पत्र में मुझसे क्या गलती हुई कि तीसरे दिन पत्नी जी एक बूढ़े कहार के साथ मेरा पता पूछती हुई अपने तीनों बच्चों को लिये एक असाध्य रोग की भांति आ डटीं।

मैंने बदहवास होकर पूछा – क्यों कुशल तो है?

पत्नी जी ने चादर उतारते हुए कहा – घर में कोई चुडैल बैठी तो नहीं है? यहां किसी ने क़दम रखा तो नाक काट लूंगी। हां, जो तुम्हारी शह न हो!

अच्छा, तो अब रहस्य खुला। मैंने सिर पीट लिया। क्या जानता था, अपना तमाचा अपने ही मुंह पर पड़ेगा।

तावान

छकौड़ीलाल ने दुकान खोली और कपड़े के थानों को निकाल-निकाल रखने लगा कि एक महिला दो स्वयंसेवकों के साथ उसकी दुकान छेकने आ पहुंची। छकौड़ी के प्राण निकल गए!

महिला ने तिरस्कार करके कहा – क्यों लाला, तुमने सील तोड़ डाली न? अच्छी बात है, देखें तुम कैसे एक गिरह कपड़ा भी बेच लेते हो! भले आदमी, तुम्हें शर्म नहीं आती कि देश में यह संग्राम छिड़ा हुआ है और तुम विलायती कपड़ा बेच रहे हो, डूब मरना चाहिए। औरतें तक घरों से निकल पड़ी हैं, फिर भी तुम्हें लज्जा नहीं आती! तुम जैसे कायर देश में न होते तो उसकी यह अधोगति न होती!

छकौड़ी ने वास्तव में कल कांग्रेस की सील तोड़ डाली थी। यह तिरस्कार सुनकर उसने सिर नीचा कर लिया। उसके पास कोई सफ़ाई न थी; कोई जवाब न था। उसकी दुकान बहुत छोटी थी। लेहने पर कपड़े लाकर बेचा करता था। यही जीविका थी, इसी पर वृद्धा माता, रोगिणी स्त्री और पांच बेटे-बेटियों का निर्वाह होता था। जब स्वराज-संग्राम छिड़ा और सभी बजाज विलायती कपड़ों पर मुहरें लगवाने लगे, तो उसने भी मुहर लगवा ली। दस-पांच थान स्वदेशी कपड़ों के उधार लाकर दुकान पर रख लिये; पर कपड़ों का मेल न था; इसलिए बिक्री कम होती थी। कोई भूला-भटका गाहक आ जाता, तो रुपया-आठ आने की बिक्री हो जाती। दिन-भर दुकान में तपस्या-सी करके पहर रात को घर लौट जाता था। गृहस्थी का ख़र्च इस बिक्री में क्या चलता। कुछ दिन क़र्ज़-वर्ज़ लेकर काम चलाया, फिर गहने बेचने की नौबत आई। यहां तक कि अब घरों में कोई ऐसी चीज़ न बची, जिससे दो-चार महीने का भूत सिर से टाला जाता। उधर स्त्री का रोग असाध्य होता जाता था। बिना किसी कुशल डाक्टर को दिखाए काम न चल सकता था। इसी चिन्ता में डूब-उतरा रहा था कि विलायती कपड़े का एक गाहक मिल गया, जो एकमुश्त दस रुपये का माल लेना चाहता था। इस प्रलोभन को वह न रोक सका।

स्त्री ने सुना, तो कानों पर हाथ रखकर बोली – मैं मुहर तोड़ने को कभी न कहूंगी। डाक्टर तो कुछ अमृत पिला न देगा। तुम नक्कू क्यों बनो। बचना होगा बच जाऊंगी, मरना होगा मर जाऊंगी, बेआबरुई तो न होगी। मैं जीकर ही घर का क्या उपकार कर रही हूं। और सबको दिक कर रही हूं। देश को स्वराज्य मिले लोग सुखी हों, बला से! मैं मर जाऊंगी! हज़ारों आदमी जेल जा रहे हैं, कितने घर तबाह हो गए, तो क्या सबसे ज़्यादा प्यारी मेरी ही जान है?

पर छकौड़ी इतना पक्का न था। अपना बस चलते वह स्त्री को भाग्य के भरोसे न छोड़ सकता था। उसने चुपके से मुहर तोड़ डाली और लागत के दामों दस रुपये के कपड़े बेच लिये।

अब डाक्टर को कैसे ले जाए? स्त्री से क्या परदा रखता! उसने जाकर साफ़-साफ़ सारा वृत्तान्त कह सुनाया और डाक्टर को बुलाने चला।

स्त्री ने उसका हाथ पकड़कर कहा – मुझे डाक्टर की ज़रूरत नहीं, अगर तुमने ज़िद की, तो मैं दवा की तरफ़ आंख भी न उठाऊंगी। । छकौड़ी और उसकी मां ने रोगिणी को बहुत समझाया, पर वह डाक्टर को बुलाने पर राज़ी न हुई। छकौड़ी ने दसों रुपये उठाकर घर-कुइयां में फेंक दिए और बिना कुछ खाए-पीए, किस्मत को रोता-झींकता दुकान पर चला आया। उसी वक़्त पिकेट करने वाले आ पहुंचे और उसे फटकारना शुरू कर दिया। पड़ोस के दुकानदार ने कांग्रेस कमेटी में जाकर चुगली खाई थी।

2

छकौड़ी ने महिला के लिए अन्दर से लोहे की एक टूटी, बेरंग कुर्सी निकाली और लपककर उनके लिए पान लाया। जब वह पान खाकर कुर्सी पर बैठीं, तो उसने अपने अपराध के लिए क्षमा मांगी! बोला – बहन जी, बेशक मुझसे यह अपराध हुआ है; लेकिन मैंने मजबूर होकर मुहर तोड़ी। अबकी मुझे मुआफ़ी दीजिए। फिर ऐसी ख़ता न होगी।

देशसेविका ने थानेदारों के रोब के साथ कहा – यों अपराध क्षमा नहीं हो सकता। तुम्हें इसका तावान देना पड़ेगा। तुमने कांग्रेस के साथ विश्वासघात किया है और इसका तुम्हें दंड मिलेगा। आज ही बायकाट-कमेटी में यह मामला पेश होगा।

छकौड़ी बहुत ही विनीत, बहुत ही सहिष्णु था; लेकिन चिन्ताग्नि में तपकर उसका हृदय उस दशा को पहुंच गया था, जब एक चोट भी चिनगारियां पैदा करती हैं। तिनककर बोला – तावान तो मैं न दे सकता हूं, न दूंगा। हां, दुकान भले ही बन्द कर दूं। और दुकान भी क्यों बन्द करूं, अपना माल है, जिस जगह चाहूं, बेच सकता हूं। अभी जाकर थाने में लिखा दूं, तो बायकाट-कमेटी को भागने की राह न मिले। जितना ही दबता हूं; उतना ही आप लोग दबाती हैं।

महिला ने सत्याग्रह-शक्ति के प्रदर्शन का अवसर पाकर कहा – हां, ज़रूर पुलिस में रपट करो। मैं तो चाहती हूं, तुम रपट करो। तुम उन लोगों को यह धमकी दे रहे हो, जो तुम्हारे ही लिए अपने प्राणों का बलिदान कर रहे हैं। तुम इतने स्वार्थान्ध हो कि अपने स्वार्थ के लिए देश का अनहित करते तुम्हें लज्जा नहीं आती? उस पर मुझे पुलिस की धमकी देते हो! बायकाट-कमेटी जाए या रहे; पर तुम्हें तावान देना पड़ेगा; अन्यथा दुकान

बन्द करनी पड़ेगी।

यह कहते-कहते महिला का चेहरा गर्व से तेजवान हो गया। कई आदमी जमा हो गए और सब-के-सब छकौड़ी को बुरा-भला कहने लगे। छकौड़ी को भी मालूम हो गया कि पुलिस की धमकी देकर उसने बहुत अविवेक किया है। लज्जा और अपमान से उसकी गरदन झुक गई और मुंह ज़रा-सा निकल आया। फिर उसने गरदन नहीं उठाई।

सारा दिन गुज़र गया और धेले की बिक्री न हुई। आख़िर हारकर उसने दुकान बन्द कर दी और घर चला आया।

दूसरे दिन प्रातःकाल बायकाट-कमेटी ने एक स्वयंसेवक द्वारा उसे सूचना दे दी कि कमेटी ने उसे 101 रुपये का दंड दिया है।

3

छकौड़ी इतना जानता था कि कांग्रेस की शक्ति के सामने वह सर्वथा अशक्त है। उसकी ज़बान से जो धमकी निकल गई, उस पर उसे घोर पश्चात्ताप हुआ; लेकिन तीर कमान से निकल चुका था। दुकान खोलना व्यर्थ था। वह जानता था, उसकी धेले की भी बिक्री न होगी। 101 रुपये देना उसके बूते से बाहर की बात थी! दो-तीन दिन चुपचाप बैठा रहा। एक दिन रात को दुकान खोलकर सारी गांठे घर उठा लाया और चुपके-चुपके बेचने लगा। पैसे की चीज़ धेले में लुटा रहा था और वह भी उधार! जीने के लिए कुछ आधार तो चाहिए!

मगर उसकी यह चाल भी कांग्रेस से छिपी न थी। चौथे ही दिन गोइन्दों ने कांग्रेस को ख़बर पहुंचा दी। उसी दिन तीसरे पहर छकौड़ी के घर की पिकेटिंग शुरू हो गई। अबकी सिर्फ पिकेटिंग शुरू न थी, स्यापा भी था। पांच-छः स्वयंसेविकाएं और इतने ही स्वयंसेवक द्वार पर स्यापा करने लगे।

छकौड़ी आंगन में सिर झुकाए खड़ा था। कुछ अक्ल काम न करती थी, इस विपत्ति को कैसे टाले? रोगिणी स्त्री सायबान में लेटी हुई थी। वृद्धा माता उसके सिरहाने बैठी पंखा झल रही थी और बच्चे बाहर स्यापे का आनन्द उठा रहे थे।

स्त्री ने कहा – इन सबसे पूछते नहीं, खाएं क्या?

छकौड़ी बोला – किससे पूर्वी, जब कोई सुने भी!

'जाकर कांग्रेस वालों से कहो, हमारे लिए कुछ इन्तज़ाम कर दें, हम अभी कपड़े को जला देंगे। ज़्यादा नहीं, 25 रुपये महीना दे दें।'

'वहां भी कोई न सुनेगा।'

'तुम जाओगे भी, या यहीं से कानून बघारने लगे?'

'क्या जाऊं, उलटे और लोग हंसी उड़ाएंगे। यहां तो जिसने दुकान खोली, उसे

दुनिया लखपती ही समझने लगती है।'

'तो खड़े-खड़े ये गालियां सुनते रहोगे?'

'तुम्हारे कहने से चला जाऊं; मगर वहां ठिठोली के सिवा और कुछ न होगा।'' 'हां, मेरे कहने से जाओ। जब कोई न सुनेगा, तो हम भी कोई और राह निकालेंगे।'

छकौड़ी ने मुंह लटकाए कुरता पहना और इस तरह कांग्रेस-दफ़्तर चला, जैसे कोई मरणासन्न रोगी को देखने के लिए वैद्य को बुलाने जाता है।

4

कांग्रेस-कमेटी के प्रधान ने परिचय के बाद पूछा – तुम्हारे ही ऊपर तो बायकाट-कमेटी ने 101 रुपये का तावान लगाया है?

'जी हां!'

'तो रुपया कब दोगे?'

'मुझमें तावान देने की सामर्थ्य नहीं है। आपसे मैं सत्य कहता हूं, मेरे घर में दो दिन से चूल्हा नहीं जला। घर की जो जमा-जथा थी, वह सब बेचकर खा गया। अब आपने तावान लगा दिया, दुकान बन्द करनी पड़ी। घर पर कुछ माल बेचने लगा। वहां स्यापा बैठ गया। अगर आपकी यही इच्छा हो कि हम सब दाने बगैर मर जाएं, तो मार डालिए, और मुझे कुछ नहीं कहना है।'

छकौड़ी जो बात कहने घर से चला था, वह उसके मुंह से न निकली। उसने देख लिया कि यहां कोई उस पर विचार करने वाला नहीं है।

प्रधान जी ने गम्भीर भाव से कहा – तावान तो देना ही पड़ेगा। अगर तुम्हें छोड़ दूं, तो इसी तरह और लोग भी करेंगे। फिर विलायती कपड़े की रोकथाम कैसे होगी?

'मैं आपसे जो कह रहा हूं, उस पर आपको विश्वास नहीं आता?'

'मैं जानता हूं, तुम मालदार आदमी हो।'

'मेरे घर की तलाशी ले लीजिए।'

'मैं इन चकमों में नहीं आता।'

छकौड़ी ने उदंड होकर कहा – तो यह कहिए कि आप देश-सेवा नहीं कर रहे हैं, गरीबों का खून चूस रहे हैं। पुलिस वाले कानूनी पहलू से लेते हैं, आप गैरकानूनी पहलू से लेते हैं। नतीजा एक है। आप भी अपमान करते हैं, वह भी अपमान करते हैं। मैं क़सम खा रहा हूं कि मेरे घर में खाने के लिए दाना नहीं है, मेरी स्त्री खाट पर पड़ी-पड़ी मर रही है। फिर भी आपको विश्वास नहीं आता। आप मुझे कांग्रेस का काम करने के लिए नौकर रख लीजिए। 25 रुपये महीना दीजिएगा। इससे ज़्यादा अपनी गरीबी का और क्या

प्रमाण दूं? अगर मेरा काम सन्तोष के लायक न हो, तो एक महीने के बाद मुझे निकाल दीजिएगा। यह समझ लीजिए कि जब मैं आपकी गुलामी करने को तैयार हुआ हूं, तो इसीलिए कि मुझे दूसरा कोई आधार नहीं है। हम व्यापारी लोग; अपना बस चलते, किसी की चाकरी नहीं करते। ज़माना बिगड़ा हुआ है, नहीं 101 रुपये के लिए इतना हाथ-पांव न जोड़ता।

प्रधान जी हंसकर बोले – यह तो तुमने नई चाल चली!

'चाल नहीं चल रहा हूं, अपनी विपत्ति-कथा कह रहा हूं।'

'कांग्रेस के पास इतने रुपये नहीं हैं कि वह मोटों को खिलाती फिरे।'

'अब भी आप मुझे मोटा कहे जाएंगे?'

'तुम मोटे हो ही!'

'मुझ पर ज़रा भी दया न कीजिएगा?'

प्रधान ज़्यादा गहराई से बोले – छकौड़ीलाल जी, मुझे पहले तो इसका विश्वास नहीं आता कि आपकी हालत इतनी ख़राब है और अगर विश्वास आ भी जाए, तो भी मैं कुछ नहीं कर सकता। इतने महान आन्दोलन में कितने ही घर तबाह हुए और होंगे। हम लोग सभी तबाह हो रहे हैं। आप समझते हैं; हमारे सिर कितनी बड़ी ज़िम्मेदारी है। आपका तावान मुआफ़ कर दिया जाए, तो कल ही आपके बीसियों भाई अपनी मुहरें तोड़ डालेंगे और हम उन्हें किसी तरह कायल न कर सकेंगे। आप गरीब हैं, लेकिन आपके सभी भाई तो गरीब नहीं हैं। तब तो सभी अपनी गरीबी के प्रमाण देने लगेंगे। मैं किस-किस की तलाशी लेता फिरूंगा? इसलिए जाइए, किसी तरह रुपये का प्रबन्ध कीजिए और दुकान खोलकर कारबार कीजिए। ईश्वर चाहेगा, तो वह दिन भी आएगा जब आपका नुक़सान पूरा होगा।

5

छकौड़ी घर पहुंचा तो अंधेरा हो गया था। अभी तक उसके द्वार पर स्यापा हो रहा था। घर में जाकर स्त्री से बोला – आख़िर वही हुआ, जो मैं कहता था। प्रधान जी को मेरी बातों पर विश्वास ही नहीं आया।

स्त्री का मुरझाया हुआ बदन उत्तेजित हो उठा। उठ खड़ी हुई और बोली- अच्छी बात है, हम उन्हें विश्वास दिला देंगे! मैं अब कांग्रेस दफ़्तर के सामने ही मरूंगी। मेरे बच्चे उसी दफ्तर के सामने विकल हो-होकर तड़पेंगे। कांग्रेस हमारे साथ सत्याग्रह करती है, तो हम भी उसके साथ सत्याग्रह करके दिखा दें। मैं इसी मरी हुई दशा में भी कांग्रेस को तोड़ डालूंगी। जो अभी इतने निर्दयी हैं, वह कुछ अधिकार हो जाने पर न्याय करेंगे? एक इक्का बुला लो, खाट की ज़रूरत नहीं। वहीं सड़क किनारे मेरी जान निकलेगी। जनता

ही के बल पर तो वह कूद रहे हैं। मैं दिखा दूंगी, जनता तुम्हारे साथ नहीं, मेरे साथ है।

इस अग्निकुंड के सामने छकौड़ी की गरमी शान्त हो गई। कांग्रेस के साथ इस रूप में सत्याग्रह करने की कल्पना ही से वह कांप उठा। सारे शहर में हलचल पड़ जाएगी। हजारों आदमी आकर यह दशा देखेंगे। सम्भव है, कोई हंगामा ही हो जाए। यह सभी बातें इतनी भयंकर थीं कि छकौड़ी का मन कातर हो गया। उसने स्त्री को शान्त करने की चेष्टा करते हुए कहा – इस तरह चलना उचित है अम्बे! मैं एक बार प्रधान जी से फिर मिलूंगा। अब रात हुई, स्यापा भी बन्द हो जाएगा। कल देखी जाएगी। अभी तो तुमने पथ्य भी नहीं लिया। प्रधान जी बेचारे बड़े असमंजस में पड़े हुए हैं। कहते हैं, अगर आपके साथ रियायत करूं, तो फिर कोई शासन ही न रह जाएगा। मोटे-मोटे आदमी भी मुहरें तोड़ डालेंगे और जब कुछ कहा जाएगा, तो आपकी नज़ीर पेश कर देंगे।

अम्बा एक क्षण अनिश्चित दशा में खड़ी छकौड़ी का मुंह देखती रही, फिर धीरे-से खाट पर बैठ गई। उसकी उत्तेजना गहरे विचार में लीन हो गई। कांग्रेस की और अपनी ज़िम्मेदारी का ख़याल आ गया। प्रधान जी के कथन में कितना सत्य था; यह उससे छिपा न रहा।

उसने छकौड़ी से कहा – तुमने आकर यह बात न कही थी?

छकौड़ी बोला – उस वक़्त मुझे इसकी याद न थी।

'यह प्रधान जी ने कहा है, या तुम अपनी तरफ से मिला रहे हो?'

'नहीं, उन्होंने खुद कहा, मैं अपनी तरफ़ से क्यों मिलाता?'

'बात तो उन्होंने ठीक ही कही!'

'हम तो मिट जाएंगे।'

'हम तो यों ही मिटे हुए हैं!'

'रुपये कहां से आयेंगे। भोजन के लिए तो ठिकाना ही नहीं, दंड कहां से दें?'

'और कुछ नहीं है; घर तो है। इसे रेहन रख दो। और अब विलायती कपड़े भूलकर भी न बेचना। सड़ जाएं, कोई परवाह नहीं। तुमने सील तोड़कर यह आफ़त सिर ली। मेरी दवा-दारू की चिन्ता न करो। ईश्वर की जो इच्छा होगी, वह होगा। बाल-बच्चे भूखों मरते हैं, मरने दो। देश में करोड़ों आदमी ऐसे हैं, जिनकी दशा हमारी दशा से भी खराब है। हम न रहेंगे, देश तो सुखी होगा।'

छकौड़ी जानता था, अम्बा जो कहती है, वह करके रहती है, कोई उज्र नहीं सुनती। वह सिर झुकाए, अम्बा पर झुंझलाता हुआ घर से निकलकर महाजन के घर की ओर चला।

घासवाली

मुलिया हरी-हरी घास का गट्ठा लेकर आई, तो उसका गेहुंआ रंग कुछ तमतमाया हुआ था और बड़ी-बड़ी मद-भरी आंखों में शंका समाई हुई थी। महावीर ने उसका तमतमाया हुआ चेहरा देखकर पूछा – क्या है मुलिया, आज कैसा जी है?

मुलिया ने कुछ जवाब न दिया – उसकी आंखें डबडबा गईं!

महावीर ने समीप आकर पूछा – क्या हुआ है, बताती क्यों नहीं? किसी ने कुछ कहा है, अम्मां ने डांटा है, क्यों इतनी उदास है?

मुलिया ने सिसककर कहा – कुछ नहीं, हुआ क्या है, अच्छी तो हूं!

महावीर ने मुलिया को सिर से पांव तक देखकर कहा – चुपचाप रोएगी, बताएगी नहीं?

मुलिया ने बात टालकर कहा – कोई बात भी हो, क्या बताऊं?

मुलिया इस ऊसर में गुलाब का फूल थी। गेहुंआ रंग था, हिरन की-सी आंखें, नीचे खिंचा हुआ चिबुक, कपोलों पर हल्की लालिमा, बड़ी-बड़ी नुकीली पलकें, आंखों में एक विचित्र आर्द्रता, जिसमें एक स्पष्ट वेदना, एक मूक व्यथा झलकती रहती थी। मालूम नहीं, चमारों के इस घर में वह अप्सरा कहां से आ गई थी। क्या उसका कोमल फूल-सा गात इस योग्य था कि सिर पर घास की टोकरी रखकर बेचने जाती? उस गांव में भी ऐसे लोक मौजूद थे, जो उसके तलवे के नीचे आंखें बिछाते थे, उसकी एक चितवन के लिए तरसते थे, जिनसे अगर वह एक शब्द भी बोलती, तो निहाल हो जाते; लेकिन उसे आए साल-भर से अधिक हो गया, किसी ने उसे युवकों की तरफ़ ताकते या बातें करते नहीं देखा। वह घास लिये निकलती, तो ऐसा मालूम होता, मानो उषा का प्रकाश, सुनहरे आवरण में रंजित, अपनी छटा बिखेरता जाता हो। कोई ग़ज़लें गाता, कोई छाती पर हाथ रखता; पर मुलिया नीची आंख किए अपनी राह चली जाती। लोग हैरान होकर कहते – इतना अभिमान! महावीर में ऐसे क्या सुरखाब के पर लगे हैं, ऐसा अच्छा जवान भी तो नहीं, न जाने यह कैसे उसके साथ रहती है!

मगर आज ऐसी बात हो गई, जो इस जाति की और युवतियों के लिए चाहे गुप्त सन्देश होती, मुलिया के लिए हृदय का शूल थी। प्रभात का समय था, पवन आम की बौर की सुगन्धि से मतवाला हो रहा है, आकाश पृथ्वी पर सोने की वर्षा कर रहा था। मुलिया सिर पर झौआ रक्खे घास छीलने चली, तो उसका गेहुंआ रंग प्रभात की सुनहरी किरणों से कुन्दन की तरह दमक उठा। एकाएक युवक चैनसिंह सामने से आता हुआ दिखाई

दिया। मुलिया ने चाहा कि कतराकर निकल जाए; मगर चैनसिंह ने उसका हाथ पकड़ लिया और बोला – मुलिया, तुझे क्या मुझ पर ज़रा भी दया नहीं आती?

मुलिया का वह फूल-सा खिला हुआ चेहरा ज्वाला की तरह दहक उठा। वह ज़रा भी नहीं डरी, ज़रा भी न झिझकी, झौआ ज़मीन पर गिरा दिया और बोली – मुझे छोड़ दो, नहीं मैं चिल्लाती हूं।

चैनसिंह को आज जीवन में एक नया अनुभव हुआ। नीची जातों में रूप-माधुर्य का इसके सिवा और काम ही क्या है कि वह ऊंची जाति वालों का खिलौना बने। ऐसे कितने ही मौके उसने जीते थे; पर आज मुलिया के चेहरे का रंग, उसका वह क्रोध, वह अभिमान देखकर उसके छक्के छूट गए। उसने लज्जित होकर उसका हाथ छोड़ दिया। मुलिया वेग से आगे बढ़ गई। संघर्ष की गरमी में चोट की व्यथा नहीं होती, पीछे से टीस होने लगती है। मुलिया जब कुछ दूर निकल गई, तो क्रोध और भय तथा अपनी बेकसी को अनुभव करके उसकी आंखों में आंसू भर आए। उसने कुछ देर जब्त किया, फिर सिसक-सिसककर रोने लगी। अगर वह इतनी गरीब न होती, तो किसी की मजाल थी कि इस तरह उसका अपमान करता! वह रोती जाती थी और घास छीलती जाती थी। महावीर का क्रोध वह जानती थी। अगर उससे कह दे, तो वह इस ठाकुर के खून का प्यासा हो जाएगा। फिर न जाने क्या हो! इस ख़याल से उसके रोएं खड़े हो गए। इसीलिए उसने महावीर के प्रश्नों का कोई उत्तर न दिया।

2

दूसरे दिन मुलिया घास के लिए न गई। सास ने पूछा – तू क्यों नहीं जाती? और सब तो चली गईं?

मुलिया ने सिर झुकाकर कहा – मैं अकेली न जाऊंगी।

सास ने बिगड़कर कहा – अकेले क्या तुझे बाघ उठा ले जाएगा?

मुलिया ने और भी सिर झुका लिया और दबी हुई आवाज़ से बोली- सब मुझे छेड़ते हैं

सास ने डांटा – न तू औरों के साथ जाएगी, न अकेली जाएगी, तो फिर जाएगी कैसे! वह साफ़-साफ़ क्यों नहीं कहती कि मैं न जाऊंगी। तो यहां मेरे घर में रानी बनके निबाह न होगा। किसी को चाम नहीं प्यारा होता, काम प्यारा होता है। तू बड़ी सुन्दर है, तो तेरी सुन्दरता लेकर चाटूं? उठा झाबा और घास ला!

द्वार पर नीम के दरख्त के साये में महावीर खड़ा घोड़े को मल रहा था। उसने मुलिया को रोनी सूरत बनाए जाते देखा; पर कुछ बोल न सका। उसका बस चलता तो मुलिया

को कलेजे में बिठा लेता, आंखों में छिपा लेता; लेकिन घोड़े का पेट भरना तो ज़रूरी था। घास मोल लेकर खिलाए, तो बारह आने रोज़ से कम न पड़े। ऐसी मज़दूरी ही कौन होती है। मुश्किल से डेढ़-दो रुपये मिलते हैं, वह भी कभी मिले, कभी न मिले। जब से यह सत्यानाशी लारियां चलने लगी हैं; इक्केवालों की बधिया बैठ गई है। कोई सेंत भी नहीं पूछता। महाजन से डेढ़ सौ रुपये उधार लेकर इक्का और घोड़ा ख़रीदा था; मगर लारियों के आगे इक्के को कौन पूछता है? महाजन का सूद भी तो न पहुंच सकता था, मूल का कहना ही क्या! ऊपर मन से बोला – न मन हो, तो रहने दो, देखी जाएगी।

इस दिलजोई से मुलिया निहाल हो गई। बोली – घोड़ा खाएगा क्या?

आज उसने कल का रास्ता छोड़ दिया और खेतों की मेड़ों से होती हुई चली। बार-बार सतर्क आंखों से इधर-उधर ताकती जाती थी। दोनों तरफ़ ऊख के खेत खड़े थे। ज़रा भी खड़खड़ाहट होती, उसका जी सन्न हो जाता – कहीं कोई ऊख में छिपा न बैठा हो। मगर कोई बात न हुई। ऊख के खेत निकल गए, आमों का बाग निकल गया; सिंचे हुए खेत नज़र आने लगे। दूर के कुएं पर पुर चल रहा था। खेतों की मेड़ों पर हरी-हरी घास जमी हुई थी। मुलिया का जी ललचाया। यहां आध घंटे में जितनी घास छिल सकती है, सूखे मैदान में दोपहर तक न छिल सकेगी! यहां देखता ही कौन है। कोई चिल्लाएगा, तो चली जाऊंगी। वह बैठकर घास छीलने लगी और एक घंटे में उसका झाबा आधे से ज़्यादा भर गया। वह अपने काम में इतनी तन्मय थी कि उसे चैनसिंह के आने की खबर ही न हुई। एकाएक उसने आहट पाकर सिर उठाया, तो चैनसिंह को खड़ा देखा।

मुलिया की छाती धक्-से हो गई। जी में आया भाग जाए, झाबा उलट दे और ख़ाली झाबा लेकर चली जाए; पर चैनसिंह ने कई गज़ के फ़ासले से ही रुककर कहा – डर मत, डर मत, भगवान जानता है! मैं तुझसे कुछ न बोलूंगा। जितनी घास चाहे छील ले, मेरा ही खेत है।

मुलिया के हाथ सुन्न हो गए, खुरपी हाथ में जम-सी गई, घास नज़र ही न आती थी। जी चाहता था; ज़मीन फट जाए और मैं समा जाऊं। ज़मीन आंखों के सामने तैरने लगी।

चैनसिंह ने आश्वासन दिया – छीलती क्यों नहीं? मैं तुमसे कुछ कहता थोड़े ही हूं। यहीं रोज़ चली आया कर, मैं छील दिया करूंगा।

मुलिया चित्रलिखित-सी बैठी रही।

चैनसिंह ने एक कदम आगे बढ़ाया और बोला – तू मुझसे इतना डरती क्यों है! क्या तू समझती है, मैं आज भी तुझे सताने आया हूं? ईश्वर जानता है, कल भी तुझे सताने के लिए मैंने तेरा हाथ नहीं पकड़ा था। तुझे देखकर आप-ही-आप हाथ बढ़ गए। मुझे कुछ सुध ही नहीं रही। तू चली गई, तो मैं वहीं बैठकर घंटों रोता रहा। जी में आता था, हाथ काट डालूं। कभी जी चाहता था, ज़हर खा लूं। तभी से तुझे ढूंढ़ रहा हूं, आज तू इस रास्ते

से चली आई। मैं सारा हार छानता हुआ यहां आया हूं। अब जो सज़ा तेरे जी में आवे, दे दे। अगर तू मेरा सिर भी काट ले, तो गरदन न हिलाऊंगा। मैं शोहदा था, लुच्चा था, लेकिन जब से तुझे देखा हूं, मेरे मन से सारी खोट मिट गई है। अब तो यही जी में आता है कि तेरा कुत्ता होता और तेरे पीछे-पीछे चलता, तेरा घोड़ा होता, तब तो तू अपने हाथों से मेरे सामने घास डालती! किसी तरह यह चोला तेरे काम आवे, मेरे मन की यह सबसे बड़ी लालसा है। मेरी जवानी काम न आवे, अगर मैं किसी खोट से यह बातें कर रहा हूं। बड़ा भागवान था महावीर, जो ऐसी देवी उसे मिली।

मुलिया चुपचाप सुनती रही, फिर नीचा सिर करके भोलेपन से बोली – तो तुम मुझे क्या करने को कहते हो?

चैनसिंह और समीप आकर बोला – बस, तेरी दया चाहता हूं।

मुलिया ने सिर उठाकर उसकी ओर देखा। उसकी लज्जा न जाने कहां गायब हो गई। चुभते हुए शब्दों में बोली – तुमसे एक बात कहूं, बुरा तो न मानोगे? तुम्हारा ब्याह हो गया है या नहीं?

चैनसिंह ने दबी ज़बान से कहा – ब्याह तो हो गया, लेकिन ब्याह क्या है, खिलवाड़ मुलिया के ओठों पर अवहेलना की मुस्कुराहट झपक पड़ी, बोली- फिर भी अगर मेरा आदमी तुम्हारी औरत से इसी तरह बातें करता, तो तुम्हें कैसा लगता? तुम उसकी गरदन काटने पर तैयार हो जाते कि नहीं? बोलो! क्या समझते हो कि महावीर चमार है, तो उसकी देह में लहू नहीं है, उसे लज्जा नहीं है, अपनी मर्यादा का विचार नहीं है? मेरा रूप-रंग तुम्हें भाता है। क्या घाट के किनारे मुझसे कहीं सुन्दर औरतें नहीं घूमा करतीं? मैं उनके तलवों की बराबरी भी नहीं कर सकती। तुम उनमें से किसी से क्यों नहीं दया मांगते? क्या उनके पास दया नहीं है? मगर वहां तुम न जाओगे; क्योंकि वहां जाते तुम्हारी छाती दहलती है। मुझसे दया मांगते हो, इसलिए न कि मैं चमारिन हूं, नीच जाति हूं और नीच जाति की औरत ज़रा-सी घुड़की-धमकी या ज़रा-सी लालच से तुम्हारी मुट्ठी में आ जाएगी। कितना सस्ता सौदा है। ठाकुर हो न, ऐसा सस्ता सौदा क्यों छोड़ने लगे?

चैनसिंह लज्जित होकर बोला – मूला, यह बात नहीं। मैं सच कहता हूं, इसमें ऊंच-नीच की बात नहीं है। सब आदमी बराबर हैं। मैं तो तेरे चरणों पर सिर रखने को तैयार हूं।

मुलिया – इसीलिए न कि जानते हो, मैं कुछ कर नहीं सकती। जाकर किसी खतरानी के चरणों पर सिर रक्खो, तो मालूम हो कि चरणों पर सिर रखने का क्या फल मिलता है? फिर यह सिर तुम्हारी गरदन पर न रहेगा।

चैनसिंह मारे शर्म के ज़मीन में गड़ा जाता था। उसका मुंह ऐसा सूख गया था, मानो महीनों की बीमारी से उठा हो। मुंह से बात न निकलती थी। मुलिया इतनी वाक्-पटु है, इसका उसे गुमान भी न था।

मुलिया फिर बोली – मैं रोज़ बाज़ार जाती हूं। बड़े-बड़े घरों का हाल जानती हूं। मुझे किसी बड़े घर का नाम बता दो, जिसमें कोई साईस, कोई कोचवान, कोई कहार, कोई पंडा, कोई महाराज न घुसा बैठा हो? यह सब बड़े घरों की लीला है। और वह औरतें जो कुछ करती हैं, ठीक करती हैं। उनके घरवाले भी तो चमारिनों और कहारिनों पर जान देते फिरते हैं। लेना-देना बराबर हो जाता है। बेचारे गरीब आदमियों के लिए यह बातें कहां? मेरे आदमी के लिए संसार में जो कुछ हूं, मैं हूं। वह आदमी दूसरी मिहरिया की ओर आंख उठाकर भी नहीं देखता। संयोग की बात है कि मैं तनिक सुन्दर हूं, लेकिन मैं काली-कलूटी भी होती, तब भी वह मुझे इसी तरह रखता। इसका मुझे विश्वास है। मैं चमारिन होकर भी इतनी नीच नहीं हूं कि विश्वास का बदला खोट से दूं। हां, वह अपने मन की करने लगे, मेरी छाती पर मूंग दलने लगे, तो मैं भी उसकी छाती पर मूंग दलूंगी। तुम मेरे रूप ही के दीवाने हो न! आज मुझे माता निकल आएं, कानी हो जाऊं, तो मेरी ओर ताकोगे भी नहीं। बोलो, झूठ कहती हूं?

चैनसिंह इनकार न कर सका।

मुलिया ने उसी गर्व से भरे हुए स्वर में कहा – लेकिन मेरी एक नहीं, दोनों आंखें फूट जाएं, तब भी वह मुझे इसी तरह रक्खेगा। मुझे उठावेगा, खिलावेगा। तुम चाहते हो, मैं ऐसे आदमी के साथ कपट करूं? जाओ, अब मुझे कभी न छेड़ना, नहीं अच्छा न होगा।

3

जवानी जोश है, बल है, दया है, साहस है, आत्मविश्वास है, गौरव है और सब-कुछ जो जीवन को पवित्र, उज्ज्वल और पूर्ण बना देता है। जवानी का नशा घमंड है, निर्दयता है, स्वार्थ है, शेखी है, विषय-वासना है, कटुता है और वह सब-कुछ जो जीवन को पशुता, विकार और पतन की ओर ले जाता है। चैनसिंह पर जवानी का नशा था। मुलिया के शीतल छींटों ने नशा उतार दिया। जैसे उबलती हुई चाशनी में पानी के छींटे पड़ जाने से फेन मिट जाता है, मैल निकल जाता है और निर्मल, शुद्ध रस निकल आता है। जवानी का नशा जाता रहा, केवल जवानी रह गई। कामिनी के शब्द जितनी आसानी से दीन और ईमान को गारत कर सकते हैं, उतनी ही आसानी से उनका उद्धार भी कर सकते हैं।

चैनसिंह उस दिन से दूसरा ही आदमी हो गया। गुस्सा उसकी नाक पर रहता था, बात-बात पर मजदूरों को गालियां देना, डांटना और पीटना उसकी आदत थी। असामी उससे थर-थर कांपते थे। मजदूर उसे आते देखकर अपने काम में चुस्त हो जाते थे; पर ज्यों ही उसने इधर पीठ फेरी और उन्होंने चिलम पीना शुरू किया। सब दिल में उससे जलते थे, उसे गालियां देते थे। मगर उस दिन से चैनसिंह इतना दयालु, इतना गम्भीर,

इतना सहनशील हो गया कि लोगों को आश्चर्य होता था।

कई दिन गुज़र गए थे। एक दिन सन्ध्या समय चैनसिंह खेत देखने गया। पुर चल रहा था। उसने देखा कि एक जगह नाली टूट गई है, और सारा पानी बहा चला जाता है। क्यारियों में पानी बिल्कुल नहीं पहुंचता, मगर क्यारी बनाने वाली बुढ़िया चुपचाप बैठी है। उसे इसकी ज़रा भी फ़िक्र नहीं है कि पानी क्यों नहीं आता। पहले यह दशा देखकर चैनसिंह आपे से बाहर हो जाता। उस औरत की उस दिन मजूरी काट लेता और पुर चलाने वालों को घुड़कियां जमाता, पर आज उसे क्रोध नहीं आया। उसने मिट्टी लेकर नाली बांध दी और खेत में जाकर बुढ़िया से बोला – तू यहां बैठी है और पानी सब बहा जा रहा है।

बुढ़िया घबड़ाकर बोली – अभी खुल गई होगी। राजा! मैं अभी जाकर बन्द किए देती हूं।

यह कहती हुई वह थरथर कांपने लगी। चैनसिंह ने उसकी दिलजोई करते हुए कहाभाग मत, भाग मत। मैंने नाली बन्द कर दी। बुढ़ऊ कई दिन से नहीं दिखाई दिए, कहीं काम पर जाते हैं कि नहीं?

बुढ़िया गद्गद होकर बोली – आजकल तो ख़ाली ही बैठे हैं भैया, कहीं काम नहीं लगता।

चैनसिंह ने नम्र भाव से कहा – तो हमारे यहां लगा दे। थोड़ा-सा सन रखा है, उसे कात दें।

यह कहता हुआ वह कुएं की ओर चला गया। यहां चार पुर चल रहे थे; पर इस वक़्त दो हंकेवे बेर खाने गए थे। चैनसिंह को देखते ही मजूरों के होश उड़ गए। ठाकुर ने पूछा, दो आदमी कहां गए, तो क्या जवाब देंगे? सब-के-सब डांटे जाएंगे। बेचारे दिल में सहमे जा रहे थे। चैनसिंह ने पूछा – वह दोनों कहां चले गए?

किसी के मुंह से आवाज़ न निकली। सहसा सामने से दोनों मजूर धोती के एक कोने में बेर भरे आते दिखाई दिए। खुश-खुश बात करते चले आ रहे थे। चैनसिंह पर निगाह पड़ी, तो दोनों के प्राण सूख गए। पांव मन-मन भर के हो गए। अब न आते बनता है, न जाते। दोनों समझ गए कि आज डांट पड़ी, शायद मजूरी भी कट जाए। चाल धीमी पड़ गई। इतने में चैनसिंह ने पुकारा – बढ़ आओ, बढ़ आओ, कैसे बेर हैं, लाओ, ज़रा मुझे भी दो, मेरे ही पेड़ के हैं न?

दोनों और भी सहम उठे। आज ठाकुर जीता न छोड़ेगा। कैसा मिठा-मिठाकर बोल रहा है। उतनी ही भिगो-भिगोकर लगाएगा। बेचारे और भी सिकुड़ गए।

चैनसिंह ने फिर कहा- जल्दी से आओ जी, पक्की-पक्की सब मैं ले लूंगा। ज़रा एक आदमी लपककर घर से थोड़ा-सा नमक तो ले लो! (बाकी दोनों मजूरों से) तुम भी दोनों आ जाओ, उस पेड़ के बेर मीठे होते हैं। बेर खा ले, काम तो करना ही है।

अब दोनों भगोड़ों को कुछ ढाढ़स हुआ। सभी ने जाकर सब बेर चैनसिंह के आगे डाल दिए और पक्के-पक्के छांटकर उसे देने लगे। एक आदमी नमक लाने दौड़ा। आध घंटे तक चारों पुर बन्द रहे। जब सब बेर उड़ गए और ठाकुर चलने लगे, तो दोनों अपराधियों ने हाथ जोड़कर कहा – भैया जी, आज जान बकसी हो जाए, बड़ी भूख लगी थी, नहीं तो कभी न जाते।

चैनसिंह ने नम्रता से कहा – तो इसमें बुराई क्या हुई? मैंने भी तो बेर खाए! एक-आध घंटे का हरज़ हुआ यही न? तुम चाहोगे; तो घंटे-भर का काम आध घंटे में कर दोगे। न चाहोगे, दिन-भर में घंटे-भर का भी काम न होगा।

चैनसिंह चला गया, तो चारों बातें करने लगे।

एक ने कहा – मालिक इस तरह रहे, तो काम करने में जी लगता है। यह नहीं कि हरदम छाती पर सवार।

दूसरा – मैंने तो समझा; आज कच्चा ही खा जाएंगे।

तीसरा – कई दिन से देखता हूं, मिज़ाज नरम हो गया है।

चौथा – सांझ को पूरी मजूरी मिले तो कहना।

पहला – तुम तो हो गोबर-गनेस। आदमी का रुख नहीं पहचानते!

दूसरा – अब खूब दिल लगाकर काम करेंगे।

तीसरा- और क्या! जब उन्होंने हमारे ऊपर छोड़ दिया, तो हमारा भी धर्म है कि कोई कसर न छोड़ें।

चौथा – मुझे तो भैया, ठाकुर पर अब भी विश्वास नहीं आता।

4

एक दिन चैनसिंह को किसी काम से कचहरी जाना था। पांच मील का सफ़र था। यों तो वह बराबर अपने घोड़े पर जाया करता था; पर आज धूप बड़ी तेज़ हो रही थी, सोचा इक्के पर चला चलूं। महावीर को कहला भेजा, मुझे लेते जाना। कोई नौ बजे महावीर ने पुकारा। चैनसिंह तैयार था। चटपट इक्के पर बैठ गया। मगर घोड़ा इतना दुबला हो रहा था, इक्के की गद्दी इतनी मैली और फटी हुई, सारा सामान इतना रद्दी कि चैनसिंह को उस पर बैठते शर्म आई। पूछा – यह सामान क्यों बिगड़ा हुआ है महावीर? तुम्हारा घोड़ा तो इतना दुबला कभी न था; क्या आजकल सवारियां कम हैं क्या? महावीर ने कहा- नहीं मालिक, सवारियां काहे नहीं हैं; मगर लारियों के सामने इक्के को कौन पूछता है? कहां दो-ढाई, तीन की मजूरी करके घर लौटता था, कहां अब बीस आने पैसे भी नहीं मिलते! क्या जानवर को खिलाऊं, क्या आप खाऊं? बड़ी विपत्ति में पड़ा हूं। सोचता हूं, एक्का-घोड़ा

बेच-बाचकर आप लोगों की मजूरी कर लूं, पर कोई गाहक नहीं लगता। ज़्यादा – नहीं तो बारह आने तो घोड़े ही को चाहिए, घास ऊपर से। जब अपना ही पेट नहीं चलता, तो जानवर को कौन पूछे? चैनसिंह ने उसके फटे हुए कुरते की ओर देखकर कहा – दो-चार बीघे खेती क्यों नहीं कर लेते?

महावीर सिर झुकाकर बोला – खेती के लिए बड़ा पौरुख चाहिए मालिक! मैंने तो यही सोचा है कि कोई गाहक लग जाए, तो एक्के को औने-पौने निकाल दूं, फिर घास छीलकर बाज़ार ले जाया करूं। आजकल सास-पतोहू दोनों छीलती हैं। तब जाकर दस-बारह आने पैसे नसीब होते हैं।

चैनसिंह ने पूछा – तो बुढ़िया बाज़ार जाती होगी?

महावीर लजाता हुआ बोला – नहीं भैया, वह इतनी दूर कहां चल सकती है? घरवाली चली जाती है। दोपहर तक घास छीलती है, तीसरे पहर बाज़ार जाती है। वहां से घड़ी रात गए लौटती है। हलकान हो जाती है भैया, मगर क्या करूं, तकदीर से क्या ज़ोर।

चैनसिंह कचहरी पहुंच गए और महावीर सवारियों की टोह में इधर-उधर इक्के को घुमाता हुआ शहर की तरफ़ चला गया। चैनसिंह ने उसे पांच बजे आने को कह दिया।

कोई चार बजे चैनसिंह कचहरी से फुरसत पाकर बाहर निकले। हाते में पान की दुकान थी, ज़रा और आगे बढ़कर एक घना बरगद का पेड़ था, उसकी छांह में बीसों ही तांगे, एक्के, फिटनें खड़ी थीं। घोड़े खोल दिए गए थे। वकीलों, मुख्तारों और अफसरों की सवारियां यहीं खड़ी रहती थीं। चैनसिंह ने पानी पिया, पान खाया और सोचने लगा, कोई लारी मिल जाए, तो ज़रा शहर चला जाऊं कि इसकी निगाह एक घासवाली पर पड़ गई। सिर पर घास का झाबा रक्खे साइसों से मोल-भाव कर रही थी। चैनसिंह का हृदय उछल पड़ा- यह तो मुलिया है! बनी-ठनी, एक गुलाबी साड़ी पहने कोचवानों से मोल-तोल कर रही थी। कई कोचवान जमा हो गए थे। कोई उससे दिल्लगी करता था, कोई घूरता था, कोई हंसता था।

एक काले-कलूटे कोचवान ने कहा – मूला, घास तो उड़के अधिक-से-अधिक छः आने की है।

मुलिया ने उन्माद पैदा करने वाली आंखों से देखकर कहा – छः आने पर लेना है, तो सामने घसियारिनें बैठी हैं, चले जाओ, दो-चार पैसे कम में पा जाओगे, मेरी घास तो बारह आने में ही जाएगी।

एक अधेड़ कोचवान ने फिटन के ऊपर से कहा – तेरा ज़माना है, बारह आने नहीं एक रुपया मांग। लेने वाले झक मारेंगे और लेंगे। निकलने दे वकीलों को, अब देर नहीं है।

एक तांगे वाले ने, जो गुलाबी पगड़ी बांधे हुए था, बोला – बुढ़ऊ के मुंह में पानी भर आया, अब मुलिया काहे को किसी की ओर देखेगी!

चैनसिंह को ऐसा क्रोध आ रहा था कि इन दुष्टों को जूते से पीटे। सब-के-सब कैसे उसकी ओर टकटकी लगाए ताक रहे हैं, आंखों से पी जाएंगे। और मुलिया भी यहां कितनी खुश है। न लजाती है, न झिझकती है, न दबती है। कैसा मुसकिरा-मुसकिराकर, रसीली आंखों से देख-देखकर, सिर का अंचल खिसका-खिसकाकर, मुंह मोड़-मोड़कर बातें कर रही है। वही मुलिया, जो शेरनी की तरह झड़प उठी थी।

इतने में चार बजे। अमले और वकील-मुख्तारों का एक मेला-सा निकल पड़ा। अमले लारियों पर दौड़े। वकील-मुख्तार इन सवारियों की ओर चले। कोचवानों ने भी चटपट घोड़े जोते। कई महाशयों ने मुलिया को रसिक नेत्रों से देखा और अपनी-अपनी गाड़ियों पर जा बैठे।

एकाएक मुलिया घास का झाबा लिये उस फिटन के पीछे दौड़ी। फिटन में एक अंगरेज़ी फैशन के जवान वकील साहब बैठे थे। उन्होंने पांवदान पर घास रखवा ली, जेब से कुछ निकालकर मुलिया को दिया। मुलिया मुस्कुराई, दोनों में कुछ बातें भी हुईं, जो चैनसिंह न सुन सका।

एक क्षण में मुलिया प्रसन्न-मुख घर की ओर चली। चैनसिंह पान वाले की दुकान पर विस्मृति की दशा में खड़ा रहा। पान वाले ने दुकान बढ़ाई, कपड़े पहिने और केबिन का द्वार बन्द करके नीचे उतरा, तो चैनसिंह की समाधि टूटी। पूछा – क्या दुकान बन्द कर दी?

पान वाले ने सहानुभूति दिखाकर कहा – इसकी दवा करो ठाकुर साहब, यह बीमारी अच्छी नहीं है!

चैनसिंह ने चकित होकर पूछा – कैसी बीमारी?

पान वाला बोला – कैसी बीमारी! आध घंटे से यहां खड़े हो जैसे कोई मुरदा खड़ा हो। सारी कचहरी खाली हो गई, सब दुकानें बन्द हो गईं, मेहतर तक झाड़ लगाकर चल दिए; तुम्हें कुछ ख़बर हुई? यह बुरी बीमारी है, जल्दी दवा कर डालो।

चैनसिंह ने छड़ी संभाली और फाटक की ओर चला कि महावीर का एक्का सामने से आता दिखाई दिया।

5

कुछ दूर एक्का निकल गया, तो चैनसिंह ने पूछा – आज कितने पैसे कमाए महावीर?

महावीर ने हंसकर कहा – आज तो मालिक, दिन-भर खड़ा ही रह गया। किसी ने बेगार में भी न पकड़ा। ऊपर से चार पैसे की बीड़ियां पी गया।

चैनसिंह ने ज़रा देर के बाद कहा – मेरी एक सलाह है। तुम मुझसे एक रुपया रोज़ लिया करो। बस, जब मैं बुलाऊं तो एक्का लेकर चले आया करो। तब तो तुम्हारी घरवाली

को घास लेकर बाज़ार न जाना पड़ेगा। बोलो मंजूर है?

महावीर ने सजल आंखों से देखकर कहा – मालिक, आप ही का तो खाता हूं। आपकी परजा हूं। जब मरज़ी हो, पकड़ मंगवाइए। आपसे रुपये...

चैनसिंह ने बात काटकर कहा – नहीं, मैं तुमसे बेगार नहीं लेना चाहता। तुम मुझसे एक रुपया रोज़ ले जाया करो। घास लेकर घरवाली को बाज़ार मत भेजा करो। तुम्हारी आबरू मेरी आबरू है। और भी रुपये-पैसे का जब काम लगे, बेखटके चले आया करो। हां, देखो, मुलिया से इस बात की भूलकर भी चर्चा न करना। क्या फायदा!

कई दिनों के बाद सन्ध्या समय मुलिया चैनसिंह से मिली। चैनसिंह असामियों से मालगुज़ारी वसूल करके घर की ओर लपका जा रहा था कि उसी जगह जहां उसने मुलिया की बांह पकड़ी थी, मुलिया की आवाजें कानों में आईं। उसने ठिठककर पीछे देखा, तो मुलिया दौड़ी आ रही थी। बोला – क्या है मूला! क्यों दौड़ती हो, मैं तो खड़ा हूं?

मुलिया ने हांफते हुए कहा – कई दिन से तुमसे मिलना चाहती थी। आज तुम्हें आते देखा, तो दौड़ी। अब मैं घास बेचने नहीं जाती।

चैनसिंह ने कहा – बहुत अच्छी बात है।

'क्या तुमने कभी मुझे घास बेचते देखा है?'

'हां, एक दिन देखा था। क्या महावीर ने तुझसे कह डाला? मैंने तो मना कर दिया था।

'वह मुझसे कोई बात नहीं छिपाता।'

दोनों एक क्षण चुप खड़े रहे। किसी को कोई बात न सूझती थी। एकाएक मुलिया ने मुस्कुराकर कहा- यहां तुमने मेरी बांह पकड़ी थी!

चैनसिंह ने लज्जित होकर कहा – उसको भूल जाओ मूला। मुझ पर जाने कौन भूत सवार था।

मुलिया गद्गद कंठ से बोली- उसे क्यों भूल जाऊं? उसी बांह गहे की लाज तो निभा रहे हो। गरीबी आदमी से जो चाहे करावे। तुमने मुझे बचा लिया। फिर दोनों चुप हो गए।

ज़रा देर के बाद मुलिया ने फिर कहा – तुमने समझा होगा, मैं हंसने-बोलने में मगन हो रही थी?

चैनसिंह ने बलपूर्वक कहा – नहीं मुलिया, मैंने एक क्षण के लिए भी नहीं समझा।

मुलिया मुस्कुराकर बोली – मुझे तुमसे यही आशा थी, और है।

पवन सिंचे हुए खेतों में विश्राम करने जा रहा था, सूर्य निशा की गोद में विश्राम करने जा रहा था, और उस मलिन प्रकाश में चैनसिंह मुलिया की विलीन होती हुई रेखा को खड़ा देख रहा था!

गिला

जीवन का बड़ा भाग इसी घर में गुज़र गया, पर कभी आराम न नसीब हुआ। मेरे पति संसार की दृष्टि में बड़े सज्जन, बड़े शिष्ट, बड़े उदार, बड़े सौम्य होंगे; लेकिन जिस पर गुज़रती है वही जानता है। संसार को उन लोगों की प्रशंसा करने में आनन्द आता है, जो अपने घर को भाड़ में झोंक रहे हों, गैरों के पीछे अपना सर्वनाश किए डालते हों। जो प्राणी घरवालों के लिए मरता है, उसकी प्रशंसा संसार वाले नहीं करते। वह तो उनकी दृष्टि में स्वार्थी है, कृपण है, संकीर्ण हृदय है, आचार-भ्रष्ट है। इसी तरह जो लोग बाहर वालों के लिए मरते हैं, उनकी प्रशंसा घर वाले क्यों करने लगे? अब इन्हीं को देखो, सारे दिन मुझे जलाया करते हैं। मैं परदा तो नहीं करती; लेकिन सौदे-सुलाफ़ के लिए बाज़ार जाना बुरा मालूम होता है। और, इनका यह हाल है, कि चीज़ मंगवाओ, तो ऐसी दुकान से लाएंगे, जहां कोई गाहक भूलकर भी न जाता हो। ऐसी दुकान पर न तो चीज़ अच्छी मिलती है, न तौल ठीक होती है, न दाम ही उचित होते हैं। यह दोष न होते, तो वह दुकान बदनाम ही क्यों होती; पर इन्हें ऐसी ही गई-बीती दुकानों की चीजें लाने का मरज़ है। बार-बार कह दिया, साहब कि चलती हुई दुकान से सौदे लाया करो। वहां माल अधिक खपता है, इसलिए ताज़ा माल आता रहता है; पर इनकी तो टुटपूंजिया से बनती है, और वे उन्हें उलटे छुरे से मूंड़ते हैं। गेहूं लाएंगे, तो सारे बाज़ार से खराब, घुना हुआ चावल, ऐसा मोटा कि बैल भी न पूछे, दाल में कराई और कंकड़ भरे हुए। मनों लकड़ी जला डालो, क्या मज़ाल कि गले! घी लाएंगे तो आधाआध तेल या सोलहों आने काटोजेम और दरअसल घी से एक छटांक कम! तेल लाएंगे तो मिलावट, बालों में डालो, तो चिमट जाएं; पर दाम दे आएंगे शुद्ध आंवले के तेल का! किसी चलती हुई नामी दुकान पर जाते तो इन्हें जैसे डर लगता है। शायद ऊंची दुकान और फीके पकवान के कायल हैं। मेरा अनुभव तो यह है, कि नीची दुकान पर ही सड़े पकवान मिलते हैं।

एक दिन की बात हो, तो बरदाश्त कर ली जाए। रोज़-रोज़ का टंटा नहीं सहा जाता। मैं पूछती हूं; आख़िर आप टुटपूंजियों की दुकान पर जाते ही क्यों हैं? क्या उनके पालन-पोषण का ठीका तुम्हीं ने लिया है? आप फ़रमाते हैं, मुझे देखकर सब-के-सब बुलाने लगते हैं। वाह क्या कहना है! कितनी दूर की बात कही है। ज़रा इन्हें बुला लिया और खुशामद के दो शब्द सुना दिए, थोड़ी-सी स्तुति कर दी, बस आपका मिज़ाज आसमान पर जा पहुंचा। फिर इन्हें सुधि नहीं रहती कि यह कूड़ा-करकट बांध रहा है या क्या। पूछती हूं, तुम उस रास्ते से जाते ही क्यों हो? क्यों किसी दूसरे रास्ते से नहीं जाते? ऐसे उठाईगीरों को मुंह ही क्यों लगाते हो? इसका कोई जवाब नहीं। एक चुप सौ बाधाओं को हराती है।

एक बार एक गहना बनवाने को दिया। मैं तो महाशय को जानती थी। इनसे कुछ पूछना व्यर्थ समझा। अपनी पहचान के एक सुनार को बुला रही थी। संयोग से आप भी विराजमान थे। बोले – यह सम्प्रदाय विश्वास के योग्य नहीं, धोखा खाओगी। मैं एक सुनार को जानता हूं, मेरे साथ का पढ़ा हुआ है, बरसों साथ-साथ खेले हैं, वह मेरे साथ चालबाज़ी नहीं कर सकता। मैंने भी समझा, जब इनका मित्र है और वह भी बचपन का, तो कहां तक दोस्ती का हक़ न निभाएगा। सोने का एक आभूषण और सौ रुपये इनके हवाले किए। इस भलेमानस ने वह आभूषण और रुपये न जाने किस बेईमान को दे दिए कि बरसों के झंझट के बाद जब चीज़ बनकर आई, तो आठ आने तांबा और इतनी भद्दी कि देखकर घिन लगती थी। बरसों की अभिलाषा धूल में मिल गई। रो-पीटकर बैठ रही। ऐसे-ऐसे वफ़ादार तो इनके मित्र हैं, जिन्हें मित्र की गरदन पर छुरी फेरने पर भी संकोच नहीं। इनकी दोस्ती भी उन्हीं लोगों से है, जो ज़माने-भर के जटू, गिरहकट, लंगोटी में फाग खेलने वाले, फाकेमस्त हैं, जिनका उद्यम ही इन जैसे आंख के अन्धों से दोस्ती गांठना है। नित्य ही एक-न-एक महाशय उधार मांगने के लिए सिर पर सवार रहते हैं और बिना लिए गला नहीं छोड़ते। मगर ऐसा कभी न हुआ कि किसी ने रुपये चुकाए हों। आदमी एक बार खोकर सीखता है, दो बार खोकर सीखता है, किन्तु यह भलेमानस हज़ार बार खोकर भी नहीं सीखते! जब कहती हूं, रुपये तो दे आए, अब मांग क्यों नहीं लाते! क्या मर गए तुम्हारे वह दोस्त? तो बस बगलें झांककर रह जाते हैं। आपसे मित्रों को सूखा जवाब नहीं दिया जाता। खैर, सूखा जवाब न दो। मैं भी नहीं कहती कि दोस्तों से बुमुरौवती करो; मगर चिकनी-चुपड़ी बातें तो बना सकते हो, बहाने तो कर सकते हो। किसी मित्र ने रुपये मांगे और आपके सिर पर बोझ पड़ा। बेचारे कैसे इनकार करें। आखिर लोग जान जाएंगे कि नहीं कि यह महाशय भी सुक्खल ही हैं! इनकी हविस यह है कि दुनिया इन्हें सम्पन्न समझती रहे, चाहे मेरे गहने ही क्यों न गिरों रखने पड़ें। सच कहती हूं, कभी-कभी तो एक-एक पैसे की तंगी हो जाती है और इन भले आदमी को रुपये जैसे घर में काटते हैं। जब तक रुपये के वारे-न्यारे न कर लें, इन्हें चैन नहीं। इनकी करतूत कहां तक गाऊं! मेरी तो नाक में दम आ गया। एक-न-एक मेहमान रोज़ यमराज की भांति सिर पर सवार रहते हैं। न जाने कहां के बेफ़िक्रे इनके मित्र हैं। कोई कहीं से आकर मरता है, कोई कहीं से। घर क्या है, अपाहिजों का अड्डा है। ज़रा-सा तो घर, मुश्किल से दो पलंग, ओढ़ना-बिछौना भी फालतू नहीं, मगर आप हैं कि मित्रों को निमन्त्रण देने को तैयार! आप तो अतिथि के साथ लेटेंगे, इसलिए इन्हें चारपाई भी चाहिए, ओढ़ना-बिछौना भी चाहिए, नहीं तो घर का परदा खुल जाए। जाता है मेरे बच्चों के सिर, गर्मियों में तो खैर कोई मुज़ायका नहीं; लेकिन जाड़ों में तो ईश्वर ही याद आते हैं। गर्मियों में भी खुली छत पर तो मेहमानों का अधिकार हो जाता है, अब मैं बच्चों को लिये पिंजड़े में पड़ी फड़फड़ाया करूं। इन्हें इतनी समझ भी नहीं, कि जब घर की यह दशा है; तो क्यों ऐसों को मेहमान बनाएं,

जिनके पास कपड़े-लत्ते तक नहीं। ईश्वर की दया से इनके सभी मित्र इसी श्रेणी के हैं। एक भी ऐसा माई का लाल नहीं, जो समय पड़ने पर धेले से भी इनकी मदद कर सके। दो बार महाशय को इसका अनुभव – अत्यन्त कटु अनुभव- हो चुका है। मगर इस जड़ भरत ने जैसे आंखें न खोलने की कसम खा ली है। ऐसे ही दरिद्र भट्टाचार्यों से इनकी पटती है। शहर में इतने लक्ष्मी के पुत्र हैं, पर आपका किसी से परिचय नहीं। उनके पास जाते इनकी आत्मा दुखती है। दोस्ती गांठेंगे ऐसों से, जिनके घर में खाने का ठिकाना नहीं।

एक बार हमारा कहार छोड़कर चला गया और कई दिन कोई दूसरा कहार न मिला। किसी चतुर और कुशल कहार की तालश में थी; किन्तु आपको जल्द-से-जल्द कोई आदमी रख लेने की धुन सवार हो गई। घर के सारे काम पूर्ववत चल रहे थे, पर आपको मालूम हो रहा था कि गाड़ी रुकी हुई है। मेरा जूठे बरतन मांजना और अपना साग-भाजी के लिए बाज़ार जाना इनके लिए असह्य हो उठा। एक दिन जाने कहां से एक बांगड़ू को पकड़ लाए। उसकी सूरत कहे देती थी कि कोई जांगलू है; मगर आपने उसका ऐसा बखान किया, कि क्या कहूं! बड़ा होशियार है, बड़ा आज्ञाकारी, परले सिरे का मेहनती, ग़ज़ब का सलीकेदार और बहुत ही ईमानदार। खैर, मैंने उसे रख लिया। मैं बार-बार क्यों इनकी बातों में आ जाती हूं, इसका मुझे स्वयं आश्चर्य है। यह आदमी केवल रूप से आदमी था। आदमियत के और कोई लक्षण उसमें न थे। किसी काम की तमीज नहीं। बेईमान न था; पर गधा अव्वल दर्जे का। बेईमान होता, तो कम-से-कम इतनी तस्कीन तो होती कि खुद खा जाता है। अभागा दुकानदारों के हाथों लुट जाता था। दस तक की गिनती उसे न आती थी। एक रुपया देकर बाज़ार भेजूं, तो सन्ध्या तक हिसाब न समझा सके। क्रोध पी-पीकर रह जाती थी। रक्त खौलने लगता था कि दुष्ट के कान उखाड़ लं, मगर इन महाशय को उसे कभी कुछ कहते नहीं देखा, डांटना तो दूर की बात है। आप नहा-धोकर धोती छांट रहे हैं और वह दूर बैठा तमाशा देख रहा है। मैं तो बचा का खून पी जाती; लेकिन इन्हें ज़रा भी गम नहीं। जब मेरे डांटने पर धोती छांटने जाता भी, तो आप उसे समीप न आने देते। बस, उसके दोषों को गुण बनाकर दिखाया करते थे; और इस प्रयास में सफल न होते, तो दोषों पर परदा डाल देते थे। मूर्ख को झाड़ लगाने की तमीज़ न थी। मर्दाना कमरा ही तो सारे घर में ढंग का एक कमरा है। उसमें झाड़ लगाता, तो इधर की चीज़ उधर, ऊपर की नीचे; मानो कमरे में भूकम्प आ गया हो। और गर्द का यह हाल, कि सांस लेना कठिन; पर आप शान्तिपूर्वक कमरे में बैठे हैं, जैसे कोई बात ही नहीं। एक दिन मैंने उसे खूब डांटा – कल से ठीक-ठीक झाड़ न लगाई तो कान पकड़कर निकाल दूंगी। सबेरे सोकर उठी, तो देखती हूं कमरे में झाड़ लगी हुई है और हरेक चीज़ करीने से रखी हुई है। गर्द-गुबार का नाम नहीं। मैं चकित होकर देखने लगी, तो आप हंसकर बोले – देखती क्या हो; आज घूरे ने बड़े सबेरे उठकर झाड़ लगाई है। मैंने समझा दिया। तुम ढंग तो बताती नहीं, उल्टे डांटने लगती हो।

मैंने समझा। खैर, दुष्ट ने कम-से-कम एक काम तो सलीके से किया। अब रोज़ कमरा साफ-सुथरा मिलता। घरे मेरी दृष्टि में विश्वासी बनने लगा। संयोग की बात, एक दिन मैं ज़रा मामलू से सबेरे उठ बैठी और कमरे में आई, तो क्या देखती हूं कि घूरे द्वार पर खड़ा है, और आप तन-मन से कमरे में झाड़ लगा रहे हैं। मेरी आंखों में खून उतर आया। उनके हाथ से झाड़ छीनकर घूरे के सिर जमा दी। हरामखोर को उसी दम निकाल बाहर किया। आप फ़रमाने लगे – उसका महीना तो चुका दो। वाह री समझ। एक तो काम न करे, उस पर आंखें दिखाए। उस पर पूरी मजूरी भी चुका दूं। मैंने एक कौड़ी भी न दी। एक कुरता दिया था, वह भी छीन लिया। इस पर जड़ भरत महाशय मुझसे कई दिन रूठे रहे। घर छोड़कर भाग जाते थे। बड़ी मुश्किलों से रुके। ऐसे-ऐसे भोंदू भी संसार में पड़े हुए हैं। मैं न होती, तो शायद अब तक इन्हें किसी ने बाज़ार में बेच दिया होता।

एक दिन मेहतर ने उतारे कपड़ों का सवाल किया। इस बेकारी के ज़माने में फालतू कपड़े तो शायद पुलिस वालों या रईसों के घर में हों, मेरे घर में तो ज़रूरी कपड़े भी काफ़ी नहीं। आपका वस्त्रालय एक बकची में आ जाएगा, जो डाक के पारसल से कहीं भेजा जा सकता है। फिर इस साल जाड़ों के कपड़े बनवाने की नौबत न आई। पैसे नज़र नहीं आते, कपड़े कहां से बनें? मैंने मेहतर को साफ़ जवाब दे दिया। कड़ाके का जाड़ा पड़ रहा था; इसका अनुभव मुझे कम न था। गरीबों पर क्या बीत रही है, इसका भी मुझे ज्ञान था। लेकिन मेरे या आपके पास खेद के सिवा इसका और क्या इलाज है? जब तक समाज का यह संगठन रहेगा, ऐसी शिकायतें पैदा होती रहेंगी। जब एक-एक अमीर और रईस के पास एक-एक मालगाड़ी कपड़ों से भरी हुई है, तब फिर निर्धनों को क्यों न नग्नता का कष्ट उठाना पड़े? खैर, मैंने तो मेहतर को जवाब दे दिया, आपने क्या किया कि अपना कोट उठाकर उसकी भेंट कर दिया। मेरी देह में आग लग गई। इतनी दानशील नहीं हूं कि दूसरों को खिलाकर आप सो रहूं, देवता के पास यही एक कोट था। आपको इसकी ज़रा भी चिन्ता न हुई कि पहनेंगे क्या? यश के लोभ ने जैसे बुद्धि ही हर ली। मेहतर ने सलाम किया, दुआएं दीं, और अपनी राह ली। आप कई दिन सर्दी से ठिठुरते रहे। प्रातःकाल घूमने जाया करते थे। वह बन्द हो गया। ईश्वर ने उन्हें हृदय भी एक विचित्र प्रकार का दिया है। फटे-पुराने कपड़े पहनते आपको ज़रा भी संकोच नहीं होता; मैं तो मारे लाज के गड़ जाती हूं, पर आपको ज़रा फ़िक्र नहीं। कोई हंसता है, तो हंसे, आपकी बला से। अन्त में जब मुझसे न देखा गया, तो एक कोट बनवा दिया। जी तो जलता था कि खूब सर्दी खाने दूं; पर डरी कि कहीं बीमार पड़ जाएं, तो और बुरा हो। आख़िर काम तो उन्हीं को करना है।

महाशय अपने दिल में समझते होंगे, मैं कितना विनीत, कितना परोपकारी हूं। शायद इन्हें इन बातों का गर्व हो। मैं इन्हें परोपकारी नहीं समझती, न विनीत ही समझती हूं, यह जड़ता है, सीधी-सादी निरीहता। जिस मेहतर को आपने अपना कोट दिया, उसे मैंने कई बार

रात को शराब के नशे में मस्त झूमता देखा है और आपको दिखा भी दिया है। फिर दूसरों की विवेकहीनता की पुरौती हम क्यों करें? अगर आप विनीत और परोपकारी होते, तो घर वालों के प्रति भी तो आपके मन में कुछ उदारता होती। या सारी उदारता बाहर वालों ही के लिए सुरक्षित है? घर वालों को उसका अल्पांश भी न मिलना चाहिए? मेरी इतनी अवस्था बीत गई; पर इस भले आदमी ने कभी अपने हाथों से मुझे एक उपहार भी न दिया। बेशक मैं जो चीज़ बाज़ार से मंगवाऊं; उसे लाने में इन्हें ज़रा भी आपत्ति नहीं, बिल्कुल उज्र नहीं, मगर रुपये मैं दे दूं, यह शर्त है। इन्हें खुद कभी यह उमंग नहीं होती। यह मैं मानती हूं कि बेचारे अपने लिए भी कुछ नहीं लाते। मैं जो कुछ मंगवा दूं उसी पर सन्तुष्ट हो जाते हैं; मगर आखिर आदमी कभी-कभी शौक़ की चीजें चाहता ही है। अन्य पुरुषों को देखती हूं, स्त्री के लिए तरह-तरह के गहने, भांति-भांति के कपड़े, शौक़-सिंगार की वस्तुएं लाते रहते हैं। यहां इस व्यवहार का निषेध है। बच्चों के लिए भी मिठाइयां, खिलौने, बाजे शायद जीवन में एक बार भी न लाए हों। शपथ भी रख ली है; इसलिए मैं तो इन्हें कृपण कहूंगी, अरसिक कहूंगी, हृदय-शून्य कहूंगी, उदार नहीं कह सकती। दूसरों के साथ इनका जो सेवा-भाव है, उसका कारण है, इनका यश-लोभ और व्यावहारिक अज्ञानता। आपके विनय का यह हाल है कि जिस दफ्तर में आप नौकर हैं, उसके किसी अधिकारी से आपका मेल-जोल नहीं। अफ़सरों को सलाम करना तो आपकी नीति के विरुद्ध है, नज़र या डाली तो दूर की बात है। और तो और, कभी किसी अफ़सर के घर नहीं जाते। इसका ख़ामियाजा आप न उठाएं, तो कौन उठाए? औरों को रिआयती छुट्टियां मिलती हैं, आपका वेतन कटता है; औरों की तरक्क़ियां होती हैं, आपको कोई पूछता भी नहीं, हाज़िरी में पांच मिनट की भी देर हो जाए, तो जवाब पूछा जाता है। बेचारे जी तोड़कर काम करते हैं, कोई बड़ा कठिन काम आ जाता है, तो इन्हीं के सिर मढ़ा जाता है, इन्हें ज़रा भी आपत्ति नहीं। दफ्तर में इन्हें 'घिस्सू', 'पिस्सू' आदि उपाधियां मिली हुई हैं, मगर पड़ाव कितना ही बड़ा मारें इनके भाग्य में वही सूखी घास लिखी है। यह विनय नहीं है, स्वाधीन मनोवृत्ति भी नहीं है, मैं तो इसे समय चातुरी का अभाव कहती हूं, व्यावहारिक ज्ञान की क्षति कहती हूं। आखिर कोई अफ़सर आपसे क्यों प्रसन्न हो? इसलिए कि आप बड़े मेहनती हैं? दुनिया का काम मुरौवत और रवादारी से चलता है! अगर हम किसी से खिंचे रहें; तो कोई कारण नहीं कि वह भी हमसे न खिंचा रहे। फिर जब मन में क्षोभ होता है, तो वह दफ्तरी-व्यवहारों में भी प्रकट हो ही जाता है। जो मातहत अफ़सर को प्रसन्न रखने की चेष्टा करता है, जिसकी जात से अफ़सर का कोई व्यक्तिगत उपकार होता है, जिस पर वह विश्वास करा सकता है, उसका लिहाज वह स्वभावतः करता है। ऐसे सिरागियों से क्यों किसी को सहानुभूति होने लगी? अफ़सर भी तो मनुष्य है। उसके हृदय में जो सम्मान और विशिष्टता की कामना है, वह कहां पूरी हो। जब अधीनस्थ कर्मचारी ही उससे फिरंट रहें, तो क्या उसके अफ़सर उसे सलाम करने आएंगे? आपने जहां नौकरी की, वहां से निकाले गए। कभी किसी दफ्तर में दो-तीन साल से ज़्यादा न

टिके। या तो अफ़सर से लड़ गए, या कार्याधिक्य के कारण छोड़ बैठे।

आपको कुटुम्ब-सेवा का दावा है। आपके कई भाई-भतीजे होते हैं, वह कभी इनकी बात भी नहीं पूछते; आप बराबर उनका मुंह ताकते रहते हैं।

इनके एक भाई साहब आजकल तहसीलदार हैं। घर की मिल्कियत उन्हीं की निगरानी में है। वह ठाठ से रहते हैं। मोटर रख ली है; कई नौकर-चाकर हैं, मगर यहां भूले से भी पत्र नहीं लिखते। एक बार हमें रुपये की बड़ी तंगी हुई। मैंने कहा – अपने भ्राता जी से क्यों नहीं मांग लाते? कहने लगे – उन्हें क्यों चिन्ता में डालूं? उन्हें भी तो अपना खर्च है। कौन-सी ऐसी बचत हो जाती होगी? जब मैंने बहुत मजबूर किया; तो आपने पत्र लिखा। मालूम नहीं पत्र में क्या लिखा, पत्र लिखा या मुझे चकमा दे दिया; रुपये न आने थे, न आए। कई दिनों के बाद मैंने पूछा – कुछ जवाब आया, श्रीमान के भाई साहब के दरबार से? आपने रुष्ट होकर कहा – अभी केवल एक सप्ताह तो ख़त पहुंचे हुए, अभी क्या जवाब आ सकता है। एक सप्ताह और गुज़रा, मगर जवाब नदारद। अब आपका यह हाल है कि मुझे कुछ बातचीत करने का अवसर ही नहीं देते। इतने प्रसन्न-चित्त नज़र आते हैं कि क्या कहूं। बाहर से आते हैं तो खुश-खुश! कोई-न-कोई शिगूफा लिये हुए। मेरी खुशामद भी खूब हो रही है, मेरे मैके वालों की प्रशंसा भी हो रही है, मेरे गृह-प्रबन्ध का बखान भी असाधारण रीति से किया जा रहा है। मैं इस महाशय की चाल समझ रही थी। यह सारी दिलजोई केवल इसलिए थी कि श्रीमान के भाईसाहब के विषय में कुछ पूछ न बैठू। सारे राजनैतिक, आर्थिक, सामाजिक, आचारिक प्रश्नों की मुझसे व्याख्या की जाती थी, इतने विस्तार और गवेषण के साथ, कि विशेषज्ञ भी लोहा मान जाएं। केवल इसलिए कि मुझे वह प्रसंग उठाने का अवसर न मिले; लेकिन मैं भला कब चूकने वाली थी। जब पूरे दो सप्ताह गुज़र गए और बीमे के रुपये भेजने की मिती, मौत की तरह सिर पर सवार हो गई तो मैंने पूछा – क्या हुआ, तुम्हारे भाई साहब ने श्रीमुख से कुछ फ़रमाया या अभी तक पत्र नहीं पहुंचा? आख़िर घर की जायदाद में हमारा भी कुछ हिस्सा है या नहीं? या हम किसी लौंडी-दासी की सन्तान हैं? पांच सौ रुपये साल का नफा तो दस साल पहले था। अब तो एक हज़ार से कम न होगा, पर हमें कभी एक कानी कौड़ी भी नहीं मिली। मोटे हिसाब से हमें दो हज़ार मिलना चाहिए। दो हज़ार न हों, एक हज़ार हों, पांच सौ हों, ढाई सौ हों, कुछ न हों, तो बीमा के प्रीमियम-भर के तो हों। तहसीलदार साहब की आमदनी हमारी आमदनी की चौगुनी है, रिश्वतें भी लेते हैं, तो फिर हमारे रुपये क्यों नहीं देते? आप हैं-हें, हां-हां करने लगे। कहने लगे- वह बेचारे घर की मरम्मत करवाते हैं। बन्धु-बान्धवों का स्वागत-सत्कार करते हैं, नातेदारियों में भेंट-भांट भेजते हैं। और कहां से लावें जो हमारे पास भेजें? वाह री बुद्धि! मानो जादाद इसीलिए होती है कि उसकी कमाई उसी में खर्च हो जाए। इस भले आदमी को बहाने गढ़ने भी नहीं आते। मुझसे पूछते तो मैं एक नहीं, हज़ार बता देती, एक-से-एक बढ़कर – कह

देते घर में आग लग गई, सब-कुछ स्वाहा हो गया था, या चोरी हो गई, तिनका तक न बचा या दस हज़ार का अनाज भरा था, उसमें घाटा रहा या किसी से फौजदारी हो गई, उसमें दिवाला पिट गया। आपको सूझी भी तो लचर-सी बात। तकदीर ठोंककर बैठ रही। पड़ोस की एक महिला से रुपये क़र्ज़ लिये, तब जाकर काम चला। फिर भी आप भाई-भतीजों की तारीफ़ के पुल बांधते हैं, तो मेरे शरीर में आग लग जाती है। ऐसे कौरवों से ईश्वर बचाए।

ईश्वर की दया से आपके दो बच्चे हैं, दो बच्चियां भी हैं। ईश्वर की दया कहूं; या कोप कहूं। सब-के-सब ऊधमी हो गए हैं कि खुदा की पनाह! मगर क्या मजाल है कि यह भोंदू किसी को कड़ी आंखों से देखें! रात के आठ बज गए हैं, युवराज अभी घूमकर नहीं आए। मैं घबरा रही हूं, आप निश्चिन्त बैठे अख़बार पढ़ रहे हैं। झल्लाई हुई आती हूं और अखबार छीनकर कहती हूं, जाकर ज़रा देखते क्यों नहीं, लौंडा कहां रह गया? न जाने तुम्हारा हृदय कितना कठोर है। ईश्वर ने तुम्हें सन्तान ही न जाने क्यों दे दी? पिता का पुत्र के साथ कुछ तो धर्म है। तब आप भी गर्म हो जाते हैं। अभी तक नहीं आया? बड़ा शैतान है। आज बचा आते हैं, तो कान उखाड़ लेता हूं। मारे हंटरों के खाल उधेड़कर रख दूंगा। यों बिगड़कर तैश के साथ आप उसे खोजने निकलते हैं। संयोग की बात, आप उधर जाते हैं, इधर लड़का आ जाता है। मैं पूछती हूं – तू किधर से आ गया? तुझे वह ढूंढ़ने गए हुए हैं। देखना, आज कैसी मरम्मत होती है। यह आदत ही छूट जाएगी। दांत पीस रहे थे। आते ही होंगे! छड़ी भी उनके हाथ में है। तुम इतने मन के हो गए हो कि बात नहीं सुनते! आज आटे-दाल का भाव मालूम होगा। लड़का सहम जाता है और लैम्प जलाकर पढ़ने बैठ जाता है। महाशय जी दो ढाई घंटे के बाद लौटते हैं; हैरान, परेशान और बदहवास। घर में पांव रखते ही पूछते हैं – आया कि नहीं?

मैं उनका क्रोध उत्तेजित करने के विचार से कहती हूं- आकर बैठा तो है, जाकर पूछते क्यों नहीं? पूछकर हार गई, कहां गया था, कुछ बोलता ही नहीं।

आप गरजकर कहते हैं – मन्नू, यहां आओ।

लड़का थरथर कांपता हुआ आकर आंगन में खड़ा हो जाता है। दोनों बच्चियां घर में छिप जाती हैं कि कोई बड़ा भयंकर कांड होने वाला है। छोटा बच्चा खिड़की से चूहे की तरह झांक रहा है। आप क्रोध से बौखलाए हुए हैं। हाथ में छड़ी है ही, मैं भी वह क्रोधोन्मत्त आकृति देखकर पछताने लगती हूं, कि कहां से इनसे शिकायत की? आप लड़के के पास जाते हैं, मगर छड़ी जमाने के बदले आहिस्ते से उसके कन्धे पर हाथ रखकर बनावटी क्राध से कहते हैं – तुम कहां गए थे जी? मना किया जाता है, मानते नहीं हो। ख़बरदार, जो अब कभी इतनी देर होगी। आदमी शाम को घर चला आता है या मटरगश्ती करता है?

मैं समझ रही हूं कि यह भूमिका है। विषय अब आएगा। भूमिका तो बुरी नहीं; लेकिन यहां तो भूमिका पर इति हो जाती है। बस, आपका क्रोध शान्त हो गया। बिल्कुल जैसे क्वार की घटा – घेर-घार हुआ, काले बादल आए, गड़गड़ाहट हुई और गिरी क्या

चार बूंदें! लड़का अपने कमरे में चला जाता है और शायद खुशी से नाचने लगता है।

मैं पराभूत होकर कहती हूं – तुम तो जैसे डर गए। भला दो-चार तमाचे तो लगाए होते! इसी तरह तो लड़के शेर हो जाते हैं।

आप फरमाते हैं – तुमने सुना नहीं, मैंने कितने ज़ोर से डांटा! बचा की जान ही निकल गई होगी। देख लेना, जो फिर कभी देर में आए।

'तुमने डांटा तो नहीं, हां, आंसू पोंछ दिए।'

'तुमने मेरी डांट सुनी नहीं?'

'क्या कहना है, आपकी डांट का! लोगों के कान बहरे हो गए। लाओ, तुम्हारा गला सहला दूं।

आपने एक नया सिद्धान्त निकाला है कि दंड देने से लड़के ख़राब हो जाते हैं। आपके विचार से लड़कों को आज़ाद रहना चाहिए। उन पर किसी तरह का बन्धन, शासन या दबाव न होना चाहिए। आपके मत से शासन बालकों के मानसिक विकास में बाधक होता है। इसी का यह फल है कि लड़के बे-नकेल के ऊंट बने हुए हैं। कोई एक मिनट भी किताब खोलकर नहीं बैठता। कभी गुल्ली-डंडा है, कभी गोलियां, कभी कनकौवे। श्रीमान भी लड़कों के साथ खेलते हैं, चालीस साल की उम्र और लड़कपन इतना। मेरे पिता जी के सामने मजाल थी कि कोई लड़का कनकौवा उड़ा ले, या गुल्ली-डंडा खेल सके। खून पी जाते। प्रातःकाल से लड़कों को लेकर बैठ जाते थे। स्कूल से ज्यों ही लड़के आते, फिर ले बैठते थे। बस, सन्ध्या समय आध घंटे की छुट्टी देते थे। रात को फिर जोत देते। यह नहीं कि आप तो अख़बार पढ़ा करें और लड़के गली-गली भटकते फिरें। कभी-कभी आप सींग कटाकर बछड़े बन जाते हैं। लड़कों के साथ ताश खेलने बैठा करते हैं। ऐसे बाप का भला लड़कों पर क्या रोब हो सकता है? पिता जी के सामने मेरे भाई सीधे ताक नहीं सकते थे। उनकी आवाज़ सुनते ही तहलका मच जाता था। उन्होंने घर में कदम रखा और शान्ति का साम्राज्य हुआ। उनके सम्मुख जाते लड़कों के प्राण सूखते थे। उसी शासन की यह बरकत है कि सभी लड़के अच्छे-अच्छे पदों पर पहुंच गए। हां, स्वास्थ्य किसी का अच्छा नहीं है। तो पिता जी ही का स्वास्थ्य कौन बड़ा अच्छा था! बेचारे हमेशा किसी-न-किसी औषधि का सेवन करते रहते थे। और क्या कहूं; एक दिन तो हद ही हो गई। श्रीमान जी लड़कों को कनकौवा उड़ाने की शिक्षा दे रहे थे – यों घुमाओ, यों गोता दो, यों खींचो, यों ढील दो। ऐसा तन-मन से सिखा रहे थे – मानो गुरु-मन्त्र दे रहे हों। उस दिन मैंने इनकी ऐसी ख़बर ली कि याद करते होंगे- तुम कौन होते हो, मेरे बच्चों को बिगाड़ने वाले? तुम्हें घर से कोई मतलब नहीं है, न हों, लेकिन आप मेरे बच्चों को ख़राब न कीजिए। बुरी-बुरी आदतें न सिखाइए। आप उन्हें सुधार नहीं सकते, तो कम-से-कम बिगाड़िए मत। लगे बगलें झांकने। मैं चाहता हूं, एक बार यह भी गरम पड़ें, तो अपना चंडी रूप दिखाऊं, पर यह इतना जल्द दब जाते

हैं कि मैं हार जाती हूं। पिता जी किसी लड़के को मेले-तमाशे न ले जाते थे। लड़का सिर पटककर मर जाए; मगर ज़रा भी न पसीजते थे और इन महात्मा जी का यह हाल है कि एक-एक से पूछकर मेले ले जाते हैं – चलो, चलो, वहां बड़ी बहार है, खूब आतिशबाजियां छूटेंगी, गुब्बारे उड़ेंगे, विलायती चर्खियां भी हैं। उन पर मज़े से बैठना। और तो और, आप लड़कों को हॉकी खेलने से भी नहीं रोकते। यह अंग्रेजी खेल भी कितने जानलेवा होते हैं, क्रिकेट, फुटबाल, हॉकी एक-से-एक घातक। गेंद लग जाए तो जान लेकर ही छोड़ें; पर आपको इन सभी खेलों से प्रेम है। कोई लड़का मैच में जीतकर आ जाता है, तो ऐसे फूल उठते हैं, मानो किला जीतकर आया हो। आपको इसकी ज़रा भी परवाह नहीं कि चोट-चपेट आ गई, तो क्या होगा! हाथ-पांव टूट गए, तो बेचारों की ज़िन्दगी कैसे पार लगेगी!

पिछले साल कन्या का विवाह था। आपको ज़िद थी कि दहेज के नाम कानी कौड़ी भी न देंगे, चाहे कन्या आजीवन क्वांरी बैठी रहे। यहां भी आपका आशीर्वाद आ कूदा। समाज के नेताओं का छल-प्रपंच आए दिन देखते रहते हैं, फिर भी आपकी आंखें नहीं खुलतीं। जब तक समाज की यह व्यवस्था कायम है और युवती कन्या का अविवाहित रहना निन्दास्पद है, तब तक यह प्रथा मिटने की नहीं। दो-चार ऐसे व्यक्ति भले ही निकल आवें, जो दहेज के लिए हाथ न फैलावें; लेकिन इसका परिस्थिति पर कोई असर नहीं पड़ता और कुप्रथा ज्यों-की-त्यों बनी हुई है। पैसों की तो कमी नहीं है, दहेज की बुराइयों पर लेक्चर दे सकते हैं, लेकिन मिलते हुए दहेज को छोड़ देने वाला मैंने आज तक न देखा। जब लड़कों की तरह लड़कियों की शिक्षा और जीविका की सुविधाएं निकल आएंगी, तो यह प्रथा भी विदा हो जाएगी। उसके पहले सम्भव नहीं। मैंने जहां-जहां सन्देश भेजा, दहेज का प्रश्न उठ खड़ा हुआ और आपने प्रत्येक अवसर पर टांग अड़ाई। अब इस तरह पूरा साल गुज़र गया और कन्या को सत्रहवां लग गया, तो मैंने एक जगह बात पक्की कर ली। आपने भी स्वीकार कर लिया, क्योंकि वर पक्ष ने लेन-देन का प्रश्न उठाया ही नहीं, हालांकि अन्तःकरण में उन लोगों को पूरा विश्वास था कि अच्छी रकम मिलेगी और मैंने भी तय कर लिया था कि यथाशक्ति कोई बात उठा न रखूगी। विवाह के सकुशल होने में कोई सन्देह न था; लेकिन इन महाशय के आगे मेरी एक न चली – यह प्रथा निन्ध है, यह रस्म निरर्थक है, यहां रुपये की क्या ज़रूरत? यहां गीतों का क्या काम? नाक में दम था। यह क्यों, वह क्यों, यह तो साफ़ दहेज है, तुमने मेरे मुंह में कालिख लगा दी, मेरी आबरू मिटा दी। ज़रा सोचिए, इस परिस्थिति को कि बारात द्वार पर पड़ी हुई है और यहां बात-बात पर शास्त्रार्थ हो रहा है। विवाह का मुहूर्त आधी रात के बाद था। प्रथानुसार मैंने व्रत रखा; किन्तु आपकी टेक थी कि व्रत की कोई ज़रूरत नहीं। जब लड़के के माता-पिता व्रत नहीं रखते, जब लड़का तक व्रत नहीं रखता, तो कन्या पक्षवाले ही व्रत क्यों रखें? मैं और सारा खानदान मना करता रहा; लेकिन आपने नाश्ता किया, भोजन किया। खैर! कन्या-दान का मुहूर्त आया। आप सदैव

से इस प्रथा के विरोधी हैं। आप इसे निषिद्ध समझते हैं। कन्या क्या दान की वस्तु है? दान रुपये-पैसे, जगह-ज़मीन का हो सकता है। पशु-दान भी होता है लेकिन लड़की का दान! एक लचर-सी बात है। कितना समझाती हूं; पुरानी प्रथा है, वेद-काल से होती चली आई है, शास्त्रों में इसकी व्यवस्था है, सम्बन्धी समझा रहे हैं। पंडित समझा रहे हैं; पर आप हैं, कि कान पर जूं नहीं रेंगती। हाथ जोड़ती हूं, पैरों पड़ती हूं, गिड़गिड़ाती हूं, लेकिन मंडप के नीचे न गए। और मज़ा यह है कि आपने ही तो यह अनर्थ किया और आप ही मुझसे रूठ गए। विवाह के पश्चात महीनों बोलचाल न रही। झक मारकर मुझी को मानना पड़ा।

किन्तु सबसे बड़ी विडम्बना यह है कि इन सारे दुर्गुणों के होते हुए भी मैं इनसे एक दिन भी पृथक नहीं रह सकती – एक क्षण का वियोग नहीं सह सकती। इन सारे दोषों पर भी मुझे इनसे प्रगाढ़ प्रेम है। इनमें यह कौन-सा गुण है, जिस पर मैं मुग्ध हूं, मैं खुद नहीं जानती; पर इनमें कोई बात ऐसी है, जो मुझे इनकी चेरी बनाए हुए है। वह ज़रा मामूली-सी देर में घर आते हैं, तो प्राण नहों में समा जाते हैं। आज यदि विधाता इनके बदले मुझे कोई विद्या और बुद्धि का पुतला, रूप और धन का देवता भी दे, तो मैं उसकी ओर आंखें उठाकर न देखू। यह धर्म की बेड़ी नहीं है, कदापि नहीं। प्रथागत पतिव्रत भी नहीं, बल्कि हम दोनों की प्रकृति में कुछ ऐसी क्षमताएं, कुछ व्यवस्थाएं उत्पन्न हो गई हैं, मानो किसी मशीन के कल-पुरज़े घिस-घिसाकर फिट हो गए हों, और एक पुरज़े की जगह दूसरा पुरज़ा काम न दे सके, चाहे वह पहले से कितना ही सुडौल, नया और सुदृढ़ क्यों न हो। जाने हुए रास्ते से हम निःशंक आंखें बन्द किए जाते हैं, उसके ऊंच-नीच, मोड़ और घुमाव सब हमारी आंखों में समाए हुए हैं। अनजान रास्ते पर चलना कितना कष्टप्रद होगा। शायद आज मैं इनके दोषों को गुणों से बदलने पर भी तैयार न हूंगी।

रसिक सम्पादक

'नवरस' के सम्पादक पं. चोखेलाल शर्मा की धर्मपत्नी का जब से देहान्त हुआ है, आपको स्त्रियों से विशेष अनुराग हो गया है और रसिकता की मात्रा भी कुछ बढ़ गई है। पुरुषों के अच्छे-अच्छे लेख रद्दी में डाल दिए जाते हैं; पर देवियों के लेख कैसे भी हों, तुरन्त स्वीकार कर लिए जाते हैं और बहुधा लेख की रसीद के साथ लेख की प्रशंसा कुछ इन शब्दों में की जाती है – आपका लेख पढ़कर दिल थामकर रह गया, अतीत जीवन आंखों के सामने मूर्तिमान हो गया, अथवा आपके भाव साहित्य-सागर के उज्ज्वल रत्न हैं, जिनकी चमक कभी कम न होगी। और कविताएं तो हृदय की हिलोरें, विश्व-वीणा की अमर तान, अनन्त की मधुर वेदना, निशा का नीरव गान होती थीं। प्रशंसा के साथ दर्शन की उत्कट अभिलाषा भी प्रकट की जाती थी- यदि आप कभी इधर से गुज़रें तो मुझे न भूलिएगा। जिसने ऐसी कविता की सृष्टि की है, उसके दर्शन का सौभाग्य मुझे मिला, तो अपने को धन्य मानूंगा।

लेखिकाएं अनरागमय प्रोत्साहन से भरे हुए पत्र पाकर फूली न समातीं। जो लेख अभागे भिक्षुक की भांति कितने ही पत्र-पत्रिकाओं के द्वार से निराश लौट आए थे, उनका यहां इतना आदर! पहली बार ही ऐसा सम्पादक जन्मा है, जो गुणों का पारखी है। और सभी सम्पादक अहम्मन्य हैं, अपने आगे किसी को समझते ही नहीं हैं। ज़रा-सी सम्पादकी क्या मिल गई मानो कोई राज्य मिल गया। सम्पादकों को कहीं सरकारी पद मिल जाए तो अन्धेर मचा दें। वह तो कहो कि सरकार इन्हें पूछती नहीं। उसने बहुत अच्छा किया जो आर्डिनेंस पास कर दिए। और स्त्रियों से द्वेष करो। यह उसी का दंड है। यह भी सम्पादक ही हैं, कोई घास नहीं छीलते और सम्पादक भी एक जगत-विख्यात पत्र के। 'नवरस' सब पत्रों में राजा है।

चोखेलाल जी के पत्र की ग्राहक-संख्या बड़े वेग से बढ़ने लगी। हर डाक से धन्यवादों की एक बाढ़-सी आ जाती, और लेखिकाओं में उनकी पूजा होने लगी। ब्याह, गौना, मुंडन, छेदन, जन्म, मरण के समाचार आने लगे। कोई आशीर्वाद मांगती, कोई उनके मुख से सान्त्वना के दो शब्द सुनने की अभिलाषा करती, कोई उनसे घरेलू संकटों में परामर्श पूछती। और महीने में दस-पांच महिलाएं उन्हें दर्शन भी दे जातीं। शर्मा जी उनकी अवाई का तार या पत्र पाते ही स्टेशन पर जाकर उनका स्वागत करते, बड़े आग्रह से उन्हें एकाध दिन ठहराते, उनकी खूब ख़ातिर करते। सिनेमा के फ्री पास मिले हुए थे ही, खूब सिनेमा दिखाते। महिलाएं उनके सद्भाव से मुग्ध होकर विदा होतीं। मशहूर तो यहां

तक कि शर्मा जी का कई लेखिकाओं से बहुत ही घनिष्ठ सम्बन्ध हो गया है; लेकिन इस विषय में हम निश्चयपूर्वक कुछ नहीं कह सकते। हम तो इतना ही जानते हैं कि जो देवियां एक बार यहां आ जातीं, वह शर्मा जी की अनन्य भक्त हो जातीं। बेचारा साहित्य की कुटिया का तपस्वी है। अपने विधुर जीवन की निराशाओं को अपने अन्तस्तल में संचित रखकर मूक वेदना में प्रेम-माधुर्य का रसपान कर रहा है। सम्पादक जी के जीवन में जो कमी आ गई थी, उसकी कुछ पूर्ति करना महिलाओं ने अपना धर्म-सा मान लिया। उनके भरे हुए भंडार में से अगर एक क्षुधित प्राणी को थोड़ी-सी मिठाई दी जा सके, तो उससे भंडार की शोभा है। कोई देवी पार्सल से अचार भेज देती, कोई लड्डू; एक ने पूजा का ऊनी आसन अपने हाथों बनाकर भेज दिया। एक देवी महीने में एक बार आकर उनके कपड़ों की मरम्मत कर देती थीं। दूसरी देवी महीने में दो-तीन बार आकर उन्हें अच्छी-अच्छी चीजें बनाकर खिला जाती थीं। अब वह किसी एक के न होकर सबके हो गए थे। स्त्रियों के अधिकारों का उनसे बड़ा रक्षक शायद ही कोई मिले। पुरुषों से तो शर्मा जी को हमेशा तीव्र आलोचना ही मिलती थी। श्रद्धामय सहानुभूति का आनन्द तो उन्होंने स्त्रियों ही में पाया।

एक दिन सम्पादक जी को एक ऐसी कविता मिली, जिसमें लेखिका ने अपने उग्र प्रेम का रूप दिखाया था। अन्य सम्पादक उसे अश्लील कहते, लेकिन चोखेलाल इधर बहुत उदार हो गए थे। कविता इतने सुन्दर अक्षरों में लिखी थी, लेखिका का नाम इतना मोहक था कि सम्पादक जी के सामने उसका एक कल्पना-चित्र-सा आकर खड़ा हो गया। भावुक प्रकृति, कोमल गात, याचना-भरे नेत्र, बिम्ब-अधर, चम्पई रंग, अंग-अंग में चपलता भरी हुई, पहले गोंद की तरह शुष्क और कठोर, आर्द्र होते ही चिपक जाने वाली। उन्होंने कविता को दो-तीन बार पढ़ा और हर बार उनके मन में सनसनी दौड़ी –

क्या तुम समझते हो मुझे छोड़कर भाग जाओगे?
    भाग सकोगे?
मैं तुम्हारे गले में हाथ डाल दूंगी;
मैं तुम्हारी कमर में कर-पाश कस दूंगी;
मैं तुम्हारा पांव पकड़कर रोक लूंगी;
    तब उस पर सिर रख दूंगी।
क्या तुम समझते हो, मुझे छोड़कर भाग जाओगे?
    छोड़ सकोगे?
मैं तुम्हारे अधरों पर अपने कपोल चिपका दूंगी;
उस प्याले में जो मादक सुधा है –
    उसे पीकर तुम मस्त हो जाओगे।
    और मेरे पैरों पर सिर रख दोगे।

क्या तुम समझते हो, मुझे छोड़कर भाग जाओगे?

–कामाक्षी

शर्मा जी को हर बार इस कविता में एक नया रस मिलता था। उन्होंने उसी क्षण कामाक्षी देवी के नाम यह पत्र लिखा -

'आपकी कविता पढ़कर मैं नहीं कह सकता, मेरे चित्त की क्या दशा हुई! हृदय में एक ऐसी तृष्णा जाग उठी है, जो मुझे भस्म किए डालती है। नहीं जानता, इसे कैसे शान्त करूं? बस, यही आशा है कि इसको शीतल करने वाली सुधा भी वहीं मिलेगी, जहां से यह तृष्णा मिली है। मन मतंग की भांति जंजीर तुड़ाकर भाग जाना चाहता है। जिस हृदय से यह भाव निकले हैं, उसमें प्रेम का कितना अक्षय भंडार है, उस प्रेम का, जो अपने को समर्पित कर देने में ही आनन्द पाता है। मैं आपसे सत्य कहता हूं, ऐसी कविता मैंने आज तक नहीं पढ़ी थी और इसने मेरे अन्दर जो तूफ़ान उठा दिया है, वह मेरी विधुर शान्ति को छिन्न-भिन्न किए डालता है। आपने एक गरीब की फूस की झोंपड़ी में आग लगा दी है, लेकिन मन यह स्वीकार नहीं करता कि यह केवल विनोद-क्रीड़ा है। इन शब्दों में मुझे एक ऐसा हृदय छिपा हुआ ज्ञात होता है, जिसने प्रेम की वेदना सही है, जो लालसा की आग में तपा है। मैं इसे अपना परम सौभाग्य समझूंगा, यदि आपके दर्शनों का सौभाग्य पा सका। यह कुटिया अनुराग की भेंट लिये आपका स्वागत करने को तड़प रही है।'

– सप्रेम

तीसरे ही दिन उत्तर आ गया। कामाक्षी ने बड़े भावुकतापूर्ण शब्दों में कृतज्ञता प्रकट की थी और अपने आने की तिथि बताई थी।

2

आज कामाक्षी का शुभागमन है।

शर्मा जी ने प्रातःकाल हजामत बनवाई, साबुन और बेसन से स्नान किया, महीन खद्दर की धोती, कोकटी का ढीला चुन्नटदार कुरता, मलाई के रंग की रेशमी चादर। इस ठाठ से आकर कार्यालय में बैठे, तो सारा दफ्तर गमक उठा। दफ़्तर की भी खूब सफ़ाई करा दी गई थी। बरामदे में गमले रखवा दिए गए थे। मेज़ पर गुलदस्ते सजा दिए गए थे। गाड़ी नौ बजे आती है, अभी साढ़े आठ हैं, साढ़े नौ बजे तक यहां आ जाएगी। इस परेशानी में कोई काम नहीं हो रहा है। बार-बार घड़ी की ओर ताकते हैं, फिर आईने में अपनी सूरत देखकर कमरे में टहलने लगते हैं। मूंछों में दो-चार बाल पके हुए नज़र आ रहे हैं, उन्हें उखाड़ फेंकने का इस समय कोई साधन नहीं है। कोई हर्ज नहीं। इससे रंग कुछ और ज़्यादा जमेगा। प्रेम जब श्रद्धा के साथ आता है, तब वह ऐसा मेहमान हो जाता है, जो

उपहार लेकर आता हो। युवकों का प्रेम खर्चीली वस्तु है, लेकिन महात्माओं या महात्मापन के समीप पहुंचे हुए लोगों का प्रेम – उलटे और कुछ ले आता है। युवक, जो रंग बहुमूल्य उपहारों से जमाता है, यह महात्मा या अर्द्ध-महात्मा लोग केवल आशीर्वाद से जमा लेते हैं।

ठीक साढ़े नौ बजे चपरासी ने आकर एक कार्ड दिया। लिखा था – 'कामाक्षी।'

शर्मा जी ने उसे देवी जी को लाने की अनुमति देकर एक बार फिर आईने में अपनी सूरत देखी और एक मोटी-सी पुस्तक पढ़ने लगे, मानो स्वाध्याय में तन्मय हो गए हैं। एक क्षण में देवी जी ने कमरे में कदम रखा। शर्मा जी को उनके आने की ख़बर न हुई।

देवी जी डरते-डरते समीप आ गईं, तब शर्मा जी ने चौंककर सिर उठाया; मानो समाधि से जाग पड़े हों, और खड़े होकर देवी जी का स्वागत किया; मगर यह वह मूर्ति न थी, जिसकी उन्होंने कल्पना कर रखी थी।

एक काली, मोटी, अधेड़, चंचल औरत थी, जो शर्मा जी को इस तरह घूर रही थी, मानो उन्हें पी जाएगी! शर्मा जी का सारा उत्साह, सारा अनुराग ठंडा पड़ गया। वह सारी मन की मिठाइयां, जो महीनों से खा रहे थे, पेट में शूल की भांति चुभने लगीं। कुछ कहते-सुनते न बना। केवल इतना बोले – सम्पादकों का जीवन बिल्कुल पशुओं का जीवन है। सिर उठाने का समय नहीं मिलता। उस पर कार्याधिक्य से इधर मेरा स्वास्थ्य भी बिगड़ रहा है। रात ही से सिर-दर्द से बेचैन हूं। आपकी क्या ख़ातिर करूं?

कामाक्षी देवी के हाथ में एक बड़ा-सा पुलिन्दा था। उसे मेज़ पर पटककर, रूमाल से मुंह पोंछकर मृदु-स्वर में बोलीं – यह आपने तो बड़ी बुरी खबर सुनाई। मैं तो एक सहेली से मिलने जा रही थी। सोचा, रास्ते में आपके दर्शन करती चलूं; लेकिन जब आपका स्वास्थ्य ठीक नहीं है, तो मुझे यहां कुछ दिन रहकर आपका स्वास्थ सुधारना पड़ेगा। मैं आपके सम्पादन-कार्य में भी आपकी मदद करूंगी। आपका स्वास्थ्य स्त्री-जाति के लिए बड़े महत्त्व की वस्तु है। आपको इस दशा में छोड़कर मैं अब जा नहीं सकती।

शर्मा जी को ऐसा जान पड़ा, जैसे उनका रक्त-प्रवाह रुक गया है; नाड़ी छूटी जा रही है। उस चुडैल के साथ रहकर तो जीवन ही नरक हो जाएगा। चली हैं कविता करने, और कविता भी कैसी? अश्लीलता में डूबी हुई। अश्लील तो है ही। बिल्कुल सड़ी हुई, गन्दी। एक सुन्दरी युवती की कलम से वह कविता काम-बाण थी। इस डाइन की कलम से तो वह परनाले का कीचड़ है। मैं कहता हूं, इसे ऐसी कविता लिखने का अधिकार ही क्या है? यह क्यों ऐसी कविता लिखती है? क्यों नहीं किसी कोने में बैठकर राम-भजन करती? आप पूछती हैं – मुझे छोड़कर भाग सकोगे? मैं कहता हूं, आपके पास कोई आएगा ही क्यों? दूर से ही देखकर न लम्बा हो जाएगा। कविता क्या है, जिसका न सिर, न पैर, मात्राओं तक का इसे ज्ञान नहीं है! और कविता करती है! कविता अगर इस काया में निवास कर सकती है, तो फिर गधा भी गा सकता है। ऊंट भी नाच सकता है! इस रांड़ को

इतना भी नहीं मालूम कि कविता करने के लिए रूप और यौवन चाहिए, नज़ाकत चाहिए, नफासत चाहिए। भूतनी-सी तो आपकी सूरत है, रात को कोई देख ले, तो डर जाए और आप उत्तेजक कविता लिखती हैं। कोई कितना ही क्षुधातुर हो तो क्या गोबर खा लेगा? और चुडैल इतना बड़ा पोथा लेती आई है। इसमें भी वही परनाले का गन्दा कीचड़ होगा!

उस मोटी पुस्तक की ओर देखते हुए बोले – नहीं-नहीं, मैं आपको कष्ट नहीं देना चाहता। वह ऐसी कोई बात नहीं है। दो-चार दिन के विश्राम से ठीक हो जाएगा। आपकी सहेली आपकी प्रतीक्षा करती होगी।

'आप तो महाशय जी संकोच कर रहे हैं। मैं दस-पांच दिन के बाद भी चली जाऊंगी, तो कोई हानि न होगी।

'इसकी कोई आवश्यकता नहीं है देवी जी।'

'आपके मुंह पर तो आपकी प्रशंसा करना खुशामद होगी, पर जो सज्जनता मैंने आपमें देखी, वह कहीं नहीं पाई। आप पहले महानुभाव हैं, जिन्होंने मेरी रचना का आदर किया, नहीं तो मैं निराश ही हो चुकी थी। आपके प्रोत्साहन का यह शुभ फल है कि मैंने इतनी कविताएं रच डालीं। आप इनमें से जो चाहें रख लें। मैंने एक ड्रामा भी लिखना शुरू कर दिया है। उसे भी शीघ्र ही आपकी सेवा में भेजूंगी। कहिए तो दो-चार कविताएं सुनाऊं? ऐसा अवसर मुझे फिर कब मिलेगा! यह तो नहीं जानती कि कविताएं कैसी हैं, पर आप सुनकर प्रसन्न होंगे। बिल्कुल उसी रंग की हैं।'

उसने अनुमति की प्रतीक्षा न की। तुरन्त पोथा खोलकर एक कविता सुनाने लगी। शर्मा जी को ऐसा मालूम होने लगा, जैसे कोई भिगो-भिगोकर जूते मार रहा है। कई बार उन्हें मतली आ गई, जैसे एक हज़ार गधे कानों के पास खड़े अपना स्वर अलाप रहे हों। कामाक्षी के स्वर में कोयल का माधुर्य था; पर शर्मा जी को इस समय वह भी अप्रिय लग रहा था। सिर में सचमुच दर्द होने लगा। वह गधी टलेगी भी, या यों ही बैठी सिर खाती रहेगी? इसे मेरे चेहरे से भी मेरे मनोभावों का ज्ञान नहीं हो रहा है। उस पर आप कविता करने वाली हैं। इस मुंह से तो महादेवी या सुभद्राकुमारी की कविताएं भी घृणा ही उत्पन्न करेंगी।

आख़िर न रहा गया। बोले – आपकी रचनाओं का क्या कहना, आप यह संग्रह यहीं छोड़ जाएं। मैं अवकाश में पढ़ेगा। इस समय तो बहुत-सा काम है।

कामाक्षी ने दयार्द्र होकर कहा – आप इतना दुर्बल स्वास्थ्य होने पर भी इतने व्यस्त रहते हैं? मुझे आप पर दया आती है।

'आपकी कृपा है।'

'आपको कल अवकाश रहेगा? ज़रा मैं अपना ड्रामा सुनाना चाहती थी!'

'खेद है, कल मुझे ज़रा प्रयाग जाना है।'

'तो मैं भी आपके साथ चलूं? गाड़ी में सुनाती चलूंगी।'

'कुछ निश्चय नहीं, किस गाड़ी से जाऊं।'

'आप लौटेंगे कब तक?'

'यह भी निश्चय नहीं।'

और टेलीफ़ोन पर जाकर बोले – हल्लो, नं. 77।

कामाक्षी ने आध घंटे तक उनका इन्तज़ार किया; मगर शर्मा जी एक सज्जन से ऐसी महत्त्व की बातें कर रहे थे, जिसका अन्त ही होने न पाता था।

निराश होकर कामाक्षी देवी विदा हुईं और शीघ्र ही फिर आने का वादा कर गईं। शर्मा जी ने आराम की सांस ली और उस पोथे को उठाकर रद्दी में डाल दिया, और जले हुए दिल से आप-ही-आप कहा – ईश्वर न करे कि फिर तुम्हारे दर्शन हों। कितनी बेशर्म है, कुलटा कहीं की। आज इसने सारा मज़ा किरकिरा कर दिया।

फिर मैनेजर को बुलाकर कहा – कामाक्षी की कविता नहीं जाएगी।

मैनेजर ने स्तम्भित होकर कहा – फार्म तो मशीन पर है।

'कोई हरज़ नहीं। फ़ार्म उतार लीजिए।'

'बड़ी देर होगी।'

'होने दीजिए। वह कविता नहीं जाएगी।'

मनोवृत्ति

एक सुन्दर युवती, प्रातःकाल, गांधी-पार्क में बिल्लौर की बेंच पर गहरी नींद में सोई पाई जाए, यह चौंका देने वाली बात है। सुन्दरियां पार्क में हवा खाने आती हैं, हंसती हैं, दौड़ती हैं, फूल-पौधों से खेलती हैं, किसी का इधर ध्यान नहीं जाता; लेकिन कोई युवती रविश के किनारे वाले बेंच पर बेख़बर सोए, यह बिल्कुल और मामूली बात है, अपनी ओर बलपूर्वक आकर्षित करने वाली। रविश पर कितने आदमी चहलकदमी कर रहे हैं, बूढ़े भी, जवान भी, सभी एक क्षण के लिए वहां ठिठक जाते हैं, एक नज़र वह दृश्य देखते हैं और तब चले जाते हैं। युवकवृन्द रहस्य-भाव से मुस्कुराते हुए, वृद्धजन चिन्ता-भाव से सिर हिलाते हुए और युवतियां लज्जा से आंखें नीची किए हुए।

2

बसन्त और हाशिम निकर और बनियाइन पहने नंगे पांव दौड़ रहे हैं। बड़े दिन की छुट्टियों में ओलिम्पियन रेस होने वाला है, दोनों उसी की तैयारी कर रहे हैं। दोनों इस स्थल पर पहुंचकर रुक जाते हैं और दबी आंखों से युवती को देखकर आपस में ख़याल दौड़ाने लगते है।

बसन्त ने कहा – इसे और कहीं सोने की जगह ही नहीं मिली?

हाशिम ने जवाब दिया – कोई वेश्या है।

'लेकिन वेश्याएं भी तो इस तरह बेशर्मी नहीं करतीं।'

'वेश्या अगर बेशर्म न हो तो वेश्या नहीं।'

'बहुत-सी ऐसी बातें हैं, जिनमें कुलवधू और वेश्या दोनों एक व्यवहार करती हैं। कोई वेश्या मामूली तौर पर सड़क पर सोना नहीं चाहती।'

'रूप-छवि दिखाने का नया आर्ट है।'

'आर्ट का सबसे सुन्दर रूप छिपाव है, दिखाव नहीं। वेश्या इस रहस्य को खूब समझती है।

'उसका छिपाव केवल आकर्षण बढ़ाने के लिए है।

'हो सकता है; मगर केवल यहां सो जाना यह प्रमाणित नहीं करता कि यह वेश्या है। इसकी मांग में सेन्दुर है।'

'वेश्याएं अवसर पड़ने पर सौभाग्यशाली बन जाती हैं। रात-भर प्याले के दौर चले होंगे। काम-क्रीड़ाएं हुई होंगी। अवसाद के कारण, ठंडक पाकर सो गई होंगी।'

'मुझे तो कुलवधू-सी लगती है?'

'कुलवधू पार्क में सोने आएगी?'

'हो सकता है, घर से रूठकर आई हो।'

'चलकर पूछ ही क्यों न लें।'

'निरे अहमक हो! बगैर परिचय के आप किसी को जगा कैसे सकते हैं?'

'अजी चलकर परिचय कर लेंगे। उलटे और एहसान जताएंगे।'

'और जो कहीं झिड़क दे?'

'झिड़कने की कोई बात भी हो। उससे सौजन्य और सहृदयता में डूबी हुई बातें करेंगे। कोई युवती ऐसी बातें सुनकर चिढ़ नहीं सकती। अजी, गत-यौवनाएं तक तो रस-भरी बातें सुनकर फूल ही उठती हैं। यह तो नव-यौवना है। मैंने रूप और यौवन का ऐसा सुन्दर संयोग नहीं देखा था।

'मेरे हृदय पर तो यह रूप अब जीवन-पर्यन्त के लिए अंकित हो गया। शायद कभी न भूल सकू।'

'मैं तो फिर यही कहता हूं कि कोई वेश्या है।'

'रूप की देवी वेश्या भी हो, उपास्य है।'

'यहीं खड़े-खड़े कवियों की-सी बातें करोगे, ज़रा वहां चलते क्यों नहीं। तुम केवल खड़े रहना, पाश तो मैं डालूंगा।'

'कोई कुलवधू है।'

'कुलवधू पार्क में आकर सोए, तो इसका इसके सिवा कोई अर्थ नहीं कि वह आकर्षित करना चाहती है, और यह वेश्या मनोवृत्ति है।'

'आजकल की युवतियां भी तो फार्वर्ड होने लगी हैं।'

'फार्वर्ड युवतियां युवकों से आंखें नहीं चुरातीं।'

'हां, लेकिन है कुलवधू, कुलवधू से किसी तरह की बातचीत करना मैं बेहूदगी समझता

'तो चलो फिर दौड़ लगावें।'

'लेकिन दिल में तो वह मूर्ति दौड़ रही है।'

'तो आओ बैठें। जब वह उठकर जाने लगे; तो उसके पीछे चलें। मैं कहता हूं वेश्या है।'

'और मैं कहता हूं, कुलवधू है।'

'तो दस-दस की बाज़ी रही।

3

दो वृद्ध पुरुष धीरे-धीरे ज़मीन की ओर ताकते आ रहे हैं, मानो खोई जवानी ढूंढ़ रहे हों। एक की कमर झुकी, बाल काले, शरीर स्थूल; दूसरे के बाल पके हुए, पर कमर सीधी, इकहरा शरीर। दोनों के दांत टूटे; पर नकली दांत लगाए, दोनों की आंखों पर ऐनक। मोटे महाशय वकील हैं, छरहरे महोदय डॉक्टर।

वकील – देखा, यह बीसवीं सदी की करामात!

डॉक्टर – जी हां देखा, हिन्दुस्तान दुनिया से अलग तो नहीं है।

'लेकिन आप इसे शिष्टता तो नहीं कह सकते?'

'शिष्टता की दुहाई देने का अब समय नहीं।'

'है किसी भले घर की लड़की।'

'वेश्या है साहब, आप इतना भी नहीं समझते।'

'वेश्या इतनी फूहड़ नहीं होती।'

और भले घर की लड़कियां फूहड़ होती हैं।'

'नई आज़ादी है, नया नशा है।'

'हम लोगों की तो बुरी-भली कट गई। जिनके सिर आएगी, वह झेलेंगे।'

'अफ़सोस, जवानी रुख़सत हो गई।'

'ज़िन्दगी जहन्नुम से बदतर हो जाएगी।'

'मगर आंख तो नहीं रुखसत हो गई; वह दिल तो नहीं रुखसत हो गया।'

'बस आंख से देखा करो, दिल जलाया करो।'

'मेरा तो फिर जवान होने को जी चाहता है। सच पूछो तो आजकल के जीवन में ही ज़िन्दगी की बहार है। हमारे वक़्तों में तो कहीं कोई सूरत ही नज़र न आती थी। आज तो जिधर जाओ, हुस्न-ही-हुस्न के जलवे।

'सुना, युवतियों को दुनिया में जिस चीज़ से सबसे ज़्यादा नफरत है, वह बूढ़े मर्द हैं।'

'मैं इसका कायल नहीं। पुरुष और उसकी जवानी नहीं, उसका शक्तिसम्पन्न होना है। कितने ही बूढ़े जवानों से ज़्यादा कड़ियल होते हैं। मुझे तो आए दिन इसके तजरबे होते हैं। मैं ही अपने को किसी जवान से कम नहीं समझता।'

'यही सब सही है; पर बूढ़ों का दिल कमज़ोर हो जाता है। अगर यह बात न होती तो इस रमणी को इस तरह देखकर हम लोग यों न चले जाते। मैं तो आंखों-भर देख भी न सका। डर लग रहा था कि कहीं उसकी आंखें खुल जाएं और वह मुझे ताकते देख ले तो दिल में क्या समझे।

'खुश होती कि बूढ़े पर भी उसका जादू चल गया।'

'अजी रहने भी दो।'

'आप कुछ दिनों 'ओकासा' का सेवन कीजिए।'

'चन्द्रोदय खाकर देख चुका। सब लूटने की बातें हैं।'

'मंकी ग्लैंड लगवा लीजिए न?'

'आप इस युवती से मेरी बातें पक्की करा दें। मैं तैयार हूं।'

'हां, यह मेरा ज़िम्मा, मगर भाई हमारा हिस्सा भी रहेगा।'

'अर्थात?'

'अर्थात यह कि कभी-कभी मैं आपके घर जाकर अपनी आंखें ठंडी कर लिया करूंगा।'

'अगर आप इस इरादे से आएं तो मैं आपका दुश्मन हो जाऊं।'

'ओ हो, आप तो मंकी ग्लैंड का नाम सुनते ही जवान हो गए!'

'मैं तो समझता हूं, यह भी डॉक्टरों ने लूटने का एक लटका निकाला है। सच!'

'अरे साहब, इस रमणी के स्पर्श में जवानी है, आप हैं किस फेर में! उसके एक-एक अंग में, एक-एक चितवन में, एक-एक मुस्कान में, एक-एक विलास में जवानी भरी हुई है। न सौ मंकी ग्लैंड, न एक रमणी का बाहु-पाश।'

'अच्छा कदम बढ़ाइए, मुवक्किल आकर बैठे होंगे।'

'यह सूरत याद रहेगी।'

'फिर आपने याद दिला दी।'

'वह इस तरह सोई है, इसलिए कि लोग उसके रूप को, उसके अंग-विन्यास को, उसके बिखरे हुए केशों को, उसकी खुली हुई गरदन को देखें और अपनी छाती पीटें। इस तरह चले जाना, उसके साथ अन्याय है। वह बुला रही है, और आप भागे जा रहे हैं।'

‘हम जिस तरह दिल से प्रेम कर सकते हैं, जवान कभी कर सकता है?’

‘बिल्कुल ठीक! मुझे तो ऐसी औरतों से साबिका पड़ चुका है, जो रसिक बूढ़ों को खोजा करती हैं। जवान तो छिछोरे, उच्छृखल, अस्थिर और गर्वीले होते हैं। वे प्रेम के बदले में कुछ चाहते हैं। यहां निःस्वार्थ भाव से आत्मसमर्पण करते हैं।’

‘आपकी बातों से दिल में गुदगुदी हो गई।’

‘मगर एक बात याद रखिए, कहीं उसका जवान प्रेमी मिल गया तो?’

‘तो मिला करे, यहां ऐसों से नहीं डरते।’

‘आपकी शादी की कुछ बातचीत थी तो?’

‘हां थी, मगर अपने ही लड़के जब दुश्मनी पर कमर बांधे, तो क्या हो! मेरा बड़ा लड़का यशवन्त तो मुझे बन्दूक दिखाने लगा। यह ज़माने की खूबी है।’

अक्टूबर की धूप तेज़ हो चली थी। दोनों मित्र निकल गए।

4

दो देवियां – एक वृद्धा, दूसरी नवयौवना – पार्क के फाटक पर मोटर से उतरी और पार्क में हवा खाने आईं। उनकी निगाह भी उस नींद की माती युवती पर पड़ी।

वृद्धा ने कहा – बड़ी बेशर्म है!

नवयौवना ने तिरस्कार-भाव से उसकी ओर देखकर कहा – ठाठ तो भले घर की देवियों के हैं!

‘बस ठाठ ही देख लो। इसी से मर्द कहते हैं – स्त्रियों को आज़ादी न मिलनी चाहिए।’

‘मुझे तो कोई वेश्या मालूम होती है।’

‘वेश्या ही सही, पर उसे इतनी बेशर्मी करके स्त्री-समाज को लज्जित करने का क्या अधिकार है?’

‘कैसे मज़े से सो रही है, मानो अपने घर में है।’

‘बेहयाई है’, मैं परदा नहीं चाहती, पुरुषों की गुलामी नहीं चाहती; लेकिन औरतों में जो गौरवशीलता और सलज्जता है, उसे नहीं छोड़ना चाहती। मैं किसी युवती को सड़क पर सिगरेट पीते देखती हूं, तो मेरे बदन में आग लग जाती है, उसी तरह आधी छाती का जम्फर भी मुझे नहीं सोहाता। क्या अपने धर्म की लाज छोड़ देने से ही साबित होगा कि हम बहुत फार्वर्ड हैं? पुरुष अपनी छाती या पीठ खोले तो नहीं घूमते?’

'इसी बात पर बाई जी, जब मैं आपको आड़े हाथों लेती हूं, तो आप बिगड़ने लगती हैं। पुरुष स्वाधीन है, वह दिल में समझता है कि मैं स्वाधीन हूं। वह स्वाधीनता का स्वांग नहीं भरता। स्त्री अपने दिल में समझती है कि वह स्वाधीन नहीं है, इसलिए वह अपनी स्वाधीनता का ढोंग करती है। जो बलवान हैं, वे अकड़ते नहीं। जो दुर्बल हैं, वही अकड़ दिखाते हैं। क्या आप उन्हें अपने आंसू पोंछने के लिए इतना अधिकार भी नहीं देना चाहतीं?'

'मैं तो कहती हूं, स्त्री अपने को छिपाकर पुरुष को जितना नचा सकती है, अपने को खोलकर नहीं नचा सकती।

'स्त्री ही पुरुष के आकर्षण की फ़िक्र क्यों करें? पुरुष क्यों स्त्री से परदा नहीं करता?'

'अब मुंह न खुलवाओ मीनू! इस छोकरी को जगाकर कह दो – जाकर घर पर सोए। इतने आदमी आ-जा रहे हैं और निर्लज्ज टांग फैलाए पड़ी है। यहां इसे नींद कैसे आ गई?'

'रात कितनी गरमी थी बाई जी! ठंडक पाकर बेचारी की आंख लग गई है।'

'रात-भर यहीं रही है, कुछ-कुछ बदती हूं?'

मीनू युवती के पास जाकर उसका हाथ पकड़कर हिलाती है – यहां क्यों सो रही हो देवी जी, इतना दिन चढ़ आया, उठकर घर जाओ।

युवती आंखें खोल देती है – ओ हो, इतना दिन चढ़ आया? क्या मैं सो ग़ई थी? मेरे सिर में चक्कर आ जाया करता है। मैंने समझा शायद हवा से कुछ लाभ हो। यहां आई; पर ऐसा चक्कर आया कि मैं इस बेंच पर बैठ गई, फिर मुझे कुछ होश न रहा। अब भी मैं खड़ी नहीं हो सकती। मालूम होता है, मैं गिर पड़गी। बहुत दवा की; पर कोई फायदा नहीं होता। आप डॉक्टर श्यामनाथ को जानती होंगी, वह मेरे ससुर हैं।

युवती ने आश्चर्य से कहा – अच्छा! वह तो अभी इधर ही से गए हैं।'

'सच! लेकिन मुझे पहचान कैसे सकते हैं? अभी मेरा गौना नहीं हुआ है।'

'तो क्या आप उनके लड़के बसन्तलाल की धर्मपत्नी हैं?'

युवती ने शर्म से सिर झुकाकर स्वीकार किया। मीनू ने हंसकर कहा – बसन्तलाल तो अभी इधर से गए हैं? मेरा उनसे यूनिवर्सिटी का परिचय है।

'अच्छा! लेकिन मुझे उन्होंने देखा कहां है?'

'तो मैं दौड़कर डॉक्टर को ख़बर दे दूं।'

'जी नहीं, मैं थोड़ी देर में बिल्कुल अच्छी हो जाऊंगी।'

'बसन्तलाल भी वह खड़ा है, उसे बुला दूं?'

'जी नहीं, किसी को न बुलाइए।'

'तो चलो, अपनी मोटर पर तुम्हें तुम्हारे घर पहुंचा दूं।'

'आपकी बडी कृपा होगी।

'किस मुहल्ले में?'

'बेगमगंज, मि. जयरामदास के घर?'

'मैं आज ही मि. बसन्तलाल से कहूंगी।'

'मैं क्या जानती थी कि वह इस पार्क में आते हैं।'

'मगर कोई आदमी तो साथ ले लिया होता?'

'किसलिए? कोई ज़रूरत न थी।'

•••